La (des)ENSEÑANZA DE CAMERON POST

EMILY M. DANFORTH

La (des)ENSEÑANZA DE CAMERON POST

Traducción de Daniela Rocío Taboada

C UMBRIEL

Argentina • Chile • Colombia • España
Estados Unidos • México • Perú • Uruguay

Título original: *The Miseducation of Cameron Post*
Editor original: Balzer + Bray
Traducción: Daniela Rocío Taboada

1.ª edición: marzo 2022

Copyright © 2012 by Emily M. Danforth
Publicado en virtud de un acuerdo con Jean V. Naggar Literary Agency, Inc., gestionado a través de International Editors'Co. Barcelona
All Rights Reserved
© de la traducción 2022 *by* Daniela Rocío Taboada
© 2022 *by* Ediciones Urano, S.A.U.
Plaza de los Reyes Magos, 8, piso 1.º C y D – 28007 Madrid
www.umbrieleditores.com

ISBN: 978-84-16517-57-2
E-ISBN: 978-84-17545-49-9
Depósito legal: B-1.225-2022

Fotocomposición: Ediciones Urano, S.A.U.
Impreso por Romanyà Valls, S.A. – Verdaguer, 1 – 08786 Capellades (Barcelona)

Impreso en España – *Printed in Spain*

Para mis padres, Duane y Sylvia Danforth,
quienes llenaron nuestro hogar de libros e historias.

Parte uno

Verano de 1989

Capítulo uno

La tarde que mis padres murieron, estaba robando con Irene Klauson.

Mamá y papá se habían ido para su viaje anual de acampada de verano al lago Quake el día anterior, y la abuela Post vino desde Billings a *cuidarme*, así que fue sencillo convencerla de que permitiera que Irene pasara la noche en casa.

«Hace demasiado calor para diabluras, Cameron», me había dicho la abuela, justo después de aceptar. «Pero las chicas aún podemos divertirnos».

Miles City había estado cocinándose en temperaturas altísimas durante días, y a finales de junio, estaba caluroso incluso para el este de Montana. Era la clase de calor en la que una brisa parece como si alguien estuviera limpiando una cañería sobre la ciudad, levantando polvo y haciendo que las semillas de algodón de los álamos grandes floten por el extenso cielo azul y se agrupen en copetes suaves en los jardines del vecindario. Irene y yo la llamábamos «nieve de verano», y a veces entrecerrábamos los ojos hacia la luz seca e intentábamos atrapar algodón con la lengua.

Mi habitación era el ático transformado de nuestra casa en la calle Wibaux; tenía vigas en vértices y ángulos extraños y era un horno en el verano. Había un ventilador de pie mugriento, pero lo único que hacía era soplar ola tras ola de aire caliente y polvo y, cada tanto, temprano por la mañana, atraía el aroma a césped recién cortado.

Los padres de Irene tenían un gran rancho ganadero en las afueras camino a Broadus, e incluso allí lejos (luego de tomar la autopista 59 y de pasar rutas con baches a través de grupos de arbustos grises y colinas de arenisca rosada que chisporroteaban y se achicharraban bajo el sol) los Klauson tenían aire acondicionado central. El señor Klauson era un ganadero muy importante. Cuando me quedaba en la casa de Irene, despertaba con la punta de la nariz fría al tacto. Y tenían una máquina de hielo en la puerta de la nevera, así que añadíamos hielo picado al zumo de naranja con ginger ale, una mezcla de bebidas que hacíamos todo el tiempo y a la que llamábamos «la hora del cóctel».

Mi solución para la falta de aire acondicionado en mi propia casa era mojar nuestras camisetas con el agua muy fría del grifo en el lavabo del baño. Luego las escurríamos. Y después mojábamos las camisetas de nuevo antes de que Irene y yo tembláramos al vestirnos con ellas, como si nos pusiéramos una nueva capa de piel gélida y húmeda antes de ir a la cama. Nuestras camisetas de dormir se arrugaban durante la noche, se secaban y se endurecían con el aire caliente y el polvo, como si las hubieran almidonado levemente, igual que hacía mi abuela con el cuello de las camisas de vestir de papá.

A las siete de la mañana, la temperatura ya rondaba los veintisiete grados, y nuestros flequillos se nos pegaban a la frente; teníamos el rostro enrojecido y con marcas de la almohada, y mugre gris en el rabillo de los ojos. La abuela Post nos permitió comer sobras de pastel de mantequilla de cacahuete en el desayuno mientras ella jugaba al solitario y miraba ocasionalmente a través de sus gafas gruesas la repetición de *Perry Mason* en la televisión, con el volumen al máximo. La abuela Post amaba las historias policiales. Un poco antes de las once, nos llevó al lago Scanlan en su Chevy Bel Air color café. En general, iba a las prácticas del equipo de natación en mi bicicleta, pero Irene no tenía una en la ciudad. Habíamos dejado las ventanillas bajadas, pero el Bel Air igualmente seguía lleno de la clase de calor que solo puede quedar encerrado en un vehículo. Irene y yo discutíamos para ver quién viajaba en el asiento del copiloto cuando mi madre o la suya conducían, pero cuando viajábamos en el Bel Air, ocupábamos el asiento trasero y fingíamos estar dentro de un anuncio de Grey Poupon, con la abuela como nuestro chófer, su tenaz cabello negro con una permanente nueva apenas visible para nosotras desde el asiento trasero.

El viaje nos llevó quizás un minuto y medio por Main Street (incluyendo la señal de stop y dos semáforos en rojo): pasamos por el mercado exprés de Kip, el cual tenía helado artesanal y servía bolas casi demasiado grandes para los conos; pasamos por las funerarias, que estaban en diagonal unas respecto de otras; pasamos por el viaducto debajo de las vías del tren; pasamos por los bancos donde nos daban piruletas cuando nuestros padres depositaban cheques; por la biblioteca, el cine, una hilera de bares, un parque... Eran lugares comunes a todas las ciudades pequeñas, supongo, pero eran nuestros lugares, y en ese entonces me complacía saberlo.

—Volved a casa en cuanto acabéis —dijo la abuela, mientras detenía el vehículo frente al cuadrado de cemento donde estaba el socorrista y los vestuarios a los que todos llamaban «las termas»—. No quiero que deis vueltas por el centro. Cortaré una sandía; podemos almorzar galletas y cheddar.

Tocó el claxon como saludo mientras se alejaba hacia Ben Franklin, donde planeaba comprar aún más hilo para sus proyectos de crochet en continua expansión. Recuerdo que tocó el claxon de esa manera, un poco *alegre* habría dicho ella, porque fue la última vez en mucho tiempo que la vi de ese humor.

—Tu abuela está loca —me dijo Irene, prolongando la palabra *loca* y poniendo en blanco sus pesados ojos color café.

—¿Por qué está loca? —pregunté, pero no permití que respondiera—. No parece importarte cuando te da pastel para el desayuno. Dos trozos.

—Eso no significa que esté cuerda —respondió Irene, tirando fuerte de un extremo de la toalla de playa que me había puesto sobre los hombros. La tela me golpeó las piernas expuestas antes de caer sobre el cemento.

—Dos trozos —repetí, agarrando la toalla mientras Irene reía—. Doble ración.

Irene continuó riendo, y se alejó de mí bailando.

—Está completamente loca, absolutamente desquiciada... lunática como un paciente del manicomio.

Así eran en general las cosas entre Irene y yo. Éramos amigas del alma o enemigas acérrimas sin grises en el medio. Empatamos en obtener calificaciones altas desde primero a sexto. En los exámenes de aptitud física presidenciales, ella me ganó en las flexiones de brazos en barra y en salto en largo, y yo la hice añicos en las planchas, los abdominales y la carrera corta de cincuenta metros. Ella ganó el concurso de deletreo. Yo gané la feria de ciencias.

Irene una vez me desafió a saltar al agua desde el viejo puente ferroviario de Milwaukee. Lo hice y me abrí la cabeza contra el motor de un automóvil que estaba hundido en el lodo negro del río. Catorce puntos… de los grandes. La desafié a serruchar el cartel de CEDA EL PASO en la avenida Strevell, una de las últimas señales de tránsito en la ciudad que tenía una base de madera. Lo hizo. Luego tuvo que permitir que yo lo guardara, porque no había modo de llevarlo hasta su rancho.

—Mi abuela solo es vieja —dije, moviendo la muñeca en círculos con la toalla en mano junto a las piernas. Intentaba retorcerla para que quedara gruesa, para usarla como látigo, pero Irene se había dado cuenta.

Saltó hacia atrás, lejos de mí, y chocó contra un niño que acababa de salir de clase de natación y que aún llevaba puestas las gafas. Por poco no pierde una chancleta en el proceso. El calzado se deslizó hacia adelante y colgó de entre algunos dedos de su pie.

—Lo siento —dijo ella, sin mirar al niño mojado o a su madre; pateó la chancleta hacia adelante para poder permanecer lejos de mi alcance.

—Cuidado con los niños, chicas —me dijo la madre, porque yo estaba más cerca de ella y tenía un látigo de toalla en la mano, y porque siempre era yo quien recibía las reprimendas cuando se trataba de Irene y de mí. Luego la mujer agarró la mano del niño con gafas como si estuviera gravemente herido—. De todos modos, no deberíais estar jugando en el aparcamiento —añadió y apartó a su hijo, caminando más rápido que las pequeñas sandalias del niño, que se esforzaba por seguirle el paso.

Me coloqué de nuevo la toalla sobre los hombros e Irene se acercó a mí; ambas observamos cómo la madre subía al niño que había salido de clase de natación a su furgoneta.

—Qué desagradable —comentó Irene—. Deberías correr y fingir que te ha atropellado con el coche cuando dé marcha atrás.

—Pero ¿me desafías a hacerlo? —le pregunté, y por primera vez, Irene no tenía nada que decir. Y a pesar de que yo fui quien lo dijo, una vez que las palabras salieron y flotaron entre nosotras, también me avergoncé, sin saber qué decir a continuación; las dos recordamos lo que habíamos hecho el día anterior, justo después de que mis padres se marcharan al lago Quake; aquello había estado zumbando entre las dos toda la mañana, sin que ninguna dijera una palabra al respecto.

Irene me había desafiado a besarla. Estábamos en el rancho, sobre el pajar, sudando por haber ayudado al señor Klauson a reparar una cerca y compartiendo una botella de cerveza de raíz. Habíamos pasado la mayor parte del día intentando superar a la otra: Irene escupió más lejos de lo que yo podía, así que yo salté desde el altillo hasta la paja que estaba abajo; ella dio una voltereta desde una pila de cajas, y yo hice el pino durante cuarenta y cinco segundos; la camiseta me cayó arrugada sobre el rostro y los hombros, con la mitad del torso desnudo. Mi collar de la pista de patinaje —ambas llevábamos uno puesto, medio corazón cada una, con nuestras iniciales— me colgaba sobre la cara, una comezón de metal barato. Aquellos collares nos dejaban marcas verdes alrededor del cuello donde rozaban la piel, pero en general nuestro bronceado las cubría.

El pino habría durado más tiempo si Irene no me hubiera toqueteado el ombligo con fuerza.

—Basta —logré decir antes de caer sobre ella. Irene se rio.

—Estás pálida en la zona que te cubre el traje de baño —comentó ella; su cabeza estaba cerca de la mía y su boca, inmensa y vacía, me rogaba que le metiera paja, así que lo hice.

Irene tosió y escupió durante treinta largos segundos, siempre dramática. Tuvo que extraer un poco de paja del aparato dental, que tenía bandas nuevas violetas y rosas. Luego se incorporó con la espalda recta, concentrada.

—Muéstrame otra vez las marcas de tu traje de baño —dijo ella.

—¿Por qué? —pregunté, aunque ya me estaba subiendo la camiseta para permitir que viera la franja blanca intensa que había entre la piel oscura del cuello y del hombro.

—Parece el tirante de un sujetador —dijo y deslizó despacio el dedo índice sobre la franja. El gesto hizo que sintiera escalofríos en los brazos y en las piernas. Irene me miró y sonrió con picardía—. ¿Usarás sujetador este año?

—Es probable —respondí, aunque ella acababa de ver de primera mano lo poco que necesitaba uno—. ¿Tú?

—Sí —dijo, repasando la línea—, es secundaria.

—No te revisan en la puerta —comenté; me agradaba la sensación de aquel dedo, pero temía lo que podía significar. Tomé otro puñado de paja y se lo metí por la camiseta violeta que decía SALTAR LA CUERDA ES LO MÁXIMO. Ella gritó e intentó vengarse, lo cual duró solo unos pocos minutos; ambas estábamos sudorosas y débiles por el calor pesado que llenaba el altillo.

Nos apoyamos contra las cajas y nos turnamos para beber la cerveza de raíz, que ahora estaba tibia.

—Pero se supone que somos mayores —dijo Irene—. Es decir que debemos actuar como si fuéramos mayores. Es secundaria. —Luego bebió un largo sorbo; su seriedad me recordó a un especial después de la escuela.

—¿Por qué lo repites? —pregunté.

—Porque ambas cumpliremos trece años y eso significa que seremos adolescentes —respondió. Luego guardó silencio, moviendo el pie en la paja. Con la botella en la boca, susurró—: Serás una adolescente y ni siquiera sabrás cómo besar a alguien. —Emitió una risa falsa mientras bebía y un poco de cerveza de raíz le cayó de la boca.

—Tú tampoco, Irene. ¿Te crees que eres Lexy, la sexy? —Lo dije como un insulto. Cuando jugábamos al Cluedo, lo cual hacíamos con frecuencia, Irene y yo nos negábamos a tomar la tarjeta de la señorita

Escarlata de la caja. Teníamos la edición que mostraba en la cubierta fotografías de personas con atuendos viejos y raros, posando en una habitación llena de antigüedades; cada una representaba supuestamente a uno de los personajes. En esa versión, la pechugona señorita Escarlata estaba recostada sobre un diván como una pantera con vestido rojo, fumando un cigarrillo con una boquilla negra y larga. La llamábamos «Lexy, la sexy» e inventábamos historias sobre ella teniendo relaciones inapropiadas con el barrigón señor Verde y el sabelotodo coronel Mostaza.

—No tienes que ser una Lexy para besar a alguien, tonta —dijo Irene.

—De todos modos, ¿a quién podría besar? —pregunté, sabiendo exactamente cómo respondería ella y aguantando la respiración un poco, esperando su respuesta. No dijo nada. En cambio, terminó la cerveza de raíz de un solo trago y acostó la botella de lado; luego la empujó despacio y la hizo rodar lejos de nosotras. Ambas la observamos avanzar hacia la abertura sobre la pila de paja, el sonido constante del vidrio una y otra y otra vez sobre la suave madera del granero, un sonido vacío. El suelo del altillo tenía una inclinación leve. La botella llegó al borde y cayó fuera de nuestra vista; hizo un ruido casi inaudible al aterrizar sobre la paja.

Miré a Irene.

—Tu padre se pondrá furioso cuando la encuentre.

Ella me miró, directa a los ojos; una vez más, tenía la cara cerca de la mía.

—Apuesto a que no intentarías besarme —dijo, sin apartar la mirada ni un solo segundo.

—¿Es un desafío real? —pregunté.

Hizo un gesto para indicar que era obvio y asintió.

Así que, en ese instante, lo hice, antes de que tuviéramos que hablar más al respecto o de que la madre de Irene nos llamara para que nos laváramos antes de la cena. No hay nada que saber antes de besar a alguien de ese modo. Fue pura acción y reacción, el modo en que sus labios estaban salados y ella sabía a cerveza de raíz. El modo en el que me sentí un poco mareada todo el tiempo. Si hubiera sido ese único beso, entonces solo habría sido un desafío y eso no habría sido distinto a todo lo que habíamos hecho antes. Pero después de ese beso, mientras estábamos apoyadas contra las cajas, colocando una chaqueta amarilla sobre un poco de refresco derramado, Irene me besó de nuevo. Y no la había desafiado a hacerlo, pero me alegró que lo hiciera.

Y luego su madre nos llamó a cenar, y fuimos tímidas entre nosotras mientras nos aseábamos en el gran lavabo del porche trasero, y después de comer los perritos calientes a la parrilla del modo que nos gustaba (quemados y bañados en kétchup) y dos raciones de macedonia y pretzels, su padre nos llevó a la ciudad. Los tres compartimos el asiento de su camioneta; el viaje fue silencioso, excepto por KATL, la estación AM de radio, que sonó con estática durante todo el camino hasta la Cemetery Street, en el extremo de Miles City.

En mi casa, miramos un rato *Matlock* con la abuela Post y luego fuimos al jardín trasero, donde el césped aún estaba húmedo por los aspersores; nos sentamos a la sombra del árbol catalpa, que estaba cargado de flores blancas con forma acampanada que endulzaban el aire caliente con un aroma intenso. Observamos el cielo, con su orgulloso atardecer: rosas profundos y violetas intensos abriendo paso al azul oscuro de la tinta nocturna.

Las primeras estrellas titilaron como luces sobre la marquesina del cine de la ciudad. Irene me preguntó:

—¿Crees que nos meteríamos en problemas si alguien lo descubriera?

—Sí —respondí de inmediato, porque, aunque nunca nadie me había dicho específicamente que no besara a una chica, no era necesario que lo hicieran.

Los chicos y las chicas se besaban… en nuestra clase, en la televisión, en las películas, en el mundo; y así funcionaba: chicos y chicas. Todo lo demás era algo extraño. Y aunque había visto a chicas de nuestra edad tomadas de la mano o caminando con los brazos entrelazados, y era probable que algunas de esas chicas hubieran practicado darse besos entre sí, sabía que lo que habíamos hecho en el granero era diferente. Algo más serio, más adulto, como Irene había dicho. No nos habíamos besado solo para practicar. No de verdad. Al menos, eso creía. Pero no se lo dije a Irene. Ella también lo sabía.

—Se nos da bien guardar secretos —dije al fin—. No tenemos por qué decírselo a nadie. —Irene no respondió, y en la oscuridad, no podía ver del todo qué expresión tenía en el rostro. Todo quedó en el aire, en aquel aroma caliente y dulce mientras esperaba a que ella dijera algo.

—Bueno. Pero... —Irene se sobresaltó cuando la luz del porche trasero se encendió y la silueta baja de la abuela Post apareció en la mosquitera de la puerta.

—Hora de entrar, chicas —nos dijo—. Podemos comer helado antes de ir a la cama.

Observamos la silueta apartarse de la puerta y regresar a la cocina.

—Pero ¿qué, Irene? —susurré, aunque sabía que probablemente la abuela no podría haberme oído ni aunque hubiera estado de pie en el jardín.

Irene respiró hondo. Apenas lo oí.

—Pero ¿crees que podremos hacerlo de nuevo, Cam?

—Si tenemos cuidado —dije. Supongo que ella podía ver cómo me sonrojaba incluso en aquella oscuridad, pero, de todos modos, Irene no necesitaba verlo: ella lo sabía. Siempre sabía.

* * *

El lago Scanlan era una especie de lago/estanque artificial y el mejor intento de piscina municipal de Miles City. Tenía dos muelles de madera separados por cuarenta y cinco metros, la cual era la distancia apropiada según las leyes federales de natación. La mitad del Scanlan estaba rodeada por una playa de piedras y arena color café; utilizaron el mismo tipo de arena dura para cubrir el fondo, al menos en la parte que llevaba a la orilla, para que nuestros pies no se quedaran atascados en el lodo. Cada mayo, la ciudad colocaba una cañería y llenaba el lecho vacío del lago con agua que provenía del río Yellowstone... Agua y cualquier otra cosa que cupiera a través del tubo metálico: bagres, platijas, piscardos, serpientes y unos bichos iridiscentes diminutos que se alimentaban del estiércol de los patos y causaban una erupción de ampollas rojizas conocida como «sarna del nadador», un sarpullido que me cubría la parte posterior de las piernas y ardía, sobre todo en la piel suave detrás de las rodillas.

Irene observaba desde la playa cómo yo entrenaba. Después de la situación en el aparcamiento, el entrenador Ted había llegado y no hubo más tiempo para *diabluras*, y quizás, ambas nos alegramos un poco al respecto. Mientras entrábamos en calor, no dejaba de colgarme de los muelles para buscarla con la mirada. Irene no era nadadora. Para nada. A duras penas podía soportar unas pocas brazadas, y ni hablar de pasar la prueba de profundidad necesaria para saltar de los trampolines que se erigían al final del muelle de la derecha. Mientras yo aprendía a nadar, Irene había pasado sus veranos construyendo cercas, reuniendo ganado, marcándolo, y ayudando a los vecinos que lindaban con el rancho de sus padres y a los vecinos de ellos. Pero dado que todo entre nosotras era un desafío, y era tan frecuente que no hubiera una ganadora indiscutible, me aferraba a mi título de mejor nadadora y siempre alardeaba cuando estábamos juntas en Scanlan: demostraba mi superioridad una y otra vez nadando estilo mariposa o zambulléndome desde el trampolín alto.

Pero en este entrenamiento no estaba solo alardeando. Continué buscando con la mirada a Irene en la playa, aliviada en cierto modo de verla allí, con el rostro ensombrecido por una gorra de béisbol blanca, las manos ocupadas construyendo algo en la arena gruesa. Un par de veces, ella notó que yo estaba agarrada al muelle; saludó con la mano y le devolví el gesto. Lo que me entusiasmaba era aquel secreto entre nosotras.

El entrenador Ted notó el saludo. Estaba de mal humor, caminaba de un lado a otro sobre el trampolín bajo, y rodeaba la silla del socorrista, masticando un bocadillo de leberwurst y cebolla; nos golpeaba el trasero con una tabla de nado amarilla y dura si no saltábamos lo bastante rápido de los bloques de inicio después del silbato. Había venido a casa desde la Universidad de Montana para pasar el verano, estaba completamente bronceado y aceitado, y olía a vainilla y a cebolla. Los socorristas de Scanlan se bañaban en vainilla pura para mantener a raya a los mosquitos.

La mayoría de las chicas de mi equipo estaban enamoradas de Ted. Yo quería ser como él, beber cerveza fría después de las reuniones, subir al puesto del socorrista sin usar la escalera, poseer un Jeep sin barra antivuelco y ser el líder de dientes separados de todos los socorristas.

—¿Traes a una amiga al entrenamiento y te olvidas de qué estás haciendo aquí? —me preguntó Ted después de nadar los noventa metros libres; no le gustó el tiempo que vio en su cronómetro—. No sé cómo quieres llamar a lo que acabas de hacer, pero sin duda no fue un maldito viraje. Usa la patada mariposa para lanzar las piernas sobre la cabeza, y quiero que hagas al menos tres brazadas antes de respirar. Tres.

Había estado en el equipo de natación desde los siete años, pero comencé a tener éxito el verano pasado. Por fin logré respirar bien, soltar todo el aire mientras estaba bajo la superficie e inclinar la cabeza lo suficiente; también había dejado de golpear el agua con cada brazada. Ted dijo que había encontrado mi ritmo. Me había clasificado a nivel estatal en todos los eventos, y ahora que Ted esperaba algo de mí, era aterrador estar en ese lugar: bajo el escrutinio de sus expectativas. Sentí su brazo caliente y pesado alrededor de mi cuerpo, frío por el lago; mi hombro expuesto encajó en su axila peluda, lo cual era asqueroso porque parecía el pelaje de un animal. Irene y yo reímos sobre eso más tarde.

—Mañana nada de amigas, ¿de acuerdo? —dijo en voz lo bastante alta para que Irene lo oyera—. Durante dos horas al día, solo se trata de nadar.

—Está bien —respondí, avergonzada de que Irene viera cómo me regañaban, por más que fuera una advertencia menor.

El entrenador Ted esbozó una sonrisa pequeña y astuta, como el dibujo de un zorro impreso en una caja de cereales. Luego me sacudió un poco de un lado a otro con su brazo pesado.

—Está bien, ¿qué?

—Mañana se tratará solo de nadar —repetí.

—Buena chica —dijo, apretándome un poco, en un abrazo de entrenador, y luego se alejó pavoneándose hacia las termas.

Por aquel entonces, había parecido una promesa fácil de cumplir: pasar un par de horas de un día veraniego centrada en la natación, en virajes y en respirar a tiempo, y en mantener el mentón contra el cuello durante el estilo mariposa. Muy fácil.

* * *

La abuela puso una repetición de *Reportera del crimen* después del almuerzo, pero siempre se dormía durante esa serie, e Irene y yo ya la habíamos visto, así que nos retiramos en silencio y la dejamos adormilada en su sillón reclinable. Emitía silbidos diminutos al respirar, como los últimos segundos de un petardo.

Afuera, subimos al álamo que estaba junto al garaje y luego saltamos sobre el tejado, algo que mis padres me habían dicho una y otra vez que no hiciera. La superficie, cubierta de brea negra, estaba pegajosa y derretida; nuestras chancletas se hundían al pisar. En cierto punto, Irene no pudo mover el pie y cayó hacia adelante. El techo fundido le ardía en las manos.

Cuando bajamos al suelo, las suelas de las chancletas estaban pegoteadas con brea, caminamos por el jardín y el callejón, nos detuvimos a inspeccionar un nido de avispas, luego saltamos desde el escalón superior del porche a la acera y bebimos agua del pozo de la manguera. Cualquier cosa, mientras no involucrara hablar acerca de lo que habíamos hecho el día anterior en el granero, lo que ambas sabíamos que queríamos hacer otra vez. Esperaba que Irene dijera algo, que hiciera un movimiento. Y supe que ella estaba esperando lo mismo. Éramos buenas en este juego: podíamos jugarlo durante días.

—Cuéntame de nuevo la historia de tu madre en el lago Quake —dijo Irene, sentándose en una silla de jardín y permitiendo que sus piernas largas colgaran inertes sobre el apoyabrazos de plástico; las chancletas sucias de brea pesada pendían de los dedos de sus pies.

Intenté sentarme estilo indio frente a ella; el suelo de ladrillos del patio estaba muy caliente por el sol, y me quemó las piernas expuestas lo suficiente para cambiar de postura; llevé las rodillas hacia el pecho y las rodeé con los brazos. Tuve que entrecerrar los ojos para mirar a Irene y, aun así, solo veía su silueta desdibujada y oscura; el sol era un fulgor blanco detrás de su cabeza.

—Mi madre debería haber muerto en 1959, en un terremoto —dije, apoyando la mano sobre el ladrillo, justo en el camino de una hormiga negra que cargaba algo.

—Así no empieza —replicó Irene, y permitió que una de sus chancletas colgantes cayera al suelo. Luego dejó caer la otra, lo cual asustó a una hormiga y la hizo probar otra ruta completamente diferente.

—Entonces cuéntala tú —dije, tratando de que la hormiga subiera a uno de mis dedos. Siempre se detenía. Se paralizaba en el lugar. Y luego rodeaba el dedo.

—Vamos —insistió ella—. No seas imbécil. Solo cuéntala como sueles hacerlo.

—Era agosto y mi madre había ido de acampada con la abuela, el abuelo Wynton y mi tía Ruth —comencé, haciendo que mi voz sonara lo más monótona posible, y arrastrando cada palabra como el señor Oben, un maestro de quinto curso muy odiado.

—Si vas a hacerlo mal, olvídalo. —Irene movió el dedo gordo del pie por el patio intentando sujetar una de sus chancletas.

Aparté ambas chancletas del camino para que no pudiera lograrlo.

—Está bien, bebé llorona, te la contaré, te la contaré. Habían estado acampando cerca de Yellowstone durante una semana y se suponía que se instalarían en Rock Creek. Incluso se detuvieron allí esa tarde.

—¿Qué tarde? —preguntó Irene.

—En agosto —dije—. Debería recordar qué día, pero no lo sé. Mi abuela Wynton estaba preparando el almuerzo, y mamá y la tía Ruth la ayudaban, y mi abuelo estaba acondicionando el equipo para pescar.

—Cuenta la parte sobre la caña —pidió Irene.

—Lo haré si me dejas —respondí—. Mi madre siempre cuenta que, si el abuelo hubiera siquiera introducido la caña de pescar en el agua, se habrían quedado. Nunca habrían podido convencerlo de marcharse. Incluso si hubiera atrapado solo un pez, habría sido el fin.

—Esa parte aún me da escalofríos —comentó ella, y extendió el brazo a modo de prueba, pero cuando le agarré la mano para mirar, ambas sentimos una pequeña corriente eléctrica entre nosotras, al recordar el asunto del que no estábamos hablando, y la solté rápidamente.

—Sí, pero antes de que mi abuelo pudiera bajar hasta el arroyo, llegaron unos conocidos de Billings. Mi madre era muy amiga de su hija Margot. Aún lo son. Ella mola. Y luego todos decidieron almorzar juntos, y los padres de Margot convencieron a mis abuelos de que valdría la pena conducir hasta Virginia City y acampar allí una noche para poder ver el espectáculo de variedades en el viejo teatro del lugar, porque ellos acababan de venir de allí.

—Y para comer en ese sitio —añadió Irene.

—En el bufé. Sí, mamá dice que lo que en verdad convenció a mi abuelo fue oír lo del bufé, toda la variedad de pasteles, albóndigas suecas y esas cosas. Porque el abuelo Wynton era *jodidamente goloso*, en palabras de mi padre.

—¿No murió alguien de la familia con la que habían almorzado? —preguntó Irene, con la voz un poco más baja que antes.

—El hermano de Margot. El resto escapó —respondí; el asunto me hizo temblar un poco, como siempre.

—¿Cuándo sucedió? —Irene pasó las piernas sobre el apoyabrazos, colocó los pies en el suelo y se inclinó sobre su regazo hacia mí.

—Tarde ese día, cerca de la medianoche. El campamento entero de Rock Creek se inundó con el agua del lago Hebgen, y luego el agua no drenaba porque una montaña se desmoronó y le cortó el paso.

—Y creó el lago Quake —concluyó Irene por mí. Asentí.

—Todas esas personas quedaron enterradas en el fondo. Aún están allí, junto a coches, caravanas y todo lo que había estado en el campamento.

—Es espeluznante —dijo Irene—. Tiene que estar maldito. No sé por qué tus padres van allí todos los años.

—Porque sí. Muchas personas aún acampan en la zona. —Yo tampoco sabía con certeza por qué iban allí. Pero lo habían hecho todos los veranos, desde que yo tenía memoria.

—¿Cuántos años tenía tu madre? —preguntó Irene mientras se calzaba las chancletas con los dedos del pie y se ponía de pie, estirando los brazos hacia arriba de modo que pude ver una línea delgada de su estómago.

Aquella sensación que me generaba estar con Irene cuando menos lo esperaba apareció de nuevo en mi interior como un globo aerostático. Aparté la mirada.

—Tenía doce años —dije—. Como nosotras.

* * *

Después de un rato, nos alejamos de mi casa caminando sin rumbo, sin plan, solo las dos paseando por vecindarios turbios. Junio ya estaba lo suficientemente avanzado como para que hubiera puestos de fuegos artificiales abiertos, y ya había niños en sus patios traseros haciendo estallar cosas, *ka-bums* y volutas de humo detrás de sus cercas altas. En una casa amarilla en Tipperary, pisé un par de esos diminutos explosivos blancos que alguien había desparramado por la acera. En cuanto me oyeron gritar por las pequeñas explosiones bajo mis suelas finas, un grupo de niños con rodillas raspadas y sonrisas rojas por beber Kool-Aid nos atacaron desde su fuerte en un árbol.

—No os dejaremos pasar a menos que nos enseñéis las tetas—gritó uno de ellos; era regordete y tenía puesto un parche pirata de plástico sobre un ojo. Los otros niños dieron vítores y rieron, e Irene me agarró de la mano, lo cual no pareció incómodo en ese momento, y corrimos mientras ellos nos perseguían; todos gritamos enloquecidos durante unas dos calles, hasta que el peso añadido de sus armas de plástico y los pasos cortos de sus piernas de ocho años los ralentizaron. Incluso con ese calor, nos vino bien correr... tomadas de la mano, a toda velocidad, con un grupo de monstruos sin camisa detrás de nosotras.

Sin aliento y sudorosas, entramos en el aparcamiento agrietado frente al mercado exprés de Kit y caminamos haciendo equilibrio sobre los bloques de cemento del aparcamiento, una detrás de la otra, hasta que Irene dijo:

—Quiero chicle Bubblicious de fresa.

—Podemos comprarlo —le dije, saltando de un bloque al otro—. Mi padre me dio diez dólares antes de marcharse y me dijo que no se lo contara a mamá.

—Es solo un paquete de chicles —respondió ella—. ¿No puedes robarlo?

Había robado en la tienda de Kip tal vez una decena de veces, pero siempre había tenido algún plan de acción. Siempre estaba dispuesta a hacerlo, Irene a veces me daba una lista y lo convertía en un desafío; por ejemplo pedía regaliz, que era largo y ruidoso, ya que el plástico que lo envolvía era un delator absoluto, o un tubo de Pringles, que hacía mucho bulto sin importar dónde lo ocultara. No guardaba las cosas en la mochila. Era demasiado obvio. ¿Una niña con una mochila grande en el pasillo de los dulces? Claro que no. Escondía las cosas debajo de la ropa, en general en mis pantalones. Pero no lo había hecho durante un tiempo, desde el comienzo de las vacaciones de verano, y la última vez llevaba mucha más ropa… Un suéter grande, vaqueros. E Irene nunca había entrado conmigo. Ni una sola vez.

—Sí, pero de todos modos tienes que comprar algo —insistí—. Para no entrar a la tienda, dar una vuelta y salir. Y el chicle ya es barato. —En general, compraba un par de caramelos Laffy Taffy o una lata de gaseosa, mientras el botín real estaba oculto.

—Pues las dos robaremos chicle —respondió Irene, intentando pasarme en un bloque; nuestras piernas expuestas se enredaron cuando lo hizo y yo permanecí perfectamente quieta porque de otro modo ambas hubiéramos caído al suelo.

—Tengo dinero. Puedo comprar chicles para las dos.

—Compra una cerveza de raíz para las dos —dijo ella, rodeándome al fin.

—Podría comprar diez cervezas de raíz —respondí, sin entender.

—Compartimos una ayer —dijo ella y lo comprendí. Aquel asunto zumbando entre las dos, por nuestra cercanía, como una chispa recién encendida, y no supe qué decir. Irene observaba los dedos expuestos de sus pies, fingiendo que no había dicho nada importante.

—Tenemos que ser rápidas —comenté—. Mi abuela ni siquiera sabe que salimos de la casa.

* * *

Después del cemento ardiente del aparcamiento, en la tienda de Kip hacía casi demasiado frío. Angie, con su gran flequillo castaño y sus uñas largas, estaba detrás del mostrador, acomodando paquetes de cigarrillos.

—¿Compraréis helado, chicas? —preguntó, deslizando un paquete de Pall Malls hacia su lugar en el estante.

—No —respondimos a la vez.

—Mellizas, ¿eh? —dijo, marcando algo en una hoja de registro.

Irene y yo vestíamos pantalones cortos y chancletas. Yo llevaba un top sin mangas e Irene una camiseta de manga corta; no eran exactamente prendas ideales para ocultar nada. Mientras Irene fingía inspeccionar la etiqueta de una barra de caramelo Idaho Spud, tomándose su tiempo, yo agarré dos paquetes de Bubblicious y los escondí dentro de la cintura de mis pantalones cortos. El envoltorio encerado del chicle resultaba frío contra mi piel. Irene colocó la barra de caramelo en su lugar y me miró.

—¿Comprarías una cerveza de raíz para las dos, Cam? —preguntó ella, en voz alta y evidente.

—Sí —respondí, poniendo los ojos en blanco al mirarla; sin emitir sonido, moví los labios y dije *Solo hazlo* antes de caminar hacia la sección refrigerada que estaba contra la pared trasera.

Veía a Angie a través de uno de esos espejos circulares grandes que la tienda de Kip tenía en las esquinas alejadas del fondo; aún estaba acomodando y separando paquetes de cigarrillos, sin prestarnos atención. Mientras buscaba la cerveza de raíz, la puerta sonó y entró un tipo al que mis padres conocían. Iba vestido con prendas de negocios, un traje y una corbata, como si acabara de salir del trabajo, aunque era demasiado temprano por la tarde para que así fuera.

Saludó a Angie y se dirigió directamente hacia el sector de las cervezas, hacia la nevera grande junto a la que yo estaba de pie. Traté de adelantarlo en el pasillo de los bocadillos.

—Hola, Cameron Post —dijo él—. ¿No te has metido en problemas este verano?

—Lo intento —respondí. Sentí que uno de los paquetes se deslizaba un poco. Si se deslizaba demasiado lejos, caería por la parte inferior de los pantalones cortos y tal vez rebotaría sobre el zapato del hombre. Quería continuar caminando, pero él no dejaba de hablar, ahora de espaldas hacia mí, con la parte superior del cuerpo detrás de la puerta de vidrio de la nevera llena de cervezas.

—Tus padres están en el lago Quake, ¿cierto? —preguntó, mientras tomaba un pack de seis latas de cerveza y las botellas tintineaban. La parte trasera de su traje estaba arrugada en la zona sobre la que había estado sentado todo el día.

—Sí, se fueron ayer —respondí, mientras Irene se acercaba a mí en el pasillo, con una amplia sonrisa traviesa extendida en su rostro.

—*Tengo uno* —me dijo con los dientes apretados, pero igualmente un poco fuerte. Lo bastante fuerte para que ese tipo la hubiera oído de haber querido hacerlo. Le dediqué una expresión malhumorada a Irene.

—No te llevaron con ellos, ¿eh? ¿Eres una campista gruñona? —El tipo de traje salió de la nevera, se dio la vuelta y tomó una bolsa de nachos con la misma mano con la que sujetaba uno de los packs de cerveza. Luego me guiñó un ojo.

—Sí, supongo —respondí, dibujando una sonrisa falsa; quería que él se marchara, que dejara de hablar.

—Bueno, le diré a tu madre que solo te vi comprando cerveza de raíz y nada de lo prohibido. —Alzó uno de los packs de cerveza, sonrió de nuevo con demasiados dientes y se encaminó hacia el frente de la tienda. Lo seguimos, parándonos por momentos, fingiendo considerar otras posibles compras que no teníamos intención de hacer.

El tipo del traje estaba guardando billetes en su cartera cuando llegamos al mostrador.

—¿Solo os lleváis eso? —preguntó él, y alzó el mentón hacia la botella de cerveza de raíz sudorosa que tenía apretada en la mano.

Asentí.

—¿Solo una para las dos?

—Sí —respondí—. La compartiremos.

—Yo invito —le dijo él a Angie y le entregó uno de los dólares que ella acababa de darle como cambio—. Una cerveza de raíz para celebrar las vacaciones de verano. No sabéis la suerte que tenéis.

—Para nada —concordó Angie, en cierto modo, mirándonos con el ceño fruncido; Irene prácticamente se escondía detrás de mí.

El tipo del traje silbó «Brown Eyed Girl» mientras salía de la tienda con el pack de botellas tintineando.

—Gracias —le dijimos cuando se fue; quizás era demasiado tarde para que nos oyera.

En el callejón detrás de la tienda de Kip, nos metimos un chicle tras otro en la boca y masticamos; al principio era una goma dura, espesa por el azúcar, nos dolía la mandíbula mientras intentábamos afinarla y suavizarla para hacer globos. Era agradable sentir el sol después del frío de la tienda; ambas aún celebrábamos lo que habíamos hecho.

—No puedo creer que ese tipo nos comprara la cerveza de raíz —dijo Irene, masticando fuerte para hacer un globo; pero era demasiado pronto, y apenas logró hacer uno del tamaño de una moneda—. No pagamos nada.

—Eso es porque no sabemos la suerte que tenemos —respondí, imitando la voz grave del tipo. Lo imitamos todo el camino de regreso a casa, riendo y haciendo globos, conscientes de que él tenía razón. Teníamos mucha suerte.

* * *

Irene y yo estábamos acurrucadas debajo de la manta de su cama grande. El cuarto estaba frío y oscuro, las sábanas, tibias, justo como me gustaba. Se suponía que debíamos estar durmiendo; se suponía que deberíamos haber estado durmiendo desde hacía una hora tal vez, pero no dormíamos en absoluto. Repasábamos el día. Planeábamos el futuro. Oímos que el teléfono sonaba, y sabíamos que era algo tarde para recibir llamadas, pero estábamos en la casa de los Klauson; eran rancheros y estábamos en verano; a veces, el teléfono sonaba tarde.

—Es probable que sea un incendio —dijo Irene—. ¿Recuerdas lo malo que fue el verano pasado con los incendios? Los Hempnel perdieron alrededor de dieciséis hectáreas. Y a Ernest, su labrador negro.

Se suponía que yo debía estar en mi propia casa con la abuela, pero cuando la señora Klauson vino a buscar a Irene esa tarde, después de la tienda de Kip y el chicle, nos la encontramos en la acera e Irene ya había pedido que pasara la noche en su casa antes de que la señora Klauson terminara de bajar la ventanilla. Y la señora Klauson era tan relajada y siempre sonriente; mientras se acariciaba los rizos oscuros con una mano pequeña dijo: «Lo que queráis, chicas». Incluso convenció a la abuela Post, quien había planeado preparar ensalada de atún con tostadas y ya tenía lista una premezcla de postre para las dos: pudín de pistacho. Estaba enfriándose en copas de vidrio en la nevera, con crema batida, media cereza al marrasquino y algunas nueces picadas sobre cada porción, al igual que en la cubierta de su viejo *Libro de cocina de Betty Crocker*.

«Llevaré a Cam a su entrenamiento de natación», había dicho la señora Klauson en cuanto cruzó la puerta principal; yo ya había subido media escalera, empacando mentalmente mi bolso: cepillo de dientes, camiseta de dormir, el resto del chicle robado. «No hay problema. Nos encanta que las chicas estén en nuestra casa». No oí la respuesta de la abuela. Sabía que me permitiría ir.

Era una noche de verano perfecta, al igual que la del día anterior. Observamos las estrellas desde nuestro lugar en el altillo del granero. Hicimos globos rosados de chicle robado más grandes que nuestras cabezas. Nos besamos de nuevo. Irene se inclinó hacia mí y supe exactamente lo que ella hacía, y ni siquiera tuvimos que hablarlo. Irene me desafiaba en silencio a continuar cada vez que me separaba para respirar. Quería continuar. La última vez habían sido solo nuestras bocas. Esta vez recordamos que teníamos manos, aunque ninguna de las dos estaba segura de qué hacer con ellas. Entramos en la casa a dormir, y hablamos de nuestro día juntas, de nuestros secretos. Aún estábamos contándonos secretos cuando oímos a los padres de Irene en la cocina, quizá diez minutos después de que el teléfono sonara. La señora Klauson lloraba, su esposo decía algo una y otra vez con voz calma y constante. No lograba comprender del todo lo que decían.

—Shhhh —me dijo Irene, aunque no estaba haciendo ruido más allá del movimiento de las sábanas—. No distingo lo que ocurre.

Y luego, desde la cocina, la señora Klauson, con una voz que nunca le había oído, como si estuviera rota, como si ni siquiera le perteneciera. No oía lo suficiente para comprender qué pasaba. Decían algo como « ... hablar con ella temprano. Decírselo mañana».

Oímos pasos pesados en el pasillo, las botas del señor Klauson. Esta vez, las dos oímos a la perfección la respuesta suave que le dio a su esposa. «Su abuela quiere que la lleve a su casa. No depende de nosotros, cariño».

—Es algo muy malo —me dijo Irene, su voz no era siquiera un susurro.

No supe qué responder. No dije nada.

Las dos sabíamos que el golpe en la puerta se avecinaba. Oímos que los pasos se detenían junto a la puerta de Irene, pero hubo un tiempo vacío entre el fin de esos pasos y el golpeteo rápido de los nudillos: tiempo fantasma. De pie, el señor Klauson esperaba, quizá conteniendo la respiración, al igual que yo. Pienso en él en el otro lado de esa puerta todo el tiempo, incluso ahora. Cómo yo aún tenía padres antes de esa llamada a la puerta y cómo no los tuve después. El señor Klauson también lo sabía; tuvo que alzar la mano callosa y arrebatármelos a las once de una noche calurosa de finales de junio. Vacaciones de verano, cerveza de raíz, chicle robado y besos robados: la muy buena vida de una niña de doce años, cuando yo aún tenía casi todo resuelto, y lo que no sabía parecía que llegaría fácilmente solo con esperar; y, de todos modos, siempre tendría a Irene conmigo, también esperando.

Capítulo dos

La tía Ruth era la única hermana de mi madre y mi único pariente cercano sin contar a la abuela Post. Llegó el día después de que el vehículo de mis padres chocara contra una barandilla en la carretera angosta que subía el barranco sobre el lago Quake. La abuela y yo estábamos sentadas en la sala de estar con las persianas bajadas, con una jarra sudorosa llena de té helado de paquete demasiado dulce entre nosotras, mientras una repetición de *Cagney y Lacey* llenaba nuestro silencio con disparos y descaro.

Estaba en el sillón grande de cuero en el que mi padre solía leer el periódico. Tenía las piernas recogidas contra el pecho y los brazos aferrados a ellas mientras apoyaba la cabeza contra la piel seca y oscura de mis rodillas expuestas. Utilicé las uñas para marcar medialunas en mis pantorrillas, mis muslos, una marca blanca por cada dedo; cuando las marcas desaparecían, hacía diez más.

La abuela se sobresaltó cuando oímos que abrían y cerraban la puerta principal. Se apresuró hacia la entrada para interceptar a quien fuera. A lo largo del día vino gente de visita con comida, pero todos habían tocado el timbre, y la abuela los había mantenido en el porche delantero, lejos de mí, incluso aunque fueran los padres de mis compañeros de clase. Me alegraba que así fuera. La abuela les decía una versión de las mismas tres o cuatro líneas: *Ha sido un conmoción absolutamente terrible. Cameron está en casa a salvo conmigo; está descansando. La hermana de Joanie, Ruth, está de camino. Bueno, no hay palabras. No hay palabras.*

Luego les agradecía por haber venido y llevaba a la cocina otro plato con brócoli gratinado, otro pastel de fresas y ruibarbo, otro cuenco de plástico frío con macedonia y nata, otro plato que ninguna de nosotras comería, aunque la abuela continuaba sirviendo fuentes atiborradas de comida y dejaba que se apilaran en la mesa auxiliar; unas moscas gordas y negras zumbaban alrededor de ellas, aterrizando, aterrizando y zumbando de nuevo.

Esperé para ver qué llevaría a la cocina esa vez, pero parecía que la abuela no podía librarse de quien estaba en la puerta. Sus voces en la entrada se mezclaban con las voces de la televisión; la abuela decía *accidente*, Cagney decía *homicidio doble*, la otra voz de la entrada decía *dónde está ella*... Permití que los sonidos se mezclaran, no intenté separarlos. Era más fácil fingir que todo provenía de la televisión. Cagney estaba diciéndole a un detective que la boca de Lacey era cinturón negro en karate cuando la tía Ruth entró en la habitación.

—Oh, cielo —dijo—. Pobrecita.

Ruth era azafata en la aerolínea Winner's. Trabajaba en aviones 757 que hacían viajes diarios de Orlando a Las Vegas para jubilados que buscaban ganar la lotería. Nunca antes la había visto con el uniforme puesto, pero sus prendas habituales siempre eran muy elegantes, muy Ruth. Esa persona llorando en la entrada y llamándome *pobrecita* parecía un payaso que se podría llamar *Triste Ruth*. La falda y la camisa del uniforme, que eran exactamente del mismo tono de verde que la felpa de una mesa de juego en un casino, estaban arrugadas por el viaje. Tenía un broche en su solapa que imitaba unas fichas de póker desplegadas, con la palabra WINNER's escrita en dorado brillante sobre el arco, pero estaba torcido. Llevaba los rizos rubios desordenados y aplastados en un lado, con los ojos rosados y manchados con máscara de pestañas, y la piel a su alrededor hinchada como un malvavisco.

No conocía realmente a la tía Ruth, no como conocía a la abuela Post. Nos veíamos en general solo una vez al año, tal vez dos, y siempre era suficientemente agradable: ella me daba ropa que yo acabaría por no usar y nos contaba historias divertidas sobre pasajeros desobedientes. Era solo la hermana de mi madre que vivía en Florida y que había *renacido* hacía poco, algo que comprendía solo vagamente como una referencia al modo particular en que practicaba el cristianismo, y algo ante lo que mis padres ponían los ojos en blanco cuando hablaban sobre ello, pero no delante de ella, por supuesto. La tía Ruth me resultaba más desconocida que la señora Klauson, pero éramos parientes, y aquí estaba ella, y yo me alegré. Creo que estaba contenta de verla. O al menos en ese instante sentí que era lo correcto, que su aparición en la sala era lo que debía ocurrir.

Me estrechó con fuerza el cuerpo y parte de la silla en la que estaba sentada en un abrazo que llenó mis pulmones con Chanel N.º 5. Ruth siempre, siempre, desde que tenía memoria, había olido a Chanel N.º 5. De hecho, solo conocía ese perfume, su nombre y su aroma especiado, debido a Ruth.

—Lo siento tanto, Cammie —susurró; sus lágrimas me mojaron el rostro y el cuello.

Siempre había odiado que me llamara Cammie, pero en ese instante sentía que no era lo correcto odiarla por ello.

—Pobrecita. Mi pobre dulce niña. Solo tenemos que confiar en Dios. Tenemos que confiar en él, Cammie, y pedirle que nos ayude a comprender. No hay nada más que hacer. Eso es lo que todos haremos. Es lo único que podemos hacer ahora mismo. —Me dijo aquello una y otra y otra vez, y yo intenté devolverle el abrazo, pero no pude igualar sus lágrimas y no pude creerle. Ni una sola palabra. Ella no tenía idea de lo culpable que era yo.

* * *

Después de que el señor Klauson llamara a la puerta de la habitación de Irene y acabara con mi última fiesta de pijamas con su hija, al decirme —mientras agarraba mi bolso y mi almohada— que necesitaba regresar a casa, después de que me tomara de la mano y me llevara fuera, después de que pasáramos junto a la señora Klauson, que estaba de pie llorando sobre la cocina, lejos de los gritos sin respuesta de Irene de «¿Por qué tiene que irse? Pero ¿por qué, papá?», supe que todo eso significaba probablemente algo más terrible que cualquier otra cosa que hubiera ocurrido antes en mi vida.

Al principio pensé que la abuela se había caído o que quizás habían descubierto el robo. Pero mientras él me llevaba en su coche, aún con mi pijama puesto, los sesenta y cinco kilómetros hasta mi casa, diciéndome todo el viaje que mi abuela necesitaba hablar conmigo y que yo debía estar con ella, me convencí a mí misma de que nos habían descubierto a Irene y a mí sin duda.

Fue el silencio del señor Klauson durante aquel viaje eterno, silencio interrumpido solo por el andar pesado de los neumáticos sobre la autopista agrietada y sus suspiros ocasionales en dirección a mí, más la manera en que movía la cabeza de lado a lado, lo que me convenció: sentía repulsión hacia mí, hacia lo que de algún modo sabía que Irene y yo habíamos hecho, y no quería que permaneciera en su casa ni un segundo más. Apreté el cuerpo contra la puerta dura de su camioneta, intentando convertirme en algo pequeño y alejado de él. Me pregunté qué me diría la abuela, que dirían mis padres cuando regresaran a casa. Quizás habían regresado antes de tiempo. Algún guardabosques los habría rastreado y les habría contado todo sobre su extraña hija. Repasé varias escenas posibles en mi cabeza, ninguna buena. *Solo fueron un par de besos*, les diría. *Solo estábamos practicando. Solo estábamos bromeando.*

Así que cuando la abuela nos recibió en los escalones de la entrada vestida con su bata violeta y abrazó al tieso señor Klauson bajo la luz anaranjada del porche, mientras las polillas revoloteaban alrededor de su abrazo incómodo, y luego me sentó en el sofá, me dio la taza de té demasiado dulce y tibio que había estado bebiendo, me agarró las manos entre las suyas y me dijo que acababa de sentarse a ver la televisión cuando sonó el timbre, que era un agente de policía, que había habido un accidente, que mamá y papá, *mi madre* y *mi padre*, habían muerto, lo primero que pensé, antes que nada, fue: *No sabe nada sobre Irene y yo. Nadie lo sabe.* E incluso después de que lo dijera, cuando, deduzco, supe que mis padres habían muerto, o al menos debería haberlo oído, aún no tenía sentido. Es decir, debería haber comprendido aquel asunto importante, aquella noticia impactante sobre mi mundo entero, pero solo continuaba pensando: *Mamá y papá no saben nada sobre nosotras. No lo saben, así que estamos a salvo,* aunque ya no existían mamá ni papá para enterarse de nada.

Me había preparado todo el viaje en la furgoneta para escuchar cuán avergonzada estaba la abuela de mí y, en cambio, ella lloraba y yo nunca había visto a la abuela Post llorar de esa manera, nunca había visto a nadie llorar de esa manera. Y lo que decía no tenía sentido, hablaba sobre un accidente de tráfico lejano, las noticias y mis padres muertos, y decía que era una niña valiente y me acariciaba el pelo y me abrazaba contra su pecho suave, con su aroma a talco y a la laca Aqua Net. Sentí una oleada de calor atravesando mi cuerpo y, luego, náuseas que se apoderaron completamente de mí, como si estuviera asimilando todo con cada respiración, como si mi cuerpo estuviera reaccionando, dado que mi cabeza no lo hacía bien. ¿Cómo era posible, si mis padres estaban muertos, que aún existiera una parte de mí que sentía alivio por no haber sido descubierta?

La abuela me abrazó más fuerte, jadeando por los sollozos, y tuve que apartar la cabeza de su aroma dulce, de la asfixia de esa bata de franela; me alejé de su alcance, corrí hacia el baño con una mano sobre la boca e incluso entonces no hubo tiempo de levantar la tapa del retrete. Vomité en el lavabo, sobre la encimera, y luego me deslicé hacia el suelo y permití que los azulejos azules y blancos me enfriaran las mejillas.

Por ese entonces no lo sabía, pero las náuseas, la oleada de calor punzante, la sensación de nadar en un tipo de oscuridad que nunca podría haber imaginado, y todo lo que había hecho desde la última vez que había visto a mis padres dando vueltas a mi alrededor brillaron en la oscuridad: los besos, el chicle, Irene, Irene, Irene… todo aquello era culpa. Culpa real y aplastante. Desde aquel suelo de azulejos, me permití hundirme en ella, más y más profundo, hasta que me ardieron los pulmones, como cuando estaba en los pozos profundos debajo de los trampolines en el lago.

La abuela vino a ayudarme a ir a la cama y yo no cedía.

—Oh, cariño —dijo cuando vio el desastre en el lavabo—. Necesitas ir a la cama ahora, corazón. Te sentirás mejor si lo haces. Te traeré agua.

No le respondí y permanecí completamente quieta, obligándola a que me dejara sola. Se marchó, pero regresó con un vaso de agua y lo dejó en el suelo a mi lado porque yo no lo aceptaba. Luego se fue de nuevo y esta vez volvió con una lata de limpiador Comet y un trapo. Después de todo lo que había ocurrido, la abuela iba a limpiar el lavabo, limpiaría lo que había hecho yo, otro desastre, y ese momento, de algún modo, hizo que comprendiera lo que me había dicho. Verla allí en la puerta del baño con esa lata verde, los ojos enrojecidos, el dobladillo de su camisón asomándose debajo de la bata, la abuela encorvada con un trapo amarillo en la mano, rociando el limpiador, aquel olor químico a menta rodeándonos, su hijo muerto, su nuera muerta y su única nieta ladrona que ahora era huérfana, una chica que besaba a chicas, y ella ni siquiera lo sabía, y ahora limpiaba mi vómito, sintiéndose aun peor por mi culpa: eso fue lo que me hizo llorar.

Y cuando me oyó llorar, cuando por fin me vio con lágrimas de verdad, se agachó en el suelo, aunque sabía que le dolían las rodillas, me colocó la cabeza en su regazo y lloró conmigo, acariciándome el pelo, y yo estaba demasiado débil para decirle que no me merecía nada de eso.

* * *

Los días previos al funeral, Irene vino a casa con su madre y llamó para hablar conmigo algunas veces después de sus visitas, y todas esas veces le pedí a la tía Ruth que le dijera a Irene que estaba durmiendo la siesta. La gente no dejaba de enviarme todo tipo de cosas, así que sabía que, aunque la ignorara, solo era cuestión de tiempo antes de que ella también enviara algo para mí. Llegó el mismo día que el equipo de natación envió un gran ramo de girasoles, una caja de galletas y una tarjeta firmada por todos. El entrenador Ted debía haberla hecho circular al final del entrenamiento, porque había manchas de agua en las zonas donde las nadadoras habían sujetado el papel y borroneado la tinta. La mayoría había firmado con su nombre. Algunos habían escrito: «Lo siento». Me pregunté qué habría escrito yo si hubiera sido una de las nadadoras, después del entrenamiento, con la toalla alrededor de la cintura, masticando una barrita de cereales y esperando mi turno para firmar una tarjeta para la compañera de equipo que había perdido a ambos padres. Decidí que probablemente también habría sido una de las que solo escribió su nombre.

La tía Ruth lo había colocado todo sobre la mesa del comedor, pero incluso con las dos hojas de la mesa desplegadas, ya no teníamos espacio, así que comenzó a dejar cosas donde hubiera un lugar libre. Toda la planta baja olía como una floristería; con el calor y las persianas cerradas en todas las ventanas, con el aroma a rosas, lirios, claveles y más, el ambiente estaba prácticamente nublado, como si hubiera gas. Tuve que contener el aliento. Encontré el ramo de rosas rococó rosadas y un sobre que tenía escrito «Cam» en un lateral encima de la cómoda de roble que mi padre había restaurado. Sabía que eran de parte de Irene sin siquiera abrir la tarjeta. Simplemente lo sabía. Así que tomé la tarjeta del florero y la llevé a mi habitación en el piso de arriba. Sola en mi cama con la puerta cerrada, con el calor espeso a mi alrededor y la tarjeta liviana, pero que parecía pesada sobre mi regazo, me sentí tan criminal como lo habría hecho si Irene en persona hubiera estado aquí conmigo.

La tarjeta tenía un cielo nocturno en el exterior, cientos de estrellas desparramadas sobre él, y dentro decía algo sobre que las estrellas eran como recuerdos en la *oscuridad de la angustia*. Supe de inmediato que su madre la había elegido. Pero debajo estaba la letra apretada y cursiva de Irene, con la que había escrito:

Cam, desearía que me hubieras recibido o que hubieras contestado al teléfono cuando llamé. Desearía poder hablar contigo y no escribir esta tarjeta. Desearía no tener una razón para enviar esta tarjeta. Lo siento y te quiero.

No firmó con su nombre, pero eso me gustó.

Sentí que me sonrojaba al leer lo que había escrito y luego lo leí una y otra vez hasta que me embriagó. Deslicé un dedo varias veces sobre las palabras «te quiero» escritas con el bolígrafo, y todo el tiempo me sentí avergonzada, una pervertida que no podía detenerse, ni siquiera después de la muerte de sus padres. Enterré la tarjeta en lo profundo de una pila de comida mortífera ya estropeada dentro del basurero metálico del callejón. Me quemé los dedos al quitarle la tapa, el metal estaba caliente como un horno y apestaba. Ese acto de entierro me sentó bien, como si significara algo, pero a esas alturas, de todos modos, ya había memorizado cada palabra que ella había escrito para mí.

La abuela y Ruth estaban afuera haciendo cosas necesarias, yendo a la funeraria, a la iglesia. Me habían preguntado si quería ir con ellas, pero había dicho que no, aunque pasé el resto de la tarde organizando mi propia clase de funeral. Primero saqué el televisor y el videocasete del cuarto de mis padres, donde Ruth había estado durmiendo, y los llevé al piso de arriba yo sola. No le había pedido permiso a nadie para hacerlo. De todos modos, ¿quién me diría que no o que sí? Mover el televisor fue una tarea difícil, y más actividad de la que había hecho en días, y por poco no se me cae de las manos una vez cuando mis dedos sudorosos se deslizaron por la película de polvo que lo cubría; se me clavaban los bordes puntiagudos del aparato en el estómago, en el hueso de la cadera, mientras intentaba balancearlo y subía con paso tembloroso otro escalón, descansaba y luego subía otro.

Cuando logré acomodar el televisor y el videocasete sobre la cómoda, tras colocar los cables y conectar todo, regresé a la habitación de mis padres y fui directa al último cajón de la cómoda, donde papá guardaba hileras organizadas de ropa interior blanca y calcetines negros con puntas doradas. Tenía un rollo de billetes de diez y veinte dólares ocultos en el fondo y lo tomé; y, aunque estaba sola en la casa, lo escondí dentro de la cintura de los pantalones cortos para ocultarlo. Y luego me quedé con una cosa más. Algo importante. Una fotografía en un marco de peltre sobre la cómoda, que estaba llena en su mayoría de imágenes mías.

En la foto, mi madre tiene doce años, un peinado a lo paje elegante, una sonrisa amplia y dentuda, las rodillas protuberantes en sus pantalones cortos; rodeada de árboles, la luz del sol se filtra a su alrededor,
iluminándola. Sabía la historia de esa foto desde que la había visto. El
abuelo Wynton la sacó el 17 de agosto de 1959 y, en menos de veinticuatro horas, el lugar donde la tomó, el campamento de Rock Creek,
quedaría destruido por el peor terremoto en la historia de Montana, y
luego ese lugar se inundaría con el agua que desbordaba de una presa
río arriba y se convertiría en el lago Quake.

Coloqué la foto sobre el televisor, para no perderla de vista. Luego
puse todo el efectivo en la base hueca del importante trofeo que había
ganado en una competición el verano anterior. Guardé todo el efectivo
menos un billete de diez, que escondí dentro del elástico de una gorra
de los Mavericks de Miles City manchada de sudor que había tenido
desde siempre. A papá y a mí nos había gustado ir juntos a sus partidos
y comer salchichas polacas y reírnos de los ancianos que insultaban al
árbitro. Aquella gorra en mi mano, con el borde de la mancha salada y
rígida contra el fondo azul oscuro, por poco logró que perdiera el control, pero no lo permití. Me la coloqué sobre el pelo sucio y luego me
fui.

A excepción de mi entierro en el basurero, no había salido de casa
desde la noche en que el señor Klauson me había traído aquí. Era agradable sentir el sol fulminante, incluso aunque fuera incómodo casi de
inmediato. Sentía que lo merecía. Mi bicicleta llevaba días apoyada
contra el garaje bajo aquel sol ardiente, y el metal me quemó las piernas al rozarlo. Pedaleé lo más rápido que pude, permití que el sudor de
mi frente me ardiera en los ojos y me nublara la vista unos segundos.
Fui por los callejones y me concentré en el sonido de los neumáticos
sobre la grava suelta, en el zumbido de la cadena. Salí a la avenida
Haynes y me detuve en el aparcamiento de Video 'n' Go, la tienda de
películas.

Era 2 de julio y había una multitud de vehículos y bicicletas frente
al puesto de fuegos artificiales Golden Dragon en la esquina del aparcamiento. La fraternidad The Elks Club estaba a cargo del puesto, y

papá siempre trabajaba uno o dos turnos allí. Me pregunté quién lo cubriría mientras me abría paso entre la multitud hacia la tienda, esperando que la gorra me mantuviera invisible. De todos modos, ya me sentía un fantasma.

Sabía lo que buscaba: *Eternamente amigas*, junto a los nuevos lanzamientos. Había ido a verla al cine Montana con mamá el año anterior. Lloramos y lloramos. Compramos la banda sonora al día siguiente. Luego regresé al Montana y la vi con Irene. Discutimos sobre quién de nosotras era Bette Midler y quién era Barbara Hershey. Ambas queríamos ser Bette.

El personaje de Barbara Hershey muere cerca del final de la película. Su hija Victoria se queda sola, como yo. Lleva puesto un vestido negro y calcetines blancos y sostiene la mano de Bette Midler durante el funeral. Tendría unos cuatro años menos que yo y solo había perdido a su madre (porque su padre, si bien estaba ausente, al menos aún vivía), y yo sabía que ella era solo una actriz interpretando un papel; pero de todos modos aún era algo a lo que aferrarse. Sentía que necesitaba algo oficial que indicara cómo debía sentirme con respecto a todo esto, cómo debía actuar, qué debía decir… incluso si solo era una película tonta que no era la verdad oficial en absoluto.

La señora Carvell, antes llamada señorita Hauser, estaba en la caja. Enseñaba en cuarto curso durante el año escolar y trabajaba en la tienda de vídeos en el verano: sus padres eran los propietarios. Había sido mi maestra durante el primer año que enseñaba, pero yo no era una de sus favoritos porque no asistía a las clases de claqué que daba en el gimnasio después de la escuela, y también quizá porque no me reía ni hacía preguntas estúpidas sobre bodas y citas cuando ella había traído a su (por ese entonces) prometido, el señor Carvell, a clase un día de primavera para que hiciera experimentos de ciencia tontos con nosotros. En los comentarios de fin de curso en mi boletín de notas había escrito: «Cameron es muy inteligente. Le irá bien, estoy segura». A mis padres les hizo gracia.

La señora Carvell tomó la caja de vídeo vacía de mi mano y buscó la cinta correspondiente para colocarla dentro sin prestarme demasiada atención, pero cuando tuve que decirle «Post» para que buscara nuestra cuenta, me miró bien, acercándose debajo de la visera de mi gorra y se estremeció.

—Dios mío, cielo —me dijo, mientras permanecía de pie allí, algo sorprendida, con el vídeo paralizado en su mano—. ¿Qué haces aquí? Lamento mucho que…

Completé la oración por ella en mi cabeza: … *que tus padres hayan hecho una mala maniobra en una ruta en la montaña y se hayan ahogado en un lago que ni siquiera debería existir, que ni siquiera debería estar allí, mientras tú estabas en casa besando a una chica y robando chicle.*

—Lo siento mucho, solo… bueno, lamento todo lo ocurrido, cielo —concluyó ella. Había un mostrador alto entre nosotras y me alegraba que no pudiera rodearlo con facilidad para abrazarme.

—No pasa nada —balbuceé—. Solo necesito alquilar esa película ya mismo. Debo regresar a casa.

Ella miró con más atención el título, frunció un poco su rostro amplio, confundida, como si intentara comprender, como si realmente pudiera hacerlo.

—Bueno, entonces vete y llévatela, ¿sí, cielo? —me dijo, entregándomela sin marcarla—. Y, de hecho, puedes llamarme para venir y llevártela de nuevo cuando termines. Quédatela todo el tiempo que quieras.

—¿Segura? —pregunté, sin saber que esa era la primera vez oficial de muchas otras en las que recibiría el descuento proporcional de huérfana. No me gustaba. No quería que la señora Carvell «cuidara» de mí.

—Por supuesto, Cameron. No es nada. —Mostró una gran sonrisa, una que nunca me había dedicado a mí, pero que había visto, en ciertas ocasiones, cuando la esbozaba para compartirla con toda la clase; como esa vez que ganamos la colecta escolar de chapitas de latas de refrescos.

—Pero tengo dinero —dije, sintiendo que me iba a echar a llorar en cualquier segundo y manteniendo la mirada apartada de la suya—. De todos modos, pronto querré alquilar algo más.

—Puedes alquilar todas las que quieras —respondió—. Ven a verme. Estaré aquí todo el verano.

No podía permitir que hiciera eso por mí. Se me contrajo el estómago.

—Me llevaré esta y más tarde alquilaré más —balbuceé, con la cabeza baja, colocando el billete de diez dólares sobre el mostrador antes de caminar lo más rápido posible sin correr técnicamente hacia la puerta.

—Cameron, es demasiado dinero —exclamó ella, pero yo ya había salido de la tienda a la acera, libre de su generosidad, su lástima o su amabilidad; libre de todo eso.

* * *

La tía Ruth me esperaba en mi habitación, de espaldas a la puerta, con ropa almidonada para el funeral colgada de unas perchas baratas en cada mano. Miraba mi nuevo centro de entretenimiento y no se giró cuando entré. Escondí la película en la cintura de los pantalones cortos, encima del trasero. Me sonrojé incluso al hacerlo, un recuerdo fugaz del chicle, de Irene.

—Ya tengo ropa, sabes —dije.

Ella se dio la vuelta, con una sonrisa cansada.

—No sabía qué comprarte, cariño, y no quisiste venir conmigo. Solo traje algunas opciones que adquirí en Penney's. Podemos devolver lo que decidas no ponerte. Solo espero que todo te quede bien… tuve que adivinar. —Colocó todo sobre la cama con cuidado, como si apoyara a un bebé para cambiarle el pañal.

—Gracias —respondí, porque sabía que debía decirlo—. Me las probaré esta noche, cuando haga más fresco. —No la miré, sino que centré mi atención en el vestido azul oscuro, en la falda negra y en la camisa, en las prendas que había sobre mi cama y que no se parecían en absoluto a ropa que hubiera estado antes sobre mi cama, al menos no desde que yo comencé a elegir qué ponerme.

—Debe de haber sido difícil subir todo esto —comentó ella, dándole una palmada al televisor como a veces lo hacía conmigo—. Me hubiera gustado ayudarte.

—Pude subirlo todo —dije—, pero gracias igualmente. —Mantuve la espalda presionada contra la puerta abierta.

—¿Estás bien, pequeña? —me preguntó, acercándose y colocándome el brazo necesario para hacer su abrazo característico—. ¿Quieres rezar un poco conmigo? O podría leerte algunos pasajes en los que he estado pensando mucho. Tal vez te darán algo de paz.

—Ahora solo quiero estar sola —respondí. De haber podido, hubiera grabado esa frase en una de esas grabadoras portátiles con las cintas miniatura y luego la habría llevado colgada del cuello en una cadena para poder darle PLAY quizás unas ocho o nueve veces por día.

—Está bien, corazón. Puedo ayudarte con eso. Hablaremos cuando estés lista, sea cuando fuere; no importa cuándo: estaré aquí. —Me besó en la mejilla, bajó dos peldaños de la escalera y se dio la vuelta—. De todos modos, sabes que es mejor hablar a solas con Dios. Puedes cerrar los ojos y estar con Él, Cammie… Puedes preguntarle lo que quieras.

Asentí, pero solo porque parecía esperar que dijera algo.

—Hay un mundo entero más allá de este —dijo ella—. Y a veces recordarlo ayuda. A mí me ayuda mucho.

Mantuve la espalda contra la puerta hasta que bajó prácticamente toda la escalera. Tenía miedo de que viera la silueta de la película o que se cayera de mi cintura y golpeara fuerte las tablas anchas del suelo. No quería tener que explicarle nada sobre *Eternamente amigas*. No estaba segura de que ni siquiera tuviera sentido para mí.

Cerré la puerta de mi habitación, coloqué la cinta en el videocasete y me acomodé en la cama, encima de la ropa nueva. Mi madre, con doce años, me sonreía desde otro mundo, uno bajo pinos altos y cedros, uno donde estaba felizmente inconsciente de que solo faltaban pocas horas para que escapara de una tragedia… Y toda una vida para el día en que esa tragedia la encontrara de todos modos.

El vestido azul oscuro se abultaba de un modo extraño bajo el cuello. Me moví una y otra vez. No lograba ponerme cómoda. Seguía escuchando el consejo de Ruth sobre hablar con Dios. No quería oírlo, pero lo hacía. No era que nunca hubiera rezado; lo había hecho:

a veces en la iglesia presbiteriana, cuando mis peces dorados, cuatro de ellos, habían muerto uno tras otro, y otras veces también. Esas veces había intentado hablar con algo más inmenso, con algo en el mundo más grande que yo. Pero siempre, sin importar la ocasión, había terminado sintiéndome un poco falsa, como si estuviera jugando a tener una relación con Dios, como cualquier otro niño que juega a las casitas o a la tienda o a lo que fuere, pero no como si fuera algo real. Sabía que allí era donde supuestamente debía aparecer la fe, y que la fe, la fe real, era lo que evitaba que todo el asunto fuera solo fingir. Pero yo no tenía nada de esa fe y no sabía de dónde sacarla, cómo obtenerla o si la quería en ese momento. Sentía que tal vez Dios había hecho que esto sucediera, que había matado a mis padres porque yo vivía tan mal mi vida que debía recibir un castigo, que tenía que hacerme comprender cómo debía cambiar, y que Ruth tenía razón, que debía cambiar a través de Dios. Pero también pensaba, exactamente al mismo tiempo, que quizá todo esto significara que no había un Dios y que, en cambio, solo existía el destino y la cadena de eventos que está predeterminada para cada uno de nosotros… y que tal vez había una lección detrás del ahogamiento de mi madre en el lago Quake treinta años después. Pero no era una lección por parte de Dios; era algo más, algo más parecido a unir las piezas de un rompecabezas, a hacerlas encajar para formar una imagen. No quería tener esos pensamientos circulando simultánea y constantemente, una y otra vez. Lo que quería hacer era ocultarme de todo ello, ser pequeña e invisible y simplemente continuar. Quizá fuera reconfortante para Ruth hablar con Dios, pero a mí me hacía sentir que no podía respirar, que me ahogaba, como si estuviera en la parte más honda.

Alcé el control remoto, presioné el botón de PLAY y la película comenzó. En ese momento, supongo que también comenzó mi nueva vida como *Cameron, la chica sin padres*. Descubriría que Ruth, en cierto modo, tenía razón: en general es mejor entablar una relación con un poder superior a solas. Para mí, era una práctica que duraba intervalos de una hora y media o dos horas, y que entraba en pausa cuando era necesario. No creo que sea exagerado decir que mi religión favorita resultó ser alquilar películas y que sus mensajes venían a color, en escenas musicales, en imágenes que desaparecían y aparecían, en leyendas de la pantalla, en desconocidos de películas clase B, en villanos a los que alentar y héroes a los que odiar. Pero Ruth también se equivocaba. Había muchos más mundos aparte del nuestro; había cientos y cientos de ellos, y por noventa y nueve centavos cada uno, podía alquilarlos todos.

Capítulo tres

El primer semestre del séptimo curso me tuvieron en el centro de orientación estudiantil durante una hora de clase al día: era la huérfana residente. En mi horario, esa hora estaba anotada oficialmente como tiempo de estudio, pero la tía Ruth, que ahora era mi tutora legal, había hablado con los directivos, y todos menos yo habían decidido que lo mejor para mí sería pasar esa hora sentada en uno de los sillones de vinilo verde mar del centro, hablando con Nancy, la consejera escolar, acerca de sus muchos folletos sobre pérdidas: «Adolescentes y el duelo», «A solas con mis problemas», «Entender la muerte y dejar ir».

En general pasaba mi tiempo en el centro de orientación garabateando mis deberes o leyendo un libro de tapa blanda, o quizá comiendo alguna que otra cosa que las secretarias introducían a escondidas para mí desde la sala de profesores (brownies envueltos en una servilleta, un plato con una pasta de siete capas para untar y galletas), regalos que me daban con sonrisas amables y palmaditas suaves en el hombro. Esas pequeñas ofrendas de comida, de *cuidar a la niña*, en cierto modo me hacían sentir más sola que cuando las secretarias olvidaban por completo incluirme.

* * *

Se habían acostumbrado a mi presencia en Video 'n' Go, y ahora que la escuela había comenzado de nuevo, la señora Carvell no estaba y casi siempre Nate Bovee se encontraba detrás del mostrador, y él me permitía alquilar lo que me diera la gana sin hacer preguntas; solo guiñaba un ojo y esbozaba una sonrisa detrás de la barba de chivo desaliñada que siempre intentaba dejar crecer, pero que nunca lo hacía. Solo debía ocultar los estuches de la vista de Ruth y mantener el volumen bajo.

—¿Qué te llevarás hoy, cariño? —me preguntaba Nate. Me seguía con sus ojos azules grisáceos entrecerrados mientras caminaba por los pasillos. Siempre elegía algunos de los nuevos lanzamientos y luego continuaba seleccionando películas más viejas.

—Aún no lo sé —respondía yo, intentando permanecer detrás de los estantes más alejados de la caja, lo cual no ayudaba mucho, porque él podía verme en el gran espejo antirrobos que colgaba sobre la puerta de la sala trasera. Cuando iba por las tardes, después de la escuela, en general estábamos los dos solos en la tienda. Video 'n' Go tenía un olor demasiado fuerte al limpiador de alfombras que utilizaban, similar a rosas químicas, y comencé a asociar ese olor con Nate, como si emanara de él.

Trataba de que me agradara porque él me permitía alquilar las películas para mayores de diecisiete años y porque a veces me ofrecía una lata gratis del refrigerador al frente de la tienda, pero no me agradaba que él estuviera al tanto de cada película que alquilaba, observándome, registrando cómo las elegía y las devolvía. Sentía que, al tener ese conocimiento, sabía más sobre mí que cualquier otra persona en ese momento; más que Nancy, la consejera, y también más que la tía Ruth.

* * *

En algún momento de finales de septiembre, Irene Klauson vino a la escuela con la clase de sonrisa que los niños esbozan en anuncios de mantequilla de cacahuete. Ella y su padre habían estado construyendo un nuevo corral y el área de marcación de ganado. Dijo que fue ella quien estaba trabajando con la pala cuando lo encontraron. Un hueso. Un fósil. Algo importante.

—Mi padre ya ha llamado a un profesor que conoce de la Universidad de Montana —nos contó a los que nos apiñamos alrededor de su taquilla—. Enviarán a un equipo entero.

En cuestión de semanas, los científicos (o «los paleontólogos», como Irene nos recordaba, sonando como nuestro maldito libro de Ciencias) habían invadido todo el rancho ganadero de los Klauson. El periódico lo llamó: *Un semillero para la recuperación de especímenes. Una mina de oro. Un tesoro escondido.*

Irene y yo no nos habíamos visto demasiado desde nuestro abrazo robótico en el funeral de mis padres en junio. La señora Klauson continuaba intentando organizar fiestas de pijama y viajes diurnos al centro comercial en Billings o a un rodeo en Glendive, pero yo cancelaba en el último minuto.

«Lo entendemos, cariño», decía la señora Klauson por teléfono. Creo que su plural incluía a Irene, aunque quizá se refiriera al señor Klauson. «Pero no dejaremos de intentarlo, ¿sí, Cam?».

Cuando a finales de agosto por fin accedí a ir con ellos a la feria del condado Custer, pasé la tarde entera deseando no haber ido. Irene y yo ya habíamos asistido a la feria antes y lo habíamos hecho a lo grande. Comprábamos los brazaletes que nos permitían subir a todas las atracciones que queríamos. Comíamos conos de nieve (lima, naranja, uva y cereza mezcladas) y tacos de un puesto de Crystal Pistol, con carne condimentada dentro de un pan frito caliente; la grasa anaranjada nos salpicaba y quemaba el interior de las mejillas. Digeríamos todo con limonada de un puesto en el que las avispas zumbaban a su alrededor. Luego nos burlábamos de las manualidades ganadoras y bailábamos un un jazz salvaje al ritmo de una banda desconocida que habían contratado. En años anteriores, creíamos que la feria nos pertenecía.

Pero aquel agosto caminábamos por la feria como fantasmas, deteniéndonos delante de un carrusel, luego frente al juego del pescador, observando como si ya hubiéramos visto todo lo que había para ver, pero sin marcharnos de todos modos. No hablamos sobre mis padres, sobre el accidente. No hablamos mucho en general. Todo estaba cubierto de ruidos estridentes, luces brillantes y gritos y alaridos, risas desquiciadas, niños llorando, olor a palomitas de maíz y pan frito y algodón de azúcar nadando en el aire, pero todo flotaba a mi alrededor como humo. Irene compró entradas para la noria, una atracción que habíamos declarado demasiado aburrida el año anterior, pero parecía que debíamos estar haciendo algo.

Tomamos asiento en el compartimento de metal, nuestras rodillas expuestas apenas tocándose. Incluso cuando las separamos, terminaron juntas de nuevo poco después, como imanes. Estábamos más cerca la una de la otra de lo que habíamos estado desde la noche en que su padre llamó a la puerta de su habitación. Subimos hacia el abrazo caliente del cielo oscuro de Montana; las luces de la feria nos envolvían en su resplandor fluorescente, el sonido diminuto de música rag surgía de alguna parte en el centro profundo de la rueda. En la cima, vimos toda la feria: la exhibición de tractores, el pabellón de baile, los vaqueros en Wranglers reclinando a las vaqueras pegadas como chicle contra las camionetas en el aparcamiento. En la cima, el aire olía menos a grasa y azúcar y más a heno recién empacado y a las aguas lodosas del Yellowstone mientras fluía con pereza alrededor del terreno de la feria. En la cima había silencio, todo estaba amortiguado debajo de nosotras; el ruido más fuerte era el chirrido de los tornillos mientras el viento movía un poco nuestro compartimento. Luego tuvimos que flotar hacia abajo nuevamente, todo en la mitad del recorrido presionó contra nosotras, y contuve el aliento hasta que subimos otra vez a la cima.

La tercera vez allí arriba Irene me agarró de la mano. Permanecimos así durante una vuelta entera, sin decir nada, con los dedos entrelazados, y durante aquellos cuarenta segundos fingí que las cosas eran iguales que siempre: Irene y yo en la feria.

Cuando regresamos a la cima otra vez, Irene lloraba y dijo:

—Lo siento mucho, Cam. Lo siento. No sé qué más decir.

El rostro de Irene brillaba contra la oscuridad del cielo, sus ojos resplandecían húmedos, mechones de pelo flotaban libres de su coleta. Era hermosa. Todo en mí quería besarla y al mismo tiempo sentía que todo en mí estaba enfermo. Aparté mi mano de la suya y miré hacia mi lado del compartimento, mareada por las náuseas. Cerré los ojos para evitar vomitar, pero aun así podía saborear el regusto amargo. Luego oí a Irene diciendo mi nombre, pero sonaba como si estuviera hablando debajo de una pila de arena. Habían detenido la atracción para que algunas personas bajaran. Nos movíamos en el viento. La rueda avanzó de nuevo durante un instante breve y se detuvo. Ahora quería regresar a la feria y a la adrenalina de todo ese ruido. Irene aún lloraba a mi lado.

—No podemos ser amigas como antes, Irene —le dije, manteniendo los ojos clavados en una pareja entrelazada en el aparcamiento.

—¿Por qué? —preguntó ella.

La rueda avanzó de nuevo. Nuestro compartimento se sacudió y bajamos un poco más. Nos detuvimos. Ahora flotábamos entre el cielo y la feria, al nivel de las marquesinas brillantes de los puestos de juegos. No dije nada. Dejé que la música sonara. Recordé la sensación de su boca aquel día en el pajar, el sabor de su chicle y de la cerveza de raíz que habíamos bebido. El día que me desafió a que la besara. Y el día siguiente, aquel en el que el coche de mis padres había girado bruscamente contra la barandilla de la carretera.

No dije nada. Si Irene aún no había sacado sus propias conclusiones, entonces no me correspondía hacerlo por ella, explicar que todos saben que las cosas suceden por una razón y que nosotras habíamos dado un motivo, y por ello cosas muy malas e impensables habían ocurrido.

—¿Por qué no podemos ser amigas como antes?

—Porque somos demasiado mayores para eso —respondí, saboreando la mentira en mi lengua incluso mientras la decía, espesa como una capa de algodón de azúcar, aunque no fue tan fácil encogerla en cristales de azúcar y hacerla desaparecer.

Ella no me dejó ir tan fácilmente.

—Demasiado mayores, ¿cómo?

—Solo demasiado mayores —dije—. Demasiado mayores para esas cosas.

La atracción avanzó de nuevo, y dado que no había nadie en el compartimento debajo del nuestro, regresamos al suelo rápidamente. Todo lo que acababa de pasar se quedó en la cima.

El señor y la señora Klauson nos encontraron junto al Zipper cuando bajamos. Nos dieron una tarta de corteza gruesa y mazorcas de maíz y nos sacaron fotos Polaroid con el Oso Smokey, con sombreros de globos puestos. Creo que las dos les seguimos la corriente bastante bien.

Continuamos fingiendo cuando la escuela comenzó. Nos sentamos juntas en Historia Mundial. A veces, fuimos hasta el mostrador de Ben Franklin para la comida y pedimos batidos de chocolate y sándwiches de queso fundido. Pero lo que fuera que fuimos alguna vez ya no lo éramos. Irene comenzó a pasar tiempo con Steph Schlett y Amy Fino. Yo comencé a pasar incluso más tiempo con mi videocasete. Observé desde las gradas cómo Irene besaba a Michael «Idiota» Fitz después de un encuentro de lucha libre. Observé a Mariel Hemingway besar a Patrice Donnelly en *Su mejor esfuerzo*. Las observé hacer más que intercambiar besos. Rebobiné esa escena y la vi una y otra vez hasta que tuve miedo de romper la cinta, porque entregarle a Nate Bovee una cinta rota de esa película, intentando explicarle mientras él esbozaba su sonrisa, hubiera sido insoportable. Él ya me había molestado cuando la había alquilado.

«Con que esta llevarás hoy, ¿eh?», había dicho. «¿Sabes lo que sucede en esta película, linda?».

«Sí, ella es atleta, ¿no?». No me hacía la tonta, no realmente. La caja de la película decía: *Cuando te topas contigo misma, te encuentras con sentimientos que nunca creíste tener.* En el dorso había una foto de Mariel y Patrice de pie, cerca la una de la otra bajo una luz tenue. El resumen mencionaba que era *más que una amistad.* La había elegido sobre todo porque era una historia sobre atletas, y yo planeaba probar suerte en la pista. Supongo que en algún lugar había una parte de mí que había descubierto cómo leer aquellos códigos para contenido gay, pero no era algo que pudiera nombrar.

Nate sostuvo la cinta un largo tiempo antes de dármela de nuevo, observando la foto de Mariel Hemingway despeinada en la cubierta.

«Luego cuéntame qué opinas de esta, ¿vale, niña? Estas chicas sin duda pueden correr juntas». Hizo un silbido sugerente después de esas palabras y se lamió los labios.

Devolví la cinta cuando la tienda estaba cerrada y la coloqué dentro del buzón. Nate no dijo nada sobre ella la próxima vez que alquilé una película, así que tenía esperanzas de que lo hubiera olvidado. Tenía esperanzas, pero no era tan estúpida como para intentar alquilarla de nuevo, aunque quería hacerlo. A veces soñaba con esa escena de la película, pero en lugar de las actrices estábamos Irene y yo. Pero nunca fui capaz de invocar ese sueño. Aparecía solo, como lo hacen los sueños.

* * *

La abuela y Ruth no me involucraban demasiado en el modo en que organizaban las cosas entre ellas… Cosas como quién estaría a cargo de mí y dónde viviría y cómo me mantendrían. Podría haber hecho más preguntas. Podría haber hecho todas las preguntas importantes, pero si lo hacía solo estaría recordándoles a todos, incluso a mí, que necesitaba que me cuidaran porque ahora era huérfana, lo cual me hacía pensar en por qué ahora era huérfana, y no necesitaba un motivo más para pensar en ello. Así que iba a la escuela, me quedaba en mi cuarto y veía de todo, de todo, sin criterio alguno —*La pequeña tienda de los horrores*, *Nueve semanas y media*, *Teen Wolf* y *Reformatorio para señoritas*—, en general con el volumen bajo y el control remoto en la mano en caso de tener que presionar rápido el botón de STOP al oír a Ruth en la escalera; y permitía que cada decisión tomada en la mesa de la cocina se asentara a mi alrededor como nieve artificial dentro de una bola de nieve donde yo también estaba congelada, como parte del paisaje, intentando no estorbar. Y la mayor parte del tiempo, aquello parecía funcionar.

La abuela se mudó oficialmente de su apartamento en Billings a nuestro sótano, donde papá había puesto un baño que nunca terminó. Así que algunos de los hombres que trabajaban para él lo hicieron, rápido, en cuestión de un mes aproximadamente: colocaron paneles de yeso y construyeron una habitación para la abuela y una sala de estar con una alfombra azul suave y un sillón reclinable La-Z-Boy, y el sótano quedó bastante bonito.

Obviamente Ruth ya no podía ser azafata en la aerolínea Winner's y vivir en Miles-Ciudad-de-Mierda, Montana. Teníamos un aeropuerto del tamaño de un remolque doble, pero solo funcionaba para aviones privados y para la aerolínea Big Sky, «el gran cielo» (a la que la gente llamaba «el gran susto» debido a su reputación de tener vuelos tan turbulentos que prácticamente garantizaban la necesidad de bolsas extra para vomitar), aunque de todos modos los vuelos de Big Sky iban solo de Miles City a otras ciudades de Montana: aviones diminutos con pocos pasajeros sin necesidad de que una mujer en uniforme les sirviera ginger ale y cacahuetes.

«Esta es una nueva etapa en mi vida», dijo Ruth todo el tiempo durante los primeros meses después del accidente. «Nunca planeé ser azafata para siempre. Esta es una nueva etapa en mi vida».

Esa nueva etapa incluía trabajar como secretaria de la constructora de mi padre. Mamá solía hacer la mayoría de esas tareas de contabilidad durante la noche de forma gratuita, después de llegar a casa de su trabajo en el museo Tongue River. Pero Greg Comstock, el hombre que tomó las riendas de la empresa de papá pero conservó el nombre, convirtió a Ruth en empleada oficial de Solid Post Projects; tenía un escritorio, una placa con su nombre y dos sueldos al mes.

Aquel otoño, Ruth tuvo que volar de regreso a Florida para vender su piso, empacar sus pertenencias y cerrar todo en general para prepararse para esa *nueva etapa* de su vida. También se operó.

«Es menor», nos había dicho. «Algo rutinario para mi NF. Tienen que raspar y limpiarme».

«NF» se refería a la neurofibromatosis de Ruth. La había tenido desde su nacimiento, cuando la abuela y el abuelo Wynton le encontraron un bulto del tamaño de un cacahuete en medio de la espalda junto a una marca chata y bronceada parecida a un charco de café con leche (llamada adecuada y oficialmente «la mancha *café au lait*») en el hombro y otra marca en su muslo. Los médicos les dijeron que no se preocuparan, pero a medida que Ruth crecía, aparecieron más bultos, algunos del tamaño de nueces o de puños de bebé, otros en lugares donde una chica guapa como Ruth no quería que crecieran, no durante la temporada de bikini, no durante el baile de graduación. Así que la habían diagnosticado y habían extraído los tumores benignos excepto el de la espalda, que nunca cambiaba mucho. Había crecido un poco y luego se había detenido, pero los cirujanos temían por la cercanía con la columna vertebral, así que lo dejaron en paz.

Me parecía extraño que ella, la brillante, perfecta y resplandeciente Ruth, fuera tan relajada sobre la extracción de varios tumores en sus nervios (esta tanda, al parecer, estaba en el muslo derecho y también tenía uno detrás de la rodilla); pero ya le habían hecho el procedimiento bastantes veces, así que supongo que solo era otra actividad que hacía cada media década aproximadamente: un paso más de la rutina de belleza que conllevaba un poquito más de esfuerzo. Con la cirugía y todo lo demás, estuvo ausente más de un mes, y la abuela y yo teníamos de nuevo la casa para nosotras. Fue agradable. Lo único importante que ocurrió mientras Ruth no estaba fue que la amiga de mi madre, Margot Keenan, nos visitó. De hecho, me visitó a mí. Margot Keenan era alta, tenía extremidades largas y fue jugadora semiprofesional de tenis después de la universidad, antes de ir a trabajar para un fabricante de ropa deportiva muy importante. Recuerdo que las pocas veces que vino de visita cuando mis padres estaban vivos me daba clases de tenis y me permitía usar su raqueta elegante, y una vez, en verano, vino a Scanlan a nadar conmigo; siempre traía regalos geniales de España, de China, de cualquier parte. Mis padres guardaban ginebra y agua tónica para sus visitas, y compraban limas solo para que ella pudiera beber el cóctel de la manera que le gustaba. Había sido amiga de mi madre desde la escuela primaria. Y más importante que eso, tenían en común el lago Quake. Fue la familia de Margot la que había convencido a mis abuelos de conducir hasta Virginia City el día del terremoto mientras ellos se quedaban atrás, y así fue cómo su familia había perdido a un hijo, el hermano de Margot.

Ahora ella vivía en Alemania y no había oído del accidente de mis padres hasta un mes después del hecho, y luego me había enviado un ramo de flores inmenso. No para todos: para mí. Era gigante, con flores cuyos nombres ni siquiera conocía, y en la tarjeta prometía que vendría de visita en cuanto regresara a los Estados Unidos. Unas semanas más tarde, había llamado mientras yo estaba en la escuela y habló con la abuela para decirle cuándo llegaría y que le gustaría llevarme a cenar, y la abuela habló por mí y dijo que sí, aunque de todos modos yo hubiera dicho lo mismo.

Llegó un viernes por la noche en un coche alquilado de color azul cubierto de polvo desde el aeropuerto de Billings. Observé por la ventana mientras subía los escalones de la entrada. Parecía incluso más alta de lo que recordaba, y ahora llevaba el resplandeciente cabello negro, corto y asimétrico, con una parte sujeta detrás de la oreja. La abuela abrió la puerta, pero yo también estaba allí y, aunque no conocía muy bien a Margot, cuando se inclinó un poco para abrazarme, no tensé los hombros del modo en que lo había estado haciendo durante meses cuando recibía esa clase de abrazos. Le devolví el gesto y creo que eso nos sorprendió a ambas. Su perfume, si eso era, olía a pomelo y menta, fresco y limpio.

Todas bebimos Coca Cola en la sala de estar mientras Margot hablaba un poco sobre Berlín y sobre los diversos negocios que hacía mientras estaba en Estados Unidos. Luego miró el bonito reloj plateado que llevaba, un reloj grande con el fondo azul, similar a uno de hombre, y dijo que debíamos irnos para llegar a tiempo a nuestra reserva en Cattleman's. Era gracioso, porque si bien era el restaurante especializado en carnes más elegante de Miles City, situado entre unos bares y con muchos paneles de madera oscura y animales disecados, no era la clase de restaurante que funcionaba con reservas. Pero aparentemente, ella la había hecho de todos modos.

Noté que Margot estaba nerviosa cuando abrió la puerta del coche para mí y luego dijo que eligiera cualquier cadena de radio que quisiera durante los sesenta segundos que tardaríamos en llegar a Main Street; y cuando no intenté tocar el dial, ella lo hizo por mí y pasó las cadenas que aparecían, haciendo una mueca, y luego apagó por completo la radio. Pero yo también estaba nerviosa y eso me hizo sentir como si estuviéramos en una cita, lo cual supongo que en cierto modo era así. La pareja vestida con vaqueros que estaba pagando la cuenta en la barra de Cattleman's observó a Margot, que llevaba pantalones negros, botas negras y un corte de cabello nada habitual en Miles City, mientras pasábamos junto a ellos de camino a nuestra mesa; pero todo pareció calmarse más cuando llegó la bebida: el gin tonic requerido y un Shirley Temple para mí, con doble ración de cerezas y poco hielo.

—Bien, iré al grano y diré que esto es extraño, ¿no? *Incómodo* es probablemente la mejor palabra para describirlo. —Margot bebió un largo sorbo de su gin tonic y dejó que el hielo chocara con el gajo de lima—. Pero me alegro mucho de que lo hagamos.

Me gustó que hablara en *plural* y que la cena fuera algo que hacíamos entre las dos y no algo que ella había realizado exclusivamente *para* mí. Me hizo sentir adulta.

—A mí también —dije. Mientras me miraba, di un trago a mi bebida sin alcohol, esperando lucir tan sofisticada como Margot.

Ella sonrió y estoy segura de que me sonrojé a modo de respuesta.

—Traje fotos —comentó, y hurgó en el bonito bolso de cuero color café que tenía, que era más bien un maletín—. No sé cuántas de estas has visto antes, pero quiero que conserves las que quieras. —Me entregó un sobre.

Me limpié las manos en la servilleta antes de tomar las fotografías. No había visto la mayoría. La primera docena aproximadamente eran de la boda de mis padres. La tía Ruth había sido la madrina, pero Margot era una de las damas de honor. Pensé que estaba guapa, pero incómoda con su vestido y sus guantes largos, muy parecida a cómo imaginaba que habría lucido yo en un evento similar.

—Ah, tu madre y esa monstruosidad color melocotón —dijo, extendiendo la mano sobre la mesa e inclinando la foto en mi mano hacia ella para poder mirarla y mover la cabeza de lado a lado—. Tenía toda la intención de cambiarme y ponerme un par de vaqueros antes de la recepción, pero me sobornó con champán.

—Parece que funcionó —respondí, al ver una imagen de ella bebiendo del pico de una botella de champán, con mi abuelo Wynton en un rincón de la imagen, riendo a carcajadas. Se la mostré y ella asintió.

—No tuviste oportunidad de conocer a los padres de tu madre, ¿verdad?

—Excepto la abuela Post, ninguno de mis otros abuelos me conoció —respondí.

—Te habría caído bien tu abuelo Wynton. Y tú a él. Era un gran bribón.

Me gustaba que Margot hubiera decidido, a pesar de haberme «visto» tan pocas veces, que yo le caería bien a mi abuelo. Mi madre también me había comentado lo mismo, pero era distinto de parte de Margot.

—¿Sabes qué es un bribón? —preguntó, llamando a la camarera para que le trajera otra bebida.

—Sí —dije—. Un bromista.

—Muy bien —respondió, riendo—. Me gusta... Un bromista.

Las fotografías al final de la pila eran más viejas, de los años de mamá en la secundaria y antes: un pícnic, un partido de fútbol americano, un desfile de Navidad; Margot sobrepasaba en altura a las chicas en cada imagen y, a medida que ella y mi madre aparecían cada vez más jóvenes foto tras foto, Margot también era más alta que muchos de los hombres.

—Siempre fuiste muy alta —comenté, y luego me avergoncé por haberlo dicho.

—En la escuela me llamaron «MK» durante años y años: significa «Margot Kilométrica» —explicó sin mirarme, con la vista clavada en una mesa de comensales que habían comenzado su paseo hacia la barra de ensaladas.

—Es ingenioso —dije.

Ella sonrió.

—Opino lo mismo. Bueno, ahora. En aquella época no tanto.

La camarera regresó para tomar nuestro pedido y le acercó a Margot su segunda bebida. Ni siquiera habíamos mirado la carpeta de los menús con borlas doradas, pero sabía que quería pollo frito y puré de patatas, y Margot aparentemente sabía que quería un costillar de primera calidad, porque ordenó eso y una patata al horno, y otro Shirley Temple para mí. Lo pidió sin preguntarme si quería otro. Fue agradable.

Separé tres fotografías de la pila: una de mamá y papá bailando en su boda, una de mamá sobre los hombros de un chico desconocido que tenía un diente delantero roto, y una de mamá y Margot, quizá con nueve o diez años, en pantalones cortos y camisetas, sujetando la cintura de la otra, con pañuelos en la cabeza. Esa última me recordaba a una foto que tenía junto con Irene. Sostuve mis elecciones frente a ella y me encogí de hombros.

—Entonces ya has elegido. —Señaló con el mentón las imágenes en mi mano—. La foto de las dos juntas nos la sacaron en una reunión de niñas exploradoras Campfire. El otro día estaba buscando algo y encontré mi viejo manual. Intentaré recordar enviártelo; te hará reír mucho.

—De acuerdo —dije.

Luego nos miramos, o miramos la mesa, o el salero y el pimentero, durante lo que pareció un tiempo muy largo. Me concentré en anudar uno de los rabitos de cereza con la lengua.

Margot debió haber notado que movía la boca, porque dijo:

—Mi hermano David también hacía eso. Podía hacer dos nudos con un solo cabo, lo cual, según él, significaba que era un muy bueno besando.

Me sonrojé, como era habitual.

—¿Cuántos años tenía? —pregunté, sin añadir al final *cuando murió*, pero Margot de todos modos comprendió lo que quería decir.

—Había cumplido catorce el fin de semana antes del terremoto —respondió, removiendo su bebida—. No creo que haya besado a tantas chicas antes de morir. A lo mejor a ninguna, excepto a tu madre.

—¿Tu hermano besó a mi madre?

—Por supuesto —dijo—. En la despensa de la Primera Iglesia Presbiteriana.

—Qué romántico —comenté. Margot rio.

—Fue muy inocente —dijo. Tomó el salero y golpeó la base de vidrio contra el mantel un par de veces—. No he regresado a Rock Creek desde que ocurrió, pero iré directa allí cuando me marche de Miles City mañana. Siento que necesito hacerlo.

No supe qué responderle.

—De todos modos, quería regresar; llevo años queriendo hacerlo —añadió.

—Yo nunca quiero ir allí.

—Creo que no hay nada de malo en eso. —Margot estiró la mano sobre la mesa como si fuera a agarrar la mía, o solo tocarla, pero yo la escondí rápido en el regazo.

Sonrió con tensión y dijo:

—Seré sincera contigo, Cameron, porque pareces lo bastante adulta para poder manejarlo. El duelo no es mi fuerte, pero quería verte y decirte que, si necesitas algo de mí, siempre puedes pedírmelo y haré lo que pueda. —Parecía haber terminado, pero luego añadió—: Quise a tu madre desde que la conocí.

Margot no lloraba y no podía leer en su rostro un llanto en potencia, pero sabía que, si la miraba el tiempo suficiente, yo comenzaría a lloriquear y quizás incluso le hablaría de Irene y de lo que habíamos hecho, de lo que yo había querido hacer y de lo que aún quería hacer. Y, de algún modo, sabía que ella me haría sentir mejor al respecto. Simplemente sabía que Margot me aseguraría que lo que yo había hecho no había causado el accidente y, si bien no creería a nadie que me dijera exactamente lo mismo, tal vez a ella sí. Pero en ese instante no quería creerle, así que dejé de mirarle la cara y me bebí el resto del Shirley Temple, lo cual me llevó varios tragos; pero terminé cada gota rosa, dulce y gasificada hasta que el hielo me chocó contra los dientes. Luego dije:

—Gracias, Margot. Me alegro mucho de que hayas venido.

—Yo también —respondió y luego colocó de nuevo la servilleta sobre la mesa y dijo—: Estoy lista para la barra de ensaladas. ¿Tú?

Asentí y luego me preguntó si sabía cómo se decía *baño* en alemán, le dije que no y ella dijo *das Bad* y pareció gracioso, así que las dos sonreímos y después ella se puso de pie y me dijo que iría al *das Bad* un minuto, antes de cenar. Y mientras lo hacía, extraje sus fotos del sobre, encontré la imagen de la boda en la que bebía champán de la botella y me la guardé debajo de la camiseta, dentro de la cintura de los pantalones. Notaba la superficie de la foto fría y pegajosa contra el estómago.

* * *

Después del regreso de Ruth, llegó una furgoneta de mudanzas; tuvimos que hacer espacio para algunas de sus pertenencias. Aquello significaba ocuparse del garaje, los armarios, el cobertizo de almacenamiento en el patio trasero. Durante una de esas sesiones de limpieza, desenterramos una casa de muñecas que mi padre había construido para mi quinto cumpleaños. En términos de casas de muñecas, era increíble. Era una reproducción a escala de una gran casa victoriana en San Francisco; según papá, era una casa famosa en una calle famosa.

La versión que había construido para mí medía un metro de alto y alrededor de sesenta centímetros de ancho. Ruth y yo tuvimos que trabajar juntas para sacarla por la abertura angosta del cobertizo atestado de objetos.

—¿Te parece si la colocamos en el coche y la llevamos a Saint Vincent's? —preguntó Ruth después de que lográramos atravesar la puerta llena de telarañas. Estábamos de pie en el jardín, ambas sudando—. Haría muy feliz a una niña.

Habíamos llevado carga tras carga a esa tienda de segunda mano.

—Es mía —respondí, aunque no planeaba conservarla hasta aquel instante—. Mi padre la hizo para mí y no se la daré a un desconocido.

—La alcé por el techo en punta y la llevé dentro de la casa, a mi habitación en el piso superior, y cerré la puerta.

Papá la había pintado de un azul al que llamaba «cerúleo», y yo pensaba que el nombre era tan bonito que a la primera muñeca que vivió allí le puse Sarah Cerúleo. Las ventanas tenían marco blanco, paneles de vidrio reales y macetas con diminutas flores falsas. Tenía una cerca hecha de tal modo que parecía hierro ornamental alrededor de la pequeña plataforma del patio, que estaba hecho con césped sintético sobrante del campo de fútbol sala en Billings. No sé cómo logró hacerlo. Había cortado trozos de tejas reales para el techo. El exterior estaba completamente terminado, cada detalle, pero el interior era otra historia.

La casa entera tenía bisagras, así que uno podía cerrarla y verla por todos los ángulos, o abrirla y acceder a cada uno de los cuartos individualmente, como un diorama. Papá había hecho el marco de todos los cuartos y había colocado una escalera y una chimenea, pero hasta allí había llegado, no había más decoraciones o acabados. Había querido tenerla lista para mi cumpleaños y había prometido que podíamos terminarla más tarde, juntos, algo que nunca hicimos. No me importaba. Incluso sin los últimos detalles, era la mejor casa de muñecas que había visto en mi vida.

Mamá y yo habíamos elegido los muebles para la casa en la vitrina de artesanías en Ben Franklin. Irene y yo solíamos pasar horas con esa cosa, hasta cierto momento después de mi décimo cumpleaños, cuando yo había decidido que era demasiado mayor para muñecas y, por lo tanto, para casas de muñecas también.

Mientras Ruth continuó haciendo limpieza, trasladé la casita hasta una esquina de mi habitación ya atestada de cosas y la coloqué sobre mi escritorio, que era otra cosa —inmensa— que papá había construido para mí con cubículos y cajones de todos los tamaños y una superficie amplia para proyectos artísticos. Pero la casa de muñecas también era inmensa, y me dejó solo una pequeña esquina libre del escritorio. Igualmente me gustaba tenerla allí, a pesar del espacio que ocupaba, y durante unas semanas eso era lo único que quedaba por hacer: ocupar espacio y esperar.

* * *

Los Klauson habían tenido mucho éxito con su granja de dinosaurios.

«Criar dinosaurios es mucho mejor que criar ganado», oí decir al señor Klauson más de una vez. La señora Klauson compró un descapotable verde azulado a pesar de que era otoño en Montana. Irene iba a la escuela con toda clase de cosas nuevas. Para Halloween, estaba decidido: asistiría a la Academia Maybrook en Connecticut. Un internado. Había visto las películas. Lo sabía todo sobre ellos: faldas escocesas, jardines verdes ondulantes y viajes a una ciudad costera los fines de semana.

—¿Dónde están los chicos? —le había preguntado Steph Schlett a Irene, mientras estábamos apiñadas en una mesa en Ben Franklin y algunas chicas decían *oooh* y *aaah* mientras observaban un folleto brillante.

—Maybrook es una escuela solo para chicas —respondió Irene, bebiendo un sorbo lento de su Perrier. No era posible comprar agua mineral gasificada traída de Francia en el mostrador de almuerzo de Ben Franklin, o en ninguna parte de Miles City; pero la señora Klauson se había acostumbrado a comprarla al por mayor en Billings, e Irene ahora llevaba una botella encima a todas partes.

—A-bu-rri-do —rio Steph con el sonido agudo por el que era conocida.

—Claro que no —dijo Irene, con cuidado de no mirarme a los ojos—. Nuestra escuela hermana, River Vale, está al otro lado del lago y tenemos reuniones y bailes y lo que sea con ellos todo el tiempo. Casi todos los fines de semana.

Observé cómo Steph deslizaba una patata frita en una piscina de kétchup, y luego dentro de un cuenco de plástico grande lleno del delicioso aderezo ranchero que Ben Franklin hacía por montones, antes de meterse la patata en la boca y comenzar el proceso con otra.

—Pero ¿por qué te marchas ahora? —preguntó, con restos de patata masticada en el aparato dental—. ¿Por qué no esperar al próximo otoño o al menos hasta el semestre de primavera?

Había querido hacer la misma pregunta, pero me alegré de que Steph la hubiera hecho por mí. No quería que Irene notara lo celosa que me sentía. Veía parte del folleto desde mi asiento: chicas con rostros frescos jugando lacrosse o bebiendo chocolate vestidas con jerséis de lana gruesos en habitaciones llenas de libros con cubiertas de cuero. Era realmente como en las películas.

Irene bebió otro sorbo de su Perrier. Luego giró la rosca de la tapa muy despacio, frunciendo la frente, como si lo que Steph había preguntado fuera algo increíble que diera que pensar. Al fin dijo:

—Mis padres creen que lo mejor es que comience con mi educación en Maybrook lo antes posible. Sin ofender, chicas —añadió, mirándome directamente—, pero Miles City no es famosa por la excelencia de su sistema escolar.

La mayoría de las chicas a mi alrededor asintieron mostrando su acuerdo, como si no estuvieran insultando los próximos cinco años de su propia educación, sino los de alguien más.

—Revisaron mis notas y me permitirán hacer estudio independiente en las materias a las que asistía aquí, solo para terminar el semestre de otoño —dijo ella, enfatizando la palabra *semestre* y haciendo que de algún modo sonara un poco esnob. No decíamos ni por asomo las cosas así en Miles City. Ninguna de nosotras habría dicho *semestre de otoño*. Bueno, no antes de esto.

* * *

El fin de semana siguiente, Irene me invitó al rancho. Se marchaba el lunes. Hacía un calor increíble para ser noviembre en Montana, incluso para principios del mes; solo helaba durante la noche, pero las temperaturas rondaban los quince grados durante el día. Caminamos juntas sin los abrigos puestos. Intenté inhalar el aroma a pino y a tierra de aquel rancho, pero ya no era el lugar que había sido una vez para mí. Había tiendas blancas en todas partes, un circo de científicos, y unos tipos sucios de cabello largo inspeccionaban unas trincheras gigantes, tratando la tierra como si fuera frágil, como si no fuera la misma tierra que Irene y yo solíamos patear, escupir u orinar detrás del granero.

Ahora Irene también hablaba como en las películas.

—Nunca habían hallado un hadrosáurido en esta zona —dijo—. No uno tan completo como este.

—Guau —respondí. Quería decirle que había pensado mucho acerca de aquel paseo en la noria. Quería decirle que tal vez me había equivocado con lo que le había dicho esa noche. Sin embargo, no dije nada.

—Mis padres están construyendo un centro de visitas y un museo. Y una tienda de regalos. —Y hasta extendió la mano hacia el terreno—. ¿Te lo puedes creer? Tal vez incluso nombren algo en mi honor.

—¿El Irenesaurio? —pregunté. Ella puso los ojos en blanco.

—Harán que suene más profesional que eso. No entiendes nada.

—Mi madre dirigía un museo —dije—. Lo entiendo.

—No es lo mismo —respondió ella—. Ese es un museo de historia local que ha existido desde siempre. Este es uno completamente nuevo. No intentes hacer que parezcan lo mismo. —Se dio la vuelta y caminó rápido en dirección al granero.

Creí que tal vez me llevaría al pajar. Y si hubiera comenzado a subir aquella escalera, la habría seguido. Pero no lo hizo. Se detuvo en la entrada. Había mesas cubiertas con varias bolas de aquel lodo color óxido tan grasoso que es más que nada solo arcilla; de algunas aglomeraciones asomaban fósiles. Irene fingió observarlos con detenimiento, pero yo sabía que era todo... una farsa.

—¿Ya sabes quién es tu compañera de cuarto? —pregunté.

—Alison Caldwell —respondió Irene, con la cabeza inclinada sobre un espécimen—. Es de Boston —añadió con aquel tono nuevo suyo.

Hice mi mejor imitación de Henry Higgins.

—Ah, los Caldwell de Boston. Buena familia, muchacha.

Irene sonrió y durante medio segundo pareció olvidar lo importante que se suponía que era ahora.

—Me alegro de saber montar a caballo. Al menos sé que puedo cabalgar tan bien como cualquiera de ellas.

—Probablemente mejor —dije. Hablaba en serio.

—Pero es diferente... Es estilo americano, no inglés. —Dio la espalda por completo a los fósiles y me sonrió—. Tienen becas en Maybrook, sabes. Podrías solicitar una para el otoño próximo. Seguro que la conseguirías, porque... —Irene no terminó la frase.

—Porque mis padres murieron —dije, con un poco más de maldad de la que sentía.

Irene dio un paso hacia mí, colocó una mano sobre mi brazo y un poco de ese lodo grasoso me manchó la camiseta.

—Sí, pero no solo por eso. También porque eres muy inteligente y vives en medio de la nada en Montana.

—Ese en medio de la nada en Montana es de donde vengo, Irene. Tú también.

—No hay regla que diga que debes quedarte en el lugar donde naciste —dijo ella—. No te hace una mala persona querer probar algo nuevo.

—Lo sé —respondí, e intenté imaginarme recortada en una de las fotografías de ese folleto brillante, sentada en el césped verde cubierto de una alfombra oriental de hojas de otoño, leyendo en pijama uno de esos libros con cubiertas de cuero en la sala común. Pero lo único que veía eran versiones de esas fotos con las dos en ellas, nosotras dos, Irene y yo, juntas en el embarcadero, en la capilla, en una manta de franela sobre el césped grueso, como compañeras de cuarto…

Irene podía leer mis pensamientos, como en los viejos tiempos. Me soltó el brazo y me tomó de la mano.

—Sería increíble, Cam. Yo iría primero y me acostumbraría al funcionamiento de todo el lugar y luego tú vendrías el otoño siguiente. —Su voz contenía la clase de entusiasmo que tenía cuando solíamos desafiarnos, algo que no habíamos hecho en lo que parecía una eternidad.

—Quizá —dije, pensando que sonaba muy fácil en aquel momento, con el sol casi invernal ardiendo sobre nuestras cabezas, el ruido de las herramientas de excavación de los paleontólogos, la sensación de la mano de Irene en la mía.

—¿Por qué «quizá»? Di que sí. Vayamos a pedirle a mi madre que te consiga una solicitud. —Irene me arrastró hacia la casa. La señora Klauson sonrió ante nuestro plan; todo era muy fácil, como siempre. Dijo que se aseguraría de que alguien en Maybrook me enviara la solicitud. Después nos condujo de regreso a la ciudad. Tenía el techo del automóvil bajado, por supuesto, e hicimos serpientes de viento en los laterales, alzando los brazos y moviéndolos con cada ráfaga. Los hierbajos junto a la autopista estaban parcialmente bañados de muerte por las heladas nocturnas, tenían partes doradas y ocres, secas y rizadas, pero el resto de la planta aún era verde, y resistía, intentando continuar su crecimiento. Si entrecerrabas los ojos, las serpientes de viento parecían nadar a través de las hierbas. Las hicimos durante kilómetros, hasta que salimos de la autopista y regresamos a las calles de la ciudad. Y luego la señora Klauson me dejó frente a mi casa. Y luego Irene se marchó.

Capítulo cuatro

Mis padres habían sido presbiterianos a medias. Éramos la clase de familia que asistía a la iglesia en Pascua y en Nochebuena, con algunos años de catequesis por si acaso. La abuela Post decía que estaba demasiado vieja para ir a la iglesia y que podría entrar igual en el cielo sin asistir. La tía Ruth no era ninguno de esos dos tipos de cristianos. Habíamos ido a misa en la Primera Iglesia Presbiteriana prácticamente todos los domingos desde el funeral, porque esa había sido «la iglesia familiar», pero Ruth dejó claro durante los viajes en coche de vuelta a casa que la congregación, en su mayoría anciana, y los sermones secos no eran de su agrado. A mí me gustaban bastante. Al menos, me gustaba que conocía a las personas que ocupaban los bancos a nuestro alrededor y que sabía cuándo levantarme y sentarme y la mayoría de los himnos. Me gustaban las vidrieras de colores del santuario, aunque el Jesús crucificado era muy sangriento, demasiado para una vidriera, pensé, con todos esos fragmentos magentas y rojos atravesados por la luz del sol. No me sentía cerca de Dios en la Iglesia Presbiteriana, pero algunos domingos me sentía muy cerca de mis recuerdos que habían transcurrido en ese lugar, con mis padres. Y me gustaba la sensación.

Ruth resistió durante las vacaciones, pero cuando estábamos quitando el árbol de Navidad, me dijo que había estado pensando que la Primera Iglesia Presbiteriana «ya no era buena para nosotras». Incluyó esto en medio de otra conversación que estábamos teniendo sobre que yo no tendría sesiones obligatorias con Nancy, la consejera empalagosa, durante el semestre de primavera, pero que eso no significaba que no necesitara continuar hablando con alguien.

—Sabes, Greg Comstock y su familia van a la Gates of Praise, igual que los Martenson y los Hoffsteader —me dijo—. Y a todos parece encantarles. La Primera Iglesia Presbiteriana no tiene la clase de comunidad que necesitamos en este momento. Ni siquiera hay un grupo de jóvenes.

—De todos modos, ¿qué rayos es un grupo de jóvenes? —preguntó la abuela desde detrás de su revista *Historias Atroces de Detectives*, que leía en el sillón—. Creía que los niños iban a catequesis hasta alcanzar la edad suficiente para comportarse durante el servicio religioso. ¿No puedes comportarte, Cameron?

Ruth rio del modo en que lo hacía cuando no estaba segura de cuánto estaba bromeando la abuela y cuánto hablaba en serio.

—Gates of Praise tiene un grupo exclusivo para adolescentes, Eleanor —dijo Ruth—. Según Greg Comstock, hacen toda clase de proyectos de servicio comunitario. Tal vez sería bueno para Cameron pasar tiempo con otros adolescentes cristianos.

Hasta donde sabía, todas las personas con las que «pasaba el rato» eran adolescentes cristianos, y aunque algunos de ellos quizá no estuvieran demasiado convencidos, ni uno solo hablaba sobre sus dudas. Pero sabía a qué se refería Ruth; quería que pasara tiempo con adolescentes que llevaban sus biblias de clase en clase. Quería que vistiera camisetas de bandas de rock cristianas y que asistiera a los campamentos de verano, a las reuniones; que actuara de acuerdo a lo que predicaba.

Ruth estaba de rodillas sobre el suelo de madera de la sala de estar, quitando agujas de pino, una tras otra, de la base del árbol, cubierta por una alfombra de encaje antiguo que mamá había adorado. Ruth colocaba cada aguja que tomaba con la mano derecha dentro de la izquierda, como si estuviera recolectando arándanos. Sus rizos rubios (se había acostumbrado a pasar mucho tiempo por la mañana untándose una crema especial para suavizarlos y luego secándolos un poco con el secador) le colgaban delante de la cara mientras hacía aquella tarea, con la que parecía joven, incluso angelical.

—¿Por qué haces eso? —pregunté—. Nosotros siempre sacábamos la alfombra del árbol fuera y la sacudíamos.

Ruth ignoró la pregunta y continuó quitando agujas.

—Debes conocer a muchos chicos de la escuela que van allí, ¿verdad, Cammie?

Pasé por alto su pregunta. El árbol de Navidad vivo, real, comprado en el puesto de árboles de Navidad de los veteranos de guerra, fue una concesión de Ruth. Mi madre había sido una gran defensora de los árboles de Navidad vivos. Cada año montaba varios en el museo Tongue River, temáticos, claro, y siempre teníamos uno en casa. Solíamos comprarlos todos juntos en un mismo viaje, solo nosotras dos; los cargábamos en la parte trasera de la furgoneta de papá y luego a veces nos deteníamos en la tienda exprés de Kip para comprar helado. Mi madre también había sido una gran defensora de comer conos de helado en invierno.

«Bueno, no tenemos que preocuparnos por que se derritan», solía decir, sosteniendo un cono con su elegante mano enguantada, su respiración visible en el aire incluso mientras le daba un mordisco al helado.

La cuestión de los árboles de Navidad había surgido en Acción de Gracias. Ruth mencionó que había visto unos árboles sintéticos muy bonitos en algunos anuncios del periódico, y yo me había enfadado en la mesa, con el apoyo de la abuela todo el tiempo. «Es su primer año sin ellos, Ruth. Permítele conservar sus tradiciones». Y me había permitido que mantuviera esas tradiciones. Se había esforzado, de hecho, y me había preguntado qué plato quería comer para la cena de Navidad y dónde colgar ciertos adornos, y habíamos ido juntas al mercado navideño del centro. Ruth había horneado tanda tras tanda de galletas dulces rellenas de mantequilla de cacahuete y había hecho realmente todo lo que se esperaba para Navidad de un modo incluso más perfecto que el que mis padres jamás habían logrado en sus vidas. Y, en lugar de hacerme sentir mejor, la imitación perfecta que hizo Ruth de una Navidad de la familia Post solo logró que me sintiera peor.

Había estado *gruñona*, dijo la abuela, durante semanas, y ahora el movimiento constante de Ruth retirando agujas de pino me hizo apretar los dientes.

—Se caerán más agujas cuando intentemos sacarlo de aquí, Ruth —dije. En algún momento de aquel diciembre, había dejado de llamarla «tía», sobre todo porque sabía que eso le molestaba—. Es estúpido intentar recogerlas a mano. Para eso inventaron las aspiradoras.

Aquello la detuvo. Se sentó de puntillas y se apartó el pelo a un lado con su mano libre de agujas de pino.

—Y tal vez por eso inventaron los árboles sintéticos —respondió en aquel tono dulce y severo que le salía tan bien—. Así que compraremos uno el próximo año. —Era prácticamente imposible hacerla cruzar el límite de aquella dulzura afilada, pero eso no evitaba que yo lo intentara.

—Pues vale —dije, desplomándome en el sillón junto a la abuela y tirando a propósito con el pie una caja de luces y escarcha navideña que estaba en la esquina de la mesa de café—. No compremos ninguno. ¿Por qué no pasamos de la Navidad y ya?

La abuela colocó la mano dentro de la revista para marcar la página y me golpeó el brazo con ella, fuerte; un golpe firme, como el que uno usaría para matar una araña grande.

—Cameron, recoge eso —ordenó la abuela. Se giró hacia Ruth—. No estoy segura de que esta chica esté lista para uno de tus grupos de jóvenes. Primero será mejor que aprenda a comportarse como una adolescente y no como una niña de dos años.

Tenía razón, sin duda, pero me estremeció que se pusiera de parte de Ruth.

—Lo siento —respondí, desenredando las luces sin mirar a ninguna de las dos.

—Creo que iremos a Gates of Praise el domingo próximo —dijo Ruth al estilo Ruth, todo bien—. Algo nuevo. Creo que será divertido.

* * *

Gates of Praise (GOP) era una de esas iglesias de tamaño industrial que parecía más bien un granero gigante en vez de un lugar de culto. Era un edificio metálico de una sola planta sobre una colina en las afueras de la ciudad, rodeada por tres lados por un aparcamiento de cemento, y en el costado restante, por un cuadrado de césped muy, muy pequeño.

En comparación con las vidrieras y los bancos gastados de caoba de la Primera Iglesia Presbiteriana, GOP parecía un edificio de oficinas o incluso una fábrica. Y en cierto modo lo era. Esto era particularmente cierto en la capilla principal, que tenía espacio suficiente para albergar con comodidad a la congregación de más de cuatrocientos miembros y un poco más; era puro eco, con grandes altavoces negros distribuidos por el espacio, luces fluorescentes colgadas en lo alto del techo y media hectárea de alfombra azul típica de oficinas extendida en el suelo.

El servicio religioso rara vez duraba menos de dos horas, desde las diez hasta el mediodía. La tía Ruth y yo íbamos todos los domingos. Ruth se unió al coro y luego al grupo de estudio de la Biblia para mujeres. Como había prometido, me obligó a unirme a Firepower, el grupo de adolescentes.

Lo que recuerdo de la catequesis en la Primera Iglesia Presbiteriana era a la amable señora Ness enseñándonos a cantar «Jesús me ama», con su cabello plateado recogido en un moño y una guitarra en su regazo. También recuerdo la Biblia para niños que nos dieron, sus imágenes de colores brillantes de parejas de animales subiendo al arca, de Moisés separando las aguas de un mar muy rojo y de un Jesús de pelo largo caminando sobre el agua con los brazos extendidos, que por algún motivo me recordaba a Shaggy de *Scooby-Doo*. Y recuerdo que durante los servicios religiosos había fila tras fila de ancianos repitiendo unos versículos, música dolorosa que procedía del órgano, un sermón largo que me era difícil seguir. Desde el comienzo, Gates of Praise fue diferente.

No era suficiente aceptar que Jesús había muerto por mis pecados, intentar cumplir con los diez mandamientos y ser amable con los demás. Las cosas en GOP eran mucho más específicas que eso. Aprendí que el mal me rodeaba y que era necesario luchar contra él constantemente. Ser un auténtico creyente significaba ayudar a otros, a muchos otros, a que creyeran como yo. *Ser un agente de Dios para evangelizar al mundo.* En vez de convencerme de la superioridad de esta clase de creencia, en vez de sentirme segura de su rectitud, hizo que cuestionara y dudara mucho más. Sabía que no era así como mis padres habían visto el mundo, a Dios. Supongo que no lo habíamos hablado específicamente muchas veces, pero aquella no era su versión, lo sabía.

En mi primera reunión de Firepower, nuestra consejera, Maureen Beacon, que se parecía extrañamente a Kathy Bates, me entregó mi propia *Biblia extrema del joven radical*. Estábamos en la gran sala de reuniones en la parte trasera de la iglesia y había cientos de chicos de mi edad y mayores llenando vasos de plástico con refrescos de sabor a fruta, o deambulando por la mesa de bocadillos, sacando las uvas de los racimos y lanzándolas a los otros, y cada uno de ellos tenía una copia. *La Biblia extrema del joven radical* tenía una cubierta negra con letras de un azul brillante y rayos de neón por todas partes que no tenía idea de qué simbolizaban. No recuerdo las inquietudes que discutimos en grupo en esa primera reunión: quizá adolescentes cristianos y anorexia, o adolescentes cristianos y la televisión, pero daba igual cuál fuera el tema, desde acné hasta citas: nuestra copia de *La Biblia extrema del joven radical* lo tenía cubierto.

Ni siquiera supe qué decía la Biblia exactamente sobre cómo me sentía respecto a Irene, sobre los sentimientos que sabía que podía permitirme sentir hacia otras chicas. Tenía una vaga idea de que no era algo demasiado favorable, pero nunca había buscado la prueba concreta. Aquella noche de la primera Firepower, después de llegar a casa, fui a mi habitación, puse *Atracción fatal* como película de fondo y busqué «homosexualidad» en el índice de «Temas a considerar» detrás de la cubierta. Subrayé los fragmentos de Romanos y Corintios. Leí todo sobre Sodoma y Gomorra, tuve preguntas sobre la naturaleza del azufre. Si bien lo que a mi entender era el pasaje más específicamente condenatorio, Levítico 18:22, mencionaba solo la homosexualidad masculina (*No te acostarás con un varón como si fuera una mujer: es una abominación*), aquello no me hacía sentir mejor. Mi *Biblia extrema del joven radical* tenía notas explícitas en los márgenes: «Hombre con hombre» puede entenderse como cualquier forma de atracción hacia el mismo sexo y de actos sexuales entre personas del mismo sexo. Leí esa frase probablemente diez veces. Las cosas parecían bastante claras.

Estaba recostada boca abajo, con los pies sobre la almohada y la cara tan cerca de la pantalla del televisor que sentía la electricidad estática atrayendo mi pelo. Cerré la Biblia, y dejé que cayera al suelo desde el colchón. Mi madre, con doce años, me observaba desde la foto en el lago Quake, como siempre.

«¡No me ignorarás!», le decía Glenn Close a Michael Douglas mientras su cabello despeinado demostraba que estaba a punto de volverse loca. Coloqué las manos dentro de los bolsillos del pantalón y me quedé recostada sobre los brazos, era una única masa larga. Los nudillos de mi mano derecha golpearon algo que no recordaba que estaba allí: el trozo irregular color púrpura brillante de fluorita que había robado del salón de Ciencias de la Tierra durante el laboratorio de minerales.

Extraje el fragmento y lo hice rodar entre los dedos. Estaba tibio por el bolsillo y era suave como vidrio en algunas facetas y áspero como lija en otras. Me lo metí en la boca un instante para sentir su peso contra mi lengua, para oírlo chocar contra los dientes. Sabía como el olor del salón de Ciencias de la Tierra, a metal y suciedad. Aún lo sostenía contra el paladar, mirando a medias la película, cuando vi la casa de muñecas, al acecho como siempre. Decidí que ese fragmento de fluorita luciría bonito, e incluso apropiado de algún modo, colgado sobre la chimenea de la habitación que yo consideraba la biblioteca. Así que, en vez de esperar y pensarlo más, o de preguntarme si debía hacerlo o no, me puse de pie, rebusqué en el escritorio hasta encontrar un frasco de pegamento y luego pegué la fluorita allí, sobre la chimenea, mientras Glenn Close hervía a un conejo de fondo.

Tenía una colección pequeña de objetos que había recogido de distintos lugares. Estaba en la parte trasera de uno de los cajones de mi escritorio. Extendí la colección entera sobre el edredón y me puse de rodillas junto a la cama para observar todo mi botín. No era mucho, solo cosas pequeñas: una chapa original de la campaña de Nixon que saqué de la cartelera del señor Hutton; un termómetro magnético de Jesús rezando que hurté de la nevera de la cocina de GOP; una ranita de vidrio diminuta que me llevé de la bolera desechable y que decía

BOLOS Y DIVERSIÓN en rojo; un llavero con forma de navaja suiza que un chico de mi clase de Historia Mundial llevaba colgado de su mochila; una hermosa flor de origami colorida que había hecho uno de los estudiantes de intercambio japoneses; uno de esos retratos escolares de un niño al que había cuidado una o dos veces; y también aquella foto de Margot bebiendo champán que había ocultado mientras ella estaba *in das Bad*; una botellita de vodka como las de los aviones que había encontrado cuando limpiamos la oficina de mamá y, finalmente, un paquete de Bubblicious que había robado de la tienda exprés de Kip, solo porque estaba pensando en Irene.

Comencé a pegar más de mis pequeños tesoros en la casa de muñecas. Hice una alfombra con envoltorios de chicles para la cocina. Colgué la chapa de Nixon en la pared de lo que imaginaba que era la habitación del hijo mayor. Coloqué la ranita en el jardín y tomé la pantalla de uno de los muebles de mi vieja casa de muñecas para hacer una lámpara de pie con la botellita de vodka para la sala de estar. La película continuó, terminó, llegó a los créditos, la pantalla se puso negra, hizo *clic*, la cinta se rebobinó y comenzó a reproducir la película de nuevo automáticamente; continué pegando. Me sentó muy bien estar haciendo algo que carecía de sentido.

Parte dos
Escuela secundaria
1991–1992

Capítulo cinco

El verano antes de primer curso regresé a casa después de entrenar con el equipo de natación y encontré a la tía Ruth en la sala de estar con muchos cartones rosas desparramados en el suelo, sobre la mesa, y rizos de poliestireno rosados por todas partes. Estaba de espaldas a mí, cantando algo, quizá algo de Lesley Gore, quizá no, pero sin duda algo de sus años en secundaria.

Dejé caer la mochila en el suelo porque sabía que eso la asustaría, y aunque solo los próximos cincuenta días me separaban de la secundaria, no había dejado de hacer cosas inmaduras.

Exageró el salto de *me asustaste* y se dio la vuelta con un martillo de mango rosa en la mano.

—Cameron, me asustaste —dijo como si estuviera en una novela y la hubieran encontrado hurgando en el escritorio de otra persona.

Señalé el martillo con la cabeza.

—¿Para qué es el martillo rosa?

Sus ojos brillaron como al encender una bomba de humo, puro sulfuro y calor.

—Es mi martillo para damas ocupadas de Sally-Q. Te presento a la primera distribuidora oficial de herramientas Sally-Q en Miles City. —Esbozaba su sonrisa de concurso de belleza; ella era cada anuncio que había visto y yo era la audiencia en el estudio.

Movió algunos rizos de poliestireno que estaban sobre el cartón más cercano a ella, extrajo un taladro pequeño, rosado e inalámbrico, y presionó el botón de encendido. La herramienta zumbó del modo en que uno esperaría que lo hiciera un taladro como ese. Exactamente de esa manera, como lo haría un colibrí mecánico: agudo y rápido, pero sin mucha presencia.

—De hecho, soy la única representante de ventas de herramientas Sally-Q al este de Montana. ¡Soy alguien importante! —Dejó que el taladro zumbara unos segundos más y luego lo apagó.

Ya podía ver las reuniones Sally-Q en la sala de estar: un poco de quiche de espinacas, limonada con ramas de menta y luego la frase de lanzamiento: *Lo práctico también puede ser bonito. No es la llave inglesa de tu marido.*

Me entregó el taladro para que pudiera admirarlo.

—Se fabrican en Ohio —dijo—. Todo ha sido investigado y testeado. Estas herramientas están hechas específicamente para mujeres. —Me vio la cara, que decía *no sabía que las otras herramientas estaban hechas solo para hombres*—. Tienen los mangos más pequeños y las empuñaduras más fáciles de sujetar. Incluso tú tienes manos pequeñas, Cammie. Dedos largos, pero manos diminutas.

—Son huesudas —respondí y le devolví el taladro.

—Son iguales a las mías —dijo ella, pero apenas tuve tiempo de sonreír con superioridad ante su manicura inmaculada antes de que dijera—: Y también son iguales a las de tu madre.

Recordaba que mamá y yo teníamos las mismas manos. Recordaba haber presionado mis palmas sobre las de ella, esperando que mis dedos crecieran para alcanzar los suyos, y que ella usaba las dos manos para extender una loción de cereza y almendras sobre una de las mías. Su piel era cálida; la loción, fría.

—Tienes razón —le dije a Ruth y fue un momento bonito entre las dos, recordar a mi madre, su hermana; pero esas cajas rosadas estaban por todas partes, como el confeti triste de rizos de poliestireno rosa, y no permití que el instante se prolongara demasiado.

Fui a la cocina a buscar una barrita de cereales. Ruth continuó desempacando, revisando el inventario con un formulario de pedido, tarareando de nuevo su canción u otra que sonaba igual. Desde la puerta, mientras masticaba, examiné todas las herramientas, había muchas. Eran estúpidas, pero de todos modos me alegraba de que Ruth tuviera esa actividad porque la mantendría ocupada, y yo quería que estuviera ocupada. Tenía planes para mis vacaciones de verano, para hacer lo que quería hacer. O al menos pensaba que los tenía. Y que Ruth estuviera ocupada ayudaba, porque lo que había planeado era sin duda algo que a Ruth no le parecería bien.

* * *

En mayo habían terminado de construir el edificio del gran centro médico sobre lo que antes había sido tierra de pastoreo y habían dejado el esqueleto del viejo hospital en el centro de la ciudad. Si bien prácticamente cada niño de Miles City había nacido allí; había visitado al pediatra —el doctor Davies— allí; nos habían enyesado con yesos verdes y rosas los huesos rotos; nos habían limpiado las orejas y cosido la cabeza allí, una vez que estuvo vacío, el hospital Santo Rosario adoptó el aura espeluznante e irresistible de cualquier lugar inmenso abandonado.

Había nueve pisos de salas de examinación, quirófanos, salas de cuidados intensivos y oficinas, más una cafetería y una cocina donde aún resplandecían los mostradores y los estantes de acero inoxidable, todo conectado por un laberinto de pasillos aparentemente infinitos: más que suficiente para entretener a cualquier niño semiaventurero con unos amigos que lo siguieran.

Pero la sección más antigua del hospital, el edificio de ladrillos oscuros original de 1800 que se expandió luego en 1920 y de nuevo en 1950, fue la que se convirtió en el lugar para satisfacer los desafíos. Era bastante espeluznante por fuera, con la arquitectura estilo español que se derrumbaba por el paso de los años; había ventanas rotas, una cruz de piedra gastada en la cima: todos los elementos clásicos de una noche oscura y tormentosa. Cualquier adolescente hubiera dicho que un lugar así tenía que ser peor por dentro.

La primera vez que entré fue fácil. Jamie Lowry había robado de algún modo las tenazas para cortar cadenas de la conserjería de la escuela. También había traído una inmensa botella de plástico con licor de menta McGillicuddy y una linterna fina, ambas cosas enterradas debajo de sus pantalones cortos sudados y de un suspensorio en la bolsa que usaba para atletismo. Dado que, como siempre, yo era la única chica invitada, no comenté lo asqueroso que es el licor de menta, incluso antes de haber viajado junto a un suspensorio sudoroso durante unas horas.

Cinco de nosotros, todos miembros del equipo, habíamos salido temprano de la fiesta con pizza de fin de año, incluso antes de que Hobbs hiciera su movimiento clásico de comerse todas las porciones y las cortezas sobrantes; los restos quedaron en las cajas de cartón, tristes y abandonados en medio de charcos de grasa anaranjada. Hobbs solía tragárselo todo, luego bebía refresco Mountain Dew y hacía saltos de tijera hasta vomitar. De todos modos, ya lo había visto el año anterior.

Jamie ya había entrado una vez a Santo Rosario con su hermano mayor, así que eso, sumado a las tenazas, le confería autoridad, y a él le encantaba.

—No llegamos demasiado lejos —nos contó por el camino—. Dentro está muy oscuro y salimos demasiado tarde, el sol ya se había puesto. Pero, por lo que vimos, el lugar es impresionante.

—Pero ¿en qué sentido? —le había preguntado alguien, probablemente Michael, que en realidad no quería ir, pero hacía cosas así de vez en cuando solo para que nadie dejara de invitarlo por completo.

—Espera y verás, chaval —había dicho Jamie—. Hablo en serio. Es jodidamente increíble. —Dado que Jamie lo describía todo, desde películas de zombis hasta las discusiones de sus padres, y se refería a las nuevas enchiladas de Taco John's como «jodidamente increíbles», ninguno de nosotros podía tener una estimación basada en sus palabras.

Cuando estuvimos al resguardo del patio del viejo hospital, lleno de enredaderas sin podar y árboles sombríos, nos turnamos para beber la mayor cantidad de licor posible. Nos fue bastante bien, considerando la temperatura tibia del licor y las pilas de pizza barata que habíamos ingerido antes.

—Empecemos con la mierda esta —dijo Jamie y extrajo las tenazas—. Mi hermano y yo entramos por una ventana del otro lado, pero ya la tapiaron. —Nos guio hasta una escotilla que estaba a pocos metros del suelo—. Era para entregas —explicó—. Lleva directamente al sótano.

El candado se rompió con una facilidad sorprendente, y Jamie se ocupó de un lado y Michael empujó el otro. Pero cuando alzaron el panel de madera y los escalones angostos aparecieron, Michael había hecho su parte y dijo que debía marcharse.

—Maldito cobarde —soltó Jamie y luego bebió un sorbo de licor con total seriedad, intentando parecer duro como John Wayne, como si ese fuera el código del Oeste o algo así: *Insultas a un hombre, bebes un trago*. Pero no lo dijo hasta que Michael ya estuvo lejos del patio y probablemente bastante satisfecho con su participación como el chico duro.

Pasé mi turno mientras la botella circulaba de nuevo.

—¿Tú también quieres irte, Cameron? —me preguntó Jamie, y me enfureció que no hiciera la pregunta del mismo modo en que se la hubiera hecho a uno de los chicos. En cambio, la hizo en un tono burlón, como un bebé llorón. Preguntó con la mayor sinceridad que Jamie Lowry podía demostrar, como si dijera que no pasaba nada si quería irme, dado que solo era una chica y era de esperar que tuviera miedo.

—Es solo que no quiero beber más de esa mierda. Es asquerosa. Empecemos de una vez.

—La dama ha hablado —dijo Jamie, y comenzó a bajar los escalones.

La linterna era una broma. Incluso cuando funcionaba, solo emitía una línea fina de luz y, de todos modos, dejó de funcionar a los cuatro minutos de uso. Había sido un mayo muy lluvioso y el sótano parecía, apropiadamente, una cripta: había telarañas en el marco de la puerta que nos acariciaban la cara, olía a suciedad y podredumbre y aire viciado, y estaba oscuro, completamente oscuro. Es decir, había un haz de luz que provenía de la ventana más alejada, como un cuadrado de luz, pero no hacía nada por ayudarnos a ver por dónde íbamos. Sentía un aliento cálido lleno de licor sobre el cuello, seguramente el de Murphy, o tal vez el de Paul, y no me importó quién fuera el que estuviera tan cerca de mí. Su aliento incluso olía bien, como mentolado pero podrido. Me gustaba saber que había alguien detrás de mí.

Éramos cuatro estrellas del equipo de atletismo de secundaria, pero avanzábamos por aquel sótano pasito a pasito. Incluso con toda esa pizza para absorberlo, el licor se abrió camino hasta mis brazos, mis piernas, todo se intensificaba y amortiguaba a la vez. Mi mente no dejaba de reproducir escenas de todas esas películas de terror que había alquilado.

Paul era el que susurraba.

—No me gustan las monjas —dijo—. Nunca me han gustado. Las monjas dan un miedo que te cagas. Son horribles. ¿Casadas con Dios? ¿Qué es eso? Joder, es una puta locura. —Es probable que nos hablara a nosotros, pero nadie le respondió.

De vez en cuando adelantaba la mano en busca de Jamie, un movimiento casi involuntario, como si mi palma tuviera Tourette, y le agarraba una punta de la camiseta húmeda de algodón y la retorcía, con más y más fuerza, estirando la tela sobre su piel, al igual que lo hacía con la pernera de mi pantalón cuando subía a una de esas atracciones que giraban bruscamente en el aparcamiento de una feria. Jamie no dijo nada y no se rio, sino que permitió que me aferrara a él de ese modo mientras avanzábamos a tientas y tropezábamos hacia la puerta que nos sacaría de aquel puto lugar.

Aunque los escalones viejos se hundían bajo nuestros pies, la escalera estaba envuelta en una luz tenue que provenía de la puerta abierta que llevaba al piso superior. Jamie celebró nuestra llegada a la cima y Paul y Murphy repitieron algo similar, todos envueltos en la euforia vertiginosa que viene con la huida.

Había pasado relativamente poco tiempo desde la clausura y quedaba algo de electricidad en el edificio (arriba, de todos modos) y, aunque parecía demasiado moderno para su entorno, el hecho de que al final del pasillo hubiera un cartel de SALIDA brillando en color rojo, apropiado para Navidad, me reconfortó en cierto modo, me transmitió una sensación de normalidad. Porque no había nada normal en aquel hospital.

Aquel día solo tuvimos tiempo para el ala antigua, y eso fue suficiente. Había arcos altos y empapelados con láminas de oro, todo demasiado decadente como para parecerse a las salas de hospital austeras que conocíamos por nuestros chequeos. Había sillones verdes, antigüedades sin duda, y en una esquina incluso había un piano de cola. En cuanto lo vio, Murphy ocupó el asiento y tocó una versión llena de pausas de «Heart and Soul» mientras Jamie y Paul se hacían placajes como suelen hacer los chicos cuando están entusiasmados y en un lugar donde se supone que deben comportarse... o al menos donde se suponía que antes debían comportarse. Sobre nosotros, unas monjas serias vestidas de blanco almidonado observaban nuestra intromisión desde las pinceladas de un inmenso cuadro al óleo con un marco dorado.

Cuando Jamie propuso un brindis «en nombre de Dios», alcé la botella hacia el cuadro y bebí un sorbo, al igual que los chicos. Esta vez el licor me quemó mucho el paladar y el fondo de la garganta, y tosí escupiendo un poco del líquido, avergonzada.

Luego la lucha comenzó de nuevo, esta vez con Murphy incluido, y yo observaba desde el reposabrazos de un sillón preguntándome qué debería sentir. No era un espectáculo para mi beneficio, como el modo en que los tigres machos se pavonean para las hembras, cortejándolas con destrezas masculinas y payasadas, aunque había visto a estos chicos haciendo esa mierda antes cerca de Andrea Harris, cerca de Sue Knox. Era lo mismo que hacían cada vez que estábamos juntos. Era una clase de libertad que los chicos se permitían tener cuando estaban juntos, y yo envidiaba cada segundo de ello. Era algo más ruidoso y brusco que cualquier cosa en la había participado con un grupo de chicas. Aunque realmente yo no formaba parte de aquello. Todo parecía muy fácil para los chicos, y yo solo podía acercarme hasta cierto punto.

—Oye, Camster —gritó Jamie, debajo de una pila humana—, ven a rescatarme.

—Muérete —respondí.

—¿Has dicho que querías masturbarme?

—Sip. Me has oído bien.

La madre de Jamie asistía a Gates of Praise. Su padre no la acompañaba. Jamie solo lograba faltar una vez cada tanto. Habíamos comenzado a pasar el rato el año anterior, durante el calentamiento y los enfriamientos en los entrenamientos de atletismo. Incluso había visto más películas que Jamie, lo cual me convertía en una especie de autoridad para él. Los otros chicos solo lo seguían.

—Vamos, Cameron —Jamie lo intentó de nuevo; logró desenredarse de la pila humana y corrió hasta el piano de cola—. Hagamos la escena del piano de *Pretty Woman*.

Murphy y Paul rieron bastante fuerte ante eso.

—Bueno —dije—. ¿Quieres que Paul haga de Julia, o Murphy? Porque él tiene el pelo rojo.

La luz del exterior se cortaba en tiras extrañas, ángulos raros, a través de la madera barata que alguien había usado para tapiar a medias las ventanas. Aquellas tiras de luz iluminaban el polvo espeso que los chicos habían agitado al jugar, y su descenso lento hacia el suelo, como purpurina, como copos de nieve, hizo que todo pareciera un poco más surrealista e irreal. Y el licor ayudaba. Sentía que habíamos entrado en un mundo que no deberíamos haber encontrado. Y me gustó.

* * *

Aquel verano, Lindsey Lloyd y yo llegamos a un compromiso para las máximas puntuaciones en la liga de chicas de nivel intermedio, en cada uno de los encuentros de natación de la Federación de Montana del Este. Ella me vencía por media brazada en los cien metros libres, yo le ganaba en estilo individual y luego todo se reducía a comparar el tiempo en los cronómetros con cada metro que nadábamos estilo mariposa. Lindsey pasaba los veranos con su padre (él trabajaba en una construcción cerca de Roundup) y el año escolar con su madre y su padrastro en Seattle. Habíamos sido la competencia de la otra incluso desde antes de que mis padres murieran, y Lindsey siempre tenía ventaja porque en su escuela en Seattle había una piscina cubierta y yo solo tenía junio, julio y agosto en el lago Scanlan.

Siempre nos habíamos llevado bien; conversábamos sobre triviali-
dades sentadas en las gradas y a veces hacíamos fila juntas en el puesto
de comidas, esperando nuestros *haystacks*, uno de los favoritos de los
encuentros de natación hecho de hamburguesa condimentada, queso,
crema agria, tomates y aceitunas, todo servido con una bolsa individual de Fritos, con el tenedor sobresaliendo de la cima. Lindsey amaba
ese plato. Se lo comía unos veinte minutos antes de una carrera y aun
así podía ganar, una especie de «a la porra» para la regla estúpida de
espera dos horas después de comer antes de nadar.

Lindsey Lloyd siempre había estado allí, era parte de la experiencia
del equipo de natación de verano. Recuerdo que en mi primer encuentro después del funeral de mis padres, no intentó darme uno de esos
abrazos raros como las otras chicas contra las que competía. En cambio, dijo «lo siento» solo moviendo los labios cuando nuestras miradas
se encontraron durante la versión chirriante del himno nacional que
insistían en poner antes de cada competición; aún estábamos mojadas
por el calentamiento y reunidas alrededor de la piscina, con las manos
sobre el corazón, aunque nadie sabía con certeza dónde estaba izada la
bandera en esa piscina en particular. Aquel «lo siento» parecía el modo
adecuado de manejar las cosas.

Pero ese verano Lindsey había regresado mucho más alta y también
había cambiado otras cosas. Se había cortado la coleta que solía meter
dentro del gorro de natación y se había decolorado el resto del pelo
hasta lograr un blanco brillante. Lo cubría de acondicionador antes de
los encuentros para evitar que el cloro lo convirtiera en verde. También
tenía un piercing en la ceja, un accesorio plateado pequeño que los
jueces hacían que se quitara antes de competir. El entrenador Ted decía
que tenía hombros de nadador mariposa y que no había nada que yo
pudiera hacer con mis propios hombros, que no eran de nadador mariposa, excepto entrenar más.

Entre carreras, Linds y yo nos sentábamos juntas en las toallas de
playa, jugando al Uno y comiendo uvas rojas frías de una nevera portátil rosada de Sally-Q que la tía Ruth había ganado como recompensa
por su compromiso con la compañía. Lindsey contaba historias sobre

Seattle, donde todo sonaba innovador y guay, historias sobre recitales y fiestas a las que había asistido, sobre los amigos desquiciados que decía tener. Yo le hablé sobre el hospital, el mundo secreto que habíamos descubierto al escabullirnos dentro. Desde nuestras toallas playeras en Montana del Este, escuchamos cintas de bandas que nunca había oído nombrar, con las cabezas cerca, cada una con una oreja presionada contra un lateral de los auriculares negros de Lindsey.

Un par de fines de semana después estábamos en un encuentro en Roundup, el hogar acuático de Lindsey durante el verano, y yo le estaba poniendo loción bronceadora en la espalda, sobre aquellos hombros de nadador mariposa: tenía la piel suave y cálida por el sol. Utilizaba un aceite que olía a coco, al igual que el entrenador Ted, aunque no lo necesitaba porque estaba tan bronceada como el resto; a la abuela le gustaba llamarnos *pequeños nativos*. Todos entrenábamos durante horas cada día bajo el sol del verano y no había nada especial en ponernos crema entre nosotras, pero sí lo había cuando yo la esparcía sobre Lindsey. Me ponía nerviosa, ansiosa, y no podía esperar a que me lo pidiera en cada uno de los encuentros.

Tenía las manos pegajosas por la crema e intentaba esparcirla debajo de las tiras de su traje de baño, cuando dijo:

—Si estuviera en Seattle, este fin de semana iría al Orgullo. Se supone que lo pasas en grande. Pero no lo sé. —Intentaba sonar relajada al decirlo, pero noté su tensión.

Lindsey siempre hablaba sobre eventos y recitales en Seattle de los que nunca había oído hablar, así que no saber a qué se refería con lo del Orgullo no significaba necesariamente nada para mí en ese instante.

Continué esparciendo la crema, centrándome en la zona de su cintura, donde el traje de baño requerido para el equipo solo dejaba entrever una ventana de piel, un par de nudos de las vértebras.

—¿A qué te refieres con que *no lo sabes*? —pregunté.

—Junio siempre es el mes del Orgullo, y yo siempre estoy en Montana en junio —respondió, moviendo las tiras de los hombros para que pudiera esparcir mejor la crema—. La maldita Roundup en Montana no celebra el Orgullo.

—Sí, ni que lo digas —dije, aún ocupándome de la crema.

Ella se dio la vuelta ante mi respuesta para poder mirarme, intentando evitar, sin mucho éxito, que la sonrisa de superioridad en su rostro se extendiera más.

—No sabes de qué estoy hablando, ¿verdad? No tienes ni idea.

Sabía por su expresión, su tono, que me había perdido de algún modo algo importante en lo que había dicho y que de nuevo había quedado como la pueblerina rústica que ella me hacía sentir. Mi respuesta ante ello fue fingir indiferencia.

—No soy idiota. Estás hablando sobre un festival que te pierdes cada año.

—Sí, pero ¿qué clase de festival? —Se inclinó más, hasta que su cara quedó cerca de la mía.

—No lo sé —dije, pero entonces, incluso mientras lo decía, creo que parte de mí lo sabía, en cierto modo, como si lo hubiera comprendido de pronto. Incluso podía sentir mis estúpidas mejillas sonrojadas, el modo de mi cuerpo de decirme que lo sabía. Pero era imposible que lo dijera en voz alta. Así que lo que dije fue—: ¿El orgullo alemán?

—Eres adorable, Cam —respondió ella. Su rostro todavía estaba bastante cerca del mío y podía oler el Gatorade de fruta en su aliento.

No quería ser adorable del modo en que ella pensaba.

—No siempre tienes que esforzarte tanto para convencerme de lo genial que eres —dije, poniéndome de pie y recogiendo las gafas y el gorro—. Lo entiendo. Eres muy, muy guay. Eres la chica más guay que he conocido.

Algunas de mis compañeras de equipo pasaron junto a nosotras y nos dijeron que acababan de anunciar los cien metros libres. Comencé a correr detrás de ellas, sin esperar a Lindsey, aunque este también era su evento, como siempre.

Ella me alcanzó detrás del puesto de comidas, donde habían colocado las jarras grandes que usaban para hacer té helado en polvo; había una fila organizada de unas quince jarras, el agua en diversos tonos cafés. Pasamos sobre ellas juntas y Lindsey me agarró del brazo, justo por encima del codo, y tiró de mí hacia ella, su boca junto a mi oreja.

—No te enfades conmigo —dijo, en voz baja y mucho menos Lindsey de lo habitual—. Es el Orgullo Gay. De eso se trata.

Sentí que era una declaración cuando no lo era. Al menos, no completamente.

—Lo he entendido. Es decir, lo he deducido.

Serpenteábamos entre grupos de padres, de nadadores, el césped estaba atestado de gente ruidosa y, aunque teníamos cierta anonimidad allí, me preocupaba a dónde iría esto, qué diría ella ahora, que podría decir yo si no tenía cuidado.

—Si pudiera llevarte al Orgullo, en un mundo perfecto, si pudiéramos ir hasta Seattle en un avión privado, ¿querrías venir conmigo? —preguntó Lindsey, todavía agarrándome con fuerza del brazo.

—Bueno, ¿hay algodón de azúcar? —pregunté, porque estábamos allí, en las gradas, y sentí que era el momento adecuado para una respuesta vaga.

Pero eso no era lo que Lindsey quería.

—Da igual—dijo, aceptando su ficha de la señora que siempre se encargaba de las fichas en el encuentro de Roundup, la que tenía el pelo rojo en dos coletas y un sombrero blanco que no se quitaba en todo el día—. Olvídalo.

Las bancas estaban llenas de nadadores nerviosos, algunos estiraban, otros ajustaban los gorros de silicona sobre montones de cabello, dejando una protuberancia similar a un tumor encerrado en la goma violeta neón o plateada metálica, sobre sus cabezas o sobre la nuca. Un grupo de chicas nos saludó con la mano, chicas con las que habíamos competido durante años, desde siempre. A Lindsey le tocaba la ronda anterior a la mía, pero aún teníamos unas cinco rondas antes de eso.

Encontramos un lugar en un banco trasero y nos sentamos cerca, como siempre. Cuando nuestras rodillas desnudas se tocaron, del modo en que debían hacerlo para poder entrar en ese asiento, no pude evitar recordar a Irene y la noria, como una reacción alérgica. Me aparté y permití que la otra rodilla chocara contra la de la chica sentada al otro lado.

Era imposible que Lindsey hubiera pasado por alto aquello.

—Dios, no era mi intención molestarte tanto —dijo, demasiado fuerte para el lugar en el que estábamos.

—No estoy molesta. Es que no quiero hablar de esto dos minutos antes de que nademos. —Había bajado la voz y miraba a mi alrededor, aunque en realidad no era necesario. Todos estaban centrados en sus propias conversaciones o mentalizándose para la carrera.

—Pero ¿quieres hablar sobre esto en algún otro momento? —preguntó, acercando la cara, otra oleada de Gatorade y algo más, canela quizá. Chicle.

—Tienes que escupir el chicle antes de nadar —dije, pensando de nuevo en Irene.

—Señorita Lloyd, ¿acabo de oír que tiene chicle? —Siempre alerta, Sombrero de Safari avanzó unos pasos hacia nosotras con un brazo extendido y la palma hacia arriba en forma de cuenco.

—¿Quiere que le escupa en la mano? —le preguntó Lindsey, aunque era obvio que sí, que eso era exactamente lo que esperaba.

—Si no, luego lo encontraré debajo del asiento, cuando lo guarde. Vamos. —Sombrero de Safari chasqueó los dedos antes de formar de nuevo un cuenco pequeño con la palma—. No importa lo que tenga, no me matará.

—No esté tan segura de ello —dije, justo cuando Lindsey escupió.

—Correré el riesgo. —Sombrero de Safari inspeccionó el pequeño chicle rojo masticado antes de darse la vuelta en busca de un cubo de basura.

—¿Qué es lo que podría contagiarle? —me preguntó Lindsey. Intentó parecer enfadada, pero le guiñé un ojo y se rio.

—Se me ocurren algunas cosas —respondí.

Lindsey dejó que aquella frase flotara en el aire un poco, pero luego preguntó de nuevo y con absoluta seriedad:

—Pero irías al Orgullo conmigo, ¿verdad? Querrías asistir. Dime que sí.

Sabía que mi respuesta significaba más que solo las palabras que decía, pero asentí y dije:

—Sí, iría. Iría contigo.

Esbozó una gran sonrisa, pero no preguntó nada más. Llamaron su ronda bastante rápido después de eso y me quedé en la grada, esperando a que también me convocaran.

* * *

Solo teníamos dos días para redescubrirnos, las preliminares eran el sábado y las finales el domingo, y luego estaba el asunto de estar allí para competir. Tenía que ponerme al día rápido. Lindsey había besado a cinco chicas y había hecho otras cosas misteriosas y *serias* con tres de esas cinco. La madre de Lindsey conocía a un tipo, Chuck, que era drag queen; su nombre artístico era Castidad Santa Clara, y Lindsey lo había visto actuar en un evento solidario. Lindsey se uniría al grupo GLBI de su instituto. «I» significaba «indecisos». Antes de Lindsey no había sabido que aquella era una categoría real.

—*La mejor marca* es buena, pero necesitas alquilar *Media hora más contigo* —me dijo.

—Estoy bastante segura de que no la tendrán en Video 'n' Go —respondí después de que hubiera explicado el argumento de la película.

Cuando el entrenador Ted repartió las autorizaciones que había que rellenar para hospedar nadadoras durante nuestro propio encuentro, ni siquiera guardé el papel en la mochila, sino que regresé a casa en bicicleta con la tira de papel presionada contra el manillar. Aunque Ruth dijo que cuatro personas podían dormir cómodas si utilizábamos el sofá cama, le entregué la pequeña tira de papel a Ted con una X junto a: *Podemos ofrecer hospedaje y cena para una nadadora*. Lindsey a veces se hospedaba en casas de otras nadadoras durante los encuentros deportivos y a veces su padre venía con su caravana. Tenía un cincuenta por ciento de probabilidades. Intenté preguntarle al respecto casualmente, en las gradas el fin de semana siguiente, pero, por algún motivo, sentía que era un gran paso.

—Vendrás a nuestro encuentro, ¿verdad? —No dejaba de estirar las tiras de mis gafas. Ya las había escupido dos veces y había frotado los cristales con el índice, pero lo hice de nuevo.

—Sí, ¿por qué no iba a asistir? —preguntó ella, notando mis manos ocupadas, mi necesidad evidente de hacer algo que no fuera mirarla y tener esa conversación.

—No lo sé —dije, aún moviendo los dedos—. Porque el lago es asqueroso y nunca nadie viene a nuestros encuentros deportivos. —El coordinador nos hizo avanzar una grada más y me golpeé con fuerza un dedo del pie descalzo contra el borde de cemento de la cubierta de la piscina; observé que una ampolla de sangre aparecía prácticamente de inmediato debajo de la uña.

Lindsey vio que hice un gesto de dolor y me tocó la rodilla, dejó la mano allí un segundo más del necesario para preguntarme si estaba bien.

—Me gusta tu lago —dijo—. Es diferente a todos los otros encuentros.

—Sí —respondí, y luego no sabía de qué hablar o por qué esto era tan difícil. Luego Lindsey comenzó a toquetear sus gafas y ambas permanecimos sentadas así, en silencio, en las gradas que algún idiota había pintado de azul brillante, la clase de pintura que se calienta como el techo de un automóvil y te tuesta la parte trasera de los muslos en cuanto te sientas con el traje de baño.

Esperé hasta la caminata hacia los puntos de partida (cuando Ted decía que debíamos visualizar la carrera que teníamos por delante, centrar nuestra atención en el largo de la brazada, en el ritmo de las patadas, imaginando los giros y los movimientos una y otra vez en nuestra mente), para terminar de preguntarle.

—Tu padre no vendrá, ¿verdad?

Ella ya tenía puesto el gorro de silicona gruesa, así que apartó un trozo de la goma de la oreja y me miró como si le alegrara que hubiera dicho algo, incluso si ella no estaba segura de qué era lo que había dicho.

—Me refiero a si vendrá a Miles City —añadí—. ¿Vendrá al encuentro? ¿Necesitas un lugar donde hospedarte?

—Me hospedaré contigo, ¿no? —Lo dijo con tanta facilidad que sentí que había caído en una trampa, en algo que no sería capaz de manejar cuando llegara. Alrededor de quince segundos después de eso, dijeron «Nadadoras, a sus puestos» y fue la peor carrera que hice en toda la temporada.

* * *

Dave Hammond había regresado de la casa de su madre en Texas y estaba incluso más loco que Jamie: dispuesto a todo. En el verano, vivía en una caravana detrás del puesto de frutas de su padre, y durante la última semana de junio y la primera de julio se ocupaba de dirigir el puesto rojo, blanco y azul que montaban junto a las mesas largas de sandías y maíz: Los fuegos artificiales de Dave. Es imposible ser más popular la primera semana de julio que el chico de catorce años con acceso a un puesto entero de mierda barata hecha específicamente para explotar. Y la mejor parte era que incluso después del 4 de julio, cuando era ilegal continuar vendiéndolos, los Hammond conservaban los restos de las existencias en un depósito junto al Dairy Queen. Así que comprábamos allí helado y luego hacíamos una parada en el depósito en busca de cañitas voladoras, bengalas, petardos Black Cat y explosivos. Mi cuerpo olía a humo, azufre y protector solar durante días.

Quería compartir mi mundo de verano con Lindsey cuando viniera; lo mejor de Miles City en julio se extendía ante nosotras como una mesa de pícnic llena de pasteles. El encuentro deportivo parecía una formalidad, y nunca había vivido una competición así. En las preliminares, el sábado, superé el tiempo de Lindsey en cada ronda, incluso en estilo libre. Los otros equipos no estaban habituados al agua espesa, a la sensación de las algas del lago enredándose en sus piernas, a los dedos de sus pies resbalándose sobre el alga que cubría nuestros trampolines de viraje caseros, y todo eso les costaba segundos invaluables. Lo más vergonzoso, pero tal vez lo más efectivo para darnos ventaja, eran nuestros bloques de partida. Los guardábamos en un cobertizo lleno de moho que estaba cruzando el aparcamiento desde Scanlan, apilados desde septiembre hasta mayo, lo que creaba buenos nidos para arañas y hacía que apareciera alguna rata o culebra ocasional. Eran objetos pesados de madera, bloques arenosos para comenzar las brazadas de espalda; tenían fragmentos de una alfombra verde vómito del sótano de alguien engrapados en la parte superior para generar tracción y el número de carril pintado con espray anaranjado en la parte trasera. Los padres del equipo los habían hecho para nosotras un verano, el mío incluido.

Antes de la carrera de relevos, Ruth nos trajo a Lindsey y a mí platos de gelatina de lima y de naranja troceada con un cortador de galletas con forma de estrella. Estaba fría y dulce y ambas concordamos en que era la mejor gelatina que habíamos probado, así que cuando a Lindsey se le cayó la suya en la arena, le di el resto de la mía. Y, como siempre, me sonrojé al hacerlo. Lindsey no se sonrojó en absoluto.

La abuela también estaba allí, con un gran sombrero raro y esos añadidos de plástico oscuro que se ponen detrás de las gafas si eres cierta clase de anciana que quiere bloquear el sol. Estaba sentada en una silla de jardín bajo el toldo del equipo comiendo obleas dulces y leyendo su revista de historias policiales, hasta que llegó la hora de mis carreras y luego caminó hasta el borde del muelle a observarme. Me dio un gran abrazo cuando salí del agua, sin importarle que la empapara.

—Tu abuela está loca —me dijo Lindsey después de que mi abuela dijera algo referido a que yo tenía sangre de sirena o, al menos, sangre de pez guppy. Que Lindsey dijera eso me recordó de nuevo a Irene, siempre Irene, y me puse incluso más nerviosa de lo que ya estaba sobre lo que podía ocurrir, sobre lo que sentía que debía pasar.

El encuentro deportivo terminó a las tres y eso implicaba que quedaban tal vez unas seis horas de luz, seis y media si contábamos el atardecer, que parecía mucho más oscuro desde el interior del hospital. Fuimos rápido a comer pizza taco en Pizza Pit; Ruth me decía que comiera más despacio, que masticara como una señorita, que dejara de hacer crujir los nudillos y de morder la pajita. Lindsey ponía los ojos en blanco y hacía muecas cada vez que Ruth apartaba la vista, y eso fue suficiente para que yo sobreviviera a la comida. Estábamos apretadas en uno de esos reservados de vinilo rojo y ambas vestíamos pantalones cortos, los asientos estaban fríos contra nuestra piel caliente por el sol.

Nuestros brazos expuestos se tocaban mientras comíamos, los muslos también, y lo sentía como un rayo ardiente, como un roce rápido contra una valla eléctrica en el rancho de los Klauson, como la promesa de algo más.

—Iremos a juntarnos con Dave en su puesto y a comer helado, y luego iremos a la función de las seis y media en el cine —le dije a Ruth en cuanto se metió el último bocado de su segunda porción en la boca. Me sorprendí a mí misma cuando agarré la mano de Lindsey y la saqué del reservado. Creo que también sorprendí a Lindsey.

—¿Qué hay en cartelera? Debe ser para menores de trece. Aquellas películas para mayores de trece bien podrían ser para mayores de dieci-siete y no quiero que veáis esa basura. —Ruth se limpiaba la boca con golpecitos de la servilleta de papel, siempre fina, siempre elegante, in-cluso mientras las máquinas tragaperras hacían ruido y pitaban en la habitación contigua.

—Es para menores de trece —mentí, sabiendo que Ruth podría (y de hecho, lo hizo) revisar la marquesina mientras pasaba por delante del cine de vuelta a casa. Pero para ese entonces, pensaría que ya está-bamos dentro mirando la clasificada para mayores de diecisiete años *Thelma y Louise* y hablaría conmigo acerca de la mentira más tarde, la cual era una charla que me merecía, supongo, porque si bien Lindsey y yo no fuimos a ver *Thelma y Louise* esa noche, vimos una película que luego alquilé y alquilé y alquilé cuando salió.

* * *

Dave y Jamie se reunieron con nosotras en el patio del hospital con una mochila llena de bombas de humo y bengalas. Dave miró a Lindsey un rato largo, como si conociera su tipo, o como si quisiera hacerlo. Pensé que el pendiente de calavera de Dave parecía estúpido con el mechón de cabello similar a una cola de rata que se había dejado crecer; era como si estuviera esforzándose demasiado por ser un pirata o algo así.

Ya estaban bebiendo de un termo, el que Dave decía que su pa-dre había usado en Vietnam. Estaba medio lleno de zumo de frutas instantáneo y ginebra Beefeater. Sabía como la medicina para niños cuando intentan darle sabor a naranja.

Llevaba en mi mochila algunas herramientas que habían pertenecido a mi padre (una sierra de mano y un hacha pequeña) y durante un rato cortamos el marco de madera podrida de una ventana del sótano antes de rendirnos y romperla; entramos uno a uno después de destrozar el vidrio. Lindsey se hizo un corte en la parte superior del hombro al bajar y la sangre le empapó la camiseta blanca, formando un mapa pequeño de un continente desconocido.

—¿Estarás bien? —le pregunté, preocupada de que aquello pudiera hacer que todo lo demás pareciera demasiado peligroso para continuar, preocupada de que quisiera ir al cine donde supuestamente estábamos o, peor, regresar a mi casa donde la tía Ruth sin duda me esperaba con palomitas de maíz y juegos de mesa.

Pero aquello no habría sido en absoluto el estilo de Lindsey.

—Sí. Es solo un corte tonto —dijo, pero apartó la mano que presionaba la herida y sus dedos estaban rojos y pegajosos. Se los llevó a la boca y me sonrojé en la oscuridad del pasillo, avergonzada incluso mientras lo hacía.

—Échate un poco de ginebra sobre el corte. Para limpiarlo. —Dave se interpuso entre nosotras y le ofreció el termo.

—No seas imbécil —dijo ella, aceptando el termo—. No desperdiciaré el licor en mi brazo. —Bebió un buen sorbo y me pasó el termo, y yo hice lo mismo, pensando mientras tanto que sus labios acababan de tocar el mismo lugar y preguntándome si ella pensaría lo mismo.

Pasamos unos treinta minutos sin hacer nada en la sección del 1800, intentando impresionar a nuestros invitados, lo cual no fue difícil. Cuando clausuraron el hospital por primera vez y trasladaron a los pacientes (al menos los casos graves de terapia intensiva), lo hicieron con mucha prisa. En el *Miles City Star* había aparecido la explicación de cómo se ocuparon del transporte y todo lo demás. Mover personas enfermas por la ciudad había demandado un procedimiento serio. Pero lo que quedaba de esas salas, lo que fue abandonado, no tenía sentido para unos adolescentes que supuestamente no debían ver nada de ello.

En la planta superior, en lo que supusimos que era originalmente la habitación de las monjas, encontramos un baúl lleno de muñecas, muñecas muy muy viejas con piel similar al cuero rota y arrugada por el paso de los años. El relleno de una muñeca era algo parecido a arena negra y cayó por unos agujeros cuando la alzamos. Cada muñeca tenía una etiqueta cosida con cuidado, y en ella aparecía el nombre de un niño escrito con letra negra y elegante, nombres antiguos (Vivienne, Lillianne, Marjorie, Eunice) y la enfermedad que padecía. La mayoría era algo simple, como fiebre o gripe, y la última oración en cada etiqueta tenía una fecha y luego decía: *Reunida con su Padre en el cielo.*

—Es una locura —dijo Lindsey, extendiendo la mano hacia una muñeca, que se rompió por la mitad cuando la sujetó. El torso de la muñeca se abrió y una pila de aquella arena negra quedó en la mano de Lindsey—. ¡Mierda! —Dejó caer la muñeca; la cabeza rodó dentro de la caja.

—¿Tienes miedo? —preguntó Dave, agarrando a Lindsey por el hombro y mirándola con cierta lascivia, pero él sonaba también un poco asustado.

—Cállate —dijo, quitándose la mano de encima—. Quiero ver otra cosa. —Me tomó la mano y me acercó a ella—. Muéstrame la parte nueva, la habitación con las llaves.

La sección del 1800 y la construcción de muchos pisos de 1950 estaban conectadas por una especie de túnel de unos cinco metros y medio de ancho y medio campo de fútbol americano de largo, o eso parecía. Era todo de cemento y linóleo, paredes, techo y suelos, y hacía eco como uno supondría que haría. Cuando llegamos al otro extremo, Jamie y Dave anunciaron que lanzarían cohetes por el túnel… cohetes que, convenientemente, Dave había olvidado mostrarnos en el patio.

—Será demasiado ruidoso, Dave —dije—. La policía pasa por aquí como diez veces por hora.

—No podrán oírnos desde fuera —insistió él mientras agarraba los explosivos finos, unos tubos amarillos con cabeza roja y letras rojas, Moonstriker y A-11. Los observó y luego le entregó uno a Jamie, que estaba diciéndole algo a Linds, algo a lo que ella reaccionó con una media sonrisa.

—No siempre se quedan fuera —dije—. Vayámonos si quieres lanzar esos cohetes de mierda. Podemos hacerlo en otra parte, no en un edificio.

—La idea es hacerlo en un edificio —replicó él—. Deberíais quedaros aquí, por si debemos huir. No deberíamos separarnos. —Lo dijo como si él fuera la autoridad y yo la que estaba tratando de arruinar la fiesta. Extendió un cohete hacia Lindsey, como si estuviera decidido—. ¿Quieres este?

—No —respondió ella—. Quiero que Cam me muestre la habitación de las llaves. Luego regresaremos aquí.

—Separarnos es una puta tontería —repitió Dave.

Pero Lindsey me agarró la mano de nuevo y me llevó con ella, sin saber a dónde se dirigía. Y yo se lo permití. Y me alegré cuando no me soltó la mano. Aunque los chicos estaban seis pisos debajo de nosotras, el sonido amortiguado de los cohetes al deslizarse por el cemento resonaba hasta la sala de las llaves como si hubiera sido para nosotras, como en las películas sentimentales, cuando los protagonistas se besan por primera vez: cohetes y fuegos artificiales.

Jamie y yo habíamos encontrado esta sala antes: la sala de las llaves. Había cajas y cajas y cajas apiladas en torres torpes e inclinadas que a veces caían, y en todas esas cajas había llaves; algunas estaban en círculos de metal gruesos como los de los conserjes, las llaves entrelazadas una junto a la otra, como pequeñas aglomeraciones puntiagudas de metal que dolían cuando Jamie las lanzaba hacia mí. Había tantas llaves que quizá allí estuvieran todas las llaves que habían sido utilizadas en el edificio, las llaves que alguien había hecho que todos los médicos, enfermeras y miembros del personal entregaran antes de marcharse. Y allí estaban, en cajas de cartón húmedas, revueltas en una habitación cualquiera en el sexto piso.

—Aquí estamos —dije cuando llegamos—. Una locura, ¿no?

—Sí —respondió ella—. Lo es.

Todavía estábamos agarradas de las manos, pero sentía que el momento podía desaparecer en cualquier instante si no lo hacíamos de una vez por todas.

Lindsey lo hizo.

—Quiero besarte —dijo.

—Sí —dije.

Así que eso, la ginebra y la oscuridad, fueron suficientes para que hiciéramos algo con respecto a lo que había estado allí todo el verano. Lindsey era la experta y yo permití que me guiara, su boca caliente y sus labios cubiertos de labial brillante con sabor a naranja. Me quitó la camiseta con un par de movimientos erráticos e hizo lo mismo con la suya incluso más rápido. Su piel era cálida y suave contra la mía. Sus manos me tiraban hacia ella hasta que no quedó espacio entre nosotras. Me tenía presionada contra la pared, un interruptor de luz se hundía en mi espalda, y su boca húmeda estaba en todas partes, cuando se alejó.

—En realidad, nunca he hecho más que esto —dijo ella.

—¿Qué? —Yo estaba agitada, mi cuerpo deseaba de un modo que nunca lo había hecho antes, de un modo que no sabía que podía hacerlo.

—Es decir, he hecho esto del contacto, pero no más —explicó.

—Bueno —respondí, extendiendo las manos para acercarla a mí de nuevo.

—¿Está bien? —preguntó.

—Sí —le dije, porque así era. Era más que suficiente.

Capítulo seis

Si había aprendido algo de las muchas veces que vi *Grease,* además de lo obvio —que la Olivia Newton-John previa a la transformación, íntegra y con falda, es diez veces más sensual que la Olivia Newton-John postransformación, con permanente y ropa de cuero—, era que el comienzo del año escolar puede efectivamente terminar incluso con las relaciones de verano más pasionales. En especial si una de las participantes de dicha relación asistía a la escuela a unos mil seiscientos kilómetros, en una ciudad en la costa del Pacífico que ella pintaba como un lugar repleto de camisas escocesas, Doc Martens y lesbianas orgullosas y que se mostraban abiertamente.

El viaje en coche de siete horas a través de Montana hacia el encuentro estatal de natación en Cut Bank —Ruth puso una cinta de canciones viejas tras otra, mientras las dos comíamos palitos de regaliz atentas a ver matrículas que no pertenecieran al estado— me dio mucho tiempo para pensar sobre Lindsey y yo. Este encuentro deportivo era nuestra gran despedida y también el fin de mi último verano antes del instituto, y todo eso me había puesto nostálgica prematuramente.

Lo que al principio había parecido una revelación para mí fue que, a pesar de nuestro repertorio infinito de besos —las manos sobre la camiseta de la otra mientras nos ocultábamos dentro del túnel azul del tobogán en la plaza de juegos junto a la piscina de Malta; la lengua de Lindsey en mi boca detrás de Snack Shack apenas cinco minutos después de que yo ganara el encuentro de Scobey para chicas de nivel intermedio; nuestros cuerpos apretados, nuestros trajes de baño bajados y las tiras colgando de la cintura, inertes, mientras se suponía que debíamos secarnos y permanecer abrigadas en la caravana del padre de Lindsey durante una tormenta eléctrica que se desató en el encuentro divisional y duró casi una hora—, no me había enamorado realmente de Lindsey y ella tampoco se había enamorado de mí; pero aquello no nos molestaba y quizá nos gustáramos más debido a ello.

Lo que había hecho con Lindsey todo el verano no parecía tan intenso como cualquier cosa que Irene y yo hubiéramos compartido, aunque habíamos sido más jóvenes. Con Irene, nada de lo que hacíamos o sentíamos se nombraba como parte de algo más grande que nosotras dos. Con Lindsey, todo lo era. Ella me inició en el lenguaje gay; a veces hablaba sobre que, si te gustaban las chicas, era un acto *político, revolucionario* y *contracultural,* todos esos nombres y términos que ni siquiera sabía que se suponía que debía saber, y más cosas que en realidad no comprendía y que no estoy segura de que ella comprendiera tampoco entonces, aunque nunca había dado indicio de nada. Nunca había pensado en nada de todo eso. Solo me gustaban las chicas porque no podía evitarlo. Nunca había considerado que mis sentimientos pudieran algún día darme acceso a una comunidad de mujeres que pensaban como yo. De hecho, el servicio religioso semanal en Gates of Praise me había asegurado exactamente lo contrario. ¿Cómo era posible que le creyera a Lindsey cuando me decía que dos mujeres podían vivir juntas como hombre y mujer e incluso ser aceptadas, cuando el pastor Crawford hablaba con mucha autoridad sobre la perversión maligna de la homosexualidad? Él nunca decía en verdad la palabra «sexo», ni siquiera cuando estaba incluida dentro de otra palabra; decía más bien «homo-sesh-ualidad» e incluso con más frecuencia se refería a ello simplemente como «enfermedad» y «pecado».

«Dios es muy claro al respecto», nos dijo un domingo por la mañana cuando ocurrió algo relacionado con los derechos de los gays, algo que sin duda sucedía en una de las costas y que había llegado hasta el periódico *Billings Gazette.* «No os dejéis engañar por lo que veáis en televisión, por la clase de movimientos enfermizos que tienen lugar en algunas zonas de este país. Una y otra vez, en Levítico, en Romanos, la Biblia es precisa y firme acerca de los actos homo-sesh-uales y dice que son abominaciones claras contra el Señor». Luego explicaba que las personas que se sentían atraídas por ese estilo de vida malsano eran las que necesitaban con mayor desesperación el amor de Cristo: drogadictos, prostitutas, enfermos mentales y adolescentes rebeldes, como los actores que aparecían con chaquetas vaqueras raídas y el pelo sucio en esos anuncios de la línea telefónica nacional de asistencia social de Boys Town, que ponían de noche en la televisión. ¿Por qué no añadir huérfanos a la mezcla?

Durante estos sermones intentaba fusionarme con los cojines grises del banco de madera. Ruth se sentaba a mi lado, con su aspecto de domingo impoluto, santurrona pero sensual al estilo Ruth; el delicado collar con una cruz resplandecía sobre la zona de piel con pecas expuesta en su cuello, la manicura perfecta, los elegantes trajes de la iglesia color azul oscuro o ciruela. Suplicaba una y otra vez que ella no me mirara durante esos momentos, porque me ardía la cara y me picaba la piel; que no se girara para asentir mientras me miraba o que ni siquiera me ofreciera una de esas pastillas de menta que guardaba en una bolsita dentro del bolso.

Algunas veces, porque ya estaba en la iglesia y parecía adecuado que al menos intentara salvarme aunque fuera sin entusiasmo, intentaba imaginar a Lindsey como la pervertida que había corrompido mi inocencia. Pero, aunque me hacía sentir menos culpable, porque solo por un instante no todo era mi culpa, sabía que no estaba escondiéndole nada a Dios, si era que había uno. ¿Cómo podía fingir que era una víctima cuando estaba tan dispuesta a pecar?

* * *

Después de la final estilo mariposa, Lindsey y yo nos besamos apasionadamente detrás de una cortina sucia en un vestuario de la piscina municipal de Cut Bank, mientras el vapor espeso del cloro y los champús frutales invadían el aire. Cuando terminamos, escribió mi dirección en la primera página de su diario con un bolígrafo violeta con purpurina.

—Debes salir de la maldita Montana del Este —dijo, sentándose en el banco pequeño de madera y tirándome hacia ella mientras me alzaba la camiseta y usaba aquel bolígrafo para dibujar un corazón violeta con purpurina en mi estómago—. Seattle es el mejor lugar para las chicas a las que les gustan las chicas.

—Lo sé, lo has dicho unas sesenta y dos veces… ¿Quieres llevarme contigo? —pregunté; no estaba bromeando del todo.

—Me gustaría poder hacerlo. Pero te escribiré todo el tiempo. —Ahora coloreaba el corazón, lo cual me hacía cosquillas agradables.

—No envíes postales si no quieres que Ruth las lea —dije mientras ella terminaba mi nuevo tatuaje, afortunadamente temporal, y firmaba debajo del dibujo.

Lindsey tomó la cámara que su padre le había dado y la sostuvo frente a las dos, pensando en la mejor manera de que ambas cupiéramos en la foto. Sacó un par de fotos conmigo mirando al frente mientras me besaba en la mejilla, como en las viejas tiras de las cabinas fotográficas, pero luego dijo:

—¿Me devolverás el beso o qué?

Así que lo hice, y el flash iluminó nuestro cubículo; ahora había pruebas fotográficas de mí junto a una chica. Lindsey guardó la cámara en su bolso mientras yo pensaba en el rollo de dentro, en cómo había quedado embarazado con nuestro secreto, cuyo nacimiento era inevitable.

—¿Cómo te sentirás cuando recojas las fotos en la tienda? —le pregunté. Intenté imaginarme recogiendo esas fotos, al barbudo Jim Fishman detrás del mostrador en la tienda de fotos Fishman, entregándome mi sobre, dándome el cambio, su gran frente sonrojada, tratando de fingir que no acababa de verme besando a una chica en la foto de diez por quince que sostenía en su mano temblorosa.

—¿Hablas en *cereal*? Hay como doce tiendas de revelado a las que podría ir donde probablemente me aplaudirían. Me dirían: «Bien hecho, pequeña lesbiana». —Lindsey volvía a hablar lésbico, algo que quizás al inicio del verano me había convencido, pero ahora conocía todas las pequeñas grietas en él. (También había comenzado a reemplazar *serio* por *cereal* hacía un tiempo, lo cual era completamente estúpido pero extrañamente contagioso).

Cuando salimos del cubículo, un grupo de chicas de la liga sénior estaba de pie junto a los lavabos, observándonos de brazos cruzados; algunas aún tenían puesto el traje de baño mojado. Ninguna era de mi equipo, pero algunas pertenecían al de Lindsey. Sus rostros eran máscaras de desaprobación, bocas desdeñosas y ojos entrecerrados. Mi primera reacción fue intentar creer que debían estar mirando detrás de nosotras o que nos pondrían al tanto de qué era tan desagradable. Linds y yo éramos nadadoras de primera con puntuaciones altas, y eso siempre nos había dado cierto estatus. Solo necesité mirar una vez detrás de mí para comprender mi error.

—No voy a quitarme el traje de baño ahora —le dijo una de las compañeras de Lindsey, MaryAnne Algo, al grupo—. Como si quisiera que me violasen con la mirada de nuevo este verano.

Las otras resoplaron a modo de aprobación y apartaron la vista, como si no pudieran tolerar mirarnos más, susurrando lo bastante fuerte para que oyéramos las palabras *lesbianas* y *enfermas*.

Lindsey avanzó hacia ellas y dijo algo que empezó con «sí, claro, perras», pero no puedo contarte cómo terminó porque me dirigí directa hacia la puerta y salí a la cubierta de la piscina; las chancletas chapoteaban en el cemento húmedo mientras caminaba. El sol brillaba mucho en el exterior después del encierro oscuro de ese vestuario de cemento, y si bien intentaba interpretar las siluetas borrosas frente a mí, entrecerré los ojos para reprimir cierta vergüenza: nunca me había sentido así. Antes de ese momento, había sido sencillo para mí en cierto modo fingir que nadie más había notado lo mío, lo nuestro. Que si no decíamos nada en voz alta sobre nosotras delante de nadie más, entonces sería suficiente para mantener lo que éramos oculto de todos, excepto de nosotras, de Dios y, dependiendo del día y del modo en que pensara en ellos, de mis padres omnipresentes.

Unos veinte segundos después, Lindsey también salió a la cubierta de la piscina. Intentó agarrarme del brazo, pero lo aparté y miré a mi alrededor para ver quién podría haberlo notado. Nadie. Estaban haciendo la habitual limpieza luego de la carrera. Socorristas aceitados guardaban las cuerdas de los carriles para el nado libre y un grupo de entrenadores estaba reunido junto a la mesa de premios, acomodando nueve colores de cintas en sobres gruesos de papel café. Eran nueve colores porque ese verano la Federación había añadido cintas para el séptimo, octavo y noveno lugar: rosa perlado, violeta real y, como las nadadoras lo llamábamos, café mierda, respectivamente.

El entrenador Ted me vio de pie allí e hizo señas para que me acercara. Lindsey caminó detrás de mí, bajando la voz.

—No vale la pena enfadarse. De todos modos, son perras estúpidas.

—Es bastante fácil decirlo cuando subes a un avión mañana, ¿no? —Intentaba ser cruel y sentirme mal a la vez.

—Ah, como si en Seattle no hubiera gente homófoba.

—No, a juzgar por el modo en el que hablas de la ciudad.

—Madura —respondió ella—. No es como San Francisco; solo es mejor que aquí.

—Exacto —dije en voz baja cuando llegamos a la mesa. En aquel momento, estaba más celosa de lo que jamás había estado en la vida de que ella pudiera irse de Montana.

Ted sonreía con su sonrisa ganadora, y sus gafas de sol de socorrista reflejaban el cabello enmarañado, las finales estilo mariposa y las sesiones de besos hacia mí. Colocó un brazo pesado y peludo alrededor de cada una y nos apretó en un abrazo que olía a sudor y a cerveza, que bebía relajado de un gran vaso de plástico a pesar de los carteles que decían PROHIBIDAS LAS BEBIDAS ALCOHÓLICAS cada tres metros.

—Ninguna de estas cintas café es para vosotras, chicas, ¿verdad?

—Nop —dijimos al unísono.

—Casi la alcanzas, Seattle —dijo Ted, moviendo a Linds de adelante hacia atrás bajo su brazo—. Solo se alejó de ti en la última vuelta. Fue gracias a toda la práctica en el lodo del lago.

—Sí, supongo —dijo Linds, procurando librarse de su abrazo sin que pareciera demasiado obvio.

—Lindsey me daría una paliza si nadáramos cincuenta metros en vez de cien —dije, intentando esbozar algo similar a un «lo siento». Ted se encogió de hombros.

—Probablemente. Menos mal que no nadaste esa distancia. El entrenador de Lindsey le preguntó a Ted algo sobre la organización de las carreras y yo me quedé allí bajo el peso asfixiante de su brazo, sintiendo una especie extraña de protección, como si estuviera a salvo de lo que fuera que esas chicas pudieran haber dicho, que pudieran aún estar diciendo, mientras Ted me abrazara. También hacía tiempo porque no quería volver a estar a solas con Lindsey, porque eso solo significaría que era hora de decir adiós.

Vi a la tía Ruth en el césped al otro lado de las cadenas, bajo la carpa azul de nuestro equipo. Tenía todas mis pertenencias de natación —las toallas, mi mochila, nuestra manta y las sillas de jardín— empacadas cuidadosamente y estaba sentada sobre la nevera portátil rosa de Sally-Q, esperándome, paciente, mientras bebía la limonada del puesto de comidas. Mi madre, como la recordaba, nunca era paciente. De hecho, era todo lo contrario. Ver a Ruth allí, sola bajo la carpa, esperando, observando el movimiento en la cubierta, me hizo sentir muy triste por ella. Me había llevado a todas las competiciones, cada fin de semana, durante todo el verano, y yo no tenía mucho que decirle, nunca, y cuando lo hacía, nunca era la verdad.

—¿Regresarás el verano próximo, Seattle? —le preguntó Ted a Lindsey, mientras MaryAnne, ya vestida, y otra de las chicas del vestidor caminaban hacia la mesa.

—Probablemente. Pero mi padre tal vez pase el verano próximo en Alaska, así que no lo sé con certeza —dijo Lindsey, mirando a MaryAnne mientras fingía que tenía algo que decirle a su entrenador, una razón para acercarse.

—¿Alaska? —repitió Ted, moviendo la cabeza de lado a lado—. Tendrás que esquivar icebergs si vas a nadar allí.

MaryAnne nos miró al oírlo, como si hubiera formado parte de la conversación desde el inicio.

—¿Es en serio, Lindsey? Eso sería muy triste para ti y para Cameron. Es decir, sois algo más que mejores amigas, ¿no?

—Sería mucho más triste para tu equipo —añadió Ted, lo cual fue mejor que cualquier cosa que Linds o yo pudiéramos haber dicho en ese instante y fue suficiente para que un par de entrenadores que estaban de pie allí se rieran. Apartándome de él para mirarme a la cara, añadió—: Aunque no lo sé, Cam. ¿Crees que podrás mantener tu velocidad sin Lindsey en el carril contiguo?

Parecía que toda la tienda de premios estaban esperando mi respuesta: Ted, MaryAnne, los entrenadores a los que ni siquiera conocía e incluso Lindsey. Y probablemente solo yo leía de ese modo la pregunta de Ted, pero me puse algo nerviosa.

—Solo recordaré lo que Patrick Swayze me enseñó y seré amable hasta que llegue la hora de no serlo —respondí.

Ted me golpeó el hombro en broma y rio junto a la mayoría de los entrenadores.

—Esa es una línea de Dalton, no de Swayze. Dalton es un tipo duro. Swayze es un tonto. Estoy bastante seguro de que se supone que no deberías ver *De profesión: duro*, ¿cierto?

—Te sorprenderías —dije, y MaryAnne puso los ojos en blanco, pero fue suficiente para que recogiera sus cintas y se alejara.

* * *

Fuera, en el aparcamiento de la piscina, Lindsey le entregó el bolso a su padre y luego nos ayudó a Ruth y a mí a cargar el Ford Bronco blanco que Ruth había elegido a principios de junio para que la ayudara a transportar todas sus cosas de Sally-Q *con facilidad.* Jamie había bautizado de inmediato el nuevo vehículo de Ruth como «el Fetomóvil», o «FM» para abreviar, después de que ella hubiera adherido con mucho cuidado un par de pegatinas en contra del aborto en el parachoques trasero: OTRO EXFETO A FAVOR DE LA VIDA y PRO ELECCIÓN ES DEJAR A ALGUIEN SIN ELECCIÓN. Ruth sugirió que tendría más sentido que lo llamáramos «VM» («el Vidamóvil»), pero no era divertido hacerlo.

—Mantenme al tanto de cualquier nueva adquisición en la galería de arte del parachoques —me susurró Lindsey al oído mientras Ruth sacaba un par de latas de la nevera portátil y cerraba de un golpe la tapa.

—Bueno, cariño —le dijo a Lindsey—, espero que tengas un año escolar increíble. Puedes llamar a Cammie por cobro revertido de ser necesario.

—La llamaré todo el tiempo, no lo dudes —respondió ella, alzando las cejas dos veces al mirarme mientras Ruth la envolvía en un abrazo. Linds tenía mucha piel al descubierto en su camiseta de tirantes finos y dio un grito ahogado cuando una de las bebidas frías le tocó la parte superior de la espalda.

—Oh, vaya. —Ruth retrocedió y rio como lo hacía a veces—. No era mi intención enviarte de vuelta a Seattle hecha un hielo. —Ruth siempre daba más vergüenza cuanto más amable era—. Cuídate, pequeña, ¿vale? Cammie, recuérdame que paremos en la estación de servicio antes de entrar a la carretera. Sabes que, si no, la pasaré de largo.

—Abrió la puerta, se acomodó en el asiento, con las bebidas y el suéter con el que le gustaba conducir, y por fin, por fin, subió al vehículo y nos dejó solas.

La tía Ruth nos esperaba, probablemente observando por el espejo retrovisor, y el padre de Lindsey nos esperaba, reclinado sobre su camioneta mientras fumaba la colilla de un cigarrillo, y el tiempo se nos había acabado así de fácil.

Era una de esas tardes de agosto en las que Montana ofrece lo mejor, con nubes tormentosas pesadas y grises invadiendo el cielo azul de película y la sensación de una lluvia garantizada comenzando a cambiar el roce del aire, el color del sol. Estábamos en medio de los veinte minutos previos a la tormenta, cuando solo era una promesa, y cada cosa en su camino —desde los hilos con banderines multicolores sobre la piscina hasta el resplandor de los charcos aceitosos en el aparcamiento y el olor a comida frita que surgía desde el Burger Box de la esquina— cobraba más vida con esa promesa.

Permanecimos de pie allí, en ese mundo, durante lo que pareció una eternidad. En cuanto comenzaba a decir algo, Lindsey también lo hacía, y luego nos reíamos incómodas y continuábamos un rato más de pie.

—Espero que me escribas, de verdad —dije al fin mientras envolvía a Lindsey en un abrazo rápido e incómodo, el mismo que usaba

para abrazar a los maestros en el último día de clase cuando era pequeña y había una fila de alumnos detrás de mí esperando para recibir un
abrazo, y todos éramos tímidos y la situación nos avergonzaba.

Por suerte, Lindsey volvió a usar su falsa valentía lésbica y dijo:

—Te haré una recopilación de canciones en cuanto llegue a casa.
—Y me abrazó de nuevo, pero esta vez de verdad—. Puedes visitarme
en Seattle. Sería increíble.

—Sí —dije—, a lo mejor.

Y luego trotó hacia su padre. Observé cómo su cabeza cubierta de
cabello albino puntiagudo rebotaba con cada golpe de sus chancletas
sobre el suelo; las nubes ya estaban mucho más agrupadas, y el aparcamiento se había oscurecido un par de tonos más que hacía un minuto.

Capítulo siete

Al final del pícnic por el Día del Trabajo organizado por Gates of Praise, Ray Eisler estaba saliendo oficialmente con la tía Ruth. Jamie Lowry, que se quedó con su madre ese fin de semana y por lo tanto estuvo obligado a asistir al pícnic, fue quien vio a Ray haciendo su ritual de cortejo. La mayoría de los jóvenes de Firepower estábamos ocupados recogiendo sillas plegables y llevándolas a la iglesia, o limpiando los vasos de plástico pegajosos que cubrían el pequeño cuadrado de césped donde habíamos pasado la mayor parte de la tarde. Pero Jamie se había cansado de ayudar y, en cambio, rompía trozos gruesos de la corteza de los pasteles descuidados que aún estaban sobre la mesa de postres. Rompía un trozo de tal modo que aún chorreaba con la cantidad suficiente de relleno de arándanos, cerezas o manzana para darle a la masa quebradiza un poco de dulzura y luego se metía el trozo en la boca y repetía el procedimiento.

Llevaba unos diez minutos haciendo eso cuando pasé frente a él con la gran cafetera eléctrica y dije, con la boca llena y las palabras pegadas con relleno de pastel y corteza digna de una señora de la iglesia:

—Parece que alguien quiere llenar el congelador de Ruth.

No estaba segura de haberlo oído bien.

—¿De qué leches estás hablando? —pregunté, apoyando la cafetera sobre el borde de la mesa.

Jamie estaba ocupado en la corteza de crema de coco y no apartó la vista del pastel mientras señalaba con el mentón hacia la multitud menguante alrededor del fuego de la raleada congregación.

—Ray lleva toda la tarde haciendo las maniobras de *Top Gun*.

El extraño resplandor de la fogata hacía que Ray y Ruth parecieran siluetas, pero allí estaban, sentados en un banco pequeño de troncos para una sola persona, cada uno completamente absorto en el otro. Ray era uno de esos hombres de mediana edad de Miles City que no era un ranchero, pero que igualmente vestía a veces el conjunto de vaqueros y cinturón con hebilla; era un tipo delgado con el pelo oscuro y corto, las cejas pobladas y no demasiado alto, tal vez mediría uno ochenta con las botas de vaquero puestas; tenía la voz suave y su furgoneta estaba impoluta, por dentro y por fuera. No te fijabas en él a menos que aún fuera vestido con su uniforme de trabajo, que constaba de pantalones azules, camiseta azul, gorra de béisbol azul; a veces lucía este atuendo en las reuniones de GOP cuando venía directo desde el trabajo, aunque hoy no se daba el caso.

—Oye, si Ray comienza a acostarse con ella, quizá podrías conseguirnos unos de esos sorbetes de naranja. Son jodidamente geniales —dijo Jamie, captando la mirada severa de su madre, que estaba juntando sus platos cerca.

Jamie se refería al trabajo de Ray en Schwan's como repartidor de comida congelada por las planicies de Montana del Este. Los padres de Irene solían tener un gran congelador en el sótano lleno de alimentos Schwan's: pizzas, rollitos de huevo y nuggets de pollo, comidas cristalizadas en hielo, duras y azuladas, congeladas en el tiempo, esperando a que les quitaran sus envoltorios de plástico y las colocasen en el horno para ser reales de nuevo. Era sentimental respecto a la comida congelada desde que había alquilado y visto de nuevo (la primera vez fue en segundo grado) la película *Los Ositos Cariñositos: batalla contra la máquina de hielo*, donde el malvado profesor Frío y su secuaz, Escarcha, intentan congelar a todos los niños de la ciudad y tienen éxito atrapando en un bloque de hielo a algunos de los osos que, cuando derriten el hielo por la calidez del corazón de uno, vuelven completamente a la normalidad. Crear una cena comestible real a partir de una caja de nuggets de pollo o de pastel de pollo, dura como el cemento y tan fría que quemaba las manos, comenzaba a parecer un poco mágico.

—Creo que nunca he visto a Ruth hablar con él —dije, observando cómo Jamie maniobraba con cuidado un trozo de pastel de fresas y ruibarbo mientras intentaba sumergirlo en lo que quedaba de una lata de nata.

—Bueno, lo ha compensado hoy. Le gusta una barbaridad.

Se comió la mayor parte del último trozo en dos bocados, tomó una de las fuentes de su madre y logró decir:

—A las cinco y media de la madrugada, JJK. —Y luego avanzó con pasos largos hacia su coche.

Me había llamado JJK, abreviatura de Jackie Joyner-Kersee, desde que habíamos comenzado la temporada de atletismo en Custer High hacía unas pocas semanas. No había planeado participar en el equipo de atletismo, pero Jamie me había convencido y ahora que la temporada de natación había concluido, y que lo mío con Lindsey también, participar me permitía formar parte de algo más que de Firepower, y ayudaba a que el instituto pareciera un terreno menos hostil. Parte del equipo había corrido todo el verano, pero tener el estado físico de una nadadora, y lo que la entrenadora Rosset llamaba *pulmones de nadador*, me ayudó lo suficiente para que pudiera seguirle el ritmo al grupo.

Coloqué la cafetera en la cocina de la iglesia, que estaba llena de mujeres lavando platos en los inmensos fregaderos metálicos, todas llenas de comida y riendo sobre nada en particular. Así era como más me gustaba Gates of Praise, después de los servicios religiosos, *después* de los círculos de oración o de los estudios de la Biblia o de las reuniones de Firepower, cuando todos estaban llenos de espíritu y probablemente con exceso de azúcar en las venas, cuando todos terminábamos de hablar sobre la maldad, el pecado, la vergüenza y toda clase de cosas que me hacían sonrojar cuando surgían en la conversación, cosa que casi siempre ocurría.

La cafetera iba en un estante en el fondo de la despensa, y cuando hallé su sitio, me oculté allí durante un minuto, escuchando a las mujeres, el modo en que las ollas y las sartenes chocaban entre sí y el agua caía de ellas mientras pasaban el trapo para secarlas. Me gustaba ser un fantasma en ese lugar, invisible. En parte quizá por aquella historia que

Margot me había contado, la de su hermano y mi madre besándose en la despensa de una iglesia. Pero también porque las pilas ordenadas de platos en los estantes altos y el olor a desinfectante me hacían sentir extrañamente a salvo, o cálida, o simplemente normal, supongo. Tenían un calendario con una lista de eventos en un tablón de anuncios pequeño dentro de la despensa, y cada día de septiembre había al menos un acontecimiento anotado: Cuidado de niños, Círculo de madres, Apoyo escolar, Solo para papás, y más y más. Junto al calendario, alguien había colocado una chapa con la imagen de una hogaza de pan y, sobre él, la pregunta: EL PAN DE LA VIDA: ¿TIENES SUFICIENTE?

Pocos meses antes del accidente, papá por fin había comprado esa máquina de pan Hitachi de 350 dólares que había visto en un catálogo y que había querido hacía mucho, y que mi madre creía que era *innecesaria* y *ridícula*. Habían discutido sobre gastar dinero en ella durante un tiempo y luego papá la compró igualmente. Hizo pan en ella unas veces, todo en la misma semana, para demostrar que de verdad usaría la máquina. Hizo un pan de masa madre crujiente y también un pan grueso de trigo, y toda la casa había olido increíble, y papá estaba muy orgulloso de sí mismo, y nos sentamos en el porche delantero con mantequilla y un tarro de miel con forma de oso y comimos sin parar el pan tibio. Mamá nunca nos acompañó y, hasta donde yo supe, nunca comió ni un bocado de pan. Pero luego papá hizo pan de canela, que olía mejor que todos los demás, y lo cocinó solo para mamá y se lo llevó al museo, lo cual supongo que fue como una disculpa. Y funcionó, creo, porque luego él no sentía que debía usar la máquina todo el tiempo y la guardaron en uno de los armarios; tuvieron que hacerle hueco y, aunque no había pensado en ello desde su funeral, supongo que el aparato aún sigue allí.

Alcé la mano, saqué la chapa de EL PAN DE LA VIDA, cerré el pin y me lo guardé en el bolsillo trasero de los pantalones cortos. Tenía un lugar para él en el ático de la casa de muñecas. Y luego me puse a llorar, allí en la despensa, sin saber por qué exactamente, pero echando de menos a mis padres de un modo que se me daba bien evitar la mayor parte del tiempo.

A alguien se le cayó un vaso en la cocina. Oí el vidrio romperse y desparramarse por el suelo. Todos reían, y gritaban: «Qué bien»; «Bien hecho» y «¿Seguro que no has estado bebiendo el vino de la comunión?». Me lo tomé como una señal y usé el borde de la camiseta para limpiarme la cara y recobrar la compostura.

Me encontré con Ruth en la ya vacía mesa de postres. Tenía los ojos rojos por haber pasado tanto tiempo junto al fuego y el cabello despeinado. Parecía más joven de lo que la había visto en mucho tiempo, quizá desde antes del accidente.

Ray estaba de pie detrás de ella, sujetando el cuenco de piedra color arena en el que habíamos traído la ensalada de patatas. Recuerdo que mis padres lo compraron en una galería pequeña en Colorado cuando fuimos una vez allí de vacaciones. Sentí que era raro verlo sosteniéndolo; no necesariamente malo, solo raro, fuera de lugar.

* * *

Fiel a su palabra, incluso antes de los exámenes trimestrales, Lindsey ya había enviado unas veinte páginas de cuaderno escritas a mano llenas de sus observaciones e intereses románticos actuales, siempre con tinta de purpurina, al igual que una copia destrozada de la novela *Frutos de rubí: crónica de mi vida lesbiana*, un par de números aleatorios de *The Advocate* y quizá una docena de recopilaciones con cada canción escrita en un color diferente sobre el cartón dentro del casete. Excepto las cintas, escondí todo debajo del colchón, que es lo que sabía que los chicos adolescentes, incluso Jamie, hacían con sus revistas pornográficas. A las cintas las escuchaba en mi walkman durante el entrenamiento de atletismo.

Corríamos en tres circuitos: uno atravesaba el centro, pasaba por bares, bancos, la Iglesia Presbiteriana, los lugares de comida rápida, los moteles, Gates of Praise, alrededor del cementerio y luego de regreso a la escuela. Otro rodeaba el terreno de la feria y Spotted Eagle, una especie de reserva natural con un lago asqueroso para recorrer en bote, un lugar al que ibas para tener sexo en el coche, con la música puesta y

el nivel de alcohol en la sangre por las nubes. Y el tercer circuito llegaba al fuerte Keogh, la base militar de investigación que era tan vieja
como la misma Miles City, fundada en el mismo sitio, de hecho, que
el cuartel original liderado por el general Nelson A. Miles, a quien le
debemos el nombre de la ciudad.

Ninguno de esos lugares era nuevo para mí, pero los veía diferentes
con la banda sonora sonando mientras pasaba por ellos: una barraca
del 1800 con pintura blanca gastada y el techo hundido al ritmo de
gangsta rap. Los escaparates de la tienda de Penny y Anthony, oscuros
en las primeras horas de la mañana, con maniquís vestidos con suéteres
y chaquetas de invierno, bufandas y mitones y hojas falsas desparramadas en el suelo, al ritmo de Riot Grrrl. Estrictamente hablando, no teníamos permitido oír música mientras entrenábamos; pero yo era en
principio un bonus inesperado para el equipo, me había clasificado
entre los mejores diez de las competiciones hasta ahora y sospechaba
que los rumores sobre la preferencia de la entrenadora Lynn Rosset
hacia las chicas quizá también habían jugado a mi favor.

Tal vez debería haber pensado con más detenimiento sobre cómo
ese trato preferencial podía ser una zona muy problemática en potencia, ya que podía añadir peso a cualquier rumor que pudiera surgir
sobre mis propias «preferencias», pero estaba feliz de poder correr al
ritmo de lo que fuera que Lindsey había grabado para mí: a veces era
Prince o R.E.M., a veces 4 Non Blondes y Bikini Kill, otras Salt-N-
Pepa y A Tribe Called Quest.

También me había acostumbrado a llevar puestos los auriculares en
los pasillos de Custer, entre clases, incluso cuando iba al baño o a mi
taquilla durante la hora de estudio. Mantenía la cabeza baja, mis pensamientos perdidos en la canción que sonaba, mientras estaba en el
instituto en Miles City y también en otro mundo completamente diferente a la vez. Aquello era exactamente lo que estaba haciendo ese día
de octubre cuando doblé en la esquina junto a la oficina de alumnos y
me topé con una chica con pantalones de pana y mocasines caros, que
fue lo único que vi de ella hasta que alcé la vista para balbucear una
disculpa y descubrí que estaba mirando a Irene Klauson.

—Mierda —dije sin querer, con la boca abierta de par en par. Me quité los auriculares y los colgué sobre el cuello; la música todavía sonaba, cierto zumbido amortiguado emanaba de mí.

—Hola, Cameron —saludó Irene; parecía completamente recompuesta, o tal vez nunca había perdido la compostura. Incluso cruzó los brazos y esbozó una especie de media sonrisa, casi con suficiencia, pero no del todo.

No sé por qué, pero parecía que ya habíamos perdido la oportunidad de abrazarnos, así que solo permanecimos de pie allí, una frente a la otra. No la había visto desde las vacaciones de Pascua de su primer año en el internado, y por aquel entonces fue con un grupo de los que nos habíamos quedado; todos habíamos hecho preguntas sobre lo genial que debía resultar ser Irene Klauson, y ella había dado las respuestas deslumbrantes que esperábamos. Pensé que la vería durante los veranos, pero pasaba las vacaciones en la costa este como consejera júnior en un campamento pretencioso. Solo nos habíamos escrito algunas veces, poco después de que se marchase, cuando probablemente se sentía un poco sola, aunque nunca lo expresaba en sus cartas.

Estaba más alta, pero yo también. Llevaba puesto un polo azul, un suéter atado alrededor del cuello (lo juro), y pendientes de diamante que resplandecían incluso bajo la mala luz fluorescente del pasillo. Tenía el cabello recogido hacia atrás de un modo que no recordaba haberle visto. Yo vestía una camiseta de manga larga de la competición de natación estatal del año anterior, mis pantalones de entrenar y una coleta desarreglada, solo una versión más grande y alta de la Cameron que ella había dejado frente a mi casa pocos años atrás. Pero en el tiempo que había pasado lejos, parecía que Irene se había convertido en una Irene adulta.

—¿Qué haces aquí? —pregunté.

—Maybrook tiene vacaciones de otoño. Algunas de mis amigas fueron a Londres, y yo podría haber ido con ellas, pero el señor Frank les preguntó a mis padres si quería venir y hablar en las clases de Ciencias sobre cómo van las excavaciones.

—¿Por qué no vino tu padre a hablar para ahorrarse un billete de avión? —En contra de mi voluntad, sentí nuestra antigua competitividad.

Saludó con la mano a alguien en el pasillo detrás de mí.

—Él está muy ocupado y no es el mejor orador delante de un público. Es más fácil identificarse conmigo. —Hizo una pausa, reflexionando, pensando, si debería decir o no lo que terminó diciendo a continuación—. De todos modos, no necesitamos ahorrar en billetes de avión.

—Debe de ser agradable —comenté.

—Lo es —dijo—. Muy agradable.

Sentí que ella podría concluir las cosas allí, por el modo en que miraba detrás de mí hacia el pasillo, el modo en que sentía su cuerpo prácticamente alejándose de mí, como si un imán tirara de ella, y no quería dejarla ir. Así que pregunté:

—Entonces, ¿cómo va la excavación?

Irene ignoró la pregunta o no la oyó, o decidió que no valía la pena responderla.

—Mamá me dijo que apareces todo el tiempo en el periódico por los deportes —comentó.

—Sí, supongo. ¿Todavía montas a caballo?

—Siete días a la semana. Tenemos nuestros propios establos y muchas pistas por el bosque, dentro del campus. —Se pasó la mano por el pelo como hacía su madre—. Mi novio, Harrison, también cabalga. Es jugador de polo, de hecho. Es muy bueno. —Intentó decir la palabra *novio* de modo casual, pero compartíamos demasiada historia como para que funcionara.

—¿De verdad se llama Harrison? —pregunté, sonriendo.

—Sí —respondió, adoptando de nuevo esa postura rígida—. ¿Por qué es tan gracioso?

—No lo es. Solo suena como la clase de nombre que uno esperaría que tuviera un chico rico que juega al polo.

—Bueno, es rico y juega al polo, como he dicho. Yo también me burlaría del nombre de tu novio, pero, ya sabes... —Se inclinó un poco más hacia mí—. No hay nadie a quien mencionar, ¿verdad?

—De hecho, sí —dije, sonriendo, intentando deshacer lo que fuera que hubiera hecho—. Lo raro es que se llama Harrison. Y juega al polo. —No funcionó.

—Pues vale —añadió, sin ni siquiera mirarme, fingiendo estar interesada en el chico de la oficina de alumnos que preguntaba algo—. Debo irme; mi madre me espera en el coche.

—Sí, vete —respondí—. Deberías llamarme en algún momento de la semana.

—A lo mejor —dijo ella, como sabía que haría—. Estoy muy ocupada. —Y luego Irene pareció recordar su nueva crianza y añadió, con la clase de voz que usan los personajes de las películas ambientadas en la época victoriana cuando leen en voz alta las cartas formales que han escrito—: Fue un gusto verte, Cameron. Envíales mis saludos a tu abuela y a tu tía.

—Ehm, de acuerdo —respondí—. Eso fue raro. —Pero Irene ya se estaba alejando.

Aún recordaba el modo exacto en que sus botas hacían *clic-cloc* cuando caminaba; algo en el modo en que apoyaba el pie, un sonido distintivo que siempre la acompañaba. Pero esos mocasines no hacían ruido alguno sobre el suelo brillante del pasillo. Nada. Ni un sonido.

* * *

En algún momento de esa época, descubrí que la tía Ruth se acostaba con Ray, el repartidor de Schwan's. Los oí una tarde cuando Ruth creía que yo estaba en alguna parte con Jamie, pero de hecho estaba en mi cuarto, trabajando en la casa de muñecas. Había robado un tubo de purpurina metálica y uno de pegamento para *collages* en Ben Franklin y estaba cubriendo el suelo del ático con una alfombra gruesa de purpurina intercalada con centavos que había aplanado en planchas de metal al colocarlos en las vías del tren junto al pasto. *Las brujas de Eastwick* estaba en el videocasete, con el volumen bajo.

Cuando trabajaba en la casa de muñecas, estaba tan inmersa en mi propio mundo que a veces Ruth podía llamarme tres veces antes de que la escuchara, así que cuando oí el primer gemido, supuse que era de Cher o de Susan Sarandon, pero cuando miré la pantalla vi a Jack Nicholson solo en la gran mansión, planeando su venganza.

Ruth y Ray no estaban descontrolados, pero era sexo y había ciertos sonidos, y al estar en la habitación de encima, oía esos sonidos. No quería escuchar, pero tampoco quería hacer nada para que no notaran mi presencia, así que continué haciendo mi labor —lo mejor posible, de todos modos— y esperé a que terminaran, intentando no imaginar lo que estaba ocurriendo, exactamente, en la antigua habitación de mis padres.

Ray parecía bastante agradable. Le gustaba jugar al Monopoly, hacía buenas palomitas de maíz y mantenía la casa llena de provisiones de Schwan's, incluso traía esas lujosas patas de cangrejo y cosas así. A él y a Ruth les encantaba comparar anotaciones sobre itinerarios por las autopistas rotas de Montana del Este para vender sus productos y me alegraba que se tuvieran el uno al otro para hablar de esa mierda. A veces incluso viajaban en caravana juntos a ciertas ciudades.

Cuando todo permaneció en silencio un tiempo largo, bajé las escaleras y los vi sentados en el sofá bajo una manta, mirando fútbol americano.

—Hola, Cammie —dijo Ruth—. ¿Acabas de llegar?

Podría haberle dicho que sí, pero no le encontraba sentido. En todo caso, saber que Ruth tenía relaciones sexuales la hacía parecer más a una persona real ante mis ojos. Durante dos años, había sido más que nada una presencia en mi vida, el reemplazo de mis padres, y alguien cuyas expectativas no creía poder alcanzar jamás. La Ruth que tenía sexo fuera del matrimonio quizá fuera alguien a quien podría llegar a conocer, así que dije:

—No, estaba en mi habitación haciendo deberes.

Ray tosió ante mis palabras, fuerte, e inhaló. No apartó la vista de la pantalla, pero comenzó a toquetear la chapa de su lata de cerveza.

—Ni siquiera sabíamos que estabas en casa —dijo, con una cara que me resultó difícil de interpretar. No estaba sonrojada, no parecía avergonzada, pero tampoco parecía la típica Ruth.

—Sí, lo estaba —respondí; dejé que la frase flotara en el aire mientras iba hacia el congelador en busca de un helado Schwan's, sintiendo un poco que me lo había ganado. Luego bajé a la zona de mi abuela. Estaba en su gran sillón reclinable, tejiendo una manta para Ray en los colores que él había elegido; el orgullo de Custer, por supuesto: azul, dorado y blanco.

—Aquí está mi fiera —dijo la abuela, mirándome por encima de las gafas de lectura—. Qué alegría verte.

Me desplomé en su sillón.

—Me viste anoche en la cena. Me viste en la cocina esta mañana. Me viste...

—Ya vale, sabelotodo —dijo—. Sabes a qué me refiero.

—Sí —respondí, porque lo sabía. No habíamos hecho nada juntas en mucho tiempo, solo nosotras dos.

—Entonces, ¿tienes algo que contarme? —preguntó. Siempre preguntaba lo mismo.

—Nada —respondí, empujando el resto del helado de naranja fuera del tubo de papel.

—Sabes que solo estás aburrida si eres aburrida.

—A lo mejor soy aburrida —dije.

—A mí no me lo parece —respondió—. Alcánzame ese azul, ¿quieres? —Señaló con las agujas un ovillo de hilo en una canasta cerca de mis pies—. Y no dejes caer helado sobre el suelo. —Sujeté el helado en la boca mientras le lanzaba el ovillo.

Luego nos quedamos sentadas así un tiempo y escuchamos el informe agrario en la radio.

—¿Ray todavía está arriba? —me preguntó después de un rato.

—Creo que se quedará a cenar —dije, asintiendo.

—¿Qué piensas de él?

—No lo sé, creo que me cae bien. Parece agradable.

—Creo que tienes toda la razón —respondió—. Me parece un buen hombre, trabajador. No como esos tipos con los que ella salía cuando tus padres se casaron; eran puro sombrero y nada de ganado, y Ruth solo era un accesorio del que presumir. Pero creo que este podría ser el definitivo.

—¿Ya piensas eso? —pregunté. Supongo que nunca había pensado tanto en el futuro de Ruth, sobre lo que fuera que planeara para su propio futuro—. Acaban de empezar a salir.

—No acaban de empezar, bonita —dijo—. No cuando tienes la edad de Ruth. Te olvidas de que ha sufrido tantos cambios en su vida como tú. Creo que esto es algo muy bueno para ella.

—Entonces, me alegro —respondí. Lo decía en serio. Y luego, sin haberlo planeado, simplemente añadí—: Vi a Irene Klauson en la escuela el otro día. Me dijo que te mandaba saludos.

—¿Por qué vino?

—De visita. Estaba en las vacaciones de otoño. Creo que ya se ha marchado de nuevo.

—Deberías haberla invitado a casa —dijo la abuela—. Me hubiera gustado saludarla. Las dos solían ser como uña y carne.

—Ya no —respondí, sintiendo pena de mí misma otra vez y pensando que la conversación terminaría allí. Pero la abuela dijo:

—No, no desde que ellos murieron, ¿eh?

—No solo por eso, abuela —dije.

—No —concordó ella—. No solo por eso.

* * *

Coley Taylor no era una de las ganaderas que siempre vestía la chaqueta azul de la FGA (Futuros Granjeros de América) y pasaba todo el tiempo libre en la tienda de granjeros. La tienda de granjeros era un edificio semicircular todo de metal que estaba en el aparcamiento de los profesores. Daban algunas clases de agronomía allí; los alumnos trabajaban con tractores, identificaban hongos en los granos, decían muchos insultos. Algunas de esas chicas granjeras eran de hecho tan pueblerinas como yo, así que lo compensaban con hebillas de cinturón brillantes del tamaño de tapacubos y chupándosela a Seth y a Eric Kerns (futuros campeones de la Final de Rodeo Nacional y semidioses del instituto) en la furgoneta de los chicos durante el almuerzo.

Coley no necesitaba mejorar su aspecto de vaquera. Ella era la versión auténtica. Conducía los sesenta y pico kilómetros que separaban el rancho de su familia de la ciudad cada mañana y luego regresaba allí después de clase. Había ido desde la guardería hasta el octavo curso a la pequeña escuela rural de Snakeweed y era la mejor de su clase de doce alumnos, pero luego no permitieron que Snakewood diera créditos para secundaria y esos doce alumnos se unieron al resto de nosotros.

Tuve Biología con ella el semestre de otoño de mi primer año; Coley no se apiñaba en la mesa del fondo con el resto de la FGA, aunque ellos le hubieran reservado un sitio. Elegía la mesa al frente de la sala y hacía preguntas inteligentes sobre métodos de disección, mientras yo pasaba el semestre observando cómo los reflejos del verano desaparecían de su pelo, que tenía ciertas ondas naturales y que imaginaba que olía a peonías y a césped. Pasé mucho tiempo imaginando el aroma del cabello de Coley Taylor.

Junto a ella en la mesa delantera estaban algunos miembros del consejo estudiantil, incluso Brett Eaton, que tenía la belleza confiada de un anuncio para reclutar astronautas. Además, era un chico genuinamente agradable y un jugador de fútbol decente. En Halloween ya eran pareja, algo que a esas alturas no me molestaba tanto como aquellos vaqueros de la mesa del fondo que escupían mucho tabaco Copenhagen en los fregaderos del laboratorio cuando el señor Carson no miraba.

En algún momento de aquel diciembre, en los días previos a la Navidad, Coley y su madre se unieron a Gates of Praise. Era la época del año en que las ovejas descarriadas regresaban (incluida la abuela Post) durante dos o tres domingos para sentir que se habían ganado su festividad. No había visto a las Taylor en el concurrido servicio religioso, pero llegaron mientras colocaba los bollos con azúcar para el momento que yo llamaba «la comunión del café», en el cual participaban el público mayor de sesenta y los nuevos miembros de la iglesia. Coley y su madre *tenían una linda silueta*, dijo la abuela. Y era cierto. Ambas medían aproximadamente un metro setenta y cinco, ambas eran delgadas, pero no flacuchas, y ambas vestían jerséis de cuello alto: el de

Coley era negro y el de su madre, rojo. Fue en un momento en que Cindy Crawford todavía trabajaba como modelo, hacía vídeos de ejercicio y presentaba aquel programa de moda tonto de la MTV, pero esa mañana en el pasillo de la congregación, hubiera preferido a Coley en vez de a la supermodelo con el lunar famoso.

Había procedido a doblar en forma de abanico las servilletas de papel (lo cual era una broma, porque Ruth rehacía prácticamente cada pliegue hecho por mí) cuando Coley me vio. O cuando yo noté que ella me había visto. Estaba de pie detrás de su madre y me dedicó una gran sonrisa justo antes de que un viejo ranchero solterón se abriera paso hacia ella para darle un beso en la mejilla. Cuando él pasó a saludar a su madre y yo pude ver el rostro de Corey detrás de la camisa a cuadros del ranchero, ella me guiñó un ojo. Un guiño de parte de cualquier otra persona, como ese ranchero o uno de los chicos de la escuela comunitaria que merodeaban y se llevaban las bollos sobrantes a sus dormitorios, hubiera sido predecible y molesto; algo que le harían a la marimacho huérfana. Pero, por el modo en que Coley lo hizo, me pareció que ya compartíamos un secreto.

De no haber sido la comunión del café, habría habido muchos más compañeros de clase allí, adolescentes que conocían mejor a Coley, su grupo. Firepower por aquel entonces constaba de noventa miembros. Pero esa mañana yo me volví instantáneamente más interesante al estar amontonada allí con los chicos menores de veinte que comían refrigerios en el pasillo: un grupo heterogéneo de niños de primaria que gritaban y corrían felices por haberse librado de los bancos de iglesia en los que habían estado sentados durante una hora y media; la manada siempre en aumento del pastor Crawford, en la cual solo uno era lo bastante mayor para el instituto, pero había huido después del servicio religioso; y Clay Harbough, el genio de los ordenadores que, a pesar de ser un programador muy talentoso que tenía permitido pasar las tardes en el laboratorio de informática de Custer programando sistemas y deslumbrando a las bibliotecarias, hablaba en un tono rápido y monótono mirándose las zapatillas y olía generalmente a regaliz negro que ni una sola vez le vi comer.

Considerando mi competencia, no me sorprendió tanto cuando Coley se lanzó hacia mí, por más que lo máximo que nos habíamos dicho había sido: «¿Has acabado con el bisturí?». Sin embargo, me sorprendió cuando no se detuvo en el otro lado de la mesa larga para hablar conmigo por encima de los platos de comida para acompañar el café, sino que rodeó la mesa para detenerse a mi lado, en el lado de quien servía; se quedó allí como si ese fuera su lugar, el de cada domingo, ayudando a plegar servilletas.

—¿Cómo piensas que será el final de disección? —preguntó, inclinándose frente a mí para tomar un paquete de té de naranja especiado. Me estremecí ante el modo en que la manga de su jersey me rozó el pecho; sentí que el corazón se me retorcía por un segundo. Era incómodo, como una picazón enterrada en lo profundo de mis pulmones.

—Ni idea. Probablemente usaré un par de fórceps para tirar de los intestinos mientras Kyle canta «Enter Sandman» en voz baja. —Me gustaba verla mezclar el té con la pequeña pajita roja, tres vueltas contrarreloj, luego al revés, luego repetir.

Ella se rio. Me gustaba ese sonido.

—Sí, ese chico es muy gracioso —dijo. Coley Taylor hacía que beber té barato de una taza rota amarilla que decía JESÚS ES EL SEÑOR pareciera refinado, al estilo de Julie Andrews—. ¿Sois pareja?

Estaba horrorizada y halagada a la vez. Kyle Clark, compañero de laboratorio, era lo más roquero que Custer High podía ofrecer, así que preguntarme si salía con él significaba que, de algún modo, Coley pensaba que era lo bastante roquera como para hacerlo, lo cual no era un error que cometieran a menudo.

—No. Definitivamente, no. Nos conocemos desde siempre. Como todos los demás en nuestra clase —respondí.

—Yo, no. —Sonrió de nuevo, con la cara a pocos centímetros de la mía, y sentí una picazón. Retrocedí un poco.

—Alégrate, o ya sabrías que Kyle vomitó espaguetis sobre mí en una excursión en tercer grado. —Hablar con Coley mientras ella bebía té con su atuendo elegante, con absoluta compostura, me hizo sentir que bien podría seguir yo en tercer grado, con mi postura desgarbada y mis brazos estúpidos colgando raro a los laterales del cuerpo. Me mantuve ocupada, añadiendo más bollos bañados a pesar de que el plato ya estaba lleno. Con cada bollo, parte del glaseado se me quedaba pegado en los espacios entre los dedos.

—Lo siento —dijo ella—. Supongo que no debería asumir que todo el mundo sale con sus compañeros de laboratorio.

—Bueno, tú eres un buen ejemplo, ¿no? —Me centré en la torre de bollos, preguntándome cómo habría sonado para sus oídos. ¿Como una zorra? O, peor, ¿celosa?

Pero ella se rio y me agarró del brazo solo un segundo, lo cual hizo que me tensara por completo.

—Sí. Exacto. Pensé que estabais juntos porque siempre parecéis divertiros más con vuestro cerdo muerto que Brett y yo.

—¿Te refieres a Jamonelo?

Ella sonrió contra su taza.

—¿Le habéis puesto nombre al cerdo?

—¿Vosotros no? Ese es vuestro problema. Podríais llamarlo «Cerdito», pero es bastante obvio. ¿Qué opinas de «Podría ser tocino»? Pero debes decir «Podríasertocino» muy rápido para que suene como un nombre. —Estaba haciendo mi numerito, el que hacía para las chicas guapas, para caerles bien rápido y que no intentaran esforzarse demasiado por conocerme más allá de mi papel como Cameron, la huérfana ocurrente. Quizá fuera un poco como coquetear, pero también era un tipo de protección: *No te acerques demasiado; solo hago chistes con ingenio*. Y parecía que se iba a alargar, así que habría seguido si Ruth no hubiera aparecido de pronto junto a nosotras, una nube de Diamantes Blancos (su nuevo perfume, cortesía de Ray) cerniéndose sobre la mesa. Tomó la caja de bollos de mi mano y tuve que dejar caer los brazos raros junto al cuerpo.

—Son demasiados, cariño —dijo Ruth, sacando uno relleno y otro con baño de frambuesas y guardándolos de nuevo en la caja—. Coley, acabo de conocer a tu madre. Nos alegra mucho teneros aquí para rezar con nosotros. —Terminó con los bollos, dejó la caja y se limpió las manos en una servilleta antes de ofrecerle la palma a Coley—. Soy la tía de Cameron, Ruth. ¿Vais las dos a primero?

Coley respondió justo cuando el pastor Crawford apareció para servirse un dulce cubierto de glaseado de jarabe de arce.

—Sí. Estábamos hablando sobre disecciones.

—Vaya, qué modo de pasar el domingo por la mañana. Cielo santo, chicas, no sois nada divertidas. —La tía Ruth esbozó su sonrisa de Annette Funicello, colocó las manos en las caderas e hizo un movimiento como si tuviera un hula-hoop que hacía pensar en 1950, en faldas abombadas y batidos.

El pastor Crawford continuó allí, masticando, riéndose de Ruth; un poco del glaseado le cayó en el cuello.

—Sabéis —dijo él—, estoy teniendo una de esas grandiosas epifanías. —Hizo una pausa y masticó más. El pastor Crawford era el rey de las revelaciones interminables. Después de unos segundos, me miró—. Cameron, Coley comenzará a venir a Firepower y sé que Ruth ha estado trayéndote en coche. ¿Por qué no venís las dos juntas?

Era una jugada que se notaba que él la hacía por ser sociable y pastoral, pero en realidad acababa de obligarme a subir a la furgoneta de una de las chicas populares de mi clase, dado que yo era la pobrecita sin vehículo propio a quien su tía o su abuela debían recoger y llevar de un lado a otro.

Mientras yo sonreía como una calabaza de Halloween y me encogía de hombros, poniendo los ojos en blanco para intentar oponerme a esos adultos entrometidos con Coley, ella respondió:

—Sí, estaría bien. —Y no vaciló ni nada, pero había algo tan adulto en ella que pensé que tal vez se le daba mejor que yo manejar esas conversaciones incómodas, así que no me reconfortó mucho su tono relajado.

También deseaba que pudiéramos tener esa conversación sin el grupo de adultos espectadores organizando nuestros encuentros.

—Sabes, la mitad de la escuela viene aquí los miércoles —le dije—. Y, de todos modos, empiezo el entrenamiento de atletismo en marzo. No te sientas obligada a hacer la gran *Paseando a Miss Daisy*.

—No seas tonta —respondió ella—. No me molesta. —Su madre le hacía señas desde una mesa llena de personas muy viejas, y mientras

Coley se giraba hacia allí, con la cara demasiado cerca de la mía y una sonrisa coqueteando en sus labios, dijo—: Podemos llamarlo *Piggly Wiggly*, ¿no, Miss Daisy?

Probablemente no parezca importante que ella retomara mi tonta referencia cinematográfica, mencionara la tienda de esa escena donde Miss Daisy por fin acepta un paseo de su propio chófer, pero había estado haciendo referencias cinematográficas similares durante tanto tiempo que salían de mí sin que las pensara y sin que esperara que nadie, excepto Jamie, respondiera con otra. Y no esperaba en absoluto que respondiera con una basada en la escena de la tienda de *Paseando a Miss Daisy*. Y definitivamente no la esperaba en absoluto de alguien como Coley, a quien yo ya creía conocer solo por haberme sentado detrás de ella en Biología durante un semestre.

En el Fetomóvil camino a casa, Ruth le hizo un resumen de la familia Taylor a la abuela. El señor Taylor había muerto de cáncer de pulmón hacía dos años, pero el hermano mayor de Coley, Ty, y su madre aún manejaban el rancho y lo hacían funcionar. Se suponía que Ty era encantador e impredecible, un verdadero vaquero, y que después de la muerte de su esposo, la señora Taylor se había desmoronado un poco, bebía, salía y *tomaba malas decisiones*, pero hacía poco había encontrado el camino de regreso a Cristo.

—Está encaminándose de nuevo por su familia —dijo Ruth—. Eso conlleva auténtica valentía.

Había sido Coley, según ella entendió, quien había mantenido todo en orden mientras tanto. Coley, según Ruth, era guapa, inteligente y *una verdadera triunfadora*; todos la adoraban.

—Me alegro de que os llevéis bien, Cammie —añadió Ruth, mirándome por el espejo retrovisor como solía hacer—. Parece una jovencita muy centrada y tal vez, si llegas a conocerla, no tendrás que pasar tanto tiempo con Jamie y los chicos, sabes…

—Jamie es mi mejor amigo —le dije al espejo, interrumpiéndola—. Ni siquiera conozco a Coley de verdad. Solo vamos a la misma clase.

—Bueno, ahora puedes conocerla mejor —insistió Ruth.

—Sí, vale —respondí, porque era más fácil que intentar explicar de nuevo la política del instituto a una exlíder del equipo de animadoras. Pero suponía que Coley me ofrecería el viaje obligatorio el miércoles siguiente, que sería un poco incómodo, pero se comportaría con amabilidad y luego mencionaría casualmente que tenía un recado que hacer antes de ir a Firepower la semana siguiente y preguntaría si yo *podía ir con mi tía,* y luego nos olvidaríamos por completo de esa amistad arreglada. Lo cual sería para mejor, decidí esa noche en la cama, cuando cerré los ojos y la vi bebiendo té, y los abrí y aún la veía, queriendo ver mucho más.

Capítulo ocho

En marzo, con los días aún frescos al inicio de la temporada de atletismo, dejé de esperar que Coley me hablara de ese recado que debía hacer. A esas alturas, Brett y ella me habían adoptado como una especie de hermanita pequeña que llevaban a todas partes, a pesar de que teníamos la misma edad. El único problema era que, cuanto más tiempo pasaba con los dos —en la esquina de un reservado en Pizza Hut inventando concursos en los que había que lanzar el papel de las pajitas hacia varios objetivos o en la fila más alta del cine de Montana, viendo cualquier película que estuvieran dando esa semana, con un cubo de palomitas en el regazo de Coley para compartir, o corriendo a toda velocidad detrás de las motocicletas en el jeep destartalado de Brett mientras AC/DC sonaba fuerte en los altavoces—, más me enamoraba de Coley Taylor. Sentía celos por lo más mínimo —Brett agarrando de la mano a Coley mientras cruzábamos la calle o Coley despeinando a Brett mientras él nos llevaba en coche a alguna parte—, pero durante esos primeros meses, me conformaba con estar cerca de ella y hacerla reír, lo cual era más difícil de lograr que con otras chicas; tenía que esforzarme más, lo que hacía que valiera más la pena.

* * *

La temporada del baile de graduación, con sus torrentes de confeti, vestidos de satén y estrellas brillantes para acompañar la temática de *La noche estrellada* de Van Gogh, fue recibida con la apatía de la multitud vestida con camisas escocesas adepta al grunge tardío que conformaba un pequeño, pero alborotado, porcentaje de los graduados de Custer High en 1992. Parte de aquel estilo grunge también había llegado a mi clase; una pelota tejida por aquí, el olor a pachuli por allá, pero parecía haber infectado sobre todo a los alumnos próximos a graduarse. Aquellos casi adultos, muchos de los cuales ya tenían cartas de aceptación de las universidades clavadas en los corchos de sus habitaciones en casa, eran adeptos a pelear contra el sistema y a no lavarse el pelo, y sin duda no aprobaban las fuentes de ponche, los tacones teñidos para combinar y el desfile de parejas por el gimnasio bajo los reflectores de su futuro exinstituto. Los comprendía por completo y tenía bastantes camisas escocesas, aunque no me consideraba alguien completamente grunge. Sin embargo, cuando la administración anunció el código de vestimenta formal obligatorio (en respuesta a los rumores de que varias parejas de graduados grunge planeaban asistir a *La noche estrellada* descalzos y con prendas unisex hechas completamente de cáñamo), la mayoría de la clase de graduados estuvo de acuerdo, y los miembros de la FGA, los deportistas y los frikis del consejo estudiantil se unieron con los grunge para comenzar un boicot en contra del baile.

La promesa de una venta baja de entradas, más los escasos esfuerzos de la clase de primero por reunir dinero, dado que con el lavado de coches y la venta de pasteles habían reunido mucho menos de lo necesario para organizar un evento de aquel calibre, dieron como resultado un escenario nunca antes visto en Custer High: los de primer año y los de segundo podrían asistir al baile de graduación, *con vestimenta formal*, y al precio *más que justo* de solo diez dólares extra por pareja.

—Vendrás, Cam —me dijo Coley, apareciendo junto a mi taquilla después de la última hora de clase y antes de que yo me dirigiera al entrenamiento de atletismo. De todos modos, parecía que acababa de aparecer. La escuela había terminado, apenas comenzaba a asomar la primavera y todos recorrían los pasillos embriagados por la libertad de las tres y cuarto de la tarde, alejándose de los alumnos apresurados que se dirigían a las puertas principales solo lo suficiente para pasar por sus taquillas antes de unirse de nuevo a aquel ritmo, como si todo fuera una coreografía, cada movimiento ensayado, cada sonido

y visión, un efecto especial: el golpe metálico de las puertas de las taquillas, los «llámame después» y «malditas pruebas de Química» vocifera-
dos con voces ásperas, el aroma intenso a cigarrillos recién encendidos
en cuanto pisabas los primeros escalones de fuera, el sonido de los casetes surgiendo de los vehículos mientras salían del aparcamiento de estudiantes con ambas ventanillas bajadas. En general, me gustaba asimilar
todo eso durante un par de minutos, quedarme en mi taquilla antes de
ir a cambiarme para el entrenamiento. Pero ese día, apareció Coley.

El vicedirector Hennitz acababa de explicar el «nuevo trato» para el
baile de graduación durante los anuncios del final del día con aquella
voz pastosa suya, cada palabra sonaba pegajosa: «El baile es un lugar de
decoro, y al ofrecerles esta oportunidad a los alumnos menores, la Administración y yo confiamos en que lo tratarán como tal».

Dado que nos habían ofrecido esa oportunidad literalmente minutos antes, sabía con exactitud a lo que Coley se refería con su «Vendrás,
Cam», pero fingí no saberlo para que tuviera que esforzarse aún más
para convencerme. Me agradaba la sensación cuando ella necesitaba
algo de mí.

—¿De qué hablas? —pregunté, fingiendo hurgar en mi mochila en
busca de algo.

—Solo del evento más importante en la temporada de la moda primaveral —dijo Coley con esa voz presuntuosa de miembro de la alta sociedad
que le salía tan bien. Luego habló con su tono normal para añadir—: Si
vas a venir conmigo y con Brett, necesitas buscar a un chico para que vayamos en parejas. —Hizo lo que solía hacer con su pelo: lo recogía y lo
sujetaba con un lápiz con un solo movimiento; siempre me sorprendía lo
espontánea e increíblemente sexy que parecía cuando lo hacía.

—Supongo que puedo preguntarle a la abuela si está libre. ¿Cuándo es? —pregunté, intentando mantener la puerta de la taquilla entre
nosotras. Brett casi siempre estaba cerca de Coley y, cuando no lo estaba, a veces me ponía igualmente nerviosa, como en aquella primera
comunión del café en GOP.

—No hagas eso de contar chistes hasta que se hace imposible
hablar contigo sobre cualquier cosa —dijo Coley—. Será un clásico;

nunca tendremos la oportunidad de colarnos en la graduación como alumnos de primer año.

—Nada de lo que acabas de decir hace que tu argumento sea más convincente —repliqué.

Corey estiró la mano desde el otro lado de la taquilla y me agarró del brazo con dramatismo.

—Llamaré a Ruth. Lo haré. La llamaré y le diré que estás comportándote de nuevo como una rara solitaria y que no quieres venir al baile, y sabes que ella no dejará de molestarte. Tendrá todo tipo de ideas sobre solteros disponibles.

—Eres una persona horrible y te odio.

—Entonces, ¿a quién quieres que le pregunte? Travis Burrel sin duda iría contigo. —Coley abrió más la puerta de la taquilla, miró dentro y tomó el paquete de chicles Bubblicious que estaba en el estante superior y, mientras lo hacía, me rozó el cuerpo de un modo que ella ni siquiera notó y de un modo que hizo que yo no notara nada más que eso.

Retrocedí un poco hacia el pasillo para que no estuviéramos tan apretadas en aquel espacio.

—Travis Burrel iría al baile con cualquiera que pensara que pudiera bailar encima de él en la pista.

—Entonces, ¿quieres que lo llame? —El chicle cubría sus palabras con azúcar y fresas.

—Sí. Enseguida. Llegaré tarde —dije, intentando apartarla de mi camino y agarrar a la vez la mochila y la bolsa de deporte. Ella no se movió demasiado y yo tuve que extender el brazo a su alrededor, rozarla de nuevo, sentir que un pequeño estremecimiento me recorría el cuerpo y terminaba en el estómago, de nuevo, solo para cerrar la taquilla y cerrar el candado.

Ella permaneció a mi lado mientras regresábamos al pasillo, caminando contra la corriente hacia el vestuario de mujeres.

—Vamos, solo pídeselo a Jamie; sabes que lo harás de todos modos.

Coley y yo tuvimos que separarnos para rodear a una chica que estaba eclipsada por el póster gigante que transportaba, alguna clase de proyecto sobre la Segunda Guerra Mundial: una imagen de Hitler con bigote haciendo su *Sieg heil*, un grupo de víctimas en un campo de concentración, algunos soldados estadounidenses fumando y frunciendo el ceño hacia la cámara, con el epígrafe de cada foto escrito en letras gordas con purpurina. Si esta hubiera sido la versión cinematográfica de mi vida, sabía que un buen director de historias de adolescentes habría hecho foco en ese póster y quizás incluso habría puesto alguna clase de música tierna, nos habría hecho mover en cámara lenta mientras el pasillo continuaba avanzando a velocidad normal a nuestro alrededor, las tres iluminadas desde atrás —Coley, la chica del póster y yo—, y al hacerlo intentaría enviar un mensaje conectado con la frivolidad adolescente y la temporada del baile de graduación mientras lo contrastaba contra algo auténtico y horrible como la guerra. Pero si había algo que alquilar todas esas películas me había enseñado, además de cómo perderme en ellas, era que en la vida real solo tienes momentos como esos, ínfimos, perfectos y profundos si los reconoces cuando ocurren, si haces el trabajo elaborado de grabación y edición en tu cabeza, generalmente en los mismos segundos en que está ocurriendo lo que está ocurriendo. E incluso si logras hacerlo, la persona que está contigo en ese instante casi nunca experimenta exactamente el mismo tipo de momento, y es imposible de explicar mientras sucede y luego el momento termina.

—Pídeselo hoy a Jamie porque quiero comprar las entradas mañana —prosiguió Coley, de nuevo a mi lado. Las atrocidades a todo color de la guerra en la que nuestros abuelos habían participado se alejaron de nosotras, fuera de la pantalla a la que pertenecían, sin mirarnos durante la temporada del baile.

—Jamie no querrá ir a ese baile de mierda. Yo no quiero ir a ese baile de mierda. El objetivo del boicot es que nadie en esta escuela quiera asistir a ese baile de mierda.

Un alumno desgreñado con una camiseta de Pantera se giró y gritó cuando pasamos junto a él:

—¡Me acostaré contigo en el baile! —Sus dos amigos igualmente desgreñados chocaron los cinco con él y rieron del modo en que los chicos de secundaria y los personajes de los dibujos animados ríen: como Pablo Mármol, por ejemplo.

—Eres un troglodita —respondió gritando Coley. Llegamos a la puerta metálica azul que marcaba la entrada del vestuario. Me agarró del brazo por el bíceps—. Jamie irá contigo si se lo pides, incluso si no quiere hacerlo.

—Coley, de verdad que *no* quiero ir.

—Pero yo sí, y somos amigas y esta es la clase de cosas que las amigas hacen una por la otra —dijo con cierta sinceridad de la que tal vez me hubiera burlado de no haber estado tan enamorada de ella.

—Ah, ¿es esa clase de cosas? —pregunté, ambas sabiendo que le pediría a Jamie esa misma tarde que me acompañara al baile y que él me molestaría al respecto pero que al final aceptaría porque esa era la clase de persona que Jamie Lowry era—. ¿Qué otro tipo de cosas hacen las amigas una por la otra? ¿Tienes una lista?

—No, pero haré una —dijo, saludando a un grupo de alumnos llamativos que eran más que nada amigos de Brett. Estaban merodeando alrededor de las máquinas expendedoras y la llamaban—. Será muy pero muy divertido —añadió.

—Estás muy pero muy en deuda conmigo —respondí a mitad de camino del vestuario.

—Sabes que te amaré para siempre. —Ya se alejaba hacia el nudo de parejas jóvenes que iba camino a absorber el sol de la tarde, como un anuncio de J. Crew; me dejó pensando en esa lista de «cosas que las amigas hacen una por la otra» todo el tiempo mientras me cambiaba, todo el tiempo mientras trotaba hacia la pista del centro de estudios superiores, todo el tiempo mientras hacía vueltas extra después del entrenamiento porque había llegado tarde. Si Coley iba a escribir de verdad una lista semejante, sabía que yo haría cada cosa incluida en ella. Simplemente sabía que lo haría.

* * *

Había mencionado mi enamoramiento hacia Coley en unos párrafos breves de una de mis cartas para Lindsey, pero la puse al día de todos los detalles angustiantes durante la conversación por teléfono de tres horas que tuvimos el fin de semana antes de la graduación, mientras Ruth y Ray, el repartidor de Schwan's, estaban en un viaje de fin de semana para parejas religiosas en Laramie y la abuela dormía la siesta frente al televisor, con la mesa auxiliar cubierta de envoltorios de celofán de esas obleas dulces. Ese mes sus favoritas eran las de fresa, así que había restos de un rosado extraño y migajas de azúcar en los pliegues de su camisa, como los restos de fibra de vidrio que cubrían el mono de mi padre cuando instalaba un aislante.

Lindsey fue quien me había llamado, así que su madre recibiría la cuenta telefónica, no Ruth. Y cuando tardó veinte minutos en hablarme solo sobre el recital de Ani DiFranco al que había asistido la noche anterior, supe que sería una sesión larga, así que saqué de la nevera un par de cervezas de Ray (estaba bastante segura de que él sabía que yo a veces bebía algunas, pero no decía nada, ni a mí ni a Ruth), y luego llevé el teléfono inalámbrico a mi cuarto y pasé la mayor parte de esas tres horas haciendo *collages* en el suelo y en el techo de la habitación de huéspedes de la casa de muñecas con sellos que había guardado de las cartas de Lindsey. Lindsey me escribía mucho, quizá recibiera cuatro cartas por una mía, pero aún no tenía suficientes sellos para completar la sala. Solo era un comienzo esperanzador.

Mientras que yo había estado entrenando con el equipo de atletismo, reflexionando sobre el Levítico y Romanos y siendo la hermanita de la pareja favorita de Custer High, e imaginando en privado a Coley cada vez que veía cualquier película que tuviera un dejo de lesbianismo (Coley como Jodie Foster en *El silencio de los corderos*; Coley como Sharon Stone en *Instinto básico*, esa película que por fin había llegado a Miles City), Lindsey había tenido sexo con, según contaba, cada lesbiana en el área de Seattle de entre quince y veinticinco años de edad. Muchas de ellas tenían nombres, o probablemente apodos, que me sonaban aterradores de un modo «demasiado guay»: Mix, Kat, Betty C. (¿por Bett Crocker?, dudaba, pero nunca le pregunté), Brights, Aubrey, Henna, y así sucesivamente.

Lindsey era buena contando detalles y siempre era muy específica sobre qué conquista tenía rastas malolientes de blanca, qué chica se había afeitado por completo la cabeza y qué chica usaba chaqueta de cuero, montaba en una Harley, esnifaba cocaína, era anoréxica y tan huesuda que su cuerpo parecía un andamio; pero había tantas chicas distintas que no podía recordar a ninguna cuando la comunicación telefónica o la carta terminaban, y en general no necesitaba hacerlo, porque la propia Lindsey aparentemente había olvidado también a esas chicas y continuaba con la media docena siguiente la próxima vez que hablábamos o escribía.

—Betty C. tiene un piercing en la lengua, ¿sabes? Bueno, una barra, de hecho, pero es loco porque me contaron que es diferente, pero no sabía cuánto, ¿sabes? —Aquella era la típica manera de conversar de Lindsey: decir todo de un modo en que me obligaba a pedirle que me explicara cosas, lo que la mantenía siempre en el rol de mi gurú lésbico personal.

—¿En qué sentido es diferente? —pregunté, colocando un sello negro junto a otro con el pájaro estatal de Maine, el carbonero cabecinegro.

—De verdad, Cam, desarrolla la imaginación… Tiene que ver con el sexo oral. Es una pieza de metal diminuta, pero si sabes cómo usarla… Y Betty C. sabe, sin duda… Es algo de otro mundo.

—Sí, he entendido esa parte —dije, porque de verdad *había* entendido que ella hablaba sobre sexo oral, pero aún tenía tantas dudas acerca de la mecánica del proceso en sí mismo, acerca de qué se sentía al darlo y recibirlo, que me resultaba difícil comprender cómo esa diminuta pieza de metal podía marcar una diferencia tan significativa. Cuando soñaba despierta con Coley y yo juntas, siempre era una fantasía larga que llevaba a nuestro primer beso y luego a un beso mucho más intenso, quizá hasta nos quitábamos las camisetas, nos tocábamos un poco, pero nunca nada más. Nunca. Era un territorio tan desconocido que mi cerebro ni siquiera podía imaginar un mapa de él.

—Bien, de acuerdo —respondió Lindsey—. Olvidaba que estaba hablando con una amateur sexual absoluta. Tú y tus muchas conquistas allí, en el país del ganado.

—Cállate —dije. Bebí un sorbo de cerveza, que estaba más caliente con cada minuto que pasaba. No era una gran fanática de beber sola, pero algo en estas conversaciones telefónicas con Lindsey hacía que el alcohol pareciera necesario, en parte porque me gustaba la idea de que mientras ella me ponía al día de todo lo que yo no hacía (y que ella sí), yo también rompía las reglas, y en parte porque necesitaba estar un poco atontada para escuchar sus proezas.

—La cuestión es que me haré uno la próxima vez que Alice salga de la ciudad —continuó.

Lindsey había comenzado hacía poco a referirse a su madre solo como Alice y en general con desdén, lo cual me molestaba porque, hasta donde sabía, Alice, la clase de exhippie que ahora vivía en la ciudad con inclinaciones liberales, era una opción bastante genial en la categoría de madres.

—De todos modos, te deja hacer lo que quieras —dije, con más hostilidad de la justificada—. ¿Por qué no te lo haces ahora si planeas hacerlo?

—No me deja hacer lo que quiera —replicó Lindsey—. Me castigó, o intentó hacerlo, por el fiasco de la diosa.

(Lindsey hacía poco se había tatuado un símbolo con tres lunas que, según ella, representaba un aspecto Wicca y también las tres fases de la luna y de la vida de la mujer, en violeta y en la parte superior del hombro izquierdo).

—Y es como, ¿en serio, Alice? ¿Cuán puritana puedes ser? Es mi cuerpo. Ella es la que va a Planned Parenthood con un cartel que dice EL CUERPO ES DE LA MUJER, EL DERECHO DE DECIDIR ES DE LA MUJER, y va y se vuelve loca porque yo *elegí* colocar algo significativo en mi propio hombro.

—¿De veras acabas de decir que abortar es como hacerse un tatuaje? —pregunté, no porque pensara que estuviera necesariamente equivocada, sino porque sabía que aquello la enfadaría.

—Sí, eso he dicho si tienes la capacidad de comprensión de un niño de primer grado —respondió. Adoptó lo que yo creía que era su voz de profesora—. No se trata de la gravedad de la acción infligida en el cuerpo, Cameron; es una cuestión de pertenencia del cuerpo en cuestión, y si bien tengo quince años, mi cuerpo me pertenece.

Bebí otro sorbo y usé mi mejor voz de alumna sarcástica.

—Entonces, te pregunto de nuevo, ¿por qué esperar a hacerte el *piercing* de la lengua?

—Porque cicatrizan como la mierda. A veces tienes que pasar cuatro días enteros consumiendo solo batidos y, si te lo quitas, estás jodida. Esperaré hasta que Alice viaje al menos esa cantidad de días. Y luego, cuando ya esté curado, podré sacármelo si es necesario, mientras estoy cerca de ella.

—Entendido —respondí, abriendo la segunda cerveza y escuchando el piso de abajo a través de la puerta para asegurarme de que aún se oía *Columbo*, y así era. Aunque la abuela no subiría las escaleras hasta mi cuarto.

Luego hubo una pausa en la conversación, que quizá fueron veinte segundos de silencio entre las dos, y dado que aquello casi nunca ocurría cuando hablábamos, resultaba particularmente incómodo. Cuando Lindsey no lo rompió, yo hablé, solo para decir algo, porque si bien Lindsey últimamente se había convertido en alguien un poco desdeñoso y egocéntrico, aún era mi única conexión con el lesbianismo auténtico, el de la vida real y no el de las películas, y quería mantenerla al teléfono:

—Iré al baile de graduación con Coley Taylor.

—¿Qué coño? ¿Por qué has tardado tanto en mencionarlo? ¿Esa es la vaquera Cindy Crawford que te encanta? Estás jodiendo conmigo... Ni siquiera tienes edad suficiente para asistir al baile.

—Bueno, no *con* ella en ese sentido... no como una cita. Pero iremos juntas con nuestras parejas. Coley y Brett y Jamie y yo. —Me alegraba haber evitado que ella cortara la comunicación por más que fuera vergonzoso admitirlo—. Cambiaron las reglas para este año —añadí—, porque no hubo suficientes alumnos del último año que compraran entradas.

—Por supuesto que no había suficientes —dijo ella—. El baile de graduación es una institución anticuada que refuerza roles de género obsoletos y rituales de citas burgueses. Es peor que un cliché.

—Gracias por hacer que cada momento siempre sea una enseñanza —dije.

—Bueno, joder, siento tener que hacerlo, pero no es un progreso saludable para una lesbiana en entrenamiento. Desear a chicas heterosexuales… chicas heterosexuales que, por cierto, están en una relación feliz con chicos heterosexuales guapos, cuando vives en una ciudad llena de vaqueros furiosos, fanáticos de la Biblia que probablemente vayan armados, es sin duda una situación sin salida.

—¿Quién quieres que me guste en Miles City? —le pregunté—. No es como si tuviera un bufé con todas las lesbianas imaginables pasando el rato junto al salón de tatuajes, esperando en fila para que les perforen la lengua.

—No siempre se hacen *piercings* en los mismos sitios que hacen tatuajes —respondió y luego se ablandó—. ¿Crees que Coley sabe lo tuyo?

—No lo sé. A veces, tal vez —dije, lo cual solo era una verdad a medias. Toda la verdad era que una vez, solo una, cuando Brett había cancelado nuestros planes de ir al cine en el último momento porque tenía que estudiar para un examen de Matemáticas, Coley y yo fuimos al cine de todos modos y, si bien me comporté del modo nervioso y eléctrico habitual al estar a solas con Coley mientras estábamos sentadas en nuestros asientos de la fila superior, ella también había parecido algo eléctrica; no hacía contacto visual y apartaba el brazo cuando ambas lo apoyábamos a la vez sobre el reposabrazos entre las dos—. Pero estoy segura de que no es gay —añadí, tanto para mí como para Lindsey.

—Entonces, ¿qué es lo mejor que podría salir de esto? —me preguntó, y luego prosiguió antes de que pudiera responder—. Eso es lo que debes preguntarte, porque parece que hay toda clase de cosas que podrían salir muy mal en ese escenario y no muchas que pudieran resultar bien.

—Sí, entiendo —dije; terminé la cerveza que me quedaba y coloqué la lata debajo de la cama. Había estado guardando latas de cerveza desde hacía un tiempo y cortaba siluetas diminutas en ellas (pájaros en vuelo, diamantes y cruces), lo más pequeñas que podía, y generalmente me cortaba los dedos en el proceso. Utilizaba las siluetas para el cuarto del bebé de la casa de muñecas—. Pero, aunque lo comprendo, no puedo obligarme a que ella no me guste. Sabes que no funciona así.

—Bueno, pero, de todos modos, ¿qué inspiró este gran enamoramiento? Es decir… ¿por qué carajo Coley Taylor?

La cual, por supuesto, era una pregunta imposible de responder.

—Es su manera de ser. No sé… es el modo en que habla y sus intereses, y en cierta manera es más madura que cualquier otra persona que conozca, y es graciosa. —Hice una pausa al comprender lo estúpida y obvia que sonaba.

Lindsey prosiguió por mí.

—Y el modo en que el culo le llena los pantalones y…

—De verdad, eres diez veces peor que todos los chicos del equipo de atletismo juntos. Lo eres —dije.

Lindsey rio y luego adoptó de nuevo su voz de profesora.

—Escúchame, mi joven y tonta aprendiz: existen lesbianas a las que solo les gustan las chicas heterosexuales, o chicas que son heterosexuales de día y zorras de noche para intentar convertirlas o algo así; pero nunca llegan más lejos que una noche y siempre terminan furiosas y tristes cuando la chica en cuestión dice que solo era una fase de experimentación de mierda, y que en realidad le gustan los chicos, no las chicas. Y aquí no es así, donde hay bares y recitales y todo un escenario lésbico para perder sus inhibiciones. El baile de graduación en Montana no se parece en nada a esa escena.

—Obviamente —dije, sonando como alguien que acababa de beber dos latas de cerveza.

—Continúa tocándote pensando en ella o lo que sea, pero que la cosa acabe ahí. En serio.

Dado que, en una conversación previa, Lindsey me había enseñado que colarse los dedos era la versión femenina de masturbarse, no tuve que pedirle que lo aclarase.

—Bueno, pero iré al baile igualmente —afirmé—. Tenemos entradas, vestidos y todo organizado.

Lindsey resopló.

—Apuesto a que Ruth desborda de entusiasmo.

—Nos hará sentarnos a comer una cena *gourmet*. No deja de decir lo *gourmet* que será. Ha usado esa palabra unas veinte veces.

—Por supuesto que sí —dijo Lindsey—. Apuesto a que preparará muchas cosas que ella cree que son totalmente representativas de la alta cocina, pero que harían llorar con desdén a un chef profesional.

—No lo sé. Da igual. Yo solo les diré a los demás a qué hora venir.

—Fíate de mí —dijo Lindsey.

* * *

Ruth preparó pollo *cordon bleu* de Schwan's, una ensalada (con aderezo francés marca Kraft), judías verdes con almendras (también de Schwan's) y unas patatas fritas muy sabrosas que insistía en que llamáramos *frites* cuando le pedíamos que trajera más. Hizo el papel de camarera y permaneció, junto a la abuela, en la cocina y en el rincón del desayuno durante la cena prebaile; entraba en el comedor solo para llenarnos las copas de vino vacías con zumo de uva gasificado y sacarnos fotos comiendo *frites*. Pero, en cierto modo, fue dulce ante la situación y era evidente que estaba genuinamente feliz de tenernos a los cuatro allí, y a mí comportándome como su visión de una típica chica adolescente. Compró un gran ramo de rosas para el centro de mesa, colocó candelabros plateados y montó la mesa con el mantel de encaje y la vajilla de bodas que había pertenecido a la bisabuela Wynton; las cosas que mamá solía usar para las fiestas importantes y a veces para mi cumpleaños.

La comida nos supo particularmente bien a Jamie y a mí porque ambos habíamos fumado marihuana de calidad en mi cuarto antes de que Coley y Brett llegaran y que sirvieran la cena. Aquella había sido una de las condiciones de Jamie para asistir al baile de graduación:

«Tenemos que estar muy fumados para el evento», me había dicho después de aceptar. «Y me pondré un traje negro con camisa negra y corbata. Todo de negro, como un villano de James Bond o algo así, porque eso es jodidamente genial. Y mis Converse Chuck Taylor».

Esa noche, Jamie había llegado temprano vestido con el conjunto prometido y con la cabeza recién rapada. Vino temprano para fingir que me daba el ramillete para la muñeca (pequeñas rosas rosadas y gipsofilas) que dijo que su madre había elegido. Ruth desconfiaba de que estuviera en mi cuarto, lo cual era raro porque Jamie había estado en mi habitación muchas veces, pero le dijo que estaba muy guapo y luego anunció desde el piso inferior que se dirigía hacia mi cuarto. Yo aún iba vestida con el pantalón de franela y una camiseta. El vestido negro demasiado corto (en mi opinión) que Coley había elegido para mí estaba colgado a salvo en mi armario, lejos, esperaba, del olor penetrante de la marihuana. Jamie se quitó la chaqueta y también la guardó en el armario.

Habíamos fumado juntos dos veces antes con el mismo grupo de chicos de siempre en el que yo era la única mujer permitida, y las dos veces habían sido en la sala de las llaves en Santo Rosario. Por esas ocasiones había decidido que la marihuana no era un buen sustituto del alcohol y no me gustaba el modo en que me quemaba la garganta, llegaba a los pulmones y los dejaba en carne viva incluso al día siguiente. Tampoco me gustaba que me hiciera sentir paranoica; no estaba segura de si era así porque realmente me volvía paranoica o porque me habían contado que la marihuana supuestamente generaba esa sensación; pero en ambas ocasiones había estado muy convencida de que nos atraparían en el hospital y nos expulsarían del equipo de atletismo… Hasta tal punto que me escondía detrás de los archivadores y le pedía al grupo de chicos risueños que guardaran silencio y que escucharan los ecos raros del hospital durante varios minutos.

—No puede ser obvio que estamos muy fumados, Jamie —dije mientras él llenaba una pequeña pipa azul que no le había visto usar antes—. Tenemos la cena y el desfile de parejas.

—Esto es mejor que lo que has fumado antes —afirmó Jamie. Extrajo un mechero Bic amarillo, encendió la marihuana y dio la primera calada. Tuve que esperar a que él fumara, lo que hacía a intervalos mientras mantenía el humo y lo soltaba.

—El hermano de Travis Burrel me consiguió esta mierda.

Esperé.

—Va a la Universidad Estatal de Montana en Bozeman, con Nate.

Esperé.

—Esta es de la buena; lo que los malditos hippies de la costa este aficionados a esquiar vienen a buscar a Montana. Todo es parte de la verdadera experiencia universitaria de Montana. —Giró el cuello para exhalar el humo dulce por la ventana abierta cuando por fin terminó y me entregó la pipa.

—¿Por qué aquí se cultiva mejor?

—Mierda, no, aquí cultivamos marihuana salvaje, chica. Esta mierda viene de Canadá, directa desde la frontera. Completamente hidropónica.

—¿Qué significa eso? —pregunté, con la pipa de vidrio tibia en la mano.

—La cultivan sin suelo vivo, solo con minerales y cosas así. Pero lo único que necesitas saber es que te pega con más clase. —Jamie esbozó una sonrisa llena de dientes grandes; tenía un poco de ceniza sobre el labio superior, que limpió con la punta de la lengua.

Puse los ojos en blanco, pero di mi primera calada y pensé que era cierto que parecía menos áspera que la que habíamos fumado antes.

—Fumemos la mitad ahora y veamos el efecto; después a lo mejor podemos fumar a escondidas la otra mitad antes de ir hacia la escuela —dije después de exhalar. Estaba pensando más que nada en Coley y no quería decepcionarla. La había visto beber cerveza de unos barriles que los jóvenes rancheros tenían en las tierras de sus padres, pero sentía que Coley Taylor no aprobaría la marihuana, que pensaría que era una estupidez reservada exclusivamente para los frikis que juegan a *Dragones y mazmorras* y a *Magic* y para los hippies.

—¿Qué te ha pasado, JJK? —preguntó Jamie, moviendo la cabeza de lado a lado y cruzando los brazos como si fuera un consejero estudiantil que me preguntaba por qué mis notas habían empeorado o por mis faltas—. ¿Primero haces que te lleve al baile y ahora te acobardas a la hora de fumar la mejor marihuana que has probado? Sabía que esto ocurriría.

Mordí el anzuelo.

—¿El qué?

Él fumó y contuvo el humo durante demasiado tiempo, haciéndome esperar de nuevo. Y luego, mientras me exhalaba el humo en la cara, dijo:

—Mi niña está convirtiéndose en mujer.

—Vete a la mierda —repliqué mientras él reía y reía. Tomé la pipa y di una calada, luego fumé de nuevo; estaba a punto de dar la tercera calada cuando la marihuana me afectó con aquella velocidad rápida con la que siempre pega y sentí el peso de la lengua, la sensación de arena movediza detrás de los ojos, y cómo los isquiotibiales cansados, que me habían molestado toda la temporada, se relajaban y se deslizaban; decidí que quizá ya había demostrado que yo tenía razón.

Y luego el tiempo pasó del modo en que lo hace cuando estás fumado, y Jamie dio tal vez otra calada, tal vez tres, y hablamos sobre la casa de muñecas. Jamie sugirió que debería tener una pequeña habitación de cultivo en la parte trasera, con réplicas de lámparas de calor y plantas de marihuana hechas con semillas reales, y yo respondí que costaría como cien dólares tener la cantidad suficiente de «plantas» diminutas y que sería un desperdicio pegarlas a una mesa en la casa de muñecas, y Jamie dijo que lo importante era la autenticidad de semejante hazaña, que sería genial y que si alguna vez estábamos desesperados por fumar podríamos simplemente encender un fuego en esa habitación. Luego le dije que eso sería vandalismo y que la policía de la casa de muñecas no lo permitiría, o algo así, o a lo mejor nada parecido, y luego Coley y Brett llegaron y Ruth nos llamó, y la noche del baile de graduación llegó oficialmente, conmigo drogada y vestida con los pantalones de franela y la camiseta.

—Un segundo —grité desde el otro lado de la puerta mientras Jamie vaciaba casi una lata entera de ambientador de canela fresca y el aerosol pegajoso y dulce inundaba el aire y lo hacía oler a marihuana con gusto a canela.

Coley no esperó un segundo; subió las escaleras y llamó a la puerta mientras Jamie se reía en una esquina con el aerosol extendido frente a él con ambas manos, como si fuera un arma.

—Hazla pasar —decía sin parar, y luego reía más y luego intentaba detenerse—. Hazla entrar.

No tuve que hacerlo porque Coley llamó de nuevo y luego abrió la puerta, diciendo con voz cantarina:

—Espero que os estéis portando bien aquí dentro.

Y allí estaba, tan perfecta como siempre, pero aún más, en un vestido amarillo pálido con tirantes diminutos y margaritas entrelazadas en el pelo, sin demasiado maquillaje, pero perfecta, *resplandeciente*, *fresca* y *pura* y todos los adjetivos que usaban en los artículos de «Cómo maquillarte como una profesional para el baile de graduación» que sabía que Coley había recortado y leído y aplicado, aunque no necesitaba hacerlo, porque ya era encantadora sin los consejos de belleza y el maquillaje.

Estábamos de pie muy cerca, Coley aún en la cima de las escaleras y yo dentro de mi habitación con la puerta abierta. Noté que estaba mirándola demasiado; sentí que lo hice durante un rato largo, pero ninguna de las dos dijo nada y no quería darme la vuelta para ver si Jamie aún estaba apuntando el aerosol hacia la puerta.

—¿Cuán fumados estáis? —me preguntó Coley, cerrando la puerta, aunque aquello significara que Brett se quedara a solas con Ruth y la abuela, lo cual no era justo.

—No sabemos a qué atrocidad se refiere, señorita —dijo Jamie; había hecho algo con la lata de aerosol. (A la mañana siguiente, descubrí que ese algo fue esconderla debajo de mi almohada como un regalo del Hada de la Marihuana). Caminó hacia Coley con la espalda recta, al estilo de Rex Harrison en *My Fair Lady*, la agarró de la mano, hizo una reverencia y besó los nudillos de Coley.

»Si me disculpan, damas encantadoras, debo ir al tocador antes de la cena y tener una conversación con ese Brett, el viejo diablillo. —Sacó su chaqueta del armario y bajó las escaleras aún con la postura erguida. Yo todavía no me había movido.

—De hecho, me alegro de que no estés vestida, porque será más fácil peinarte —dijo Coley. Abrió el bolso que no había notado que tenía y extrajo una plancha de pelo, un secador, varios tubos de plástico y mucho maquillaje, y lo dejó todo sobre mi cama.

—¿Con qué empezamos? —pregunté, con la esperanza de que comenzáramos con la tarea y no habláramos más de lo fumada que estaba.

—Siempre con el pelo —dijo ella, colocando las manos sobre mis hombros; me fue empujando despacio hasta que me senté en el borde de la cama.

—Lo supuse —respondí, inclinando la cabeza hacia atrás porque me sentía bien al hacerlo, pero intentando a la vez ser buena compañera. Coley y yo habíamos conversado con poco entusiasmo sobre lo necesario que era que yo tuviera «un peinado para el baile», dado que había aceptado ir.

—A Brett se le romperá el corazón si estáis demasiado fumados para compartir la botella de Jim Beam que ha traído. Lleva meses guardándola para una ocasión especial. En serio. Meses. —Estaba ocupada deshaciéndome la coleta desordenada.

—No estamos tan fumados —dije. Me gustaba la sensación de sus dedos en mi pelo y también sentir un poco de náuseas y nervios al tenerla tan cerca de mí, inclinada sobre mi cuerpo.

—Espero que no —respondió; me echó laca, me cepilló el pelo, utilizó la plancha y también hizo otras cosas, cosas que yo nunca me molestaba en hacer—. Porque la noche, querida, es joven.

—Creí que estarías enfadada conmigo si descubrías que fumábamos —comenté, lo cual no era la clase de cosa que habría admitido delante de Coley si la marihuana no me hubiera envalentonado.

—Ya sabía que lo hacías… por supuesto. Es cosa de Jamie, ¿no?

—Pero yo no soy Jamie —respondí.

—A veces os parecéis —dijo ella, tirando de algo.

—No. No lo suficiente.

—Bueno, da igual —respondió—. Me sorprende un poco que no nos esperarais.

—¿Desde cuándo fumas? —Me ofendía un poco la idea de que Coley tuviera el hábito de usar drogas recreacionales sin que yo lo supiera.

—No fumo. —Se inclinó para sonreírme; su rostro era inmenso y brillante y estaba muy muy cerca del mío—. Pero acabo de decírtelo, la noche es joven.

Y así fue como la noche continuó:

Después de la cena, las fotos, fotos, fotos, Brett y Coley hablaron con la tía Ruth para que Jamie y yo pudiéramos evitarlo. Los cuatro subimos al Chevy Bel Air de la abuela Post, que parecía un coche mucho más guay de lo que había sido no tantos años atrás. Brett hizo de conductor y Ruth nos sacó incluso más fotografías subiendo al vehículo, arrancando el motor, avanzando por la calle hasta por fin doblar la esquina y quedar libres del flash de su nueva cámara rosa Sally-Q (al menos hasta el desfile de parejas). Le habíamos dicho que nos iríamos un poco más temprano para dar unas vueltas (para conducir por la calle principal) y para sacarnos unas fotos en la casa de la tía de Brett. En cambio, Brett detuvo el vehículo junto a la pista de atletismo del centro de estudios superiores; el aparcamiento estaba vacío, un corredor solitario con un conjunto deportivo verde jadeando en una de las vueltas y todo lo más despejado que podría estar. Nos pasamos el Jim Beam hasta que Jamie dijo que él no quería beber tanto de esa mierda porque debía sobrevivir al baile, sacó la pipa, y después de observar cómo la llenaba, Coley habló en nombre del grupo cuando dijo que «fumaría una calada», pero solo si lo hacíamos fuera, porque «no llegaría al baile apestando a marihuana».

Sacamos unas mantas ásperas del maletero y Jamie y Brett se quitaron las chaquetas. El corredor agitado nos miró dos veces de un modo muy gracioso mientras los cuatro (Coley y yo estábamos envueltas en un capullo de lana con las piernas expuestas y las sandalias, y Jamie y Brett con la mayor parte de sus trajes puestos) cruzábamos el aparcamiento hacia un bosque pequeño de enebros y álamos, encontrábamos refugio junto a una de las mesas de pícnic y encendíamos el porro. Coley tosía y tosía. Brett tosía y tosía. Jamie trotó hasta la máquina de refrescos que estaba junto a las puertas que llevaban al centro de recreación, compró una Sprite para refrescarles las gargantas, trotó de regreso y procedió a abrir la lata demasiado agitada; el líquido de limón y lima pegajoso lo salpicó.

—Mierda —dijo, sacudiéndose las gotas de los dedos y entregándole lo que quedaba en la lata a Coley—. ¿Ya os ha hecho efecto al menos?

—No lo sé —respondió Brett—. Siento los labios como un avispero. ¿Eso significa que estoy drogado?

—Muy drogado —le dijo Jamie, recogiendo la pipa—. Pero tal vez podríamos fumar otro para el camino.

—Nada más para el camino —replicó Coley, agarrándome de los brazos e intentando hacerme girar con ella, lo cual no hice—. Me siento tranquila. Y también siento que el mundo está hecho de gelatina. Es agradable. Es suficiente por ahora; debemos irnos.

Y después de rociarnos con casi todo el contenido de la botella diminuta de perfume Red Door que Coley tenía en su bolso y de comer con libertad los caramelos de menta que la abuela guardaba en la guantera, nos fuimos.

Tuvimos que ponernos en fila para el gran desfile detrás de un tabique en un extremo del gimnasio. El vicedirector Hennitz recibía las entradas y supuestamente comprobaba el aliento de los recién llegados en busca de alcohol, pero la sonrisa ganadora de Brett y la increíble temporada de fútbol hicieron que el vicedirector solo asintiera con energía y sonriera, y luego los cuatro atravesamos la puerta y llegamos al baile de graduación. Había demasiada laca y delineador, todo el mundo sudaba y ya parecía aburrido. Cuando anunciaron nuestros nombres, tuvimos que subir por unas tarimas separadas en los laterales de una plataforma, decorada con pintura con purpurina y que aparentemente debía parecerse a la superficie lunar para el comité del baile. Una vez en las escaleras, debíamos encontrarnos en el medio, tomarnos de las manos, sonreír para una fotografía y salir juntos. Había cámaras de video, así que todo se reproducía en una pantalla colgada en la canasta de básquet plegada. Las gradas en el extremo opuesto del gimnasio estaban llenas de toda clase de parientes cariñosos y compañeros de escuela en varios grados de desastre; algunos animaban a sus parejas favoritas, pero la mayoría se burlaba de toda la producción, lo cual no implicaba que algunos de los que estábamos en la fila no estuviéramos haciendo lo mismo.

Tuve que concentrarme para caminar con los tacones que Coley había elegido para mí; no eran particularmente altos, pero sin duda lo eran más que mis zapatillas. Debido a esa concentración y a la marihuana, no presté atención al sector de las gradas hasta que estuve en el medio con Jamie, tomados de la mano, bajo el foco, y a lo lejos el centelleo rápido de unas cámaras fotográficas, sin duda la de Ruth y probablemente la de la madre de Jamie. Jamie, incapaz de resistirse a su momento en la pantalla grande, me colocó un brazo en la espalda y me reclinó como una bailarina de tango. Más cámaras tomaron imágenes. Los presentes aplaudieron y silbaron. Alguien abucheó.

Durante los cinco minutos de Coley y Brett bajo el foco, Brett le dio a Coley un beso en la mejilla —que dos alumnas menores que tenían vestidos violetas casi idénticos describieron como «adorable»— y Coley llenó la pantalla con su maldita sonrisa dulce y maravillosa, y el contingente de las gradas, incluso las chicas amargadas y gruñonas en la fila trasera, dijeron *ooooh* como hacen las personas cuando un cachorro precoz se da un baño de burbujas en una película de Disney. Pero ese no fue el momento del baile que me afectó.

Otros momentos que no me afectaron incluyen el primer baile, para lo cual permitieron que los padres y los espectadores se quedaran, y que en este caso fue al ritmo de «To Be With You» de Mr. Big. Coley y Brett no tuvieron demasiado tiempo para ponerse íntimos porque la madre de Coley los detenía cada dos segundos para que sonrieran y posaran, pero cuando conseguí verlos a los dos juntos, parecían muy felices en un modo completamente fumado. Jamie y yo recibimos el mismo trato fotográfico por parte de Ruth y la madre de él, pero Jamie continuó sacudiéndose y moviéndonos alrededor de otros bailarines para mantenernos a salvo de las lentes, de tal forma que, después de un rato, la madre de Jamie atravesó el grupo de parejas en medio de la pista de baile y tiró de la chaqueta de su hijo para preguntarle por qué «no podíamos bailar como personas normales para que pudieran sacarnos fotos, maldita sea».

Después de eso, los padres se marcharon y hubo varias canciones rápidas. Jamie, de hecho, sabía varios pasos, la mayoría graciosos; de algún modo todos eran ostentosos, pero increíblemente rítmicos a la vez. Y después fumamos dos caladas rápidas cada uno en el tercer cubículo del baño de mujeres del pasillo, al cual nos escapamos con bastante facilidad, pero nos resultó muy difícil salir de allí. Las clases y los pasillos cerca del gimnasio estaban «oficialmente cerrados», supuestamente para prevenir el tipo de actividades que nosotros hacíamos. Pero había una cantidad limitada de acompañantes y la fuente de ponche necesitaba vigilancia constante.

Mientras Jamie aprovechó al máximo su atuendo completamente negro escabulléndose por el pasillo y la escalera para asegurarse de que no hubiera moros en la costa, Coley y Brett se valieron un poco del efecto de la marihuana y se besaron más en aquel baño de lo que jamás lo habían hecho en mi presencia. Y, aun así, ese no fue el momento que me afectó.

Y no fueron tampoco las dos canciones lentas que siguieron. Y no fue observar a Coley bailando con dulzura (sin ser en absoluto ridícula) con aquel chico fumado de la FGA que estaba loco por ella y exhibía sus sentimientos en su rostro sonrojado. Y ni siquiera fue cuando Coley me pidió que bailara con ella. Brett y Jamie estaban posando para uno de esos fotógrafos profesionales de las ciudades pequeñas que siempre disfrutaban de sacar imágenes y luego ponerlas en los escaparates de sus tiendas, una imagen en blanco y negro con un grupo de los deportistas de la escuela, con las chaquetas colgadas sobre los hombros, brazos cruzados, todos negándose a sonreír y frunciendo el ceño hacia la cámara.

Otras chicas habían bailado juntas toda la noche, en grupos y en parejas, pero «November Rain» era una canción un poco más lenta y un poco más sentimental que las típicas canciones que las chicas bailaban con otras chicas; y, aun así, con estrellas de cartón suspendidas del techo y con Coley, que estaba demasiado fumada, abrazándome fuerte, nuestro baile parecía extrañamente insignificante y a duras penas romántico, y en absoluto como había deseado que fuera cuando pensaba en ella. Era consciente de las parejas a nuestro alrededor que podrían estar observando y me alegré cuando terminó.

El momento que me afectó fue tal vez cinco canciones antes de que el DJ nos diera las gracias por haber venido. Encendieron las luces, todos entrecerramos los ojos y nos miramos bajo la fluorescencia hostil, y notamos lo aplastado que estaba el cabello de algunos, que la mesa de comida estaba desabastecida, sucia y desordenada, y que varios de nosotros quizá también lucíamos ese aspecto. Antes de eso, Jamie y yo nos habíamos sentado en una de las gradas y Coley y Brett estaban enredados en aquel suelo pegajoso, rodeados de todas parejas del club con las relaciones más comprometidas de Custer, no de parejas que acababan de juntarse para el baile, sino de las serias. Yo miraba a Coley. Lo hacía. Apoyaba la cabeza sobre el hombro de Brett, tenía los ojos cerrados y había perdido varias margaritas del pelo. Se había quitado los zapatos, todos lo habíamos hecho, así que bailaba por la pista en puntillas; las plantas de sus pies perfectos estaban negras, pero, de todos modos, no parecía notar el suelo. No desde donde yo estaba sentada. Aún estaba lo bastante fumada como para soñar despierta con que yo era la que bailaba con ella de ese modo, en nuestro baile de graduación, con todos al tanto de que estábamos juntas. Las chicas del vestido violeta susurrarían sobre lo dulce y adorable que era cuando la besaba. Pensé que estaba experimentando un momento privado, en la oscuridad de las gradas, solo observando a Coley. Pero sentí la clase de cosquilleo en la nuca que ocurre cuando alguien te observa y estás a punto de ser descubierto. Giré la cabeza y vi que Jamie ya no miraba la pista de baile; me miraba a mí.

—Cielos, Cam —dijo él, en voz no tan baja—. Intenta disimular las ganas.

Sentí el pecho como si acabara de nadar los doscientos metros libres.

—¿Quieres toda mi atención o qué? —pregunté, intentando sonreír con torpeza y distraerlo como una idiota.

—Sí, claro —dijo—. Da igual. —Se puso de pie—. De todos modos, no quiero hablar sobre mierdas retorcidas como esta. Iré a ver si puedo encontrar a Trenton y conseguir un cigarrillo. —Él ya había bajado dos hileras de gradas, con la chaqueta colgando sobre el hombro y una expresión furiosa de verdad, no para la cámara.

Me puse de pie, lo seguí sin saber qué se suponía que debía decir, pero incapaz de permitir que lo que fuera que acababa de ocurrir flotara sobre mí en las gradas. Sentía el cerebro cubierto de suciedad, como si lo hubiera guardado en la secadora y no supiera cuál era la mejor manera de limpiarlo.

Cuando lo alcancé y me quedé detrás de él, me incliné por encima de su hombro y lo intenté:

—No me gusta Brett, si es que te refieres a eso. ¿No estarás demasiado celoso? —Había querido decir esas palabras con mi mejor expresión de desdén, pero, para empezar, no era buena haciendo esa expresión y estaba drogada y también era difícil que sonara verídico en mi cabeza.

Estábamos en el gran vestíbulo, fuera del gimnasio, donde estaban los puestos de comida y las vitrinas de los trofeos. Había varios asistentes al baile allí, merodeando con su ropa elegante, ahora desarreglada. Las puertas pesadas de la entrada se abrieron y el aire nocturno entró de golpe, enfriándolo todo. Jamie me respondió en voz más alta de la que esperaba.

—Sí. Lo sé. No tendrías el problema que tienes si ese fuera el caso, ¿no?

Un grupo de chicos del equipo de debate y de teatro que se habían vestido con prendas de estilo renacentista que en su mayoría habían tomado prestadas del atrezo del colegio se dieron la vuelta y nos miraron. A pesar de las gafas, los cortes de pelo y los brackets anacrónicos que algunos tenían, en ese momento sentí que eran el coro de mi tragedia en desarrollo. De hecho, agarré a Jamie por el codo y lo arrastré a través de las puertas de entrada, y él permitió que lo hiciera; pero Hennitz estaba de pie allí fuera, con las manos juntas detrás de la espalda, mirando el jardín de la escuela y la escultura metálica de Custer iluminada desde el suelo que un exalumno había donado el año anterior.

—Aquí están dos de los corredores más veloces de Custer —dijo él, girándose hacia nosotros y sonriendo como el vicerrector que era—. ¿Habéis aprovechado al máximo vuestra gran noche?

—Claro —respondió Jamie, entrelazando su brazo con el mío—. Ha sido un gran momento gay.

Hennitz rio.

—No estaréis hablando así de nuevo, ¿verdad? —preguntó; parecía que le hacía gracia de verdad—. Nunca me pongo al día con vuestra forma de hablar. —Se dio la vuelta para marcharse, pero se giró otra vez—. Ahora recordad, si bajáis los escalones, habréis salido de las instalaciones y no podré dejaros entrar de nuevo. —Nos dejó allí en la plataforma amplia de cemento.

—Claro, imbécil —dijo Jamie hablándole al espacio donde Hennitz había estado. Con un movimiento elegante, tomó asiento en la parte superior de la barandilla de metal.

Unos chicos que no conocía estaban en el extremo más alejado del escalón, holgazaneando; las chicas vestían las chaquetas de sus citas sobre los hombros expuestos. Hacía fresco afuera, y fue peor cuando una brisa me levantó el dobladillo del vestido y causó que varios escalofríos me recorrieran el cuerpo, uno tras otro. Apreté los molares y junté los omóplatos. No sabía qué decir para convencer a Jamie de nada. Me miré los pies aún descalzos, que ya me dolían por el frío del cemento. Maldición, me obligué a no echarme a llorar.

—¿Quieres mi chaqueta? —preguntó Jamie, con voz más suave.

Negué con la cabeza sin mirarlo.

Él bajó y me la colocó de todos modos sobre los hombros encogidos.

—Dios, no llores, Cameron —dijo, su voz aún más suave; nunca, pero nunca, me había llamado «Cameron»—. No fue mi intención hacerte llorar.

—No estoy llorando —respondí, lo cual a duras penas era verdad. Era ahora o nunca—. ¿Cuándo lo supiste? —le pregunté, todavía mirándome los pies. Las puntas de los dedos estaban completamente blancas.

—¿Cuándo supe el qué?

—Lo mío.

—¿El qué tuyo? —Su voz era en cierto modo burlona.

—¿Por qué tienes que ser un imbécil con esto?

—Porque ¿qué es lo que sé de verdad? Sé que tú y esa chica Lindsey aún sois bastante amigas y ella lo parecía. Así que eso es lo que sé.

—¿Qué parecía? —pregunté, encontrando su rostro con la mirada.

—Lesbiana. Mierda. —Movió la cabeza de lado a lado y resopló; golpeó la palma de la mano contra la barandilla con bastante fuerza y el metal emitió un sonido hueco que las parejas cercanas notaron—. ¿Quieres que te llame «lesbiana»? ¿Es tu premio por haber venido a la fiesta o algo así?

—Sí, eso es lo que quiero —respondí, ahora llorando sin más, furiosa conmigo misma por ello y furiosa con Jamie también—. Tal vez podrías pintar la palabra con aerosol en mi taquilla, solo para estar seguros. Para que no lo olvide.

Me giré para irme, pero Jamie tiró de mí hacia él y, aunque había visto ocurrir aquello en cuatrocientas películas, nadie lo había hecho nunca conmigo y no sabía que podía funcionar con tanta facilidad. En un segundo estaba absolutamente resuelta a irme de allí y, al otro, estaba llorando contra el pecho de Jamie, lo cual era vergonzoso y me hizo sentir débil, pero, de todos modos, permití que pasara durante unos minutos.

—¿Todo el mundo lo sabe? —pregunté cuando me aparté de él y utilicé la manga de la chaqueta de Jamie para limpiar el desastre que había hecho con el *look ingenuo* que Coley se había esforzado tanto por lograr.

—Algunos de los chicos del equipo han dicho estupideces —dijo él—. Pero no es algo que ocurra todos los días.

Puse una cara que decía «¿en serio?». Implicaba alzar las cejas, echar los labios hacia afuera e inclinar la cabeza; sentí lo estúpida que parecía incluso mientras lo hacía.

—No lo es —insistió Jamie—. Les gustas, así que más bien dicen que *eres deportista* o algo así.

—Pero eso no es lo que dijiste en las gradas…

—Porque es un hábito de mierda. —Alzó la voz de nuevo—. Dios… ¿crees que ahora las personas dicen gilipolleces sobre ti? ¿Por qué no sigues un poco más con lo de Coley Taylor y ves lo que pasa?

No pude evitar sonrojarme, como siempre.

—Somos amigas —dije—. De verdad. Nunca he… —No sabía cómo terminar la oración.

—Tú y yo también somos amigos —respondió Jamie—. Desde hace mucho más tiempo. Así que, ¿cómo lo sabes siquiera?

—¿Quién dice que sé algo? O que tengo alguna seguridad.

Jamie movió la cabeza de lado a lado.

—Bueno, cuando estás cerca de Coley, te comportas como si lo supieras. Al menos, a veces lo haces. —Pausó un segundo, mientras parecía pensar en las palabras que diría a continuación—. Si lo que estás diciéndome ahora es que no estás segura, entonces es una estupidez. Lo es. Podrías darle una oportunidad a un chico y descubrirlo.

Y aunque tal vez hubo decenas de veces en las que debería haberlo notado antes, no fue hasta ese preciso instante cuando supe que Jamie sentía algo por mí. O que él creía que sentía algo por mí. Y todo lo que habíamos hablado tal vez de forma indirecta durante aquellos últimos minutos de pronto se tornó más complicado y más incómodo, y ahora era la clase de escena que adelantaba en las películas: demasiada tensión, muy poco aire, sin nada que la mitigara.

Unos chicos que ambos conocíamos salieron en ese instante, todos riendo fuerte, sudorosos, con el pelo pegajoso y los rostros enrojecidos.

—Queda una canción antes del último baile —nos dijo uno de ellos. Luego todos parecieron notar al mismo tiempo que habían interrumpido una escena dramática del baile de graduación: la postura tensa de Jamie, mi rostro hecho un desastre.

Nos tocaron los hombros a modo de abrazo, sonrieron arrepentidos, saludaron con el paquete de cigarrillos en la mano, balbucearon algo sobre no querer fumar encima de nosotros y se apartaron un par de escalones hacia la otra barandilla.

—Si no estás segura, entonces, ¿cuál es el gran problema de experimentar? —preguntó Jamie, sin mirarme, observando la estatua, al igual que Hennitz.

Aún no tenía las palabras adecuadas.

—Es más bien que quizá lo sé, pero también estoy confundida al mismo tiempo. ¿Tiene sentido eso? Es decir, lo que notaste sobre mí esta noche, lo viste, o ya lo sabías… está allí. Pero eso no significa que no sea confuso o algo por el estilo.

—Sí, pero no sé nada con certeza sobre ti. —Se giró para mirarme de nuevo—. Eso es lo que digo. A veces, cuando pasamos tiempo juntos, te comportas más como un chico que yo. Pero otras veces, quiero… —Terminó la oración con un movimiento exagerado de sus labios, sonriendo como un pervertido. Lo cual fue estúpido, pero me sentó mucho mejor que lo que habíamos estado haciendo unos segundos antes.

—Eso es solo porque eres un adolescente desagradable —respondí, golpeándole el brazo con fuerza para que dejara de hacer aquel movimiento—. Eso no tiene nada que ver conmigo.

—Bueno, si a mí me gustan las chicas y a ti te gustan las chicas, eso también te convierte en un adolescente desagradable —dijo, devolviéndome el golpe, también con fuerza.

—Nunca —respondí, pensando que habíamos aclarado algo importante, que lo habíamos dejado atrás; pero luego Jamie se inclinó hacia mí y me besó. Podría haber apartado la cara, tuve tiempo para agacharme o moverme o empujarlo, y no lo hice. Permití que me besara. Y yo le devolví el beso, en cierto modo. Sus labios estaban secos, su mentón era un poco áspero y sabía a humo ácido y a ponche dulce de zumo artificial, pero había algo electrizante en besarlo, una especie de entusiasmo, porque fue muy inesperado.

La boca de Jamie se movía demasiado, pero no era precisamente un mal besador. Continuamos haciéndolo el tiempo suficiente para que el sector de fumadores silbara y diera vítores, y luego retrocedí, no porque no fuera interesante besar a Jamie (lo era, era como un experimento de Ciencias retorcido y, en cierto modo, incluso era agradable), sino porque estábamos en los escalones de la escuela en el baile de graduación y a mí me gustaba experimentar detrás de puertas cerradas. Ahora las manos de Jamie estaban detrás de mí, una en mi espalda y otra en mi cabeza, y él estaba ganando ímpetu, y yo no.

—¡Oh! ¡Misión cancelada! ¡Movimiento de avance denegado! —gritó Steve Bishop, uno de los fumadores, sentado en la barandilla, mientras el resto de su grupo reía.

—Solo por ahora, Bishop —replicó Jamie en el mismo tono—. Y solo porque soy un caballero.

—¡Eso no es lo que parecía desde aquí, muchachote! —prosiguió Steve, pero Jamie sonrió, le dedicó dos gestos groseros con los dos dedos corazón y mantuvo su atención en mí.

—Ha estado genial, ¿no? ¿Ves a lo que me refiero? —Acomodó su chaqueta porque se había deslizado de mis hombros.

—No. ¿A qué te refieres?

—A que deberíamos hacerlo más a menudo —respondió él—. Es obvio, JJK. Soy la opción obvia.

—Quizá —dije, que era exactamente lo que quería decir sin saber en absoluto lo que quería decir—. Vamos a bailar la última canción.

Lo hicimos, con Coley y Brett entrelazados a nuestro lado. Jamie me besó dos veces más durante ese baile (al ritmo de «Wild Horses») y yo se lo permití, y después de la segunda vez noté que Coley había visto nuestro beso y me guiñaba un ojo por encima del hombro de Brett arrugando la nariz, y yo me sonrojé y me sonrojé, y ella también notó eso y guiñó el ojo de nuevo, lo cual hizo que me sonrojara más y que ocultara el rostro en el hombro de Jamie; estaba segura de que ella lo había notado también, al igual que Jamie, convencido de nuevo al abrazarme con más fuerza, y allí estaba yo, enviando las señales equivocadas a las personas adecuadas del modo erróneo. Una y otra y otra vez.

Capítulo nueve

Desde hacía décadas antes de mi nacimiento, el verano en Miles City desfilaba por una calle principal decorada con banderas y banderines y lo recibíamos con un evento único que siempre se celebraba el tercer fin de semana de mayo y le daba la bienvenida oficialmente: la feria de caballos de Miles City, mundialmente reconocida. Se trataba de una serie de exhibiciones ostentosas durante las cuales los contratistas rurales adinerados venían a pujar por los caballos debutantes. Eran cuatro días de desenfreno en forma de bailes en las calles, competiciones de tractores y travesuras de vaqueros *auténticos* que atraían a personas de ambas costas, todo lo cual mejoraba la economía de la ciudad hasta el próximo año. La Venta de Caballos (VDC) hizo que Miles City llegara al libro Guinness de los récords como el evento que se jactaba de tener «la mayor cantidad de alcohol consumida en un radio de dos calles, per cápita, en los Estados Unidos». Algo bastante impresionante si se tiene en cuenta el Mardi Gras en Nueva Orleans o cualquier partido importante de fútbol americano universitario. Y teníamos varios. Muchos. Y, como había un extraño sentido de orgullo local por nuestro logro, el lema de la ciudad durante el fin de semana era: «Si no follas durante la Venta de Caballos, es que no sabes follar».

Mis padres y yo siempre habíamos asistido al desfile el sábado por la mañana, con sillas de jardín y un termo de té helado; paseábamos por las calles de la avenida principal en busca de caramelos de agua salada o caramelos Jolly Ranger que los jinetes ya ebrios a las diez de la mañana habían perdido. Luego almorzábamos en City Park un bocadillo de ternera con barbacoa que me engrasaba los dedos y hacía que fuera difícil manipular el vaso sudoroso de limonada, y luego mi madre tenía tours que dar en el museo, así que me reunía con Irene e íbamos al rodeo juntas. Preferíamos la sombra bajo las gradas donde recolectábamos los tickets descartados de la feria dentro de vasos grandes de poliestireno e intentábamos evitar los proyectiles de semillas de girasol y, peor, los escupitajos que caían a nuestro alrededor como las gotas pesadas y constantes al comienzo de una tormenta.

Desde la muerte de mis padres, la abuela se había vuelto muy fanática de la venta de pasteles de las HE (en Miles City, eso no significaba «Hijas de la Revolución Estadounidense», sino «Hijas de la Cordillera Estadounidense»), un evento paralelo. En la Venta de Caballos había muchos del estilo. Después del desfile, nos dirigíamos a la biblioteca, regresábamos a casa con un trozo de pastel de chocolate alemán con cobertura de coco y media docena de rollitos de canela de Myrna Syke's. Pero poco después de la noche del baile, la abuela comenzó a sentirse mal, y el médico dijo que no «le iba bien» con su diabetes que solo hiciera dieta. Así que cuando unas semanas después colocaron el cronograma de la Venta de Caballos en el periódico, y yo le pregunté sobre nuestros planes, la abuela, con la inyección de insulina en mano, me dijo que «no perdería el tiempo con el maldito desfile este año». Lo cual no me molestó, porque dado que Ruth y Ray ya se habían apuntado para participar en un millón de actividades de Gates of Praise relacionadas con VDC (una guardería, un círculo de oración temprano por la mañana, un pícnic para almorzar), sumado al puesto de Sally-Q de Ruth en la feria, yo tenía por delante cuatro días de desenfreno de vaqueros auténticos para invertir a mi gusto; y resulta que cuatro días eran más que suficientes.

Jamie, Coley, Brett y yo nos reunimos antes en la casa de Jamie con cerveza y marihuana, y luego fuimos al baile inaugural el jueves por la noche. Llegamos temprano, antes de que colocaran cuerdas frente al bar de los vaqueros, y deberían habernos echado poco después, porque los controles eran más intensos de lo que solían serlo y nosotros éramos sin duda menores de edad, lo cual no era algo tan grave en los últimos eventos de la Venta de Caballos, pero la primera noche garantizaba vigilancia extra. *Deberían* habernos echado, pero el hermano de Coley, Ty, era muy importante ese fin de semana porque participaba en los rodeos de las exhibiciones, pero más importante aún, porque era uno de los vaqueros veinteañeros locales, auténticos, apuestos y buenos para el turismo. Habló con alguien que trabajaba en la puertita que habían montado y, de pronto, los cuatro éramos intocables.

—Pero no os conseguiré alcohol —anunció Ty, caminando hacia nosotros y pasando junto a dos parejas que bailaban, extrañamente elegante con sus vaqueros y su chaleco. El sombrero habría parecido grande y caricaturesco si no lo hubiera lucido tan bien—. No permitas que te vea con una bebida en la mano —le dijo a Coley, tirándole de la oreja—. No necesito ver algo de esa mierda.

—*Nada* de esa mierda —respondió Coley, golpeándolo despacio en el pecho—. ¿Por qué nos vamos a quedar aquí si no podemos beber?

—No he dicho que no podáis hacerlo —respondió él, bebiendo un sorbo teatral de su lata de cerveza Miller—. Dije que no quiero *veros* haciéndolo. «Ojos que no ven, corazón que no siente», su alteza real.

—Aún no soy de la realeza —dijo Coley—. No tienes que hacerme una reverencia hasta mañana.

—Siempre y cuando me nombres bufón —dijo Jamie, haciendo el salto lateral estilo *leprechaun* que le gustaba.

Coley había sido nominada como reina de la Venta de Caballos, que era una competición de la ciudad, aunque generalmente una chica de la FGA del último año de Custer terminaba ganando la corona. Coley era la chica más joven en ser nominada para algo semejante en treinta años más o menos, para molestia de muchas de las alumnas del último año. Coley había preguntado cómo renunciar a su nominación, pero eso había ofendido al tipo de bigote que dirigía la Asociación de Ganaderos de Montana y la competición, así que había decidido continuar, con sus obligaciones reales y todo.

—No ganaré —dijo Coley—. Se la darán a Rainy Oschen. Deberían hacerlo. Vive por esa corona. —Luego dio unos pasos y en un movimiento que resumía una vez más por qué sentía lo que sentía por Coley Taylor, hizo una imitación perfecta del salto de *leprechaun* de Jamie, y al aterrizar añadió—: Pero siempre serás un bufón para mí.

La banda, un grupo de Colorado, comenzó a tocar una canción alegre, y Ty señaló con la cabeza a una chica diminuta con mucho cabello oscuro al otro lado de la calle y se acercó hacia las parejas que bailaban. Ty nos miró a los cuatro un instante, y detuvo la mirada en cada uno de nosotros como si estuviera en una rueda de reconocimiento policial. Luego me colocó las manos sobre los hombros, lo cual fue incómodo. La lata de cerveza me aplastaba la clavícula, clavada en aquel lugar por su pulgar gigante con pecas rematado por una uña prácticamente muerta, negra y violácea.

—Cameron, te asigno el papel de custodia de Coley durante los próximos cuatro días —dijo él, con el aliento a cerveza caliente y espeso en mi cara. No sonreía ni lo más mínimo—. No puedo confiar en el bufón o en el novio, por razones obvias. Tienes que ser tú: debes mantenerla en el buen camino.

—Ayúdame, Obi-Wan Kenobi, eres mi única esperanza —dijo Coley, agarrándome del brazo y riendo.

Yo también reí, pero Ty aún no me soltaba.

—Hablo en serio —dijo; sus ojos verde apio eran intensos—. No permitas que mi hermana arruine la buena reputación de esta familia.

—No, ese es tu trabajo —comentó Coley, empujando a su hermano hacia la multitud—. Ve a bailar con tu vaquera, rompecorazones. Prometo que nos comportaremos.

—Si necesitas usar cinta de embalar para pegarte a ella, hazlo —dijo él, caminando hacia atrás, con los ojos aún clavados en mí—. No me decepciones, Cameron.

Reí y dije:

—Por supuesto, señor. —Pero algo en Ty me ponía nerviosa, algo que no lograba precisar qué era.

—Tu hermano no podrá sacárselas de encima durante todo el fin de semana —comentó Jamie mientras los cuatro observábamos cómo Ty buscaba a su dama y la hacía girar en el centro de la calle.

—Eso a duras penas lo califica como galán —respondió Coley—. Es decir, si no puedes follar durante la Venta de Caballos, Jamie…

—Ay —comentó Brett, agarrando la mano de Coley—. No es necesario arruinar los sueños de un niño en crecimiento. Bailemos antes de que Cameron tenga que defender el honor de su hombre.

—No te preocupes —dije mientras se dirigían al centro de la calle—. No tiene ninguno.

Hubo muchas bromas semejantes desde la noche del baile. Solo bromas, más que nada por parte de Brett y de Coley, dado que Jamie y yo no hablábamos mucho acerca de lo que habíamos dicho en la escalera de la escuela. Lo que éramos desde el baile era una buena pregunta, y no necesariamente una que yo quisiera responder. Dos veces habíamos llevado los besos hasta el punto de quitarnos las camisetas, ambas en mi habitación, ambas con un remix de Lindsey de fondo; y una de las veces Ruth había sido completamente consciente de la llegada de Jamie, de la puerta cerrada de mi cuarto y la partida eventual de Jamie. Y no había dicho nada.

Los besos no eran malos; no me hacían sentir mal ni tan rara como creí que lo harían, pero toda la situación parecía mecánica, o tal vez la manera adecuada para describirlo sea que parecía un ensayo: yo pongo la cinta, pulso PLAY, The Cranberries dan una serenata, me quito la camiseta, Jamie hace lo mismo, rodamos sobre la manta de mi cama que huele a jabón, Jamie tiene una marca extraña en la espalda, sus manos son demasiado grandes y siento los callos en ellas, siento el latido de su corazón en mi estómago, él hace algo en mi nuca que genera una oleada de escalofríos en mi cuerpo, y eso sin intentar llegar a la parte de quitarnos los pantalones, aunque me preocupa que lo haga a juzgar por la hinchazón en los suyos.

«Me encanta que lo que considerabais como un baile de graduación tonto al que os negabais a ir fuera lo que os ha unido», me había dicho Coley el primer lunes de vuelta a clase después de GOP, en el gimnasio lleno de estrellas con purpurina.

«No estamos juntos», dije.

«Entonces, ¿qué sois?».

«Somos amigos que están descubriendo cosas», respondí, lo cual, en ese momento, era lo más honesto y directo que le había dicho a Coley sobre mí y mis sentimientos desde, bueno, siempre.

* * *

El viernes de la Venta de Caballos, prácticamente todos los chicos de la FGA, que eran aproximadamente el cuarenta por ciento de la escuela, tenían faltas justificadas; luego otro veinte por ciento tenía padres que les permitían faltar a clase y el resto de nosotros, que no éramos santurrones o que no teníamos interés en absoluto, tampoco íbamos. Jamie y yo pasamos la mañana en Santo Rosario con unos compañeros del equipo de atletismo, racionando la marihuana porque Jamie no podía conseguir más hasta bien entrada la noche y las provisiones eran bajas. Utilizamos unas carretillas para hacer carreras por los pasillos que terminaron en choques. Finalmente, atravesamos la barricada en la cima de la escalera metálica del noveno piso y subimos por la escotilla hasta el techo plano y sucio, donde pintamos con aerosol EGRESADOS '95 sobre todo lo inerte y también sobre una paloma, que se movía, así que Jamie solo logró dibujar una línea plateada sobre una de sus alas. Rompimos ventanas. Hicimos piruetas. Lanzamos cosas en el aparcamiento vacío cubierto de maleza. No hicimos nada que tuviera sentido.

Hacía calor de verano en el techo. Jamie se quitó la camiseta poco después de subir y los otros chicos también, y yo me até la mía con un nudo en el medio, con el ombligo expuesto, las mangas tan enrolladas que los brazos quedaron completamente descubiertos. En cierto punto, solo estábamos Jamie y yo; me quité mi camiseta anudada y encontramos una esquina en la sombra junto a un conducto de ventilación gigante, apoyé la espalda contra la brea derretida y caliente por el sol, piel contra piel. Recordé la sensación de Lindsey e imaginé cómo sería esto con Coley. Durante unos minutos le seguí la corriente, ambos inmersos en el momento y absolutamente fuera de él a la vez. Intentaba igualar la intensidad de Jamie mientras fingía que no estaba con él.

Pero no pude continuar y oímos la sirena de la policía, y las nubes cambiaron y la respiración agitada de Jamie me trajo de regreso a aquel techo. Tenía que salir de allí.

Me incorporé y empujé a Jamie sin avisarle.

—Estoy famélica —dije, buscando mi camiseta—. Vayamos a la feria y hagamos que Ruth nos compre el almuerzo.

—Dame un segundo, Post… Mierda —dijo Jamie—. Estamos en medio de algo.

Me puse de pie, flexioné las piernas rápido como si necesitara estirarlas, aunque no fuera cierto.

—Lo sé, lo siento, pero de verdad tengo hambre —dije sin mirarlo—. No he desayunado esta mañana.

—Pues qué puta lástima —dijo él, reclinándose sobre sus codos y mirando con los ojos entrecerrados—. Ni siquiera podemos ir a la Venta hasta que termine la escuela; Ruth cree que ahora estás en Química.

Me puse la camiseta, extendí la mano para ayudar a Jamie a incorporarse y balbuceé.

—Le diremos que nos dieron medio día libre. O que nos fuimos temprano; lo superará. Quizá ni siquiera la veamos; la feria está llena. Podemos buscar a Coley, comernos una hamburguesa.

Jamie ignoró mi mano, se puso de pie solo y se giró lejos de mí.

—Sí, vayamos a buscar a la maldita Coley. Debería haberlo sabido. —Abrió la puerta de la escotilla.

—Vamos —dije, tirando de la camiseta que él no tenía puesta pero que se había metido en la cintura de los pantalones cortos—. Solo tengo mucha hambre.

—Como sea —respondió—. Lo que no entiendo… —Movió la cabeza de lado a lado y dijo «mierda» en voz baja.

—¿Qué? —pregunté. No quería que respondiera. Me miró con desdén.

—Durante dos minutos pensé: *Mierda, aquí vamos; Cameron por fin tiene ganas.* Y ahora vamos en busca de Coley. —Comenzó a bajar la escalera hacia la oscuridad del piso inferior.

—Pues no la busquemos —dije, siguiéndolo—. Vayamos a Taco John's. Me da igual. —Aquella era una sugerencia desesperada y Jamie lo sabía. Probablemente su mayor tentación después de fumar marihuana eran las superpatatas Olé de Taco John's, que iban bien con la maría. Comíamos allí con tanta frecuencia que yo solía discutir para ir a otro lugar.

—Tengo una idea —dijo Jamie debajo de mí en la escalera—. ¿Por qué no te llevo con el pastor Crawford para que le preguntes si puede rezar por tu enfermedad perversa? —Oí que saltó del último peldaño, sus zapatillas golpearon el suelo de cemento.

—Estás comportándote como un imbécil de remate —respondí. Busqué con el pie el peldaño siguiente y solo encontré aire. Yo también salté.

—Estás comportándote como una lesbiana de remate —replicó, sin esperarme, y se marchó por el pasillo.

No hablamos en el coche de Jamie. Puso Guns N' Roses a todo volumen y yo fingí estar muy interesada en el mismo paisaje del lado de la ventanilla del acompañante que llevaba toda la vida observando. Nos llevó hasta la feria y pagó los tres dólares para aparcar. Se puso la camiseta. Caminamos por el sendero de tierra atestado de gente: unas nubes de polvo aparecían detrás de nosotros como en las caricaturas de Sam Bigotes; la tierra era suave y seca como la harina. Caminamos juntos, pero no estábamos muy cerca. El prado olía a estiércol y a primavera, el viento de la pradera elevaba el aroma a arena fresca y a lilas recién florecidas que bordeaban el salón de exposiciones con la pintura desconchada. El resto del efecto de la marihuana desapareció en su mayoría, pero quedaba lo suficiente para que pudiera apreciar el hecho de estar en el exterior durante la primavera de un modo en el que no lo habría hecho.

Dentro del edificio de las exposiciones no vimos a Ruth, pero hallamos a Coley de inmediato, en un puesto con las otras cinco nominadas a reina de la Venta de Caballos. Estaban rifando una manta térmica y una docena de filetes en beneficio de la Asociación de Ganaderos, y el frasco frente a Coley era el que más tickets tenía. No solo era la más joven; en mi opinión, ella era, de lejos, la más guapa, con su top negro ajustado con una de las camisas almidonadas con botones perlados de su hermano anudada encima y un sombrero deshecho de paja. Por primera vez llevaba el pelo recogido en una coleta perfecta; en dos, de hecho. Bebía Coca Cola con una pajita roja y blanca y le regalaba una enorme sonrisa a un vaquero que se había detenido frente a ella. Él tenía el pulgar enganchado en la hebilla del cinturón y una expresión atontada, como alguien a quien Cupido le hubiera disparado en una tarjeta de mierda de san Valentín. Conocía esa expresión. Yo misma la había lucido.

Coley saltó al vernos, rodeó la mesa y nos abrazó como si no hubiéramos estado juntos hacía menos de doce horas. Ella podía hacer esa clase de cosas, pero cuando alguien como Ruth hacía lo mismo, no funcionaba para nada.

—Esto se parece un poco a una tortura —me dijo al oído; olía a Old Spice y a humo de cigarrillo, el olor que debía haber quedado en la camisa de Ty. Me entregó la Coca Cola y yo di un gran sorbo, miré a Jamie y le ofrecí el vaso, pero él se dio la vuelta.

—¿Cuánto tiempo más tienes que estar aquí? —pregunté.

—Media hora, cuarenta minutos, algo así —dijo, apretándome el brazo—. ¿Me esperáis? —Luego nos miró a ambos y volvió a hablarme al oído—. ¿Ya estáis fumados?

—Ya no —dije—. Acabamos de terminar.

—Gran mañana, ¿no? —Sonrió, con el guiño típico de Coley.

—No lo creo —respondió Jamie—. Cameron no podía esperar a venir a verte. Ha estado pensando en ti durante horas.

Intercedí de inmediato.

—Jamie está comportándose como un bebé ahora porque no quise ir con él a Taco John's.

—Ah, pobrecito —dijo Coley, ahora agarrando el brazo de Jamie—. Tenéis tacos en uno de los puestos. ¿Es un reemplazo aceptable? Yo te invito. Bueno, haré que mi madre lo haga; está trabajando allí ahora mismo. —Coley tenía talento para apaciguar situaciones, para hacer que las personas sonrieran y se llevaran bien, pero supongo que no siempre funcionaba.

—Me parece que no —dijo Jamie—. Me voy. Veré si puedo encontrar a Travis. —Aún no me había mirado desde que Coley me había ofrecido su bebida.

—Pero ¿regresarás? —pregunté.

—Depende —dijo él—. Estoy seguro de que puedes encontrar el camino sin mí. —Se marchó hacia la multitud del salón.

—¿Qué ocurre? —preguntó Coley. Ambas observamos a Jamie dar pasos largos con la camisa negra serpenteando entre la multitud mientras rodeaba a los grupos de vaqueros; Jamie llamaba la atención al avanzar, sobre todo porque vestía pantalones cortos y tenía la mitad de las piernas expuestas en medio de todos esos pantalones vaqueros.

—Le sentó mal la marihuana —dije—. Ha estado gruñón desde que fumamos.

—Los niños tontos y sus drogas. ¿Cuándo aprenderán?

* * *

Coley no fue coronada reina de la Venta de Caballos de 1992. Ganó Rainy Oschen, como Coley afirmaba que debía ser, aunque varias personas parecían escandalizadas por el proceso electoral y susurraban que estaba amañado, que si hubieran contado los votos bien, Coley habría triunfado de forma aplastante.

—Da igual —dijo ella después de la polvorienta ceremonia de coronación que tuvo lugar en medio de la arena, después de la monta de toros y antes de la competición del rodeo de ganado. (Incluso las participantes obtuvieron una corona, pero era una versión más pequeña y plateada)—. Lo cierto es que preferiría ganar siendo alumna de último año o de primero. Si es que me nominan de nuevo.

—¿Estás de coña? —dijo Brett, colocando un brazo alrededor de Coley—. Eso es obvio.

Estábamos apiñados en una de las entradas que llevaban a los escenarios, bloqueando el paso, pero no nos importó. Hacía fresco para recordarnos que aún era técnicamente primavera. El lugar estaba atestado de asistentes; hacían demasiado ruido y estaban demasiado ebrios y fumados con la fiebre de la Venta de Caballos. Había buscado a Jamie con la mirada durante la mayor parte de la noche y no lo había encontrado. Y no había esperado necesariamente hacerlo.

—¿Cuántos días más de esto? —nos preguntó Coley, quitándose la corona y colocándola sobre mi cabeza—. Ya parece eterno.

—Claro que no —dijo Brett; quitó la corona que Coley acababa de poner en mi cabeza y la colocó de nuevo sobre la de ella—. No puedes quedar exhausta en mi última noche en la Venta de Caballos.

Brett había sido seleccionado como uno de los dos jugadores de Miles City para competir en un partido de fútbol a nivel estatal que determinaría quiénes serían las estrellas que representarían a Montana en una liga nacional de fútbol de secundaria que tendría lugar en verano. El partido era en Bozeman el domingo, así que viajaría allí con sus padres de inmediato a la mañana siguiente, justo durante el desfile.

—No me lo recuerdes —dijo Coley, colocando la corona sobre la cabeza de Brett—. Desearía poder faltar e ir contigo.

—Imposible —respondió él, besando la mano de Coley—. Eres parte de la brigada real.

Salimos de la arena a un lugar donde había menos personas y el humo de las hamburguesas a la parrilla llenaba el aire. Nos detuvimos lo más cerca del puesto de cerveza que nos atrevimos, esperando a encontrar a alguien que pudiera comprar por nosotros, o al menos permitirnos beber un sorbo de su lata. Una ronda terminó y la fila del puesto se convirtió en un lago de clientes sedientos que agitaban sus billetes de diez dólares hacia las mujeres robustas que trabajaban en el puesto. Dos de esos clientes eran Ruth y Ray, de la mano; Ruth vestida con una falda de vaquera y una bufanda roja con botas color café y sombreros impresos en la tela.

Ray me vio antes que Ruth, y lo saludé moviendo la cabeza, preguntándome si eso sería todo, pero luego él le señaló a Ruth dónde estaba y ella se acercó directa a mí, recibiendo algunas miradas de aprecio, noté, en el camino.

—Aquí estás —dijo—. Comenzaba a pensar que no te vería antes del lunes.

—Es culpa de mi hermano —comentó Coley, como si estuviera contándole un secreto a Ruth, lo cual era exactamente la clase de cosas que Ruth amaba—. Le asignó a Cam el puesto de mi guardiana oficial durante el fin de semana.

Ray se unió a nosotras, le entregó una cerveza a Ruth, percibí que no era la primera que bebía en la noche, y después de anunciar que pasaría las próximas dos noches en casa de Coley (con la condición de que asistiera obligatoriamente a la iglesia el domingo por la mañana) y nos hablara del éxito del puesto de Sally-Q («¡Diecisiete anfitrionas nuevas planean abrir las puertas de sus salas de estar para hacer demostraciones de herramientas!»), Ruth me dijo que quería hablar conmigo en privado, así que nos apartamos unos metros del grupo, y encontramos un espacio reducido tan cerca de una de las parrillas grandes que el lateral derecho de mi cuerpo era puro calor chisporroteante.

—Cielo, esto quizá te haga sentir mal, pero quiero que sepas que Ray y yo vimos a Jamie esta noche —dijo, agarrándome la mano y bajando la voz lo máximo que la multitud permitía—. Estaba unas filas más debajo de nosotros en las gradas y él y ese chico Burrel estaban haciendo cosas bastante desagradables con unas chicas que los acompañaban. —Cuando yo no dije nada, añadió—: No creo que sean chicas de Custer. Ray piensa que tal vez sean de Glendive. —Y como seguí sin hablar, agregó—: Solo quería que lo supieras de alguien que te quiere.

—No pasa nada —respondí, intentando imaginar cómo serían esas chicas; la versión que más me gustó fue la de una rubia teñida un poco regordeta, con raíces negras y demasiado maquillaje. Y aunque estaba sorprendida por el pinchazo leve de celos que sentí, también experimenté cierto alivio… como si me hubieran quitado un peso de encima.

—¿Quieres hablar sobre ello? —preguntó Ruth, incluso mientras una pelea perturbaba la fila ya impaciente de clientes del puesto cervecero y los gritos de la multitud se hacían más fuertes a nuestro alrededor.

—No. Jamie puede hacer lo que quiera. —Pero luego añadí—: De todos modos, gracias por contármelo, tía Ruth. —Y ella me dio un abrazo rápido y una media sonrisa triste, y regresó con Ray.

—¿Te ha regañado? —me preguntó Coley, avanzando hacia la parrilla y dejando a Brett con algunos de nuestros compañeros de clase.

—Algo así —respondí—. Jamie está en las gradas con la lengua metida en la garganta de una chica de Glendive.

—¿Ruth te ha dicho eso?

—A la manera de Ruth.

—Ese baboso hijo de perra —dijo Coley, rodeándome con un brazo—. Pidámosle a Ty que lo muela a golpes.

—No vale la pena —respondí y lo decía en serio, aunque sabía que Coley no me había creído—. Emborrachémonos mucho y ya está.

—¿No quieres ver cómo es la chica? —preguntó Coley, y le dije que creía que sí solo para darle el gusto. Desde la entrada más cercana a la arena, Coley vio a Ruth y a Ray subiendo las escaleras, y cuando no los encontré en las gradas, me agarró la mano y me giró la cabeza hasta que miré en la dirección adecuada, las dos muy pegadas contra los empujones de la multitud, observando mientras ellos regresaban a sus puestos. Vi a Jamie unas filas más abajo. Y supongo que estábamos bastante lejos, pero aun así podía notar que esas chicas eran mucho más guapas de lo que me había imaginado. Y, definitivamente, Jamie estaba encima de una de ellas.

—Son terribles —dijo Coley—. Auténticamente crueles. Se nota desde aquí que son zorras.

—¿Sí? —pregunté, oliendo el aroma del champú de manzana de Coley; su pelo suave me rozaba el lateral de la cara—. ¿Tienen puesta la letra escarlata?

—¿Cómo es posible que estés tan relajada? —Se giró para mirarme, y nuestros rostros quedaron muy muy cerca—. ¿Eso es lo que ocurrió esta mañana antes de que te viera? ¿Rompisteis? ¿Es eso?

—Te lo he dicho veinte veces. No había nada que romper.

—Lo sé, pero creí que solo estabas siendo como eres siempre.

—Ni siquiera sé qué significa eso —dije. Pero lo sabía, y ella tenía razón; había sido completamente evasiva con respecto a Jamie y a mí; solo que no en el modo en que ella lo interpretaba—. Jamie y yo somos mejores como amigos —añadí, intentándolo de nuevo.

Ella comenzó a decir algo, pero luego se detuvo. Observamos a Jamie y a su chica de Glendive besándose y luego miramos a Ruth frunciendo el ceño ante esos besos, moviendo la cabeza de lado a lado para su audiencia —Ray—, lo cual nos hizo reír a las dos.

—Lo bueno de que ocurra esta noche es que estamos en la Venta de Caballos —dijo Coley, agarrándome del brazo y sacándome de allí—. Podemos encontrar un vaquero para ti en cuestión de segundos. O dos vaqueros. Doce vaqueros.

Y yo realmente quería decir: «¿Por qué no una vaquera?». Solo decirlo, en ese instante, en el momento, sacarlo afuera y dejarlo flotar y hacer que Coley lidiara con ello. Pero por supuesto que no lo hice. Imposible.

* * *

Después de que Coley hubiera cumplido con su deber como participante en una de las carrozas cubiertas de papel crepé en el desfile del sábado, las dos decidimos que estábamos oficialmente cansadas de la Venta de Caballos. Brett se marchó a jugar su gran partido de fútbol, Jamie aún me evitaba por una chica que quizá follaría con él y aparecieron muchas nubes tormentosas al mediodía, como suele ocurrir al menos una vez durante los eventos, que hicieron que todo fuera gris, húmedo y más que un poco desanimado.

Coley nos llevó hasta su rancho en su coche y pasamos la tarde vestidas con las sudaderas gigantes de Ty, bebiendo tazas azucaradas de té Constant Comment (el favorito de Coley) y mirando MTV, para escondernos de las obligaciones sociales de la Venta de Caballos. Era solo la segunda o la tercera vez que había estado en su casa sin Brett, y estaba previsiblemente ansiosa por ello. La madre de Coley preparó sándwiches de queso fundido con sopa de tomate antes de dirigirse al centro para su turno de doce horas como enfermera de urgencias. Me había dicho que la llamara Terry tal vez media docena de veces, pero no podía dejar de decirle «señora Taylor».

—Coley, cielo, ¿podrías dar de comer al ganado antes de que se haga demasiado tarde? —pidió la señora Taylor, de pie en la puerta principal, vestida con una bata color café y un paraguas en la mano; era una versión más grande y más cansada de Coley, pero aún muy hermosa—. No sé a qué hora aparecerá Ty. —Continuó contemplando su reflejo en un espejo sobre los ganchos del perchero y se acomodó el pelo un par de veces—. Es noche de pollo frito en la cafetería. ¿Queréis venir a comer conmigo antes de salir, chicas?

—No saldremos —dijo Coley y luego se giró hacia mí—. ¿Qué fue lo que dijiste sobre la Venta de Caballos, Cam?

—Que es una amante resentida —respondí.

—Sí —dijo Coley riendo, aunque su madre no lo hizo—. Hemos decidido que la Venta de Caballos es una amante resentida y que preferimos comer helado y evitarla.

—Eso no es propio de ti —dijo la señora Taylor, pasando la mirada de Coley a mí; no era necesariamente una mirada desagradable, pero tampoco amable—. Creí que estarías en el centro, en medio del evento.

—Nos quedaremos en casa y no haremos nada —afirmó Coley, mirando su propio reflejo en el espejo sobre los ganchos; luego se colocó la capucha de la sudadera sobre la cabeza y retrocedió hasta caer sobre el apoyabrazos del sillón, quedándose despatarrada con la cabeza y el tronco sobre los cojines y las piernas al aire.

—Llámame al trabajo si cambiáis de opinión y vais al evento —respondió la señora Taylor. Y luego, desde la entrada añadió—: Y dile a Ty que también me llame… si es que lo ves.

Vimos a Ty menos de media hora después, una versión sucia y apaleada con un gran corte debajo de un ojo; en sus palabras: «Un problemita en el camino».

—Creía que no cabalgarías hasta la noche —dijo Coley, ayudándolo a quitarse la chaqueta vaquera.

—No lo hice —nos dijo, esbozando una gran sonrisa—. Esto me lo hizo un hijo de puta malhumorado llamado Thad. No es broma. El maldito se llama Thad. Y ahora *él* tiene pinta de que lo haya arrollado un toro.

—Qué bien, Ty —respondió Coley, observando la sangre seca en el cuello de la chaqueta—. Creí que estábamos intentando preservar la buena reputación de la familia.

—Eso es exactamente lo que hacía, pequeña —dijo él, con la cabeza dentro del congelador. Al incorporarse tenía un paquete de brócoli congelado, para usarlo como bolsa de hielo.

Ty se marchó de nuevo después de una ducha, una porción de huevos revueltos con tostadas y un cambio de ropa: vaqueros almidonados, un sombrero diferente, un cigarrillo nuevo detrás de la oreja. Coley se quedó dormida a mi lado en el sillón. Por el ventanal de la sala de estar, ya casi había dejado de llover y unos rayos de sol se asomaban entre las nubes restantes e iluminaban las colinas. Junto a esa ventana, había una fotografía familiar enmarcada que había sido tomada antes de la muerte del señor Taylor. Estaban en alguna parte de la pradera. Coley tendría unos nueve años, llevaba coletas; todos vestían camisas vaqueras suaves remetidas en los pantalones. La foto se había desvanecido con el paso del tiempo, estaba casi en blanco y negro, con apenas un dejo de color. El señor Taylor, con un bigote que ocultaba parte de su sonrisa, tenía los brazos alrededor de la señora Taylor y de Ty; Coley estaba apoyada en el medio, y Ty enganchaba el pulgar en su cinturón. Parecían felices, y ese es el objetivo de esa clase de fotos, lo sé. Pero lo parecían.

Intenté levantarme del sillón sin despertar a Coley para mirar la imagen más de cerca; me movía uno o dos centímetros y luego esperaba, procurando no mover los cojines, pero ni siquiera había puesto todo mi peso sobre los pies cuando ella habló:

—¿Ha dejado de llover?

—Sí —respondí, sintiendo que me habían descubierto haciendo algo cuando, en realidad, no era así.

—Entonces deberíamos ir a dar de comer a los animales —dijo bostezando y estirando los brazos. Le sonreí.

—¿Crees que te ayudaré a hacer tus tareas? Tú juega a la vaquera, yo no.

—Solo porque nunca serías una buena vaquera, urbanita —replicó Coley. Se sentó rápido y me agarró el dobladillo de la sudadera; tiró de mí hacia el sillón, a lo que no me resistí en absoluto. Lanzó la manta de flecos en la que había estado envuelta sobre mi cabeza y colocó un cojín del sillón sobre ella; se subió a la pila y permaneció allí. Luché a medias, Coley resistió, yo forcejeé un poco más y al cabo de un rato las dos terminamos en la alfombra que estaba entre el sillón y la mesa de café. La manta aún me cubría, así que estaba entre nuestros cuerpos; pero cuando una esquina de la manta quedó atascada bajo mi rodilla y cayó, pude ver que aquellas sudaderas demasiado grandes se habían retorcido a nuestro alrededor, dejando al descubierto mi estómago y la espalda de Coley. Dejé de fingir que luchaba y me aparté de ella; me puse de pie y sacudí las piernas como si fuera Rocky en Filadelfia, en la cima de las escaleras.

—La retirada significa derrota —dijo Coley, apartándose el pelo de la cara y alzando los brazos para que la ayudara a ponerse de pie, así que lo hice, pero luego retrocedí de nuevo.

—No quería hacerte daño con mi destreza física avanzada —respondí, pura energía nerviosa.

—Por supuesto. ¿Quieres ver si Ty tiene alcohol en su cuarto como pago por nuestro trabajo?

Tenía. Media botella de Southern Comfort, que mezclamos con lo que quedaba de dos litros de la Coca Cola medio desgasificada que estaba en la puerta de la nevera. Bebimos un poco. Nos pusimos vaqueros. Tomé prestadas unas botas de Ty que me venían demasiado grandes, lo que me recordó a los viajes a casa de los Klauson. El exterior estaba lleno de lodo y olía a césped, a manzanos salvajes florecidos y a lluvia; el aroma que los detergentes para ropa y los jabones intentaban imitar con sus variedades de «campo primaveral», pero que nunca lograban. Cargamos unas bolsas pesadas de comida para ganado en la caja resbaladiza de la furgoneta. Coley encontró una navaja y abrió cada bolsa por la parte superior. Corrió a la casa y regresó con un casete que colocó en el radiocasete de la furgoneta, y presionó REBOBINAR. La cinta era un surtido de Tom Petty, que también había pertenecido a Ty. Yo le había enviado un casete similar de Tom Petty & The Heartbreakers a Lindsey como gesto de agradecimiento por todos los artistas que ella me había grabado, pero cuando le pregunté lo que opinaba sobre él en una de nuestras conversaciones telefónicas, me dijo que

Tom Petty era un machista y que su papel como el Sombrerero co-
miéndose a Alicia en el video de «Don't Come Around Here No More»
solo añadía más gasolina al fuego por algo que ya había comenzado
con lo que Lindsey afirmaba que eran letras que exhibían sus «habilidades limitadas como compositor y su interés lascivo por chicas adolescentes».

No compartí nada de esto con Coley, y eso tampoco cambió mi
gusto por Petty. Esa tarde en la furgoneta, subió el volumen al máximo. Bajamos las ventanillas, manuales, no eléctricas. Bebimos de nuestra gran botella de plástico. Coley había rebobinado hasta la primera
canción del lado B, «The Waiting», que era la favorita de las dos. Cantó una línea.

Oh baby don't it feel like heaven right now?

Yo canté la siguiente.

Don't it feel like something from a dream?

Coley nos hizo rebotar sobre las colinas por rutas rotas de arenisca
y rocas, llenas de baches, a través de trincheras de lodo fresco, tan espeso y aceitoso como arcilla, y luego por el campo, aplastando arbustos
mojados cuando se interponían en nuestro camino, lo cual sucedía frecuentemente.

Entre versos, nos pasábamos la botella y admirábamos las flores violetas que decoraban algunas laderas con pétalos tan finos que eran prácticamente transparentes; la luz del sol se filtraba a través de ellos. Aquellas
colinas eran más verdes de lo que serían el resto del verano. Escuchamos
algunas canciones más y luego Coley rebobinó y «The Waiting» sonó de
nuevo, y luego otra vez, cada vez más fuerte, cada vez mejor.

Encontramos la mayor parte del ganado en la puerta siete, junto a
una arboleda de enebros; un rayo de sol les calentaba las colas mojadas y enredadas. Los Taylor criaban vacas red angus. Parirían dentro
de dos semanas, y muchas de las vacas preñadísimas parecían vagones

peludos con patas. Sabía que sus novillos serían ositos de peluche aterciopelados, marrón rojizo, con ojos grandes y dulces: completamente adorables. Me moví hasta la parte trasera de la furgoneta y dejé caer la comida mientras Coley conducía en zigzag, intentando desparramar a las vacas para que comieran.

Encontramos al resto del ganado pastando en un sector de césped nuevo que estaba a medio kilómetro de allí. Terminé de verter la comida. Ambas bebimos un poco más. Con algo de esfuerzo, Coley nos condujo sobre la ladera rocosa y resbaladiza de una colina de arenisca parcialmente rosada a la que ellos llaman «la Fresa», y después de hacer girar los neumáticos en un charco de lodo cerca de la cima, aparcó la furgoneta. Cubrimos la caja de la camioneta con las bolsas de comida vacías y estiramos la manta de franela del asiento trasero sobre ellas. Coley dejó la música puesta y subió el volumen aún más. Nos recostamos allí, con los pies apoyados y las rodillas al aire, mientras el sol que acababa de comenzar a ponerse coloreaba las nubes restantes de ciruela, azul y rosado intenso; el cielo detrás de ellas era de tonos anaranjados similares a los de los caramelos, desde cacahuetes de circo a rodajas de gelatina dulce. Sentía que algo sucedía entre nosotras, algo que estaba incluso más allá del mareo que me causaba el licor, algo que había comenzado con la lucha en el sillón, y también antes de ella, para ser sincera. Cerré los ojos y deseé que ocurriera al fin.

—¿Por qué ya no hablas con Irene Klauson? —preguntó Coley. No fue más sorprendente que cualquier otra pregunta que pudiera haberme hecho en ese instante.

—Ahora es demasiado guay para mí —dije—. Ni siquiera sabía que la conocías.

—Claro que la conozco. ¿La heredera de los dinosaurios? ¿Estás de coña?

—Pero ¿la conocías antes de eso?

—Sí, sobre todo cuando éramos pequeñas —dijo Coley, girando la tapa de la botella, que emitió un mínimo burbujeo, producto de lo que quedaba del gasificado—. No te conocía, pero os veía juntas en todo.

—¿En qué?

—En todo: en la feria, en los días de campo en Forsyth.

—Pasábamos tanto tiempo juntas como separadas —dije.

—Lo sé —respondió Coley, entregándome la botella—. Por eso te he preguntado por qué ya no hablas con ella.

—Se fue. Yo me quedé aquí.

—Eso no tiene sentido. —Coley dejó caer la rodilla izquierda a un lado, que chocó con mi rodilla izquierda y permaneció apoyada allí.

—Sus padres encontraron dinosaurios y mis padres murieron. ¿Eso tiene sentido? —No lo dije para sonar cruel precisamente; de hecho, esperaba que la respuesta tuviera sentido.

—Quizá —dijo, dejando caer la otra rodilla, así que ahora estaba completamente de costado, mirándome, con las dos piernas apoyadas contra las mías, el codo bajado y la mano derecha sujetando la cabeza—. Supongo que algunos de mis amigos cambiaron después de que mi padre muriera.

No tenía nada que decir ante esas palabras. Escuchamos a Tom Petty cantándonos «Free Falling». Coley colocó la mano izquierda sobre mi estómago, justo sobre mi ombligo. Presionó con algo de fuerza.

—¿Te has acostado con Jamie? —preguntó. Así, sin más.

—Nop —dije—. Tampoco planeo hacerlo.

Coley se rio.

—¿Porque eres una puritana?

—Pues claro —respondí—. Ciento por ciento puritana, todo el tiempo. —Luego esperé un poco y añadí—: Pero tú te has acostado con Brett, ¿no?

—¿Eso crees?

—Supongo.

—Aún no —dijo—. Brett es demasiado buen tipo para presionarme.

—Es un buen tipo —concordé, intentando interpretar lo que sucedía y estar segura, pero no podía.

—De todos modos, a veces pienso que debería esperar. Solía ser muy importante para mí esperar, al menos hasta la universidad. ¿No te parece que hay un montón de tiempo para descubrir cosas en la universidad?

—Supongo —respondí. Ella aún no había movido la mano.

—¿Qué crees que Irene Klauson estará haciendo en este instante? —Las palabras de Coley olían a licor, húmedas y cálidas sobre el lateral de mi cara, en lo profundo de mi oído.

Decidí que ese era el momento, así que dije:

—Besando a su novio, el jugador de polo. —Y luego añadí, antes de perder la compostura—: Y fingiendo que le gusta. —Aquellas palabras flotaron allí un instante, en el cielo multicolor, con el sonido de las gotas de lluvia cayendo de las ramas de los pinos cuando la brisa las golpeaba.

Reflexionó un segundo y luego preguntó:

—¿Por qué fingiendo?

Me asusté.

—¿Qué?

—¿Por qué no le gusta? —Coley movió los dedos de la mano que estaba sobre mi estómago, uno a la vez; presionó el meñique contra mi piel, luego lo levantó, el anular, lo levantó, el medio, lo levantó, una y otra vez hasta pasar por todos.

—Es solo una suposición —dije. *Podría simplemente girar la cabeza hacia la de ella, en este instante*, pensé, *así de fácil*. No lo hice.

—No creo que lo sea —comentó. Apartó la mano de mi estómago, se incorporó, avanzó hasta la caja de la camioneta, hasta la puerta, y dejó colgar las piernas sobre el borde.

De algún modo, era más fácil con ella allí, de espaldas a mí. Más fácil, pero aún no era sencillo. Inhalé y exhalé, una y otra vez. Luego lo hice de nuevo. Entonces, antes de que el momento se alejara demasiado, le dije a la capucha de su sudadera:

—Está fingiendo porque ella preferiría besar a una chica.

Ahora, Coley se asustó.

—¿Qué?

—Me has oído —dije, aunque tuve que esforzarme por hacer que las palabras no temblaran.

—¿Cómo lo sabes?

—¿Tú qué crees?

Coley no respondió. Escuchamos los pinos librarse de más lluvia. Oscurecía con cada palabra que desperdiciaba.

Se giró para mirarme, con aquel cielo colorido extendido detrás de ella, su rostro ensombrecido.

—Ven a sentarte conmigo.

Lo hice. Me senté lo más cerca posible de ella. Nuestros hombros y piernas en contacto. Coley balanceaba los pies de atrás hacia adelante como una niña en un columpio. Permanecimos sentadas así un rato. El movimiento de sus piernas hacía chirriar la puerta, pero solo de vez en cuando.

Coley habló al fin, espaciando cada palabra.

—Ha habido varias veces en las que creí que intentarías besarme. Incluso ayer en el rodeo.

Esperamos un poco más. La puerta chirrió dos veces.

—Pero nunca lo has hecho —añadió.

—No puedo —dije, casi sin permitir que las palabras salieran de mi boca—. Nunca podré hacerlo. —Observé las botas de Coley moviéndose sobre el suelo, el talón de una de ellas rozando el césped, haciendo que el agua cayera de él.

—No soy así, Cam. Ya deberías saber que no lo soy.

—No pasa nada —dije—. No pensaba que lo fueras.

—No lo soy —repitió e inhaló hondo—. Pero lo raro es que a veces pienso que, si me hubieras besado, no te habría detenido.

—Oh —dije. De verdad que dije «Oh». Era una palabrita clara y sólida, y sentí que era una tontería decirla porque lo era.

—No sé qué significa eso —respondió Coley.

—¿Tiene que significar algo?

—Sí —afirmó Coley, mirándome. Sentía su mirada, pero continué observando el vaivén de sus pies—. Tiene que significar algo.

Bajé de la furgoneta de un salto, directa al barro. Apoyé el cuerpo sobre la puerta, intentando distinguir la silueta de cada colina mientras el atardecer las convertía en una hilera de sombras.

—Lo siento —dije, porque creí que debía decir algo. Me preguntaba si era posible caminar de vuelta a Miles City. Sabía que tardaría más de una hora solo llegar hasta la autopista, pero en aquel instante parecía la mejor opción.

Pero luego Coley me colocó una mano sobre el hombro, un roce apenas; la sensación y el peso de su palma atravesaron el algodón grueso de la sudadera de Ty. Eso fue todo lo que necesité. Me giré para encontrarme con su rostro, y su boca ya estaba esperando, como una pregunta. No diré que fue algo que no fue: fue perfecto. Los labios suaves de Coley contra el sabor a licor y a refresco dulce aún sobre nuestras lenguas. Hizo algo más que no detenerme. Me devolvió el beso. Me tomó en sus brazos, sus tobillos me agarraron los muslos, y permanecimos así hasta que sentí que mis botas se hundían tanto en el barro espeso y suave por la lluvia que no estaba segura de poder sacarlas de allí. Coley también lo notó, dado que ahora yo estaba varios centímetros más abajo que cuando habíamos comenzado.

—Mierda —soltó cuando me aparté.

—Lo sé —dije—. Créeme, lo sé. —Intenté levantar las botas y descubrí que no podía, así que permanecí plantada allí—. Estoy atascada —añadí. Era vergonzoso.

—Dios mío, Cam. Dios mío. —Coley tenía las manos sobre su rostro, que estaba frente a mí, es decir, justo frente a mí, a pocos centímetros de distancia, pero no podía retroceder.

—De verdad, Coley… Estoy atascada —repetí. Coloqué las manos sobre sus muslos y planeaba aferrarme a sus vaqueros mientras trataba de liberar un pie, pero el contacto la puso aún más nerviosa y dio un grito ahogado al estilo Elizabeth Taylor, bajó de un salto de la puerta y no quedó más lugar para las dos en aquel espacio reducido. Me resultaba imposible mover los pies, así que caí de espaldas, literalmente en cámara lenta; las botas de Ty continuaban atascadas en aquella arcilla lodosa y espesa, pero el impulso hizo que el resto de mi cuerpo cayera hacia atrás, hasta que no pudo descender más.

Golpeé una planta de artemisa, que no resistió mi peso, y mi espalda atravesó con fuerza sus hojas ásperas y sus tallos rígidos hasta que mi cabeza llegó al lodo; las piernas también estaban en el fango y los malditos pies aún permanecían atascados en las botas. Tenía barro frío en mis oídos, pero oí que Coley reía, a carcajadas, fuerte, de verdad, una risa de alegría, así que cerré los ojos, coloqué las manos llenas de artemisa en los bolsillos de los vaqueros y me uní a ella, desde el suelo.

Y cuando abrí los ojos de nuevo, Coley estaba de pie sobre mí, con un pie a cada lado de mis caderas, pero debido a la luz menguante, a su ángulo y al modo en que se inclinaba con su cabello cayendo hacia mí, no podía leerle el semblante.

—Y nosotros que la llamábamos «Elegancia» —dijo Coley. Incluso sin verle la cara, sabía que sonreía.

—Eres muy astuta —respondí.

—¿Qué acaba de suceder?

—Me caí de culo. Fuerte. —Estaba ganando tiempo. Coley lo sabía.

—Antes.

—No estoy segura —dije.

—Sí que lo estás —respondió, y luego, en un movimiento que nunca podría haber previsto, Coley se sentó sobre mi cadera; me quedé atrapada debajo de ella como durante nuestra lucha en el sillón, pero esto era algo mucho más importante—. Por fin me has besado —añadió.

—Creí que querías que lo hiciera.

Coley no dijo nada. Esperé a que hablara, pero no lo hizo.

—No tiene que ser algo importante —dije—. Puede ser solo una chorrada más que probamos juntas.

Coley continuó sentada sobre los huesos de mi cadera, todo su peso sobre mí. Tenerla allí era enloquecedor; quería tirar de ella y colocarla sobre mí. Pero seguía sin decir nada. Así que esperé, entré en pánico, oí a Tom Petty cantando desde la cabina de la furgoneta, pensé en Lindsey, en cómo me había advertido sobre esta estupidez exactamente y en cómo no había podido evitarlo.

Lo intenté de nuevo.

—Vamos, Coley. Ni siquiera tenemos que hablar sobre esto. No es importante.

—Lo es —respondió.

—¿Por qué?

—Por muchas razones.

—¿Por qué?

—Porque en realidad no creía que me gustaría y me gustó. —Lo dijo como si fuera artillería pesada.

—A mí también —dije.

—¿Y eso no te parece algo importante?

—No tiene que serlo —mentí—. No es como si yo pensara que me pedirás que tengamos algo formal.

—Está bien, no pasa nada —respondió, poniéndose de pie—. Pero ahora quiero parar.

—Sí —dije, con la esperanza de que no me viera la cara más de lo que yo podía verle la suya—. Yo también.

No me quedé a dormir. Después de volver a su casa y lavarnos, no sabíamos cómo sentarnos en el sillón a ver la tele sin tener lo que había ocurrido sentado en medio de las dos. Al cabo de un rato, Coley dijo que tal vez le gustaría ir al centro después de todo, así que terminamos en la cafetería del hospital comiendo pollo frito con demasiada salsa junto a una señora Taylor gratamente sorprendida, y luego fuimos a otro baile en la calle y nos unimos a un grupo de chicos de la FGA. Cuando todos decidieron ir al rancho McGinn en busca de un barril de cerveza, le dije a Coley que estaba cansada y que regresaría a casa si no le molestaba, y ella pareció aliviada. Al menos, así lo interpreté.

La tía Ruth y Ray aún no habían regresado a casa, y era un poco vergonzoso volver antes que ellos, pero la abuela estaba en la mesa de la cocina comiendo gelatina de cereza sin azúcar con mandarinas y ricota. Llevaba puesta la misma bata violeta que vestía la noche en que me contó lo de mamá y papá. La había usado muchas veces desde entonces, pero verla sola en la mesa así vestida fue como pisar descalza la nieve.

—¿Quieres un poco, bonita? —me preguntó, ofreciéndome su cuchara y empujando el cuenco unos centímetros sobre la mesa—. No es pastel de chocolate.

—No, gracias —respondí, pero me senté de todas formas a su lado.

—Tu Jamie llamó dos veces esta noche —dijo ella.

—No es mi Jamie, abuela.

—Bueno, no es mío, eso está claro. ¿De quién es, si no es tuyo? —Colocó un gajo de mandarina sobre la cuchara que ya había cargado de gelatina.

—No lo sé —dije—. De sí mismo.

—De todos modos, eres demasiado joven para perder el tiempo con novios serios. —Me gustaba ver cómo se aseguraba de que cada bocado tuviera alguno de los tres componentes. Tragó y dijo—: Hice que tu abuelo me persiguiera prácticamente una eternidad, según contaba él. Eso era lo más gracioso del asunto.

—¿Y por qué permitiste que te atrapara?

—Porque ya era hora. —Usó la cuchara para raspar el interior del cuenco, y el metal contra la cerámica hizo un ruido incómodo—. Es algo que descubres cuando llega el momento.

—¿Así fue para mamá y papá?

—Seguramente. A su manera. —Dejó la cuchara apoyada contra el borde del cuenco—. Ya han pasado casi tres años, pequeña.

Asentí, concentrada en la cuchara y no en su rostro.

—¿Quieres hablar sobre ello?

Moví la cabeza de lado a lado, pero luego decidí que le debía una respuesta real por haberlo intentado.

—No esta noche —respondí.

—Estamos bastante bien, ¿no? —Me dio unas palmaditas con su mano suave y vieja, solo un par de veces, y luego se levantó de la mesa, lo cual era un proceso laborioso; recogió el cuenco, con la cuchara golpeando el interior, y lo llevó a la cocina.

—Yo no estoy muy bien, abuela —dije, y no lo susurré, pero ella ya estaba limpiando el cuenco en el fregadero; el agua del grifo golpeaba el metal y era imposible que me oyera.

En mi habitación, puse *El hotel New Hampshire*, más que nada para ver de nuevo el beso de medio segundo entre Jodie Foster y Nastassja

Kinski. No eran ni las once y pensé en llamar a Lindsey, dado que era incluso una hora más temprano en Seattle, pero no estaba segura de querer el sermón que sabía que recibiría o su lista de conquistas de chicas no-hetero que le seguiría a continuación.

A principios de esa semana, había terminado el *collage* sobre los maniquís de madera de mamá y papá con palabras de los artículos del periódico sobre el accidente de mis padres y también de sus obituarios. Había robado los maniquís del pasillo de artesanías de Ben Franklin, los había escondido dentro de la sudadera en la sección de flores de seda, que estaba en la esquina delantera de la tienda y completamente cubierta de enredaderas de plástico y pájaros coloridos, el lugar perfecto para ocultar el botín. Pero por alguna razón, aunque podría haberlo robado con facilidad, decidí pagar por el maniquí de la hija que había encontrado. Costaba 4,95 dólares. Aquella noche, comencé con ella, utilizando palabras recortadas de un folleto de «Lidiar con la pérdida: respuestas ante una crisis en la vida» que tenía por ahí desde las sesiones de terapia con Nancy Huntley. Las palabras *anestesiado* e *insensible* aparecían diecisiete veces en el folleto de doce páginas, así que comencé a crear una camiseta con ellas.

Llevaba un rato trabajando cuando noté la hoja de papel plegada al estilo nota secreta (todos los extremos doblados hacia dentro en un cuadrado pequeño, perfecto para pasar en clase de mano en mano por un pasillo entre los pupitres). Jamie me había enseñado cómo doblarlo. La nota estaba apoyada contra la mesa de pícnic en miniatura de la casa de muñecas que yo había hecho cubriendo unas obleas de azúcar de la abuela con esmalte de uñas transparente. La mesa tenía patas demasiado rosadas por las obleas de fresa y una encimera de oblea de chocolate y azúcar, y estaba secándose sobre unas hojas de periódico en el estante amplio sobre mi escritorio. Me limpié los dedos pegajosos en los pantalones y saqué la nota de encima de las obleas; la parte superior se había pegado un poco.

Entré a escondidas mientras tu abuela dormía la siesta. Lo siento. Creí que estarías en casa. No estás. Me acosté con la chica ~~que me~~ con la que sé que me viste en la VDC (no creo que la conozcas en absoluto; se llama Meghan). No saldremos ni nada parecido, pero eso es lo que ocurrió y quería decirte yo mismo que <u>no deberías</u> odiarme por ello. Sería una mierda que lo hicieras.

Nunca te conté (a propósito) que mi tío Tim es gay o como sea. Mi madre reza por él, pero cuando lo veo en reuniones familiares pienso que es genial. Es decir, no es un marica y tiene una Harley de puta madre.

No le contaré a nadie lo tuyo, confía en mí. Puedes hacerlo.

Jamie

«Y no te preocupes por nada, no lo hagas, preocuparse es una pérdida de mi tiempo».

GNR - «Mr. Brownstone»

Capítulo diez

Si no trabajabas en el rancho de tus padres o no tenías predilección por dar vuelta las hamburguesas, los dos mejores trabajos de verano disponibles para un estudiante de secundaria en Miles City en 1992 eran ser socorrista en el lago Scanlan y guardia de tráfico (que en general eran mujeres) para el departamento de autovías de Montana. Conseguir cualquiera de esos trabajos implicaba que conocías a alguien a cargo o que tenías algunas habilidades especiales, como ser un buen nadador. Pero ambos trabajos también implicaban ganar buen dinero, muchas horas y que todo se desarrollase en el exterior. Lo malo de ser socorrista era dar clases de natación por las mañanas: niños llorones, madres ansiosas en bermudas, la dificultad de lograr que un niño tembloroso de seis años que es solo piel y huesos con labios azules pueda flotar de espaldas sin parar. Lo malo de ser guardia de tráfico era pasar horas y horas de pie en un sector de la autopista negra bajo el calor agobiante del verano de Montana del Este. Eso y el peligro constante de convertirte en víctima de un accidente de tráfico causado por una familia en minicaravana que avanza a toda velocidad camino a Yellowstone. Obtuve el puesto de socorrista; Coley, el de guardia de tráfico; Jamie era el nuevo empleado de camisa negra y violeta de Taco John's; y Brett, que al parecer había impresionado a todos con su manejo del balón en aquel partido que había jugado durante la Venta de Caballos, fue seleccionado como el representante de Montana para un importante campamento de fútbol a nivel nacional, lo cual implicaba que pasaría parte de junio y todo julio en California intentando ganar una beca para la universidad.

Jamie y yo prácticamente habíamos retomado nuestra amistad prebaile, pero las cosas con Coley, como era de esperar, habían sido incómodas desde la Venta de Caballos, así que me esforzaba por ser extradivertida y por ofrecerles a Brett y a Coley muchas oportunidades de estar solos, y la incomodidad por fin quedó relegada por el entusiasmo del verano.

—Entonces, la besaste, sacudió tu mundo, ya está —me dijo Lindsey cuando le conté los detalles por teléfono, incluso mi caída por las botas atascadas—. Es como uno de los tantos besos semejantes en tu futuro, pero para ella será su obsesión después de tener dos y medio y una hipoteca. Se preguntará mientras intenta dormir por la noche: *¿Por qué no me acosté con esa chica cuando tuve la oportunidad?*

Lindsey estaba presionándome mucho para que la visitara durante al menos parte del verano. No le interesaba el equipo de natación y, con su padre en Alaska como había anticipado, no tenía motivos para venir en absoluto a Montana.

—Se *supone* que debo pasar los tres meses enteros con él, pero a mi padre le importa una mierda si me quedo aquí. De todos modos, ¿qué haría en la maldita Alaska?

—Te acostarías con inuits buenorras —dije.

—Oh, mirad a nuestra pequeña Kate Clinton.

—No sé quién es —respondí, aunque Lindsey ya lo sabía.

—Un cómic de lesbianas. Te gustaría el personaje. Alice se comporta como una fascista con mi viaje a Alaska. Como si tres meses allí con mi padre fueran decisivos para mi evolución de adolescente desastrosa a adulta funcional.

—A lo mejor, mola.

—Sí, molará mucho —dijo—. A lo mejor. Tal vez. Pero solo si vienes y conseguimos dulces drogas al norte de la frontera y retomamos donde lo dejamos. —Puso voz de operadora de una línea sexual—. Ahora sé todos los movimientos correctos, *Cammie*.

—Ruth no lo aprobará —dije.

—Claro que sí. Podrías convencerla de que será una experiencia de aprendizaje. Solo véndelo como el mejor verano de tu vida. Haz que tu abuela te apoye.

Sabía que probablemente tenía razón y que tal vez no habría sido difícil convencer a la tía Ruth de que un mes en Alaska sería bueno para mí. Pero Lindsey me presionaba para que fuera en julio, porque ella ni siquiera viajaría allí hasta mediados de junio y necesitaba unas semanas para poner en orden las cosas con su padre. Y julio sería un mes sin Brett en Miles City. A pesar de no quererlo, de la incomodidad y de la situación en la que estábamos actualmente Coley y yo, admitiré que tenía esperanzas: grandes esperanzas.

Así que le dije a Lindsey que intentaría obtener permiso para ir a Alaska y luego no lo hice. Ahora, a veces me pregunto lo distintas que podrían haber sido las cosas si no hubiera tomado aquella decisión, pero no llegas a ninguna parte cuando piensas demasiado en cosas así.

* * *

El entrenador Ted por fin había obtenido su título y estaba trabajando como entrenador atlético para una universidad del este. No pudieron hallar ningún reemplazo hasta casi el comienzo de la temporada de natación y, cuando lo hicieron, era una aficionada absoluta de Forsyth que solía enseñar gimnasia acuática para embarazadas y sabía tanto como la abuela sobre virajes y modificaciones de brazadas. Además, era difícil tener fines de semana libres al ser la socorrista en un lago que era más popular los fines de semana, así que sin Lindsey y con Coley cerca, no me uní al equipo de natación. Había formado parte de él durante siete años. Sin contar la escuela, había sido el aspecto más constante de mi vida. Pero no aquel verano.

Mientras Coley vestía un chaleco anaranjado con franjas hechas de un material que reflejaba la luz para los trabajos nocturnos y pasaba las horas plantada en una extensión de trece kilómetros de obra infernal entre Miles City y Jordan, yo estuve una semana con veinte socorristas aprendiendo el remolque por las axilas, cómo acercarse a una víctima sumergida y, lo más difícil de todo, el temido rescate con tabla incluida.

Los socorristas que estaban de regreso, muchos de los cuales procedían de las universidades y pasaban el verano en casa, hacían que las maniobras parecieran fáciles y geniales, y los pocos de nosotros que éramos nuevos intentábamos imitarlos, pero estábamos demasiado nerviosos. La ciudad solo había redireccionado el agua del río para llenar el lecho del lago Scanlan una semana antes de nuestro entrenamiento, y en junio era como nadar en hielo picado. A pesar de tener alrededor de sesenta años, la madre del entrenador Ted, Hazel, todavía estaba al mando; llevaba el pelo color acero en una melena corta como una bailarina de 1920 y, si hubiera fumado cigarrillos mentolados Capri de una boquilla larga, creo que ninguno de nosotros se habría sorprendido. Pero no lo hizo. Y no fumaba en el puesto de socorrista, ni siquiera en la playa, sino que lo hacía fuera, en el aparcamiento, bajo la sombra del vestuario y junto al sector de bicicletas, entre nuestras simulaciones de emergencias, aún vestida con su traje de baño. Usaba las chancletas rojas vintage (las llamaba «sandalias») para apagar las colillas contra el pavimento arenoso.

Durante nuestro entrenamiento nos observaba desde el muelle, con el rostro pequeño oculto detrás de las gafas de vidrios malva tamaño celebridad, haciendo anotaciones en un formulario de calificaciones que mantenía seco en una tabla cubierta con una pegatina gigante de la Cruz Roja. Mientras evaluaba nuestros rescates, una y otra y otra vez, masticaba infinitas cantidades de chicle de menta marca Wrigler's y hacía globos que estallaban tan fuerte que deberían haberle dañado el interior de la boca. Nos llamaba a todos «cielo» o «querido», pero se decepcionaba fácilmente y nos hacía saber el nivel de decepción con largos estilo libre obligatorios, marcados por el paso agudo de su silbato de rescate Acme Thunderer, que nos contó que poseía desde su primera vez en un puesto de socorrista en 1950. Yo, al menos, le creía. Y quería impresionarla. Me esforcé mucho. Antes y después de las sesiones grupales, practicaba una y otra vez mis habilidades, tanto dentro como fuera del agua: RCP, para primeros auxilios. Les pedí a los socorristas mayores que observaran mis intentos y me aconsejaran. Una de ellas, Mona Harris (una alumna de segundo año de la universidad con cuerpo de gimnasta y una boca enorme, tanto físicamente como en términos de divulgar rumores), era la más entusiasta a la hora de ayudarme; gritaba sus correcciones desde el muelle, diciéndome una y otra vez que «lo intentara de nuevo». Y yo lo hacía. Algo en Mona me intimidaba. Parecía saber demasiado de todos y de todo; pero era una socorrista fuerte y me alegraba que me ayudara con mi entrenamiento, lo cual parece que valió la pena, porque pronto Hazel me entregó tres certificados plastificados de la Cruz Roja y también un traje de baño rojo que decía SOCORRISTA en el pecho con letras blancas, y mi propio silbato. Lo había logrado.

* * *

Cuando Brett se marchó al campamento de fútbol, Coley y yo habíamos desarrollado, más por casualidad que por otra cosa, lo que se convirtió en un patrón cada vez más traicionero. Las horas de nado en Scanlan eran desde las dos hasta las ocho de la tarde entre semana. Coley terminaba su turno, buscaba su furgoneta en el edificio del departamento de autovías a las afueras de la ciudad y regresaba con muchos de sus compañeros al centro durante mi última rotación. Aquel era sin duda el mejor momento para estar en el puesto de socorrista: el sol había reducido su intensidad y las sombras largas comenzaban a extenderse sobre el lago; las masas de madres con infantes habían dejado de invadir la zona poco profunda y se habían dirigido a casa para los baños y las cenas; encendíamos la radio desastrosa y la dejábamos sonar, rasposa y metálica, fuera del vestuario donde solíamos devolver cestos de ropa y entregar cubetas y tablas para nadar.

La salida del centro llevaba a los trabajadores de la autopista directos a Scanlan. Todos tenían el rostro enrojecido y polvoriento, y estaban más que listos para una zambullida en el lago. A esa hora de la tarde, cuando solo había pocos preadolescentes que se quedaban todo el día (ratas de lago) saltando de los trampolines y quizás una o dos familias chapoteando en la parte poco profunda, solíamos permitir que los recién llegados no pagaran entrada, en especial el grupo de empleados deshidratados del estado de Montana. A Hazel aquello le parecía bien. Su política estándar era admisión libre para todos los exsocorristas, para la mayoría de las personas en uniforme y para todos los menores de seis años. Pero rara vez estaba para cerrar la caja, sino que solía regresar a casa en algún momento de la tarde y nos dejaba a cargo para contar los billetes arrugados que los niños habían entregado en rollitos o apretado fuerte contra el manillar sudoroso de sus bicicletas camino al lago.

Frecuentemente echábamos a las «ratas», cerrábamos con llave las puertas del vestuario y cerrábamos de modo oficial, y luego algunos de los socorristas que quedábamos nadábamos un rato con el grupo del departamento de autovías, saltábamos estilo bomba del trampolín alto y hacíamos competiciones peleando unos sobre los hombros de otros (algo absolutamente prohibido durante el día). De hecho, rompíamos todas las reglas: nos colgábamos del trampolín bajo, saltábamos desde el borde del puesto de salvavidas, lanzábamos rocas sobre la superficie del lago y, lo más terrible de todo, íbamos debajo de los muelles.

Había tres: dos muelles largos que estaban exactamente a cincuenta metros de distancia uno del otro y que designaban el área de nado oficialmente custodiada, y uno mucho más pequeño y cuadrado en el centro exacto de la parte profunda. Nadar por debajo de él, hasta la parte inferior de los laterales de madera y salir a la burbuja de aire de debajo estaba absolutamente prohibido en Scanlan por una razón evidente: no podíamos ver a los niños cuando llegaban allí, lo cual significaba que no sabríamos si se estaban ahogando o haciendo cualquier otra acción prohibida. Y ese es precisamente el motivo por el que besarse en el sector debajo del muelle central era una actividad muy popular entre los preadolescentes.

El sexo y Scanlan iban juntos como siameses. Se rumoreaba que Mona Harris había perdido su virginidad una noche, contra la escalera metálica en el extremo alejado del trampolín alto; Oso y Eric Granola alardeaban de haber recibido una infinita (y, por lo tanto, cuestionable) cantidad de mamadas nocturnas en los vestuarios; y casi todos nosotros conocíamos el atractivo de la privacidad relativa del mundo bajo el muelle: el chapoteo suave del lago, el modo en que el sol salía entre las tablas en líneas iguales, lo cerrado que era el espacio en todos los laterales, lo cual hacía que uno encajara ajustado allí debajo con cualquier persona desnuda a excepción del traje de baño que hubieras logrado llevar contigo. A veces, alguien lograba introducir alcohol en estas veladas acuáticas, por lo que nadábamos con unas latas de cerveza debajo de la superficie del lago y las abríamos bajo la cubierta de madera tibia por el sol.

Durante aquellas primeras semanas sin Brett, Coley y yo tuvimos cuidado de no estar nunca debajo del muelle sin al menos una persona más con nosotras. Aunque habíamos comenzado a pasar tiempo juntas de nuevo, el peso de lo que había sucedido en el rancho de Coley y el mundo sexual inevitable bajo esos muelles nos ponía nerviosas a las dos.

Después del lago, colocábamos mi bicicleta en el maletero de la furgoneta de Coley y nos dirigíamos a Taco John's para comer Choco Tacos y nachos gratis que Jamie nos regalaba, o íbamos a mi casa, nos dábamos una ducha larga e individual (por supuesto), comíamos lo que Ruth hubiera cocinado, veíamos un poco la tele, aunque incluso allí nos esforzábamos por no quedarnos a solas en mi habitación bajo ningún concepto, al menos no sin tener la puerta abierta de par en par. Había una estática constante que zumbaba entre nosotras durante aquellos primeros días de verano, como una radio atascada entre dos estaciones, con el volumen bajo, y ninguna de las dos decía nada al respecto. Pero estaba allí.

En una de esas noches, Coley estaba en mi casa y mirábamos a medias una repetición de *Magnum, P. I.* con la abuela; las ventanas estaban abiertas y un viejo ventilador negro y gigante giraba frente a ellas, pero no servía para nada, solo movía las cortinas y el aire caliente alrededor de nosotras tres. Teníamos un cuenco de uvas congeladas que se ablandaron rápidamente sobre la mesa auxiliar; una mosca negra y grande zumbaba sobre ellas.

Durante un anuncio, la abuela dijo:

—Tenemos que ir al cementerio el sábado. Quiero que vayas a Friendly Floral y que compres unos ramos bonitos. —Extrajo del bolsillo de su bata dos billetes de veinte lisos, recién sacados del banco, y me los entregó. Era obvio que había estado planeando aquel momento, el anuncio de esa tarea, lo cual me hizo sentir repentinamente triste.

Le había pedido ese día libre a Hazel al comienzo del verano, pero había parecido mucho más lejano de lo que en verdad era.

—Ruth estará en ese evento importante de Sally-Q el sábado —dije, con fuerza y mirándola directamente, porque la audición de la abuela estaba peor que nunca y tenía el volumen del televisor alto.

—Lo sé —respondió la abuela con un susurro en voz alta, porque Tom Selleck había regresado, corriendo sobre la arena hawaiana—. Solo seremos tú y yo, pequeña.

—No sabía que era este fin de semana —dijo Coley, colocando su mano sobre la mía, y aunque aquello nos hizo estremecer a las dos, no la apartó de inmediato—. Lo siento.

—No pasa nada —respondí.

—Nunca he ido al cementerio de Miles City.

—¿Tu padre no está…? —pregunté, sin querer terminar la oración. Ella movió la cabeza de lado a lado.

—Lo incineraron. Él quería que lo dejaran en el rancho.

Aquel era un terreno que Coley y yo no habíamos explorado en mucho detalle, y ahora pensaba que evitarlo parecía más que extraño por parte de las dos, dado que tener padres muertos era una característica compartida muy particular.

—No sé realmente qué querían mis padres —dije—. Pero les tocó el cementerio de Miles City.

Coley me apretó los dedos.

—¿Quieres que te acompañe el sábado?

—Sí —respondí—. Sería bonito que lo hicieras.

Así que lo hizo, y fuimos tres en vez de solo dos, en un día muy parecido al del funeral, caluroso y seco, y la abuela incluso se vistió con el mismo vestido negro que había usado en ese momento y el mismo broche con diamantes de imitación. Coley llevaba puesta una falda corta y florida y una camisa de lino. Yo me puse pantalones cortos caqui y una camisa blanca con botones que Ruth me había comprado, con un pequeño jugador de polo bordado en el lugar donde habría estado el bolsillo de haber habido uno. En honor a la ocasión, planché con torpeza ambas prendas y también introduje la camisa dentro de la cintura del pantalón... pero enrollé las mangas como siempre. Hacía demasiado calor.

Los cuarenta dólares de la abuela compraron dos grandes ramos de todo, excepto azucenas blancas porque yo me negué, y Ruth se había encargado de que instalaran dos macetas muy bonitas en la parcela de mis padres, objetos de cobre grandes llenos de geranios rojos y de hiedra. Coley comentó que las lápidas eran preciosas y me apretó los hombros mientras yo hacía lo mismo con la abuela. Quité unas hojas delgadas que se habían amontonado contra el granito frío. La abuela extrajo uno de sus pañuelos bordados y lo utilizó. Nos contó una historia breve sobre una vez que papá había intentado cocinar *algo elaborado* para mi madre, *al principio de su noviazgo*, pero lo arruinó e incendió la cocina. Desde aquella parcela en la cima de la colina veíamos hasta el otro lado de la calle principal, y tras la cerca de un patio trasero vimos a una niña deslizándose por un tobogán verde dentro de una piscina sobre el nivel del suelo. Subía a la escalera, se deslizaba por el tobogán y repetía; su largo cabello trenzado y moreno se movía detrás de ella mientras corría alrededor de la piscina.

—Me alegro de que hayas venido —le dije a Coley, aún mirando a la niña.

—Yo también —respondió—. Es un lugar muy bonito. No es lo que esperaba.

Al cabo de unos minutos, la abuela necesitaba *salir del sol*, así que fuimos a Dairy Queen; Coley y yo comimos barras de cereza Dilly y la abuela primero pidió solo aros de cebolla y se quejó porque tenía muchas ganas de tomar helado, y luego engulló la mayor parte de un Hawaiian Blizzard aunque no debería haberlo hecho, y poco después tuvimos que regresar rápido a casa para inyectarle insulina.

Mientras la abuela dormía la siesta, Coley se sentó en el borde de mi cama y yo ocupé la silla de mi escritorio. Teníamos puesta *Aventuras en la gran ciudad*, película que Coley nunca había visto, pero creo que ninguna de las dos estaba mirando demasiado cómo Elisabeth Shue y sus rizos rubios perfectos le hacían autostop a un camionero grandote con un garfio, ni cuando cantaba en un bar de blues en Chicago o luchaba contra la mafia, todo en una misma noche.

Me había quedado con varias gasas con alcohol envasadas durante el entrenamiento de RCP, pequeños cuadrados de papel blanco suave con letras azules, como almohadas diminutas. Planeaba usarlas para hacer una celda acolchada en una de las habitaciones de la casa de muñecas, pero en ese momento estaban ordenadas en pilas delante de mí; pilas que no dejaba de montar y desmontar. Coley se puso de pie, tomó la foto de mi madre en el lago Quake de su sitio sobre el televisor y la observó en detalle, aunque ya había preguntado por ella y yo le había contado la historia.

—Tu madre se parecía mucho a ti —comentó.

—Cuando era pequeña —dije—. No tanto si ves sus fotos de secundaria.

—¿Qué aspecto tenía?

—Era muy guapa. Le sobraba estilo.

—Tú eres guapa —dijo Coley, como si no hubiera dicho eso en absoluto.

—No, tú eres guapa, Coley —respondí—. Esa no es mi especialidad.

—Entonces, ¿cuál es tu especialidad?

—Diseño de interiores para casas de muñecas —dije. Me puse de pie y pasé frente a ella hacia la bolsa de natación que estaba en el suelo desde la noche anterior. Tenía un paquete de chicles dentro, el envoltorio encerado estaba húmedo debido a una semana de toallas mojadas.

Coley se levantó, colocó la foto en su lugar, y cuando intenté regresar a la silla de mi escritorio aún estaba de pie allí, en aquel pasillo diminuto entre la cómoda y mi cama, y no podía pasar.

—¿Quieres? —le pregunté, ofreciéndole el chicle de naranja.

—Nop —respondió. Y luego nos besamos. Así fue exactamente como ocurrió. Yo tenía un bulto de cristales de azúcar del chicle que aún no había masticado alojado en los molares y la boca de Coley estaba sobre la mía y la puerta de mi cuarto estaba abierta de par en par y no había vuelta atrás, así que no volvimos atrás. Fuimos a la cama, yo sobre Coley, porque ella me llevó hacia allí, permanecimos completamente vestidas, besándonos con *Aventuras en la gran ciudad* de fondo, y Coley no parecía nerviosa ni insegura y no nos detuvimos hasta que la abuela nos llamó desde la planta baja para preguntarnos qué queríamos cenar.

—Ahora bajamos —grité, girando la cabeza hacia la puerta, pero aún sobre Coley.

—Sigo con Brett —me dijo Coley entonces, como si aquello definiera algo.

* * *

Creo que Coley se volvió bastante buena en convencerse a sí misma de que lo que ambas hacíamos noche tras noche tras noche calurosa, tranquila y despejada en Montana era solo una experimentación destinada a la universidad que había llegado temprano. Y yo me esforzaba por no demostrar que sabía que no era así o que al menos anhelaba con desesperación que no lo fuera.

Nuestra nueva actividad conjunta era ir al cine. Coley me pasaba a buscar por Scanlan, me llevaba a casa y yo me daba una ducha rápida mientras ella conversaba con la abuela. Luego nos dirigíamos al cine a ver lo que estuviera en la cartelera. El único problema era que el cine de Montana daba las mismas dos películas (a las siete en punto y a las nueve en punto) durante una semana. Así que aquel verano vimos *Ellas dan el golpe*, *Buffy, cazavampiros*, *Batman vuelve* y *La muerte os sienta tan bien* entre tres y cuatro veces cada una. En la pantalla grande, metros y metros de Michelle Pfeiffer como Catwoman, Bruce Willis como un cirujano plástico tonto y no como héroe de acción, Madonna en su uniforme vintage de béisbol color melocotón y un acento de Brooklyn que era más falso con cada proyección. Aunque era un cine construido para cientos de personas, los martes y los miércoles por la noche a veces solo estábamos Coley, yo y menos de diez personas en todo el lugar. Y así nos gustaba.

—¿Iréis de nuevo a ver esa película, chicas? —nos preguntó Ruth en más de una ocasión mientras yo me cambiaba, cuando estaba en casa por casualidad—. ¿La misma película? Debe de ser fantástica. —Pero Ruth estaba con Ray y ocupada con Sally-Q y la GOP, y para ese entonces habíamos aprendido bastante bien cómo no entrometernos en el camino de la otra, sobre todo porque Ruth amaba a Coley y creía que era *buena para mí.*

El viejo que cortaba entradas en el cine de Montana desde que yo tenía memoria siempre vestía pantalones de color marrón, un chaleco tejido marrón sobre una camisa blanca y una corbata marrón. Era delgado como un junco, y el aire acondicionado del lugar era gélido; después de un tiempo, nos habituamos a traer la manta térmica de la abuela. El tipo de las entradas tenía un nido desordenado de fino cabello rojo y nos llamaba *el dúo dinámico,* y cada tanto nos permitía pasar sin pagar, aunque cada vez que suponíamos que lo haría, nos equivocábamos. Pero cuando lo hacía, gastábamos mucho dinero en palomitas, en mezclar distintos refrescos y a veces en bolitas de chocolate con caramelo.

Nos sentábamos en la última fila de arriba, contra la pared y con la cabina de proyección sobre la cabeza, al centro de ser posible, pero si estaba ocupado, íbamos a las butacas geniales y antiguas a cada lateral del pasillo, aunque a veces había algún hombre espeluznante que se sentaba allí a solas. Mi padre me había dicho que el cine no había cambiado mucho desde que era niño, y sin duda no había cambiado nada desde mis primeros recuerdos del lugar: alfombra burdeos y lámparas grandes de luz anaranjada y rosada que sabía que eran art déco porque a mi madre le gustaba hablar de ellas. Detrás de la tienda de refrigerios y bajando solo algunos escalones, había un área de descanso con sillones de terciopelo manchados y las entradas a esos maravillosos baños con azulejos rosas y verdes, uno a cada lado. Las puertas de los baños decían CABALLEROS y DAMAS en finas letras doradas.

Al cabo de pocas semanas, todo el lugar, desde el aroma intenso a palomitas hasta la oscuridad fría y silenciosa del cine, comenzó a ser como una cueva semiprivada que habíamos descubierto y de la cual nos habíamos apoderado. Nos tomábamos de las manos. Entrelazábamos las piernas. Cuando podíamos, nos besábamos. Incluso allí en la oscuridad y en la última fila era un gran riesgo y, si bien aquello era solo parte del entusiasmo para mí, debía haber sido la mayor parte del entusiasmo para Coley. No podría afirmarlo con certeza.

La película era básicamente dos horas de preliminares cuidadosamente maniobrados, así que salíamos del cine ansiosas, animadas, con ganas de estar una sobre otra en el vestíbulo, en la acera mientras caminábamos hacia la furgoneta de Coley, incluso dentro del vehículo, aparcado en una de las calles laterales más vacías; pero no podíamos siquiera tomarnos de las manos sin causar un escándalo y caminábamos con cierto espacio entre las dos; no permitíamos que nuestros brazos se rozaran, lo cual empeoraba todo. En realidad, quizá no llamaría «preliminares» a lo que hacíamos porque no llevaban a nada más.

Cuando salíamos del cine caminábamos unas calles, hablábamos con el grupo de chicos aparcados en la gasolinera, luego Coley me llevaba a casa y eso era todo. No podíamos ir juntas a ningún lugar que fuera un destino típico para besarse: Spotted Eagle, el terreno detrás de la feria, el aparcamiento abandonado o Carbon Hill. No podíamos quedarnos junto a nuestros compañeros de clase semidesnudos en ninguno de esos lugares. Y después de aquella primera tarde en mi habitación, parecíamos haber prohibido nuestras casas sin haberlo hablado.

Y lo peor de todo era que en realidad no hablábamos sobre lo que estábamos haciendo, no en detalle. Solo íbamos al cine, hacíamos lo que podíamos cuando podíamos, y luego me esforzaba por dejarlo todo allí, en el cine, por dejarlo ir con los créditos, hasta que pudiéramos hacerlo de nuevo la noche siguiente. Pero mientras yo lidiaba con mis días de espera hasta la llegada de esas noches, varias cosas importantes ocurrieron en sucesión rápida; puede que hayan parecido cosas sin importancia al principio, pero resultaron lo contrario.

* * *

Cosa importante N.º 1: Ruth y Ray fueron a Minneapolis para un fin de semana de lectura de la Biblia y para ver un adelanto exclusivo del centro comercial Mall of America (un adelanto que Ruth había ganado de algún modo a través de sus ventas de Sally-Q); regresaron vestidos con camisetas azules idénticas que decían SOBREVIVÍ AL MALL QUE APLASTARÁ A LOS DEMÁS y comprometidos. Ray me había consultado sobre la intención de su propuesta de antemano, no precisamente para recibir mi bendición, pero algo así. Le dije la verdad: creía que era una gran idea. Me gustaba Ray. Y, aún más importante, me gustaba Ruth con Ray. Él le dio un anillo de oro monstruoso rodeado de diamantes brillantes, joya que debía haber costado cientos y cientos de cajas de patas de cangrejo Schwan's, y durante días después de la propuesta Ruth ponía «Going to the Chapel» en el reproductor de música de la planta baja mientras organizaba las cosas de Sally-Q. Creían que no tenía sentido esperar, y a Ruth le encanaba Montana en septiembre, así que miraron el calendario de la iglesia y pusieron fecha para el sábado 26 de septiembre de 1992.

La gente les decía que estaban apresurándose demasiado. Al menos, un ranchero viejo dijo exactamente esas palabras durante la comunión del café después de que el pastor Crawford anunciara el compromiso el domingo en la mañana.

—¿Cómo podrás hacerlo todo? —le preguntó otra mujer a Ruth. Más mujeres asintieron, abriendo los ojos de par en par con incredulidad.

—He planeado mentalmente mi boda durante años —respondió Ruth—. Será muy fácil. Facilísimo.

Luego la abuela me dijo solo a mí:

—Ya lo verás, será una ceremonia increíble. Ya la estoy viendo.

* * *

Cosa importante N.° 2: Mona Harris me sorprendió con la guardia baja. Nos asignaron ocuparnos del sulfato de cobre una noche de sábado después del cierre. Para distribuir el sulfato de cobre, había que tomar un desastroso bote metálico de remos del lugar en el que estaba encadenado a la cerca, llevarlo por la playa y cruzarlo entre las plantas. Luego una de las personas a cargo subía y sujetaba el bote contra el lateral del muelle mientras la otra cargaba con incomodidad las bolsas de catorce kilos del químico, tomaba los remos y subía también a bordo. Luego una persona remaba y la otra vertía el sulfato de cobre, que era como un cristal azul brillante y se parecía a los vidrios de mar y a las rocas gigantes de una pecera. Solo se activaba con el agua, pero siempre había partes del cuerpo que se mojaban en ese bote con fugas, y en el fondo de la bolsa, el sulfato solía estar en su mayoría aplastado como polvo; la taza que usábamos para esparcirlo no era adecuada y parte del químico siempre aterrizaba sobre las piernas o los brazos y te recompensaba con algunas pequeñas quemaduras químicas rojizas.

Convertimos la actividad en un verbo, «sulfatear», y debíamos hacerlo los sábados en la noche porque el lago permanecía cerrado hasta el domingo al mediodía. Aquello le daba tiempo suficiente al químico para matar las algas, algunos de los causantes de la sarna del nadador, y una infinidad de vida acuática adicional, salamandras y peces pequeños, cosas que hallábamos flotando en la superficie al día siguiente; pero también, después de ese tiempo, el químico perdía su toxicidad peligrosa, así que los nadadores humanos podían entrar de nuevo al agua.

Yo remaba, Mona distribuía el químico, y ambas permanecíamos generalmente en silencio. El sulfato chapoteaba en el agua como lluvia intensa y dejaba a su paso una tormenta feroz de burbujas en la superficie antes de hundirse despacio y disolverse en el fondo.

Habíamos terminado con una bolsa y estábamos comenzando con la siguiente cuando Mona preguntó:

—¿Has pensado en la universidad? ¿A dónde te gustaría ir?

—En realidad, no —respondí, lo cual era y no era cierto a la vez. Había soñado despierta con seguir a Coley o lo que fuera.

—Bozeman es una ciudad bastante genial —dijo ella—. He conocido toda clase de gente estupenda allí.

—Lo tendré en cuenta —respondí.

—El mundo es muy grande fuera de Miles City.

Pensé que sonaba como Irene y sus ideas sobre el mundo grande y vasto.

Mona continuó hablando mientras tomaba una taza de sulfato, intentando sonar despreocupada.

—Probablemente has oído que salí con una chica un tiempo este año. No es nada importante. No es mi intención anunciarlo ni nada.

Me alegraba tener puestas las gafas de sol y esperaba que ella no pudiera leer ninguna expresión en mi rostro.

—No lo había oído. ¿Por qué iba a hacerlo?

—No te asustes —dijo—. Supuse que Eric o alguien lo habría compartido con todo el mundo ya. Solo intentaba darte un ejemplo de la clase de cosas que pueden suceder cuando sales de Miles City.

Había encallado el bote en una de las orillas llenas de juncos gruesos y tuve que colocar el remo en el fango para moverlo. Fingí que aquello requería toda mi concentración para poder evitar ese tema de conversación.

Cuando nos movimos de nuevo con facilidad sobre el agua, Mona dijo:

—No tienes que comportarte así de rara. No trataba de crearte problemas.

—No lo hiciste —dije—. Todo va bien.

—Solo tengo unos años más de experiencia que tú.

—Bueno, mis padres murieron —respondí—. Y las tragedias hacen que envejezcas como los gatos. Así que, técnicamente, soy mayor que tú.

—Eres graciosa —dijo sin reír ni sonreír.

Bordeábamos un tema sobre el que aún no estaba lista para hablar en un bote con una chica cuyas motivaciones no comprendía. Así que, en cambio, le pregunté a Mona sobre sus estudios y ella me dio el gusto contándome todo sobre microbiología, y permitió que el otro tema desapareciera en el lecho del lago junto con los químicos.

* * *

Cosa importante N.º 3: Gates of Praise recibió a Rick Roneous para que diera el sermón del domingo y también como orador invitado en una reunión de Firepower organizada a toda prisa. Firepower no solía reunirse con regularidad en el verano, salvo por un fin de semana de acampada que ocurría en agosto, el gran inicio de un año escolar de espiritualidad, así que esa convocatoria fue considerada como algo realmente especial.

El reverendo Rick era un cristiano exitoso e importante de Montana: había escrito algunos libros sobre ejercer el cristianismo en un «mundo cambiante» y hacía poco había regresado al estado que *tanto amaba* para inaugurar un lugar que sería una escuela a tiempo completo y un centro de recuperación para adolescentes afectados por las *desviaciones sexuales*. Además, tenía los ojos azules como Elvis y el pelo castaño a la moda, hasta los hombros (como muchas de las imágenes de Jesucristo y también de la estrella de rock Eddie Vedder); y dado que Rick era más o menos joven, solo en la treintena, y que podía tocar la guitarra, hacía bastante bien el papel de cristiano molón.

En el sermón, vistió una camisa abotonada y una corbata de un plateado azulado, y leyó un fragmento de uno de sus libros; habló en general acerca de lo importante que era que la fe cristiana comenzara y permaneciera en la familia. Pero en la reunión de Firepower, recibimos al Rick de camiseta y vaqueros, acompañado de su guitarra, y varios de los miembros femeninos expresaron su enamoramiento en susurros que a duras penas eran susurros.

Coley y yo estábamos sentadas juntas, estilo indio (aunque ahora nos decían que debíamos llamarlo «cruzadas de piernas»), sobre la alfombra gris de la sala de reuniones. Tuvimos cuidado de no permitir que nuestras rodillas se tocaran, ni que nuestros hombros se rozaran, por temor a invocar nuestras actividades de las noches de cine.

Rick tocó la versión acústica de algunas canciones populares de bandas de rock cristianas, por ejemplo, Jars of Clay, y todos, incluso yo, estábamos sorprendidos por lo actualizado que era su repertorio. Se colocó los rizos rebeldes detrás de una oreja y sonrió ante los cumplidos en aquel estilo de poeta bohemio que hizo que la fornida

Mary Tressler y la delgada Lydia Dixon rieran e intercambiaran un guiño.

—Lo haremos del modo informal, ¿os parece bien? —preguntó el reverendo Rick, quitando la tira de su guitarra brillante y apoyándola a su lado. Luego se giró de nuevo hacia nosotros y se apartó el pelo de la cara, a pesar de que no era necesario que lo hiciera—. Preguntadme lo que queráis. ¿Qué hay en la mente de los adolescentes de Miles City, Montana?

Nadie habló. Lydia Dixon rio de nuevo.

—Dudo que siempre estéis tan callados —dijo el reverendo Rick; era bastante convincente al fingir que no era consciente de su estatus de celebridad.

—Podrías contarnos sobre lo que haces con tu escuela en Montana o algo así —sugirió Clay Harbough, que olía a regaliz, mirándose el regazo. Sin duda estaba tan ansioso como yo por terminar de una vez con la reunión, aunque en su caso tendría ganas de volver a cualquier actividad que estuviera haciendo con su ordenador ese mes, y en mi caso, quería evitar el tema que él acababa de sugerir.

—Por supuesto —respondió Rick con una sonrisa tímida—. Es un gran verano para Promesa; estaremos celebrando nuestro tercer año aquí dentro de dos semanas.

—Mis padres acaban de enviar una donación —dijo Mary Tressler, con orgullo, prácticamente poniéndole ojitos al pobre tipo.

—Bueno, sin duda apreciamos cada donación. —Rick le devolvió la sonrisa, no como la de un reverendo de la tele adulador, sino una sonrisa sincera.

—Pero es un lugar para curar gays o algo así, ¿no? —preguntó Clay, hablando más durante la reunión de lo que recordaba haberlo oído jamás.

Coley debía saber que hacia allí se dirigía la conversación (lo sabía, eso era lo que el tipo hacía y por lo que era famoso), pero sentí que se había puesto un poco tensa a mi lado al oír esas palabras: *curar gays*. Quizá yo también me puse tensa. Pero intenté parecer relajada, relajada como Rick. Me esforcé por mantener el contacto visual con él.

—De hecho, no usamos tanto la palabra *curar* —comentó Rick, sin parecer en absoluto como si estuviera corrigiendo a Clay, lo cual era un talento conversacional real—. Ayudamos a los adolescentes a acercarse a Cristo, o en algunos casos a regresar a Cristo, y a desarrollar la clase de relación con él que vosotros os esforzáis por tener. Y si podemos lograrlo, entonces *esa* relación es la que ayuda a las personas a escapar de esa clase de sentimientos indeseables.

—Pero ¿y si alguien quiere ser de esa manera? —preguntó Andrea Hurlitz, y luego contó una historia sobre un documental que había visto en la iglesia a la que solía asistir en Tennessee que decía que la única cura verdadera para la homosexualidad era el sida, el cual era la manera que Dios tenía para curarlos de aquella enfermedad.

El reverendo Rick escuchó su historia y asintió cada vez que era evidente que Andrea señalaba un punto importante; pero cuando terminó, respiró, se colocó el pelo detrás de la oreja de nuevo y dijo:

—Yo también he visto esa película, Andrea, y conozco a gente que sostiene esa creencia, pero mi propia relación con Cristo me ha enseñado compasión hacia el prójimo, sin importar con qué pecados estén luchando. —Pausa, cabello detrás de la oreja—. Sé un poco cómo funciona esto desde dentro. Yo fui un adolescente que luchó contra el deseo homosexual y me siento agradecido, de verdad, me siento bendecido por haber tenido amigos y líderes espirituales que me ayudaran, y aún tengo personas que me ayudan. Marcos, capítulo nueve, versículo veintitrés: «Todo es posible para quien cree».

Nadie supo dónde mirar después de eso. Miré a los ojos a una persona sentada en el círculo y las dos apartamos la vista, rápido, hacia otro lugar. No conocía aquella pieza del rompecabezas, esa historia sobre Rick, y a juzgar por la expresión de la mayoría de los otros miembros de Firepower, ellos tampoco. Excepto Clay Harbough, que trataba de reprimir una sonrisa sin éxito; al parecer había cumplido con la misión de revelación que se había propuesto.

—¿Tenéis más preguntas al respecto? —preguntó Rick—. Ya no es un secreto vergonzoso para mí. Sin duda lo fue alguna vez, pero en

Cristo he hallado la redención y un nuevo propósito. Así que, adelante, hablemos de cualquier tema que queráis discutir.

Tenía muchas, muchas preguntas, y no me atreví a mirar a Coley, pero sabía que ella también las tenía. Pero era imposible que levantara la mano y nadie más lo hizo hasta que Lydia preguntó:

—Entonces, ¿ahora tienes novia?

Todos rieron, Rick incluido, y después nos contó que «por el momento no, pero no por falta de intentos», y todos reímos más. Alguien preguntó sobre los distintos tipos de desviaciones sexuales y eso llevó a una conversación sobre la promiscuidad adolescente en general y luego a los *horrorosos* índices de embarazo adolescente del país y luego, obviamente, al aborto, y parecía que habíamos cambiado de tema por completo.

Después de la reunión, Coley se reunió con algunos de los otros miembros alrededor de la mesa de tentempiés. Rick había colocado una pila de folletos sobre su programa de discípulos cristianos Promesa de Dios en un extremo, junto a un plato de brownies de mantequilla de cacahuete. Coley tomó uno de los folletos y fingió leerlo sin interés, y luego se lo guardó en el bolso. Yo también quería guardarme uno, pero no puedo explicar exactamente por qué. Supongo que solo quería ver qué decía, ver si eran imágenes de los jóvenes que asistían allí, si había más información acerca de lo que realmente sucedía en el lugar, pero era imposible que agarrara un folleto delante de todos. No era como el caso de Coley. Ella no necesitaba esconderlo, porque nadie jamás sospecharía que ella lo hacía porque necesitaba ir allí, o al menos, porque pensara que quizá lo necesitaba. No *la* Coley Taylor de *Brett y Coley*. Imposible.

* * *

Cosa importante N.º 4, la verdaderamente importante: pocos días después de la visita del reverendo Rick, Coley consiguió un apartamento en Miles City. Su propio apartamento. Puede parecer como algo de la gran ciudad o glamuroso, pero no era en absoluto extraño para los hijos cuyas familias vivían en ranchos a muchos kilómetros de distancia de Custer High. Había fácilmente dos docenas de estudiantes en esa situación: cuatro de ellos compartían una casa de una planta no lejos de la escuela, otros alquilaban el piso superior de la casa de una anciana o, como Coley, una habitación en el sexto piso de un edificio sin ascensor en el centro, a pocas manzanas de la calle principal.

Coley había mencionado la posibilidad antes, pero cuando Ty atropelló a un ciervo mientras conducía de regreso al rancho una noche y luego pocos días después se salió de la carretera y cayó dentro de una zanja (eso ocurrió más que nada por el alcohol que había bebido que por las calles sinuosas con baches que llevaban al rancho), la señora Taylor decidió que un apartamento en la ciudad sería bueno para todos. Coley permanecería allí de domingo a jueves por la noche durante el año escolar; Ty lo usaría cuando hubiera bebido demasiado; y la señora Taylor iría a dormir unas horas después de su turno de doce horas en el trabajo, cuando estuviera demasiado agotada para viajar hasta el rancho. Pero básicamente, sería la casa de Coley.

Me contó que eso ocurriría con certeza cuando vino a buscarme a Scanlan. Yo aún estaba en mi silla, el lago envuelto en sombras proyectadas por los álamos; una familia de turistas jugaba a los gritos al Marco Polo, apenas más allá de la cuerda límite.

Habíamos sido sorprendentemente constantes desde la reunión de Firepower, desde que Coley se había llevado aquel folleto. En nuestro estilo habitual, ni siquiera habíamos hablado sobre ello y desde entonces habíamos ido al cine sin ningún cambio notable en nuestra rutina. Pero Brett regresaría al cabo de una semana, la escuela comenzaría quince días después de su vuelta y, aunque no hablábamos sobre el tema, nuestra rutina sin duda tendría que cambiar.

Sin embargo, aquella noche, vestida con la ropa sucia del trabajo y el pelo lleno de arenilla y polvo, Coley se puso de pie junto a mi puesto de socorrista, apoyó un brazo sobre la madera cálida con pintura desconchada y me contó con voz entusiasta lo genial que sería ese apartamento, a pesar del hecho de que dijo que ahora olía a *desinfectante y a pies*, que quería que yo la ayudara a decorar, que su madre ya la había llevado a Kmart y había comprado una tetera metálica roja, una alfombra de baño amarilla y suave y varias velas de vainilla y canela, y que el baño tenía una bañera con patas y azulejos blancos, y que comenzaríamos con la mudanza al día siguiente.

Capítulo once

Lindsey una vez intentó explicarme aquella conexión instintiva, según dijo, que todas las lesbianas tienen con las historias de vampiros; algo relacionado con la novela corta gótica *Carmilla* y la *impotencia sexual y psicológica de los hombres para enfrentarse al poder oscuro de la seducción lésbica*. Como tal, lo había oído todo sobre «la escena» en *El ansia* antes de verla siquiera. Pero en algún momento la alquilé, y si bien «la escena» —en la que Catherine Deneuve como Miriam, la vampiresa egipcia inmortal, y Susan Sarandon como Sarah, la doctora humana, ruedan sobre la cama con las sábanas de seda de Miriam y sin duda tienen relaciones y también hacen un intercambio vampírico de hermanas de sangre con cortinas blancas flotando a su alrededor y cubriendo las tomas de sus cuerpos entrelazados en los momentos más inoportunos y obligándome a rebobinar una y otra vez— *es* muy ardiente, erótica y todos los adjetivos que Lindsey utilizó para describirla, lo que ocurre antes de esa escena es lo que yo considero un momento mucho, mucho más ardiente.

Es el momento en que Susan/Sarah, embelesada por el talento para tocar el piano de Catherine/Miriam (y quizá también por su voz grave e hipnótica y su acento a veces difícil de descifrar), vierte tres gotas de jerez rojizo sobre su camiseta ajustada y muy blanca. Luego hay un corte y en la escena siguiente ella intenta limpiar la mancha fregando la tela con un paño húmedo y crea una situación similar a las competiciones de camisetas mojadas de las películas sobre fraternidades; en ese punto lo único que Catherine Deneuve debe hacer es acercarse a Susan por detrás y deslizar despacio los dedos sobre los hombros de la doctora, y así crea ese momento intenso de contacto visual entre las dos y llega la hora de la acción: Susan Sarandon se quita la camiseta unos cinco segundos después.

Y aunque solo fue una película de vampiros bohemia con David Bowie y, hasta donde yo sabía, dos actrices que no eran lesbianas en la vida real, aquel momento, el roce del hombro, el modo en que se miraron, me pareció completamente verídico y mucho más poderoso o erótico que el sexo en sí mismo. Tal vez fue así porque la primera vez que vi *El ansia* había *vivido* un momento semejante, pero no había hecho nada relacionado con el «sexo en sí mismo».

La había alquilado durante los primeros meses después de conocer a Lindsey, pero por aquel entonces me había dado tantos deberes sobre la cultura popular y el conocimiento lésbico que supongo que fue una tarea más que había olvidado mencionarle mientras tachaba la película de la lista, porque ella me envió una cinta de vídeo con la caja original, que tenía una pegatina rosada que decía PELÍCULA YA VISTA colocada desconsideradamente sobre el rostro de Catherine/Miriam, como parte de un paquete que llegó desde Anchorage, Alaska. Un paquete que en realidad no me merecía dado que solo le había escrito una vez desde el comienzo del verano y, además, había arruinado sus planes de nuestro encuentro en Alaska para poder cortejar a Coley Taylor.

El paquete me esperaba sobre la mesa del comedor cuando llegué a casa del trabajo, con prisas para ducharme y cambiarme. Por primera vez en mucho tiempo, Coley no estaba conmigo. Así lo habíamos planeado. Ella estaba en su nuevo apartamento, el que había estado infestado de familia y amigos durante los últimos días, Ty y sus amigos vaqueros habían trasladado muebles y colgado estantes; los compañeros de la señora Taylor, enfermeras y miembros de GOP, llevaron platos viejos, cuencos y sartenes; varias personas pasaron con cajas de bebidas, comida congelada, plantas en macetas. Ahora, por fin todo estaba organizado, listo, y habíamos planeado una reunión para nuestra primera noche privada de películas, a solas, sin ir al cine. Se suponía que yo iría a Video 'n' Go y alquilaría algo, lo que fuera, que funcionaría como la razón externa de nuestra reunión, que ocurriría completamente a solas, con una puerta que se cerraba con llave y cadena, y una cama *queen size* nueva en la otra habitación.

Pero luego, en medio de estos planes, llegó aquel paquete por parte de Lindsey. Lo abrí mientras subía la escalera hacia mi cuarto, dos escalones a la vez, intentando abrir la caja y quitarme prendas al mismo tiempo, reticente a desperdiciar el tiempo que podría estar pasando con Coley. Me corté con el papel del borde del cartón, y la herida empeoró al tirar de la cinta de embalar. Lancé al suelo el papel de periódico mientras avanzaba y no me detuve a recogerlo. Dentro, junto con *El ansia*, había dos casetes; un paquete de nueces y pasas de uva cubiertas de chocolate con una etiqueta que decía «Excremento real de alces alaskeños»; una bola de nieve que contenía un oso pardo pescando; una postal con un par de mujeres sonrientes bronceadas y con mucho pecho, rodeadas de una nieve que parecía muy fría, pinos y cedros, y un cartel de neón violeta: LA MEJOR FAUNA DE ALASKA.

En la parte posterior de la postal, Lindsey había escrito:

(La más ofensiva que encontré)

POSTAL

Cam:
Tu carta codificada y breve confirmó mis sospechas de que estás pasando el verano persiguiendo lo que sin duda terminará con un corazón roto; pero te quiero por intentarlo... Utiliza la película y los chocolates como armas de seducción.

Besos,
Linds

Cameron «lesbiana bebé» Post
1349 Wiboux St.
Miles Ciudad de Mierda, MT 59301

P.D: ¿No te alegra que haya puesto esto dentro del paquete?

Me alegraba que hubiera metido la postal dentro del paquete. Y aunque al principio leí sus sugerencias de seducción como bromas, *El ansia* era de hecho una película que sabía que Coley no había visto, una que estaba sobre mi cama y podía llevar conmigo y ahorrarme unos minutos en la tienda de vídeos. Lo pensé en la ducha, donde usé la extensa cantidad de productos corporales de Ruth, exfoliantes, hidratantes y refrescantes —todos venían en distintas variedades de cremas y ungüentos— y perfumé todo el baño con sus *extractos de plantas naturales* y sus *vitaminas y minerales fortificantes*. En algún momento entre depilarme las piernas y secarme, decidí hacerlo. Llevaría *El ansia*, diría que era una película de vampiros absurda, colocaría la cinta en el videocasete y luego dejaría que todo siguiera su curso.

Las escaleras de madera oscura y los pasillos largos del edificio donde vivía Coley estaban invadidos de aire caliente y olores diversos procedentes de las cenas de los inquilinos: el 3-B comería palitos de pescado y el 5-D, McDonald's o Hardee's. Todo el lugar zumbaba con el sonido de los aires acondicionados colgados en las ventanas. En la calle fuera del edificio, caían sobre mí gotas gordas de lluvia creadas por las máquinas, y dentro de aquellos pasillos malolientes, el zumbido constante sumado al ruido amortiguado de los televisores y las radios hacían que el edificio pareciera vivo y, a la vez, un buen escondite donde pasar inadvertido.

Fuera de la puerta de Coley, que era de una madera rojiza brillante con un 6-A pintado en negro, permanecí de pie un instante antes de llamar. Sostenía la película, la bolsa de «Excrementos de alce» y un regalo para su nuevo hogar cortesía de Ruth y Sally-Q. Oía la radio dentro; en la estación de música country, Trisha Yearwood cantaba sobre «estar enamorada de un chico». Sudaba, y no solo debido al calor de aquel pasillo. Respiré hondo varias veces, pero no me ayudó demasiado a tranquilizarme. Me pregunté, quizá por primera vez en mi vida, si debería haberme vestido mejor, si debería haberme puesto otra cosa y no mi camiseta de siempre con pantalones cortos. Me miré los dedos de los pies oscuros; siempre era la parte más bronceada de mi cuerpo, tan oscuros que parecían sucios incluso recién salida de la ducha. Miré de nuevo la puerta y me preocupé porque a lo mejor Coley estaba observando todo esto a través de la mirilla que la señora Taylor le había hecho instalar a Ty con permiso del dueño. Llamé a la puerta.

No respondió de inmediato, así que era imposible que hubiera estado mirando por la mirilla, o tal vez solo quería que pensara eso. Oí el *clic* metálico de la cerradura y el sonido al deslizar la cadena inútil (según Ty), y luego estuvimos frente a frente, ambas con camisetas y pantalones cortos (los de Coley eran mucho más cortos que los míos, o quizá solo porque sus piernas eran infinitas), ambas teníamos el cabello mojado por la ducha y una sonrisa tímida y extraña.

—Este lugar es tan caliente como el magma —dijo ella, retrocediendo para que yo pudiera pasar.

—Cualquier excusa para usar la palabra *magma* —respondí mientras cerraba la puerta de nuevo.

Todas las persianas estaban bajadas y una única lámpara iluminaba muy poco una esquina de la sala de estar. El espacio estaba invadido aún por la canción de Trisha Yearwood y por el ruido fuerte del aire acondicionado, uno que la señora Taylor había encontrado en una venta de garaje y que Ty había hecho funcionar. Estaba en la habitación, y Coley tenía razón: no enfriaba demasiado el lugar.

—La parte buena es que huele mucho mejor —comenté, dejando las chancletas junto a la puerta porque vi que Coley iba descalza y había planeado intentar seguirle la corriente toda la noche, incluso en las cosas pequeñas.

—¿Tú crees? —Entró delante de mí en la cocina diminuta con suelo de linóleo verde oliva y alacenas pintadas del mismo color.

—Sin duda. Mucho, mucho mejor que en mi primera visita.

Coley abrió la puerta de la nevera y me habló con la cabeza dentro de ella.

—Preparé esa ensalada de col y fideos que hace mamá que dijiste que te había gustado, macedonia y ensalada de pollo.

—Eres toda un ama de casa —comenté, retrocediendo para que Coley pudiera colocar la pila de fiambreras sobre la mesada.

Quitó las tapas y removió cada ensalada con su propia cuchara de madera para servir.

—Tengo demasiada clase para eso. Soy más bien Martha Stewart. Puse mi mejor voz de anunciante.

—Bueno, Martha aprobaría esta distinguida caja de herramientas hecha de plástico rosa que contiene un martillo para damas ocupadas, unos alicates, cinta métrica, un destornillador plano y uno Phillips. —Sostuve la caja del modo en que imaginaba que Vanna White lo haría, exhibiendo el producto en toda su gloria.

—Gracias a Dios por Ruth —dijo Coley, abriendo el kit mientras yo lo sostenía. Extrajo el martillo, practicó dar un par de golpes en clavos imaginarios—. ¡Guau! Útil y cómodo. ¡Nunca más volveré a usar un martillo para hombres!

Nos reímos en aquella cocina semioscura por las persianas bajas, cerca la una de la otra en aquel espacio reducido y completamente a solas. La comodidad de nuestra risa de algún modo nos recordó nuestro nerviosismo, a las dos a la vez. Estaban dando el informe agrario en la radio, aquel tipo con voz pegajosa. Coley guardó el martillo y yo coloqué la caja sobre la encimera. Tomó platos de una alacena sobre el fregadero, de un estante que había cubierto recientemente con papel plastificado que tenía unas peras amarillas diminutas y perfectas, cada una acompañada de una hoja verde también perfecta. Habíamos cubierto todos los cajones y las alacenas el día anterior.

Llenó los platos y yo llevé los cubiertos. Movíamos con cuidado el cuerpo, con cuidado de no rozarnos mutuamente ni de pararnos demasiado cerca, lo cual requería maniobras precisas en aquel espacio reducido.

Coley señaló con la cabeza la bolsa de chocolate y la película.

—Entonces, ¿qué has alquilado para nosotras?

—Nada —respondí, abriendo la nevera para que ella pudiera colocar de nuevo las fiambreras dentro.

—Entonces, ¿qué has traído?

—La ha enviado Lindsey. Es una película de vampiros con Susan Sarandon. Está bien. Es un poco rara.

Coley salió de detrás de la puerta con una jarra de plástico llena de un líquido amarillo anaranjado.

—¿Ya la has visto?

—No hay nada que no haya visto.

—Brindemos por ello. —Me hizo una seña para que me apartara de su camino, abrió el armario debajo del fregadero, apartó el zumo y sacó una botella de ron.

—Ty dejó esto —comentó—. Y me pidió específicamente que no lo bebiera.

—Así que, obviamente, beberemos ron y lo que sea que contenga esa jarra —respondí.

—Zumo de naranja y piña.

—Muy tropical.

Coley me guiñó un ojo.

—Por supuesto. Podemos comenzar con ron y zumo y luego pasar a ron con ron.

Hicimos lo siguiente como un baile de ballet, cuidadoso y preciso. Apenas hablamos, ya que la presencia de lo que habíamos planeado para la noche, sin ser explícito, era espesa y pesada como el calor. Llevamos los platos a la sala de estar, los dejamos en la mesa de café, regresamos, mezclamos las bebidas, las hicimos fuertes y les añadimos hielo de las cubiteras de plástico violeta que la madre de Coley acababa de comprarle. Bebimos grandes sorbos en la cocina. Brindamos. Bebimos de nuevo, rellenamos los vasos hasta el borde con más ron. Coley llevó las bebidas y yo, la película y el chocolate; apagué la radio por el camino. Coloqué la cinta en el videocasete, tomé el mando a distancia que estaba sobre el televisor, lo llevé hasta el sillón conmigo, presioné PLAY. Nos sentamos, con los platos en el regazo, lo más lejos posible de la otra, cada una contra uno de los apoyabrazos marrones, con mucha más distancia entre las dos de la que había habido en el cine. En ese instante, me preocupó que no fuéramos a movernos de esos lugares en toda la noche.

Comimos y vimos la introducción temperamental y difícil de seguir de la película, con Bowie y Deneuve en una discoteca que parecía extranjera. Ninguna habló hasta que Coley dijo:

—Es muy extraña, ¿no?

—¿La película?

—Sí. ¿A qué creías que me refería?

—No lo sé —dije.

Coley colocó su plato sobre la mesa de café, extendió el cuerpo y agarró el mando a distancia que estaba parcialmente hundido bajo mi muslo. Tuvo que tocarme para hacerlo, y ambas fuimos muy conscientes del contacto. Presionó PAUSA. La escena congelada dejó la pantalla con un pasillo blanco, brillante y estéril, con David Bowie y la mujer de una pareja que Catherine Deneuve y él habían atraído a su piso, apretados uno sobre otro, puro cuero negro, cabello punk y *piercings*.

Coley me miró con intensidad y preguntó:

—¿Será así toda la noche?

—¿La película? —pregunté de nuevo, sonriendo con picardía.

Coley también sonrió.

—Eres tan lista. Por suerte, he decidido no prestar atención a todas tus tonterías.

—Sí, y estoy eternamente agradecida, señorita —dije.

—No me cabe duda. —Revisó la caja de la película. Inspeccionó el dorso y luego leyó con voz de Drácula exagerada—: Nada humano ama para siempre. —Hizo la risa de El Conde Draco de Barrio Sésamo y lanzó la caja sobre la mesa de café—. ¿Por qué te ha enviado esto?

—¿No te lo he contado? Lindsey es un vampiro.

—Bueno, me lo imaginaba. —Coley sacudió su bebida frente a mí, una forma de llamar la atención para que bebiera la mía—. De verdad, ¿por qué?

—Lo descubrirás cuando la veamos.

—En cierto modo, lo dudo —respondió—. Vosotras dos y vuestros secretos por correo. ¿Por qué te molesta que pregunte, si vamos a verla?

—No me molesta. —Comí un gran bocado de macedonia, uno muy grande, dos uvas y algunas rodajas de plátano.

—Claro que sí.

No le había contado a Coley tanto sobre Lindsey y yo. Ella sabía que Linds me enviaba cosas todo el tiempo. Sabía que le gustaban las chicas. Pero lo que sabía, carecía de detalles. Coloqué el plato sobre la mesa de café y dije:

—Si presionas PLAY, entonces todos los secretos serán revelados.

—Imposible. Demasiado fácil. ¿Por qué no me das tres oportunidades para adivinar? —Coley colocó las piernas expuestas sobre el sillón y las dobló debajo del cuerpo; se giró por completo hacia mí.

Yo hice exactamente lo mismo con mis piernas.

—Dios mío, estás muy morena —comentó, mirándome las rodillas, que eran lo segundo más oscuro después de los pies, más que nada por todas las horas que pasaba en el puesto de socorristas.

—Tú también —dije.

—Mis piernas, no. —Desplegó una y la extendió a lo largo del sillón hasta que su pie con uñas pintadas de rojo quedó sobre mi regazo.

—Bueno, trabajas con vaqueros puestos —respondí—. ¿Qué milagro solar esperabas?

Podría haber retirado la pierna después de eso, pero no lo hizo, y yo fingí que tenerla allí era como una fiesta de pijamas, cosas de chicas. No sabía qué diablos hacer con un pie sobre el regazo, de todos modos. Había viso una película en la que lamían los dedos del pie, pero aquello parecía completamente fuera de mis habilidades y también bastante asqueroso, sin importar lo bonitos que fueran los dedos de Coley y sin mencionar que esa película sería un salto gigantesco en comparación con lo que estábamos haciendo en ese momento.

Hablar parecía la mejor opción.

—Anda, haz tus tres suposiciones.

—Bueno. —Cerró los ojos un segundo, colocó las manos sobre el regazo y se preparó como una participante de un programa que respondería la pegunta del millón—. Está bien. ¿Es porque… es muy aterradora y me asustaré y tendrás que quedarte a dormir porque me dará miedo estar sola? —Alzó las cejas dos veces de modo cursi, mirándome.

—Frío —respondí—. Es más bien aterradora de un modo bohemio, y ni siquiera eso. Apenas hay sangre. No te asustará quedarte sola.

Coley asintió como una psicóloga astuta de un programa de televisión.

—Mmmm-hmmm, mmm-hmmm. Tal como pensaba. —Miró la imagen congelada en la pantalla y luego me miró de nuevo. Preguntó con más seriedad que la última vez—: ¿Tendrán una orgía entre todos los vampiros?

—Una buena suposición —dije, sonrojándome contra mi voluntad—. Pero no. No hay orgías, ni vampíricas ni humanas.

—¿En ninguna parte de la película?

—No. En ninguna. —Lo pensé un momento y luego señalé el televisor—. Bueno, es decir, ahora hay dos parejas besándose a la vez, en la misma habitación, pero solo uno a uno, así que no cuenta como orgía. ¿Tiene sentido?

—Sí —dijo Coley. Solo me miró, no demasiado tiempo, y luego tomó el mando y presionó PLAY, y así de fácil, Bowie y la chica retomaron la acción.

—¿Cuál es la tercera suposición? —pregunté.

—Ya sé lo que es.

—¿Ah, sí?

—Ah, sí —respondió.

Apartó la pierna y la colocó de nuevo debajo del cuerpo, y durante quince segundos sentí que lo había estropeado todo sin saber cómo o por qué. Pero entonces, Coley se movió al centro del sillón, lo bastante cerca para ofrecerme su mano, la cual acepté, y también me moví hacia ella, y nos abrazamos como hacíamos en el cine, pero mejor, más cerca. Coley deslizó sus dedos supersuaves sobre la parte superior de una de mis piernas desnudas y me hizo cosquillas y comezón en el mejor sentido posible, y por fin quitamos de en medio el primer beso de la noche. Yo estaba lista para hacer más, pero Coley dijo:

—Solo quiero ver hasta que suceda.

Y yo dije:

—¿Hasta que suceda qué?

Y Coley dijo:

—No eres ni la mitad de astuta de lo que crees.

Y yo respondí:

—Está bien.

Después me puse de pie una vez para rellenar los vasos y, cuando regresé, nos entrelazamos de nuevo.

Cuando, en la película, Susan/Sarah vestida con su camiseta blanca tocó el timbre de la casa elegante y espeluznante de Catherine/Miriam, Coley dijo «Lo sabía», y al oír que lo decía un escalofrío me recorrió toda la columna.

A duras penas llegamos a «la escena», y dejamos la cinta en marcha mientras avanzábamos con torpeza, aún entrelazadas, hacia la habitación.

El ruidoso aire acondicionado hacía incluso más ruido allí dentro, pero el ambiente también estaba notoriamente más fresco. Coley, con su lengua en mi boca, me alzó la parte inferior de la camiseta y luego se detuvo cuando estuvo a medio camino de mi cuerpo. Yo terminé el trabajo por ella y luego le quité la suya. No fue tan complicado como a veces parece en algunas películas con la intención de hacer reír. Coley apartó la manta de verano y rodamos juntas sobre las sábanas frías, temblando, riendo, cubriéndonos con la manta, emitiendo risitas ante nuestra piel erizada, la suavidad de esas sábanas frías, la cercanía ardiente de nuestros cuerpos. Mientras entrelazábamos las extremidades y calentábamos un área debajo de la manta, las cosas se pusieron más serias de nuevo.

Podría haber pasado horas deslizando los dedos sobre su piel perfecta, sintiendo el modo en que ciertos huesos creaban colinas y valles, oliendo su crema a mandarina, oyendo los ruiditos que hacía cuando yo encontraba inesperadamente ciertas zonas placenteras: debajo de la axila, el vello diminuto en la nuca, la clavícula, que sobresalía como un manillar fino de metal o el esqueleto de un paraguas, sus latidos constantes y rápidos.

—Eres tan suave —dijo Coley en un momento, como un suspiro—. Tu piel es tan suave y eres tan pequeña.

—Tú también —dije, lo cual fue una respuesta tonta por más que fuera cierta, pero apenas podía articular palabra.

Continué mi exploración, con besos muy diminutos, rozando con mis labios sus pechos, sus costillas, su estómago, y Coley se movía y presionaba su cuerpo contra el mío de manera alentadora.

Me detuve en la cintura de los pantalones cortos color caqui y en el botón plateado. Deslicé solo un dedo debajo de la tela, no lejos, solo contra el lugar donde el hueso de su cadera sobresalía, y sentí que ella temblaba, apenas, pero lo hacía.

—Dime cuándo quieres que pare —dije.

Ella inhaló y exhaló con un gran suspiro y respondió:

—Todavía no.

Y esas palabras, solo esas, *todavía no*, hicieron que mi deseo por ella se agitara en mi interior una y otra vez como pequeños estallidos de fuegos artificiales, uno tras otro: solo con esas palabras.

Desabroché el botón, encontré la cremallera, la deslicé hacia abajo; el sonido fue increíblemente fuerte y definido. Cuando llegué al final de su camino, me detuve y pregunté:

—¿Y ahora?

—No —respondió.

Quitarle los pantalones cortos, pequeños como eran, fue más complicado de lo que había sido manipular las camisetas, pero lo hice despacio y me detuve para besarle zonas de las piernas que no había tenido la oportunidad de visitar antes. Cuando llevé los pantalones hasta sus pies, Coley se movió para ayudarme a sacarlos. Oí que inhalaba.

—¿Ahora? —pregunté.

Ella emitió una risita. Luego dijo:

—Claro que no.

No sabía exactamente qué estaba haciendo, pero lo descubrí sobre la marcha. No sabía si Coley deducía que tenía experiencia o si tan solo no era tan difícil descifrar lo que ella quería, hacer un movimiento, evaluar su reacción, fuera sutil o no, y luego continuar con lo mismo o reevaluar la situación. Al principio, solo utilicé las puntas de los dedos, luego añadí más mano, y cuando Coley comenzó a moverse fuerte contra mí, continué con lo que había empezado a hacer originalmente y exploré con la boca. No pude hacer esto mucho tiempo porque todo su cuerpo se tensó, su respiración salió en saltos abruptos, presionó los muslos contra mi cabeza y me detuve en lo que esperaba fuera el momento adecuado. Y pareció serlo. Pero no sabía qué hacer después de eso, dónde poner mi cuerpo, qué decir. Sentía que tal vez había cosas que decir, pero no sabía cómo expresarlas en palabras. En cambio, permanecí donde estaba, apoyé la cabeza sobre su estómago: parecía y sonaba como si su corazón hubiera bajado hasta allí, cada latido enviaba un pulso fuerte y muy rápido a mi oído.

Después de un rato, Coley dijo:

—Ven aquí.

Subí por su cuerpo dándole besos, solo más besos diminutos.

Cuando llegué a la almohada, dijo con su dulce y tranquila voz:

—Guau, Cameron Post.

Esbocé una gran sonrisa, una que me habría avergonzado, lo sé, si alguien me hubiera mostrado un espejo en ese instante.

Pero luego el rostro de Coley cambió un poco, sus facciones formaron una expresión algo incómoda, y dijo:

—No sé cómo… No lo sé.

—No pasa nada —dije.

—No, quiero intentarlo. Solo que no tengo… como tú tuviste a Irene y a Lindsey y…

—Irene y yo teníamos doce años. Apenas nos besamos. Y Lindsey y yo nunca llegamos tan lejos.

—Pero da igual, es algo. ¿No es ella completamente salvaje?

—En esa época, no —respondí—. De todos modos, no era en absoluto como esto. —Busqué su rostro, me permitió que la besara y luego apartó la cara.

—Tiene que haber sido algo como esto —dijo ella.

—No lo era.

—¿Por qué no?

En ese instante, respiré hondo y exhalé.

—Vamos, Coley. Ya sabes por qué.

—No, no lo sé.

Dije lo siguiente con la cara girada sobre el hombro, lejos de ella.

—Porque llevo desde siempre enamorada de ti.

—No lo sabía —dijo.

—Sí que lo sabías.

—No —insistió, apartándose de mí y girándose de costado. No sabía si estaba llorando o a punto de hacerlo.

—Coley —dije, rozándole el hombro y sintiendo que había cometido un gran error—. Está bien, ni siquiera...

—Va en contra de todo —dijo, parte de su voz enterrada en la almohada—. Esto es... Se supone que debería ser tonto o lo que sea. No quiero ser así.

—¿Así cómo? —pregunté. De algún modo, después de lo que acababa de hacer, de lo que *acabábamos* de hacer, sentí vergüenza y culpa.

—Como una pareja de lesbianas —respondió.

—¿Qué quiere decir eso?

—Sabes lo que significa.

—¿Para quién?

—Para Dios, por ejemplo —dijo, girándose para mirarme a los ojos.

Sentía que no tenía una buena respuesta para ello. Sabía que Lindsey la hubiera tenido, pero no estaba lo bastante segura para poder argumentar.

—¿Acaso no sientes que esto es mucho? —preguntó—. Es decir, ¿demasiado? Es como si cuanto más tiempo pasamos juntas, más difícil es apagarlo.

—Quizá signifique que no debemos apagarlo —respondí.

—Quizá signifique que no deberíamos haberlo empezado en primer lugar —replicó Coley. Pero entonces, y esto no era lo que esperaba, me besó, con intensidad, y poco después, me empujó boca arriba y me cubrió con su cuerpo. Nos besamos de ese modo un rato, incluso con más vehemencia que antes, prácticamente como si Coley estuviera intentando librarse de esta cosa, como si pudiera terminar con ello y olvidarlo, para siempre, si fuera lo bastante agresiva, lo bastante enérgica.

Después de un rato deslizó su mano por mi cuerpo, despacio, apartó la boca y dijo «Lo intentaré» con cierta decisión seria que me hizo sonreír, pero que también me hizo querer que ella «intentara» mucho más.

Llegó a mi estómago, su cabello suave y su boca me recorrían la piel, me hacían estremecer, cuando la habitación que había parecido nuestro propio mundo pequeño, aislado y completamente privado, estalló con el sonido de alguien golpeando fuerte la puerta del apartamento, un sonido tan aterrador y fuera de lugar en ese instante como unos disparos.

Las dos nos pusimos rígidas. Coley alzó la cabeza. Más golpes. Y luego la voz amortiguada y ebria de Ty atravesó la puerta, llena de risas.

—¡Abrid, chicas! Es la policía. Sabemos que estáis consumiendo bebidas alcohólicas.

Coley se apartó y se puso de pie junto a la cama antes de que Ty terminara de hablar.

—Mierda, vístete —dijo en una voz baja y asustada que nunca le había oído.

Fuimos rápidas. No teníamos mucho que ponernos. Pero, de todos modos, Ty tuvo tiempo de meter su llave en la cerradura y abrir la puerta los pocos centímetros que la cadena le permitía.

—Vamos, chicas —dijo la voz de otro chico, una que sonó un poco más fuerte con la puerta entreabierta—. ¿Os habéis desmayado allí dentro?

Coley puso la manta en su sitio y yo intenté estirarla.

Después de la oscuridad de la habitación, incluso la única lámpara de la sala de estar parecía demasiado brillante, y Coley lucía arrugada, con el cabello despeinado y cargado de estática, y el rostro enrojecido, como si hubiera estado ocultando algo. Por el modo en que me miraba, comprendí que yo tenía el mismo aspecto horrible.

—Agarra tu bebida —dijo, ya en la mesa de café mientras sujetaba la suya, apartándose el cabello hacia atrás con la otra mano.

No entendía sus intenciones. La miré como lo haría el idiota del pueblo.

Y ella me miró del mismo modo en que uno miraría al idiota del pueblo cuando estaba a punto de estropear algo o cuando ya lo había hecho.

—Agarra tu bebida para que piensen que estamos borrachas —dijo en la misma voz susurrada y severa.

Hice lo que ordenó. También tomé el mando a distancia y presioné PLAY. La cinta se había rebobinado.

Coley dio unos pasos largos hacia la puerta.

—Necesitaremos identificaciones, amigos —dijo con la voz falsa y alegre de una vaquera de plástico parlante—. Podríais ser fugitivos de Pine Hills.

—Lo somos —respondió Ty—. Cruzamos la valla y ahora queremos orinar, maldita sea. Abre.

—Pues apartad la nariz para que pueda cerrar la puerta y abrir la cadena —dijo Coley. Y luego lo hizo.

Había tres muchachos con botas, Wranglers, camisas dentro del pantalón, hebillas brillantes en el cinturón: conjunto completo. Estoy segura de que nos ayudó que ellos estuvieran borrachos, borrachos hasta las trancas, con la percepción ya atrofiada.

Ty señaló la bebida de Coley de camino al baño, desabrochándose el cinturón al andar.

—Sabía que era el Malibú. Lo sabía. —Cerró la puerta de un golpe, pero no con furia, más bien de un modo accidental debido al alcohol, y desde el otro lado gritó—: Confié en ti para que la mantuvieras en el camino correcto, Cameron. Mi ira caerá sobre ti.

El más bajo de los tres, un chico con cuello grueso y con síndrome de poca estatura y muchos músculos, colocó un brazo alrededor de Coley y dijo:

—Hola, guapa. Has crecido en mi ausencia. —Tiró de ella para acercarla y aquello me hizo apretar la mandíbula.

Coley continuó usando la voz de plástico y dijo:

—Hola, Barry. La última vez que te vi estabas desmayado en la parte trasera de la furgoneta de Ty con el corpiño de una pobre chica en la cabeza.

—Suena correcto —asintió él, apretándola de nuevo y emitiendo una risa ebria.

Coley también rio y, aunque fue una risa falsa, el solo hecho de verla coquetear —coquetear de la misma manera en que la había visto hacerlo tantas veces antes y que me había resultado encantadora o tierna— tan pronto después de la habitación, después de nuestra desnudez, de nuestra intensidad silenciosa, después de la sensación de su cuerpo debajo del mío, sobre el mío, era prácticamente insoportable.

El otro chico se acercó a mí, se detuvo, olió mi bebida, hizo una mueca, me guiñó el ojo y dijo:

—Copa femenina, ¿eh?

—Sí —respondí, mirándolo, feliz de tener un motivo para no mirar a Coley.

Él inclinó el mentón hacia la televisión, donde Bowie y Deneuve estaban de nuevo en la discoteca, bailando.

—¿Qué película es?

—Es sobre vampiros —respondió Coley por mí, con rapidez.

—Ah, ¿sí? —dijo el tipo bajo, Barry—. ¿Están tratando de asustarse, chicas? Menos mal que llegamos.

En el baño, se oyó el agua del retrete y luego el agua del lavabo.

—Es una bazofia —comentó Coley—. Íbamos a apagarla y a salir.

Ty regresó, con el flequillo húmedo y la frente cubierta de gotas, como si acabara de meter la cabeza debajo del grifo. Deslizó las manos sobre el rostro varias veces, rápido.

—¿A dónde diablos pensabais salir?

—Solo íbamos a salir —dijo Coley—. Para no quedarnos aquí.

Logró librarse del brazo del Enano y caminó hacia mí. Extendió la mano y durante una fracción de segundo pensé que iba a demostrarles algo a esos chicos de un modo increíble y maravilloso, y contuve el aliento mientras su mano rozaba mi camiseta en la zona de la cintura. Pero solo buscaba el control remoto, que yo había guardado en el bolsillo sin fijarme. No fue difícil extraerlo, apenas lo había metido bien. Detuvo la película y yo aún contenía el aliento.

—Oye —comentó el chico a mi lado, apartando la vista de la televisión, ahora en blanco—. Parecía interesante.

—Pues no lo es —afirmó Coley.

—Tenéis pinta de haber estado tramando algo —dijo Ty, encendiendo la pequeña linterna de bolsillo que tenía en su llavero y apuntándome a los ojos, lo cual hizo que los entrecerrara.

—Vosotros igual. —Coley empujó la mano de Ty y apartó la luz de mi rostro.

—Así es —dijo él. Luego apuntó la linterna hacia el vaso en la mano de Coley, que se iluminó de un modo raro y emitió una luz anaranjada y amarillenta—. Por cierto, ¿qué habéis mezclado allí, delincuentes juveniles? —Alzó el vaso y bebió lo que quedaba; luego puso peor cara que el chico más alto que había olido mi bebida—. Qué maldito desperdicio de mi ron.

Barry tenía una opinión al respecto.

—Lo único que debéis hacer es mezclarlo con Coca Cola, chicas. Esa es la mejor bebida que se prepara con ron.

—La piña colada es sabrosa —comentó el tipo alto.

—Solo si estás en una isla, querido —dijo Ty, imitando mal un acento jamaiquino; luego caminó hacia la cocina y encendió la luz.

—La piña colada es bebida de maricas —soltó Barry—. De todos modos, es parecido a lo que ellas tienen aquí.

—Nah, debe tener leche de coco —respondió el alto y, al mismo tiempo, Ty gritó desde la cocina que «habíamos bebido demasiado de la jodida botella».

El chico alto y Barry continuaron debatiendo la naturaleza homosexual de los tragos frutales mientras merodeaban por la cocina, y al mismo tiempo, Ty comenzó a cantar fuerte y sorprendentemente bien el coro de *If you like piña coladas, getting caught in the rain…*, y Coley, a mi lado, sin mirarme pero mirando la espalda de los chicos mientras abarrotaban la cocina, susurró:

—Deberías sentir mi pulso en este instante. Gracias a Dios que puse la cadena en la puerta, ¿no?

Y creí que, si abría la boca para decir algo, probablemente le gritaría como una loca; solo gritaría o lloraría o incluso la besaría, algo ostentoso, dramático, algo que no podría controlar cuando hubiera comenzado a hacerlo. Así que no dije nada.

Mi silencio quedó registrado y ella por fin me miró y dijo:

—Creo que va todo bien. No saben nada.

Yo seguía sin hablar.

—Todo va bien ya, Cam.

Antes de que Coley pudiera detenerme o de que yo pudiera detenerme a mí misma, coloqué los dedos sobre su piel suave en el costado
de su cuello, justo en el borde de la mandíbula, solo un roce leve en un
lugar donde solo minutos antes, *minutos antes*, la había besado, un lugar sobre la carótida. La toqué allí, con esos vaqueros en la cocina, que
podrían girarse o no en cualquier instante y vernos.

Coley me apartó la mano de un golpe como uno haría con una
hormiga o con algo aun peor, algo que no perteneciera en absoluto a la
piel, nunca.

—¿Qué haces? —Ni siquiera susurró las palabras, sino que las pro-
nunció sin emitir sonido de un modo marcado y evidente para que no
pudiera confundirlas.

—Sentía tu pulso —dije, en voz no tan baja.

Coley se apartó de mí en dirección a la cocina, pero mantuvo la
cabeza girada, pronunciando las palabras sin emitir sonido.

—¿Qué leches te sucede?

—Has dicho que debería sentirlo —respondí.

—Ahora, damas, esto es una bebida —dijo Barry, girándose en la
puerta de la cocina, con un vaso nuevo lleno de una mezcla oscura en
la mano.

—¿Coca Cola y ron? —preguntó Coley, aceptando el vaso y esperando la confirmación mientras bebía un gran sorbo.

—Lo que queda de mi ron —gritó Ty—. Sois una banda de gita-
nos ladrones.

—Un dúo de ladronas, no una banda —dijo Barry—. ¿Dónde
mierda aprendiste a contar? —Le quitó el vaso a Coley, colocó su
boca en el mismo lugar que ella y se bebió la mitad del vaso de un
trago.

Creí que me iba a desmayar. Sentía el cuerpo tembloroso, brusco,
incontrolable, como si hubiera trozos de vidrio flotando dentro de
mis extremidades. No podía pasar ni un segundo más dentro de aquel
apartamento con ellos.

—¿Quieres un poco? —Barry sacudía la bebida hacia mí.

—No, debo irme —respondí, sin mirarlo a él ni a ninguno de ellos. Caminé hacia la puerta, deslicé los pies en las chancletas, coloqué el plástico divisor entre el dedo gordo y su vecino. Oí a Barry repetirle a Ty y al chico alto que me marchaba, y todos parecían muy confundidos por la noticia.

Tenía la puerta abierta cuando Ty empujó al grupo de la cocina y se acercó a mí.

—No te marchas por nuestra culpa, ¿verdad? No era nuestra intención espantarte.

No podía mirarlo a la cara. No podía mirar detrás de él a Coley, aunque ella lo había seguido.

—No —dije, dirigiendo la vista hacia la alfombra fea del apartamento—. Creo que hoy he tomado demasiado sol. De pronto, me siento agotada.

—Pero ¿estás bien más allá de estar cansada? —preguntó Ty, con una mano sobre la puerta, manteniéndola abierta; bloqueaba la salida con el brazo—. Pareces molesta.

—Solo estoy cansada —le aseguré.

—¿Cómo regresarás a casa?

Había conducido el Bel Air. Ni siquiera sabía dónde lo había dejado...

—Aquí están tus llaves —dijo Coley y me las entregó como si acabara de invocarlas con un truco de magia.

—¿Estás segura de que puedes conducir? —preguntó Ty, todavía bloqueando la salida.

—Se le da mejor que a ti, Ty —dijo Coley—. Déjala ir a casa a dormir.

—Estoy bien —repetí—. Estoy perfecta.

—Llámanos cuando llegues —pidió Ty, y luego apartó el brazo y me permitió pasar.

Sabía que alguien me observaba desde la puerta mientras caminaba por el pasillo, mientras bajaba los primeros escalones, pero no alcé la vista para ver quién era, sobre todo porque necesitaba creer que era Coley, pero en realidad sabía que probablemente solo era Ty.

Capítulo doce

Al día siguiente, Coley no vino a recogerme a Scanlan después del trabajo y, aunque aquello me enfureció y me entristeció aún más, no estaba tan sorprendida. Fui en bicicleta hasta Taco John's, y cuando me detuve, vi a Jamie a través de la puerta de vidrio, fregando frente al sector de bebidas.

—Troy, el jefecito, acaba de venir a revisar las fichas de llegada y nos dio un montón de mierda para hacer —dijo Jamie cuando entré. El lugar estaba vacío—. Y Brian ya está fumado, así que está muy cabreado.

Brian, que se había teñido el pelo de verde Tortuga Ninja hacía poco, estaba detrás del mostrador, subido a dos peldaños de una escalera, haciendo un mal trabajo al verter una bolsa de plástico grande como una almohada llena de chips de maíz sobre la máquina calentadora. La bolsa estaba mal alineada, y los chips no dejaban de caer, de dos en dos o de tres en tres, y aterrizaban como hojas crujientes de otoño sobre el falso azulejo español del suelo.

—Tengo el descanso para almorzar en veinte minutos —continuó Jamie, montando la fregona como si fuera un caballo hasta llegar detrás del mostrador—. ¿Quieres que te prepare un supernacho?

—No, estoy bien —respondí. Lo esperé en el banco de madera de una mesa vacía con la toalla de playa envuelta sobre las piernas porque hacía demasiado frío allí dentro después de haber pasado nueve horas bajo el sol. Había grafitis hechos con bolígrafos y rotuladores sobre el papel color crema y café, junto a la mesa. Grafitis minúsculos, la mayoría de las frases terminaban con al menos un signo de exclamación:

Amo a Tori! TU MADRE AMA A TORI! Adelante, vaqueros!!! Quién es Tori? TORI SPELLING? 90210 ES UN MAMÓN!!!

Pensé en pedirles un bolígrafo a los chicos y añadir mi propio grafiti, pero no sabía con certeza qué escribir: *Amo a Coley Taylor. Estoy enfadada con Coley Taylor. Me acosté con Coley Taylor. Coley Taylor jugó con mi mente.*

No pedí un bolígrafo. Un par de camioneros entraron y me observaron: repararon en mi toalla envuelta y en la parte superior de mi traje de baño. Esperé un poco más mientras Jamie les preparaba enchiladas y luego me indicó moviendo la cabeza detrás del mostrador que era hora del descanso, que me vería fuera.

Él ya estaba de mejor humor cuando llegué al cuadrado de cemento en la parte trasera del edificio. El contenedor naranja de Taco John's estaba lleno de avispas que volaban alrededor de la basura y había un un gran cubo de plástico repleto de porquería grasosa y marrón junto a la entrada de los trabajadores, pero era una noche tranquila y el cielo comenzaba a teñirse de aquel púrpura veraniego que adoptaba de vez en cuando. Noté caliente y suave el bloque de pared ceniza pintada del restaurante contra la piel expuesta de mis brazos y hombros mientras apoyaba el cuerpo en ella y aceptaba el porro de marihuana de los finos dedos de Jamie.

—¿Dónde está Coley? —preguntó él.

Tuvo que esperar a que soltara el humo dulce de mis pulmones antes de responder.

—Yo qué mierda sé —dije, intentando sonar guay y cruel, y no herida.

—Mi pobre chica. —Jamie me agarró por el hombro y puso una cara exagerada, falsa y dolorida—. ¿El joven pretendiente Brett ha regresado a reclamar a su novia?

—Mañana —dije, quitándole el porro, aunque aún no me lo había ofrecido y no había tenido la oportunidad de darle otra calada.

—Entonces, ¿no quieres ver si tienes una última oportunidad con tu mujer en su última noche a solas?

—Todo es muy complicado —respondí.

—Sí —dijo, apartando una avispa con la visera del uniforme y luego pisándola contra el cemento con la zapatilla—. Te dije que era complicado desde el principio.

—Bueno, es aún peor ahora, Capitán Premonición —respondí. Temía echarme a llorar y ni siquiera sabía de dónde venía la angustia, y estaba furiosa porque siempre, pero siempre, lloraba delante de Jamie.

—¿Por qué? —preguntó él, quitando los restos de la avispa de la suela; una de las alas delgadas aún se retorcía. Tomó el porro de mi mano.

—Solo lo es. Y tampoco hay manera de volver atrás. Es imposible deshacerlo ni nada.

—¿Habéis consumado vuestra no-relación, señoritas? —Jamie había intentado usar su tono de sabiondo habitual, pero noté que me lo preguntaba de verdad.

No le respondí. El porro, que era pequeño para empezar, se estaba acabando, pero había suficiente para una última calada.

—¿Quieres liquidarlo? —pregunté.

Él sabía cómo interpretar mi no respuesta.

—Bieeeen, JJK —dijo, dándome un puñetazo suave en la parte superior del brazo—. *Es* complicado. Ahora eres, oficialmente, la amante. Eres una lesbiana rompehogares.

Inhalé la mayor cantidad de humo posible y lancé la colilla al callejón, y pocos segundos después Jamie se inclinó hacia mí, abrió mucho la boca y llevó mis labios hacia su boca seca lo mejor posible, exhaló, esperó y luego se apartó. Y luego yo me eché a llorar como una bebé gigante envuelta en una toalla de playa. Jamie me rodeó con un brazo y luego con los dos, y permanecimos de pie, abrazados allí afuera en ese banco de cemento caliente, y no lo solté hasta que una furgoneta llena de alumnos de secundaria, en la cabina y en la caja, se detuvo en el carril de autoservicio y Brian abrió la pesada puerta del personal y pidió refuerzos.

—Todo irá bien —dijo Jamie mientras yo quitaba la toalla que me envolvía, y me la colocaba sobre los hombros y usaba un extremo para limpiarme la cara—. De todos modos, será mejor cuando Brett regrese. Ahora no hay presión. Solo debemos encontrar a una chica fácil de Glendive para ti. Alguien fuera de los límites de la ciudad.

—Esa es la solución —respondí—. Cuando estés en duda, la respuesta siempre es una chica fácil de Glendive.

—Siempre es una chica fácil —dijo Jamie colocándose la visera asesina de avispas sobre la cabeza en el ángulo torcido que le gustaba—. Pero no hay una regla que diga que debe ser de Glendive.

Después de que él entrara, pensé en ir en bicicleta hasta el cine, solo para ver si Coley estaba en la última fila, solo para ver si tal vez estaría allí. Pero, aunque atravesé algunas calles y pasé frente a mi casa en esa dirección, di la vuelta mucho antes de llegar al cine y regresé a mi hogar. La abuela estaba en el porche delantero, sentada en la penumbra, comiendo una porción gruesa de pastel de plátano sin azúcar con corteza de galletas.

—¿No hay cine esta noche?

—No esta noche —dije—. ¿Alguien me ha llamado?

—¿Quién?

—Alguien, abuela —respondí.

—Ningún alguien que conozca, bonita. Pero me parece que tienes a alguien en mente.

Ruth y Ray estaban en el sillón viendo algo en la televisión; ni siquiera me detuve lo suficiente en la puerta para distinguir qué era.

—Te he dejado unos catálogos en tu habitación, cielo —dijo Ruth cuando comencé a subir las escaleras—. Marqué los que me parecían mejores. Solo tienes dos meses para elegir. ¡Dos meses!

Me duché con el teléfono inalámbrico sobre el lavabo, para poder oírlo. No sonó. Jugué a convencerme de que, si permanecía en la ducha, Coley llamaría y, si salía de la ducha, no lo haría, así que permití que el agua caliente corriera, corriera y corriera hasta que se enfrió. Aquello no me molestó porque hacía demasiado calor en el baño, y me quedé dentro a pesar de que el agua estaba cada vez más y más fría y de que ella aún no llamaba.

En mi habitación, no puse una película. Tampoco trabajé en la casa de muñecas. Ruth había dejado los catálogos de novias sobre mi escritorio. Los hojeé, vi los círculos que Ruth había hecho con rotulador azul en cada página. Todos los vestidos de damas de honor que había elegido tenían buena pinta y eran sorprendentemente sencillos, como si hubiera intentado pensar en mí de verdad y en lo que yo querría ponerme; sin embargo, no podía imaginarme con ninguno de ellos. Coley había dicho que me ayudaría a encontrar algo en Billings para la boda, que iríamos juntas un fin de semana.

Intenté apagar la luz y dormir, sobre la manta, con el cabello y la camiseta mojados, el ventilador encendido, el teléfono a mi lado sobre la cama, pero aún era temprano y no estaba cansada. Escuché una de las nuevas cintas de Lindsey; había varias bandas y cantantes sobre los que aún no había oído hablar, pero sentía que era demasiado trabajo escuchar *con atención* las nuevas canciones cantadas por voces nuevas, que de algún modo era pensar demasiado, así que puse a Tom Petty, sentí pena de mí misma, luego me enfadé conmigo misma por sentirme así y luego sentí pena de nuevo. Y Coley nunca llamó.

* * *

La tarde siguiente, Mona Harris y yo teníamos un turno juntas en el vestuario. Durante las últimas horas había sido una socorrista de mierda, mirando el lago pero sin prestarle atención en absoluto al agua; en cambio, imaginaba la noche de reencuentro de Coley y Brett con todos los detalles posibles, pensando una y otra vez en diversos escenarios solo para torturarme. Inventé muchos que funcionaron.

—¿Me pondrías crema? —preguntó Mona mientras yo entraba desde la playa, me quitaba las gafas de sol y permitía que los ojos se habituaran a la oscuridad fría.

Ella ya tenía las tiras del traje de baño bajadas, colgando por los laterales de sus brazos, y una botella de protector solar Coppertone FPS 30 en una mano.

Asentí. Me entregó la crema.

—Es el final del verano y sin embargo me tuesto —dijo mientras yo colocaba un poco de la crema espesa y blanca en el centro de la

mano—. Si olvido colocarme protector una sola vez, parezco una lan-
gosta.

Le cubrí la espalda cálida, su piel era rosada y estaba llena de pecas,
pero sin duda no estaba tan bronceada como el resto de los otros socorristas.

Terminé, Mona subió de nuevo los tirantes de su traje de baño y
coloqué la loción en un estante que era un cementerio comunitario de
botellas a medio usar de cada protector solar, aceite o crema existente.

Nos sentamos en la mesa de recepción sin hablar, con la radio re-
chinante que funcionaba mal detrás de nosotras. Mona hojeaba una
revista *People* arrugada por el agua que llevaba en el vestuario desde
junio y yo utilizaba el mango de metal del matamoscas para continuar
dibujando una calavera y unos huesos cruzados que alguien había comenzado a tallar sobre la mesa. Luego un par de ratas de lago salieron
corriendo del vestuario de hombres y nos dijeron que otras ratas de
lago habían lanzado su ropa y sus toallas sobre el techo del vestuario,
algo que sucedió al menos doce veces aquel verano porque los vestuarios eran abiertos y solo tenían divisores de cemento para los cubículos;
los chicos se ponían de pie sobre los bancos de madera y lanzaban cosas sobre el techo del vestuario solo para comportarse como imbéciles.

—¿Subes tú o voy yo? —preguntó Mona, pero yo ya había abandonado la silla metálica plegable y estaba yendo a buscar la escalera
para poder recuperar las camisetas, el calzado y los calcetines sucios
estirados con algunos billetes guardados en la parte de los dedos.

Los chicos esperaron en el suelo mientras les lanzaba las cosas y les
decía que pusieran sus porquerías en canastas la próxima vez, pero una vez
que el techo quedó limpio, una parte de mí quería permanecer allí arriba,
escondida. Solo era un cuadrado amplio cubierto de alquitrán caliente,
parecido en cierto modo al techo de Santo Rosario, aunque era mucho,
mucho, mucho más pequeño, y estaba mucho más cerca del suelo. Eric
Granola me saludó desde la silla que yo había abandonado, era evidente
que él tampoco estaba haciendo un buen trabajo en mantener los ojos en
el agua. Le devolví el saludo. Vi el resplandor del sol sobre la superficie del
lago y todo frente a mí y debajo de mí brilló blanco y ardiente; mientras

mi visión regresaba a la normalidad, la playa, la calle y el Conoco que estaban en frente pasaron de ser siluetas fantasmales a colores borrosos y finalmente regresaron a su normalidad sólida. Luego bajé del techo.

Golpeé el lateral de la escalera contra la puerta cuando intenté guardarla dentro del vestuario, se me quedó atascado el pulgar detrás de ella y me hice daño; solté algunos insultos antes de poder guardarla, mientras Mona me observaba todo el tiempo y reía.

—¿Ha sido complicado? —preguntó mientras me sentaba.

—Cállate —dije.

—Me tomaré eso como un «sí» —respondió Mona. Luego extendió la mano hacia mí y me giró el brazo con el pulgar y el índice, justo sobre mi muñeca.

—¡Mierda! —dije—. Duele. —Era cierto.

—Claro que no —respondió ella, sonriendo.

—Claro que sí —repliqué, pero yo también sonreí por algún motivo—. Esto es abuso laboral y no tengo por qué tolerarlo.

—Denúnciame —dijo ella—. Te daré el formulario necesario.

—Demasiado esfuerzo. —Intenté girarle el brazo, pero solo logré hacerlo débilmente cerca del codo porque ella no dejaba de moverse.

Luego, lo que fuera que estuviéramos haciendo terminó, el momento quedó consumido como ocurre a veces y la atmósfera cambió; ambas éramos conscientes de ello, y eso es todo. Continué trabajando en la calavera y Mona siguió con su revista.

Pero pocos minutos después, dijo:

—Es guapa, ¿no? —Giró la revista hacia mí para que pudiera ver las imágenes de Michelle Pfeiffer que ocupaban dos páginas: Michelle Pfeiffer en la playa, paseando a su perro, cortando verduras para lo que parecía una gran ensalada multicolor en su cocina elegante con ventanas grandes.

—Sí, es guapa —respondí.

—Nunca la vi más sensual que en *Grease 2* —dijo Mona, retirando la revista.

—Esa película es un bodrio.

—No he dicho que fuera una película buena. Dije que está buenísima en ella.

—Creo que no presté atención a su aspecto porque la película era demasiado mala —repetí.

Mona sonrió lentamente, mirándome.

—Entonces, ¿ni siquiera notaste su presencia? ¿Era invisible en cada escena?

—Sí —dije—. Exactamente.

—Guau. —Mona recogió el silbato de la mesa y se lo colocó alrededor del cuello—. Tienes un talento increíble.

Esperé. Luego dije:

—De todos modos, es más cañón en *El precio del poder*.

—Mmmmm —respondió—. Tendré que pensarlo.

Miré el reloj. Teníamos que rotar en pocos minutos. Me puse de pie y tomé mi botella de Gatorade de la nevera portátil comunitaria que Hazel llenaba de hielo cada mañana.

—¿Puedo beber? —preguntó Mona. Ya estaba parada detrás de mí, deduciendo que aceptaría.

Le entregué la botella. Bebió mucho antes de dármela.

—Eres un poco tímida, ¿no? —dijo, sacando su toalla del gancho—. Tímida como una niña.

—No —respondí—. En absoluto.

—No pasa nada. No es un insulto.

—Pero no es verdad.

—Ves, incluso ahora suenas como una niña —afirmó, riendo, y salió del vestuario para vaciar el limpiador.

No era que hubiera dejado de pensar en Coley, en Coley y Brett, y en Coley y yo durante las siguientes varias horas fuera; era solo que había interrumpido esos pensamientos con pensamientos nuevos sobre Mona, sobre sus posibles motivaciones, y algunas veces incluso solo la miraba fingiendo que observaba mi zona, con un lago entero entre las dos y las gafas de sol ocultando la dirección exacta de mi mirada.

Por supuesto que Coley no vino después del trabajo, no con Brett recién llegado a la ciudad. Pero algunos de sus compañeros sí vinieron y trajeron unas cervezas.

No iba a quedarme, pero mientras colgaba el silbato en mi gancho, Mona entró al vestuario y me agarró la toalla, que llevaba envuelta alrededor de la cintura, y deslizó los dedos entre la tela y mi traje de baño sobre la cadera. Permaneció allí y dijo:

—Te quedarás, ¿verdad? —Y luego me quedé.

Mientras ella me protegía de la curiosidad de las últimas ratas de lago, vertí una lata y media de cerveza dentro de la botella vacía de Gatorade. Ocultamos la mayor cantidad posible de latas entre toallas y cubos de arena, cerramos las puertas de entrada con llave y nos unimos a los chicos de la autovía en el camino de la playa que llevaba a los muelles y a la parte profunda.

Uno de esos chicos, Randy, después de agarrar la tira izquierda de mi traje de baño y soltarla, me dijo:

—Creíamos que tú también faltarías hoy.

—¿A qué te refieres? —pregunté.

—Coley llamó esta mañana y dijo que estaba «enferma» —respondió. Hizo comillas en el aire con los dedos.

—No, Ty lo hizo por ella —añadió otro de los chicos, acercándose.

—Es lo mismo —dijo Randy—. Todos supusimos que os habíais ido a Billings o a algún lugar. A lo mejor está enferma de verdad.

Nos detuvimos en el puesto de socorristas de la derecha para descargar nuestras provisiones. Noté que Mona me miraba.

—Su novio acaba de regresar a la ciudad —comenté—. Así de enferma está.

—Ohhhhh —dijo Randy, haciendo una payasada y moviendo el codo hacia mí—. ¿Está enferma de amor? Esa es la mejor enfermedad.

—Eso dicen —respondí, bebiendo un gran sorbo de mi botella. Luego tomé la tapa y lancé la botella al lago; seguí su trayectoria con el arco de mi propia carrera hacia el agua.

Peleamos sobre los hombros un rato, Mona y yo estábamos sobre hombros amplios y resbaladizos, luchando y empujándonos, riendo cuando caíamos a la superficie oscura del agua, una y otra vez. Luego puntuamos los clavados y las zambullidas en bomba, pero solo Mona y yo logramos saltar de espaldas desde el trampolín alto. Cuando las dos terminamos juntas debajo del muelle central, parecía algo inevitable y para nada pesado. Los trabajadores de la autovía merodeaban por la parte poco profunda, persiguiendo una salamandra, y aunque Mona dijo algo similar a «No puedo creer que sea una de esas universitarias que persiguen colegialas» tres o cuatro veces, aquello no nos detuvo y nos besamos bajo los haces de luz que coloreaban el agua a nuestro alrededor de un verde amarillento. Y eso fue todo. Quizá diez minutos de besos. Mona y sus labios gruesos, sus pestañas prácticamente traslúcidas. Pero regresé a casa en bicicleta con un leve mareo causado por la cerveza y los besos con una mujer mayor, una universitaria, y pensé *En tu cara, Coley Taylor, en tu cara*, y me sentí bien durante doce calles antes de sentirme mal. Muy mal. Todo cayó sobre mí a la vez, sentía que la había engañado o, extrañamente, que «nos» había engañado.

En las últimas calles antes de llegar a mi casa, decidí que le escribiría una carta a Coley. Le escribiría una carta muy larga y le diría que, si bien esto que había entre nosotras era grande y aterrador, podríamos resolverlo porque debíamos hacerlo, porque era amor y eso es lo que haces cuando estás enamorado. Incluso en mi cabeza sonaba como la letra de una canción de Whitesnake, pero no me importaba. Lo escribiría todo. Todo. Todas las cosas que me hacían sentir extraña, atontada, estúpida y asustada cuando quería decirlas y a veces incluso cuando pensaba sobre ellas.

El coche del pastor Crawford estaba en la entrada de mi casa y no le presté atención a aquel hecho ni un segundo. Él venía todo el tiempo a casa junto a Ruth y al resto de su comité. Guardé la bicicleta en el garaje, tomé el periódico del porche, no me pregunté por qué nadie más lo había hecho aún, abrí la puerta, lancé el periódico sobre la mesa auxiliar de la entrada y ya había subido tres escalones hacia mi habitación cuando Ruth dijo:

—Cameron, necesitamos que vengas, por favor.

Que ella dijera «Cameron» y no «Cammie» fue lo que generó el primer nudo en la base de mi garganta. Y luego, cuando llegué a la entrada de la sala de estar y vi a Ruth y a Crawford en el sillón y a Ray en el sillón individual, y noté que la abuela no estaba en ninguna parte, el nudo aumentó de tamaño, se retorció más fuerte y reviví el accidente de mis padres una y otra vez, pero esta vez con la abuela. Estaba segura.

—¿Por qué no te sientas allí? —dijo el pastor Crawford, de pie, señalando el lugar que habían hecho para mí en el sillón.

—¿Qué le ha pasado a la abuela? —Permanecí en la entrada.

—Está abajo, descansando —dijo Ruth. No me miraba. O, al menos, no mantenía la mirada en mí demasiado tiempo.

—¿Porque está enferma? —pregunté.

—No se trata de tu abuela, Cameron —dijo el pastor Crawford. Dio unos pasos hacia mí y me colocó la mano sobre el hombro—. Nos gustaría que te sentaras para que podamos conversar contigo sobre ciertas cosas.

«Conversar» es una palabra de consejero estudiantil, una palabra que, cuando alguien la decía como Crawford acababa de hacerlo, nunca significaba «conversar» en absoluto. Significaba una charla importante sobre la clase de cosas de las que uno no hablaría con nadie, nunca.

—¿Qué he hecho ahora? —pregunté, apartando el hombro de debajo de su mano pesada y cruzando los brazos sobre mi pecho, y apoyando el cuerpo contra el marco de la puerta de un modo que esperaba que sugiriera que no podía importarme menos. Pero estaba repasando en mi mente los pecados, lo más rápido posible: ¿sería la cerveza que faltaba en la nevera? ¿Santo Rosario? ¿Un paquete de Lindsey, interceptado? ¿La marihuana con Jamie? ¿O todas las anteriores?

Los cuatro intercambiamos miradas. Vi a Crawford esbozar la expresión que hacía cuando buscaba palabras poderosas durante el sermón, pero antes de que pudiera decirlas, Ruth emitió un llanto extraño y estrangulado desde el sillón y lo amortiguó rápidamente con la mano. Ray se acercó a ella y, cuando lo hizo, un folleto cayó de su regazo al suelo. Solo era un folleto con tres pliegues, no lo había visto desde mi sitio, pero sin duda lo vi cuando cayó sobre la alfombra, su logo era inconfundible: *Promesa de Dios…* esos folletos que el genial reverendo Rick había colocado en la mesa de refrigerios. El folleto que Coley había tomado y guardado en su bolso.

Después de sentir durante tanto tiempo que podía librarme de lo que fuera, *de lo que fuera* —que podía continuar salvándome justo a tiempo como Indiana Jones cuando rodaba bajo una puerta metálica que caía increíblemente rápido, escapando a duras penas de unas púas de acero y de una roca gigante que rodaba en un túnel cerrado y que se acercaba lo suficiente solo para asustar a la audiencia—, sentí el ahogo de haber sido descubierta, y la clase de vergüenza que acompaña aquel ahogo.

—Sé que puedes ver lo difícil que es esto para todos nosotros —dijo el pastor Crawford—. Y sabemos que esto también será difícil para ti. —Extendió la mano como si fuera a colocarla de nuevo sobre mi hombro, pero luego lo reconsideró y, en cambio, me señaló el sillón individual.

Fui, pensando en aquellos instantes breves que todo esto debía estar relacionado en cierto modo con Lindsey, con sus paquetes y sus cartas, quizás incluso con las fotos que nos habíamos sacado en el vestuario; todas eran pruebas en mi contra. No podía explicar del todo por qué estaba enfocada en Lindsey y solo en Lindsey, pero eso era lo que ocurría: estaba convencida, sentada en aquel sillón con las rodillas contra el pecho sin mirar a nadie, de que esta *conversación* sin duda estaba relacionada con el correo entre nosotras.

Así que ya estaba pensando en una manera de culpar a Lindsey de todo esto, a su influencia, sus abominaciones malvadas de la gran ciudad, cuando Crawford dijo:

—Coley Taylor y su madre vinieron a mi casa anoche. —Y sus palabras me aplastaron como si alguien estuviera tocando platillos en mi cabeza. Ruth se apoyó contra Ray, permitiendo que su pecho cubierto con la camisa azul de su uniforme hiciera un mejor trabajo que su propia mano para amortiguar sus sollozos aún más fuertes.

A partir de allí, me resultó difícil seguir la narrativa de Crawford. Entraba y salía de la charla, una y otra vez, como unos auriculares desastrosos que tuvieran un cable suelto. Escuché todas sus palabras, es decir, yo estaba allí y él hablaba conmigo, pero era como si estuviera contándome una historia complicada y vergonzosa sobre otra persona. Me contó que Ty y los vaqueros borrachos le habían sacado «la verdad» a Coley después de que yo me marchara del piso dos noches antes, y «la verdad» era que yo era la perseguidora y Coley la amiga inocente, y un Ty muy furioso la había convencido de que acudiera a la señora Taylor a la mañana siguiente. Coley le había contado a su madre cómo Lindsey me había corrompido y cómo yo intenté corromperla a ella, con mi enamoramiento enfermizo, y cómo ella sentía pena por mí y que yo necesitaba ayuda: la ayuda de Dios. Luego el pastor Crawford me contó cómo él había tenido que lidiar con esa noticia, que había visitado a Ruth por la mañana, antes de que ella subiera al Fetomóvil para hacer su viaje de ventas a Broadus, mientras yo estaba en Scanlan enseñándoles a mis alumnos de nivel tres cómo nadar de espaldas —*gallina, avión, soldado, repetir, repetir*—. Ruth y él conversaron en el sillón sobre los detalles de mi comportamiento horrible y pecaminoso. Cuando Ruth pudo recomponerse lo suficiente para ponerse de pie, y aquello llevó horas, los dos habían registrado mi habitación y allí estaba todo: el correo que yo había pensado erróneamente que era la causa de esto, pero que no fue la causa en absoluto, sino la prueba que corroboró las acusaciones de Coley, las cartas, las películas, la nota de Jamie, las fotos, los casetes, la maldita pila de entradas de cine que había amarrado con una goma elástica y que había guardado para la casa de muñecas, la casa de muñecas. Pero ¿quién podría hallarle sentido a todo eso?

El pastor Crawford continuó hablando con su voz firme, entrenada y tranquila, sobre que aún no era demasiado tarde para mí, que Cristo tenía la habilidad de curar estos pensamientos y acciones impuras, de librarme de aquellos impulsos pecaminosos, de sanarme, de recomponerme, mientras yo pensaba una y otra vez: *Coley habló, Coley habló, Coley habló*. Y luego: *Lo saben, lo saben, lo saben*. Solo aquellos dos pensamientos en repetición, constantes como el ritmo de un tambor. Y, de hecho, en ese instante no sentía tanta furia. Tampoco me sentía traicionada. En cambio, sentía cansancio, que me habían descubierto, y me sentía débil; y, de algún modo estaba preparada para mi castigo, fuera el que fuere; solo decidme cuál es.

El pastor Crawford pausó varias veces su sermón en la sala de estar para que yo añadiera algo o preguntara, supongo, pero no lo hice.

En cierto punto, dijo:

—Creo que estamos de acuerdo en que Miles City no es el mejor lugar para ti ahora mismo, espiritualmente y en otros sentidos.

Y no pude contenerme.

—¿Qué tiene que ver Miles City con todo esto? —le pregunté al suelo.

—Hay demasiadas influencias poco saludables aquí —respondió él—. Todos creemos que será sanador para ti que cambies de lugar un tiempo.

Por fin, alcé la vista.

—¿Quiénes son todos?

—*Todos* nosotros —dijo Ruth, mirándome a la cara, con los ojos hinchados, manchada con máscara de pestañas; el regreso de la Ruth payaso triste.

—¿Qué dice la abuela?

El rostro de Ruth se arrugó y tuvo que cubrirse la boca de nuevo, y Crawford intervino rápidamente y dijo:

—Tu abuela quiere lo mejor para ti, al igual que el resto de nosotros. Esto no se trata de castigos, Cameron. Espero que comprendas lo importante que es.

—Quiero hablar con la abuela —dije balbuceando rápido y me puse de pie para ir al sótano.

Pero Ruth también se incorporó y dijo, fuerte y punzante como una tachuela cerca de mi rostro:

—¡Ella no quiere hablar de esto! ¡Está *asqueada* por esto! ¡Asqueada! Todos lo estamos.

Bien podría haberme abofeteado. Ray y Crawford dibujaban una *O* con los labios como si ella lo hubiera hecho. Me senté y *continuamos* con *nuestra* conversación y lo *decidimos* todo en una hora. Ruth me llevaría en coche al programa de discípulos cristianos Promesa de Dios el viernes próximo. Me quedaría allí al menos durante todo el año escolar, dos semestres, con vacaciones en Navidad y en Pascua. *Veríamos* cómo iban las cosas después de ese tiempo.

Antes de partir, el pastor Crawford dijo una plegaria larga en la que le pedía ayuda a Dios para mi recuperación; luego nos abrazó a todos, incluso a mí. Le permití hacerlo y después me entregó un sobre de papel marrón que contenía formularios de ingreso y reglas de admisión que el reverendo Rick le había enviado por fax. La cuota, por cierto, era de 9.650 dólares por año, que se pagaría con el dinero que quedaba de la herencia de mamá y papá, un fondo universitario que ellos habían creado para mí. Bastante sencillo.

ESCUELA CRISTIANA
Y CENTRO DE RECUPERACIÓN

Programa
residencial
para discípulos

*Lo opuesto al pecado
de la homosexualidad no es
la heterosexualidad: es la **santidad**.*

Objetivos:

Promesa de Dios es una escuela cristiana y un centro de asistencia para adolescentes que anhelan librarse de las ataduras del pecado sexual y de la confusión dándole la bienvenida a Jesucristo en sus vidas.

Nuestro objetivo es ofrecer apoyo y guía mientras alimentamos la espiritualidad de los alumnos y el crecimiento personal a través de sesiones de apoyo individuales y grupales, actividades de moldeado de género, educación espiritual constante y estudios académicos rigurosos.

Que, en cuanto a la anterior manera de vivir, vosotros os despojéis del viejo hombre, que se corrompe según los deseos engañosos, y que os renovéis en el espíritu de su mente y os vistáis del nuevo hombre, el cual, en la semejanza de Dios, ha sido creado en la justicia y santidad de la verdad.

(Efesios, 4:22-24)

Pautas/reglas

Muchos discípulos que llegan a Promesa de Dios luchan contra una variedad de comportamientos actuales e historias pasadas y carecen de las herramientas necesarias para combatirlas por sí solos. Incluyen adicciones sexuales, adicciones a la droga y el alcohol, abuso, aislamiento, lejanía emocional, etcétera. Por lo tanto, durante el primer semestre, los discípulos no tienen permitido recibir visitas o llamadas, ni siquiera de su familia. Los discípulos pueden recibir, después de tres meses, correo, que será controlado por el personal antes de entregárselo. El objetivo de estas reglas es mantener un ambiente seguro para romper con patrones pecaminosos.

Después de los primeros tres meses, los líderes otorgarán parámetros del programa de modo individual. Pueden anular algunas o todas las restricciones telefónicas y de visitas si para ese entonces el discípulo en evaluación ha crecido en su camino hacia Cristo.

Compañeros de cuarto/amistades

Un principio fundamental del programa residencial para discípulos es la importancia de establecer y alimentar amistades saludables, Divinas, entre todos los discípulos. En particular, lo más importante es que los discípulos aprendan a desarrollar amistades sanas, no eróticas, con miembros del mismo sexo. Esas amistades son importantes no solo para afirmar los roles de género apropiados, sino también como parte del proceso de sanación.

Además, en Promesa de Dios anhelamos replicar una atmósfera similar a la de un internado para ayudar a nuestros alumnos a prepararse para situaciones del *mundo real*. Como tal, cada participante tendrá un compañero de habitación del mismo sexo. Lo vemos como una oportunidad para construir confianza y para desarrollar más relaciones saludables entre el mismo sexo dignas de Dios. Los alumnos deben aprender a funcionar en una sociedad que valora la amistad y los vínculos entre individuos del mismo sexo y temer esta clase de relaciones no implica progresar.

Sin embargo, comprendemos la situación delicada y especial en la que se encuentran nuestros alumnos. Por lo tanto, las habitaciones deben permanecer sin llave a todas horas del día y la noche y, a menos que estén cambiándose de ropa, los alumnos deben dejar las puertas abiertas hasta la hora de apagar las luces entre las diez de la noche y las seis de la madrugada. Además, el personal hará inspecciones de cuartos al azar y «visitas» sin aviso previo y con regularidad.

Si vemos que hay componentes de una relación, ya sea entre el mismo sexo o entre sexos opuestos, que son potencialmente dañinas para cualquiera de los dos discípulos involucrados en su camino hacia Cristo (incluyendo atracción sexual, vinculación negativa a través de deseos o historias pecaminosas/malsanas o señales de dependencia emocional), implementaremos guías para que esas amistades regresen al camino de Dios.

Si cualquier discípulo experimenta atracción sexual o malsana hacia otro discípulo, él/ella deberá inmediatamente coordinar una conversación con Rick o Lydia. Los discípulos NO DEBEN COMUNICARLES A OTROS CUALQUIER ATRACCIÓN POTENCIAL. Una acción de ese calibre podría llevar a ambos discípulos a la tentación extrema. Está prohibido tener citas durante el programa.

Borrar la imagen «gay» dañina

Promesa de Dios se esfuerza por mantener un ambiente que promueve los medios de comunicación de Dios. Los líderes les pondrán fin de inmediato a patrones de comportamiento o habla que promuevan o celebren los llamados intereses culturales gays o lésbicos o los gestos. Además, no están permitidas las conversaciones que glorifiquen pecados pasados. Esto incluye compartir detalles descriptivos de encuentros sexuales o fantasías.

Vestimenta y reglas del dormitorio

Durante todas las actividades programadas (sin contar el tiempo libre) que tengan lugar de lunes a viernes durante la semana escolar y también durante las misas de los domingos, es obligatorio que todos los discípulos vistan el uniforme de Promesa de Dios. Durante las horas libres de la semana, (algunas) excursiones fuera del campus y el fin de semana, excepto la misa, no es necesario vestir el uniforme. Sin embargo, los líderes deben considerar apropiadas las prendas.

Cualquier otra indicación/requerimiento para la vida diaria en Promesa de Dios es detallado en el manual de convivencia, que se le entregará a cada discípulo después de haberlo aceptado en el programa.

Todos los discípulos deben:

- Renacer y llenar su alma con el espíritu de NUESTRO SEÑOR JESUCRISTO.

- Comprender y acatar las reglas establecidas y explicadas en el manual de convivencia de Promesa de Dios.

- Participar activamente en todas las actividades discipulares residenciales y seguir los requerimientos del programa.

- Tener un CORAZÓN DISPUESTO A APRENDER y, por lo tanto, estar abiertos a recibir indicaciones, correcciones y apoyo de los miembros de Promesa de Dios.

- **Aceptar que el comportamiento sexual dentro del matrimonio entre un hombre y una mujer es la intención de la creación de Dios para la humanidad y que todo otro comportamiento sexual es un pecado.**

Parte tres

Promesa de Dios
1992-1993

Capítulo trece

Jane Fonda fue quien nos dio a Ruth y a mí nuestra visita guiada de bienvenida oficial en la escuela cristiana y centro de sanación Promesa de Dios. Estuvimos dentro del Fetomóvil durante seis horas antes de llegar allí. Seis horas de corrido, excepto cuando Ruth detuvo el auto en Git 'n' Split en Big Timber para poner gasolina, comprar *aperitivos* y dejarme ir al baño. Ruth ni siquiera fue. Podía retener líquido como un camello.

En ese entonces, Big Timber aún tenía el único parque acuático de Montana, justo a lo largo de la interestatal. Cuando pasamos por allí, giré la cabeza para ver los extraños toboganes verdes como pasta de dientes alzándose en un campo lleno de piscinas de cemento con agua demasiado azul. El lugar estaba atestado de personas.

Era la última semana buena de agosto y, aunque pasé a toda velocidad por allí, sentí la urgencia en las acciones de los niños mientras merodeaban por el lugar. Todo era exacerbado, como ocurría siempre que el verano daba paso al otoño, cuando tienes menos de dieciocho años y lo único que puedes hacer es comer helado de cereza, permitir que el cloro te arda en la nariz al entrarte en los ojos, golpear con la toalla a la chica guapa quemada por el sol y ansiar la llegada de junio para hacerlo de nuevo. Me giré en mi asiento y continué mirando hasta que apenas pude distinguir los retorcidos toboganes verdes. Parecían túneles de una película de ciencia ficción sobre el futuro, con las montañas Crazies color carbón y púrpura extendiéndose detrás de ellos como si no encajaran en absoluto, como la escenografía de una obra escolar.

En Git 'n' Split, Ruth compró tiras de queso, envases de batidos de chocolate y una caja de Pringles. Me las ofreció en el Fetomóvil como si hubiera traído incienso y mirra.

—Odio las Pringles de crema ácida y cebolla —dije mirando el tablero, donde tenía los pies apoyados hasta que Ruth los apartó.

—Pero te encantan las Pringles. —Ruth sacudió la lata.

—Odio cualquier cosa con sabor a crema ácida y cebolla. Igual que todas las lesbianas. —Soplé para generar burbujas en el chocolate con la pequeña pajita que venía envuelta en celofán pegada a la caja.

—Quiero que dejes de usar esa palabra. —Colocó la tapa de nuevo sobre la lata.

—¿Qué palabra? ¿*Crema* o *ácida*? —Reí con falsedad junto a mi reflejo en la ventanilla del copiloto.

* * *

Había pasado la semana posterior a la intervención entre el entumecimiento y la hostilidad directa y descarada hacia Ruth, mientras que ella, en cambio, cada vez era más conversadora y positiva con respecto a mi *situación*. Se mantenía ocupada con todos los *ajustes* que había que hacer para mí: comprar lo necesario para mi habitación, completar formularios, organizar cuándo haría el examen físico obligatorio, ayudar a Ray a embalar el teléfono, la televisión y el videocasete de mi cuarto. De hecho, eso fue lo primero que ocurrió. Pero el mayor ajuste de todos fue que canceló la boda. Es decir, la pospuso.

—No lo hagas —dije. Ni siquiera me había dicho que lo haría. La sorprendí en la cocina, donde la oí hablando con la florista por teléfono.

—Ahora no es el momento adecuado —había respondido Ruth—. La prioridad es que tú mejores.

—Hablo en serio: no lo hagas. No detengas el espectáculo por mí; sobreviviré sin asistir.

—No es por ti, Cameron. Es por mí, y yo no quiero casarme mientras estás lejos. —Después de eso, había salido del cuarto. Pero mentía, por supuesto. Era obvio que era *por mí*. Absolutamente.

* * *

Tenía que tener niñera todo el tiempo. Alguien en mi condición no podía estar bien sola. Venía el pastor Crawford cada día, una o dos horas, pero nunca decía demasiado. Eran solo sesiones al estilo Nancy Huntley con Dios de por medio. Desayunaba con Ruth, almorzaba con Ruth, cenaba con Ruth y con Ray. Miraba mucho por la ventana. Una tarde, creí ver a Ty dando vueltas por nuestra calle en su furgoneta, una y otra vez. Estoy segura de haberlo visto. Pero él nunca se detuvo en la esquina, nunca aparcó; nunca subió las escaleras para darme una versión violenta de la misma lección que Promesa de Dios intentaría enseñarme pronto.

Durante mi encierro, Ruth era Ruth: alegre, de un modo forzado, pero alegre. Ray era Ray: silencioso, incluso más inseguro en el momento de hablar conmigo. Y la abuela no aparecía por ninguna parte. Esa semana entera caminó como un fantasma por la casa, nunca se quedaba sola en una habitación conmigo, se marchaba en el Bel Air quién sabe a dónde durante horas. Una tarde, terminamos juntas en la cocina. Creo que esperaba que yo aún estuviera fuera reunida con Crawford, pero la sorprendí mientras mezclaba una lata de atún con mayonesa.

No intenté ser orgullosa. Creía que solo tendría una única oportunidad.

—No quiero ir, abuela —dije.

—No me mires a mí, niña —respondió, todavía mezclando la mayonesa espesa—. Tú misma lo has causado. Esto es obra tuya, cada parte. No sé si el método de Ruth es el correcto, pero sé que necesitas que te enderecen un poco.

Creo que no notó que su elección de palabras era un poco graciosa, aunque, de todos modos, en realidad en ese momento no lo era.

—Estarás bien —añadió mientras guardaba la mayonesa de nuevo dentro de la nevera y sacaba la jarra llena de líquido dulce que se suponía que no debía beber—. Haz lo que te digan. Lee la Biblia. Estarás bien.

Parecía que lo decía tanto para ella misma como para mí, pero allí terminó la conversación. Solo la vi una vez más antes de marcharme. Salió del sótano mientras estábamos cargando el FM, me dio un abrazo flojo que se hizo un poco más firme justo antes de soltarme.

—Escribiré cuando lo permitan. Tú también escribe —dijo.

—No podré hacerlo durante tres meses —respondí.

—Estarás bien. El tiempo pasará volando.

* * *

Lindsey llamó una vez, por casualidad; probablemente quería saber qué pensaba del paquete que había enviado, pero Ruth respondió el teléfono y le dijo que «me iría a un internado este año» y que «no sería capaz de continuar comunicándome con ella». Así de fácil. Estoy bastante segura de que intentó llamar de nuevo, pero no me permitieron responder al teléfono. Jamie vino de visita y Ruth al menos dejó que llegara hasta la entrada. Pero permaneció merodeando en la otra habitación, para que nos quedara claro que estaba escuchando.

—Todos lo saben, ¿no? —le pregunté. No parecía tener sentido desperdiciar palabras para omitir el único tema de conversación que valía la pena discutir en ese momento.

—Saben una versión —dijo Jamie—. Brett ha estado contándolo. Creo que Coley, no.

—Bueno, de todos modos, es la única versión que creerán.

—Es probable —respondió.

Me dio un abrazo rápido, me dijo que me vería para Navidad si el guardia lo permitía. Aquello me hizo reír.

* * *

Podría haber escapado. Podría haber hecho llamadas telefónicas en secreto. Podría haber encontrado aliados que me ayudaran. Podría haberlo hecho. Podría haberlo hecho. Ni siquiera lo intenté.

* * *

A una hora a las afueras de Miles City, Ruth ya se había rendido y había dejado de darme sermones para que apreciara «el regalo de Dios que era estar en un establecimiento como ese en mi propio estado». Creo que había dejado de intentar infundir en mí una actitud positiva antes de que nos pusiéramos en marcha siquiera, pero citó una parte de las Escrituras, repasó sus líneas como si hubiera escrito su discurso de antemano. Y, conociendo a Ruth, probablemente lo había hecho, quizás en su diario de oraciones, quizás en el dorso de la lista de la compra. A esas alturas, las palabras de Ruth eran tan obsoletas que ni siquiera escuché la mayoría de ellas. Miré por la ventana con la nariz hundida en el hombro y olí a Coley. Llevaba puesta una sudadera suya, aunque hacía demasiado calor. Ruth creyó que era mía, si no la habría colocado en la caja de cartón que contenía las pertenencias de Coley, de nosotras, que Ruth y el pastor Crawford habían confiscado; muchos de esos artículos eran de nuestra amistad y no formaban parte de lo que fuera en lo que nos hubiéramos convertido en las últimas semanas: fotografías, muchas de la noche del baile de graduación; notas escritas en papel rayado y plegadas del tamaño de una moneda de cincuenta centavos; la pila gruesa de entradas del cine amarradas con una goma elástica, por supuesto que estaban allí; también un par de cardos chatos, que habían sido enormes, espinosos y vibrantemente violetas, y que ahora estaban secos y eran frágiles y portaban el fantasma de su color original; llenaban la mano de polvo si apretabas fuerte, y Ruth lo hizo. Había juntado los cardos en el rancho de Coley, los había llevado a la ciudad y los había colocado boca abajo en la pared sobre mi escritorio. Pero la sudadera, enterrada en el fondo de mi canasta de ropa sucia debajo de las toallas de playa limpias sin doblar y de unas camisetas, había escapado. Aún olía a la fiesta en la fogata a la que la había llevado y a algo más que no podía descifrar, pero sin duda era algo de Coley.

Durante kilómetros y kilómetros permití que Ruth hablara. Permití que sus palabras desaparecieran entre nosotras, que se desarmaran como aquellos cardos en forma de polvo sobre los asientos y la consola.

Mientras tanto, olía a Coley, pensaba en Coley y me preguntaba cuándo comenzaría a odiar a Coley Taylor. Cuánto tiempo faltaría para que sucediera, porque aún estaba muy lejos de ese lugar, pero pensé que tal vez debería odiarla. O que tal vez lo haría algún día. Al cabo de un rato, Ruth dejó de hablarme y giró el dial hasta que encontró a Paul Harvey y rio como si estuviera borracha y jamás lo hubiera oído antes.

En aquellas seis horas, los únicos fragmentos de conversación entre las dos, más allá del incidente de las Pringles, fueron:

RUTH: Por favor, sube la ventanilla; tengo encendido el aire acondicionado.
Yo: ¿Y eso en qué me afecta?

RUTH: Ojalá dejaras de sentarte así. Te deformarás los hombros y terminarás siendo una anciana con joroba.
Yo: Bien. Quedará bien con los cuernos en los que estoy trabajando.

RUTH: Sé que has leído el manual, Cammie; te vi. Dice que debes entrar en Promesa de Dios con un corazón dispuesto a aprender si quieres que esto funcione.
Yo: Quizá no tenga corazón, ni esté dispuesta a aprender ni nada.
RUTH: ¿No quieres que funcione? Pues no comprendo por qué alguien querría permanecer así si supiera que puede cambiar.
Yo: ¿Permanecer cómo?
RUTH: Ya sabes cómo.
Yo: No, no lo sé. Dilo.
RUTH: Permanecer en una vida de deseos pecaminosos.
Yo: ¿Entra en la misma categoría que el sexo fuera del matrimonio?
RUTH (*Pausa larga*): ¿Qué se supone que significa eso?
Yo: Eso me pregunto yo.

Pocos kilómetros antes del desvío hacia Promesa, pasamos junto al cartel del lago Quake. Estaba maltrecho, con el metal hundido en el medio, como si se hubiera caído y alguien lo hubiera aplastado con el vehículo antes de colgarlo de nuevo. Creo que Ruth y yo lo vimos al mismo tiempo, y ella se giró hacia mí, apartó la vista de la carretera para mirarme durante unos pocos segundos. Pero Ruth, de algún modo, logró no decir nada. Y yo tampoco dije nada. Y luego tomamos una curva y solo vimos árboles y carretera en el espejo retrovisor; el cartel no era para nada una gran señal, sino solo un cartel más por el que habíamos pasado. O, al menos, eso fue lo que ambas fingimos en ese momento.

La chica que nos recibió en el aparcamiento de Promesa tenía un portapapeles anaranjado, una cámara Polaroid y una prótesis en la pierna derecha (de la rodilla hacia abajo). Parecía de mi edad, iba al instituto sin duda, y saludó con el portapapeles en mano mientras caminaba hacia el FM a una velocidad asombrosa. A lo mejor no debería haberme sorprendido: tenía puestos pantalones de corredora.

Ruth ni siquiera tuvo la oportunidad de decir algo similar a «Oh, mira, pobrecita» antes de que la pobrecita llegara a la puerta de Ruth, la abriera y sacara una fotografía, todo en el mismo instante según mi percepción.

Ruth emitió un ruido chillón de sorpresa, movió la cabeza de atrás hacia adelante y parpadeó como lo hacía uno de los *Looney Tunes* después de chocar contra un muro.

—Perdón por la sorpresa. Me gusta sacar una foto de inmediato —dijo la chica, dejando que la gran cámara negra colgara de su cuello y le inclinara un poco la cabeza. La fotografía se deslizó hacia adelante como una lengua, pero no la agarró—. En cuanto llega alguien, saco una. Debe ser en el primer instante, es lo mejor.

—¿Por qué es lo mejor? —le pregunté, rodeando el Fetomóvil para ver su pierna de cerca. La verdadera era huesuda y pálida, pero la falsa tenía cierta redondez, cierta definición plástica, y estaba bronceada como la Barbie playera.

—No se puede describir con palabras; por eso saco fotos. Creo que es porque es el momento más puro. El menos diluido.

Ruth emitió una risa extraña después de esas palabras. Sabía que le incomodaba que esa chica nos recibiera.

La chica finalmente retiró la fotografía y la sostuvo de tal forma que solo ella y yo podíamos verla. La toma era más que nada la cabeza de Ruth demasiado cerca de la lente y su boca en una línea de insatisfacción; yo aparecía detrás de ella, lejos, casi sonriendo.

—Soy Cameron —dije. Sabía que, si no hablaba, Ruth lo haría y, por algún motivo, quería caerle bien de inmediato a esa chica. Quizá porque sin importar quién había esperado que nos recibiera, esa chica no era la persona que había imaginado.

—Lo sé. Todos hemos estado hablando de tu llegada. Soy Jane Fonda. —Sonreía y se apoyaba un poco sobre la pierna ortopédica. Chillaba como un juguete de plástico para la bañera.

—¿Hablas en serio? ¿Jane Fonda? —Le devolví la sonrisa.

—Siempre hablo en serio —respondió—. Pregúntale a cualquiera. La cosa va así: Rick está en Bozeman, en Sam's Club comprando comida y demás. Yo te daré el gran tour. Él volverá pronto. —Inclinó el cuerpo hacia mí—. Sam's Club y Walmart nos dan un gran descuento y, a veces, comida gratis. Más que nada pechugas de pollo y plátanos. Rick prepara un pollo a la barbacoa decente, pero consigue papel higiénico barato; el áspero que debes usar doble.

—Hay cosas peores —dijo Ruth—. ¿Tenemos que entrar las maletas ahora?

—Pues claro —respondió Jane.

—No puedo creer que de verdad te llames Jane Fonda —comenté—. Es una locura.

Golpeó el portapapeles contra su pierna dos veces y sonó parecido a cuando yo era pequeña y golpeaba los palillos contra el Señor Patata.

—Eso es solo la punta del iceberg —dijo—. Nadamos en la locura aquí.

* * *

El terreno de Promesa tenía un poco de todo por lo que Montana occidental era famosa, cosas que la junta de turismo estatal se aseguraba
de mostrar en postales y guías: campos dorados y verdes para hacer tiro
con arco o cabalgar, senderos llenos de arboledas, castillejas y lupinos,
dos arroyos que —según Jane— estaban repletos de truchas y un lago
de montaña, tan azul que parecía falso, solo a un kilómetro y medio de
caminata desde el edificio principal. Ambos lados del campus (el recinto) estaban rodeados por los pastizales pertenecientes a ganaderos que
apoyaban la causa santa de salvar nuestras almas de una vida de perversión sexual. Incluso en aquella tarde calurosa de agosto, el viento que
bajaba de las montañas era fresco y acarreaba el aroma dulce a heno, el
olor delicioso a pino y a cedro.

Jane Fonda nos llevó campo a través, con su pierna chirriante sorprendentemente veloz, y Ruth estaba decidida a no quedar atrás de
una inválida, incluso si hacerlo significaba que la maleta de ruedas
desgastada y verde de aerolíneas Winner's, que ahora contenía mis
pertenencias, rebotara sobre madrigueras de marmotas y arbustos. Yo
arrastraba una maleta rosa de Sally-Q, una que Ruth me había dicho
que se llevaría con ella, pero podía conservar la de Winner's. Fuera lo
viejo, adentro lo nuevo.

Jane señaló el gallinero (los alumnos recogían huevos frescos
cada mañana en un horario rotativo), un establo vacío (pero planeaban traer caballos), un grupo de cabinas con techo metálico utilizadas solo en verano para acampar y dos cabinas pequeñas donde el
reverendo Rick y la subdirectora de la escuela, Lydia March, vivían.
Pero Jane no era una gran guía, sino más bien alguien con quien nos
podríamos haber topado en una ciudad desconocida, alguien que
sentía la obligación de mostrarnos un poco los alrededores. Mientras
caminábamos, miré la parte posterior de su camiseta. Tenía impresa
una atleta femenina en blanco y negro, quizás una jugadora de vo-
leibol a juzgar por los pantalones cortos y el top, estirando después
de un partido agotador; su coleta caía inerte, con el pelo húmedo.
Junto a la imagen, las palabras violetas: BUSCA A DIOS EN TODO LO
QUE HAGAS.

Creo que el edificio principal estaba construido para asemejarse a una cabaña de Aspen, con paredes de troncos y una entrada imponente; pero cuando entrabas, se parecía a Gates of Praise en Miles City, pero más grande y con dormitorios. El suelo tenía el laminado industrial que imitaba tristemente la madera. Había muy pocas ventanas, luces fluorescentes en todas partes. Alguien se había esforzado con la sala principal —una chimenea, alfombras tejidas baratas estilo navajo, una cabeza de alce sobre la repisa—, pero incluso esa habitación olía a desinfectante y a limpiador de suelos.

—¿Dónde está todo el mundo? —pregunté, y me respondió el eco cavernoso de mi propia voz.

—La mayoría está con el pastor Rick en Bozeman. Lydia está en alguna parte de Inglaterra; porque es de allí. Nos visita algunas veces al año. Pero creo que algunos discípulos están en el lago. El campamento de verano terminó la semana pasada, así que estamos en una especie de transición antes del comienzo de las clases diarias. Tiempo de libertad. —Encendió una luz y comenzó a avanzar por un pasillo.

—Entonces, ¿hacéis lo que os da la gana esta semana? —La tía Ruth trotó un poco para alcanzarla, las ruedas de la maleta giraban y soltaban tierra y césped sobre el suelo resplandeciente.

—No del todo. No tenemos tantas actividades grupales, pero aún hacemos estudios de la Biblia y sesiones individuales. —Se detuvo ante una puerta cerrada, que tenía dos cosas pegadas: un póster de la banda de rock cristiano Audio Adrenaline y una fotocopia de la «Plegaria de la Serenidad»; la tinta violeta estaba tan borroneada y el papel tan amarillento y ondulado que había adoptado cierto aire histórico, casi de autenticidad.

Jane golpeó la puerta con su portapapeles.

—Esta es la tuya. Y la de Erin. Está en Bozeman con Rick.

La tía Ruth movió la cabeza de lado a lado levemente mientras chasqueaba la lengua. Aún no había logrado aceptar la idea de una compañera de cuarto. ¿Quién podía culparla? Yo tampoco. Me habían dado su nombre a principios de la semana y había imaginado con regularidad a mi nueva compañera, Erin, como una chica regordeta con

gafas, rizos rebeldes y granos sobre las mejillas continuamente sonrojadas. Erin sería alguien que vivía para complacer a los demás. Lo sabía.
Se esforzaría mucho, le pediría a Dios que la ayudara para que aquel
hombre barbudo pero santo del póster en nuestra puerta pudiera sal-
varla, con escalofríos en el cuello, una comezón en el pecho. Le rezaría
a Jesús para que la ayudara a desearlos del modo en que había deseado
a esa chica de la sala de estudios, de su laboratorio de Ciencias. «Ese
hombre es despampanante», me diría hablando sobre un actor de cine,
un héroe de acción, y luego reiría. Erin sin duda sería de esas personas
que ríen mucho.

Aún estábamos esperando en la puerta. Jane señaló el picaporte
con la cabeza.

—Puedes entrar —dijo—. No cerramos nada con llave aquí. Las
puertas incluso no suelen estar cerradas, pero dado que no hay nadie
dentro, supongo que no pasa nada. —Debió haberme visto la cara,
porque añadió—: Te acostumbrarás.

No pude creerle del todo.

La mitad del cuarto que le pertenecía a Erin tenía mucho amarillo
y violeta: una manta amarilla con almohadas violetas sobre la cama,
una lámpara violeta con pantalla amarilla, un tablón de corcho inmenso con un marco de rayas amarillas y violetas, lleno de un *collage* de
imágenes, entradas de conciertos cristianos y citas de la Biblia escritas a
mano.

—Erin es de Minnesota. Es una gran fanática de los Vikings
—dijo Jane—. Además, está en segundo año y ha obtenido algunos
privilegios que tú no tienes. Me refiero a los pósters y eso. —Me miró,
se encogió de hombros—. Aún no los tienes. Los tendrás en algún
momento. Probablemente.

Mi mitad de la habitación estaba estéril y vacía, y no había traído
demasiado para cambiar ese hecho. Colocamos mis maletas sobre el colchón individual que parecía nuevo. No estaba segura de si debía desem-
pacar en aquel instante, así que solo tomé algunos artículos al azar y los
puse sobre mi escritorio con repisas: una pila de cuadernos nuevos y
una caja de bolígrafos que Ruth había comprado; pañuelos desechables;

una foto de mamá, papá y yo en Navidad; la foto de mamá previa al lago Quake; la foto de Margot y mamá, que Ruth miró con extrañeza mientras inspeccionaba mi equipaje, pero permitió que la conservara. *Haz un esfuerzo*, pensé. Añadí mi copia de *La Biblia extrema del joven radical.*

Ruth observaba el gran tablón de corcho. Pareció notar mi falta de color al ver todas las pertenencias de Erin, la fan de los Vikings. Quizás aquello la haya hecho sentir un poco triste por mí. Me recordó que recogiera la lámpara de lectura y el despertador que estaban en el Feto-móvil antes de marcharse.

—Creo que estarás muy bien aquí, Cammie. Lo digo en serio. —Extendió un brazo para rodearme con él y yo me aparté, fingiendo un interés repentino y necesario en mirar por la ventana por la cual miraría todo el año. La vista era increíble, así que, al menos, tenía eso.

Gracias a Dios, Jane nos sacó de allí.

—¿Queréis ir al comedor? Rick pensó que quizá tendríais hambre. Hay bocadillos.

—Suena bien —dijo Ruth, ya fuera de la puerta.

Jane avanzó parloteando rápidamente detrás de ella. Yo me detuve en el tablón. Había una chica repetida en cada foto. Debía ser Erin. Tenía razón en todo, menos en el acné. Su piel era tan suave como las chicas de los anuncios de belleza, puede que por las oraciones que rezaba antes de que apagaran las luces. *Dios, concédeme poros perfectos. Dios, concédeme un brillo saludable.*

* * *

Estábamos terminando de comer ensalada de huevo en pan blanco cuando una gran furgoneta azul aparcó fuera y la puerta corrediza con el logo plateado de Promesa de Dios se abrió y mis compañeros enfermos entraron como una corriente de agua bendita para bañarme, limpiarme y rodearme en su curso.

Fue: «Hola, soy Helen. Estamos muy felices de que estés aquí». Y: «Soy Steve. Acabamos de comprar un montón de Cap'n Crunch. ¿Te gustan esos cereales? Están deliciosos». Y Mark y Dane dijeron que me enseñarían el lago, Adam dijo que había oído que yo corría y que él corría por las mañanas y que había visto cientos de ciervos e incluso un alce una o dos veces. «Y son increíblemente inmensos». Y me dieron pequeños abrazos, me tocaron el brazo; todos tenían ojos muy brillantes y me sonreían como si fueran personajes de plástico de un juego de mesa como Candy Land o Hi Ho! Cherry-O. Y no podía dejar de pensar: ¿está bien que haya tanto toqueteo?

Miré a Jane, que parecía magníficamente incómoda, con la cámara aún colgada del cuello, y miré para cerciorarme de que, bajo toda aquella bondad y luz, su pierna no se hubiera curado repentinamente, que no hubiera crecido de nuevo, perfecta y pura. No lo hizo. Fue sorprendente.

Erin Vikinga fue la última en bajar de la furgoneta. Se apartó del vehículo como si fuera un carruaje que había surgido de una calabaza y todas esas personas de buenas intenciones y ojos brillantes fueran sus súbditos, su corte, y yo, la nueva dama de compañía. Avanzaba con confianza en su mono vaquero y sus sandalias; tenía unos rizos brillantes y saludables; todo en ella —incluso su redondez, su suavidad— la hacía parecer en cierto modo saludable. Quizás había estado completamente equivocada respecto de esa chica. ¿Tal vez ella fuera la líder?

Gritó al verme. Y luego rio, profiriendo una barbaridad de risitas. Mientras nos abrazábamos, dijo todo lo que la plegaria en su puerta y el tablón de corcho me habían asegurado que esperara de ella. Que estaba muy feliz de tener una compañera de cuarto de nuevo y muy feliz de que emprendiéramos juntas ese viaje y muy feliz de que yo fuera deportista, porque ella se había estado esforzando mucho por serlo también. En ese momento, estaba más satisfecha conmigo misma por la precisión de mi intuición de lo que estaría en semanas.

Pero si bien Erin era alegre y agradable, le faltaba algo que a algunos de sus compañeros, tan afectuosos como ella, no les faltaba. No sabría decir qué era. Observé el rostro de Jane, intenté interpretarlo. Un último abrazo de Adam me cubrió brevemente con un olor dulce y pegajoso que me resultó difícil de identificar durante un instante, pero solo por lo que me rodeaba. Cuando el abrazo terminó, lo olí de nuevo. Inconfundible. Marihuana. Estos maricones estaban fumadísimos.

Ruth estaba junto al reverendo Rick, vestido con su conjunto de estrella de rock de los fines de semana —vaqueros y una camiseta— y, cuando intercambiamos miradas, me dedicó una gran sonrisa y saludó con la mano. Parecía igual a cuando había visitado Gates of Praise. Y Ruth no reconocería aquel olor ni aunque le entregaran un porro. Ni aunque le dieran una cachimba. ¿Estarían todos fumados? ¿El pastor Rick también? No logré interpretar la expresión de Jane. Hablaba con el chico Cap'n Crunch sobre las compras del grupo. Algunos ya regresaban a sus habitaciones o iban a la cocina. «Tiempo de libertad», había dicho Jane. Yo habría salido al exterior de haber estado fumada.

A pesar del movimiento antinatural, me acerqué a Erin mientras hacía una lista de distintas disposiciones de muebles que podíamos probar en nuestro cuarto, *solo por diversión*. Fingí que me resultaba difícil oírla.

—Así que eres muy fanática de los Vikings, ¿no? —pregunté, inhalando hondo. Nada, excepto el olor a suavizante del mono.

—¡Así es! No te preocupes, pronto tendrás privilegios decorativos. A lo mejor te conviertes en fanática de los Vikings mientras tanto. —Erin comenzó una larga sesión de preguntas y respuestas y, por segunda vez aquel día, Jane me rescató.

Era tan auténtica con aquel portapapeles.

—Lo siento, chicas —dijo—. Rick necesita reunirse con tu tía. Dijo que debía terminar de enseñarte el lugar.

Creí que había terminado el paseo turístico semidesinteresado de Jane, pero al ver el portapapeles, la autoridad implícita del buen pastor, Erin se marchó hacia nuestro cuarto. Pero me dijo que se moría de ganas de *charlar y charlar* conmigo.

Jane le dijo algo al reverendo Rick. Él asintió mirándome de nuevo; todo iba bien, tranquilo, relajado. Luego Jane me llevó al altillo del granero principal. Le resultó difícil subir la escalera, la madera era vieja y gris, pero la dificultad parecía algo común. Noté que venía aquí a menudo. Yo era una urbanita y siempre notaba cosas de esa importancia en los graneros.

—Ahora has conocido a tus compañeros pecadores —dijo Jane mientras me hacía una seña para que tomara asiento al borde del altillo, lo cual hice mientras ella se acomodaba a mi lado. Tuvo que apoyar la mano contra un poste para hacerlo, pero era sorprendentemente ágil. Todo era sorprendente: Jane, el lugar—. ¿Algún comentario u observación?

Decidí decirle. ¿Por qué no?

—¿Estaban *todos* fumados? —pregunté mientras nuestras piernas se balanceaban en el borde; la de Jane chirriaba aproximadamente cada segundo y medio.

Ella rio con timidez.

—Bien hecho —dijo—. No todos; de hecho, solo somos pocos los criminales reincidentes.

—Entonces, ¿tú también?

—Sí. Yo incluida. No habrás pensado que Erin también, ¿no? —Jane esbozó una sonrisa, pero sin mirarme. Tenía la vista fijada en el granero.

—No. Eso lo noté bastante rápido. —Lancé hebras de heno sobre el borde solo para observarlas flotar y navegar—. ¿El reverendo Rick no lo percibe? Algunos olían como si acabaran de salir de Woodstock.

—No puede oler. En absoluto. Nunca ha sido capaz de hacerlo, desde que nació. Ya te lo contará todo. Le encanta encontrar significados a su falta de olfato. —Jane sacó una foto rápida del heno cayendo. Usaba la cámara como un látigo.

—¿Y los demás?

—Acabas de conocerlos. No necesitan fumar marihuana. Dios es la mejor droga, ¿no? —Jane me miró a los ojos al decir esa frase. Pero no permitió que permanecieran así.

—¿Por qué no te delatan?

Sonrió de nuevo para sí misma.

—A veces lo hacen.

—¿Qué significa eso?

—Ya verás. Sin importar lo que pienses que es este lugar, te sorprenderás. Hablo en serio. Solo debes permanecer aquí un tiempo y lo comprenderás.

—No es como si pudiera elegir —respondí—. Estoy atrapada aquí. Aquí es donde estoy.

—Entonces supongo que quieres formar parte.

—¿De qué?

—De la marihuana —dijo Jane, como si fuera un hecho.

No había pensado que sería así de fácil. O más bien creí que no sería fácil en absoluto, pero ella la había ofrecido.

—Por supuesto —asentí.

—¿Tienes dinero?

—Algo —respondí. Se suponía que no debíamos traer dinero; eso decía el manual. Pero había enrollado quinientos dólares (dinero que gané como socorrista sumado a los billetes sobrantes del cajón de la cómoda de papá, de veinte y de cincuenta) en tubitos ajustados un poco más gruesos que palillos y los había escondido en distintos lugares de mi equipaje para que, incluso si hallaban algunos, otros pudieran escapar.

Jane toqueteó las tiras y las hebillas de su prótesis, tirando de algunas partes. Comenzaba a darme asco. Se cubría el muñón por completo con una rodillera y una almohadilla, pero temía que, si no dejaba de toquetearla pronto, dejaría de estarlo. Se fijó en que me había dado cuenta.

—Guardo parte de la reserva en mi pierna. Tengo un pequeño compartimiento hueco. Ya lo superarás.

—No me molesta —dije, lanzando mucho heno y sin mirar.

—Mentira. Pero dejará de incomodarte después de un par de caladas. —En sus dedos había una bolsita que contenía una buena cantidad de marihuana y también una pipa de esteatita.

Estaba impresionada.

—Estoy impresionada —comenté.

Jane llenó la pipa como alguien que lo había hecho muchas veces antes, guardó la bolsita y extrajo un mechero Bic rojo.

—Soy ingeniosa. De hecho, soy del tipo rural, ¿sabes? Nací en un granero.

Parecía el inicio de una broma.

—Ah, sí. Tú y Jesús.

—Exacto —respondió, pasándome la pipa.

Era fuerte, pero dura, quizá «potente» fuera la palabra, aunque no necesariamente algo placentero. Se me humedecieron los ojos de inmediato.

—Te acostumbrarás —dijo Jane mientras tosía como un gato enfermo—. Hago lo mejor que puedo con lo que, en esencia, es hierba mala.

Asentí mirándola con los ojos entrecerrados y le pasé la pipa antes de recostarme sobre el heno.

—¿Dónde la compráis?

—Me compran a mí. La cultivo a pocos kilómetros de aquí, lo suficiente para que nos dure todo el invierno. Si vamos con cuidado —añadió antes de fumar de nuevo.

Me incorporé sobre el codo y la miré mientras contenía el humo.

—¿Es broma? ¿Tú eres la cultivadora de marihuana residente?

Pasó la pipa de nuevo y se acomodó en el heno conmigo.

—Te lo dije: soy del tipo rural.

—¿Cómo terminaste aquí?

Jane alzó las cejas en lo que suponía que debía ser una mueca misteriosa.

—La prensa sensacionalista —dijo, sin ofrecer nada más.

—¿Por tu nombre? —pregunté.

—Algo así. Pero no exactamente.

Jane disfrutaba del momento, lo notaba. Había estado allí lo suficiente para ver nuevos alumnos llegar y marcharse de Promesa y sabía con exactitud lo que yo buscaba: su historia, su pasado, la secuencia de eventos que la habían llevado a aquel lugar para que la salvaran, como a mí. El hecho de que me hubieran enviado a Promesa me causaba desesperación por oír su historia, por oír todas las historias de todos los estudiantes, hasta la parte en que sus padres, sus tías, quien fuera, los habían llevado por aquella carretera hasta el aparcamiento para dejarlos allí. No sabía exactamente por qué sentía aquella desesperación. Aún no lo sé. A lo mejor por sentir que todos compartíamos una historia. Quizá porque entender el camino de otra persona hacia Promesa me ayudaría a comprender el mío. Lo que sé es que todos, *todos nosotros*, coleccionábamos el pasado de los demás y lo compartíamos como si intercambiáramos figuritas, cada una más alocada, extraña y diferente que la anterior. Pero creo que ninguna historia logró superar a la de Jane.

Toda su historia flotaba en la niebla espesa de la marihuana fuerte y de la tarde calurosa de agosto en el granero, así que quizás el modo en que lo recuerdo todo y el modo en que lo contó todo no sean iguales. Pero eso no importa tanto como la revelación que tuve mientras hablaba: mi propio pasado tal vez no fuera tan cinematográfico como una vida entera en Miles City me había convencido de que lo era.

* * *

Hasta los once años, Jane creció en una comunidad al norte de Chubbuck, Idaho. Por cómo lo contaba, era como si *groupies* de la banda Grateful Dead se hubieran cruzado con unos amish, lo que dio como resultado aquel lugar. Era una buena tierra, heredada por uno de los fundadores de su abuelo. Los ciudadanos de la comuna extraían cristales de cuarzo y amatistas del suelo, los pulían y los vendían en las tiendas turísticas de gemas y ferias de arte. Cultivaban maíz, zanahorias, patatas de Idaho, por supuesto, y cazaban ciervos. La madre de Jane era una belleza, una mujer de cabello oscuro de Nuevo México, y la princesa de la comuna: todos la querían. Y debido a todo ese amor, Jane tenía dos padres.

En un lugar semejante, me contó Jane, las pruebas de paternidad no significaban nada. ¿Quién podía reclamar la posesión de un alma? ¿De una vida? Esa clase de mierdas. Uno de los posibles padres era Rishel, el mecánico de la comunidad; tenía los ojos húmedos, un andar encorvado y un paquete de caramelos de cereza siempre en el bolsillo trasero. La otra posibilidad era Gabe, una especie de profesor. Había trabajado en un centro de estudios superiores durante un semestre enseñando literatura y poesía, y luego había pasado el próximo semestre en la comuna. Iba por ahí en Vespa, tenía un poco de barba y fumaba con una pipa similar a la de Sherlock Holmes, más que nada como pose.

De algún modo, esos hombres que en el instituto debían haberse evitado por los pasillos vacíos, encontraron respeto mutuo en la comuna. O al menos algo similar. El nombre del bebé solo fue un obstáculo menor.

Rishel quería Jane, por su madre: una pastelera de bodas de Chubbuck que había metido la cabeza dentro del horno después de haber terminado un pastel de cinco pisos. Gabe quería Jane por, lo habrás adivinado, su propia madre: una agente de tráfico de Saratoga que había sobrevivido al cáncer de mama. Y el apellido fue indiscutible: Jane llevaría el de su madre, Fonda, y todos habían disfrutado *Barbarella* (por diversos motivos: Gabe, de un modo irónico; Rishel, sinceramente), y así quedó. La llamaron Jane Fonda.

Gabe dijo que el nombre era un triunfo del posmodernismo.

Rishel dijo que el nombre era simple y directo. Sencillo. Una buena elección.

Jane Fonda nació en el granero de la comunidad en diciembre; la trajo al mundo una enfermera de emergencias jubilada llamada Pat. Al parecer, Pat era como una nodriza salida de Romeo y Julieta, gritona y confiada, con una masa de trenzas grises y manos rosadas como rebanadas de jamón. Pat y su amante, Candace, una policía retirada, se habían mudado recientemente a la comunidad para invertir sus pensiones para el bien de todos. Antes de Idaho, habían vivido en Womyn's Lands, una de las comunidades de mujeres perteneciente y dirigida por varios miembros del grupo feminista radical The Gutter Dykes, de Berkeley. Pat y Candace disfrutaron de su estancia en la utopía de mujeres hasta que se dirigieron a Canadá para asistir a un festival de folk, fueron a visitar a amigos en Chubbuck y nunca regresaron.

Pat y Jane Fonda eran cercanas. Luego Pat murió en un accidente de moto de nieve, el mismo accidente en el que Jane se dañó su pierna. Así que, en una tarde, perdió la pierna de la rodilla hacia abajo y a su enfermera y modelo a seguir. Gabe llevaba dos años sin pisar la comuna y Rishel nunca supo qué decir sobre la tragedia sin sonar como *The Farmer's Almanac*.

No en la fecha del nacimiento de Jane, en absoluto, pero más tarde, la madre de Jane deduciría a partir de esa noche toda clase de significados cristianos. El pesebre, el mes, la noche estrellada, incluso el trío de músicos sabiondos que tocaban melodías sobre el nacimiento mientras pasaban pastel para compartir entre todos. Nadie jamás pudo comprender por completo por qué Jane nació en un granero para empezar. Había algunas cabañas y varias tiendas indígenas.

«Porque fue un acto de Dios», había decidido la madre de Jane más tarde. La mujer se atenía a esa versión.

Poco después del accidente con la moto de nieve, la madre de Jane encontró a Cristo en la fila del supermercado. Estaba a cargo de comprar los artículos «no cultivables» para la comuna esa semana: pasta de dientes, papel higiénico y tampones. Una de esas revistas sensacionalistas le llamó la atención: una supuesta imagen de Jesús crucificado se había formado en una nube de polvo sobre Kansas. ¿Y por qué no? Si los cristales podían ser poderosos y los cantos podían hacerte sentir completo, entonces, ¿por qué no? Una historia sobre las dificultades que Jane Fonda enfrentó al filmar su nuevo video de ejercicios: *La sesión de ejercicio de Jane Fonda para embarazadas, madres primerizas y en recuperación*. Jesús y Jane Fonda en la cubierta de una misma revista, justo allí, mirándola en la fila del supermercado: era demasiado para ser coincidencia.

La madre de Jane, ahora con una hija inválida, estaba lista para dejar la comunidad, para continuar con sus creencias desde un edificio con muchos pisos con un Dairy Queen cerca. Nunca estuvo del todo bien con Pat ni con Candace, incluso antes del accidente. Algunas cosas eran más antinaturales que otras. Culpaba a Pat, la muerta, quizá con razón, de que su hija fuera inválida y de que tal vez le hubiera contagiado algo más. Pocos días antes del episodio de la revista en el supermercado, había descubierto a Jane con la hija pelirroja y dentuda de una de las nuevas familias de la comunidad. Ambas chicas estaban sin camiseta, jugando al «quiropráctico» según dijeron (era la profesión del padre de la chica nueva). Pero eran demasiado mayores para jugar a los médicos. Así que la madre de Jane hizo algo al respecto. Y se mudaron. Y esta vez, se casó con un buen hombre: un entrenador de béisbol para niños que iba a la iglesia y cortaba el césped. Y pocos años después, Jane Fonda terminó en Promesa.

—Pero ¿qué hiciste específicamente? —le pregunté a Jane aquel día en el granero—. Para terminar aquí, me refiero. ¿Cuál fue la acción decisiva? —Hacía un rato que ya había guardado la pipa en el compartimento de su pierna. Llevábamos una hora, o más, en medio del calor agobiante y del aroma dulce del granero. Esperaba que Ruth estuviera buscándome, que llevara un rato buscando, que estuviera lista para partir y dejarme, pero que no pudiera hacerlo porque yo no aparecía por ningún lado y, técnicamente durante unos minutos más, estaba a su cargo.

—¿Qué no hice? —dijo Jane—. Da igual, esas son las cosas típicas. Solo te he contado las mejores partes.

Me encogí de hombros. Aquellas «cosas» que excluía no me parecían típicas.

—¿Qué? ¿Quieres oír cómo *todavía* jugaba a los médicos con chicas hasta los catorce años? Solo que nadie lo llama «jugar a los médicos» a esa edad. Además, lo que hacía con esas chicas era más bien ginecológico y no medicina general.

—¿Tu madre te descubrió de nuevo? —pregunté, riendo.

Jane movió la cabeza de lado a lado, como si yo fuera demasiado lenta para comprender las cosas. Quizá lo fuera.

—No necesitaba descubrirme con nadie. Yo vivía mi pecado a viva voz. Decía con orgullo que era miembro de la Nación Lésbica, y una amiga utilizó la maquinilla eléctrica de su hermano para raparme la cabeza. Intenté subirme a un autobús hacia la costa, cualquiera de las dos, más de una vez. No puedes *descubrir* a alguien haciendo algo si esa persona no se está escondiendo.

Hice la pregunta inevitable. La única que quedaba por hacer.

—Entonces, ¿ahora estás *curada*?

—¿Quieres decir que no se nota? —preguntó Jane, esbozando aquella sonrisa extraña que hacía tan bien, la que no revelaba nada.

Habría pensado en algo que responderle, pero el pastor Rick y la tía Ruth entraron en el granero. Miraron hacia arriba, hacia donde estábamos las dos sentadas al borde del altillo. Rick esbozó su sonrisa de estrella de rock con hoyuelos. Ruth parecía tranquila. Bueno, más tranquila de lo que había parecido al llegar.

—¿No es agradable este lugar? —preguntó Ruth—. Con tanto aire puro.

—Es una gran bendición tener estos terrenos —dijo Rick—. Los usamos bien, ¿no, Jane?

—Sin duda —respondió ella.

—Es un lugar precioso, de verdad —continuó Ruth—. Pero supongo que… —Me miró.

Le devolví la mirada, intentando no transmitir nada, como hacía Jane. Nadie dijo nada durante varios segundos. Luego Rick preguntó:

—¿Tienes un largo camino de regreso a casa? —No lo dijo como habrían hecho algunos adultos: «Tu tía tiene un largo camino de regreso a casa, Cameron», para darme una reprimenda, para demostrar algo, para apoyar a Ruth. Podría haberlo hecho, pero no lo hizo.

—Sí —respondió ella—. Pero iré a Billings esta noche. Tengo una reunión de Sally-Q allí, mañana por la tarde.

Le explicó qué era Sally-Q mientras Jane y yo nos poníamos de pie y nos limpiábamos el heno. Rick fingió interés en lo que Ruth decía acerca de *herramientas para mujeres*. O a lo mejor no fingía en absoluto.

En la escalera, mientras maniobraba con la pierna sobre el peldaño superior, Jane me dijo en voz baja:

—No te sentirás mejor si la tratas mal antes de que se vaya.

—¿Cómo sabes qué sentiré?

—Sé muchas cosas —dijo Jane—. Y eso lo sé.

* * *

Así fue nuestra despedida: fuera, solas, junto al FM; la brisa que bajaba de las montañas aún era fría y picante; el sol todavía calentaba, iluminando la pintura blanca del techo. Ruth me abrazó fuerte, llorando un poco, y yo mantuve las manos en los bolsillos, negándome a devolverle el abrazo.

—Rick y yo hablamos sobre la furia que sientes hacia mí —dijo Ruth en mi cuello—. Tienes tanta furia en tu interior.

No dije nada.

—Lo peor que podría hacer en este instante es perder la fe en ti porque permití que tu furia me afectara. No te haré eso, Cammie. Sé que ahora no puedes verlo, pero *sería* algo terrible que no te hubiera traído, que hubiera perdido la fe en ti.

Seguí sin hablar.

Ruth me colocó las manos sobre los hombros, y yo retrocedí y me aparté a un brazo de distancia de ella.

—No te haré eso. Tu furia hacia mí no hará que cambie de opinión. Y tampoco le haré eso a la memoria de tus padres.

Aparté sus manos de mí y retrocedí.

—No hables de mis padres —repliqué—. Mis padres nunca me hubieran enviado a un lugar retorcido como este.

—Tengo una obligación que no comprendes, Cameron —respondió Ruth, manteniendo la voz baja y tranquila. Y luego, más bajo, añadió—: Y, para ser clara, no sabes todo lo que hay que saber sobre tu madre y tu padre y sobre lo que ellos querrían para ti. Los conocí a ambos mucho antes que tú. ¿No puedes considerar ni siquiera por un minuto que esto es exactamente lo que harían en esta situación?

Lo que dijo no era profundo, pero igualmente me golpeó como un placaje de fútbol americano. Era el lugar exacto donde golpearme para hacerme sentir débil, estúpida y culpable y, sobre todo, asustada, porque ella tenía razón: no sabía demasiado sobre la clase de personas que mis padres habían sido. No de verdad. Y Ruth por fin me lo había señalado, y la odié por haberlo hecho. Ella continuó:

—No quiero dejarte así, con toda esta furia entre las dos…

Pero no permití que terminara. Di un paso hacia ella. Me obligué a mirarla directa a los ojos. Fui cuidadosa y lenta con mis palabras.

—¿Alguna vez pensaste que quizá *tu* llegada fue lo que me hizo de este modo? ¿Que quizás habría estado bien, pero cada decisión que tú has tomado desde que murieron fue la equivocada?

La cara que puso confirmó lo terribles que habían sido mis palabras; eran mentira, por supuesto. Pero no podía detenerme. No me detuve. Hablé más fuerte. Las palabras salían y salían.

—¿A quién tengo aparte de ti, Ruth? Y me decepcionaste. Y ahora has tenido que enviarme aquí para intentar repararme rápido, antes de que sea demasiado tarde. Antes de que esté completamente jodida sin remedio. ¡Rápido! Cúrame, cúrame rápido, Jesús. ¡Sáname! ¡Rápido, antes de que sea permanente, para toda la vida!

No me abofeteó. Tenía muchas ganas de regresar a aquella cabaña falsa con una marca intensa, ardiente y roja en una mejilla. Pero Ruth no me abofeteó. Lloró acongojada del modo más genuino en que la había visto llorar por mí. Le creí, creí en la autenticidad de esas lágrimas. Los sollozos continuaban apareciendo, incluso cuando subió al FM y se alejó. La veía llorando a mares a través de la ventanilla, incapaz de mirarme o sin ganas de hacerlo, y sentí que por fin, por fin, había hecho algo bastante horrible como para merecer esa reacción.

* * *

La primera noche en Promesa, después de que Erin y yo repasáramos una y otra vez nuestras vidas, sueños y nuevos propósitos —los de ella eran auténticos, los míos inventados por mi compañía actual (aceptar la ayuda de Jesús, sanar, encontrar a un amigo)—, oí el sonido de su respiración, el ruido de las sábanas en su cama, todos los otros sonidos que se oyen en la noche cuando duermes en un lugar nuevo con otras personas. No pensé en Coley, sino en Irene Klauson, lejos en aquel internado durante su primera noche, escuchando la misma clase de sonidos, pensando, tal vez, en mí. Al cabo de un rato, todos esos pensamientos y los sonidos amortiguados hicieron que me quedara dormida.

Soñé que la verdadera Jane Fonda venía de visita a Promesa. No había alquilado tantas películas en las que actuara, pero una tarde habían dado en la televisión *En el estanque dorado*. Katherine Hepburn trabaja en ella, pero ya es la Katherine Hepburn temblorosa y no deja de decirle a su esposo, un Henry Fonda aún más viejo, que mire a «¡los locos, Norman! ¡Los locos!»; se supone que Jane Fonda es la hija desastrosa o algo así, pero su padre es malhumorado y viejo y puede que tenga demencia senil, así que les resulta difícil resolver las cosas. Quizá lo hagan con el tiempo. No lo sé, porque Ruth llegó a casa y tuve que ayudarla con algo y me perdí el resto de la película. Ni siquiera estoy segura del significado de «los locos».

Pero, en mi sueño, Jane Fonda es puro ángulos bronceados y el cabello ondulado flota detrás de ella sin que haya viento real, y yo estoy dándole un tour del sitio. Vamos a todos los edificios y luego, cuando abrimos la puerta para salir de la cafetería, de pronto aparecemos en el rancho de Irene Klauson dentro de la excavación de dinosaurios, pero es como si fuera el rancho de Irene pero a la vez no, del mismo modo en que siempre algo es y no es en un sueño. Y cuando salimos al rancho, bajo la luz del sol, huelo la tierra revuelta, y pienso que a lo mejor en Promesa es donde se supone que debo estar. Algo en aquel olor, y en el modo en que la luz brilla, parece lo correcto.

Intento preguntarle a Jane Fonda sobre ello, pero ya no está de pie a mi lado. Está junto al granero con un hombre alto con traje gris. Tardó mucho en caminar hacia ellos, como si anduviera sobre uno de esos inflables de la feria y el suelo se moviera de arriba abajo, la superficie insuflada con aire. Hasta que no estoy prácticamente frente a ellas, no veo que Jane está hablando con Katharine Hepburn, pero la Katharine Hepburn joven, vestida con un traje de hombre con corbata, con todo el cabello castaño ondulado. Y luego Katharine Hepburn avanza hacia mí, sobre el suelo, que es más bien un globo en lugar de tierra, y dice: «No sabes nada acerca de Dios. Ni siquiera sabes nada sobre las películas». Luego se inclina hacia mí con labios rojos demasiado carnosos y grandes para ser reales y me besa; cuando nos separamos, tengo esos labios entre los dientes, pero son de cera. Son unos labios de cera gigantes como los de Halloween y mis dientes se hunden en ellos hasta las encías y se quedan atascados allí. Y quiero decir algo, pero no puedo, porque aquellos labios se me han pegado a los dientes y mi boca no puede pronunciar palabras con ellos. Y luego Jane Fonda ríe desde un lugar lejano... aunque no estoy segura de que eso aún sea parte de mi sueño.

Capítulo catorce

Durante mi primera sesión individual, hicimos mi iceberg. Supongo que en realidad era una sesión de dos contra uno, porque el reverendo Rick y una mujer que nunca había visto hasta ese día, la psicóloga/subdirectora de Promesa, Lydia March, estaban allí «apoyándome». Todo el lenguaje en Promesa era sobre apoyar, no sobre aconsejar: *Sesiones de apoyo. Talleres de apoyo. Sesiones individuales de apoyo.* Más tarde, aprendí que yo no era especial y que todos en Promesa tenían su iceberg. Los icebergs eran una fotocopia en blanco y negro de un dibujo que Rick había hecho. Cuando me entregó el mío por primera vez por encima de la mesa, se parecía a algo así:

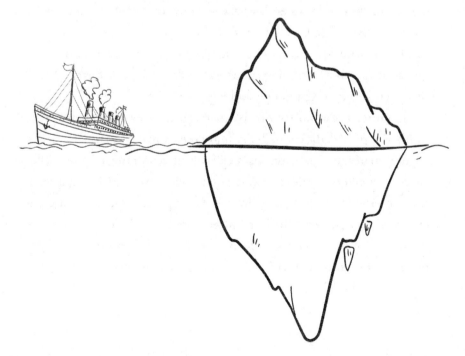

—Entonces, sabes cómo funcionan los icebergs, ¿no? —me preguntó él.

Observé un poco la imagen, intentando descubrir a dónde iba con eso. Habíamos pasado media hora hablando sobre mi adaptación, sobre las clases a las que asistiría, sobre cualquier duda que pudiera tener con respecto a las reglas. No habíamos llegado a hablar sobre cómo me curaría este lugar y no comprendía cómo aquel dibujo podía ser un paso en esa dirección. Y no comprender me molestaba; no quería que me engañaran para que revelara algo importante. Permanecí en silencio. Rick sonrió.

—Permíteme probar de otro modo. ¿Qué sabes sobre icebergs? ¿Algo?

Di una respuesta lo menos cooperativa posible debido a mi incertidumbre.

—Sé que uno le trajo serios problemas al *Titanic* —dije.

—Sip —respondió, exhibiendo su sonrisa y apartándose el pelo de la cara—. Así fue. ¿Algo más?

Miré el dibujo de nuevo. Continué mirando. Era incómodo.

—Seguro que sabes algo más sobre ellos —dijo Lydia—. Enormes islas de hielo a la deriva en los océanos. —Tenía acento inglés. Yo no sabía nada acerca de las variantes de los acentos, pero el suyo era claramente más parecido al de la Eliza Doolittle refinada postransformación que al de la Eliza Doolittle vendedora de flores pretransformación—. Piensa en la frase «la punta del iceberg» —añadió.

La miré. Lydia no sonrió. No parecía malvada particularmente, sino seria, pura dedicación. Tenía uno de esos rostros con demasiados ángulos marcados y la nariz, las mejillas y las cejas muy arqueadas; llevaba el cabello recogido con mucha tensión, como aquella guitarrista falsa en el vídeo de Robert Palmer, así que parecía que su frente era eterna. Pero tenía un cabello fabuloso. Era muy blanco, un tono de blanco perfecto, *cola de unicornio* o *barba de Santa*; peinado hacia atrás de ese modo en una coleta lucía en cierta manera futurista, como si hubiera bajado del *Enterprise*.

—La punta del iceberg —repitió.

Había oído hacía poco aquella expresión, pero no recordaba dónde y no tenía tiempo de pensar en ello con los dos mirándome con tanta expectación.

—¿Te refieres a que gran parte del iceberg está bajo la superficie? —pregunté.

—Exacto —asintió Rick, ampliando aún más su sonrisa—. Has dado en el clavo. Solo vemos un octavo de la masa total del iceberg sobre la superficie del agua. Por este motivo, a veces los barcos tienen problemas, porque la tripulación cree que lo que ven en el agua parece bastante insignificante, manejable, pero no están preparados para lidiar con todo el hielo por debajo la superficie.

Extendió el brazo, deslizó el dibujo sobre la mesa hacia él, escribió algunas cosas y luego lo deslizó hacia mí. Junto a la masa de hielo sobre la superficie del agua decía: *Trastorno de atracción hacia el mismo sexo de Cameron*. También había escrito: *Familia, amigos, sociedad*, sobre el barco.

Ahora veía hacia dónde iba esto.

—¿Dirías que la punta del iceberg, en este dibujo, da miedo a las personas que están en el barco? —preguntó él.

—Supongo —respondí, todavía mirando el papel frente a mí.

—¿Qué significa *supongo*? —preguntó Lydia—. Necesitas responder estas preguntas con cierta reflexión. No podemos darte apoyo si no estás dispuesta a esforzarte en absoluto.

—Entonces, sí —dije, mirándola y hablando con decisión—. La punta del iceberg, como está dibujada en la imagen, tiene muchos ángulos afilados y protuberancias puntiagudas y se cierne sobre el barco de un modo precario.

—Sí —dijo ella—. Así es. No ha sido tan difícil. Y dado que es tan grande y aterrador, las personas del barco solo quieren enfocarse en él. Pero sabemos que ese no es el verdadero problema, ¿no?

—¿Todavía estamos hablando sobre el dibujo? —pregunté.

—No importa. El verdadero problema para las personas del barco... —Hizo una pausa para golpear el dibujo con el dedo, sobre las palabras *Familia, amigos, sociedad*; luego me apuntó con ese mismo dedo, para que la mirara a la cara antes de continuar—: El *verdadero problema* es el inmenso bloque de hielo oculto que sostiene la punta aterradora. A lo mejor pueden navegar alrededor del hielo de la superficie, pero se toparán directamente con problemas aún peores con lo que hay debajo. Lo mismo se aplica a tus seres queridos cuando se trata de ti: el pecado del deseo y del comportamiento homosexual es tan aterrador e imponente que se fijan solo en ello, quedan consumidos y aterrorizados por él, cuando en realidad los problemas graves, los problemas que necesitamos resolver, están ocultos debajo de la superficie.

—Entonces, ¿intentaréis derretir mi punta?

El reverendo Rick rio. Lydia, no.

—De hecho, algo parecido —dijo Rick—. Pero *nosotros* no haremos nada; tú lo harás. Necesitas concentrarte en todas las cosas de tu pasado que han causado que luches contra la atracción antinatural hacia el mismo sexo. La atracción en sí misma no debería ser el foco principal, al menos no por ahora. Lo importante es todo lo que vino antes de que fueras consciente de esos sentimientos.

Pensé en lo joven que era cuando consideré besar a Irene por primera vez. Nueve. ¿Quizás ocho años? Y también había estado enamorada —creo que podría llamarse «enamoramiento»— de nuestra maestra de prescolar, la señorita Fielding. ¿Qué podría haberme sucedido para que «luchara contra la atracción hacia el mismo sexo» a los seis años?

—¿En qué piensas? —preguntó Rick.

—No lo sé —respondí.

Lydia emitió un gran suspiro.

—Usa tus palabras —dijo ella—. Tus palabras de niña grande.

Decidí que la odiaba. Lo intenté de nuevo.

—Es decir, es interesante pensarlo de ese modo. Nunca lo había hecho antes.

—¿Pensar en qué de ese modo? —preguntó Lydia.

—La homosexualidad —dije.

—No existe la homosexualidad —respondió ella—. La homosexualidad es un mito perpetuado por el movimiento por los derechos de los gays. —Separó cada palabra de la próxima oración—. No hay una identidad gay, no existe. En cambio, solo existe la misma lucha contra los deseos y los comportamientos pecaminosos que cada uno de nosotros, los hijos de Dios, debe afrontar.

La miraba y ella me devolvía la mirada, pero yo no tenía nada que decir, así que bajé la vista hacia el iceberg.

Lydia continuó hablando, cada vez más fuerte.

—¿Decimos que alguien que comete el pecado del asesinato forma parte de un grupo de personas que tiene esa característica de identidad en común? ¿Permitimos que los asesinos organicen desfiles y que asistan a discotecas de asesinos para fumar droga y bailar toda la noche y luego salir a cometer asesinatos juntos? ¿Lo llamamos como otro aspecto de su identidad?

El reverendo Rick tosió. Yo continué mirando el iceberg.

—El pecado es pecado. —Ella parecía satisfecha con eso, así que lo dijo de nuevo—. El pecado es pecado. Solo que tu lucha es contra el pecado de la atracción hacia el mismo sexo.

Podía escuchar en mi cabeza a Lindsey diciendo que respondiera: *¿En serio? Bueno, si la homosexualidad es igual al pecado del asesinato, entonces, ¿quién muere exactamente cuando los homosexuales se reúnen a pecar?* Pero Lindsey no estaba sentada allí con ellos dos. Y Lindsey no estaba exiliada en Promesa durante al menos un año. Así que mantuve callada a Lindsey dentro de mí.

—¿Cómo te sientes con todo esto? —preguntó Rick—. Estamos dándote demasiada información a la vez, lo sé.

—Estoy bien —dije, demasiado rápido, sin pensar en absoluto en su pregunta. Añadí—: Bueno, solo un poco. —Me dolía la cabeza. En la habitación en la que estábamos, un pequeño espacio de reuniones en la oficina de Rick, solo cabían una mesa y tres sillas ahora ocupadas por nosotros; en ese espacio reducido reinaba un olor demasiado intenso y dulce por la gardenia en una maceta sobre un estante debajo de la ventana, llena de hojas brillantes y tal vez media docena de flores, algunas ya marchitas, cayendo del tallo. Estar allí por poco me hacía desear volver a la oficina de Nancy, la consejera escolar: el sillón, los pósters de famosos, la comida de la sala de profesores, la falta de pecado implícita por mi presencia.

—Entonces, ¿qué hago con esto? —pregunté, sujetando mi iceberg.

Rick presionó ambas palmas sobre la mesa frente a él.

—Dedicaremos tus sesiones individuales, tantas como haga falta, a intentar llenar el espacio bajo la superficie.

Asentí, aunque no estaba segura de a qué se refería.

—Será un trabajo arduo —dijo Lydia—. Tendrás que confrontar cosas a las que preferirías no enfrentarte. Uno de los primeros pasos más importantes es que dejes de pensar en ti como homosexual. No existe tal cosa. No hagas que tu pecado sea especial.

En mi cabeza, Lindsey dijo: *Qué curioso, mi pecado parece jodidamente especial considerando que han construido un lugar de tratamiento exclusivo para lidiar con él.* Pero lo que dije en voz alta fue:

—No pienso en mí misma como homosexual. No pienso en mí misma como nadie más que yo.

—Es un comienzo —dijo Lydia—. El desafío será desvelar quién es ese «yo» y por qué tiene estas tendencias.

—Lo harás bien —añadió Rick, sonriéndome con su sonrisa de Rick genuina—. Estaremos aquí para apoyarte y guiarte durante todo el proceso. —Debía lucir dubitativa, porque añadió—: Solo recuerda que yo también he estado en tu lugar.

Todavía sostenía mi iceberg. Sacudí el papel de un lado a otro rápidamente y emitió aquel ruido genial a golpeteo que el papel hace cuando lo agitas así.

—¿Debo llevármelo?

—Nos gustaría que lo colgaras en tu cuarto —dijo él—. Escribirás en él después de cada sesión individual.

Aquel iceberg fue mi primer y único privilegio decorativo durante los próximos tres meses. Lo colgué en el centro de la pared vacía de mi lado de la habitación. Comencé a buscar el iceberg de todos los demás, ahora que sabía qué buscar. A veces los discípulos (se suponía que debíamos llamarnos a nosotros mismos «discípulos» y pensar en nosotros como discípulos del Señor y no solo como estudiantes jodidos) que estaban más avanzados en el programa enterraban parcialmente sus icebergs debajo de las típicas cosas efímeras que aparecían en los muros de los adolescentes, aunque los pósters, folletos e imágenes per- tenecientes a la juventud de Promesa estaban más relacionados con ac- tividades cristianas y bandas y menos con, digamos, vaqueros desnudos o chicas de *Los vigilantes de la playa*. Pero, de todos modos, los *collages* adolescentes son todos parecidos y las fotocopias del iceberg eran lo bastante distintivas como para que pudiera hallarlas.

En el hielo debajo de la superficie de la fotocopia de cada discípulo había frases y términos escritos que no tenían demasiado sentido para mí, hasta que mis sesiones individuales avanzaron y yo comencé a es- cribir cosas similares.

Observé los problemas *debajo de la superficie* de todos con tanta regularidad que recuerdo algunos casi palabra por palabra:

Erin Vikinga (mi compañera de cuarto):

Demasiada vinculación masculina con papá a través del
equipo de fútbol americano Minnesota Vikings. La belleza
extrema de Jennifer = sentimientos de inadecuación femenina
(incapacidad de estar a la altura), que resultó en una creciente
devoción por las chicas scout en un intento por demostrar mi
valía (como mujer) de modos inapropiados. Trauma (sexual)
no resuelto en el baile de séptimo curso cuando Oren
Burstock me agarró los pechos junto a la fuente.

Jennifer era la hermana de Erin y había algunas fotos de ella en su tablón. No culpaba a Erin por sentirse inadecuada: Jennifer era des- pampanante. Le pregunté por qué le permitieron decorar con los colo- res de los Minnesota Vikings y con recuerdos si aquello era un área muy problemática para ella.

Tenía la respuesta preparada. Obviamente había invertido tiempo en ella, porque la dijo como estoy segura de que Lydia se la había di- cho miles de veces.

«Debo aprender a apreciar el fútbol de manera saludable. No hay nada malo en ser una mujer fanática del fútbol. Solo no quiero que mi vínculo futbolístico con mi padre defina mi identidad, porque aquella definición confunde mi identidad de género, dado que la actividad a través de la que nos relacionamos es muy masculina».

Jane Fonda:

Situación de vida extrema y malsana en la comunidad: sin dioses, sistema de creencias pagano. Falta de un modelo a seguir masculino (estable y singular) durante la infancia hasta la adolescencia. Construcción inadecuada del género y una relación pecaminosa «aceptada»: Pat y Candace. Exposición temprana a las drogas ilegales y al alcohol.

Adam Águila Roja:

La modestia extrema de papá y la falta de afecto físico hicieron que buscara afecto físico en otros hombres de una forma pecaminosa. Demasiado cercano a mamá: construcción errónea del género. Las creencias de los yantonai (*winkte*) están en conflicto con la Biblia. Hogar roto.

Adam era el chico más guapo que había conocido en la vida. Tenía la piel de color del yute cobrizo y pestañas que parecían parte de un anuncio de máscara de pestañas de una revista, aunque no se veían con frecuencia por su cabello negro y brillante, que le colgaba sobre la cara hasta que Lydia March se acercaba inevitablemente a él con una goma elástica estirada entre el pulgar y el índice, diciendo: «Recógetelo, Adam. No puedes ocultarte de Dios».

Adam era alto, tenía músculos largos y se movía como un bailarín principal de la compañía de ballet Joffrey: pura gracia, puro poder elegante y fuerza. A veces corríamos juntos en la pista de atletismo los fines de semana, antes de la llegada de la nieve, y descubrí que lo miraba de formas que me sorprendieron. Su padre, que se había convertido recientemente al cristianismo «por motivos políticos», según dijo Adam, fue quien lo envió a Promesa. Su madre se opuso a todo el asunto, pero estaban divorciados, y ella vivía en Dakota del Norte, y su padre tenía la custodia, así que así estaban las cosas. Su padre era del grupo Canoe Peddler de los assiniboine, un miembro votante del consolidado Consejo Tribal de Fort Peck, y también un promotor inmobiliario muy respetado en Wolf Point con ambiciones de convertirse en alcalde, ambiciones que él sentía amenazadas por tener a «un mariposón por hijo».

Helen Showalter:
> Énfasis en mí misma como atleta: masculinidad reforzada por la obsesión con el softball (malo). Tío Tommy. Imagen corporal (malo). Padre ausente.

Mark Turner:
> Demasiado cercano a mamá: vínculo inapropiado (con ella) por mi papel en el coro de la iglesia. Enamoramiento hacia los consejeros mayores (hombres) del campamento de verano de Son Light. Falta de contacto físico apropiado (abrazos, tacto) por parte de mi padre. Carácter débil.

No era difícil decirle al reverendo Rick las cosas que quería que dijera. Él cerraba la puerta de su oficina, preguntaba sobre mi semana y mis clases y luego retomaba donde lo hubiéramos dejado. Yo le contaba la misma historia acerca de mi competición con Irene o que pasaba más tiempo con Jamie y los chicos que con chicas de mi edad, o algo sobre la influencia de Lindsey sobre mí. Hablábamos mucho sobre Lindsey: su poder de persuasión típico de la gran ciudad, la tentación de lo exótico.

No le mentía a Rick, porque no lo hacía. Solo que él creía tanto en lo que hacía, en lo que hacíamos, fuera lo que fuere. Y yo no. Ruth tenía razón: no había venido a Promesa con «un corazón dispuesto a aprender» y no sabía cómo hacer que el corazón que tenía se transformara en la otra versión.

Rick me caía bien. Era amable y tranquilo; notaba que cuando le contaba una historia más acerca de recibir recompensas por mi comportamiento masculino y por mis logros, creía que de verdad estábamos logrando algo, que ese «trabajo» me beneficiaba y que en algún momento llegaría a aceptar «mi valor como una mujer femenina» y, al hacerlo, «me abriría a las relaciones heterosexuales y piadosas».

Lydia, en cambio, me daba un poco de miedo y me alegraba que, al menos por ahora, tuviera sesiones individuales con Rick. Había oído antes describir a otra persona como «correcta y formal», pero Lydia era la primera persona a la que habría descrito con esas dos palabras. Cuando guiaba los estudios de la Biblia, o incluso cuando la veía en el salón comedor (que no era una sala muy grande y para nada un salón) o en cualquier otra parte, me hacía sentir de inmediato que estaba pecando en ese instante, solo por estar viva, por respirar, como si mi presencia fuera la personificación del pecado y el trabajo de Lydia fuera librarme de él.

Para Acción de Gracias, mi propio iceberg tenía este aspecto:

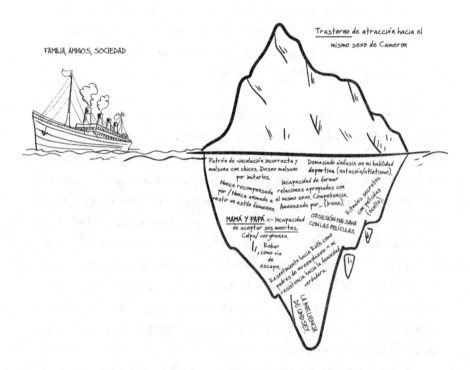

Éramos diecinueve discípulos aquel otoño, lo cual era sorprendente, porque éramos seis más que el año anterior. (Diez discípulos eran reincidentes). Doce chicos, siete chicas, el reverendo Rick, Lydia March, cuatro o cinco monitores rotativos para los dormitorios y líderes de talleres, y Bethany Kimbles-Erickson, una profesora de veintitantos años y viuda reciente, que conducía su furgoneta Chevy marrón desde West Yellowstone de lunes a viernes para supervisar nuestros estudios. (Ella y Rick también eran pareja ahora. Muy castamente). De los diecinueve, había al menos diez discípulos realmente comprometidos con el programa, con conquistar el pecado del deseo y el comportamiento homosexual, con derretir la punta de sus icebergs con la esperanza de alcanzar la salvación eterna. El resto de los discípulos sobrevivía más o menos como lo hacía yo: fingiendo progresar en interacciones individuales y amistosas con el personal y liberando tensiones a través de una serie de interacciones pecaminosas, y por tanto prohibidas, y por tanto secretas.

Al principio, los horarios constantes, la rutina del lugar, fue lo más difícil para mí. Después de años de hacer lo que quisiera con Jamie, con quien fuera, ser incapaz de cerrar con llave mi puerta, de montar mi bicicleta, de poner un vídeo y verlo tres veces seguidas, me hacía sentir que era la peor clase de castigo: mucho peor que reunirme una vez por semana para conversar con el reverendo Rick.

Si no estábamos en la capilla, estábamos en las aulas. Había dos y cada una tenía un grupo de mesas pequeñas y sillas de plástico, una gran pizarra blanca al frente, el reloj obligatorio y mapas desplegados, artículos habituales de las aulas; pero cuando mirabas por la ventana, aún veías la cadena montañosa azul y violeta como una imagen de postal y la tierra y el cielo se extendían infinitamente. Cada vez que miraba por la ventana durante demasiado tiempo, sentía que desaparecía. Y miraba a través de esas ventanas demasiado todo el tiempo.

Bethany Kimbles-Erickson no enseñaba mucho, más bien corregía los deberes y ocasionalmente nos aclaraba algo si uno de nosotros alzaba la mano mientras leíamos o trabajábamos en silencio. El silencio en las aulas era como me imaginaba un monasterio. A veces era tan espeso y sólido que corría la silla hacia atrás con la mayor fuerza posible e iba a sacarle punta al lápiz o a buscar un libro que ni siquiera necesitaba, solo para romperlo. Dirigían así las cosas más que nada porque no estábamos todos en el mismo curso y veníamos de distintas escuelas en distintos estados, por lo que había una vasta cantidad de expedientes académicos que considerar y era prácticamente imposible para alguien ponerse delante del aula y enseñarnos diez asignaturas diferentes a la vez. Nuestro currículum se regía por el estado de Montana y nuestra escuela sponsor, Lifegate Christian en Bozeman, era adonde íbamos en noviembre y en mayo para hacer los exámenes finales. Los planes de estudio y las metas de aprendizaje se trabajaban con un discípulo a la vez, y todo era como un estudio independiente de cada asignatura. A mí no me molestaba. Significaba mucho tiempo de «trabaja a tu propio ritmo», lo cual me gustaba, pero a algunos alumnos les resultaba difícil, y Bethany pasaba horas sentada junto a esos estudiantes o inclinada sobre ellos, o en una mesa separada donde supongo que daba sus clases individuales.

Lo primero que hacía cada lunes era darnos a cada uno paquetes fotocopiados de deberes y lecturas hechos según los requerimientos estatales para los alumnos de nuestro nivel. Para completar esas tareas, utilizábamos libros de texto de la biblioteca de Promesa, un conjunto de cuatro a seis estanterías que contenían varios libros de ediciones viejas, unas enciclopedias, algunos otros libros de referencia, un estante de «literatura clásica» y dos o tres estantes de libros sobre cristianismo, al igual que ejemplares actuales y viejos de *Cristianismo Hoy* y revistas *Guideposts*. No sé con certeza qué esperaba, pero los libros de texto no eran muy distintos a los que había usado en Custer. De hecho, estoy bastante segura de que el libro de Política y Economía era exactamente el mismo que en Custer. Y aunque había algunos libros de ciencia que específicamente negaban los fósiles como prueba de que la edad de la Tierra no se correspondía con la Biblia y que también, como era predecible, descartaban la evolución como una tontería, también había un libro de ensayos escritos por científicos que eran cristianos evangélicos, como Robert Schneider, ensayos que de hecho demostraban que uno podía creer en la evolución sin negar la noción teológica de que Dios creó el mundo y todo lo que hay en él. Hallar aquel libro en la estantería me sorprendió mucho. Hizo que me preguntara quién se había asegurado de que estuviera allí, quién había abogado por su inclusión.

Si no estábamos en las aulas, estábamos cocinando, limpiando o haciendo servicio evangélico. Los dos primeros son obvios, y me volví bastante buena en preparar guisos para más de veinte personas. Hicimos varias versiones con latas de sopa y Tater Tots, cebollas y hamburguesas, y también con algunas latas de sopa, arroz, pollo y habas; aquellas mezclas salían del horno burbujeantes, doradas y tan pesadas que se necesitaban dos personas con guantes de cocina para alzar las fuentes gigantes sobre la encimera. También preparábamos mucho pudín instantáneo para el postre, y aquello me hizo pensar en la abuela.

El servicio evangélico era quizá menos obvio. A dos o tres nos asignaban trabajo en la oficina principal; debíamos copiar y enviar el boletín informativo de Promesa a los contribuyentes y también mandar cartas de pedidos de donaciones a una lista maestra de cristianos de todo el país. Exodus International nos proporcionaba esas listas y también vídeos, formularios y libros de actividades. Eran «el ministerio referencial con más información en el mundo sobre problemáticas homosexuales». De vez en cuando, durante el servicio evangélico, uno o dos de nosotros incluso llegábamos a hablar por teléfono con contribuyentes importantes sobre la clase de progreso que hacíamos, pero en esos primeros meses no me pidieron que lo hiciera.

Si no estábamos en servicio, estábamos en un taller, en una sesión individual o en una actividad apropiada a nuestro género. Aquello significaba muchos deportes grupales para los chicos, pesca y senderismo, o que los llevaran a uno de los ranchos vecinos donde les permitían ayudar durante unas horas, al estilo vaquero. Para las chicas, significaba viajes a Bozeman a distintos salones de belleza dirigidos por típicas damas con el pelo abultado que sentían pena por nuestras necesidades relativas a la belleza, y también sesiones de pastelería y visitas ocasionales de vendedoras de Mary Kay o de Avon. Una vez, una mujer del área de obstetricia del Hospital de la Diaconisa de Bozeman hizo una presentación sobre el embarazo y el cuidado infantil con muñecas parecidas a los maniquís de RCP que había usado en el entrenamiento de socorrista y aquello me hizo pensar en Hazel. Y en Mona. Y en Scanlan. Pero no tanto en la dicha de la maternidad, que parecía ser el objetivo de la presentación.

Si no estábamos haciendo una tarea asignada o una actividad apropiada para cada género, cumplíamos, cómo no, con horas de estudio y horas de diario/reflexión y horas de rezo/devoción, y algunos domingos subíamos a las dos camionetas de Promesa y nos dirigíamos a Bozeman para la misa en la gran iglesia Asamblea de Dios: Palabra de Vida. Teníamos nuestros propios bancos y éramos como celebridades menores entre los congregantes. Pero en domingos alternos, el reverendo Rick daba el sermón en nuestra propia capilla, y algunos de los rancheros locales y sus familias a veces nos acompañaban. Por mucho que me gustaran las excursiones lejos del recinto, prefería los domingos en los que permanecíamos en Promesa, porque los discípulos conformábamos la mayor parte de la congregación. En Palabra de Vida me sentía como un pez dorado gordo, brillante y obvio, un pez famoso por sus tendencias homosexuales; era básicamente un gran pez dorado gay en un tanque con otros dieciocho peces iguales, encerrados en un banco durante dos horas, para el deleite de la multitud. En aquellas misas, parecía que todos los que me miraban, sin importar si sonreían, apartaban la vista o me agarraban la mano durante las presentaciones, pensaban: *¿Será esta la misa que lo cambiará todo para ella? ¿Ya estará volviéndose mucho menos gay? ¿Será esta la misa que incline la balanza hacia el lado del Señor? ¿Ocurrirá delante de nuestros ojos?*

A pesar de la rutina, aquellos de nosotros que queríamos romper las reglas hallábamos un modo de hacerlo. Teníamos asignadas horas libres los fines de semana, y a veces era posible manipular las horas de estudio y las de servicio, dependiendo de con quién estuvieras atrapado en la tarea.

Jane Fonda, Adam Águila Roja y yo éramos los fumadores. Era posible convencer a Steve Cromps, pero no era un participante habitual. Mark Turner, el compañero de cuarto de Adam, había descubierto hacía poco a Jane fumando en el sendero camino al lago y, aunque no la había delatado, al menos todavía (porque según Jane «él no hacía esas cosas»), tampoco había aceptado la oferta de Jane de participar. Mark era el hijo de un predicador importante de Nebraska, un tipo con una congregación de más de dos mil miembros, y había carteles con su fotografía a lo largo de la interestatal. Supe todo esto pronto, no porque Mark alardeara o hablara sobre ello, la verdad, sino porque era básicamente un experto en la Biblia, un niño prodigio en la materia, y por lo tanto solían pedirle que recitara pasajes durante nuestras misas dominicales. Me había fijado en su seriedad. Pero Jane creía que había algo más en él. Decía que «no nos podíamos fiar de Mark». No sabía del todo a qué se refería con eso, pero era típico de mí no comprender las observaciones de Jane.

Adam y yo la ayudamos a cosechar sus últimas plantas de marihuana a finales de septiembre. Se había quejado de que las heladas tempranas ya habían matado varias plantas y que no podría cosechar lo que quedaba a tiempo para salvarlas. Me ofrecí a acompañarla y ella me dedicó una de sus miradas ilegibles, pero luego dijo:

—Por qué no.

Cuando me reuní con ella afuera del granero a la hora que me había dicho, cargando la toalla de playa que me había pedido que llevara, Adam estaba con ella, masticando una pajita rosa diminuta del paquete del zumo Capri Sun que había comprado la última vez que todos habíamos ido a Walmart. Adam casi siempre estaba masticando algo, y Lydia casi siempre le decía que se esforzara más por «dominar su fijación oral».

—Vendrá con nosotras —dijo Jane, sacando una foto Polaroid de Adam y de mí de esa manera veloz como un látigo propia de ella.

—Tal vez podrías trabajar en la parte en la que dices «sonreíd» antes de sacar una foto —comenté. Jane casi nunca le mostraba a nadie sus fotografías, aunque debía tener cientos y cientos de ellas. Ya tenía decenas en las que aparecía solo yo, pero había visto solo tres imágenes.

—¿Qué sentido tendría si estuvierais posando? —preguntó, apartando la Polaroid y guardándola en el bolsillo trasero de sus pantalones caqui antes de echar a caminar hacia el bosque. Adam y yo la seguimos.

—Al parecer, no puedes interferir con el arte —me dijo él tras avanzar unos metros por el sendero. No conocía lo suficiente a Adam para saber cuánto de lo que decía era broma o si había una parte que lo era.

—¿Crees que Jane es una artista? —pregunté.

—No importa lo que *yo* piense —respondió él, sonriendo en cierto modo con la pajita en la boca—. Jane cree que es una artista.

Ella se detuvo y se giró hacia nosotros.

—Oíd, loquitos: soy una artista. Y, asombrosamente, puedo oíros desde aquí arriba, a dos metros de distancia.

—Los artistas son sensibles —dijo Adam, imitando el susurro de un narrador de documentales sobre la naturaleza que hubiera visto una criatura salvaje—. Hay que tratarlos con cariño y, a veces, con cuidado.

—Así es —respondí yo, intentando hacer la misma voz—. Observad cómo la artista parece inquieta y fuera de control cuando se enfrenta a insensibles que no son artistas.

—Es comprensible que aquellos que no tienen talento estén asustados y celosos ante la presencia de un artista —dijo Jane, y luego sacó otra foto de nosotros: *clic, flash, imprimir*.

—La artista responde con hostilidad —prosiguió Adam—, utilizando su aparato avanzado que captura imágenes para sorprender e inmortalizar a sus víctimas.

—La estética de mi enfoque requiere espontaneidad —explicó Jane, guardando la foto en el bolsillo y retomando la marcha hacia adelante—. Sentíos libres de buscar el significado de *estética* cuando regresemos a la cabaña.

—¿Está relacionado en algún modo con la atracción homosexual? —pregunté, no tan fuerte como Jane, pero sí lo suficiente—. Porque sin duda suena a que es así, y si es el caso: no, gracias, pecadora. Conozco tus trucos.

—Será mejor que busquemos *espontaneidad* mientras tanto —dijo Adam, ahora sonriendo sin lugar a dudas.

—Claro —respondí—. Y *enfoque*. Y *requiere*. Es curioso que hayamos sido capaces de comprender algo de lo que la artista nos ha dicho, a juzgar por su vocabulario impresionante.

—De hecho, yo no lo entendí —afirmó Adam—. Ni siquiera estoy seguro de hacia dónde nos dirigimos ahora mismo. Me lo intentó explicar, pero utilizó palabras demasiado pomposas, ¿sabes? Solo asentí en las partes donde parecía que debía hacerlo.

En ese instante, decidí que Adam era mi persona favorita en Promesa.

El cultivo de marihuana de Jane, la granjera, no estaba lejos de uno de los senderos de excursión principales, el que llevaba al lago, pero Jane sabía lo que hacía, qué plantas crecían cerca, cómo ocultar su camino. Incluso después de seguirla y pasar más de dos horas trabajando con herramientas entre la cosecha aromática, era probable que no hubiera podido hallarla por mi cuenta sin tardar años. Supongo que Jane lo sabía o no nos habría traído con ella.

Las toallas de playa que llevábamos sobre los hombros cumplían dos funciones. La primera era para fingir —en caso de que nos topáramos con compañeros discípulos— que nos dirigíamos al lago para una última zambullida otoñal antes de que el golpe fuerte del otoño y el invierno nos privara de nadar. La segunda era como medio de transporte: para ocultar la cosecha. Jane también tenía una mochila para el mismo propósito.

Muchas de las hojas de los árboles ya se habían tornado amarillas, iban desde color canario al tono del cartel de CEDA EL PASO y del sorbete de limón, y el sol otoñal se colaba entre las hojas; los rayos rebotaban en las sombras a nuestro alrededor en aquella parte del bosque. Mientras caminábamos, Jane silbaba canciones que yo no reconocía. Silbaba bien y caminaba rápido, y el chirrido de su pierna era reconfortante, como el sonido de un tren o el de un ventilador al girar, una pieza de una maquinaria haciendo su trabajo. Me gustaría seguirla, cada uno de sus movimientos estaba lleno de propósito.

Su cultivo estaba en una especie de claro, al menos lo suficiente para que sus plantas recibieran la cantidad diaria necesaria de luz solar. No sabía qué había estado esperando, pero todos esos arbustos bastante altos y verdes alineados en hileras ordenadas cargando las hojas reales que había visto inmortalizadas en tantos parches cosidos en mochilas, en pósters psicodélicos y en cubiertas de CD eran sorprendentemente increíbles. Y fragantes. Adam también parecía impresionado, sonreía ante todo el despliegue; los dos movíamos la cabeza de lado a lado ante el trabajo de Jane.

—¿Has hecho todo esto sola? —pregunté.

—Es mejor hacerlo sola —respondió Jane. Caminó entre las plantas, con cuidado, con delicadeza, deslizando los dedos sobre las hojas. Luego miró hacia el manto espeso del bosque, con determinación, la cabeza en alto como una actriz de teatro, y dijo—: «Y cuando aquella cosecha crecía y luego se segaba, ningún hombre había desmigajado un terrón caliente con sus manos dejando la tierra cribarse entre las puntas de los dedos; ninguno había palpado la semilla ni anhelado que esta germinase. La tierra daba frutos sometidos al hierro y bajo el hierro moría gradualmente; porque no había para ella ni amor ni odio, y no se le ofrecían oraciones o maldiciones».

—¿Qué son *Las uvas de la ira*, Alex? —dijo Adam.

—Ni idea —respondí.

—Lo leímos el año pasado —explicó Adam—. Es bueno.

—Es más que eso. Es necesario —añadió Jane—. Todo el mundo debería leerlo cada año. —Luego se permitió regresar a la Jane que conocíamos desde donde fuera que acababa de estar. Colocó las manos en la cintura y dijo—: Y vosotros que pensabais que solo aparecía por arte de magia dentro de bolsitas de plástico, triturada y lista para el papel de fumar.

—«Una granjera cultivaba marihuana y Artista se llamaba» —comenzó a cantar Adam.

—«Y Lesbiana se llamaba» —dije—. Suena mejor.

—No para Lydia —comentó Jane.

—¿Qué le ocurre a esa mujer? —pregunté.

—Imitar a la madre de *Carrie* es la carrera que eligió —respondió Adam.

—Lo dudo —respondí—. No es lo suficientemente dramática, y tampoco la he oído decir ni una vez «sucias almohadas».

—Eso es solo porque no exhibes tus sucias almohadas como es debido —dijo él. Reí. Estábamos de pie al borde de la zona de cultivo de la marihuana, justo donde el suelo del bosque hecho de hojas aplastadas y raíces se encontraba con el terreno oscuro y revuelto en el que Jane obviamente había trabajado y trabajado. Creo que ninguno de los dos sabía con certeza si éramos o no oficialmente bienvenidos a entrar en la zona de cultivo.

Jane se había puesto de rodillas junto a un arbusto inmenso y estaba haciéndole algo al tallo, pero no veía el qué.

—Lydia es una mujer complicada —dijo ella, detrás de la planta—. Creo que, de hecho, es brillante.

Adam hizo una mueca.

—Pero completamente ilusa.

—Sí, es ilusa, pero se puede ser las dos cosas —dijo Jane—. Os lo digo: no hay que tomarla a la ligera.

—Dios, te amo, Jane —dijo Adam—. ¿Quién usa *tomar a la ligera* además de ti?

—Apuesto a que Lydia lo haría —comenté.

—Por supuesto que lo haría —concordó Jane—. Es una buena frase; es muy específica en su significado y suena agradable en la lengua.

—Se me ocurre otra cosa que suena agradable en la lengua —dijo Adam, golpeándome con el codo dos veces de un modo tonto y bromista. Y luego, añadió—: *Ba-dam-tss.*

—Entonces podemos tomar eso como confirmación de que eres por completo la mitad hombre hoy —dijo Jane, y Adam rio, pero yo no estaba segura de a qué se refería.

—El trabajo arduo de Lydia por fin debe de estar dando frutos —dijo él con una voz masculina estilo Paul Bunyan.

—¿De dónde ha salido Lydia? —pregunté.

Adam adoptó un acento inglés muy malo y respondió:

—De una tierra mágica llamada Inglaterra. Está muy, muy lejos cruzando el mar; es un lugar donde las niñeras viajan en paraguas voladores y las fábricas de chocolate contratan a hombres diminutos de cabello verde.

—Sí, pero ¿por qué está aquí en Promesa? —pregunté.

—Ella nos financia —dijo él—. Es la mayor accionista de la compañía Salvad Nuestras Putas Almas.

—Además, es la tía de Rick —añadió Jane. Se puso de pie y caminó hacia nosotros con un par de cogollos del tamaño de una piña.

—Imposible —respondí, exactamente al mismo tiempo que Adam decía:

—¿De verdad?

—Lo es —afirmó Jane—. Rick lo mencionó en una de mis sesiones individuales, o el tema salió a colación de algún modo, no lo recuerdo; es una de esas cosas que no es de por sí un secreto, pero que ellos mantienen en reserva.

—Dios —dijo Adam—, la tía Lydia, reina de las nieves. Apuesto a que regala cosas como calcetines de lana para Navidad.

—Los calcetines de lana son muy útiles —respondió Jane—. Yo estaría feliz de encontrar una caja grande de calcetines de lana debajo del árbol.

—Eso es probablemente lo más lésbico que has dicho —dijo Adam, riendo.

—Lo que es mucho decir —añadimos los dos a continuación.

Jane movió la cabeza de lado a lado.

—La practicidad no tiene nada que ver con la sexualidad.

—Esa frase quedaría bien en una camiseta —comenté—. Tiene rima y todo.

—Sí, menciónaselo a Lydia cuando regresemos —sugirió Adam—. Estoy seguro de que encargará muchas en cuestión de segundos.

—¿De dónde saca el dinero? —pregunté.

—No tengo ni idea —respondió Adam—. Pero mi teoría personal es que era una estrella porno famosa en Inglaterra y que vino aquí escapando de su pasado para usar el dinero endemoniado que ganó con mucho esfuerzo haciendo el trabajo de Dios.

—Suena lógico —dije, asintiendo.

—Estoy un poco, mínimamente, enamorada de ella —comentó Jane, mientras hurgaba en su mochila en busca de algo. Poco después extrajo una pila pequeña de bolsas de papel de almuerzo.

—Por supuesto que sí —dijo Adam, exagerando su risa—. ¿Por qué no lo estarías?

Jane dejó de hurgar y lo miró.

—Asistió a Cambridge, ¿sabéis? Hola: la Universidad de Cambridge. ¿Habéis oído hablar de ella?

—Yo, sí —respondió él—. Queda en Cambridge, Florida, ¿no?

Me reí de los dos.

—¿A quién le importa dónde estudió? —añadió Adam—. Hay toda clase de locos que asisten a buenas escuelas.

—Creo que es misteriosa —dijo Jane, hurgando de nuevo—. Eso es todo.

—Vamos —respondió Adam, inclinándose hacia adelante como si estuviera completamente agotado por el razonamiento de Jane—. El sistema solar es misterioso. La CIA es misteriosa. Maldición, el modo en que graban música en discos y casetes es más misterioso que ninguna otra cosa. Lydia es una psicópata.

—Grabar sonidos no es tan misterioso en realidad —afirmó Jane, acercándose a nosotros, mientras se fijaba mucho en sus plantas—. Es un proceso bastante directo.

—Por supuesto que lo es —dijo Adam—. Y por supuesto que lo sabes todo sobre ello.

—Así es —afirmó ella. Nos tomó por los codos y nos guio hacia la zona de cultivo—. Pero no te lo contaré ahora porque no es el momento. Hemos venido a cosechar.

Durante la siguiente hora, nos enseñó cómo recolectar los cogollos verdes pesados con cuidado y cómo quería que los envolviéramos en trozos de las bolsas de papel marrón que había sacado de la cocina. Inspeccionaba, por ejemplo, la textura y los colores de los cogollos, las pequeñas fibras, que Jamie me había dicho que se llamaban simplemente «cabellos rojos», pero Jane se refería a ellos con más precisión y los llamaba «pistilos».

Hablaba como una botánica sobre cómo utilizarlos para determinar la potencia máxima de THC y CBD, para reconocer cuál era el mejor momento de cosechar, pero luego añadió:

—No importa demasiado porque lo recogeremos todo, cualquier cosa que pueda pegarnos un poco mientras estemos cubiertos de nieve durante una tormenta cuando llegue febrero.

—Entendido —respondí.

—Entendido —repitió Adam.

—Así es —dijo Jane—. Es una bendición para vosotros que esté en mi naturaleza ser proveedora.

—Es lo que cualquier cristiano debe hacer —afirmé.

—Indudablemente —respondió Jane. Se rascó el cuello y entrecerró los ojos hacia el sol, utilizando el dorso del antebrazo para secarse la frente. Tenía una expresión decidida y orgullosa, como el retrato en sepia de una mujer misionera, pionera del Viejo Oeste, que había venido a convertir a los nativos y a poblar la tierra, solo que esta vez la cosecha no era de maíz o trigo y esta vez Jane era la que venía a convertirse.

Adam sacudió un grupo de cogollos peludos del tamaño de una pelota de golf frente al rostro de Jane.

—¿Tenemos permitido probar la cosecha?

Ella le quitó el manojo de la mano.

—No la que recogemos —respondió—. Primero hay que secarla. Pero he venido preparada, como siempre, porque está en mi naturaleza ser proveedora.

—Y artista —añadí.

—Sí, no olvides la parte artística —afirmó Adam.

—Es verdad que soy muchas cosas —dijo Jane, saliendo de la zona en dirección a los árboles. Apoyó la espalda contra el tronco alto y grueso de un abeto, se deslizó hacia el suelo y allí enrolló los pantalones hasta la rodilla y se quitó la pierna, a lo que (ella tenía razón) ya me había acostumbrado a ver.

Adam y yo nos acomodamos junto a ella mientras Jane preparaba la pipa. Era perfecto estar allí en el suelo del bosque en una tarde de comienzos del otoño fumando maría. Prácticamente podía olvidar por qué los tres estábamos juntos, el pecado que teníamos en común, la razón de nuestra amistad. Jane había traído algunas latas verdes de zumo de manzana, como las de los recreos en preescolar, y también un paquete de carne seca. Nos sentamos a comernos nuestro refrigerio estilo pioneros y a pasar la pipa.

Se nos daba bien fumar y no hablar. Todos hablábamos tanto en Promesa, incluso los que no decíamos nada relevante en tanta conversación. A veces se levantaba una brisa y algunos puñados de esas hojas amarillas caían a tierra y la luz pasaba entre ellas.

En cierto punto, Jane preguntó con pereza:

—Dime, ¿ya has comenzado a olvidar quién eres? ¿O todavía es demasiado pronto?

Me había apoyado boca arriba para contemplar la altura abrumadora de los abetos mientras alzaban sus copas verdes a medio cerrar hacia el cielo. Y cuando Adam no respondió, me incorporé a medias, me recosté sobre los codos y dije:

—¿Me preguntas a mí?

—Sí, a ti —respondió Jane—. Adam asistió al campamento de verano, así que a estas alturas es prácticamente invisible.

—No estoy segura de a qué te refieres —dije.

—Promesa tiene una manera de hacer que olvides quién eres —explicó ella—. Incluso si te resistes a la retórica de Lydia. Igualmente, en cierto modo, desapareces aquí.

—Sí —dije. No había pensado en decirlo de ese modo, pero entendía a qué se refería—. Supongo que he olvidado parte de quién soy.

—No te lo tomes a pecho —añadió Adam—. Yo soy el fantasma del gay que solía ser. Piensa en la versión de Dickens del fantasma de las Navidades pasadas, pero con mi cara.

—Creí que nunca habías sido «un gay» —dijo Jane.

—Tú y las elecciones de palabras —respondió él—. No lo era técnicamente, aún no lo soy. Solo utilizo el término más práctico disponible para exponer mi opinión.

Hice mi mejor imitación de Lydia.

—Promovías *la imagen gay a través del uso de comentarios sarcásticos y del humor* —dije—. Es probable que tenga que denunciarte.

—No era la imagen gay —respondió Adam, con más seriedad—. No hay imagen gay aquí. Soy *winkte*.

Había visto eso en su iceberg y había querido preguntarle.

—¿Qué es eso?

—Un espíritu de dos almas —explicó sin mirarme, concentrándose, en cambio, en las agujas de pino largas que trenzaba—. Es una palabra lakota; bueno, una versión abreviada de una de ellas. *Winyanktehca*. Pero no significa «gay». Es algo diferente.

—Es algo importante —dijo Jane—. Adam es demasiado modesto. No quiere contarte que es sagrado y misterioso.

—Mierda, no hagas eso —replicó Adam, lanzándole algunas agujas sin trenzar de su pila—. No quiero ser tu pequeño indio sagrado y misterioso.

—Bueno, ya lo eres —dijo Jane—. Demasiado tarde.

—¿Te nombraron así? —pregunté—. ¿Podrías repetir cómo se dice?

—*Wink-ti* —dijo Adam—. Lo vieron en una visión el día de mi nacimiento. —Hizo una pausa—. Eso, si le crees a mi madre. Si le crees a mi padre, entonces mi madre inventó esa *tontería* como excusa para mi naturaleza marica y debería *ser un hombre* de una vez.

—Sí. Me quedaré con la versión de tu padre —dije—. Es mucho más sencilla.

—Te dije que nos caería bien —comentó Jane.

Pero Adam no rio.

—Sí, tienes razón —respondió—. La versión de mi padre es más fácil de explicar a cada persona del mundo que no conoce las creencias lakota.

—Suena muy complicado —comenté.

—¿Eso crees? —Adam resopló—. Se supone que los *winktes* son los puentes entre la división de los géneros y son curanderos y personas espirituales. No debemos intentar elegir el sexo con el que prefieren alinearse nuestras partes íntimas según una historia de la Biblia sobre Adán y Eva.

No sabía qué decir, así que hice una broma, mi respuesta habitual.

—Mira, mientras recuerdes que son Adán y Eva, y no Adán y Steve, debería irte bien.

Nadie dijo nada. Creí que lo había estropeado. Pero luego Jane se echó a reír como cuando estás drogado. Y luego Adam dijo:

—Pero no conozco a ninguna chica llamada Eva.

Lo cual me hizo reír con Jane. Y después él dijo:

—Además, ya dejé que Steve me masturbara en el lago la semana pasada.

—Entonces, evidentemente eres la madre de todas las causas perdidas gays —dije. No era ni siquiera tan gracioso en realidad, pero los tres entramos en uno de esos ataques de risa histérica que duran tanto tiempo que ni siquiera recuerdas por qué comenzaste a reír.

Al cabo de un rato, Jane se puso de nuevo la pierna y fue a terminar ciertas cosas en la zona de cultivo; Adam fue a pasear por alguna parte y yo me quedé allí. Escuché los sonidos ínfimos y agudos de las golondrinas y los trepadores azules, olí el humo y el suelo mojado, el aroma mohoso y agradable de los hongos y de la madera siempre húmeda, y sentí todas las maneras en que este mundo parecía tan, tan enorme —la altura de los árboles, el espesor del bosque, el movimiento del sol y las sombras—, pero también, tan, tan distante. Me había sentido así desde mi llegada, como si en Promesa estuviera destinada a vivir en un tiempo suspendido, en un lugar donde la persona que había sido, o la persona que pensaba que era, ni siquiera existía. Uno creería que desenterrar el pasado durante sesiones individuales cada semana haría lo opuesto y te haría sentir conectado a esas experiencias, al contexto que hizo que tú fueras *tú*, pero no fue así. Jane acababa de llamarlo *olvidarse de quien eres*, y creo que también es una buena forma de expresarlo. Todas las «sesiones de apoyo» estaban diseñadas para que comprendieras que *tu* pasado no era el pasado *correcto*, que si hubieras tenido uno distinto, uno mejor, *la versión correcta*, ni siquiera habrías necesitado venir a Promesa. Me dije a mí misma que no creía nada de esa mierda, pero allí estaba, y me la repetían día tras día tras día. Y cuando estás rodeado de un grupo que en su mayoría son extraños experimentando lo mismo, incapaz de llamar a casa, amarrado a la rutina en tierras ganaderas a kilómetros de distancia de cualquier persona que te hubiera conocido antes, que fuera capaz de reconocer tu *yo verdadero* si le decías que no recordabas quién eras, es como no ser real en absoluto. Es una vida de plástico. Es vivir en un diorama. Es vivir la vida de uno de esos insectos prehistóricos encerrados en ámbar: suspendidos, paralizados, muertos pero sin estarlo; no lo sabes con certeza. Esas cosas podían tener pulso dentro de aquel mundo duro de miel y naranja, el latido de alguna energía vital, y no me refiero a *Jurassic Park*, la sangre de dinosaurio y la clonación de un tiranosaurio rex, sino solo al insecto en sí mismo, atrapado, esperando. Pero incluso si el ámbar pudiera derretirse de algún modo y el insecto pudiera quedar libre sin sufrir daños físicos, ¿cómo era posible esperar que pudiera vivir en este mundo nuevo sin su pasado, sin que todo su conocimiento previo del mundo, de su lugar en él, lo confundiera una y otra vez?

Capítulo quince

En octubre, el discípulo Mark Turner y yo estábamos juntos en servicio evangélico en la oficina. Pasé la primera sesión trabajando en el boletín informativo, escrito por Lydia y por Rick y fotocopiado en papel celeste, con el logo de Promesa en una esquina, cuatro páginas de artículos sobre salidas diversas y proyectos de servicio comunitario y una página entera con el perfil de un discípulo. Aquel mes, era Steve Cromps. Lo que hice durante dos horas fue esto: grapar, plegar, sobre, sello, repetir, repetir. Mark, en cambio, estaba sentado en la silla giratoria del escritorio llamando a colaboradores importantes y diciendo el discurso. Lo hacía bien, quizá mejor que todos nosotros, y lo noté cuando no habían pasado ni cinco minutos en su primera llamada. Lo hacía bien porque él creía en lo que decía. Yo aún no lo conocía tanto en ese momento, pero como era el compañero de cuarto de Adam, lo que sí sabía era que estaba completamente comprometido con su estancia en Promesa, con su sanación. (Y también sabía que no era un soplón; hasta donde teníamos conocimiento, y ya nos hubiéramos enterado a esas alturas, nunca le contó a nadie que había visto a Jane con un porro, así que a pesar de la *cautela* de Jane, a mí me parecía un buen chico).

La silla en la que estaba ese día parecía demasiado grande para sus facciones de duende. Era probable que rozara el metro cincuenta y cinco y todo en él era delicado —manos, brazos, piernas—, y tenía un rostro pequeño con ojos caoba, mejillas permanentemente rosadas y labios pequeños y carnosos como los muñecos de porcelana Hummel. Tenía una carpeta negra llena de cosas para decir, de respuestas que dar a distintas preguntas: *P: ¿De verdad crees que estás mejorando allí?*

R: Desde que estoy en Promesa, ya he crecido en mi relación con Jesucristo.
Continúo creciendo todos los días. Y mientras aprendo a caminar con él, tam-
bién aprendo a alejarme del pecado de mi desviación sexual. Pero no necesitaba las respuestas del guion aprobadas por el personal, porque todas las
respuestas de Mark estaban naturalmente aprobadas por el personal. Observé cómo cerraba una llamada con un contribuyente de Texas, un tipo
al que le gustaba que lo llamaran todos los meses según había oído, y
ahora Mark hablaba con él sobre el equipo de fútbol Cornhusker, y le
contaba una historia acerca del último partido al que había asistido con
su padre y sus hermanos en el Memorial Stadium en Lincoln, una tarde
perfecta de octubre no muy distinta al día que teníamos, con apenas un
atisbo de helada en el aire, sidra caliente en sus termos, y con los Huskers
camino a la victoria a juzgar por el mar rojo en las gradas. De verdad lo
observé mientras la contaba. Me detuve a medio camino y lo miré, aunque él no notó mi presencia. Estaba entusiasmado, le brillaban los ojos,
hacía gestos con el brazo que no sujetaba el teléfono; y mientras hablaba
sobre un giro en el último cuarto que había sido como «una liebre saliendo de un sombrero, pero con calzado deportivo y césped artificial», deseé
haber estado allí con él, y sabía que el tipo de Texas en el teléfono también. Pero no me interesaba el fútbol universitario. No era eso. Mark vendía el sueño de una tarde de otoño completamente estadounidense con la
familia. Y no había nada falso o desagradable en ello, no era como un
anuncio de furgonetas Ford con la bandera de Estados Unidos de fondo.
Era más simple que eso, más genuino. Supongo que era así porque él
creía en eso de verdad. Sin importar lo que *eso* fuera.

El tipo de Texas debió de haber pensado lo mismo, porque hizo
otra donación por teléfono. Lo supe porque Mark dijo:

—Es muy generoso de su parte, Paul. No puedo esperar a contárselo al reverendo Rick. No podríamos hacer esto sin su apoyo. No solo
sin personas como usted, sino sin usted. Quiero que lo sepa. Lo que
dona es muy significativo para mi salvación. Y no hay suficientes palabras de agradecimiento que pueda darle a cambio.

No sabía cómo era posible decir cosas así sin sonar al menos un
poco imbécil; sé que yo hubiera sonado imbécil, aunque nunca

diría esas palabras. Pero Mark jamás sonaba como un idiota. No para mí.

Cuando terminó la llamada y estaba buscando el siguiente número de teléfono, pregunté:

—¿Cuánto dinero enviará ahora ese tipo?

Mark no alzó la vista de su lista.

—No lo sé exactamente —respondió—. Ultimará los detalles con el reverendo Rick.

Sabía que eso no era todo, pero no valía la pena molestarlo por ello.

—Eres muy bueno con esas llamadas —comenté.

—Gracias —dijo, ahora alzando la vista y sonriendo con timidez—. Eres muy amable.

—Es la verdad —afirmé—. Si hay que ser así de bueno, nunca me pedirán que lo haga.

Sonrió de nuevo.

—A mí me gusta hacerlas. Me da un propósito que otras tareas no ofrecen.

—Bueno, si continúas obteniendo donaciones, siempre harán que te encargues de las llamadas.

—No me gusta hacerlas por eso —respondió.

—Lo sé, lo entiendo. —Pero no estaba segura de que así fuera.

—Bueno —dijo él y regresó a su lista, miró el número y alzó el teléfono.

—¿Lo decías en serio? —pregunté, inclinando el cuerpo un poco hacia adelante, sobre la mesa, deseando que se detuviera.

Lo hizo. Mantuvo el teléfono en la mano, pero presionó el botón de tono con la otra.

—¿El qué?

—Que estar aquí es necesario para tu salvación.

Él asintió y luego dijo:

—No solo para la mía. Para la tuya también.

Puse los ojos en blanco. Mark se encogió de hombros.

—No intento convencerte. Eso no me corresponde a mí. Pero espero que te convenzas en algún momento.

—¿Y cómo ocurre eso? —pregunté, con cierta arrogancia, pero la pregunta iba en serio.

—Empieza por creer —dijo, soltando el botón y marcando los números—. Allí es donde todos debéis empezar.

Pensé en ello mientras hacía las siguientes llamadas y yo continuaba trabajando con los boletines informativos. Pensé en ello durante la misa dominical en Palabra de Vida y durante las horas de estudio en mi cuarto, con Erin Vikinga y su ruidoso fosforito rosa. En qué significaba creer realmente en algo… de verdad. Creer. El gran diccionario de la biblioteca de Promesa decía que era *algo que uno acepta como verdadero o real; una convicción u opinión firme.* Pero incluso aquella definición, breve y simple, me confundía. *Verdadero* o *real:* aquellas era palabras definitivas; *opinión* y *convicción,* no: las opiniones variaban, cambiaban y fluctuaban con la persona, la situación. Y lo más perturbador de todo era la palabra *acepta. Algo que uno acepta.* Yo era mucho mejor haciendo excepciones que aceptando cosas, al menos cosas con certeza, definitivas. Eso lo sabía. En eso creía.

Pero continué observando a Mark, su modo sereno, la paz que parecía tener, aunque estaba en Promesa, al igual que yo, al igual que el resto de nosotros. Molestaba a Adam todo el tiempo preguntándole sobre Mark para que me diera detalles: qué hacía en su habitación cuando los dos estaban allí, de qué hablaban.

—Creo que el sistema ya está funcionando —me dijo Adam una noche cuando había hecho muchas preguntas relacionadas con Mark que él no podía responder. Estábamos haciendo el turno de la cena juntos. Habíamos colocado dos guisos de pasta y atún en el horno, habíamos lavado los platos y nos habíamos escabullido al granero para fumar rápido porque sabíamos que Lydia y Rick estaban ocupados con sesiones individuales.

—¿Qué sistema? —pregunté, tomando el porro de su mano, pero cayó sobre mi regazo. Lo tomé de nuevo, inhalé.

—La conversión de tu sexualidad —dijo él, recuperando el porro—. Creo que estás haciendo un avance notorio. —Ya tenía un trozo de heno en los labios, su fijación oral, y lo dejó allí incluso mientras fumaba.

—¿Por qué dices eso? —pregunté.

—No has dejado de preguntar sobre Mark durante días —respondió, sonriendo—. Es un poco cansador para mí, pero te felicito; diría que es un enamoramiento absoluto de chica hetero de secundaria. Estoy esperando a que en cualquier momento te pongas a dibujar corazones con las iniciales de Mark en tu carpeta rosa.

—Mi carpeta es violeta, no rosa, perdedor —dije, riendo.

—Detalles, detalles —respondió, sacudiendo la mano—. Me interesa la pasión. *L'amour.*

Lo empujé.

—No me gusta Mark Turner —dije—. Solo me interesa descifrar quién es.

Adam asintió como un consejero, como Lydia, y unió las manos en forma piramidal y se las llevó a los labios mientras decía:

—Mmm-hmm. Y para especificar: con *descifrar quién es* te refieres a montarte en su pene erecto, ¿cierto?

—Sí, exacto —dije, riendo, pero luego no pude evitarlo; *estaba algo obsesionada con Mark Turner*—. ¿No crees que es interesante? ¿Su seriedad? Ni siquiera puedo imaginarlo haciendo algo que sea lo bastante gay como para que lo enviaran aquí.

Ahora, Adam se rio.

—Qué... ¿Ahora resulta que hay un barómetro gay oficial? Sus padres no iban a enviarlo, pero luego lo descubrieron escuchando a Liza Minelli por tercera vez en el mismo mes y eso fue todo: ¡al fin había hecho algo lo bastante gay!

—Bueno, así es como funciona, ¿no? Es decir, es bastante parecido a eso.

Él se encogió de hombros.

—Supongo —respondió en voz baja—. Si tu crimen no es mayor.

—Sí —dije. Fumamos en silencio después de eso. Pensaba en Coley, por supuesto, claro que lo hacía. No sabía en qué pensaba Adam. Después de un rato, preguntó:

—¿A quién elegirías, si no fuera Mark? ¿Para conquistar?

—Dios, no lo sé. A nadie. Creo que a nadie.

—Vamos —dijo él—. Si tuvieras que elegir. Si te obligaran a hacerlo.

Esperé. Pensé.

—Bethany Kimbles-Erickson —dije, riendo, pero hablando totalmente en serio.

Él también rio; el cabello oscuro y brillante le cayó sobre la cara.

—Ya veo. Es la fantasía de la maestra. Un escenario clásico. Pero de los estudiantes... ¿a quién elegirías?

—Tú dime —respondí—. Esto es cosa tuya, así que habla primero.

—Ya he besado a Steve. Algunas veces.

—Claro. Entonces, ¿Steve es tu respuesta?

—En realidad, no —dijo él, mirándome, con algo parecido a la vieja expresión de desafío de Irene Klauson—. Quizás a ti.

Mi estúpido rubor, una y otra vez.

—Claro —dije—. Entonces el sistema también está funcionando contigo. Me alegra no ser la única.

Hizo una expresión exasperada.

—No soy gay, Cam. Te lo dije. No funciona así para mí.

—Funciona así para todos —dije.

—Esa es una forma muy limitada de ver el deseo —respondió Adam.

Me encogí de hombros. No sabía qué decir. Miré la madera gris del granero, el liquen color café y verde menta que crecía en ciertas zonas. Raspé un poco con el dedo.

—¿Quieres hacer un túnel poderoso con esto? —preguntó, alzando lo que quedaba del porro, que no era mucho.

—No sé qué significa eso —dije.

—Sí que lo sabes —respondió. Hizo un gesto con la colilla—. Giro esto, me meto la parte encendida en la boca y soplo mientras tú me agarras la cara entre las manos e inhalas. También se le llama «escopeta».

—Eso no es la escopeta —repliqué.

—Difiero —respondió.

—Los labios se tocan cuando haces la escopeta —dije, quitándole el porro—. Es más parecido a besarse. Estoy segura de que ya lo sabías.

—Eso es un beso francés fumado —contestó Adam—. Es otra cosa.

—Bueno, es lo que quiero hacer.

—¿Estás segura?

Asentí. Luego, inhalé, lo máximo que pude, y fue un rato bastante largo, gracias a mis pulmones de nadadora. Luego retuve el humo, me aproximé a Adam, él acercó su boca a la mía, juntamos los labios y exhalé. Y luego continuamos besándonos durante un rato, tanto que quemamos la parte superior de los guisos.

Besar a Adam no era como besar a Jamie, no exactamente: no sentía que fuera un ensayo para lo verdadero, para algo mejor. Pero tampoco era como besar a Coley. Era algo intermedio, como besar a Lindsey, supongo, más parecido a eso. Me gustaba. Me gustaba hacerlo y no tenía que fingir que no estaba con Adam para que me gustara. Pero no sé, no lo anhelaba tampoco. *Anhelar* es una palabra desagradable. Al igual que *añorar*. O *ansias*. Todas son asquerosas. Pero así me sentía cuando tocaba y besaba a Coley. No me sentía así con Adam. Y sé que él tampoco se sentía así conmigo.

* * *

Promesa tenía reglas, muchas reglas, muchas de las cuales rompía con regularidad, y no pasó demasiado tiempo antes de que me descubrieran. En realidad, fue una infracción menor, considerando que podrían haberme encontrado fumando marihuana o besando a Adam (lo que hacíamos de vez en cuando después de nuestro primer intento, en el granero, en el bosque, con la mayoría de la ropa puesta) o burlándome abiertamente de las prácticas y del *apoyo* de Promesa de un modo sarcástico y típico de esa persona *gay* que se suponía que debía apartar de mi vida. Pero no fue ninguna de esas cosas. Erin Vikinga me descubrió guardando un paquete de rotuladores profesionales muy bonitos, de doce colores, con punta fina, en la cintura de mis pantalones, debajo de la camisa y del suéter, en la tienda de la Universidad Estatal de Montana mientras los discípulos esperábamos allí para asistir a un concierto de rock cristiano que daba Campus Crusade en el patio principal.

La cuestión fue que yo tenía más que dinero suficiente para pagar los rotuladores, pero no podía hacerlo porque: (1) se suponía que no había traído dinero conmigo a Promesa, y el pago por mi trabajo era poco porque costaba una eternidad ganarlo y había comprado muchos dulces con él; y (2) aunque hubiera utilizado ese dinero y quizás hubiera pedido prestado por adelantado (lo cual estaba permitido ocasionalmente), tendría que haberle mostrado a un miembro del personal todas las ganancias, con el recibo, antes de subir a las furgonetas que nos llevarían de regreso a Promesa, y entonces tendría que explicar lo que planeaba hacer con los rotuladores, lo cual era un secreto por el que valía la pena robar. Solo que no sabía que Erin había entrado en la sección de arte a buscarme, donde se topó con «un buen lugar para ver el espectáculo».

—¿Qué acabas de hacer? —me preguntó, y antes de que pudiera responder, añadió prácticamente gritando—: ¡Estás robando! Acabas de robar algo. Debes confesar. Deber ir y contárselo ya mismo a Rick.

—Ni siquiera salí de la tienda —dije, manteniendo la voz baja con la esperanza de que me imitara—. No es robar hasta que sales del establecimiento. Déjame que los devuelva. Mira, lo haré ahora mismo.

Agarré los rotuladores y exageré los movimientos al colocarlos de nuevo en el estante, junto a los otros paquetes de rotuladores de la misma variedad, pero no fue suficiente.

—No —dijo ella—. Claro que no. Si no te hubiera visto los habrías robado. Tienes el pecado en tu corazón, y eso es lo que cuenta. Tienes que contárselo a Rick, o a Lydia, porque yo no quiero delatarte, pero necesitas ayuda con esto. —Tenía los ojos llenos de lágrimas al final de su breve sermón y sabía que le había resultado difícil enfrentarse a mí de esa forma.

Intenté hablar como lo haría el reverendo Rick, con amabilidad pero con autoridad.

—Erin, ¿de verdad crees que necesito hablar con alguien acerca del paquete de rotuladores que ni siquiera me llevaré? Están de nuevo en el estante.

Ella movió la cabeza de lado a lado, los rizos le rebotaron con suavidad. Tenía las mejillas sonrojadas.

—No sería una buena amiga si hiciera la vista gorda ante tu pecado. En la Epístola a los efesios dice: «El que robaba, que no robe más, sino que trabaje honradamente con las manos para tener algo que compartir con los necesitados».

—Parece que hablaban sobre un hombre —dije, intentando sonreír.

Erin no sonrió. Permaneció de pie bloqueándome el paso, evitando que avanzara, los brazos cruzados frente al pecho, sobre una imagen de un Jesús musculoso y barbudo que llevaba una cruz que decía: EL PECADO DEL MUNDO. (Se ponía mucho esa camiseta. También había memorizado la parte trasera: en letras grandes y rojas y con la misma fuente usada para publicitar los gimnasios Gold, decía: GIMNASIO DE DIOS: ABIERTO 24/7). Me resultó difícil mirarle la cara brillante mientras permanecía de pie allí haciendo lo que sabía que creía que era un enfrentamiento absolutamente necesario contra el mal por mi salvación, así que, en cambio, miré sus brazos cruzados.

Dos alumnos universitarios vestidos con camisetas de franela holgadas y rastas robustas y apelmazadas de niño blanco avanzaron por el pasillo, pasaron junto a nosotras de camino a los óleos y se fijaron también en la camiseta de Erin.

—Es la invasión cristiana del campus —le dijo el más andrajoso a su amigo.

—Como las Cruzadas, pero sin las buenas épocas de asesinatos y saqueos —respondió el amigo.

—Y con música de mierda.

Ante el último comentario, que era obvio que lo habían dicho con la intención de que lo escucháramos, Erin parecía a punto de echarse a llorar de verdad.

Suspiré y moví la cabeza de lado a lado.

—Se lo diré a Rick —dije—. A Lydia, no. Pero se lo diré a Rick.

Ella asintió. Luego se acercó para darme un gran abrazo vikingo; sentí su mejilla húmeda contra mi cuello y olí el desodorante perfumado haciendo su trabajo.

—Es la decisión correcta —dijo mientras continuábamos abrazadas.

No lo hice solo porque Erin lloraba. Lo hice porque sabía que, si no lo hacía, la culpa la consumiría, su necesidad de darme *apoyo* o lo que fuera, la necesidad de delatarme de todos modos, pero esa decisión habría sido innecesariamente cruel para ella. Además, Erin y yo nos habíamos habituado a una rutina de compañeras de cuarto que era cómoda en general. Ella hablaba de todo sin parar, todo el tiempo; pero me acostumbré a ello y a veces me gustaba de verdad que estuviera allí; era un flujo de conversación unilateral constante que se me daba bien sintonizar y apagar. Erin no era como Mark Turner, al menos no me lo parecía. Su fe era ostentosa, un espectáculo para ella misma y para el resto de nosotros. No lo comprendía y sin duda no quería imitarla, pero apreciaba todas las maneras en las que Erin creía que aplicaba el programa: aquel fosforito rosa chirriando sobre un pasaje tras otro, esperando a que el próximo fuera el que funcionara, el que la convencería de una vez por todas de que ella ya no era un error. Yo aún no estaba lista para que me catalogara como un caso perdido. Me gustaba pensar que, en cierto modo, estábamos juntas en esto.

Decírselo a Rick fue tan indoloro como había esperado. Me agradeció la confesión, me dio un abrazo, rezamos juntos. Pero también se lo contó a Lydia, dijo que debían colocar una estrella junto a «robo» en mi expediente como un «área problemática para la manifestación del pecado». Y Lydia no solo rezó por el asunto, sino que me informó que el pecado de robar era un síntoma de algunos de esos problemas subyacentes con los que aún no estaba lidiando, y ahora, además de mis sesiones individuales con Rick, también tenía que reunirme con ella una vez a la semana. Además, mis tres meses de prueba terminarían en cuestión de días, pero esta infracción me costó «una cantidad adicional indeterminada de tiempo» sin correo o privilegios decorativos y sin llamar a casa. Al parecer, tenía un paquete de la abuela, una carta de Ruth y una carta de Coley, vaya sorpresa (abierta, leída y aprobada por el personal), esperándome en el buzón cerrado con llave de la oficina principal, pero tendrían que permanecer allí un tiempo más. También informaron a la tía Ruth acerca de la situación, pero esa noticia en realidad me causó un poco de satisfacción.

Si bien Rick y Lydia me preguntaron por qué sentí la necesidad de robar rotuladores cuando en Promesa había contenedores de suministros artísticos en las salas de estudio, aceptaron mi respuesta de «quererlos para mí y codiciar su valor y calidad». La verdad era que, si bien echaba de menos ver películas y escuchar música y echaba de menos el hospital, Scanlan, a la abuela y a Jamie y a Coley, a ella también, lo que de verdad echaba de menos era mi casa de muñecas. O tal vez no la casa de muñecas en sí misma, sino lo que fuera que había estado haciendo con ella durante tanto tiempo. Aunque Ruth había guardado en cajas y empacado todos los restos de mi perversión, no había tocado la casa de muñecas, y esperaba (necesitaba) que aquello aún fuera cierto en mi ausencia: que esa jodida casa de muñecas estuviera allí esperándome. Había planeado usar los rotuladores que nunca llegué a robar para un proyecto de casa de muñecas sustituta, dentro de unos envases de plástico de dos litros de ricota limpios y ahora ocultos bajo mi cama. Promesa compraba la ricota a precio de coste a una familia que asistía a la iglesia Palabra de Vida y que apoyaba con fervor la misión de nuestra conversión. Esa familia tenía una lechería local que vendía de todo, desde esos envases pequeños a kilos y kilos de manteca, helado y otras variedades de quesos, todo bajo la línea de productos llamada Lácteos Santa Vaca. El envase tenía una imagen de una vaca con una aureola sobre la cabeza y unas alas gordas e incluso vacunas creciendo en los lados. Se suponía que debíamos recolectar los envases vacíos en pilas en la cocina para que la lechería los rellenara con más producto, pero había robado dos la última vez que estuve a cargo de la cocina y había planeado llevarme más. No eran una casa de muñecas, pero eran algo. Ya había robado adhesivo para el *collage* y pegamento de Walmart durante una visita, y a veces, me llevaba tijeras y pinturas de las salas de estudio y las devolvía antes de que alguien lo notara; pero había intentado construir una reserva de materiales propios, y los rotuladores eran clave, y luego Erin había llegado.

Llenar aquellos envases con cositas robadas y secretos y luego esconderlos bajo mi cama, a pocos metros de Erin la chismosa, con la puerta siempre abierta, *pase*, era arriesgado y estúpido y no podía evitarlo. Creo que no quería hacerlo. No podía entender qué significaban como objetos, aunque sentía que había mucho significado en el acto de trabajar con ellos; pero sabía que alguien como Lydia pensaría que ella podía *descifrarme* a través de esos envases, que quizás fueran representaciones físicas de la mierda del iceberg bajo el agua. Y eso era problemático. Ese era motivo suficiente para no trabajar en ellos, para no tenerlos siquiera. Pero lo hice.

* * *

Hicimos una gran cena de Acción de Gracias, organizada por los ranchos vecinos, unas personas de Bozeman. Adam y yo nos ofrecimos como voluntarios para preparar las patatas por la mañana, bolsas y bolsas de ellas, limpiarlas, pelarlas, cortarlas y hervirlas antes de machacarlas con manteca y nata Santa Vaca. Fumamos medio porro con Jane antes y luego reservamos una pequeña esquina de la cocina para nosotros dos. Durante aproximadamente una hora, fue una locura allí dentro; había ruido y hacía calor, y olía (para todos, menos para el reverendo Rick) a todas las especias ricas de la comida festiva: canela, nuez moscada, salvia y tomillo. De hecho, también fue divertido, todos tenían su tarea: algunos trabajaban en los pavos y el relleno, Erin Vikinga preparaba la indispensable ración de judías verdes y cebolla frita, pero del cuádruple de tamaño que prepararía la mayoría de la gente. Rick puso el casete que le gustaba de bandas cristianas contemporáneas, pero también algunas canciones de góspel antiguas geniales: Mahalia Jackson, las Edwin Hawkins Singers. Había oído la cinta la cantidad suficiente de veces como para cantar mientras sonaba, en contra de mi voluntad. (Todos la habíamos escuchado bastante).

En un momento dado, Rick notó que yo hacía el coro de «Oh Happy Day»; es imposible no hacerlo. Él también cantaba. Se acercó a mí, haciendo una especie de giro y moviendo el trasero, con las manos cubiertas de relleno pegajoso y precocido. Mantuvo las manos frente a él como si fueran mitones o yesos, como si quisiera secárselas, e inclinó la cabeza hacia la mía para que armonizáramos, supongo, o tal vez solo imaginando un micrófono frente a nosotros, como si fuéramos un dúo famoso: Sonny y Cher o Ike y Tina, quizá Captain y Tenille.

Adam se acercó con el pelapatatas en la mano. Lo colocó frente a nuestras bocas para que no tuviéramos que imaginar un micrófono. Todos los demás en la cocina aplaudían al ritmo del coro en la cinta y nos observaban. Tomé el pelapatatas de Adam, lo sujeté imitando lo mejor posible a Mahalia, cerré los ojos y, a la mierda, canté como una profesional. Terminamos la canción así, cada vez más fuerte, de una forma imprudente y tonta como toda escapatoria. Mi excusa era la marihuana, pero Rick no tenía ninguna más que ser Rick.

Helen Showalter silbó fuerte cuando terminó. Nos dijo:

—Vamos, chicos, cantad otra. —Sonó como un viejo capataz al decirlo (Helen siempre era un poco brusca cuando estaba divirtiéndose, su voz era un poco áspera y dura) y se suponía que no debíamos usar la palabra *chicos* para referirnos a cualquier grupo en el que hubiera mujeres, pero Rick no la corrigió.

La canción que sonaba ahora era una sentimental de Michael W. Smith con demasiado sintetizador, pero entonces Lydia apareció; entró en la cocina con una caja grande llena de panecillos y dos pasteles de la pastelería del centro, y el momento terminó.

—No hago bis —dije.

—¿Bis de qué? —preguntó Lydia.

—Nada —respondí.

—Te lo perdiste —dijo Erin Vikinga—. El reverendo Rick y Cameron estaban actuando.

—Qué lástima habérmelo perdido —dijo Lydia, desempacando la caja. Luego añadió, en voz bastante baja, hablándole más que nada a la bolsa grande de panecillos—: Aunque diría que la señorita Cameron casi siempre está actuando.

Rick le dedicó una mirada significativa, sutil, como diciendo *no molestes* o algo así, pero creo que ella no la notó.

—Sin excusas, la próxima haremos karaoke —dijo él, manchándome la mejilla con relleno como lo haría un hermano mayor o un tío joven. Rick era fanático de las noches de karaoke. Promesa tenía su propia máquina. Quizás fuera la máquina personal de Rick. Nunca había cantado en ella.

Después de eso, la cocina se vació bastante rápido, pero Adam y yo no habíamos terminado. Nunca hay suficiente puré de patatas en Acción de Gracias. Permanecimos callados la mayor parte del tiempo, en trance por la monotonía de pelar y cortar.

En cierto punto, Adam preguntó, somnoliento:

—¿Por qué nunca hablas de la chica?

—¿De quién? —pregunté.

—Ah, no hagas como siempre cuando finges estar confundida. La chica. Tu perdición.

—¿Quién dice que fue solo una? —respondí, guiñándole un ojo.

—Siempre es solo una —dijo él—. La elegida, la importante. La que lo cambia todo.

—Tú primero —respondí, pero estaba haciendo tiempo y él lo sabía.

—Qué modestia más tediosa tienes —dijo Adam—. Ya lo has oído todo sobre el señor Andrew Texier y su predilección por mis impresionantes habilidades orales. Una predilección que fue reducida solo por el miedo hacia su padre. Y hacia el mío. Y hacia todo el equipo de fútbol de Fort Peck.

—No te merecía —afirmé.

—Pocos lo hacen —respondió—. Muy, muy pocos. Vamos, cuéntame. —Me golpeó el trasero con el pelapatatas—. No es amable hacer esperar a una dama.

—¿De qué quieres que hable? Ella está allí y yo, aquí.

—Sí, pero ella te envió aquí. Esa es una historia.

Había leído mi iceberg.

—Has leído mi iceberg —dije.

—Por supuesto —respondió—. Pero también una vez mencionaste algo. —Hizo rodar dos patatas recién peladas por la encimera hacia mí.

—No recuerdo haberlo hecho.

—Demasiada marihuana —dijo. Tenía razón en eso.

—Ella no me envió aquí, era una situación jodida, entró en pánico y entonces decidieron confinarme —expliqué.

Él alzó las cejas.

—Entonces, ¿a dónde la enviaron a ella?

Tragué y luego respondí:

—A ninguna parte.

—Esa sí que es una situación jodida.

No dije nada. Por fin habíamos terminado de pelar. Adam limpió su pelapatatas, colocó el cesto de basura debajo de la encimera y utilizó las manos para meter las cáscaras resbaladizas dentro, que cayeron con giros delicados y en grupos pesados y húmedos, haciendo ruido contra la bolsa de plástico.

—¿Esa chica misteriosa era la más bella del reino? —preguntó.

—Algo así —respondí, arrojando trozos de patata en la cacerola grande, mientras el agua salpicaba un poco—. Es guapa, eso sí.

—Nuestra Blancanieves sin nombre —dijo, haciendo un gesto a la cocina vacía—. Amante de damas.

—Blancanieves —repetí—. Señora de las noches de cine.

—Y destructora de corazones —añadió él, acariciándome el hombro para producir un efecto, no para consolarme.

—No me rompió el corazón —dije.

Adam retorció el rostro lleno de duda evidente.

Intenté imitar su expresión mientras movía la cabeza de lado a lado.

—Te lo dije, era una situación jodida desde el comienzo.

—Eso no significa que no implique corazones rotos.

En ese instante Rick regresó a la cocina, con las manos limpias y con una camisa abotonada. Colgó su delantal que decía LOS VERDADE-ROS HOMBRES REZAN (un regalo de Bethany Kimbles-Erikson) en el gancho correspondiente, detrás de Adam y de mí.

—Cam, ¿vendrías un segundo conmigo? —preguntó, tocándome el codo. Y a Adam le dijo—: Regresará enseguida. No te dejaré solo encargándote del puré mucho rato.

—De todos modos, ya estamos a punto de terminar —respondió Adam—. Ahora solo falta hervir y machacar.

Rick y yo caminamos en silencio por el pasillo que llevaba hasta la oficina principal. Allí sacó unas llaves de su bolsillo y abrió el misterioso buzón del correo. Me entregó el paquete de la abuela, que estaba un poco aplastado y roto en un lado, pero ahí estaba. También me dio una pila de cartas amarradas con una goma elástica. Ya sabía que una era de Coley; las dos de la abuela podría haberlas adivinado; las otras cuatro, de parte de Ruth, no las esperaba ni las hubiera adivinado.

Rick volvió a cerrar con llave el buzón.

—Les dijimos que te escribieran si querían, solo que no sabíamos con certeza cuándo estarías lista para recibirlas.

—¿Por qué ahora estoy lista? —pregunté. La carta de Coley estaba encima de las demás, su caligrafía bajo mis dedos. Tiré de la goma elástica y golpeé los sobres un par de veces.

—Me gustó lo que vi en la cocina esta mañana —dijo él—. Los avances no siempre ocurren durante una sesión. A veces significan más si no es así.

—¿Por qué cantar con un casete es un avance? —pregunté. *Snap. Snap. Snap.*

Rick me cubrió la mano que jugaba con la goma elástica.

—Fue más que eso, y lo sabes. Durante tres minutos, no tenías a tu alrededor esa pared de acero que has tenido desde que llegaste. La que ahora has alzado de nuevo. Te permitiste ser vulnerable, y la vulnerabilidad es necesaria para cambiar.

—Entonces, ¿ahora puedo quedarme con esto? —pregunté, elevando la pila de cartas un poco. Sentía que eran extrañamente peligrosas en mis manos.

—Sí, por supuesto. Son tuyas. También tendrás privilegios decorativos. Algunos. Puedes tener algunos. Lydia tiene una hoja con las especificaciones y las revisará contigo.

—No me siento curada —comenté. Ese fue mi momento más honesto con Rick hasta la fecha.

Rick movió al cabeza de lado a lado, cerró los ojos y suspiró con una exasperación exagerada.

—No curamos a las personas aquí, Cameron. Las ayudamos a acercarse a Dios.

—Tampoco me siento más cercana a Dios —dije.

—Tal vez Dios se sienta más cercano a ti —respondió.

—¿Hay alguna diferencia?

—Lee tu correo —dijo, abriendo la puerta—. Pero no dejes a Adam durante demasiado tiempo por su cuenta. Se lo prometí.

Primero revisé el paquete. La abuela había enviado dos bolsas de pequeñas barritas de dulces de Halloween y un paquete de calcetines de algodón buenos para correr, y había horneado brownies y blondies. Ahora estaban rancios por el paso de las semanas, pero igual probé algunos. Sabían a viejo. Una de sus cartas hablaba de lo difícil que era cocinar con azúcar y no comer nada de lo que preparaba, pero estaba dispuesta a hacerlo por mí. Luego admitió que se había comido algunos brownies. *Pero no demasiados.* La otra carta era más que nada sobre la nueva familia de ardillas que se había instalado en el patio trasero, y la fascinación y la molestia alternadas que sentía hacia ellas. No mencionó dónde estaba yo o qué podía estar haciendo. En cambio, las cartas de Ruth eran solo sobre cuánto me echaban de menos, cuánto rezaba por mí y que sabía lo difícil que era esto para mí. Luego llegué a la carta que debía haber enviado primero, sobre lo terrible que se había sentido cuando se marchó de Promesa en agosto, que tuvo que detenerse para recobrar la compostura y que eligió el lugar ante el cartel del lago Quake, y que fue como si Dios estuviera diciéndole que fuera allí. Solo que fuera allí. Así que lo hizo.

No he ido al L. Q. desde que estuve allí en una ocasión con unas amigas azafatas en los 80. Esta vez, me detuve frente a un paisaje increíble y solo lloré y lloré mientras pensaba en lo que acababas de decirme, que probablemente era en parte culpable por tu condición. Tuve que luchar contra eso de verdad, Cameron, y aún me es difícil, pero estoy dispuesta a admitir que quizá sea cierto. Puedo aceptar parte de esa culpa. Puedo soportarla. Te vi alejarte de Dios y actuar mal, insegura de ti misma, y permití que fueras por tu camino en vez de ayudarte activamente a convertirte en la mujer que sé que puedes ser. Quiero de todo corazón una vida llena de felicidad para ti. Espero que un día veas que este es el camino hacia esa felicidad y, aún más importante, hacia una vida más allá de esta.

Guardé la carta en su sobre y la aparté. Respiré hondo. Saqué la de Coley, considerando todos los elementos: el sello, una versión navideña de la Virgen María, aunque era un poco temprano para eso; su caligrafía ordenada; el color rosa perlado del sobre. Tomé la carta, una sola hoja rosa a juego.

Querida Cameron:

Escribo esta carta porque el pastor Crawford y mi madre creen que es bueno para mí hacerlo. Actualmente estoy intentando superar lo que ocurrió entre nosotras y sé que tú también, pero estoy muy furiosa contigo por haberte aprovechado de nuestra amistad del modo en que lo hiciste, tan furiosa que hace que me sea difícil incluso escribirte. Creía que era demasiado pronto para que escucharas todo esto, pero el pastor Crawford les preguntó a los encargados de Promesa y ellos dijeron que era bueno para los discípulos ver cuánto daño podían causarles sus pecados a otros y la destrucción que podían provocar. Me siento tan asqueada y avergonzada cuando pienso en el verano. Nunca he conocido una vergüenza semejante. No sé cómo permití que me controlaras así. Fue como si ya ni siquiera fuera yo. Mi madre comenzó a decirlo incluso durante el rodeo, y tenía razón. No digo que yo no pequé también. Lo que digo es que tú ya tenías esto en tu interior. Yo, no. Sin embargo, fui débil, y tú lo viste y lo usaste para tu beneficio personal. A veces, me siento y miro a la nada y me preguntó por qué lo hice, pero aún no tengo ninguna respuesta. Estoy trabajando en ello. Brett me está dando mucho apoyo e incluso dice que no está enfadado contigo, porque él es mejor persona y mejor cristiano que eso. Sé que vendrás a casa para Navidad y quizás entonces esté lista para verte; no a solas, me refiero a vernos en la iglesia. Pero no lo sé. Rezo por que encuentres a DIOS y que ÉL te libere de esto. Rezo por ti cada noche y espero que tú reces por mí para que me cure de esto también. Tengo un largo camino por delante. Ahora mismo, me siento arruinada.

Coley Taylor

La leí algunas veces para cerciorarme de haberlo comprendido todo. La peor parte era, por algún motivo, que había firmado con su apellido. Guardé la carta en el sobre a juego. Coloqué todos los sobres en la caja de la abuela. Me puse de pie, recogí la caja, cerré la puerta de la oficina, caminé por el pasillo contando mis pasos para que fueran pares y precisos. Tardé treinta y ocho pasos en llegar a la cocina. Jane estaba de pie junto a la encimera; Adam y ella se reían por algo.

—¡Hola, hola, señorita privilegios! —dijo Jane, utilizando una cuchara de madera larga para apuntar hacia la caja en mis manos—. ¿Recibiste algo bueno?

Moví la cabeza de lado a lado.

—Correo, soldado —dijo ella—. ¿Quién envió qué?

—Recibí una carta de Blancanieves —respondí.

Jane rio y dijo:

—¿Solo Blancanieves? ¿Ninguna otra princesa de Disney?

Pero Adam dijo:

—Imposible. ¿Permitieron que te escribiera? Déjame ver.

Le entregué la carta. La sostuvo para que Jane también pudiera leerla. Lo hicieron. Adam ahogó un grito cuando llegó a la mitad; no sé qué línea causó que lo hiciera. Luego terminaron la lectura, debían haberlo hecho, porque la carta no era tan larga, pero ninguno de los dos habló durante unos minutos. Después, Jane dijo:

—Bueno, suena como una bolsa enorme de buenos recuerdos.

Dado que ella había intentado hacer un chiste, traté de sonreír. Ninguna de las dos cosas funcionó realmente.

Adam esperó un poco más y luego se acercó y me rodeó los hombros con un brazo, con la carta en la mano junto al cuerpo. Dijo:

—No me importa lo que digas; si no lo había hecho antes, ahora ya lo ha hecho.

—¿El qué? —preguntó Jane.

—Romperle el corazón a Cam —respondió él.

—¿Esta chica? —Jane le quitó la carta—. ¿Esta cristiana que suena como un androide?

—Lo hizo —admití.

—Bueno, entonces lo pegas hasta que esté entero de nuevo —dijo Jane—. No puedes permitir que lo haga. —Agitó el papel en el aire, rápido y con furia—. No esta chica. Imposible, niños. No la chica del papel rosa.

Giró con la carta en la mano. Encendió el triturador de basura, abrió el grifo para que el agua saliera a toda velocidad, mojó la carta y la envió teatralmente al desagüe. Desapareció con un burbujeo rápido y entrecortado. Luego apagó el triturador, cerró el grifo y se secó las manos en el pantalón como si el proceso hubiera sido escabroso o algo así.

—Listo. Ahora la carta no ha existido nunca —dijo—. Esa chica existe solo como quieras recordarla. Yo recomendaría no recordarla en absoluto. Eso es todo. No existió nunca una carta escrita por un clon que reproduce idioteces tontas estilo Lydia como un loro imbécil. ¿De acuerdo?

A lo mejor estaba un poco asombrada.

Jane dio unos pasos hacia mí; yo aún estaba bajo el brazo de Adam. Me agarró el mentón y repitió, con la cara delante de la mía:

—¿De acuerdo?

—De acuerdo —dije.

—Bien. Fumemos de nuevo antes de comer —propuso ella—. Esa siempre es una bonita tradición de Acción de Gracias.

Capítulo dieciséis

La Navidad llegó pronto. Estaba en una furgoneta de Promesa camino a Billings con otros discípulos. Todos abordarían allí un vuelo que no podían tomar desde Bozeman. Un vuelo hacia alguna parte del país que no fuera Montana. Todos menos Adam y yo. La tía Ruth se reuniría conmigo en el aeropuerto para llevarme en coche hasta Miles City, donde me quedaría las dos semanas de visita por las fiestas. El padre de Adam se encontraría con él en el aeropuerto para hacer lo mismo, pero no en Miles City.

Si bien habíamos tenido algunos metros de nieve en Promesa, cuando pasamos por el paso de Bozeman, gran parte del estado la anhelaba. Durante la mayor parte del trayecto, la tierra junto a la autopista estaba estéril, muerta, marrón y gris; el cielo amplio era de aquel color blanco sucio que adopta en invierno, y a veces se veían las montañas ciruelas, arándanos y grises a lo lejos, pero más allá de eso, era un mundo de suciedad fría: un mundo en silencio. Teníamos el mismo disco de Navidad y lo reprodujimos reiteradas veces durante al menos doscientos cuarenta kilómetros, antes de que Lydia, que estaba en el asiento del copiloto, por fin apagara la música. Luego solo escuchamos el viento junto a la furgoneta, el sonido del motor, lo que fuera que sonara en nuestras mentes.

Si bien sabía, en ese momento y después, que el espectáculo que había montado Jane con el triturador de basura había sido más bien un truco de magia, una gran maniobra sorpresa para evitar que me hundiera ante la carta de Coley, en cierto modo funcionó. Supongo que a veces puedes reconocer que te manipulan y apreciarlo igual, incluso responder ante ello. Y en esa parte, Jane también tenía razón: la Coley Taylor que había conocido, o que había creído conocer, la Coley Taylor de la última fila del cine de Montana, de la parte posterior de la furgoneta, sin duda no era la misma Coley Taylor que ahora caminaba por los pasillos de Custer High como una chica manchada por mi perversión, víctima de mi pecado. O quizá las dos fueran exactamente la misma chica, pero, aunque eso fuera cierto, no podía ser la chica para mí.

Así que no esperaba, como había ocurrido en, digamos, septiembre, que hubiera escrito la carta solo para apaciguar a los encargados de su sanación y que cuando yo regresara a casa me buscaría para una reunión secreta, lo explicaría todo, su angustia por haberla escrito, por habernos delatado en primer lugar. Ni siquiera esperaba una reunión con lágrimas llena de disculpas: ni siquiera solo disculpas de mi parte y *te perdono* de la suya. Pero sí esperaba, solo un poco, compartir un momento, quizás en el vestíbulo de GOP o en el salón del café, un momento para estar cerca la una de la otra, separadas por pocos metros; un momento en el que nos miraríamos, cara a cara. Quería ese momento, pero, aunque lo obtuviera, aún no había decidido qué decir. Algo breve. Algo memorable. Era difícil resumir todo lo que había ocurrido entre nosotras en una sola palabra sólida que valiera la pena decir. Pero había algo que decir, estaba segura, y pensé en qué sería ese algo durante la mayor parte del viaje.

Ruth y la abuela me esperaban en la entrada del aeropuerto junto a un árbol de Navidad plateado decorado con cientos de ornamentos de aviación: un helicóptero piloteado por Santa Claus, modelos a escala de aviones, un duende en paracaídas.

Parecía que la abuela me sonreía desde una caja de premezcla para pasteles o desde la etiqueta de un frasco antiguo de conservas: tenía las mejillas rosadas, su redondez suave lucía extrañamente saludable. Su estómago se veía un poco más pequeño que cuando me había ido y lo que solía ser su cabello negro rebelde ahora estaba entrecano; quizá fuera un sesenta por ciento gris anciana. Era sorprendente lo rápido que había encanecido, o parecía haberlo hecho, en mi ausencia, como un jardín plagado de tréboles en un solo verano.

Se balanceaba en sus mocasines cómodos, le temblaba todo el cuerpo de ansiedad, y cuando la abracé, repitió una y otra vez:

—Ahora estarás en casa un tiempo. Ahora estarás en casa un buen tiempo.

Por otra parte, Ruth no tenía tan buen aspecto. Llevaba un abrigo de lana roja nuevo (para mí) que por poco tocaba el suelo, con un broche verde y dorado de una corona navideña en la solapa; estaba bien compuesta, por supuesto, y todavía era guapa; pero su cabello parecía chato y fino, no tenía los rizos resplandecientes y saludables con los que la veía cuando pensaba en ella, y su rostro parecía cansado e hinchado a la vez, como si hubiera una capa de plastilina del color de su piel atascada sobre su piel verdadera; se había aplicado el maquillaje con buen gusto, pero sin que funcionara del todo.

Apenas nos abrazamos —el aroma del perfume White Diamonds de Ruth era reconfortante— cuando Lydia se acercó con unos formularios con instrucciones para mi cuidado. Mientras hablaban, a pocos metros de distancia, yo le presenté a mi abuela a todo el mundo.

—Un gusto. Un placer. Un gusto. —La abuela tomaba las manos de todos entre las suyas y saludaba. Luego extrajo una lata que tenía muñecos de nieve abrigados de la bolsa tejida gigante que llevaba colgada del brazo y la abrió; dentro había una capa de papel encerado—. Vamos, ábrela, pequeña; pareces bastante delgada como para necesitarlos.

Lo hice. Estaba llena de coronas navideñas hechas con copos de maíz, mucha manteca, malvaviscos y colorante comestible color verde, con tres confites rojos sobre cada una. Estaban todas pegoteadas entre sí, a pesar del esfuerzo de la abuela. Cuando Lydia y Ruth se unieron a nosotras, teníamos los dientes delanteros verdes como el Grinch.

—Que tengas una feliz Navidad, Cameron —dijo Lydia, dándome unas palmaditas en la espalda—. Tu tía Ruth tiene un plan de dos semanas para ti. Intenta cumplir con él.

No tuve que responderle porque Erin Vikinga me dio un gran abrazo y dijo:

—¡Escríbeme, escríbeme, escríbeme! Y llámame también. ¡O yo te llamaré!

—No regreses embarazada —me dijo Adam al oído mientras me abrazaba.

—Tú tampoco —respondí.

Era extraño ver a todos los discípulos marcharse por el aeropuerto sin mí. Me hizo sentir sola de un modo que no podía explicar, en especial porque regresaría a casa por primera vez en meses. Pero supongo que eso dice algo, a lo mejor más que algo, acerca de lo que significaba ahora el hogar para mí.

* * *

Por algún motivo, Ruth no me contó su noticia durante nuestro almuerzo tardío en Cattle Company (a todos nos gustaba su sopa de queso y cerveza). Tampoco la mencionó durante todo el viaje a Miles City; las ráfagas de nieve aumentaban cuanto más nos acercábamos a nuestra salida, ráfagas que escupían sus últimos copos de nieve durante nuestro viaje por Main Street, un viaje a través de la oscuridad temprana que el invierno había cernido sobre la ciudad. Unos hilos de luces gordas y coloridas se cruzaban sobre nosotras; las campanas rojas gigantes y las coronas que colgaban de los semáforos parecían un poco más llamativas en mi opinión que la Navidad anterior. Pero eran llamativas de un modo que me encantaba: eran habituales, eran iguales que siempre. Ruth ni siquiera contó su noticia cuando llegamos a la entrada de la casa, decorada como nunca antes la había visto, mucho más de lo que papá jamás había hecho: cada línea recta, cada ángulo tenía una hilera de luces blancas, cada uno; nuestra casa parecía la cabaña de jengibre delineada con puntos de glasé blanco. Había coronas perennes rodeadas de luces rojas en el centro de cada ventana. Había una corona grande, una corona inmensa, de campanas plateadas en la puerta principal.

—Cielos —dije—. Has estado ocupada, tía Ruth. —Me obligué a decir «tía» y estaba orgullosa de haberlo hecho.

—No fui yo —respondió ella—. Todo esto lo hizo Ray. Trabajó en ello dos fines de semana. Queríamos que estuviera bonita para… —Se detuvo.

—¿Para Navidad? —sugerí, concluyendo la oración por ella, aunque asumía que debía haber querido decir que lo habían hecho para mí, para mi bienvenida, pero que no quería anunciarlo así.

—Mmmmm —dijo ella mientras usaba el control remoto para abrir la puerta del garaje, fingiendo que requería toda su concentración aparcar el FM dentro sin rayarlo.

Y su noticia, su gran noticia, esperó también a que ocurrieran otras cosas. Esperó a que yo le dijera «hola» a Ray y que comentara lo bonito que estaba el árbol (artificial, sí, pero bonito). Esperó mientras los cuatro estábamos sentados, incómodos, en la sala de estar, con tazas rosas de Sally-Q en la mano llenas de chocolate caliente que se enfriaba rápido; ninguno hablaba sobre Promesa, sobre dónde había estado durante meses, pero en cambio hablaban de los equipos deportivos del instituto, de unos bebés que nacieron en familias de la congregación de GOP, de productos Schwan's nuevos. La noticia de Ruth incluso esperó a que yo redescubriera mi habitación; mi casa de muñecas seguía allí, aún imponente en su rincón. Estaba tocando algunos de mis trabajos, deslizando los dedos sobre la frialdad suave de las monedas planas, el tejido de la alfombra de envoltorios de chicle, perpleja ante lo que había creado, cuando ella dijo «¿Cammie?» desde la escalera y cuando me giré y dije «¿Sí?», ya estaba en mi puerta.

Tenía dos bolsas largas con vestidos en la mano derecha y sostenía las perchas que sobresalían de la parte superior sobre su cabeza; mantenía el brazo extendido hacia arriba para que las bolsas colgaran a lo largo.

—¿Qué son? —pregunté.

—Son solo opciones —dijo, quizás intentando usar el tono alegre y entusiasta que solía ser natural en ella, pero un poco apagado. Entró en mi cuarto, dejó las bolsas sobre la cama como había hecho con las prendas para el funeral hacía años.

—¿Opciones para qué?

—Quiero que sepas que pensé en escribirte, pero no sabía si podrías leer la carta antes de venir a casa debido a… la restricción del correo que tuviste o lo que sea que haya sido.

—Porque me metí en problemas por no robar unos rotuladores —dije—. Por haberlos dejado ordenadamente en el estante correspondiente. —No pude evitarlo. Era tan cómodo responderle mal a Ruth, tan esperable.

—Pero lo habrías hecho si no te hubieran descubierto —respondió.

—Pero no lo hice.

Eligió una esquina de la cama para sentarse, con cuidado de no aplastar las bolsas.

—Bueno. No empecemos así. No escribí porque creí que de todos modos deberías esperar para leer mi carta y no habría tenido sentido porque ya habrías regresado aquí antes de recibirla, y por lo tanto sería una noticia antigua cuando estuvieras de nuevo en Promesa.

—¿Qué noticia? —pregunté. Era como jugar una versión retorcida del programa *The $25,000 Pyramid* y Ruth era mala dando las pistas adecuadas.

—La noticia de la boda. Ray y yo nos casaremos en Nochebuena.

—Es decir, ¿en dos días?

—Sí —respondió, con cierta calma. Luego me sonrió—. Bueno, no es un anuncio triste, ¿verdad? Debería decirlo con un poco más de convicción: ¡sí!

—Guau. Bueno.

—¿Está bien?

—Es tu vida… deberías casarte cuando quisieras. —Eso fue lo que dije, pero, en realidad, ella no se había casado cuando quiso hacerlo. Había querido contraer matrimonio en septiembre. No le había pedido que lo pospusiera por mí, pero lo había hecho de todos modos—. ¿Por qué elegisteis Nochebuena?

Ruth se puso de pie y abrió la cremallera de la parte superior de la bolsa.

—No queríamos esperar más y tú estás en casa, así que la fecha funcionaba. El templo siempre es hermoso en Navidad, con las flores rojas y las velas… No es necesario añadir nada. —Sacó un vestido color champán de la bolsa. Tenía un abrigo a juego. Estaba bien. Era apropiado para una boda—. Esta es la opción número uno —dijo—. La otra bolsa tiene dos vestidos más, así que en total hay tres opciones.

—¿Son vestidos de dama de honor? —pregunté, aunque quería decir algo más, pero no sabía cómo expresarlo con las palabras correctas.

Ruth mantuvo las manos ocupadas, su vista clavada en las bolsas, separando las perchas enredadas que se mantenían unidas por un lazo metálico retorcido.

—No, solo serán Karen y Hannah; he hablado sobre ellas antes, ¿recuerdas? Son buenas amigas de Florida, de mi tripulación de Winner's; ambas volarán a Billings mañana y las recibiré. Tú aún eres la dama de honor.

Allí estaba. Eso era lo que me preguntaba.

—No puedo serlo —respondí.

Ruth detuvo las manos ocupadas y me miró.

—¿A qué te refieres? —preguntó, pero debía saber lo que yo quería decir.

Parecía muy cansada, muy poco Ruth, pero de todos modos lo dije:

—Iré a la boda, quiero hacerlo, pero no seré tu dama de honor. —Continué hablando rápido antes de que pudiera interrumpirme—. Y no creo que sea justo que te enfades porque lo diga. No puedes tener las dos cosas.

—¿Qué quieres decir con *las dos cosas*? —preguntó, moviendo la cabeza de lado a lado.

—No puedes enviarme lejos para que me arreglen y luego exhibirme como tu sobrina elegante en el papel de dama de honor.

—Eso no es lo que yo... Ni siquiera es... —dijo. Y luego suspiró. Y añadió con tranquilidad—: Pero no pasa nada, Cammie. Acepto tu decisión. —Tiró del gran cuello amplio del jersey que llevaba puesto, sopló hacia su flequillo como hacen las participantes de los concursos de belleza para mostrar el esfuerzo que ponen por no llorar, pero lo logró, no aparecieron lágrimas. Dijo—: De verdad creí que sería algo bueno. Creí que podrías hacerlo porque podría ser un momento sanador para las dos.

Dejé de mirarla y toqueteé la casa de muñecas.

—Ya he sanado mucho este año. Se supone que estas vacaciones son mi descanso de sanar.

Ruth resopló y lanzó sobre la cama la bolsa con la cremallera en la que había estado trabajando encima de las demás. Su voz tenía un cariz nervioso.

—Verás, no sé cómo hablar contigo cuando te pones así. —Dio un paso hacia mí—. ¿Se supone que lo que dijiste fue gracioso? ¿Fue una broma o no? Lo pregunto con honestidad: de verdad que no lo sé.

—¿Crees que fue gracioso? —pregunté.

—No —respondió.

—Pues si era una broma, no era una muy buena. —Arranqué un poco de arbusto seco que había pegado para simular dos arbustos pequeños a cada lado del sendero en la entrada de la casa de muñecas. Me había llevado ese arbusto del rancho de Coley. Ahora se hacía añicos en mi palma, mientras apretaba y apretaba el puño con satisfacción.

—Bien —dijo Ruth—. Es obvio que las cosas aún son así.

—Sip —respondí.

Regresó a las bolsas con vestidos y acomodó una sobre la otra.

—Son vestidos bonitos —comentó—. Igual puedes ponerte uno, seas o no dama de honor.

—Me pondré mi uniforme de Promesa —dije.

—Si es lo que quieres. Entonces me los llevaré. —Reunió las bolsas, no con tanto cuidado esa vez; solo las plegó sobre el brazo, el plástico duro hizo ruido contra su cuerpo con cada paso que daba al bajar por la escalera lejos de mí.

Cuando se fue, me permití sentirme un poco horrible por lo que le había dicho, sin importar que fuera cierto, y luego justifiqué mi decisión y después me sentí terrible de nuevo, y mientras hacía esto, continué explorando la casa de muñecas, todas esas partecitas de cosas, solo cosas, pegadas en todas las superficies. También esperé para sentirme yo misma, como si la sensación de ser yo de nuevo fuera a invadirme de pronto porque estaba en casa. Pero no sucedió.

* * *

La gente decía que había sido una bonita boda. No lo sé, quizá sea solo lo que las personas dicen. En mi opinión fue bonita, pero creo que no fue ni por asomo tan lujosa como la ceremonia y la recepción que sabía que Ruth había planeado desde hacía años. No era nada parecido. Pero yo no había asistido a muchas bodas, solo a tres o cuatro con mis padres, cuando era pequeña, así que no tenía mucho para comparar.

A esta boda le siguió de inmediato la misa de Nochebuena de GOP. Coley, su madre y Ty estuvieron en la misa, y Brett y su familia también. Estaban en la misma fila, en el medio, lejos de donde estábamos sentados nosotros. La misa de Nochebuena siempre era a la luz de las velas; el lugar estaba lleno, todos vestidos un poco más elegantes, conversadores, entusiasmados, pero, aun así, notaban mi presencia. Podrían haber mirado mi falda de franela azul, el plisado, mi camisa de cuello blanco sobresaliendo sobre el suéter azul marino, mi cabello brillante detrás de las orejas, mi apariencia cuidada y presentable aprobada por Promesa, pero estoy bastante segura de que era más que eso. Recibí algunas miradas de absoluto asco, de desdén, de personas que movían la cabeza de lado a lado con exageración en mi dirección para dejar clara su desaprobación. Supongo que un semestre no era suficiente para limpiar la mancha de mi perversión. Brett me miró a los ojos mientras la gente salía de la iglesia, un río lento de cuerpos introduciendo los brazos en sus abrigos de invierno, con el mentón bajo, cerrando cremalleras sobre sus suéteres abultados, colocando gorros sobre las cabezas de sus hijos. Ray y Ruth se habían marchado a los salones de las clases de catequesis para ponerse los trajes de boda. La abuela y yo esperábamos fuera de la masa que vaciaba el templo. Brett me observó completamente, no ocultó su mirada, aunque no pude leer su expresión. Y la señora Taylor frunció los labios, exhibió su disgusto abiertamente, retorció el rostro para hacerlo, pero después de un rato apartó la vista. Coley estaba entre ellos dos, cada uno la agarraba de una mano, pero no miró en mi dirección, o al menos hizo parecer que no lo hacía. Todavía estaba tan perfecta como siempre, pero verla no me deslumbró, no me quitó el aliento como había pensado que sucedería. Supongo que me sentí así, solo un poco, cuando la vi por primera vez allí, desde atrás, durante la misa. Ver la parte posterior de su cabeza, su cabello, al igual que todas aquellas semanas en la clase de Ciencias. Me estremecí. Pero no fue algo que no pudiera soportar.

Ahora, mientras Coley se marchaba, quería permitir que mis ojos la siguieran hasta el vestíbulo, hasta lo más lejos posible, porque, en cierto modo, era verla por primera vez, pero la abuela me miraba y probablemente otras personas también, esperando mi reacción, así que aparté la vista. No vi a Ty salir del templo. Ya no estaba con ellos.

Luego, la madre de Jamie se acercó a nuestro banco, y yo debí de haber hecho alguna mueca, alguna expresión esperanzada, buscando a Jamie entre quienes la rodeaban, porque ella frunció el ceño y luego, en un movimiento que me pareció impulsado por el espíritu navideño, avanzó entre algunas personas, se inclinó hacia mí y dijo:

—Jamie no está aquí. Está con su padre por Navidad, en Hysham.

—Dígale que le mando saludos. Que lo echo de menos. —Quería decir otras cosas, pero no podía hacerlo.

—Se lo diré —respondió ella. Y luego atravesó de nuevo el río humano, pero se giró otra vez hacia mí, a pocos pasos de distancia, y añadió—: Tienes buen aspecto.

Cuando la gente regresó a casa con sus árboles y su ponche de huevo, alrededor de cincuenta personas nos reunimos en los bancos del frente. Ray y Ruth lucían exactamente como las versiones de carne y hueso de los novios de plástico que decoran los pasteles de boda: esmoquin clásico negro, vestido blanco, ramo de rosas. Según la abuela, a Ruth le había resultado un poco difícil hallar un vestido que le gustara. Su tumor NF, el que había tenido en la espalda desde que nació, demasiado cerca de la columna, había crecido un poco; ahora en vez de una nuez parecía más bien una pelota de golf, y sentía vergüenza (lo que era comprensible). Había encontrado un médico en Minneapolis que creía que podía al menos extraer parte del tumor, pero no hasta abril, no a tiempo para una boda invernal con un vestido de espalda descubierta. Pensaba que el atuendo que había elegido le quedaba bien; tenía un drapeado de satén que parecía una bufanda muy larga, un chal, que le caía sobre los hombros y ocultaba perfectamente el tumor.

Ray tenía tres hermanas, un hermano y algunos primos. Todos asistieron. Algunos de ellos también trajeron a sus familias. La organista de la iglesia, la señora Cranwall, tocó algunas canciones; Tandy Baker cantó «How Firm a Foundation». Ruth lloró durante los votos. Ray también lagrimeó un poco. Luego fuimos al salón social, donde las amigas azafatas de Ruth, que eran pícaras y gritonas —*divertidas*, dijo la abuela—, habían colgado campanas de papel crepé antiguas y habían puesto vinilos en un tocadiscos que habían traído. No creía que fuera la recepción que Ruth hubiera planeado durante tantos años, pero fue lo que le tocó. Comimos pastel *red velvet* muy húmedo y esas chocolatinas de boda con queso crema rosa, verde y amarillo y cobertura de azúcar; la abuela las preparó. Comí tal vez una docena, me gustaba el azúcar crujiente entre los dientes seguido de la suavidad de dentro; eran tan dulces que me dolían las muelas. Comí tanto que sentí un poco de náuseas. Todos bailaban, bebían ponche de ginger ale, sacaban fotos con cámaras desechables. Era bonito. Luego terminó. Ray y Ruth fueron a una cabaña en Pine Hills que pertenecía a alguien que al parecer la había preparado para ellos y había reunido rosas y champán. Pero regresarían a la mañana siguiente, y las damas de Florida vendrían a casa. Todos comeríamos un *brunch* y abriríamos regalos.

La abuela y yo pudimos pasar el resto de la Nochebuena juntas, solo las dos, aunque era casi medianoche cuando llegamos a casa. Tuvimos que entrar corriendo, el aire nocturno era frío y cortante, y el viento era diferente al de las montañas de Promesa. Era viento de pradera, inquieto, ganaba velocidad durante kilómetros y kilómetros de llanura y luego recorría las callecitas de Miles City como si hubiera cientos de máquinas de pinball sibilantes sueltas golpeando todas las esquinas y las curvas.

Una vez dentro de la casa, no escuchábamos solo el silbido del viento, sino también unos golpes en el techo, algo duro y rápido, y después de aproximadamente veinte segundos, otro golpe rápido. Se me aceleró el pulso. Imaginaba a Ty con su chaqueta Carhartt abultada fuera de nuestra casa. Ty esperándonos. No tenía sentido que estuviera en el techo, lo sabía, pero ¿por qué debería tener sentido?

—Debes de haberte portado bien este año para recibir una visita de Santa —dijo la abuela, mientras intentaba, sin éxito, apretar la cara contra la ventana de la puerta trasera para ver qué ocurría fuera.

—Imposible —respondí, procurando sonreír—. Es probable que esté aquí por ti.

—¿Estás bien, pequeña? —me preguntó, observándome la cara.

—Sí. Estoy bien.

—Han pasado muchas cosas —comentó, tocándome la mejilla.

—Sí —dije—. Veamos qué es ese ruido. —Continuó mirándome mientras yo me ponía el abrigo de nuevo y la capucha.

—¿Cómo dice ese poema? —preguntó—. ¿«En el techo había alboroto, fui a ver si algo estaba roto»?

—Algo así —dije, abriendo la puerta; el viento me dejó sin aliento—. Recuerdo que alguien usaba un pañuelo. —Salí al porche trasero y el viento cerró la puerta detrás de mí. Bajé los escalones y fui hasta el centro del jardín de atrás; el césped muerto estaba cubierto con la cantidad suficiente de nieve y de hielo para que mis pasos crujieran, como si fuera una capa gruesa de copos de maíz. Alcé la vista. El viento de la pradera había roto una tira completa de luces navideñas que estaban en el techo y luego la había enredado en una ráfaga; las luces volaban en el aire durante unos segundos y luego caían, a veces lo suficiente para chocar contra el techo antes de alzar vuelo de nuevo hacia el cielo. Me tranquilizó ver que aquello era la causa del ruido, sentí alivio de pronto y un poco de mareo. Y también era hermoso ver esa tira iluminada ondeando sobre el cielo nocturno.

—¿Qué ocurre, bonita? —preguntó la abuela desde la puerta.

—Son las luces —grité.

—¿El qué? —gritó.

—Ven a ver —respondí en el mismo tono.

Lo hizo. Se apresuró a venir, envuelta en una manta, con las pantuflas grandes puestas. Se paró a mi lado, alzó la vista, sonrió.

—Mira eso —dijo, sus palabras salían acompañadas de nubes de vapor—. Todavía están encendidas.

—Lo sé —dije—. Es genial.

—Es genial —concordó—. Podría decirse que lo es.

La rodeé con un brazo. Ella me rodeó con otro. Desde allí, en el jardín trasero, en medio del viento gélido, durante lo máximo que pudimos soportarlo, observamos la tira de luces caer y volar y caer y volar otra vez.

Más tarde, después de habernos dado las buenas noches y de haber ido a la cama, las oía, justo sobre mí, golpeando el techo, arañándolo, y algunas veces incluso veía un atisbo de la tira, un látigo de luces diminutas, cuando el viento movía parte de ella frente a mi ventana. La tarde siguiente, después de que los recién casados regresaran de la cabaña, cansados y con resaca, Ray buscó la escalera, se puso un par de guantes de cuero para trabajar, subió al techo y amarró de nuevo la tira rebelde. Y luego las luces permanecieron en su lugar hasta que las retiró junto a todas las demás en Año Nuevo, lo más rápido posible, porque él decía que le *molestaba mucho* cuando las personas dejaban las luces navideñas colgadas *prácticamente hasta Pascua*.

* * *

Nunca tuve mi encuentro cara a cara con Coley. Nunca pude ver a Jamie, aunque él llamó desde la casa de su padre una vez y hablamos durante aproximadamente diez minutos, con Ruth en la habitación contigua, sin hacer muecas ni decir nada, pero para cerciorarse de que yo supiera que estaba allí, que estaba escuchando, así que todo el contenido real tuvo que salir del lado de Jamie. Estaba saliendo con Andrea Dixon e, increíblemente, según Jamie, era una *campeona en la cama*. Me entristeció cuando dijo que debía marcharse, que echaba de menos ver mi *cara gay*. Más allá de eso, me reuní dos veces con el pastor Crawford; la abuela y yo horneamos unos pasteles bajos en azúcar; jugué al Monopoly varias veces y creo que siempre gané. Una tarde, Ruth me dio unos ejercicios de parte de Lydia para que los hiciera.

Tomé asiento y los hice en la mesa de la cocina. Eran iguales a todos los otros formularios de ejercicios estúpidos que hacíamos en Promesa todo el tiempo. En estos, tenía que leer un ensayo escrito por el reverendo John Smid titulado «Explorando el mito de la homosexualidad» y luego responder algunas preguntas, preguntas básicas de comprensión lectora. No tardé mucho. Ruth me pidió que le entregara los ejercicios en la sala de estar cuando terminara. Lo hice. Ray estaba sentado con ella. La televisión estaba apagada y sabía que estaban esperándome y también sabía que aquello significaba que tendríamos una *charla* sobre mí, solo que con suerte esta vez no habría tantas lágrimas como hubo en la conversación que habíamos tenido en agosto, o al menos no tantas revelaciones.

Resultó que no hubo ni una sola lágrima: ni de Ruth ni de mí. Ruth me contó con mucha tranquilidad que había hablado de mi progreso con Lydia y con Rick *varias veces* y que, aunque yo tuviera un buen semestre de primavera, *y ella sin duda esperaba que así fuera*, todos pensaban que sería lo mejor para mí que me quedara durante el verano en Promesa, durante el campamento de Promesa de Dios.

—El verano fue particularmente malo para ti el año pasado —dijo Ruth. Aún parecía cansada, incluso ahora que la boda había pasado. Tenía el cabello un poco aplastado y anudado y su rostro parecía viejo. Sin embargo, Ray lucía como el hombre que acababa de ganar el peluche más grande en la feria. Tenía ese aspecto desde que habían regresado a casa.

—Yo creo que el verano pasado fue particularmente bueno —respondí.

Ruth frunció el ceño.

—Me refiero a que tenías demasiada libertad, había demasiadas oportunidades para que te metieras en problemas. Parte de eso es culpa mía, lo sé, pero no puedo quedarme en casa contigo todo el verano y Ray tampoco.

—La abuela está aquí —dije—. Puedo quedarme con ella y ella puede ser mi niñera, dado que aparentemente es lo que necesito.

Ruth apretó los labios en una línea fina.

—No —respondió, acariciando su regazo con las manos. No la había visto hacer eso en un tiempo—. Esa no es una opción. Si no quieres quedarte en Promesa, hay otros campamentos de verano cristianos que estoy dispuesta a negociar. El reverendo Rick recomendó varios.

—Me quedaré en Promesa —afirmé.

—Bueno, algunos suenan muy bien. Hay uno en… ¿Dónde queda el que tiene todas esas actividades de natación? —le preguntó a Ray.

—Dakota del Sur, creo —respondió Ray—. Todavía tienes el folleto, ¿no? —Me sonrió—. Parece muy elegante.

—Sí, Dakota del Sur —dijo Ruth—. Tienen una piscina externa y un lago y…

—Olvídalo. Me quedaré en Promesa.

—Bueno, es tu decisión —respondió Ruth.

Resoplé antes de responder.

—Lo dudo.

—Acabas de decir que es lo que querías —respondió ella.

—De todas las opciones limitadas que me has ofrecido —aclaré, pero veía que estaba lista para seguir hablando de otros campamentos cristianos, así que añadí—: Pero ¿sabes qué? Está bien. Como sea. —Y luego, aunque me asustaba preguntar, añadí—: ¿Qué ocurrirá el año entrante con la escuela?

—Bueno, veremos cómo va el verano —dijo—. Veremos.

* * *

En Nochevieja, los recién casados fueron al centro y la abuela y yo pedimos pizza, preparamos un gran cuenco de palomitas de maíz y vimos el especial de Navidad de la CBS y no *New Year's Rockin' Eve* porque la abuela estaba enfadada con Dick Clark por algo que había hecho en *American Bandstand* años y años atrás, mucho antes de que yo hubiera nacido. Pero el especial menos popular me parecía bien. Eran los primeros programas de televisión que había visto en meses y no solo eso, sino que también aparecerían Pearl Jam y U2.

—Tengo algo más para ti —me dijo la abuela mientras lo preparábamos todo frente al televisor. Tenía una pila de platos de papel y servilletas en la mano, y creí que eso era todo, pero cuando los dejó en la mesita de café, también colocó un sobre acolchonado—. No es de mi parte, pero fui yo quien lo escondió para ti.

Tomé el sobre. Tenía impresa una de esas etiquetas elegantes con la dirección de devolución junto a un monograma plateado y grueso de las siglas MMK en una esquina y CALIFORNIA en la parte de la ubicación.

—Supongo que Margot ya no está en Alemania —dije, recordando nuestra cena, la foto robada. Parecía que había ocurrido hacía mucho tiempo.

—No sé qué es —comentó la abuela—, pero creí que Ruth probablemente no te lo daría bajo ninguna circunstancia, y Margot era una gran amiga de tu madre. Llegó hace una semana más o menos; yo lo recibí primero y lo oculté. Tú ábrela y me aseguraré de que sea legal. —Me guiñó el ojo de modo exagerado.

—Eres astuta, abuela —dije.

—Tú eres astuta —respondió.

Era el manual de niñas exploradoras Campfire que Margot había mencionado durante aquella cena y también una bonita carta acerca de cuánto lamentaba no haber estado más en contacto y que me deseaba lo mejor y que esperaba regresar pronto a Montana. También había trescientos dólares en billetes de cien, pero estaban aplastados entre las páginas del centro y ni siquiera los vi hasta que hojeé el manual durante los anuncios, y para ese entonces la abuela ya había declarado «puedes quedarte con el manual, no veo por qué no», así que no le dije nada sobre el dinero. Los billetes estaban ocultos entre una página que tenía una lista de los requisitos para alcanzar el rango de la portadora de antorchas artesana y una página con un poema, creo que era un poema o un mantra, «El deseo de la portadora de antorchas», que flotaba en un lago de espacio blanco dado lo corto que era:

La luz
que me ha
sido entregada
deseo
pasársela intacta
a otros.

Margot había escrito algo muy pequeño bajo esas palabras, letras diminutas en lápiz: *Espero que el dinero sea tan bueno como la luz. Úsalo bien. MMK.*

A veces pensaba en Margot aleatoriamente, por ejemplo cuando no podía dormir. Me preguntaba qué haría, en qué lugar exótico podría estar. Y me preguntaba qué opinaría de mi exilio en Promesa, y últimamente siempre decidía que a ella no le gustaría mucho.

—¿Por qué crees que te envió eso? —preguntó la abuela, señalando el libro con el mentón y llenando mi plato con demasiadas porciones de pizza.

—Porque mamá y ella fueron niñas exploradoras allí, en Campfire —dije—. Dijo que creía que me haría mucha gracia.

—Fue una bonita idea —respondió la abuela—. Escríbele dándole las gracias y yo le enviaré la carta. —Luego añadió—: No necesitas hablarle sobre tu tratamiento.

—No lo haré, abuela —dije. Sería absolutamente vergonzoso contarle a Margot Keenan sobre Promesa en una carta de agradecimiento, si bien sabía que ella no aprobaría un lugar semejante—. Eso ni siquiera suena a algo propio de mí.

—Tienes razón —respondió—. Es cierto. No tenerte cerca hace que me olvide de tus modales.

Vimos el especial de la tele prácticamente en silencio después de eso, sin contar algún comentario sobre el tamaño de la multitud y el frío que debía hacer. Pero luego, el presentador —creo que era humorista o actor, Jay Thomas— hizo un numerito de mierda en el que fingía leer en *TV Guía* las otras opciones para la audiencia televisiva en caso de que quisieran cambiar de canal y ninguna de sus opciones falsas era graciosa. Dijo algo sobre Shannon Doherty y sobre Suzanne Somers, pero luego comenzó a hablar sobre un «episodio perdido de *El show de Andy Griffith*» en el que Gomer se prueba mucha ropa de mujer y va al centro para pasear hasta que «lo envían a la Marina para enderezarlo». Y era estúpido, y nadie rio, pero la abuela, a mi lado en el sillón, se puso un poco tensa ante aquella palabra: *enderezarlo*. Sentí que lo hacía. Y quizás eso hubiera sido todo, pero diez minutos después, este tipo Jay Thomas le pasa el control a su copresentadora, Nia Peeples, que está helándose en Times Square vestida con su abrigo de cuero, su gorro y guantes mientras que él permanece calentito en el Hard Rock café con todas las bandas, y le dice: «Recuerda, Nia, Times Square: los hombres son hombres. Algunas de las mujeres son hombres. Algunos de los hombres son mujeres, así que cuidado a quién toqueteas cuando estés allí».

Y Nia básicamente dice que puede cuidarse sola y la broma termina o cambian de tema, pero después de eso la abuela se giró hacia mí y dijo:

—No sé por qué creen que las bromas *queer* son graciosas, maldición.

—Es imbécil, por eso —dije.

La abuela esperó un momento y luego añadió en voz baja:

—No es tan malo allí, ¿verdad, bonita?

—¿Times Square? —pregunté—. ¿Cómo voy a saberlo?

—Tu escuela —aclaró la abuela, asegurándose de no mirarme, pero recogiendo granos de palomitas perdidos sobre la mesita, el sillón, y colocándolos dentro del cuenco—. ¿Es muy difícil para ti estar allí?

—No es tan malo, abuela. De hecho, está bastante bien.

Luego esperó unos instantes más, la banda en la televisión sonaba muy fuerte; el ruido de la guitarra eléctrica era casi doloroso de oír porque probablemente estaban borrachos y también porque ella tenía el volumen muy alto. Dijo:

—Pero ¿te sientes diferente después de lo que te obligan a hacer allí?

Sabía a qué se refería con *diferente*, se refería a *mejor, curada, enderezada*; pero respondí basándome en la palabra que ella había usado y no en la intención de su significado.

—Sí, me siento diferente. Pero no sé cómo explicarlo —dije.

Ella me dio una palmadita en la mano; parecía aliviada.

—Bien, eso es bueno, ¿no? Es lo más importante.

Miramos hasta que la bola cayó, dándole la bienvenida a 1993. Era el primer año, después de una prohibición que había estado en funcionamiento durante décadas, en el que habían usado de nuevo confeti, de todos los colores y tamaños; los rizos largos y los diminutos recortes metálicos: todos caían de las ventanas superiores y de los techos de los edificios que rodeaban Times Square. En la pantalla, llovía y llovía confeti, durante minutos, y aquella lluvia brillante más las luces de las cámaras y de los carteles, y la masa maravillosa de la multitud vestida con sombreros brillantes y sonrisas amplias, hacían al mundo estallar y brillar y desdibujarse de un modo que te ponía triste por verlo en la pantalla de tu televisión, de un modo que te hacía sentir que las cámaras, en vez de traer la acción a tu sala de estar, solo te recordaban cuánto estabas perdiéndote, enfrentándote a ello, tú en pijama, en el sillón, con bordes de pizza descansando en medio de la grasa anaranjada sobre un plato de papel frente a ti, el vaso de refresco sin gas y aguado, el hielo derretido, mientras lo bueno ocurría a kilómetros y kilómetros de distancia. Al menos, así fue como me hizo sentir aquel año.

Capítulo diecisiete

Adam Águila Roja regresó de las vacaciones de Navidad con su hermoso cabello rasurado; pegado al cráneo solo quedaba el crecimiento incipiente, aunque comenzó a crecer rápido. Su padre había insistido, y Adam había dicho que era imposible librarse de la insistencia de su padre. Lo extraño era que la cabeza prácticamente calva de Adam no ayudaba en nada a que pareciera menos femenino; de hecho, acentuaba sus pómulos marcados y su piel maravillosa, el arco de sus cejas, sus labios carnosos; ahora de algún modo toda su belleza había quedado expuesta, sin la cortina de pelo.

Algunas otras cosas habían cambiado desde nuestro regreso. Yo ahora tenía privilegios decorativos (aunque Lydia debía aprobar los objetos primero y, dado que no había nada aprobado que tuviera ganas de pegar con celo en la pared, dejé a mi iceberg solitario a la deriva en un mar de yeso). Ahora también había avanzado lo suficiente en el programa para formar parte de sesiones de apoyo grupales y semanales, que reemplazaban mis sesiones individuales con Rick, pero, por desgracia, no con Lydia. Mientras estuvo en su casa en Idaho, Jane había obtenido mucha marihuana de calidad de alguien a quien ella describía misteriosamente como «una llama antigua, una mujer trágica», y la usó para reponer nuestro stock menguante. Y, por último, Erin Vikinga había comenzado con un propósito de Año Nuevo de hacer ejercicios aeróbicos cristianos, que ya había sobrevivido a la primera semana de hartazgo de otros propósitos similares.

Había traído a Promesa dos cintas de vídeo, tres conjuntos deportivos nuevos y un step de pilates azul de plástico con cintas antideslizantes negras en la superficie. Estaba decidida. Los vídeos eran de la línea *Faithfully Fit* y en ambos aparecía Tandy Campbell, una morena enérgica que era una «animadora de Cristo» compacta y delgada que lucía corpiños deportivos de spandex brillante y calzas de licra.

Erin estaba muy entusiasmada. Yo ni siquiera había deshecho la maleta antes de que agitara los vídeos delante de mi cara, con Tandy sonriendo sobre el título: *Pasos gloriosos: cardio por Cristo*.

—¿Los harías conmigo? —preguntó, imitando una flexión de bíceps con la cinta—. Lydia dice que podemos usar la sala de recreo si nos levantamos temprano.

—Ni siquiera sabía que Jesús tuviera predilección por el ejercicio aeróbico —dije—. Siempre lo he imaginado como alguien que camina rápido, quizá sobre el agua.

—¿Cómo es posible que no conozcas a Tandy Campbell? —preguntó, ahora sujetando ambas cintas frente a ella, una en cada mano, y haciendo una serie de flexiones de brazos que suponía que debían ser algo aeróbico, aunque parecían un movimiento más propio de un policía de tráfico—. Es superfamosa. S-Ú-P-E-R; ¡súper! Mi madre asistió a uno de sus fines de semana de ejercicios en San Diego con dos de mis tías. Pudieron conocerla. Dicen que es muy pequeña en persona, pero que igual tiene presencia, una verdadera presencia dinámica.

—Apuesto a que mi tía Ruth la conoce —dije—. Seguro que es una de sus fans.

—Seguro —respondió Erin, ahora haciendo flexiones de piernas y moviendo los brazos, de un modo mucho menos amplio y preciso, incluso después de haber estado solo treinta segundos haciéndolo—. Es maravillosa; todo el mundo es fan de ella. Tienes que hacerlo conmigo... ¿por favor? ¿Por favor, por favor, por favor? Necesito una compañera de ejercicio y ahora no podrás correr. Al menos no podrás hasta abril, probablemente.

Tenía razón en eso. Había nevado en Promesa desde mediados de octubre, pero durante nuestras vacaciones se habían añadido metros y metros de nieve, y ahora todo, excepto el camino principal porque uno de los rancheros lo despejaba para nosotros, y el camino al granero, que todos nos turnábamos para limpiar, estaba cubierto de pilas blancas, algunas muy altas y deformadas extrañamente por el viento de modo que era imposible saber qué yacía debajo o dónde comenzaba el suelo sólido.

Pensé que podía trabajar con las cintas junto a Erin algunas veces, verlas lo suficiente para burlarme de ellas efectivamente cuando se lo contara a Jane y a Adam. (Lydia le había dado a Erin permiso para invitar a todas las discípulas femeninas a la sesión de ejercicio matutino; el ejercicio aeróbico cristiano no era, al parecer, una actividad de género apropiada para los hombres). No sé si habrá sido por el atractivo de la todopoderosa cinta de VHS que me recordaba a mis días de libertad, pero no pasaron demasiadas mañanas antes de que adquiriera el hábito de despertarme con Tandy y su sonrisa amplia, su energía poderosa, su extrañamente adorable hábito de renombrar movimientos aeróbicos comunes con términos cristianos, aunque sus sustituciones no tenían sentido y abusaba de la palabra *alabanza*: pasos cruzados = alabanzas; marcha = marcha al ritmo de tu alabanza; cualquier patada o golpe = explosiones de alegría.

Más allá de esos reemplazos, y del *tu-tu-bum* de las canciones de góspel remezcladas, lo único claramente cristiano en la rutina de Tandy era el calentamiento y las meditaciones de estiramientos, en las que usaba la Biblia para motivarnos en pos de nuestros objetivos deportivos. Su pasaje favorito era Hebreos 12:11: «Es verdad que ninguna disciplina al presente parece ser causa de gozo, sino de tristeza; pero después da fruto apacible de justicia a los que en ella han sido ejercitados». Y al principio, los ejercicios de Tandy eran un poco dolorosos e intensos, Erin se quedaba sin aliento después de seis minutos y luego las dos teníamos el flequillo pegado a la frente por el sudor en la fila para desayunar, donde Erin también practicaba disciplina, incluso elegía ricota y melocotones en lata los días en que el reverendo Rick preparaba tostadas francesas cubiertas de arroz inflado y canela. A veces, Helen Showalter se unía a nosotras en la sala de recreo; sus movimientos eran toscos y sus pasos fuertes hacían temblar las hojas de las plantas en las macetas. Jane vino una sola vez, más que nada a sacar fotos, y Lydia vino algunas veces; supongo que para observar nuestro comportamiento. No participó en *paso, aplauso feliz, sentadilla, paso*. Pero en general solo estábamos las dos. Pocas semanas después, las prendas de Erin estaban más sueltas y para el día de San Valentín habían cambiado partes de su uniforme de Promesa por una talla menos y le había pedido a su madre que nos enviara un paquete por correo a través del servicio de la línea de buses Greyhound (que tardó doce días en llegar a Bozeman, pero que era barata para enviar cosas pesadas). Su paquete contenía dos juegos de pesas de cuatro kilos cubiertas de goma violeta y una nueva cinta para mantenernos motivadas: *ELEVACIÓN ESPIRITUAL: Tonificando más que tus músculos*.

* * *

Cuando tenía siete u ocho años, estaba algo obsesionada con esas manitas pegajosas que comprabas por veinticinco centavos en las máquinas de juguetes junto a las puertas automáticas de las tiendas. Las manos solían ser color neón, con cinco dedos gordos caricaturescos, unidas a una cuerda larga del mismo material. Coleccionaba todas las versiones: la mano pegajosa de purpurina, la que brillaba en la oscuridad y la de tamaño gigante. Solía colgarlas sobre el picaporte de mi cuarto y elegía una o dos para usar durante el día, al igual que algunas chicas podían elegir sus accesorios. En realidad, no había mucho que hacer con ellas, además de lanzarlas sobre la gente y observarlos poner caras de asco, chillar o reír cuando la pegajosidad les tocaba la piel, aunque había algo satisfactorio en el modo en que el peso de la mano estiraba la cuerda delgada; tan delgada, que a veces creías que se rompería, pero luego todo regresaba a la forma y al tamaño originales. Lo peor de las manos pegajosas era su tendencia a recoger fibras diminutas y pelos, polvo, suciedad, y la dificultad para limpiarlas adecuadamente después. Era imposible que quedaran limpias de nuevo.

Cuanto más tiempo pasaba en Promesa, más comenzaban a pegarse todas las cosas que lanzaban hacia mí, hacia nosotros, al igual que las manos pegajosas; primero en trocitos, partes aleatorias, nada importante.

344 EMILY M. DANFORTH

Por ejemplo, a veces estaba en la cama cuando apagaban las luces y empezaba a pensar en Coley, en besarla, en hacer más cosas con ella, o con Lindsey o con cualquiera, como Michelle Pfeiffer. Pero luego oía la voz de Lydia diciendo: «Debes resistir esos impulsos pecaminosos: lucha, no es fácil luchar contra el pecado», y la ignoraba por completo o incluso me reía sola por lo idiota que era ella, pero allí estaba, su voz, en mi cabeza, donde no había estado antes. Y también había otras cosas, aquellos pedacitos de doctrina, de las escrituras, de lecciones de vida por aquí y por allá, hasta que más y más de esos fragmentos me acompañaban a todos lados y no me preguntaba constantemente de dónde habían venido o por qué estaban allí, pero comencé a sentirme un poco apesadumbrada por ellos.

Parte de lo que contribuía a esa sensación eran mis nuevas sesiones de apoyo grupal. Nuestro grupo estaba formado por Steve Cromps, Helen Showalter, Mark Turner y Dane Bunsky, un discípulo muy delgado con acento sureño al que llegué a conocer mejor muy pronto (el grupo de apoyo hacía que ocurrieran estas cosas). Dane era un adicto a las metanfetaminas en recuperación que estaba en Promesa como el hijo becado de una iglesia muy importante de Luisiana.

Nos reuníamos en el aula los martes y los miércoles a las tres de la tarde, colocábamos las sillas en un círculo, un coro metálico que arañaba el linóleo y sonaba como uñas sobre una pizarra para mí. Lydia traía una caja de pañuelos desechables en cada sesión y también un carro con un gran termo de agua caliente, tazas, un contenedor de chocolate caliente instantáneo y también una mezcla absolutamente adictiva de zumo instantáneo, té y polvo de limonada instantánea que el reverendo Rick preparaba en grandes cantidades y al que llamaba «té ruso»; al parecer era una especie de antigua broma sobre cosmonautas. Pero no teníamos permitido acercarnos al carro hasta el descanso de quince minutos en medio de la sesión.

Comenzábamos cada sesión con una cadena de oración. Todos, Lydia incluida, uníamos las manos y a quien le tocara ese día comenzaba diciendo: *No rezaré para que Dios me cambie porque Dios no comete errores y yo soy quien se tienta ante el pecado: el cambio llegará a través de*

Dios, pero en mi interior. Yo debo ser el cambio. Debías decir exactamente eso, palabra por palabra, y si no lo hacías, Lydia interrumpía la cadena de oración y hacía que lo dijeras de nuevo hasta que saliera perfecto. En mi primera vez olvidé siempre la palabra *porque* y tuve que repetirlo como cuatro veces.

Después de decir bien la plegaria de inicio, quien la recitaba apretaba una mano y el receptor del apretón añadía algo personal, en general pidiéndole fuerzas a Dios o agradeciéndole a Jesús el tiempo compartido, algo así, y luego continuábamos el círculo. A veces las plegarias eran más personales y puntuales, pero dado que esa cadena era solo el procedimiento inaugural de una larga sesión compartida, en general no eran así. Se suponía que debíamos mantener los ojos cerrados durante ese tiempo, para concentrarnos solo en Cristo, pero reconocía a mis hermanos por la sensación de sus manos: Helen tenía un apretón fuerte y callos causados por el softball que aún no habían sanado por completo a pesar de no haber jugado durante meses; la piel de Dane estaba agrietada y era áspera; los dedos delgados de Lydia estaban helados como cabría esperar, exactamente así. Cuando las plegarias regresaban a quien había comenzado el círculo, su trabajo era decir: *Lo opuesto al pecado de la homosexualidad no es la heterosexualidad: es la santidad.* Me encantaba cuando era el turno de Dane porque su acento y su modo de hablar lento y pausado para decirlo todo, sin importar el qué, hacían que aquel mantra sonara extrañamente seductor.

Teníamos permitido hablar de otras cosas que no fueran nuestra infancia en estas sesiones, hablar sobre experiencias más recientes que hubiéramos tenido en relación al pecado del comportamiento y la tentación homosexual, aunque Lydia con frecuencia interrumpía algunos monólogos: «Ya está bien de eso. No estamos aquí para glorificar nuestros pecados pasados; estamos aquí para reconocerlos y arrepentirnos por haberlos cometido». Una vez también dijo: «¡Demasiados detalles, Steve! ¡Demasiados! Recordemos quién está en los detalles, ¿sí?»; creo que esa fue la única vez que la oí intentar hacer algo similar a una broma, aunque tal vez no sea una crítica, porque en general no había casi nada gracioso en el grupo de apoyo.

Habían abusado de Dane y de Helen, lo cual Lydia decía que era «un motivo común para que las personas se sintieran atraídas antinaturalmente hacia otras del mismo sexo»: en el caso de Helen porque el abuso por parte de su tío Tommy la había convencido de que «ser femenina significaba ser débil y vulnerable a esos abusos» y porque la hacían temer cualquier intimidad sexual con hombres; y en el caso de Dane porque su padre lo había abandonado cuando era niño y por lo tanto sentía «una curiosidad malsana hacia los hombres que se manifestó en una obsesión» cuando un chico mucho mayor de su mismo hogar de acogida le sugirió a la fuerza que debían enrollarse. Dane también había pasado tiempo en las calles prostituyéndose por metanfetaminas, y esas historias, llenas de hombres mayores, de sus apartamentos y remolques sórdidos y la adicción absorbente de Dane eran completamente espantosas, incluso sin los detalles sexuales específicos.

Después de las primeras sesiones, había decidido que ni siquiera yo con mis padres muertos, Steve con su ceceo clásico y su modo afeminado, y Mark con su padre pastor, podíamos competir con Dane ni con Helen en el campo de justificar nuestra atracción homosexual pecaminosa. Sus pasados prácticamente explicaban sus nociones retorcidas, pero nosotros tres nos habíamos jodido solos. Aquello era en particular fascinante para mí cuando se trataba de Mark Turner. Allí estaba él, el chico ideal fruto de una crianza cristiana que, sin embargo, estaba en Promesa, al igual que el resto de nosotros. Solo que no era como nosotros. Era tan perfecto y bueno. Adam, Jane y yo a veces bromeábamos diciendo que era un infiltrado, que no «luchaba contra la atracción hacia el mismo sexo» en absoluto, sino que estaba en Promesa como parte de una misión santa, con la intención de beneficiarnos a todos los demás, de mostrarnos el camino como discípulo modelo en el sistema. Pero luego, a principios de marzo, llegó un jueves en que le tocó compartir a Mark.

Como siempre, Lydia hojeó su cuaderno retro para buscar lo que fuera que hubiera escrito durante la última sesión mientras alguien compartía durante su turno. En general, luego hacía alguna pregunta con la intención de obtener una respuesta larga, pero aquel día, mientras Mark esperaba con paciencia, con su Biblia gigante en el regazo llena de, literalmente, cientos de pósits y de fragmentos de papel sobresaliendo del libro como plumas, Lydia dijo:

—¿Hay algo en particular en lo que quisieras enfocarte esta semana, Mark?

Y yo, al menos, estaba atónita, no solo porque había hecho la pregunta casi con dulzura, actuando más como el poli bueno que como el malo, sino más que nada porque al preguntar aquello estaba cediendo un poco el control, entregándoselo a un discípulo, y definitivamente nunca la había visto hacer eso. En cuanto a Mark, también parecía un poco sorprendido; se encogió de hombros, movió las cejas hacia la nariz y dijo en voz baja:

—No lo sé. Puedo hablar de lo que creas que es mejor.

Recuerdo que la última vez que Mark había compartido, había hablado mucho acerca de uno o dos sueños *impuros* que había tenido despierto sobre el pastor auxiliar de la iglesia de su padre. A mí me habían parecido fantasías bastante castas. En una de las dos se daban la mano mientras caminaban por las montañas. A lo mejor también iban sin camiseta, pero, en verdad, no ocurría demasiado. Supongo que había omitido los detalles más condenatorios solo para asegurarse de que podría relatar los sueños, pero lo dudo. Creo que las batallas de Mark Turner se daban prácticamente entre sus pensamientos y sus emociones, luchando por lo que sentía por los hombres —por el modo en que parte de él quería sentirse hacia ellos—, pero que no había hecho nada tangible con uno nunca.

—Bueno —dijo Lydia, todavía hojeando sus notas, pero haciéndolo de un modo evidente para pensar qué decir y no porque realmente estuviera obteniendo algo nuevo de las anotaciones—. Sé que has tenido un par de semanas bastante difíciles y creo que podría haber algo más urgente ahora.

—Cada semana es particularmente difícil —dijo Mark, sin mirarla pero alzando la cubierta de la Biblia de un modo que la abría y luego la dejaba caer sobre su dedo antes de moverla otra vez—. Todo es apremiante.

—Bueno. —Lydia lo intentó de nuevo—. Pero ¿hay algo…?

—¿Qué tal todo? —dijo Mark—. Absolutamente todo. —Había alzado un poco la voz, algo extraño en él, inesperado, y parecía estar emanando una energía pulsante o furia o algo que rebotaba en el interior de su cuerpo minúsculo, golpeándolo aquí y allá, y que le resultaba difícil de mantener bajo control. Yo estaba frente a él en el círculo, pero vi que se le tensaron los músculos del cuello, que estaba rígido e incómodo. Dijo lo siguiente apretando los dientes—: Si quieres que diga algo sobre mi padre, pídelo y ya está.

Lydia, con el bolígrafo sobre su cuaderno, respondió:

—Creo que quieres hablar sobre la decisión de tu padre.

—¿Qué hay que decir? —preguntó él—. Leíste la carta, Lydia, la misma que yo. —Luego hizo una pausa y miró al círculo con una sonrisa extraña en el rostro—. Pero puedo compartir con el grupo la parte importante. —Infló un poco el pecho, sentado en la silla, y cambió la voz, la hizo un poco más grave—. «Tu visita a casa por Navidad confirmó mis temores de que aún eres muy femenino y débil. No puedo tener esa debilidad en mi hogar. De ese modo estaría enviando a mi congregación el mensaje de que lo apruebo, cuando no es así. Pasarás el verano allí y hablaremos de nuevo sobre tu progreso en agosto. No estás listo para volver a casa». —Se reclinó en la silla, no mucho, pero lo suficiente para indicar que había concluido. Intentaba parecer satisfecho, sonreír con arrogancia, pero no le quedaba bien. Su rostro en aquel instante era salvaje—. «No estás listo para volver a casa» —repitió.

Durante la exposición de Mark, Lydia estuvo más tranquila que nunca. Ni siquiera reaccionó a su comentario sobre su papel como inspectora de cartas. Terminó de escribir algo y preguntó:

—¿Qué fue específicamente lo que ocurrió en Navidad, Mark? ¿Qué fue lo que llevó a tu padre a tomar esa decisión?

Él resopló antes de responder.

—Lo que ocurrió fui yo. Solo yo. Como siempre. Es suficiente que entre en un cuarto siendo como soy.

—¿Cómo eres, Mark?

—Quiero leer algo —respondió él, con la voz más fuerte que antes, al borde del frenesí, pero aún sin llegar a ese punto—. ¿Puedo leer un pasaje? Es uno de los favoritos de mi padre. Me lo recuerda cada vez que puede.

—Por favor, adelante —respondió Lydia.

Mark se puso de pie y leyó en voz alta un pasaje que creo que nunca había oído antes, pero que desde entonces he releído una y otra vez. Segunda carta a los Corintios 12:7-10. Quizá no debería decir que leyó el pasaje porque, aunque tenía la Biblia abierta delante, no necesitó mirarla demasiado.

—«Y para que la grandeza de las revelaciones no me envanezca, tengo una espina clavada en mi carne, un ángel de Satanás que me hiere. Tres veces pedí al Señor que me librara».

Hizo una pausa, alzó la vista hacia el feo techo de paneles del aula, o probablemente más allá de él. Era un chico de estatura tan pequeña y todo en él era muy sereno. Lo había oído leer las Escrituras muchas veces, su voz siempre clara y certera, como la estación de radio durante la hora bíblica los domingos por la mañana. Pero aquel día, mientras leía el pasaje, la voz de Mark conservó aquel temblor frenético.

—«Pero él me respondió: "Te basta mi gracia, porque mi poder triunfa en la debilidad. Más bien, me enorgulleceré de todo corazón en mi debilidad, para que resida en mí el poder de Cristo"». —Hizo otra pausa, entrecerró los ojos y retorció el rostro para no llorar. Movió la cabeza de un lado a otro, de adelante hacia atrás, y luego, de algún modo, se obligó a decir el resto del pasaje con la mandíbula apretada; cada palabra era una victoria para él sobre una crisis nerviosa absoluta—. «Por eso me complazco en mis debilidades, en los oprobios, en las privaciones, en las persecuciones y en las angustias soportadas por el amor de Cristo; porque cuando soy débil, entonces soy fuerte».

Mark exhaló ruidosamente cuando terminó, como algunos hombres cuando hacen pesas, y cerró la Biblia en cuanto la dejó caer de sus manos. La caída fue imposiblemente lenta, como si fuera obra de la edición de una película, pero el golpe contra el suelo estuvo muy presente en ese instante, tan sonoro e incómodo como fue posible.

Lydia intentó dominar aquel momento con su frialdad típica y dijo:

—No hay necesidad de trucos baratos. Si te sientas, podemos hablar sobre el pasaje que has elegido.

Pero Mark estaba harto de actuar y no se sentó.

—Yo no lo elegí. ¿No me has oído? —dijo—. Mi padre lo eligió por mí. Lo tendría tatuado en la espalda si los tatuajes no estuvieran prohibidos por el Levítico 19:28. «Y no os haréis rasguños en la carne por un muerto, ni imprimiréis en vosotros marca alguna. Yo soy el SEÑOR».

Lydia se puso de pie a medias y le indicó con la mano que tomara asiento.

—Siéntate, Mark. Podemos hablar sobre todo esto.

Pero en vez de sentarse, avanzó al centro del círculo, como en aquel juego de niños, y dijo:

—¿Sabéis cuál es la mejor parte del pasaje de mi padre? —No esperó a que nadie respondiera—. Tiene incorporada la expresión «por el amor de Cristo». La tiene bien incorporada. No tiene sentido, no lo tiene.

Comenzó a hacer saltos de tijera. De verdad. De una forma perfecta, dando palmadas sobre la cabeza, mientras gritaba:

—«¡Porque cuando soy débil, entonces soy fuerte!». En el pasaje de mi padre, la debilidad es igual a la fuerza. Eso significa que tengo la fuerza de diez Marks. ¡De veinte! ¡De ochenta y cinco! Todas mis debilidades me hacen el hombre más fuerte del mundo.

Detuvo de pronto los saltos y se agazapó, muy rápido, y con precisión militar colocó las dos palmas sobre el suelo y las piernas detrás de él, al nivel de la espalda, y comenzó a hacer flexiones, una tras otra, diciendo «por el amor de Cristo» cuando regresaba a la pose inicial en cada una.

—¡Por el amor de Cristo! ¡Por el amor de Cristo!

Hizo por lo menos cinco mientras Lydia decía:

—Detente, Mark. ¡Detente ahora mismo! —Y entonces logró colocar el pie derecho envuelto en un mocasín negro directo sobre la cintura de Mark cuando bajó el cuerpo en la flexión. Parecía que había aplicado el peso suficiente para evitar que se incorporara. Lydia permaneció en esa posición mientras decía—: Apartaré el pie cuando estés listo para controlar tu comportamiento.

Pero Mark, con la fuerza de ochenta y cinco Marks como había dicho, gruñendo y chillando mientras apretaba los dientes y la mandíbula, comenzó a extender los codos y a levantarse del suelo, y Lydia, al mover la cadera para permitir aquella posición nueva, perdió el equilibrio y, aunque cuando lo recuperó intentó aplicar más peso en su pie, era evidente que ya era demasiado tarde. Mark continuaba empujando y luego completó la flexión hasta el punto inicial, y Lydia permaneció de pie allí, como una tonta, con un pie sobre la espalda, pero ahora parecía una exploradora en una foto con el pie sobre una roca o un saliente.

Pero en cuanto Mark lo consiguió, se rindió y se desplomó de nuevo, ahora llorando, con el rostro aplastado contra las láminas del suelo. Hacía toda clase de sonidos y decía cosas, no supe con exactitud el qué, solo sé que oí algunas veces «lo siento» y «no puedo, no puedo hacerlo». Lydia se agachó a su lado, apoyó una mano en su espalda; no la movió ni nada parecido, solo la dejó allí y dijo, no para él, sino para todos nosotros:

—Id a vuestras habitaciones hasta la cena. Id directos a las habitaciones y a ninguna otra parte.

Y cuando ninguno de nosotros se movió, añadió:

—Iréis ahora mismo y ni un segundo después. —Y lo hicimos. Reunimos los cuadernos y fingimos, mal, no estar haciendo tiempo para observar a Mark, que aún lloraba en el suelo. Cuando caminamos hacia la puerta, vi a Dane cerca de su silla, intentando quedarse, supongo. Pero Lydia lo miró y negó con la cabeza, y luego se unió al resto en el pasillo, donde nos miramos con los ojos como platos y la boca abierta. Y aunque regresamos a las habitaciones como un grupo, lo hicimos en silencio; nadie supo qué decir o cómo interpretar lo que acababa de ocurrir.

Por fin, Steve dijo despacio:

—Ha sido intenso… Lo más intenso que he visto nunca.

—Si fue intenso para ti, imagínate cómo habrá sido para él —replicó Dane, cortante y cruel—. No fue nada para nosotros, marica.

—Dios —dijo Steve—, no era esa mi intención. —Pero Dane lo empujó al pasar a su lado y se marchó. Y luego ninguno dijo nada, solo regresamos a los cuartos como nos habían ordenado.

* * *

Mark no fue a la cena. A esas alturas, la mayoría de los discípulos sabían lo que había ocurrido y era evidente que todos esperaban que apareciera. Cuando Adam entró solo en el salón comedor, hubo miradas obvias y susurros entre los que esperaban en fila para servirse y los que ya estaban en una mesa comenzando a comer los macarrones con queso con trozos de salchicha, judías verdes y peras en lata.

—¿Cuál es el informe completo? —le preguntó Jane a Adam cuando se unió a nuestra mesa; su plato tenía tres bolas de helado de naranja artificial, fideos pegoteados y trozos de salchicha caliente.

—No lo sé —dijo—. Ni siquiera sabía que había pasado algo. Regresé a la habitación después del servicio evangélico y Rick y Lydia estaban allí y Mark parecía fuera de sí, por completo, como un zombi. Estaba sentado al borde de la cama y los dos prácticamente estaban sobre él diciendo un montón de mierda, pero él estaba en otro planeta. Y yo esperaba que alguien me dijera qué estaba pasando.

—¿Qué le decían? —pregunté.

—La porquería de siempre: *todo irá bien; te estás enfrentando a tu pecado y eso conlleva coraje; solo necesitas descansar y rezar*; esas cosas. Nada de eso le afectaba, al menos por lo que vi. —Adam había pinchado unos fideos desde que se había sentado. En general, me encantaba verlo comer macarrones con queso o cualquier cosa con fideos. Le llevaba años. Maniobraba un fideo en cada diente del tenedor, cuatro tubitos alineados uno tras otro, y luego atravesaba un trozo de salchicha al final y comía. Pero, esa noche, la dedicación que ponía en su rutina alimentaria me estaba molestando.

Tenía el tenedor lleno, así que comió y dijo:

—De todas formas no oí mucho, porque dos minutos después de haber entrado Lydia me envió al cuarto de Steve y de Ryan. Pero al menos allí Steve me contó lo de la prueba de fuerza de Mark, si es que es posible creerle a Steve. ¿Es cierto que hizo una flexión con Lydia de pie sobre su espalda?

—No estaba de pie sobre él —expliqué—. Pero tenía un pie sobre su espalda y parte de su peso.

—Nuestro grupo nunca ha tenido esta clase de entretenimiento —comentó, frunciendo el ceño hacia Jane como si fuera su culpa no traer drama—. ¿Puedes hacer volteretas o algo así? —Llenó de nuevo su tenedor.

—Solía hacer una espectacular caminata del cangrejo —dijo—. Por el suelo, y subía una pared.

—Eso me vale —asintió Adam.

Sabía que estaban haciendo lo mismo de siempre, bromeando sobre todo porque era una mierda estar allí y no queríamos formar parte de ello, y por qué no reírnos de todo porque era obvio que éramos mejores que cualquiera de los imbéciles que dirigían el lugar, pero esa vez —no lo sé, quizá porque realmente había estado presente y había visto a Mark, lo había visto perder la compostura, lo había visto llorar con la cara en el suelo—, el modo en que tratábamos lo sucedido me hizo sentir aún más molesta y creo que también un poco enfadada.

—También sé hacer malabares —continuó Jane, levantando el cuenco de las peras e inclinándolo hacia su boca; bebió el jugo color vaselina y luego se limpió la cara antes de decir—: ¿Crees que puedo hacerlo en una sesión grupal?

—Tal vez podrías… —comenzó a decir Adam, pero lo interrumpí.

—Fue aterrador —dije, sin mirar a ninguno de los dos, pero hablando más fuerte de lo normal—. Estaba totalmente fuera de control. Fue difícil de ver. Es decir, al principio parecía gracioso y genial que Lydia no pudiera hacer que se sentara, pero cuando continuó, dejó de ser gracioso por completo.

—Debe de haber sido un poco gracioso —respondió Jane.

354 EMILY M. DANFORTH

—En realidad, no —repliqué, mirándola—. No si estabas en la sala viendo cómo pasaba ante tus propios ojos.

Jane esbozó su expresión ininteligible patentada, pero había llegado a asociarla con desaprobación o con duda, o con ambas.

—Entiendo lo que dices —afirmó Adam—. Supongo que porque no lo vimos parece demasiado loco para poder tomarlo en serio.

—Fue una locura —dije—. Y también fue completamente serio.

Jane mantuvo el rostro en blanco durante el resto de la comida, pero no habló más sobre la caminata del cangrejo o los malabares.

Más tarde, en nuestra habitación, Erin Vikinga dijo que necesitaba un abrazo, así que le di uno y no fue lo peor del mundo. De hecho, fue bastante agradable. Luego dijo que rezaría por Mark y me preguntó si quería hacerlo con ella. Le respondí que sí. Y lo hice. Y también fue bastante agradable. Quizá no tanto el rezo en sí mismo, sino tratar lo que había ocurrido con cierto respeto. De todos modos, sentía que era mejor que solo bromear sobre ello.

Capítulo dieciocho

Al día siguiente, ni Mark ni Adam estuvieron presentes en las plegarias matutinas, en el desayuno o en las clases durante las horas de estudio, y nadie parecía tener información acerca de su paradero, ni siquiera Jane. Vi un atisbo de Adam durante el almuerzo, pero Rick tenía un brazo sobre él y caminaban rápido por el pasillo hacia su oficina. Fue evidente que ninguno de nosotros estaba invitado a aquella reunión.

En la sesión grupal, Steven, Helen, Dane y yo nos sentamos y esperamos a Lydia, algo que nunca había ocurrido. El carro de bebidas no estaba contra la pared habitual. Las luces ni siquiera estaban encendidas, y ninguno de nosotros las encendió, sino que permanecimos sentados bajo los paralelogramos diluidos de media tarde, mientras el sol de finales del invierno y comienzos de primavera entraba a través de las ventanas grandes de la pared occidental. Esperamos durante quizás diez, quince minutos, sin decir mucho, y luego Lydia y Rick atravesaron la puerta y arrastraron sillas hacia nuestro pequeño círculo para unirse. Y después Rick caminó de nuevo hacia la entrada, encendió la luz y los tubos fluorescentes zumbaron e iluminaron un poco más la habitación.

Rick dio la vuelta a su silla, se sentó como un vaquero y golpeó suavemente las manos contra el respaldo de plástico, que ahora estaba frente a él, y dijo:

—Hoy es un día difícil.

Ante eso, Helen se echó a llorar, no fuerte o exageradamente, aunque sus lágrimas eran gordas y le caían despacio sobre las mejillas, pero era de esas personas que se sorbían la nariz y a las que se les enrojecía rápido la cara. Lydia tuvo que pasarle, por segundo día consecutivo, la caja de pañuelos desechables que siempre traía, aunque en realidad no había visto a Mark tomar un pañuelo el día anterior.

—Lo siento —dijo Helen, soplando fuerte dentro de un pañuelo—. Ni siquiera sé por qué estoy llorando.

—No pasa nada —afirmó Rick—. No hay ningún problema. —Aunque Lydia tenía aspecto de pensar que sí estaba pasando algo—. Sé que la sesión de ayer fue muy difícil para todos y siento que tuvierais que procesarlo todo por vuestra propia cuenta anoche. Necesitábamos estar con Mark.

—¿Dónde está? —pregunto Dane con un poco de veneno en su acento típicamente perezoso, aunque no fue tan hostil como había sido con Steve en el pasillo el día anterior.

—Está en el hospital de Bozeman —dijo Lydia, y Rick la fulminó con la mirada, supongo que porque había sido muy brusca, así que añadió—: No le veo sentido a retrasarlo.

—No hay necesidad de trucos baratos, ¿verdad? —replicó David en voz muy baja, pero sin duda lo bastante fuerte como para que Lydia lo oyera.

—No, no la hay —afirmó ella—. Estoy de acuerdo.

Helen comenzó a sollozar más fuerte y, dado que ya tenía la caja de pañuelos sobre el regazo, solo los sacaba, uno tras otro, como si quitara los pétalos de una margarita, hasta que tuvo las manos llenas de pañuelos, la cantidad suficiente como para cubrirse la cara entera.

—Intentó suicidarse, ¿verdad? —preguntó Dane, lo cual probablemente era lo que la mayoría de nosotros suponía, al menos yo. Dane movió la cabeza de lado a lado y señaló a Lydia—. Sabía que terminaría mal incluso antes de salir de la habitación. —Ese veneno se fusionaba de forma extraña con el acento de Dane. En la sesión grupal, lo había oído hablar, por ejemplo, de haber permitido que un cuarentón, padre de tres hijos, tuviera sexo con él en el asiento trasero de un coche para así poder drogarse (sin los detalles explícitos, por supuesto); pero incluso en ese entonces, su acento, el modo en que describía las cosas, en general hacía que el tema del que hablaba sonara como la historia de un campamento o algo que le hubiera ocurrido a otra persona. Aquella distancia había desaparecido ahora de su voz.

Lydia no se apresuró a responder esa pregunta. Esperó a Rick, que parecía tener dificultades para elegir las palabras adecuadas. Después de unos minutos, decidió decir:

—No, no fue un intento de suicidio, no lo creo. Pero sí se hizo bastante daño.

Creí que el reverendo Rick explicaría más; creo que todos lo pensamos. Pero cuando no lo hizo, y cuando Lydia tampoco aclaró nada más, Steve preguntó:

—Bueno, ¿tuvo un accidente o algo así?

Y Lydia respondió «no» al mismo tiempo que Rick decía:

—Algo así, por decirlo de algún modo.

—¿Cómo es posible que sea «no» y «algo así» a la vez? —preguntó Dane—. ¿Qué sentido tiene eso, maldita sea?

—Lo siento —respondió Rick—. Eso ha sido confuso. Quería decir que las heridas de Mark fueron accidentales en el sentido de que no era él mismo cuando ocurrió. —Pero en cuanto terminó de hablar, Rick parecía un poco enfadado consigo mismo por haberlo dicho de ese modo, por estar siendo tan reservado con nosotros, lo cual no era su estilo habitual, y añadió—: Mirad, Mark estaba muy confundido ayer; no hace falta que os lo diga, todos lo habéis visto. Estaba sufriendo un gran dolor emocional y espiritual y se dañó a sí mismo para intentar que todo eso desapareciera.

—Lo cual no es una vía de escape —dijo Lydia, con la voz firme y clara—. No funcionó para Mark y no funcionará para vosotros.

El reverendo Rick comenzó a hablar de nuevo antes de que Lydia pudiera continuar.

—Lo importante es que lo llevamos al hospital, que su padre ya ha volado desde Nebraska para estar con él y que se encuentra estable. Se pondrá bien.

—A la mierda —dijo Dane. Cerró las manos en puños y golpeó el lateral de sus muslos dos veces—. Estáis dando vueltas al asunto como una rueda de hámster. ¿Qué ha hecho? Si no intentó suicidarse, entonces, ¿qué?

—Gritar e insultar no harán que te sientas mejor sobre Mark —respondió Lydia.

Dane resopló con un gruñido cruel.

—Ves, ahí es donde te equivocas de nuevo, porque, de hecho, sí funciona. De verdad que me hace sentir jodidamente mejor decir «mierda, mierda, mierda», ahora mismo.

Supongo que, porque la atmósfera ya era tensa o porque ella ya estaba alterada, aquel fue el momento en el que Helen se echó a reír detrás de sus muchos pañuelos de un modo que obviamente no podía controlar. Tenía una risa sorprendentemente femenina, como una animadora de una película adolescente.

—Lo siento —dijo, y continuó riendo—. Lo siento, no puedo parar. —Más risas.

En ese instante, el reverendo Rick deslizó la silla hacia delante mientras se ponía de pie detrás de ella, dio una palmada y anunció que «esto no estaba funcionando» y que tendríamos, en cambio, sesiones individuales breves en vez de grupales y que debíamos ir a nuestras habitaciones a esperar hasta que él o Lydia se acercaran para hablar con nosotros, excepto Dane y Helen, que comenzarían en ese mismo instante. Lydia lo miraba como si no le gustara en absoluto la espontaneidad de aquel plan, pero yo, en cambio, estaba feliz de salir de allí.

Erin Vikinga era la encargada de la cena, así que nuestro cuarto estaba vacío cuando regresé. Olía igual que algunas casas cerca del fin del invierno, como cuando permanecen cerradas durante demasiado tiempo, como si el aire fuera viejo, como si los conductos de ventilación estuvieran sucios. Abrí la ventana un resquicio y me puse de pie frente a la ráfaga de aire frío hasta que me eché a temblar un poco. Había nubes furiosas arremolinándose detrás de las montañas, nubes negras y grises, en grandes grupos coloreados al igual que bolas de algodón después de que la tía Ruth se hubiera quitado el maquillaje tras una gran noche, haciendo desaparecer el rímel y la sombra de ojos.

Tomé asiento en la silla de mi escritorio, inclinándola para apoyarla solo sobre las patas traseras, con un pie contra la esquina de la mesa, balanceándome. Intenté hacer mis deberes de español, pero no podía dejar de pensar en las cosas terribles que Mark debía haberse hecho a sí mismo.

No estaba segura de si Rick o Lydia o los dos vendrían a buscarme, así que me alegré media hora más tarde cuando Rick solo llamó a la puerta abierta de la habitación y dijo:

—Oye, Cameron. ¿Tienes unos minutos para mí?

Era clásico de Rick comportarse como si simplemente pasara a tener una charla casual y no como si nos acabara de enviar a las habitaciones con el propósito explícito de reunirnos con él, pero era tan infaliblemente agradable que resultaba difícil no apreciar el modo en que decía cosas así.

No sabía dónde se sentaría, pero caminó hacia la parte de la habitación en la que yo estaba, y con una mano firme me empujó el hombro hacia delante, así que la silla regresó a la posición original y tuvo espacio para sacar la silla de Erin de su lugar debajo del escritorio. Era algo amistoso, relajado.

—Sabes que sentarte así rompe las piernas, ¿verdad? —comentó—. Al menos eso es lo que mi madre siempre decía.

—Mi madre también, pero aún no he visto que sucediera.

—Buena observación. —Y luego, sin más conversación de relleno, dijo—: Entonces, ¿hay algo sobre lo que quieras hablar?

—¿Sobre Mark? —pregunté.

—Sobre Mark, sobre la sesión grupal de ayer, sobre lo que fuere.

—¿Se pondrá bien?

Rick asintió y se colocó el pelo detrás de la oreja.

—Eso creo. Se hizo mucho daño, es una herida grave. Tardará un tiempo largo en curarse… En todos los sentidos.

Sentía que era imposible hablar de ese modo sobre un tema tan terrible del cual quería y no quería saber los detalles. Continuaba viendo imágenes de Mark con toda clase de torturas bíblicas aplicadas a él, sin ojos o con las manos empaladas, y no saber no hacía que fuera más fácil.

—¿Lo hizo delante de ti? —pregunté; era mucho más horrible considerar que a lo mejor Mark quería que lo observaran o que tal vez estaba tan fuera de sí que ni siquiera sabía que lo estaban observando.

—No, estaba en su habitación —dijo Rick.

—¿Por qué lo dejasteis solo si estabais tan preocupados por él? —No era mi intención que la pregunta sonara particularmente cruel, pero así fue, y no me arrepiento de haberla hecho.

—No tengo una respuesta buena para ti —respondió él, y luego se miró las manos. Deslizaba los dedos de una mano sobre la palma de la otra, delineando los callos causados por tocar la guitarra—. Podría haber sido tu voz la que estuvo en mi cabeza todo el día preguntándome eso; en cambio, fue la mía.

Esperé. Esperó. Luego dijo:

—Se había tranquilizado considerablemente. Era muy tarde cuando lo acompañamos a su cuarto desde mi oficina; Adam ya estaba durmiendo. Lydia y yo estábamos seguros de que Mark haría lo mismo.

Ambos esperamos un poco más. Las palabras sin decir flotaban sobre los dos. Miré la foto de Erin y sus padres en el museo bíblico de Ohio, todos vestidos con pantalones caqui y las camisetas remetidas, con grandes sonrisas, posando frente a una exhibición de Moisés en el monte. La había visto todo el año, pensando en que parecían felices de verdad; felices de estar allí, de estar juntos. Pero ahora sus sonrisas, tan amplias y grandes, parecían un poco terribles, como sonrisas de plástico falsas, no lo sé. Miré de nuevo a Rick y dije:

—No sé qué más preguntarte. Supongo que, o quieres que sepamos lo que pasó y hablemos de ello, o no. Todo esto parece muy falso si no piensas contárnoslo todo.

—Lo haré —respondió. Lo dijo así de fácil—. Te lo diré si es lo que quieres. Es, eh… —Hizo una pausa y su boca vaciló entre una sonrisa y una mueca—. Bueno, Lydia y yo tenemos opiniones distintas sobre esto, pero creo que es importante ser sinceros con vosotros, para que sepáis exactamente lo que ocurrió sin rumores o chismorreos de por medio. Pero es muy feo, Cameron.

—Puedo lidiar con lo feo —dije. Él asintió y respondió:

—Pero que puedas lidiar con algo no significa que sea bueno para ti.

Recordé fugazmente a Hazel y a mí en la playa cuando había intentado advertirme de que no fuera socorrista con la misma lógica, pero ahora era mayor y también lo sentía, el peso de los meses que habían pasado entre aquel entonces y el presente.

—Acabas de decirme que era importante ser sincero y ahora das vuelta atrás —dije—. Dane tiene razón, hablas como una rueda de hámster.

Se remetió el pelo detrás de la otra oreja, aunque no era necesario.

—Dane tiene una manera genial de expresar las cosas, ¿verdad?

—Ahí va de nuevo. Vueltas, vueltas, vueltas.

—No es cierto —respondió—. Al menos, no es mi intención. Lo siento, es difícil de contar. —Respiró rápido, exhaló y dijo—: Anoche, Mark utilizó una hoja de afeitar para cortarse los genitales varias veces; luego vertió lejía sobre las heridas.

—Dios —dije. Rick ni siquiera parpadeó ante la palabra.

—Se desmayó después, y Adam oyó la botella de lejía caer al suelo. O supongo que quizás oyó también a Mark caer al suelo. Adam fue quien vino a buscarme y me ayudó junto a Kevin a llevar a Mark hasta la furgoneta. Estaba fuera de sí, completamente incoherente; me refiero a Mark.

—¿Por qué Adam no fue a buscar a Kevin? —Kevin era un estudiante universitario y uno de los vigilantes nocturnos. Venía dos o tres noches por semana, pero llegaba durante las horas de estudio y en general se marchaba antes del desayuno, así que a menos que tuvieras que ir al baño, o que tuvieras el sueño ligero y lo vieras cuando revisaba los cuartos, uno prácticamente nunca lo veía. Una vez me había pillado camino de reunirme con Adam y Jane después de que apagaran las luces, pero solo me había llevado de regreso a mi cuarto. Me había dicho que volviera a la cama. Creo que nunca le mencionó mi infracción a Rick o a Lydia.

—No lo encontró —dijo Rick—. Supongo que Kevin estaba preparando un bocadillo en la cocina y que no se cruzaron. También ha sido difícil para Kevin.

—¿No deberías haber llamado a una ambulancia? —pregunté. Ya sabía por qué no lo habían hecho: era mucho más rápido llevarlo que esperar a que una ambulancia llegara hasta Promesa, pero solo intentaba pensar en cosas que decir porque no sabía qué más hacer y no quería permanecer sentada en silencio con Rick contemplándome con una de sus miradas agotadas.

—Habría tardado demasiado —respondió Rick—. Era más rápido llevarlo yo mismo.

Asentí y dije:

—Sí. Claro. No estaba pensando.

—No pasa nada —respondió—. ¿Qué quieres preguntarme en realidad?

Imaginaba a Adam despertándose ante aquella situación, el golpe plástico de la botella sobre el suelo, el olor químico a lejía, Mark en el suelo con los pantalones bajados, ensangrentado y espantoso y hecho un jodido desastre, y Adam recién despierto, somnoliento y confundido. Pero le dije a Rick:

—No lo sé. —Luego esperé un poco más y él también, y entonces pregunté—: ¿Adam está bien?

Rick esbozó aquella sonrisa extraña y triste y dijo:

—Creo que sí, considerándolo todo. Querrá hablar contigo sobre ello. Le llevará un tiempo procesarlo.

Aquello me hizo estallar. No había sentido que estuviera a punto de hacerlo, al menos no creía sentirme así. Me había sentido entumecida y perpleja, pero justo después de que dijo que a Adam le llevaría «un tiempo procesarlo», me enfurecí de inmediato: estaba más que furiosa con él y con aquel estúpido lugar, con la maldita Promesa de Dios.

—¿Cómo hostias resuelves algo así? —pregunté; la voz me suena algo estridente cuando estoy demasiado furiosa para llorar, pero siento igual la quemazón en la garganta. Odio mi voz así, pero continué hablando—. Es decir, en serio, ¿te despiertas y ves a tu compañero de cuarto con una masa sangrienta en el pene? ¿Qué tarea le asignará Lydia para eso? A lo mejor Adam puede ponerlo en su iceberg de mierda.

—Estaba tan, tan furiosa, más furiosa de lo que nunca había estado en toda mi vida. Solo comencé a decir cosas, lo que fuera—: Vosotros ni siquiera sabéis lo que hacéis, ¿verdad? Solo improvisáis sobre la marcha y luego ocurre algo así y fingís que tenéis respuestas que ni siquiera tenéis, lo que es una puta y completa farsa. No sabéis cómo reparar esto. Deberíais decirlo sin más: la hemos cagado. —También dije otras cosas. Ni siquiera sé todo lo que dije, pero grité, enardecida, y continué hablando.

Rick no me pidió que dejara de insultar o que no fuera una imbécil, aunque él no habría usado esa palabra, pero me estaba comportando como una por más que lo que decía era cierto; pero no intentó interrumpirme o interceder, ni detenerme como Lydia hubiera hecho. Y aquello en realidad no me sorprendió, porque Rick era bueno para mantener la calma. Lo que hizo y sí me sorprendió fue echarse a llorar. Lo hizo en silencio, pero no ocultó su rostro, solo permaneció sentado en esa silla, frente a mí, llorando. Aquello detuvo mi diatriba. Lo hizo bastante rápido. Y luego fue mucho más terrible, todo, cuando dijo, aún llorando:

—No sé cómo responderte en este instante, Cam. Lo siento.

Rick nunca me llamaba «Cam», se suponía que nadie debía hacerlo en Promesa, porque según Lydia «era una adaptación incluso más masculina de mi nombre ya de por sí andrógino». A veces, Jane, Adam y Steve lo hacían porque les salía así, pero intentaban no hacerlo delante de Rick o de Lydia, y Rick nunca antes se había equivocado.

De verdad era un hombre apuesto, y su rostro en ese instante era horriblemente hermoso, quizá porque se lo veía tan vulnerable, pero fue uno de esos momentos que es insoportable de transitar, todo queda expuesto y abierto y cargado de emoción, y no fue algo que pueda explicar, incluso ahora, pero me puse de pie y lo abracé, le di un abrazo que fue incluso más incómodo porque aún estaba sentado y yo me inclinaba hacia él, pero lo hice, y luego, pocos segundos después, se puso de pie y nos abrazamos, lo cual fue un poco menos incómodo.

Después de un rato, Rick retrocedió uno o dos pasos, pero aún me sostuvo por los hombros y dijo:

—Estamos haciendo esto al revés. He venido a hacerte sentir mejor.

—No pasa nada —dije—. Me siento un poco mejor.

—Tienes razón en estar enfadada con esto y en preguntarte cómo podría cambiar lo que hacemos aquí. Pero, por ahora, lo mejor que puedo decirte es que permitiremos que Cristo nos guíe hacia las respuestas. Cuando tengas dudas, Él es el mejor tipo a quien seguir, ¿verdad?

—Claro —respondí, pero no lo dije en serio, porque como él no había intentado darme respuestas, porque me había dicho que no tenía ninguna y había comenzado a llorar y había parecido dubitativo, inseguro, me sentía un poco mejor. Todo aquello parecía más honesto que cualquier cosa que él (y Lydia) pudieran inventar con el tiempo para lidiar con esto porque Cristo *los había guiado hasta allí*. Aquello solo lo empeoraría todo.

—Esto es importante para mí —dijo y me abrazó rápido de nuevo antes de soltarme—. Gracias por permitirme tener este momento contigo. Sé que no es fácil.

—No es fácil para nadie —respondí—. No es peor para mí. Yo no lo encontré en el suelo.

—Te agradezco que seas sincera conmigo. Eres muy valiente.

—Sí —dije—. Vale. —Ya no quería hablar sobre lo que acababa de suceder; odiaba eso de Promesa. ¿Por qué un momento no podía simplemente ocurrir, y que ambos fuéramos conscientes de él sin tener que comentarlo una y otra vez para siempre?

—¿Algo más que quieras preguntarme?

Y de la nada, es decir, sin planearlo en absoluto, dije:

—¿Lydia de verdad es tu tía?

Hizo una expresión como diciendo «pero ¿qué?»; luego rio y dijo:

—No esperaba esa pregunta. —Pero luego añadió—: De hecho, lo es. Jane debe habértelo dicho, ¿no?

—Sí. Cuando llegué aquí. Solo que no estaba segura de si debía creerle.

—Con respecto a eso, deberías hacerlo —dijo—. Lydia era la hermana de mi madre.

—Era. ¿Ya no lo es?

—Mi madre murió hace unos años.

—Lo siento —dije asintiendo. Tenía muchas preguntas más que podría haberle hecho sobre Lydia, sobre los dos, sobre su madre muerta, pero no parecía el momento apropiado y, de todos modos, Erin entró antes de reconocer que era Rick quien estaba en la habitación; solo entró y dijo:

—Oh, lo siento. Regresaré cuando hayáis terminado.

—Creo que hemos terminado, ¿no? —preguntó Rick.

Asentí.

Se dirigió hacia la puerta y le dijo a Erin:

—Quédate. Yo voy a buscar a Steve. —Luego colocó un brazo alrededor de su cintura, la abrazó rápido y dijo—: Es un día difícil, ¿no?

Erin asintió, pero mantuvo la compostura.

—Todos nos reuniremos en la capilla dentro de veinte minutos —dijo él, con una mano sobre el marco de la puerta y mirando el reloj sencillo en la otra, el que me gustaba, con el fondo blanco y la malla siena y azul oscuro.

—¿Sí? —pregunté.

—Sí, Lydia nos lo dijo a los que estábamos en la cocina —respondió Erin.

Miré a Rick, que asintió, sonrió, le dio dos palmadas al marco de la puerta y se marchó.

Erin quería hablar de Mark y yo no. Quería meterme en la cama, con toda la ropa puesta, y dormir. Mejor aún: quería un videocasete, una pila de vídeos y reproducirlos uno tras otro tras otro. Erin no había oído todos los detalles de lo que había ocurrido… solo había oído que había sido *una herida autoinfligida* y que estaba estable. No la puse al corriente porque sabía que algún otro discípulo lo haría en algún momento. Yo ya no quería hablar más sobre ello.

Pero aquel tema ocupó la mayor parte de la agenda durante el resto de la noche. Tuvimos una sesión improvisada en la capilla en la que rezamos por Mark, por su familia y por Adam, con quien no pude hablar en privado antes de que comenzara todo. Luego rezamos por nosotros. Todos los que querían decir algo pudieron hacerlo y fueron prácticamente todos, excepto Jane y yo. Cuando llegó el turno de

Dane, estaba mucho más tranquilo que durante la sesión grupal, tan tranquilo que me pregunté si lo habrían drogado o algo así, aunque la idea de que Lydia tuviera sedantes escondidos era algo ridícula, y a la vez no. Luego tuvimos tiempo libre, y había algunos refrigerios en la cafetería pero nada de cena, porque los discípulos a cargo habían sido convocados antes de que terminaran la comida. El reverendo Rick fue a Ennis para comprarnos pizza, un regalo cortesía de la tragedia personal de Mark. Alguien, probablemente Lydia, puso *Sonrisas y lágrimas* en la sala de recreación. Era una de las tres películas seculares en la videoteca de Promesa, pero no podía perderme en ella con tantos discípulos con ojos rojos e hinchados mirando conmigo, respirando y moviéndose en los sillones, en el suelo. Después de un rato, Jane, Adam y yo nos levantamos y nos fuimos, y sabíamos que iríamos a fumar. Ni siquiera tuvimos que hablarlo. Nos pusimos el abrigo y fuimos al granero. Nevaba, pero no muy fuerte, *una nieve bonita y tranquila* es lo que la abuela habría dicho. Copos gordos cayendo despacio. Había aún bastante nieve en el suelo del resto del invierno, pero se había derretido durante el día, con el sol de comienzos de la primavera, y el camino estaba muy resbaladizo, agua sobre hielo aplastado. Había avanzado unos pocos metros cuando caí con fuerza y me golpeé la cadera derecha contra el suelo; esa parte de mis pantalones caqui se mojó de inmediato. Adam me agarró del codo, me ayudó a levantarme y dijo:

—¿Estás bien, pies torpes?

Aquello me hizo sonreír y dije:

—Estoy bien. ¿Tú?

—He estado mejor —respondió; entrelazó su brazo con el mío e hicimos el resto de la caminata así. Fue agradable.

Hacía frío en el granero y estaba húmedo, el altillo apestaba y estaba mojado. Nos agrupamos, con las piernas debajo de unas mantas que habíamos llevado allí en otoño. También estaba oscuro, las pocas luces eléctricas en el piso principal no ayudaban mucho a iluminar el césped cortado. Me dolía la cabeza y la cadera sobre la que había aterrizado, y mis manos estaban rojas y frías: era un desastre. Todos estábamos hechos un desastre.

Durante un rato, solo pasamos el porro que Jane había traído sin hablar, hasta unas dos caladas antes de sentir el efecto, y luego Jane dijo:

—Ni siquiera sabía que Mark se afeitaba.

—No se afeita —respondió Adam, recibiendo el porro de Jane y sujetándolo con elegancia entre sus dedos finos—. El chico es lampiño como un bebé; no necesita afeitarse. Usó mi hoja de afeitar. Es una buena; no es desechable, es pesada. Mi padre me la dio para mi cumpleaños el año pasado. A veces me depilaba las piernas con ella, pero no ahora con Lydia a cargo de la patrulla antihombres afeminados. —Fumó, luego exhaló antes de que lo afectara demasiado y añadió—: Pero no volveré a usarla de nuevo. Ni siquiera sé dónde está. Lydia se la llevó anoche después de ayudarme a limpiar la habitación.

—Lo siento —dije.

—Yo también —añadió Jane.

Adam asintió. Luego dijo:

—La lejía llegó a todas partes. Debía ser una botella nueva, porque hizo un maldito lago en el suelo. Es probable que todavía quede un poco bajo las camas. Oí un ruido y supe que pasaba algo raro, y luego olí la lejía, pero fue… Ya sabéis cómo son las cosas cuando acabas de despertar, no se registran bien. Y luego, cuando puse los pies en el suelo, estaba mojado, tanto que me empapó los calcetines.

Jane y yo continuamos asintiendo. ¿Qué había que decir?

Adam me entregó el porro para la última calada, y la acepté, feliz de tener algo que hacer.

—¿La lejía también le mojó toda la ropa? —preguntó Jane—. ¿Estaba recostado sobre ella?

—Estaba desnudo —respondió Adam—. Estaba completamente desnudo. Estuve a punto de tropezar con él de camino hacia la luz, y luego, cuando la encendí, es decir, no sé, simplemente supe que era algo malo. Estaba doblado sobre sí mismo así que no pude ver su… ya sabéis… —Hizo una pausa y movió la cabeza de lado a lado—. Su pene. Debería ser capaz de decir la palabra «pene». Mierda. No podía verlo, así que no sabía lo que había hecho. Solo sabía que estaba desnudo en el suelo, que había un maldito lago de lejía y que pasaron cuatro segundos más hasta que vi sangre goteando en la lejía y fui en busca de Rick. Pensé que quizás había intentado bebérsela o cortarse las venas o algo así. Eso le dije a Rick. Dije: «Mark está muerto. Está muerto en el suelo». —Se detuvo y pasó los ojos de una a la otra—. Eso es muy retorcido, ¿no?

—No —respondí—. ¿Qué otra cosa podrías haber pensado?

—No eso —dijo Adam—. No lo sé. —Arrancó un hilo suelto de una parte de la manta, lo enredó más y más fuerte en su dedo, cortando la circulación y haciendo que la punta se inflamara, roja y brillante con marcas blancas—. Hablé con su padre hoy —dijo—. ¿Os lo han contado?

Negamos con la cabeza.

Adam permitió que el hilo alrededor del dedo se soltara. Tomó el porro de mi mano, que se había consumido. Solo había estado sujetándolo. Lo extinguió en la punta de la lengua. Siempre hacía eso. Luego dijo:

—Quería ir al hospital, pero su padre no quería a ninguno de nosotros allí. Envió a Rick de regreso prácticamente en cuanto llegó del aeropuerto. Pero llamó más tarde para hablar conmigo y dijo: «Gracias por lo que has hecho por Mark. Te recordaremos en nuestras oraciones. Por favor, también reza por Mark». Eso fue todo. Eso dijo, palabra por palabra.

—Pero piensa en las condiciones en las que está su hijo —comentó Jane.

—Condiciones que él ayudó a causar —respondió Adam con desdén. Se puso de pie, pateó unos montones de heno—. Lo envía aquí, y le dice que irá al Infierno por sodomita si no se cura. Así que el chico lo intenta y lo intenta y sabéis qué, no puede, porque es una mierda imposible de hacer, así que se dice a sí mismo: Supongo que simplemente será mejor cortar la zona problemática. Gran plan, papá.

—Tienes razón —afirmó Jane—. Es jodidamente retorcido. Pero su padre no lo ve de ese modo. Él cree absolutamente, con cada parte de su ser, que lo que hace es el único modo de salvar a su hijo de la condena eterna. De las profundidades ardientes del Infierno. Cree eso con fervor.

Adam continuó hablando con desdén, ahora casi gritando.

—Sí, bueno, ¿por qué mejor no salvarlo del presente? ¿Qué hay del infierno de pensar que es mejor cortarte las malditas pelotas en vez de permitir que tu cuerpo de algún modo traicione tu estúpido y jodido sistema de creencias?

—Para estas personas, nunca se trata de eso —explicó Jane, todavía tranquila—. Ese es el precio que supuestamente debemos pagar por la salvación. Se supone que debemos estar felices de pagarlo.

—Gracias, Madre de la Sabiduría —dijo Adam—. Tu saber sosegado es muy poderoso en momentos como este.

Una expresión herida atravesó el rostro de Jane y luego la dispersó rápido. Pero sé que Adam también la vio, porque añadió:

—Lo siento.

—No pasa nada. No era mi intención dar un sermón.

—No me pidas automáticamente perdón por mi estupidez. —Se acercó, la besó en la mejilla y dijo—: No puedo comportarme como un idiota solo porque mi compañero de cuarto perdió la cabeza.

—Sí que puedes —respondió Jane—. Puedes ser lo que quieras en este instante.

—¿Puedo ser un astronauta? —preguntó, sentándose de nuevo a mi lado y tirando parte de mi manta sobre él.

—Por supuesto —dijo ella—. Incluso puedes ser el famoso Neil Armstrong.

—Lo elegiste porque el apellido Armstrong suena un poco nativo, ¿verdad? —comentó él, apenas sonriendo.

—No me quedaré en Promesa —dije, así como así. Lo decidí con certeza mientras lo decía—. No lo haré. Me iré.

—¿Quieres ser astronauta conmigo? —preguntó Adam, acariciando la parte superior de mi cabeza e inclinándola hasta que mi oreja quedó apoyada en su hombro—. Podemos abrir el primer supermercado lunar. —Dibujó el cartel con las manos, abrió y cerró los dedos como si fueran luces centellantes, y dijo—: Ahora vendemos

370 EMILY M. DANFORTH

batidos de marihuana. Solo por tiempo limitado. Con algunas restricciones.

—Hablo en serio —respondí, y la cuestión era que, cuanto más lo
decía, más seria me ponía—. Buscaré la forma de escapar. Si no lo
hago, sé que Ruth me mantendrá aquí el próximo año. Sé que lo hará.

—Por supuesto que lo hará —concordó Jane—. Nadie se marcha
porque está mejor. Solo te vas si ya no puedes pagarlo o si te gradúas.

—O si eres Mark —dije.

—Sí —afirmó Jane—, o si eres Mark.

—¿De verdad? —preguntó Adam—. ¿Nadie ha aprobado nunca el
programa? ¿Nadie se ha vuelto nunca lo bastante menos gay para regresar al instituto normal?

—Bueno, solo lleva abierto tres años —respondió Jane—. Pero,
que yo sepa, nadie lo ha hecho.

—Porque es imposible —dije.

—Y porque, de todos modos, no existe ninguna prueba que pueda
confirmar tu transición —añadió Jane, guardando todo de nuevo en el
compartimento de su pierna. Era extraño cómo a veces me olvidaba de
que tenía esa cosa, la pierna ortopédica, no el compartimento; nunca
olvidaría el compartimento—. Puedes cambiar tu comportamiento,
pero si no tienes a Lydia respirándote en la nuca, eso solo durará un
tiempo. Además, no significa que haya cambiado algo en ti, en tu interior.

—Por eso me iré —dije—. Por eso y por millones de razones. Ya
no quiero estar aquí.

—Me apunto —afirmó Adam, retirando la manta que nos cubría a
los dos; mi piel se erizó de inmediato—. Hagámoslo ahora mismo, no
se hable más. Yo seré Bonnie y tú serás mi Clyde.

—Yo también —dijo Jane, con absoluta seriedad. Ya casi había terminado de colocarse la pierna—. Pero necesitamos diseñar un plan
exhaustivo. Necesitamos organizar los detalles.

—Típico de una pareja de lesbianas —comentó Adam—. ¿Plan
exhaustivo? ¿Construiremos un muelle o escaparemos? Vámonos y ya
está. Robaré las llaves de la furgoneta, de verdad. Podemos hacerlo ya

mismo. Podríamos estar en Canadá por la mañana, con todo el tocino canadiense que podáis comer. Ahí tenéis un buen eufemismo.

—Detendrían el vehículo robado en la frontera —respondió Jane—. Y, aunque no lo hicieran, no tenemos nuestras identificaciones, no tenemos demasiado dinero y no conocemos a nadie en Canadá. O yo, al menos, no.

Quería apoyar a Adam y hacerlo de una vez, como había dicho, actuar ya. Pero lo que Jane señalaba era cierto. Guardaban nuestros carnés de conducir (de quienes teníamos uno) y otros papeles de identificación, o copias de esos papeles, en uno de los archiveros con llave de la oficina principal.

—Entonces, busquemos las identificaciones ahora mismo —propuso Adam—. Y luego nos vamos.

—Por eso necesitamos un plan —insistió Jane—. Esta es exactamente la razón. Para que no nos atrapen por todos los detalles que nos hemos olvidado.

Mientras hablaba, se oyó un estruendo a lo lejos y, de no haber estado nevando cuando fuimos al granero, habría asegurado que eran truenos.

—Nunca lo haremos —dijo Adam—, si permanecemos sentados pensando para siempre. No lo haremos. Así que vámonos.

—¿A dónde? —pregunté.

—¿A quién le importa? —dijo él—. Lo decidiremos por el camino.

—Yo también quiero ir —repitió Jane—. Pero hagámoslo bien. Si robamos una furgoneta, nos encontrarán y nos enviarán aquí en cuestión de días. Y entonces, ¿qué sentido tendría?

En cuanto terminó de hablar, se oyó un redoble que ahora sonaba sin duda a truenos.

—Zeus está furioso —comentó Adam, poniéndose de pie de nuevo.

—¿Eran truenos? —pregunté y luego más truenos sonaron, más cerca que los anteriores; la tormenta avanzaba rápido, como solía ocurrir en las montañas.

—Es una tormenta eléctrica de nieve —dijo Jane mientras Adam se acercaba a la pesada escotilla de madera que cerraba la ventana del altillo. Era jodida de mover. Lo habíamos hecho antes, pero las bisagras estaban más oxidadas y la madera gris te clavaba astillas como una plancha cada vez que le ponías las manos encima. Adam de todos modos lo intentó.

—¿Aún sigue nevando? —pregunté mientras me acercaba a él.

—Si es así, es una tormenta eléctrica de nieve —respondió Jane.

—Nunca he oído nada parecido —comenté mientras Adam y yo lográbamos abrir un poco la escotilla. Los tornillos chirriaron ante nuestro esfuerzo, las astillas diminutas de la madera vieja ya se me clavaban en los dedos.

—Es inusual —explicó Jane, poniéndose de pie—. Ocurrió una vez cuando vivíamos en la comunidad. No puedo creer que no tenga mi cámara aquí.

Adam y yo continuamos empujando la escotilla y cedió un poco más, y luego más, hasta que pudimos ver el cielo mayormente negro como el suelo, algunos sectores más oscuros que otros, con copos de nieve blancos cayendo mucho más rápido que antes, como una ventisca veloz; la nieve era un manchón muy blanco en contraste con toda aquella oscuridad.

—Lo es —dijo Jane detrás de nosotros—. Es una tormenta eléctrica de nieve.

—Dios mío, ya lo hemos entendido —respondió Adam—. Deja de decir «tormenta eléctrica de nieve».

Pero fue vengada en cierto modo, porque un trueno estalló fuerte y la tormenta se cernió a nuestro alrededor; era la clase de truenos que sientes en las paredes, en tu interior, y luego un rayo dibujó su camino zigzagueante plateado en el cielo, como la trayectoria del corazón dañado de un paciente en un electrocardiograma. Y enseguida otro: su luz iluminó la nieve del suelo, reflejando los millones de cristales increíblemente brillantes y blancos, y luego toda la zona quedó sumida por completo en la oscuridad, y de repente otro destello, otro gran estruendo, y luz. Uno de los pinos se encendió durante un momento, con las ramas pesadas por la nieve, de una altura inmensa contra la nada negra, y luego desapareció, y después algo más me llamó la atención, otro sector de tierra que antes había sido solo oscuridad, y mientras tanto el trueno siempre rugía detrás del espectáculo y los copos de nieve giraban y volaban, pesados, más pesados, tan espesos que parecían saturar el aire. Los tres observamos y observamos juntos. Creo que probablemente haya sido la cosa más hermosa que he visto en mi vida.

—No puedo creer que no tenga mi cámara —repitió Jane, su voz prácticamente respetuosa.

—Nunca podrías capturar esto en una fotografía —dije—. Y te lo perderías mientras intentas hacerlo.

—Rick ha vuelto —dijo Adam; miré en la misma dirección que él y vi las luces delanteras que había visto, dos puntos anaranjados débiles acercándose más y más hacia Promesa, hacia nosotros.

—Quiero ir contigo —repitió Jane. Me tomó la mano—. Hablo en serio. Haré lo que sea.

—Bueno —respondí.

—Vais a huir juntas y me dejaréis aquí —dijo Adam, aferrándonos las manos a las dos—. Aunque aún no creo del todo que alguna vez nos marchemos.

—Nos iremos —afirmó Jane.

—No tengo un plan —confesé—. Conozco a algunas personas que nos podrían ayudar, si podemos encontrarlas. Pero eso es lo único que tengo. —Pensaba en Margot, en el dinero que me había enviado en el manual de las exploradoras de Campfire; pensaba en Lindsey y en su genialidad; y en Mona Harris, tan cerca en Bozeman, en la universidad. Y por algún motivo también pensé en Irene Klauson. Aunque no sé en realidad por qué.

—Pues las encontraremos —respondió Jane. Me gustaba lo confiada que era.

—Yo puedo ofrecer mi increíble apariencia —añadió Adam—. Y mi comprensión única y complicada de los roles sexuales. Podéis llamarlo «una comprensión mística», si queréis.

—Yo tengo marihuana —dijo Jane, y todos nos reímos de la manera en que te ríes cuando intentas ser valiente ante algo que te aterra.

Las luces del vehículo eran más grandes y estaban más cerca, detrás de las cabañas con techo metálico; el rectángulo abultado de la furgoneta apenas era visible por la nieve. El reverendo Rick y su pila de pizzas, enfrentándose a una tormenta eléctrica de nieve por todos sus discípulos cansados.

—Será mejor que entremos —dije—. Antes de que vengan a buscarnos.

Capítulo diecinueve

Mark Turner no regresó a Promesa. No regresó dos semanas después. No regresó un mes después. Nunca lo hizo. Al menos, no mientras yo estuve allí. El reverendo Rick y Adam tuvieron que empacar sus pertenencias y enviárselas a Kearney, Nebraska. Adam nunca recuperó su navaja elegante, aunque decía que no la quería, pero desapareció de Promesa, al igual que Mark. Al igual que lo haríamos nosotros tres.

Pronto, después del *incidente* de Mark —así comenzaron todos a llamarlo, excepto Jane, Adam y yo—, un tipo del estado vino a inspeccionar Promesa, las aulas, los dormitorios, todo. Trabajaba para uno de los departamentos de licencias. Luego otros tipos vinieron, y también una señora. La señora vestía un traje de pantalón color ciruela con un pañuelo dorado y ciruela, y recuerdo haber pensado que la tía Ruth llamaría al efecto combinado *un look elegante*. Todos los hombres llevaban corbata y chaquetas, y todos los que vinieron trabajaban para alguna agencia estatal. La mayoría de estas personas pasaban el tiempo en la oficina de Rick, pero uno de los hombres habló con cada uno de los discípulos durante unos veinte minutos más o menos. A mí me tocó después de Erin, pero era imposible preguntarle cómo había sido; pasamos una junto a la otra en el pasillo fuera del aula donde el hombre se había instalado durante el día.

Al principio, me cayó bien el hombre porque era muy rutinario y parecía, no sé, profesional, o al menos no me menospreciaba ni se comportaba como un consejero escolar, probablemente porque no lo era. Se presentó, pero no recuerdo su nombre, era el señor Bla Bla del departamento de servicios sociales, creo. Comenzó con una serie de preguntas mundanas: *¿Cada cuánto comes? ¿Cuánto tiempo pasas haciendo deberes, en clase y fuera, cada día? ¿Cuánto tiempo pasas haciendo otras actividades? ¿Cuál es el nivel de supervisión de esas actividades?* Y luego hizo otras preguntas menos mundanas: *¿Te sientes segura en tu habitación de noche? ¿Te sientes amenazada por algún miembro del personal o por algún estudiante?* (El hombre usaba la palabra *estudiante* y no *discípulo*). ¿Confías en quienes están a cargo del lugar? Mi respuesta a eso fue la primera que pareció interesarle.

—No realmente —dije.

Había estado tomando notas breves en un cuaderno amarillo y rara vez alzaba la vista hacia mí, solo leía la lista de preguntas y luego anotaba algo y continuaba. Pero ahora se detuvo y me miró a los ojos, con el bolígrafo quieto.

—¿No confías en el personal?

Supongo que, al haber contestado de ese modo, había esperado una reacción de él, pero después de obtenerla no sabía qué hacer con ella.

—Bueno, es decir, ¿en qué sentido? —pregunté—. ¿A qué se refiere con «confiar»?

—Confiar —respondió, poniendo una expresión de *esto debería ser obvio para ti*, con la boca algo abierta y moviendo la cabeza—. Confiar: creer en ellos y en sus habilidades. ¿Les confías tu seguridad mientras vives aquí? ¿Crees que quieren lo mejor para ti?

Me encogí de hombros.

—Dice esas cosas como si fueran muy simples —respondí—. O negro o blanco, o como sea.

—Creo que son negro o blanco —dijo—. No intento engañarte con estas preguntas. —Era obvio que comenzaba a perder la paciencia conmigo o que quizá yo no le caía demasiado bien. Noté que el hombre tenía las orejas muy peludas. De hecho, era difícil no mirarlas después de haberlo advertido, porque salía mucho vello del interior y había muchísimo en el exterior.

—Quizá, si viviera aquí, pensaría diferente —dije. Mirarle las orejas me hizo sentir que me echaría a reír sin control, como Helen en nuestra sesión grupal. Así que, en cambio, centré la atención en su corbata, que era de un amarillo menos intenso que la libreta, pero no muy diferente. La tela tenía flores de lis por todas partes. Azul cerúleo. Aún amaba esa palabra. Era una corbata bonita. Muy bonita—. Me gusta su corbata —comenté finalmente.

Él inclinó el cuello para mirarla, como si hubiera olvidado cuál había elegido para usar aquel día. A lo mejor lo había hecho.

—Gracias —respondió—. Es nueva. Mi esposa la eligió.

—Qué agradable —dije. Era agradable, en cierto modo. Parecía tan normal tener una esposa que eligiera corbatas amarillas para ti. Sin importar qué significara eso: normal. Debía significar no vivir la vida en Promesa. Al menos debía significar eso.

—Sí, es fanática de la ropa —respondió. Luego pareció recordar qué estaba haciendo allí, conmigo. Consultó sus notas y añadió—: ¿Crees que puedes concretar a qué te refieres cuando dices que no puedes confiar en el personal de aquí?

Esa vez sí sonó como cualquier otro consejero que me había pedido que elaborara una respuesta sobre mis sentimientos. Me sorprendí a mí misma por haberlo elegido a él para abrirme. Me sorprendí incluso mientras lo hacía. Tal vez lo elegí porque pensé que me tomaría en serio, dijera lo que dijere; parecía muy meticuloso y ordenado, y también parecía, precisamente por su puesto y por aquella meticulosidad, alguien sin prejuicios, creo.

—Diría que Rick y Lydia y todos los que se relacionan con Promesa creen que están haciendo lo mejor para nosotros, a nivel espiritual o como sea —respondí—. Pero creer algo no hace que sea cierto.

—De *acueeerdo* —dijo—. ¿Puedes continuar?

—En verdad, no —respondí, pero luego proseguí de todos modos—. Solo digo que a veces terminas arruinando a alguien de verdad porque la forma en la que intentas ayudar es muy retorcida.

—Entonces, ¿estás diciendo que sus métodos de tratamiento son abusivos? —preguntó en un tono que no me gustó demasiado.

—Mire, nadie nos golpea. Ni siquiera nos gritan. No es así. —Suspiré y moví la cabeza de lado a lado—. Me preguntó si confiaba en ellos y, es decir, confío en que conducen las furgonetas de un modo seguro por la autopista y confío en que comprarán comida para nosotros todas las semanas. Pero no confío en que sepan realmente qué es lo mejor para mi alma o cómo convertirme en una mejor persona con un puesto garantizado en el cielo o algo así. —Sabía que lo estaba perdiendo. O quizá, para empezar, nunca lo había tenido y estaba furiosa conmigo misma por ser tan poco articulada, por arruinar lo que sentía que le debía a Mark, incluso si él no lo veía así, lo cual era probable.

»Da igual —dije—. Es difícil de explicar. Es que no confío en que un lugar como Promesa sea necesario o que cualquiera de nosotros necesite estar aquí, y el objetivo de estar aquí es que se supone que debemos confiar en lo que hacen para salvarnos, así que ¿cómo podría responder que sí a su pregunta?

—Supongo que no podrías.

Creí que podría tener una oportunidad, así que dije:

—Es solo que sé que está aquí por lo que ocurrió con Mark.

Pero antes de que pudiera continuar, dijo:

—Lo que el señor Turner se hizo a sí mismo.

—¿Qué? —pregunté.

—Dijiste *lo que le ocurrió* —explicó—. No *le ocurrió* algo. Se lastimó a sí mismo. De gravedad.

—Sí, mientras estaba bajo el cuidado de este lugar.

—Correcto —dijo, con otro tono inexpresivo—. Y por eso estoy aquí: para investigar el cuidado que implementan quienes dirigen este establecimiento, pero no para investigar la misión del lugar, a menos que esa misión incluya abuso o negligencia.

—Pero ¿no existe el abuso emocional? —pregunté.

—Sí —respondió, sin comprometerse—. ¿Sientes que has sufrido abuso emocional por parte del personal?

—Dios mío —dije, alzando las manos en el aire, sintiéndome tan dramática como mi comportamiento—. Acabo de contárselo todo: el maldito propósito de este lugar es hacer que nos odiemos a nosotros mismos para que cambiemos. Se supone que debemos *odiar* quienes somos, despreciarlo.

—Ya veo —afirmó, pero sabía que no era cierto—. ¿Algo más?

—No, creo que la parte de *odiarte a ti mismo* lo cubre todo.

Me miró, inseguro, buscando qué decir, y luego respiró y habló:

—Bueno. Quiero que sepas que he escrito lo que has dicho y formará parte del archivo oficial. También lo compartiré con el comité.

—Había escrito algunas cosas mientras yo hablaba, pero no confiaba en absoluto en que realmente hubiera anotado lo que yo había dicho; lo dudaba, al menos no como yo lo había dicho.

—Claro —dije—. Bueno, estoy segura de que ese será un método efectivo para cambiar las cosas. —Ahora odiaba a ese tipo y un poco a mí misma también... por haber tenido la esperanza de que podría lograr que algo ocurriera solo respondiendo a unas preguntas con sinceridad. Para variar.

—Me parece que no comprendo —respondió él.

Y creo que de verdad no comprendía lo que yo intentaba decir; lo creo. Pero también creo que en realidad no quería hacerlo, porque probablemente no era tan poco imparcial después de todo y quizás incluso creía que las personas como yo, como Mark, definitivamente pertenecíamos a Promesa. O a un lugar peor. Y aunque sabía que no podía explicarle todo eso, poner en palabras adecuadas y ordenadas lo que sentía, lo intenté, más por mí y por Mark que por el bien de la comprensión de ese tipo.

—Lo que quiero decir es que, si no confías en lo que te enseñan aquí, en lo que creen, si ni siquiera lo pones en duda, te dicen que irás al Infierno, que no solo todo el mundo se avergüenza de ti, sino que el mismísimo Jesucristo se ha rendido en la salvación de tu alma. Y si eres como Mark y crees en todo esto, de verdad, si tienes fe en Jesucristo y en este estúpido sistema que usan en Promesa, y aun así, incluso con todas esas cosas, todavía no puedes convertirte en alguien lo suficientemente bueno porque lo que intentas cambiar *es imposible de cambiar*, porque es como tu altura o la forma de tus orejas, entonces este lugar *funciona* para ti, o al menos se supone que te convence de que siempre serás un pecador asqueroso y que tú tienes la culpa de todo porque no estás esforzándote lo suficiente para cambiar. A Mark lo convenció.

—¿Estás diciendo que crees que el personal debería haber previsto que Mark haría algo así? —preguntó, anotando de nuevo—. ¿Hubo alguna señal de advertencia?

Ante esa respuesta, me rendí por completo.

—Sí, diría que su memorización textual de los pasajes más retorcidos de la Biblia podría haber sido una de ellas —respondí, mirándolo a los ojos e intentando que mi rostro fuera tan inexpresivo como el suyo—. Pero aquí, en Promesa, eso es algo que se ve como una señal de avance. De hecho, es sorprendente que todos los discípulos no nos hayamos mutilado nuestras partes íntimas con el objeto cortante más cercano. Es probable que yo lo haga cuando regrese a mi cuarto, a la primera oportunidad.

Aquello le cambió el rostro inexpresivo, pero lo controló bastante rápido.

—Siento que estés tan enfadada —dijo. No dijo: «Siento haberte hecho enfadar». No aceptó la culpa; pero probablemente tenía razón en no hacerlo. En realidad, no era culpa de él.

—Estoy enfadada —afirmé—. Es una palabra tan buena como cualquier otra.

Luego me hizo otras preguntas e intentó algunas veces más que le diera detalles sobre *el abuso emocional* que sentía que había sufrido, pero incluso su forma de decirlo lo hacía sonar como algo muy estúpido, como una niña caprichosa a la que no le gustaba el castigo que recibía por su comportamiento muy malo. Le di respuestas monosilábicas y no tardó más de tres minutos antes de que colocara el capuchón sobre el bolígrafo, me diera las gracias por venir y me pidiera que «Por favor, llamara a Steve Cromps». Así que lo hice.

No sé qué dijeron los informes enviados a agencias estatales sobre *el incidente*, pero sé que no hubo muchos cambios en Promesa. Kevin, el vigilante nocturno, fue despedido; ese fue un cambio. Lo reemplazó Harvey, un hombre de sesenta y tantos años que había sido guardia de seguridad en Walmart. Harvey usaba calzado negro, chirriante y de anciano, y se limpiaba la nariz con tres soplidos fuertes en un pañuelo cada quince minutos. Estaba segura de que, si me descubría fuera de mi cuarto por la noche, Rick y Lydia sin duda lo sabrían. Además, les hablaron *del incidente* a nuestros padres o *tutores*; probablemente, aquello era algo especificado por la ley. Ruth me escribió una carta larga diciendo lo mucho que lamentaba que *aquello hubiera ocurrido*. No escribió sobre si dudaba o culpaba al tratamiento, o sobre su preocupación de que me esperase un destino similar. Los padres de otros discípulos reaccionaron del mismo modo. Nadie retiró a su hijo de Promesa ni nada semejante. (Bueno, excepto los padres de Mark, claro). Durante unas semanas después del hecho, fuimos una banda de pecadores aún más exóticos cuando asistíamos a misas fuera del campus en Palabra de Vida. Pero el encanto que teníamos, y que en cierto modo era desagradable por asociación, desapareció bastante rápido, y pronto volvimos a ser solo pervertidos sexuales normales y corrientes.

* * *

Recuerdo que papá solía decir que Montana solo tiene dos estaciones: invierno y construcción de carreteras. He oído a muchas personas decir lo mismo desde entonces, pero aún pienso en ello como en algo propio de papá, algo que recuerdo que decía desde que yo era muy, muy pequeña. Conozco todas las razones por las que las personas dicen cosas así, la broma sin maldad sobre un estado que en realidad amas profundamente; el modo folclórico de articular las cualidades sofocantes de un invierno de apariencia eterna en Montana y el calor seco y las molestias del verano que le siguen tan pronto; el modo en que una frase así encapsula lo presente que está el mundo natural en Montana y lo consciente que eres de ello: el cielo, la tierra, el clima, todo. (Variaciones de esto incluyen: Montana solo tiene dos estaciones: invierno e incendios forestales; invierno y el opuesto; temporada de caza y esperar la temporada de caza).

Pero puedo decirte con certeza que, sin duda, hubo primavera al oeste de Montana en 1993. Y gracias a Dios, porque nuestro plan de escape dependía de ello. La primavera comenzó a llegar a mediados de marzo, un poco por allí y por allá; y antes de fin de mayo, ya había invadido el valle entero donde estaba Promesa. Al principio, toda la nieve acumulada se derritió a medias, se descongelaba de día y se congelaba de nuevo por la noche, y así en bucle, y luego se derritió en el suelo por completo y dejó todos los senderos enfangados y algunos lugares apantanados, lo cual no evitó que Adam y yo retomáramos nuestras carreras por la pista, aun cuando debíamos usar sudaderas y guantes, y aun cuando la segunda mitad de la carrera, de regreso a los dormitorios, llevaba casi el doble que la primera mitad porque nuestro calzado estaba tan cubierto de fango espeso que bien podríamos haber tenido pesas sujetas en los pies. No importaba por qué habitación pasaras, ahora todos tenían las ventanas abiertas y dejaban entrar los buenos aromas primaverales, la tierra húmeda, el nuevo crecimiento y el aroma indescriptible del viento de montaña gélido mientras bajaba veloz de aquellas cumbres aún cubiertas de nieve que nunca se derretiría por completo y que no estaban realmente tan lejos de nuestras ventanas.

Cuando las primeras flores primaverales aparecieron —había un grupo enorme de ellas detrás de una de las cabañas del campamento de verano y también unas flores amarillas diminutas que se extendían como una alfombra sobre el suelo más improbable, saliendo de las grietas en las rocas y a lo largo del borde del granero—, Jane y yo habíamos decidido el momento de huir. Lo haríamos a comienzos de junio, después de los exámenes en la escuela Lifegate Christian en Bozeman, pero antes del comienzo del campamento Promesa. Había estado adelantándome en mis clases, y si pasaba los exámenes estaría en el último año de secundaria en términos de créditos, que es donde Adam estaría. Pero Jane sería graduada: habría terminado. Era muy importante para ella tener su expediente académico en orden.

Todavía estábamos ultimando todos los detalles de nuestro plan, que se avecinaba vago e incierto delante de nosotros, pero desde el inicio Jane nos presionaba para que no nos marcháramos hasta que los exámenes hubieran concluido. Había estado discutiendo con Adam sobre ello. Él quería que nos fuéramos más temprano que tarde, y junio era tarde en su opinión.

Jane y yo estábamos hablando sobre nuestra huida en voz baja una mañana mientras hacíamos las tareas de limpieza que nos habían asignado; las dos fregábamos los cubículos de las duchas, que siempre tenían moho. Nuestras voces hacían eco a pesar de nuestro esfuerzo por hablar bajo. Aquellos cubículos estaban infestados con el olor a limpiador Comet, y aún no podía estar cerca de él sin pensar en la terrible noche en que mi abuela me dio la noticia. Me alegraba que tuviéramos nuestro plan de escape para distraerme.

Jane estaba en medio de otra explicación sobre los beneficios de esperar hasta junio, cuando dije:

—Me parece bien irnos después de los exámenes, no hay problema. Lo entiendo. Pero ¿por qué te molestarías en marcharte con nosotros?

—¿A qué te refieres con «por qué me molestaría»? —Apretó la esponja amarilla dentro del cubo compartido—. Por las mismas razones que tú te molestas en hacerlo.

—Solo quiero decir que habrás terminado. Puedes ir a la universidad. No necesitas huir.

—Lo dudo —respondió—. No cumpliré dieciocho hasta agosto, lo cual me convierte en una menor con diploma, y hasta entonces técnicamente aún estaré bajo la tutela de mi madre, y ella querrá que me quede para el campamento de verano, y te garantizo que cuanto menos tiempo pase bajo su techo, mejor. —Sumergió la esponja de nuevo, que chapoteó cuando la retorció—. Además, ¿de verdad crees que seguiré mis estudios superiores en la universidad Bob Jones? ¿O en la universidad Bautista de Wayland, en la por siempre progresista Plainview en Texas?

—Que te hayan obligado a solicitar plaza en universidades de mierda no significa que debas ir a esas universidades —afirmé. Bethany tenía un archivo grueso lleno de folletos y catálogos de universidades evangelistas, y Jane y algunos otros discípulos que se graduarían habían pasado un tiempo aquel otoño solicitando plaza, lo cual fue, según Jane, una formalidad, porque dijo que aquella clase de universidades aceptan a todos los que puedan pagar, a los que son evangelistas auténticos o a los que están dispuestos a hacer ese papel. Y, de hecho, muchas, muchas cartas de aceptación de aquellas universidades habían llegado a Promesa durante toda la primavera; nadie fue rechazado.

—Por supuesto que no debo —dijo—. Pero no me permitieron pedir plaza en ninguna universidad a la que tal vez quisiera asistir y es demasiado tarde ahora para intentarlo este otoño. A menos que encuentre una universidad comunitaria en alguna parte. —Había estado en cuclillas para mojar la esponja y cuando se puso de pie, noté que su pierna ortopédica le molestaba. No dejaba de mover la cadera para que el peso recayera sobre la otra pierna mientras pasaba la esponja sobre la pared de la ducha, arriba y abajo—. Es una gran farsa. ¿Alguna vez te he contado que Lydia estudió en Cambridge? Y ella no mira mientras nos obligan a ir a la Universidad de Cristo Crucificado.

—Oí que su equipo de hockey sobre césped es maravilloso —comenté.

Jane me lanzó la esponja. No me dio y voló fuera de la ducha hacia los lavabos, donde aterrizó con un ruido desagradable contra la pared. Sonreí y me moví para buscarla, pero Jane alzó la mano y comenzó a ir hacia allí.

—Ni siquiera sé si quiero ir a la universidad —dijo—. Creo que preferiría ser alumna del mundo por un tiempo.

—Supongo —respondí—. Pero en ese caso, parece que no es necesario que tengas que pasar por las molestias de la huida. Si no planeas vivir con tu madre mientras eres *una alumna del mundo*, claro.

—Cielos, no —dijo Jane, regresando a la ducha—. No hay nada para mí en su porción perfecta del suburbio de Estados Unidos con virutas de colores por encima.

—Exacto. Entonces, si no vas a vivir con ella y no vas a ir a la universidad a la que quiere que vayas, por qué no decírselo; y si enloquece y dice que no vuelvas nunca, será lo mismo que huir. Es decir, a Adam y a mí nos enviarán de regreso aquí un año más si no nos vamos. Pero a ti, no.

—¿Quieres que no vaya con vosotros o algo así? —preguntó Jane, y sonaba herida, sobre todo para ser ella, que prácticamente nunca sonaba lastimada—. ¿Crees que tal vez la Coja os retrasará?

—No, mierda, claro que no —dije, y hablaba en serio—. Es solo que parece que estás eligiendo el camino difícil cuando no es necesario que lo hagas.

En ese instante, dejó de limpiar y permaneció de pie allí con la esponja sucia, vertiendo gotas gordas sobre los azulejos del suelo de la ducha.

—Es curioso que lo veas como el camino difícil —respondió—, porque yo lo veo exactamente como lo opuesto. Sé desde hace mucho, mucho tiempo, que tendré que huir de mi madre algún día y parece mucho más fácil hacerlo con esta gran acción, algo que ella no pueda ignorar, que me he fugado con esta gente, que con cualquier cosa que pueda decirle. He dicho una y otra vez todas las palabras que hay que decir sobre cómo su modo no es el mío y, hasta ahora, nunca ha hecho mella.

—¿Crees que esto hará mella? —pregunté.

—Lo genial es que ya no estaré para ver si es una cosa o la otra —dijo, sonriendo con su sonrisa de Jane—. Además, de esta forma puedo hacerlo contigo y con Adam y no sola. Al menos al principio.

Incluso después de haber acordado cuándo marcharnos, aquí era donde nuestro plan se embrollaba: a dónde, exactamente, iríamos y cuánto tiempo permaneceríamos juntos después de llegar. Al principio, Adam asumió que nos mudaríamos a alguna parte, los tres, y no sé, montaríamos una casa o algo, y aquello no sonaba completamente desagradable para mí hasta que Jane nos recordó que habría personas buscándonos, que éramos menores y, aun peor, que cuando ella cumpliera dieciocho y se convirtiera oficialmente en adulta, podrían imputarla por habernos ayudado a huir. No estábamos muy seguros de las leyes involucradas, pero sin duda yo había visto la cantidad de películas suficiente para saber que todos los malos se separaban durante la huida, de modo que, si atrapaban a uno, no atrapaban al resto. Y, en cierto modo, nos gustaba pensar en nosotros mismos como los malos, pero del tipo de villanos que uno apoya, los que quieres que lo logren.

Durante un tiempo, la versión favorita del plan era escapar durante una salida masiva en Bozeman, quizá inmediatamente después

386 EMILY M. DANFORTH

de los exámenes, y marcharnos sin más de la escuela Lifegate Christian. Pero, si lo hacíamos, sería prácticamente imposible llevar provisiones encima, ni una muda de ropa, por no mencionar que Lydia estaba muy alerta observándonos cuando salíamos del recinto, sobre todo por mi robo frustrado de rotuladores.

Adam aún insistía en robar una furgoneta, pero Jane y yo después de un tiempo lo convencimos, esta vez de modo definitivo, de que aquella opción haría que nos rastreasen más rápido que cualquier otra. Por fin, decidimos que incluso con la pierna de Jane, caminar a campo traviesa era la mejor opción, sobre todo considerando que los tres poseíamos una afinidad por la naturaleza que nos permitiría, en aquellas semanas de primavera tardía, desaparecer de modo realista en una caminata durante parte del día. Supusimos que podríamos desaparecer del campus durante unas seis o siete horas antes de que comenzaran a buscarnos o que enviaran a alguien a hacerlo. Quizá más, si nos marchábamos temprano diciendo que haríamos un pícnic para almorzar. Además, Jane de verdad era, como le gustaba recordarnos, *del tipo rural*, y sin duda podía leer mapas, usar una brújula y encender fuego.

Había cientos de lugares para acampar, senderos y trampas turísticas, incluso algunos pueblos diminutos, dentro del radio de veinticinco a treinta kilómetros de Promesa, o menos dependiendo de cómo viajaras; y en cualquiera de esos lugares decidimos que podríamos hacer autoestop hasta Bozeman si lográbamos pasar convincentemente como estudiantes universitarios hippies, lo cual creíamos posible, sobre todo si nos encontrábamos con verdaderos estudiantes universitarios hippies haciendo senderismo o acampando.

—No tendremos problemas para hacer amigos —repitió Adam más de una vez—. Es decir, llegaremos ofreciendo marihuana. Es el regalo del año para que se nos acerquen y para darles las gracias por permitirnos huir de nuestro campamento antigay.

Tras llegar a Bozeman, el plan era buscar a la exsocorrista de Scanlan y mi compañera de besos bajo el muelle, Mona Harris, a quien yo creía dispuesta, como mínimo, a permitirnos dormir en el suelo de su residencia universitaria durante una o dos noches hasta que pudiéramos decidir qué hacer a continuación. Pero incluso cuando teníamos toda esa gran parte del plan organizada, las cosas se complicaron de nuevo con *qué vendría después*: incierto para cada uno de nosotros. Pensé que podría intentar contactar con Margot Keenan. Todavía no sabía cuánto le pediría o, en verdad, qué le pediría; pero era un adulto en quien creía que podía confiar, alguien que pensaba que podría ayudarme y guardar el secreto. Jane planeaba llamar a «su llama antigua, la mujer trágica» a la que le había comprado esa maría tan fuerte en Navidad. Decía que esa mujer era una loca de remate y que tal vez conduciría hasta Bozeman para recogerla, o quizá le diría que se fuera a la mierda, pero Jane nos aseguró que no estaría interesada en delatarnos a las autoridades porque «iría completamente en contra de sus principios hacer el papel de policía antidrogas». Adam no sabía qué planeaba hacer cuando encontráramos a Mona, aunque no parecía preocupado. Pero, sin importar lo que decidiera, la idea era tomar caminos separados desde Bozeman, al menos por un tiempo: un tiempo era hasta que todos tuviéramos dieciocho años. Esa parte del plan, la parte de la separación, sin importar cuán confuso, amorfo e imposible de creer era que algún día llegaríamos tan lejos, me hizo sentir increíblemente triste al pensar en ella.

* * *

A principios de abril, pillaron a Jane fumando en el altillo del granero. (Por algún motivo, Adam y yo no estábamos con ella cuando ocurrió. Estábamos a cargo de la basura; sucedió así, sin más). Jane acababa de terminar su sesión individual y tenía algunos minutos libres antes de su turno en la cena, así que fue al granero para fumar una o dos caladas, porque hacía muy buena tarde, rebosante de primavera. Al parecer, Dane Bunsky, que también se encargaba de la cena, la había seguido desde lejos. Se había estado comportando de forma extraña desde el *incidente* de Mark: había convertido su furia en vigilancia, no contra Promesa y sus enseñanzas, sino a favor de ellas, de sus objetivos. Fue raro ver cómo ocurría. Dane sabía algunas cosas sobre drogas;

yo supongo que había sabido desde hacía un tiempo que nosotros fumábamos marihuana, pero aquel día eligió buscar a Lydia y llevarla hacia Jane, que tenía, según contaba: «Un hermoso porrito entre los labios cuando primero vi la parte superior de la cabeza de Lydia y luego su rostro apareció sobre el borde del altillo. Subió la escalera para atraparme; de verdad, fue bastante impresionante».

Impresionante o no, Jane recibió un castigo más severo que cualquier otro que hubiera visto aplicado en mi estancia en Promesa: reemplazaron todas sus horas libres con horas de estudio supervisadas o en su habitación; le quitaron todos los privilegios de decoración y correspondencia *hasta una fecha que aún no habían elegido*; informaron a sus padres y, lo peor de todo, tuvo sesiones individuales obligatorias con Rick o Lydia, probablemente Lydia, porque Rick había estado viajando mucho, promocionando Promesa y una serie de vídeos titulados «Libre del peso», en la que aparecía como historia exitosa.

Ahora Adam y yo solo veíamos a Jane en las comidas o durante otras actividades supervisadas, como horas de clase y misas. Y, aun así, Lydia solía comer en la misma mesa que nosotros o sentarse en el mismo banco de la iglesia, posando continuamente sus ojos fríos sobre nosotros de un modo perceptible incluso sin mirarla. A través de notas plegadas en cuadrados diminutos e intercambiadas en secreto, y algunas oraciones breves aquí y allá, descubrimos que Jane había entregado parte de la marihuana que había escondido en el granero para apaciguar a Lydia con la esperanza de convencerla de que eso era todo, la reserva entera. Lydia no había descubierto el escondite secreto en la pierna ortopédica de Jane. Y lo mejor era que Jane no había mencionado que Adam y yo éramos sus compañeros fumones y Dane tampoco (si es que sabía algo, y diría que sí).

—Tu castigo no podría haber llegado en un momento más inconveniente, ¿verdad? —dijo Adam en el desayuno una mañana, mientras Lydia aún estaba en la fila sirviéndose con una cuchara los restos húmedos de la fuente de huevos revueltos.

—De hecho, creo que es una señal divina —respondió rápidamente Jane—. Es el mejor momento. —Miró a su alrededor en busca de espías, pero muchos de los discípulos ni siquiera estaban en el comedor aún o dormitaban sobre la comida. De todos modos, bajó más la voz y añadió—: Todavía no sabemos cómo recuperar nuestras identificaciones de la oficina. Para lograrlo, al menos uno de nosotros necesita que le asignen tareas de servicio evangélico especiales y aún no hemos sido candidatos para ellas. Usaré este castigo para hacer la gran Dane Bunsky.

—¿Qué? —preguntó Adam antes que yo.

—Pasaré el próximo mes fingiendo que me trago todo lo que Lydia vende —respondió; los ojos le brillaban salvajes—. Por completo. Creo que vosotros también deberíais hacerlo. Pero no puede ser obvio, necesitáis una razón para el cambio.

—No sé a qué te refieres —dijo Adam, y todavía hablaba en nombre de los dos—. Dane no finge nada.

—Tal vez no planea escapar, pero no es cierto que ha encontrado a Cristo —afirmó Jane—. Mark fue el detonante del cambio, de la devoción extrema, y a Lydia le encanta eso. A mí me pillaron con marihuana, así que durante mis sesiones individuales estoy siendo muy honesta sobre mi pasión por fumar; con «honesta» me refiero a decirle a Lydia que fumo marihuana para batallar con la culpa que siento por mi perversión sexual pecaminosa.

—¿Y eso está funcionando? —pregunté. Jane asintió.

—Eso parece. Es decir, nunca había sido honesta con ella, y ella lo sabe, así que no puede evitar pensar que estamos progresando. Y esto acaba de empezar. Esperad a que llore.

—Yo he llorado en mis sesiones individuales —confesó Adam.

—Claro que lo has hecho —dijo Jane—. No cabe duda.

—Ah, discúlpame por mi sensibilidad, mujer de piedra —respondió Adam, fingiendo hacer un mohín.

Ahora Lydia hablaba con Erin, pero tenía el plato lleno y una taza de té en la mano. Se uniría a nosotros en cualquier segundo.

—No sé lo convincente que puedo ser —dije—. Siento que descubrirá en un instante lo que estoy haciendo.

—Aunque lo descubra —comentó Jane—, no sabrá realmente por qué lo estás haciendo. Solo creo que, cuanto menos tiempo pasemos los tres juntos ahora y cuanto más comprometidos con Promesa parezcamos, mejor. Tenemos que sacrificar el hoy por el beneficio del mañana.

—Puaj, asco —dijo Adam—. Ya suenas como ella.

—Bien. Esa es la idea.

Lydia tomó asiento en nuestra mesa después de eso y hablamos sobre los temas a los que ella se refería, de los cuales no recuerdo ninguno.

* * *

Unos días después, recibí por correo el detonante perfecto para justificar un cambio en mi comportamiento durante mis sesiones individuales, aunque no se presentó como tal al principio. Es decir, no es que la recibiera y pensara: *Genial, ahora manipularé a Lydia con esta historia triste*; solo surgió en mi interior a medida que avanzaba.

Lo que recibí por correo fue una carta de tres páginas escrita a máquina por la abuela (con una página extra escrita a mano por Ruth), detallando las dificultades que Ruth tenía con su tumor NF y la cirugía frustrada que supuestamente lo quitaría. Parecía que el tumor había crecido a un ritmo que todos llamaban *alarmante* desde Navidad, sobre todo desde Navidad, y ahora era evidente que Ruth tenía aquel bulto en la espalda. Ya no lograba ocultarlo bajo la ropa. Además, ahora también le dolía y la hacía sentir cansada; aquella cosa básicamente se alimentaba de ella como una garrapata o una lombriz solitaria, así que adelantaron unas semanas su cirugía en Minnesota, y tanto Ray como la abuela viajaron a Minneapolis con ella *para extraer la maldita cosa*. Pero no todo había salido bien.

Lydia me entregó el sobre al comienzo de la sesión individual y, dado que aún abrían y revisaban todo el correo de los discípulos antes de que lo recibiéramos, ya conocía el contenido. En general, recibíamos el correo al final de las sesiones individuales o en una entrega masiva en nuestras habitaciones los sábados, así que sabía que algo extraño estaba sucediendo incluso cuando me lo entregó. Luego dijo:

—¿Por qué no la lees ahora? Así podremos hablar sobre ella si necesitas hacerlo. —Y, de hecho, me preocupé un poco por lo que podría hallar dentro.

En la carta, la abuela hablaba mucho acerca del viaje a Minneapolis y del hospital y también del *ala de visitas muy elegante,* donde tenían máquinas de escribir antiguas *para que los niños jugaran,* supuso ella, pero había decidido tomar asiento y teclear esta carta para mí, solo para ver si aún era capaz de hacerlo. *Me siento como Jessica Fletcher. ¿La recuerdas? ¿De «Se ha escrito un crimen»?*

Todo el asunto ha sido un gran desastre. Los cirujanos solo extrajeron la parte superior del tumor (¡pesaba más de medio kilo!) antes de decidir que no se atrevían a acercarse más a la columna vertebral de tu tía Ruth (aunque originalmente le habían dicho que harían eso). También perdió mucha sangre mientras la operaban y eso fue preocupante, como cabría esperar. Había un equipo de médicos con ropa verde que parecía un maldito equipo de fútbol (pregunté: se llaman «batas») y ni uno de ellos creía correcto acercarse a la columna. Así que ahora la parte más grande del tumor ha desaparecido, pero todos, todo el equipo de médicos, están convencidos de que solo es una solución a corto plazo porque aquella raíz (o como se llame) aún está allí. Le hicieron una biopsia a lo que extrajeron y era benigno (eso es bueno, significa que está libre de cáncer). Pero también le extrajeron un bulto pequeño del muslo (los ha tenido antes, ¿recuerdas?) y ese era maligno (del tipo malo) así que le recetaron rayos para matar las células cancerígenas de la zona. También hay otro tumor formándose en el estómago de Ruth. Ese no es duro como el de la espalda, pero dijeron que es bastante grande para ser un crecimiento nuevo. Así que vinimos hasta Minnesota para que solo le quitaran uno y ahora tenemos algo completamente distinto con lo que lidiar. ¿Qué te parece? Para mí es un desastre. Ruth debe permanecer aquí en Minnesota durante dos semanas más para los rayos y eso, y luego debe hacer reposo en casa durante un tiempo, aunque no espero que siga las indicaciones al pie de la letra. (¡Aunque debería!). Ray regresará a casa en Miles City porque necesita volver al trabajo, pero yo planeo quedarme con Ruth y hacerle compañía. ~~Deseo~~ Desearíamos que estuvieras aquí con nosotros, bonita.

Ruth tenía esto que decir (pero solo para mí):

Creo que tu abuela lo ha contado todo. ¡¿Quién iba a decir que era tan buena taquígrafa?! Solo quería escribirte y decirte que estoy bien. Estoy cansada, pero me siento fuerte y creo que esta cirugía fue un avance, incluso si no acabó exactamente como esperaba. Sé lo que dicen los médicos sobre el crecimiento, y yo, al menos, estoy dispuesta a mantener la esperanza de que se quedará del tamaño en que lo han dejado ahora durante diez o veinte años o quizá más, quién sabe, quizá para siempre... Lo he tenido ahí durante tantos años sin que cambiara que no considero que sea una tontería pensar que puede permanecer igual. En cuanto al de mi pierna, creo que los rayos eliminarán de inmediato los restos cancerígenos.

Es una bendición tener a tu abuela aquí conmigo, y hablamos de ti todos los días. Te echamos de menos. Espero que añadas mi recuperación a tus rezos por tu propia cuenta y quiero que sepas que aún continúo rezando por ti, Cameron. Te quiero mucho, mucho.

Cuando terminé las dos y las guardé en el sobre, Lydia dijo:

—Siento enterarme de que tu tía está enferma. ¿Es algo que tiene desde hace un tiempo?

Creí que era algo gracioso que Lydia dijera «enterarme de la enfermedad de tu tía» cuando en verdad debería haber dicho «abrí tus cartas y leí todo sobre la enfermedad de tu tía». Pero lo que respondí fue:

—Sí, pero en general no es así. Normalmente solo le extraen esos bultos cada tantos años y ella está bien. Creo que nunca el diagnóstico había sido tan malo.

—Entonces, ¿es un tipo de cáncer? —preguntó Lydia, con el susurro que algunas personas siempre usan para hablar de cáncer.

—La NF no lo es —expliqué—. Es algo genético que hace que crezcan tumores en los nervios... No entiendo mucho del tema, pero sé que no es cáncer. Pero si tienes la condición, es mucho más probable que desarrolles cáncer, lo cual supongo que es lo que ocurrió con el tumor en su pierna.

—Debes de estar preocupada por ella —dijo Lydia.

—Sí —respondí, rápido, porque era la respuesta que se suponía que debía dar, la respuesta que, sin importar lo que hubiera pasado entre Ruth y yo, aún sentía que debía dar, pero no fue sincera. *No estaba preocupada por Ruth*; es decir, no deseaba que estuviera enferma o que le crecieran más tumores cancerígenos, pero más que nada pensaba en la abuela en aquel gran hospital en Minneapolis, caminando por aquellos pasillos largos y antisépticos con la luz verdosa, yendo a buscar refrigerios para ella y para Ruth, esos que a la abuela le encantaban, rebanadas de pasteles de crema y un gran bufé de ensaladas para elegir, viendo sus programas de detectives en el cuarto de Ruth, con el volumen demasiado bajo para oírlos porque Ruth descansaba, y tecleando *clic clac* en la máquina de escribir en una sala de espera pegajosa y atestada donde todos parecían cansados, estaban cansados, solo para poder enviarme una carta. Imaginar a la abuela cargando una bandeja con cuencos de sopa, subiendo en ascensor hasta el piso de Ruth, me entristecía más que imaginar a

Ruth en su cama de hospital, aunque era ella en verdad la que estaba enferma.

Lydia debía haber dicho algo que no escuché porque cuando preguntó:

—¿Es algo que quieras hacer ahora?

Yo tuve que responder:

—¿El qué?

Y frunció los labios y luego dijo:

—Llamar a tu tía al hospital. Podemos hacerlo; como dije, tengo el número.

—Bueno —respondí; esperaba poder hablar con la abuela, mientras Lydia y yo caminábamos hacia la oficina principal; esperaba que no estuviera dando vueltas por la tienda de regalos o hubiera salido a tomar aire fresco.

No había salido. Después de que Judy en la recepción de enfermería me conectara con la habitación, fue la abuela quien dijo:

—Sí, ¿dígame?

No recuerdo cuándo fue la última vez que había hablado por teléfono con la abuela. No desde antes de que mis padres murieran, estaba segura. Solíamos llamarla a Billings los fines de semana, aunque no con tanta frecuencia, porque en general venía a visitarnos o nosotros íbamos a verla. He oído decir la expresión «rompí a llorar», o la he leído tal vez, pero creo que nunca sentí que me hubiera pasado; no pensé que lloraría antes de hacerlo, al menos no hasta que la abuela respondió el teléfono. Estaba de pie en la oficina con su olor a papeles de oficina y rotulador permanente y pegamento detrás de los sellos, y era consciente de la presencia de Lydia a mi espalda: había marcado el número y ahora estaba detrás de mí controlando la llamada; mi lado, al menos. Y luego apareció la voz de la abuela desde la habitación de un hospital en Minneapolis, pero también parecía su voz del pasado, de mi pasado, hablándole a la yo que ya no era y que nunca sería de nuevo. Y sabes qué, maldición, rompí a llorar. Así fue. No estaba llorando, y de pronto sí, y tuve que respirar hondo antes de decir:

—Soy yo, abuela. Cameron.

Después de ese comienzo, el tema de la conversación no fue tan interesante. La abuela estaba muy entusiasmada por mi llamada, lo notaba, y me lo contó todo sobre la buena comida de la cafetería como sabía que haría y todo sobre los árboles con preciosas flores rosas que estaban en el patio del hospital y que no sabía cómo se llamaban pero *que la hacían estornudar*, y cuando le pasó el teléfono a Ruth, mi tía sonaba cansada, pero también como si intentara que su voz se oyera alegre y no agotada, lo que la hacía sonar más enferma. Ella y yo no hablamos demasiado, pero le dije que esperaba que se recuperara pronto y que la tenía presente, lo cual era cierto.

Cuando corté la comunicación, Lydia me indicó con una seña que tomara asiento en la silla giratoria del escritorio y ella ocupó la silla fija que estaba en el otro extremo de la oficina. Pero era un cuarto pequeño, así que nos quedamos sentadas muy cerca, mirándonos. Me permitió pensar solo un momento y luego dijo:

—¿Cómo ha ido?

—Ha sido raro —dije. Y Lydia respondió:

—Sabes lo que pienso acerca de que uses esa palabra durante una sesión. Es multipropósito: el modo en que la usas no significa nada. Sé específica.

Y por primera vez, fui específica. Fui completa y absolutamente específica y honesta acerca de lo que pensaba en aquel instante.

—No sé por qué, pero cuando hablaba con ellas no dejaba de verlas en la sala de un hospital, lo cual no es extraño, lo sé, pero no era el hospital donde están realmente, porque nunca he ido allí, así que es imposible que sepa qué aspecto tiene. Pero las veía en el hospital abandonado de Miles City. Se llama Santo Rosario, e incluso ahora, aunque intente imaginar a mi abuela en el cuarto de Ruth, solo lo veo como ese hospital abandonado, sucio y oscuro. Es decir, podría cambiar la imagen, creo, y hacerla más precisa, con máquinas funcionando y todo lo que hay en la habitación, pero mi mente va a ese hospital viejo si se lo permito. Las veo en Santo Rosario.

—¿Por qué crees que ocurre eso? —preguntó Lydia.

—No lo sé.

—Debes de tener alguna idea —insistió.

—Tal vez porque he pasado mucho tiempo allí, más del que he pasado en un hospital en funcionamiento. Además, es un lugar difícil de olvidar.

—Pero no debías estar allí dentro, ¿verdad? —Lydia abrió una página limpia de su libreta, algo que prácticamente nunca hacía durante mis sesiones porque no cubríamos demasiado terreno.

—No —confesé—. Solíamos entrar sin permiso.

Esta no era la primera vez que había mencionado Santo Rosario durante una sesión. Por supuesto que había conversado sobre mi *amistad malsana* con Jamie y los chicos, que Lydia llamaba mi necesidad por «imitar inapropiadamente el comportamiento imprudente de ciertos varones adolescentes», que era parte de mi «identidad de género incorrecta». También habíamos descubierto, por encima, mi consumo de alcohol como menor de edad (que entraba en la categoría de comportamiento imprudente) e incluso habíamos llegado a hablar después de un tiempo sobre lo que ocurrió entre Lindsey y yo, por primera vez, en aquel hospital abandonado. Pero Lydia me dijo, esa tarde y durante muchas de las sesiones individuales siguientes, que lo que le fascinaba era que yo conectaba aquel lugar donde había experimentado toda clase de pecados con la culpa y la tristeza que sentía por la enfermedad de la tía Ruth. Y, según Lydia, había mucho trabajo por hacer y progreso por alcanzar sobre cómo «comprender aquella conexión, desenterrarla, sacarla a la luz y enfrentarte a ella de verdad».

Yo no sabía mucho sobre psicología. He aprendido algunas cosas recientemente, supongo, desde que abandoné Promesa; pero cuando me sucedía a mí, cuando yo estaba en medio de mis sesiones individuales o grupales, no podría haber dicho dónde terminaba la parte religiosa y comenzaba la psicológica. Al menos no cuando Lydia estaba a cargo del espectáculo. El reverendo Rick usaba de vez en cuando un término psicológico, como *identidad de género* o *causa de origen*, pero la mayoría del tiempo seguía la Biblia, usaba palabras como *pecado*, *arrepentimiento*, *obediencia*, y eso solo cuando hablaba con autoridad, algo que no hacía con frecuencia en realidad. Él sobre todo escuchaba.

Pero con Lydia todo se mezclaba, un pasaje de la Biblia seguido de una actividad que había sacado de la NARTH (la Asociación para la Investigación y el Tratamiento de la Homosexualidad). O quizá Lydia nos recordaba que un pecado es un pecado y luego hablaba de los *comportamientos autoimpuestos* asociados a nuestros pecados. Si el objetivo era evitar que cuestionáramos el tratamiento que recibíamos en las sesiones de apoyo porque no sabíamos qué cuestionar exactamente, qué poner en duda —si la Biblia o la psicología que usaba—, en cierto modo, funcionaba. Pero no creo que estuviera necesariamente tan organizado y tan planeado con la intención de manipularnos. Solo creo que allí era el Salvaje Oeste y que inventaban mierda sobre la marcha. Es decir, ¿quién los detendría? Ahora sé la palabra para todo esto: es *pseudocientífico*. Es una palabra genial: me gusta el sonido a *s* que aparece dos veces seguidas cuando la dices. Pero aquel día en la oficina con Lydia no conocía esa palabra y, aunque la hubiera sabido, no la habría usado.

Me alegraba que ella pensara que estábamos a punto de descubrir algo importante sobre mi *ciclo de desarrollo* hecho mierda, algo que explicara cómo me había convertido en el contenedor del pecado con el que había ganado un lugar en Promesa. Permití que lo creyera, y no solo porque Jane había insistido en que los tres deberíamos llevarnos bien con la dirección para acelerar nuestra huida, sino también porque pensé: *Si de verdad voy a abandonar Promesa para siempre, de modo definitivo, y nunca voy a mirar atrás, tal vez debería pasar el mes próximo entregándome al lugar, a sus modos.* No rindiéndome a él, eso no. Tampoco adquiriría fe y devoción chasqueando los dedos. Sabía que nunca sería como Mark Turner: no tenía la capacidad para hacerlo o la crianza, o la combinación de ambas o lo que fuera. Pero pensé que, si podía ser honesta con Lydia, honesta de verdad, y responder a todas sus preguntas por completo, entonces, podría aprender algunas cosas sobre mí misma. *¿Qué puedo perder?*, era básicamente lo que pensaba. *¿Qué puedo perder?*

Capítulo veinte

Aproximadamente una semana después de que Lydia me permitiera llamar al hospital, Bethany Kimbles-Erickson me dio un libro maravilloso. A primera vista no pensarías necesariamente que lo fuera. O al menos, yo no lo hice. Era igual de largo que una revista de la *National Geographic*, tenía una cubierta de papel blanda que olía a humedad y a sótano y la marca de una taza de café sobre el título, que era: *La noche que la montaña cayó: la historia del terremoto en Yellowstone-Montana*. Lo había escrito un tipo llamado Ed Christopherson y aparentemente costaba un dólar cuando lo autopublicó en 1960. Lo sabía porque en la parte inferior de la cubierta decía en letras negras y grandes: UN DÓLAR. Pero ahora, treinta y tres años más tarde, Bethany Kimbles-Erickson había pagado solo veinticinco centavos por él en la feria de objetos usados de Palabra de Vida que tuvo lugar en el aparcamiento de la iglesia. Aquel detalle me hizo sentir un poco triste por Ed Christopherson, donde fuera que estuviera.

—Lo encontré arriba de todo en una caja de libros que estaba moviendo a otra mesa —me había dicho Bethany unas diez veces desde que me lo había dado—. Arriba de todo. Es uno de esos milagros cotidianos, de verdad, porque ¿sabes cuántas cajas con libros había en esa feria? Diría que cientos. De verdad, en serio. Y ni siquiera miré la mitad de ellas.

Bethany solía abusar de la palabra *milagro* cuando describía coincidencias e incluso cuando añadía *cotidiano* para aclarar de qué clase de milagro estábamos hablando; era algo molesto. Así pensaba que había sido su descubrimiento del libro: otra coincidencia moldeada y pulida para brillar como un milagro. Al menos eso fue lo que pensé al principio. Es decir, sin llamarlo *milagro*, igual podía apreciar el momento perfecto de su hallazgo.

Recientemente, los discípulos que estábamos en buena forma para nuestros exámenes finales en Lifegate Christian, entre los que me incluía, teníamos permitido trabajar en proyectos independientes de distintos temas, y la historia de Montana era uno de ellos. El mero hecho de haber elegido esa temática me hacía sentir cerca de mamá y de su trabajo en el museo, pero luego decidí que investigaría el lago Quake como tema específico para conocer realmente toda la historia de su formación y cómo los hechos podían variar según las versiones familiares, así que el hallazgo de Bethany fue muy, muy oportuno.

Ya nos habían llevado una vez a la biblioteca pública de Bozeman a los que trabajábamos en proyectos e iríamos de nuevo antes de fin de mes, pero antes de que Bethany me lo diera, aún no me había topado con el libro de Ed Christopherson. De hecho, había pasado la mayor parte de mis cuatro horas en la biblioteca buscando entre archivos de microfilm del periódico *Bozeman Daily Chronicle*, leyendo testimonios sobre el terremoto y forzando la vista mucho tiempo ante las fotografías granuladas que acompañaban esos artículos, intentando imaginar a mi madre con su peinado a lo paje y la camiseta de las exploradoras de Campfire, sentada en el asiento trasero del coche familiar, con Ruth a su lado, a la mañana siguiente, con mi abuelo Wynton conduciendo, la abuela Wynton mirando hacia el asiento trasero para ver si las chicas estaban bien cada pocos minutos, con el coche lleno de la carga pesada y la alegría de saber que habían escapado del sitio exacto donde el terremoto había causado el peor daño. Pero otros no habían huido… aún no había declaraciones oficiales sobre cuántos, pero otros campistas no habían sido tan afortunados.

Me esforcé por imaginar lo que mi madre habría sentido en el asiento trasero durante el largo, caluroso y muy desviado viaje de regreso a casa en Billings, debido al daño del terremoto. El cuello de su padre estaría tenso y tirante; la radio, cuando tenía señal, solo transmitiría noticias infinitas sobre el terremoto; la botella de ginger ale, comprada en una gasolinera, sudorosa y cálida porque la había colocado entre sus muslos; mamá incapaz de beber más después del primer sorbo, cuando había pensado en los Keenan, que seguro que habían muerto, y ¿cómo podía sentarse en el asiento trasero y beber ginger ale si aquello era verdad? En cierto punto, mientras imaginaba todo esto, cambiaba de recuerdo y pensaba en aquel terrible viaje aparentemente eterno conduciendo hacia Miles City con el señor Klauson la noche que había interrumpido mi fiesta de pijamas con Irene, la noche que la abuela me había dado la noticia del accidente de mis padres. Aquel cambio de imaginación a memoria ocurrió automáticamente, de mamá en un coche a mí en una furgoneta, como un reflejo supongo, pero ¿qué lo había provocado? ¿Fue por pensar en el sonido de los neumáticos sobre el asfalto agrietado y caliente de Montana en verano? ¿Por cosas no dichas en vehículos en movimiento? ¿Por la culpa? No lo sé. Y luego Bethany me dio el libro: *La noche que la montaña cayó.*

Tenía de todo: gráficos, tablas, un mapa de cartón desplegable de la zona del cañón Madison afectada por el terremoto con símbolos graciosos escritos a mano sobre él, como dos paracaídas para indicar a los bomberos paracaidistas que llamaron para que controlaran el incendio forestal que comenzó por una fogata que encendieron unos campistas que habían sobrevivido al terremoto pero que necesitaban rescate; sus vehículos habían desaparecido, incluso el sendero que habían tomado para llegar a sus campamentos había desaparecido.

También incluía cientos de fotografías, imágenes claras ante las cuales no tuve que forzar la vista: un Cadillac volcado y la autopista agrietada y rota como una de las obleas sin azúcar de la abuela; otra carretera, una que había rodeado el algo Hebgen, literalmente cayendo hacia la nada, dentro del lago… ahora lo ves, ahora no lo ves. Hombres preocupados cargando a personas vendadas en camillas; multitudes de curiosos que habían ido a ver el desastre, con los vehículos antiguos aparcados en los arcenes de las carreteras no arruinadas; una «familia de refugiados» (como decía el epígrafe de la foto), todos en pijama caminando por una calle de Virginia City: la abuela en una bata blanca, sujetando la mano de la niña más pequeña, que tenía flequillo recto; la madre con cara de rata cargaba un gatito; la hija mayor con los brazos sobre el pecho, negándose a mirar a la cámara, pero sonriendo con timidez hacia un lado, y el hijo, con su corte de cabello rubio y pies descalzos, sonriéndole directo a la cámara. No aparecía un padre en aquella foto. Quizás había sacado la imagen o tal vez no. No lo sé; el epígrafe no lo aclaraba.

Pero una fotografía me hizo reflexionar acerca del uso que Bethany hacía de la palabra *milagro*, y aquello también contribuyó a la conclusión de nuestro plan de huida. Era como el libro: una foto que a primera vista no parecía tan especial. La mayor parte de la imagen estaba centrada en dos rocas enormes que, según el epígrafe, habían caído durante el terremoto, habían aplastado una tienda pequeña y *habían matado a David Keenan, de catorce años, de Billings*. Pero, *milagrosamente*, las rocas no tocaron la comida en la mesa de pícnic de su familia ni la carpa grande en la que dormían. La mesa estaba delante, las rocas se cernían detrás de ella, pero, de algún modo, habían detenido el impulso justo a tiempo para evitar la extensión.

Los padres y la hermana de David sobrevivieron, decía el epígrafe. Había visto la foto mientras leía durante las horas de clase y luego continué hojeando el libro, incluso lo había llevado a mi habitación y había seguido con mi día, o con parte de mi día, antes de que aquel nombre, David Keenan, apareciera en mi cerebro y me hiciera temblar.

Estaba plegando toallas de baño deshilachadas en la lavandería cuando hice la conexión y fui a buscar el libro de inmediato, dejando abierta la secadora, con algunas toallas enrolladas aún esperando a que las sacara de allí, y había más en la lavadora que debían entrar en la otra máquina. David Keenan era el hermano de Margot. David Keenan había besado a mi madre en la despensa de la Primera Iglesia Presbiteriana en Billings. El libro estaba sobre mi escritorio y, cuando lo tomé, pasé la página en la que estaba la foto una o dos veces, con manos temblorosas. Luego la encontré: mirar esa foto era como mirar en el recuerdo de Margot, algo que debería haber sido completamente privado. Aquellas tazas y platos en la mesa eran de su familia, su caja de cartón, probablemente con un paquete de pan para salchichas dentro, un bote de galletas con chips de chocolate caseras, quizá los elementos para preparar malvaviscos, si es que existían siquiera en 1959, no estaba segura. Margot debía estar en la tienda más grande *fuera de la foto*, a salvo, cuando su hermano murió. Acreditaban la imagen al Servicio Forestal de Estados Unidos. Un desconocido que había retratado su tragedia familiar. Pensé que era probable que no necesitara esa foto para recordar aquella mesa, aquellas rocas con exactitud, pero me pregunté si ella sabría de su existencia, si sabría que estaba dentro de aquel libro de UN DÓLAR. Y preguntarme eso, claro, hizo que me preguntara acerca de mis propios padres y de todas las fotografías de su muerte en el lago Quake que podrían estar circulando: la extracción del vehículo del lago; la extracción de sus cuerpos del carro; las identificaciones sacadas de la cartera de papá, el bolso de mamá. Quizás había muchas fotos semejantes, en informes policiales y artículos periodísticos, fotos que tal vez nunca vería, y pensar en ello hizo que —por primera vez desde su muerte— quisiera ir al lago Quake a verlo todo con mis propios ojos. Le había dicho a Margot aquella noche en Cattleman's —mi Shirley Temple con dos cerezas muy rosado estaba en la mesa frente a nosotras— que creía que nunca querría ir al lago Quake, jamás. Y ella me había dicho que no pasaba nada. Ni siquiera había dicho que a lo mejor cambiaría de opinión algún día, como suelen hablar los adultos de asuntos así. Lo dejó estar. Pero ahora, más que nada por el libro, por esa foto, había cambiado de opinión. Y estaba prácticamente al lado, a una distancia posible a pie si conocías a alguien que podía leer un mapa, usar una brújula y encender una fogata. Y yo conocía a ese alguien.

Lo próximo que hice después de inspeccionar la foto fue ir a la biblioteca de Promesa, sacar el diccionario gordo que estaba en el estante inferior de la segunda estantería y buscar la palabra *milagro*. Claro, una de las definiciones hablaba del trabajo de una *entidad divina operando fuera de las leyes naturales o científicas*, y para esa definición el ejemplo de uso era: *el milagro de alzarse de la tumba*. Y sí, aquella definición parecía demasiada presión para aquella situación particular en la que me había encontrado. Sin embargo, la siguiente definición —*evento, acontecimiento o logro muy improbable o extraordinario que conlleva consecuencias satisfactorias*— funcionaba mucho mejor. No sabía aún si nuestro plan de huida tendría éxito, si llegaría al lago Quake como parte de mi consecuencia satisfactoria. Pero que Bethany hallara el libro, que luego yo encontrara esa foto y que después usaran la palabra *milagrosamente* en el epígrafe para describir la comida a salvo en la mesa de pícnic... estaba dispuesta a llamar a todo eso un *acontecimiento muy improbable o extraordinario*. Lo malo era que no podía decirle a Bethany Kimbles-Erickson que quizás había tenido razón acerca de los milagros cotidianos esa vez.

* * *

—¿Te parece si hoy conversamos sobre los envases plásticos de ricota debajo de tu cama? —me preguntó Lydia al comienzo de una sesión individual a principios de mayo.

—Bueno —dije, no necesariamente sorprendida de que supiera de la existencia de los recipientes (por supuesto que lo sabía), sino sorprendida de que no hubiera sabido de antemano sobre su conocimiento de la situación en forma de castigo por tenerlos allí. Esta sesión tenía lugar en una mesa de pícnic no lejos del granero. No era habitual tener sesiones de apoyo en el exterior, en especial cuando Lydia estaba a cargo; pero era el mejor día de primavera hasta el momento, con temperaturas altas y todo cubierto de un sol brillante, y ni siquiera ella pudo resistirse a salir. Es probable también que hubiera influido mi reciente predisposición a participar de verdad durante nuestras sesiones.

—Te preguntarás por qué nunca los he mencionado hasta ahora —dijo, deslizando la mano sobre su cabello blanco sujeto en un moño estilo francés, tirante como el gorro de un nadador.

—Supongo que no estaba segura de que lo supieras —respondí.

—Por supuesto que sí. —Apartó un insecto negro diminuto de su libreta—. Claramente no te has esforzado por ocultarlos. Seguro que sabías que los encontrarían durante las inspecciones en los cuartos, lo cual indica que querías que los hallaran.

—Pensaba que podían ser la versión Promesa de mi casa de muñecas —admití. Lo cual era completamente cierto, al igual que todo lo demás que había dicho en nuestras sesiones desde que había llamado al hospital. De hecho, era mucho menos trabajo ser total y absolutamente sincera que lo que había estado haciendo antes.

—¿Te resultaban satisfactorios? —preguntó. Ya habíamos pasado una sesión individual entera y parte de una grupal hablando de la casa de muñecas.

—No —dije—. En realidad, no. Nunca pude perderme en ellos como lo hacía en la casa de muñecas. De hecho, ni siquiera los he sacado de debajo de la cama desde... —Pensé en ello, en cuándo podía haber sido. Moví la cabeza de lado a lado—. Ni siquiera sé cuándo fue.

Lydia abrió un libro que llevaba consigo la mayor parte del tiempo, pero no era su libreta. Era pequeño y tenía una cubierta negra que parecía de cuero. Pasó algunas páginas y vi que era un planificador diario o una agenda, algo con la fecha escrita en cada página.

—Cuando acababais de regresar de las vacaciones —dijo, deslizando el bolígrafo sobre la página mientras buscaba con la mirada—. Hicimos inspecciones en los cuartos el fin de semana siguiente y habías añadido...

—Tres luces navideñas —concluí por ella—. Sí, lo había olvidado. Eran de una tira de luces que Ray había colocado en el techo, pero se aflojaron en Nochebuena y el viento las movió por todas partes.

Había un pájaro carpintero martillando cerca, o al menos sonaba así. Me giré para buscarlo. Los árboles sin agujas aún no tenían hojas, pero sus ramas estaban cubiertas con brotes de un verde intenso, como si tuvieran chicle de menta pegado por doquier. No encontré el pájaro. Cuando me giré de nuevo, Lydia me estaba mirando como solía hacerlo cuando aún no había dicho lo suficiente para que planteara otra pregunta.

—Mi abuela y yo salimos porque no sabíamos de dónde venía el ruido. Fue bonito porque permanecieron encendidas mientras el viento las sacudía. —Sentía que explicarlo de ese modo arruinaba mi recuerdo del momento, pero Lydia continuó mirándome así—. Pero Ray las colocó de nuevo.

Lydia golpeó el bolígrafo contra la mesa.

—Entonces, ¿cómo obtuviste esas tres luces que pusiste en el contenedor que tenías innecesariamente oculto bajo la cama, dado que ya poseías privilegios decorativos?

—Cuando retiró las luces, una tira estaba rota y arranqué tres luces antes de tirarla a la basura —respondí, y ya me sentía lo bastante estúpida diciendo eso en voz alta sin mirar la clase de sonrisa autosuficiente en el rostro de Lydia.

—A lo mejor ni siquiera era la tira que viste con tu abuela —dijo.

—Supongo que no. No lo sé con certeza.

—¿Y, sin embargo, sentiste la necesidad de quedarte con esas tres luces, ocultarlas en tu equipaje, traerlas hasta tu cuarto aquí en Promesa y luego pegarlas en el interior del recipiente de ricota?

—Sí —dije—. Eso es exactamente lo que hice.

—Sé lo que hiciste, Cameron, pero eso es solo la cronología. Estamos tratando de comprender *por qué* harías algo semejante. Por qué haces constantemente cosas así.

—Lo sé. —Aquel día llevaba puesto mi suéter marrón. Era día de semana así que llevaba el uniforme y, de pronto, sentí demasiado calor.

O quizá no sentí de pronto demasiado calor, pero acababa de notar que tenía demasiado calor, con el suéter y la camisa de manga larga puestos, así que comencé a quitarme el suéter; estaba por la mitad del tronco, con el mentón hacia abajo y los brazos en aquella posición extraña a medio tirar con las manos sujetando el borde del suéter y los codos apuntando hacia las orejas, cuando Lydia dijo:

—Detente ahora mismo.

—¿Eh? —pregunté, obedeciendo pero manteniendo la posición extraña.

—No nos desvestimos delante de otros como si los espacios públicos fueran vestidores —explicó Lydia.

—Solo tenía demasiado calor —dije, bajando el suéter sobre el cuerpo—. Tengo una camisa debajo. —Alcé el suéter de nuevo, solo con una mano esa vez, y señalé la camisa con la otra.

—Una camisa debajo o la falta de una no me incumbe. Si quieres quitarte una prenda, entonces pide permiso para retirarte y poder hacerlo en privado.

—Vale —respondí, controlando por completo el sarcasmo porque ya habíamos tenido también varias conversaciones sobre ello—. Me gustaría quitarme el suéter porque tengo demasiado calor. ¿Podría retirarme para hacerlo?

Lydia miró su reloj de pulsera y dijo:

—Creo que puedes tolerar tu incomodidad durante el resto de nuestra sesión; cuando concluya, serás libre de regresar a tu cuarto y quitarte el suéter en privado.

—Vale —respondí.

Lydia era así todo el tiempo. Es decir, cuanto más me sinceraba delante de ella, cuánto más actuaba como una paciente ejemplar o lo que fuera, más frío se volvía su trato, corregía prácticamente todo lo que salía de mi boca y también al menos la mitad de mis acciones silenciosas. Pero la cuestión era que sus reprimendas casi constantes, de hecho, hacían que me gustara más. Creo que era porque ver cómo instauraba diez millones de reglas y códigos de conducta, todos los cuales aplicaba a su propia vida, la hacían parecer frágil y débil, como si necesitara la protección constante de todas aquellas reglas, en vez de lo opuesto, para que la vieran como ella quería, de la misma forma que yo la había visto cuando llegué a Promesa: poderosa y omnisciente.

—Entonces, ¿estás lista para continuar? —preguntó.

—Sí.

—Bien. Porque no quiero que evites este tema creando una distracción.

—No era mi intención —dije.

Me ignoró y continuó con la declaración que parecía que había preparado mucho tiempo antes de que nuestra sesión hubiera empezado, lo cual ocurría con bastante frecuencia. No siempre entendía de qué hablaba Lydia cuando hacía esas declaraciones, pero creo que no tenía importancia.

—Lo que es fascinante es que has desarrollado este patrón de robar fragmentos de materiales que, la mayoría de las veces, te recuerda a algún pecado que hayas cometido. El acto de robar estos objetos es un pecado en sí mismo, claro, pero suelen ser símbolos de varias de las cosas imprudentes que has hecho. Son trofeos por tus pecados.

—Las luces, no —dije.

Y Lydia respondió:

—Por favor, no interrumpas. —Y luego permaneció en silencio durante uno o dos segundos, como si yo no fuera a ser capaz de resistirme a otro exabrupto. Luego respiró hondo y continuó—: Como decía, si bien no todos esos objetos están directamente relacionados a tu comportamiento pecaminoso, muchos de ellos sí lo están o, como mínimo, provienen de tus experiencias con individuos con quienes has tenido relaciones problemáticas. Primero robas esos objetos y luego los exhibes como un modo de intentar, creo, controlar tu culpa e incomodidad con respecto a esas relaciones y a tu comportamiento. —Consultó sus notas antes de continuar, deslizándose de nuevo la mano sobre el pelo. Su voz era algo arrogante y hablaba como si fuera un discurso, como si estuviera hablando en una grabadora de mano para la posteridad y no para la persona sentada frente a ella al otro lado de la mesa de pícnic, la persona acusada—. Últimamente, todas estas experiencias pecaminosas no te han sentado bien y has estado luchando en vano por hacerlas desaparecer, tratando de pegarlas a una superficie fija como modo de controlarlas y, por lo tanto, de controlar tu culpa. Por supuesto que este método falla, eso ya lo sabes. Una cosa fue ocultar los envases de ricota cuando sabías que los encontrarían fácilmente, pero continuar escondiéndolos incluso después de tener privilegios decorativos cuando ya no eran contrabando fue un grito de ayuda descarado. Podrías haber tenido esos envases sobre el escritorio. Elegiste infundirles significado ocultándolos. No me sorprende en absoluto que, dado que has hecho avances en tus sesiones de apoyo, sientas cada vez menos interés en trabajar en los contenedores.

—No lo había pensado —respondí. Era cierto, y me preocupaba que tal vez Lydia tuviera razón, aunque nunca había estado centrada en los envases de ricota como lo había estado trabajando en la casa de muñecas.

—De hecho —dijo, con una sonrisa a lo Lydia extraña y genuina en el rostro—, creo que es hora de que los tires a la basura. Hoy. De inmediato.

—Lo haré —respondí. Y lo hice, en cuanto regresé a mi cuarto. Después de haberme quitado el maldito suéter.

* * *

Desde la orden de Jane no había habido más sesiones para fumar lo que quedaba de la maría no confiscada ni carreras en la pista con Adam, y los tres ya ni siquiera nos sentábamos juntos durante las comidas a menos que hubiera otras personas en la mesa con nosotros. Lydia me contó que aquello era algo muy bueno, porque había notado que había existido *un vínculo negativo* entre los tres durante demasiado tiempo.

Continuábamos comunicándonos más que nada a través de notas y momentos compartidos en el pasillo, mientras subíamos a la furgoneta, cuando hallábamos un instante. Fue difícil de este modo explicar la necesidad de visitar el lago Quake como una condición de nuestra ruta de huida, pero después de una serie de muchas notas más largas de lo habitual, Jane y Adam estaban dispuestos a permitir que mi milagro cotidiano siguiera su milagroso curso. Le entregué a escondidas a Jane el mapa desplegable del libro de Bethany durante nuestra segunda visita a la biblioteca de Bozeman, y mientras estuve allí busqué e incluso fotocopié «para mi proyecto independiente» mapas más recientes de rutas de senderismo en la zona del lago Quake. Lo hice con la ayuda de una bibliotecaria algo lesbiana: cabello puntiagudo, muchos *piercings* en toda la oreja y zuecos Birkenstock. Creo que pensó que iría a acampar con amigos o algo así. Supongo que en cierto modo era verdad. También busqué algunos artículos sobre el accidente de mis padres. Fue difícil estimar qué parte de la barandilla había atravesado el automóvil basándome en el resumen de los periodistas y en un mapa del lago, pero tenía una idea aproximada.

Logré deslizar las fotocopias hacia Jane cuando compartimos el asiento trasero más lejano en la furgoneta camino a Promesa. Después de todo, ella era nuestra Meriwether Lewis. Me dio una nota con las provisiones que quería que me encargara de conseguir: tres velas de la caja de extras en la capilla; cerillas, también de esa caja; el abrelatas desastroso de la cocina (había varios, pero ese estaba oxidado y nadie lo echaría de menos como a los demás); varios artículos comestibles no perecederos, que serían difíciles de acumular dado el aparente amor que Lydia sentía hacia las inspecciones de los cuartos. Adam también tenía una lista. Reunir esos objetos en secreto y esconderlos (en un movimiento de lo más Boo Ridley, terminé usando la parte podrida del tronco de un árbol que no estaba demasiado lejos del camino hacia el lago) me hacía sentir importante, útil y muy bien. Era increíble el entusiasmo que me generaba guardar algo en la bolsa de plástico que luego escondería dentro de aquel tronco. Aquellas pequeñas acciones hacían que nuestra huida pareciera real de un modo que no lo había sido antes.

Los días se acercaban a junio. Me permitieron llamar de nuevo a la abuela y a Ruth, antes de los exámenes. Habían regresado a Miles City. Las sesiones de rayos de Ruth ya habían terminado, pero el tratamiento le había quemado mucho la piel y tenía que lavar la zona y vendarla dos veces al día, así que no pudo regresar al trabajo.

—Al menos no todavía —me dijo con aquella voz falsamente alegre que aún usaba para ocultar lo exhausta que debía estar—. Pero es bonito tener un descanso.

—Hay partes de su cuerpo que parecen filetes de carne cruda —comentó la abuela cuando apareció en el teléfono—. Sé que es más doloroso de lo que deja ver. —Hablaba bajo, sobre todo para ser la abuela, y sabía que había extendido el cable largo del teléfono de la cocina, el que solía enredarse en nudos grandes, para poder caminar lejos de Ruth, ir a un lugar donde pudiera hablar con libertad—. Ni siquiera saben con certeza si la radiación hizo lo que debía hacer. Nos dicen todo el tiempo que aún no lo saben. «Aún no lo sabemos. Tendremos que esperar».

—Apuesto a que la tía Ruth está contenta de que estés con ella, abuela —dije.

—Ah, Ray es quien la atiende como una reina. Yo solo le hago compañía y la alimento con dulces. Sabes, aún no logro acostumbrarme a la idea de unas vacaciones de verano sin ti.

—Yo tampoco —afirmé.

Luego hablamos un poco acerca de cómo todos ellos —ella, Ruth e incluso Ray— planeaban venir a visitarme a Promesa (lo habían aprobado) durante el fin de semana del 4 de julio, en parte porque era muy cerca de la fecha en que mamá y papá habían muerto.

—Mientras Ruth se sienta bien para ir —dijo la abuela—. Pero, aunque no sea así, yo podría tomar el autobús sola para llegar allí y ver cómo son las cosas en tu escuela.

No confiaba en mí misma para poder decir una mentira, así que dije:

—Mmm-mmm.

La abuela tosió un poco al otro lado del teléfono.

—Ahora, no sé qué opinas de esto, bonita, y tienes tiempo para pensarlo, pero Ruth y yo estuvimos hablando acerca de que podríamos ir todos juntos al lago Quake y hacer un pícnic. Dijo que está muy cerca y que se supone que es un lugar bonito, considerando toda la situación.

—Es cierto que está muy cerca —dije.

—¿Crees que te gustaría hacer algo así? Tú y yo no podremos ir juntas al cementerio este verano.

—¿Podrías ir por mí de todos modos? —pregunté—. Y llevar flores, pero no azucenas.

—Por supuesto —dijo la abuela—. Piensa en lo otro que te he preguntado. Tienes mucho tiempo para decidir antes de que vayamos allí.

Después de decir «te quiero» y «adiós», oí a la abuela moviendo el teléfono mientras regresaba a la cocina para colgar. Dijo algo, a Ruth probablemente, algo que no pude distinguir, algo como «parece que está bien» o «todo va bien» o «estará bien». Me pregunté cuándo podría llamarla de nuevo y desde dónde lo haría. Y qué diría.

* * *

La semana de los exámenes finales tuve una versión del mismo sueño cada noche. En él, Bethany Kimbles-Erickson y yo terminábamos solas en la sala de estudio por algún motivo; ella me mostraba un libro nuevo que había hallado *milagrosamente* y que también era sobre el lago Quake. Se inclinaba a mi lado para hojear las páginas y me rozaba la cara con su pelo, y nuestras cabezas estaban tan, tan cerca, inclinadas juntas sobre un dibujo de la montaña derrumbada bloqueando el agua. Y cuando se giraba para preguntarme algo, su boca estaba muy cerca de mi rostro, sus palabras parecían rozar mi mejilla y era imposible no besarnos, así que lo hicimos, y luego Bethany tomaba el control, me hacía levantarme de la silla, me empujaba boca arriba sobre la mesa de estudio, y nos quedábamos entrelazadas sobre el libro, que se me clavaba en la espalda con fuerza, y no me importaba, no nos importaba, y no podíamos detenernos...

Cada noche me despertaba en aquel punto. Creía que lo hacía por pura fuerza de voluntad y abría los ojos en la oscuridad, sudando y sujetando la sábana, sin querer despertar; el cuerpo me zumbaba, vivo, y todo mi ser intentaba luchar contra ello solo para ver si podía hacerlo, por si Lydia tenía razón, por si podía resistir aquellos deseos pecaminosos hasta que pasaran. Permanecía recostada allí, quieta, con los músculos tensos y las manos sobre la manta, obligando a cada parte de mí a evitar caer de nuevo en aquel sueño, a no permitir que continuara donde se había quedado. Y funcionaba. Ella tenía razón. Cuando me dormía de nuevo, tenía un sueño distinto, o ninguno. Pero por la mañana, no sentía que hubiera superado el pecado, ni que estaba más cerca de Dios o como sea; solo me sentía orgullosa por la disciplina que había demostrado, parecido a lo orgullosa y disciplinada que me sentía cuando me exigía más corriendo o nadando. Comprendía cómo era posible volverse adicto a esa clase de disciplina o a la negación; cómo podía parecer, si continuabas haciéndolo, una y otra vez, que estabas viviendo de manera más pura o más *correcta* que otras personas. Era lo mismo que seguir todas esas reglas que Lydia aplicaba, y cuando quedaran en desuso, inventar más reglas que seguir y luego justificarlas con algún pasaje de la Biblia.

No le conté a Lydia los sueños. Creí que la primera noche sería la única y, cuando el sueño regresó la noche siguiente, me dio la sensación de que ya debería haberle contado el de la noche anterior, y luego decidí que podía hacerlo sola; era solo un sueño y podía manejarlo, al igual que mis sentimientos al respecto, sin ella.

Pero luego llegó la noche en la que no desperté hasta que la Bethany del sueño metió la mano debajo de mi camisa de franela, y no estoy segura de haber despertado en ese preciso instante, pero oí mi nombre, fuera del sueño, y luego lo oí de nuevo.

—¿Cameron?

Cuando abrí los ojos, Erin Vikinga estaba allí, su rostro junto al mío, nublado en la oscuridad, pero con los ojos abiertos tan cerca que di un grito ahogado, sorprendida, y ella susurró:

—Shhh, shhh, no. Lo siento. Soy yo.

—Pero ¿qué...? —dije, la voz demasiado fuerte y vivaz al despertar en la oscuridad. Erin estaba de rodillas en el suelo junto a mi cama, y como acababa de regresar de aquel mundo con la BethanyXXX, su cercanía parecía algo más que solo una intromisión en mi espacio personal; parecía que, de algún modo, también había visto el sueño.

—Estabas haciendo mucho ruido —respondió, acariciándome el pecho sobre la manta—. Intenté despertarte desde mi cama, pero no te detenías.

—¿Qué? —Sé que me sonrojé, incluso en la oscuridad, incluso semidormida e incapaz de superar que ella estuviera allí, a centímetros de mí. Olía el enjuague bucal que había usado antes de ir a la cama, la loción de bebé rosa de Johnson & Johnson que se colocaba en los pies y en los codos cada noche.

—Anoche y antes... estabas soñando y te desperté. Dije tu nombre.

—No sabía que lo habías hecho —dije, girándome lejos de ella, hacia la pared, pero no completamente—. Ahora estoy bien. —No estaba bien. Estaba vibrante y excitada, y aquella conversación interrumpía la concentración que necesitaba para alejar esa sensación.

—¿Qué soñabas? —preguntó, sin moverse, sin regresar a su cama, siguiendo las reglas, fingiendo ser perfecta, pero permaneciendo exactamente donde estaba, sin mover la mano que tenía sobre mí, aunque dejó de acariciarme y solo la mantuvo apoyada.

—No lo recuerdo —respondí hacia la pared, hacia mi iceberg—. Fue aterrador.

Durante un instante ella no dijo nada, hasta que habló en voz baja, pero con decisión:

—No, no lo fue.

—Sí lo fue —insistí; quería que se fuera, que regresara a su propio colchón—. ¿Acaso lo has soñado conmigo?

—Te escuché mientras soñabas —respondió—. Y esos no eran ruidos de miedo.

—Dios mío —dije, girándome sobre el estómago con un salto enfadado, uno que esperaba que demostrara mi molestia. Enterré el rostro en la almohada y desde allí añadí—: Vuelve a la cama. No eres la policía de los sueños. En serio.

No se movió. En cambio, afirmó:

—Oí que dijiste «Bethany»; lo oí más de una vez.

—No me importa —repliqué, las palabras aún amortiguadas por la almohada.

—Lo dijiste como si...

—No me importa —repetí, girándome hacia ella y hablando delante de su cara y también en un tono más alto de lo que era prudente para ser de noche—. No me importa. No me importa. Para.

—No —dijo. Y luego se acercó y me besó. No tuvo que ir muy lejos en la oscuridad, nuestros rostros ya estaban cerca, pero igual fue un movimiento imponente, un gran gesto, que también fue incómodo por eso: no llegó a mi boca, solo atrapó parte de mi labio inferior y el hueco sobre el mentón. No le devolví el beso de inmediato; era demasiado sorprendente. Me estremecí y aparté un poco la cara. Pero, Dios bendiga a Erin Vikinga, porque eso no la detuvo. Me colocó una mano en la mejilla, con sus dedos gruesos y suaves, el aroma a loción para bebés aún más intenso, y roté la cabeza hacia ella, mis labios sobre sus labios, y lo intenté de nuevo, y esta vez fue mucho mejor, en parte porque Erin encontró mi boca al primer intento, pero también porque sabía lo que vendría a continuación. Permitimos que ese beso se convirtiera en otro y luego en otro, y entonces se levantó del suelo y se colocó sobre mí.

No era una Coley Taylor; Erin había hecho esto antes con una chica, lo notaba. Yo llevaba puesta una camiseta vieja de Firepower y pantalones de pijama de franela. La camiseta era enorme, una de las extra grandes que sobraba, y me quedaba como una bolsa, pero Erin me la quitó con un par de tirones. Cuando su mano estuvo en la cintura de mi pantalón, alcé el borde de su camiseta y me apartó la mano, con un empujón leve.

Lo intenté de nuevo, le alcé la camiseta sobre la espalda, hasta la mitad, pero extendió la mano, apartó la mía, la colocó junto a mi cuerpo, la retuvo allí y dijo:

—No. Déjame a mí.

Se lo permití. Sus dedos eran lo suficientemente suaves y bruscos a la vez, y después de los preliminares con Bethany Kimbles-Erickson en el sueño, no hacía falta demasiado.

Erin Vikinga y yo habíamos sido compañeras de cuarto durante casi un año. Nos habíamos visto en varios grados de desnudez innumerables veces, y conocía bien sus hombros acolchonados, con pecas y en general rosados, sus piernas sorprendentemente musculosas y gruesas, su estómago redondo y pálido, sus pies pequeños (talla 36), el color oscuro de su cabello cuando estaba húmedo y olía a champú Pert Plus, y su color parecido a la semilla de un diente de león cuando estaba seco. Pero en todo ese conocimiento, no había considerado cómo sería estar con ella, porque era tan, no sé, tan Erin Vikinga, mi compañera de cuarto. Ahora, en la oscuridad, después del sueño, la Erin en mi cama, agarrándome la mano, era, de algún modo, una Erin completamente distinta.

Después de que se me relajaran los músculos y respirara con normalidad, mi cuerpo quedó lleno de aquella sensación satisfecha y espesa. Permitió que la besara, y salí de debajo de su cuerpo para quedar sobre él; pero cuando moví la mano debajo de su estómago, Erin me detuvo, al igual que lo había hecho con su camiseta, y dijo:

—No, está bien. Estoy bien.

—Déjame —dije, intentando apartar mi mano de la suya, pero la sostuvo con firmeza.

—Ya lo hice —respondió.

—¿El qué?

—Mientras dormías... —Se detuvo y giró la cabeza a un lado—. No quiero decirlo, es vergonzoso.

—No, es genial —dije. Ella rio.

—No, no lo es.

—Lo es —insistí—. Es completamente genial. —Hablaba en serio. Traté de besarle la parte del cuello que había girado hacia mí, pero lo apartó.

Me moví sobre ella en pequeños círculos y sentí que cedía debajo de mí y presionaba su cuerpo contra el mío con sus propios movimientos pequeños, pero luego dijo:

—Basta. Bájate.

—¿Hablas en serio?

—Debería volver a mi cama.

—¿Ahora?

—Podrían venir a hacer una inspección en cualquier momento.

Continué moviéndome contra ella, procurando levantarle de nuevo la camiseta.

—Ya ni siquiera las hacen.

—Claro que sí —respondió, empujándome para apartarme, hacia la pared, y se lo permití—. Lydia hizo una el martes alrededor de la una de la mañana. —Colocó ambos pies en el suelo. Luego se puso de pie y estiró y se frotó el hombro, como si acabara de hacer un lanzamiento de béisbol.

—¿Cómo lo sabes? —pregunté—. ¿Es que no duermes?

—No como tú —respondió. No se acercó a besarme de nuevo y tampoco hizo ninguna maniobra formal de despedida o de agradecimiento o para concluir lo que acababa de suceder. Ahora estaba fuera de la cama, todo era incómodo; la comunión de nuestra cercanía, deshecha.

—Bueno, es probable que tus sueños no sean tan entretenidos como los míos. Así que tendrás que permanecer despierta para experimentar los míos de segunda mano.

Rio a medias, no con su risa de Erin, sino de otra forma. Se recostó en su cama. La extrañeza entre las dos, en aquellos dos metros y medio entre las camas, era tan profunda como la parte honda de Scanlan. Yacimos en aquella extrañeza durante minutos y minutos, la caldera arrancaba, paraba, arrancaba, paraba, como lo hace en primavera cuando la temperatura es inestable.

En un momento, Erin dijo:

—No puedes contárselo a nadie, Cam.

—No lo haré —afirmé.

—De verdad quiero dejar esto atrás —respondió. Lo dijo como si hablara conmigo o como si lo dijera en voz alta para recordárselo a sí misma—. Quiero un esposo y dos niñas. Los quiero de verdad y no solo porque se supone que debo hacerlo.

—Lo sé. Te creo.

—No me importa si me crees o no. Que lo hagas no hace que sea más cierto. Es verdad porque así me siento.

No dije nada.

Permanecimos en silencio un rato más. Creí que, de hecho, se había quedado dormida hasta que comentó:

—Sabía que esto ocurriría en algún momento.

—Yo no —confesé.

—Porque tú no piensas en mí de esa manera —explicó. Su voz era muy triste. En menos de treinta minutos, esto que acabábamos de hacer juntas había pasado de ser espontáneo (a mi parecer), sexy y justo lo que necesitaba, a feo, grande y muy complicado.

Pensé que tal vez podría hacerla reír, o al menos ayudarla a alegrarse, así que dije:

—Tengo una duda. ¿Parte de las razones por las que te gustan tanto los vídeos de Tandy Campbell es que te excita? Creo que es atractiva.

—No hablaré sobre eso —respondió Erin—. No deberíamos alentar la atracción homosexual de los demás.

—¿Es broma? —pregunté. De verdad, no estaba segura.

—Ya no quiero hablar —dijo—. Quiero dormir.

—Pues qué mal. Yo *estaba* durmiendo. Tú me despertaste.

No dijo nada. Hice un par de esos suspiros intensos y molestos que haces cuando quieres que alguien sepa que estás enfadado. Erin continuó sin decir nada. Esperé un poco más y aún no hablaba. Después de un rato, estaba bastante segura de que se había dormido de verdad y yo también estaba cerca de hacerlo.

Pero luego dijo, con el volumen mínimo para que la oyera:

—Tandy Campbell ni siquiera es mi tipo.

Y sonreí, pero permití que sus palabras flotaran allí, sin recibir respuesta de mi parte, para que no supiera con certeza si la había oído o no.

$$* \quad * \quad *$$

Los que habíamos hecho estudios independientes presentamos nuestro tema frente a todos los discípulos. Yo monté un gran *collage* tonto de fotos y mapas para la ocasión y fui minuciosa, sabía las fechas y los hechos. Conté una historia sobre la viuda de setenta y tantos años, la señora Grace Miller, a quien habían trasladado en bote hasta su casa después del terremoto porque ahora la propiedad flotaba en el lago Hebgen, y cuando llegó allí, encontró sus «dientes aún sobre la encimera de la cocina, junto al fregadero». La gente se rio. Incluso Lydia lo hizo. Describí cómo el terremoto, que había alcanzado una magnitud de 7.3 en la escala de Richter, transportó un muro de agua de nueve metros del lago Hebgen a través del cañón Madison, y cuando el agua llegó al campamento en Rock Creek, media montaña, literalmente ochenta millones de toneladas de roca, cayó sobre el valle, a ciento sesenta kilómetros por hora, y lo embalsó. Ahí lo tenéis, en un tris tras: un campamento convertido en el lago Quake. Conocía bien mi tema. Me gané un aplauso, pero no miré a Jane o a Adam ni una sola vez durante toda la presentación.

418 EMILY M. DANFORTH

Unos días después, hicimos los exámenes finales en Lifegate Christian. Eran exactamente para lo que nos habíamos preparado, sin sorpresas. Después fuimos a comer pastel a Perkins. Yo pedí el de fresas con nata. Pensé en la abuela. Era media tarde y el lugar no estaba muy lleno: un par de ancianos jugaban al bridge con aquellas tazas marrones típicas de esa clase de restaurantes; un hombre de negocios solo en una mesa comía sopa, con la corbata sobre el hombro; la madre de una familia que parecía en medio de un viaje pedía pastel de menta y pastel de cereza para llevar. Fue difícil concentrarme en mi porción, en lo que Helen, que estaba a mi lado, decía. Era jueves. Planeábamos marcharnos el sábado por la mañana, después del desayuno. Con los exámenes ya superados, no había horas de estudio programadas para el fin de semana o actividades grupales obligatorias más que las comidas, las tareas asignadas y la misa en Palabra de Vida el domingo, para la que no estaríamos presentes. Con suerte. Ninguno de nosotros había sido capaz de entrar en el archivero cerrado con llave para recuperar nuestros documentos, pero no nos importaba: nos iríamos.

—De todos modos, si los usamos les resultará más fácil rastrearnos —había razonado Jane—. Así que no viajaremos en avión una temporada, ¿a quién le importa? —Habíamos conseguido todas las provisiones que Jane había encargado; mi agujero de Boo Radley estaba lleno. Teníamos mapas. Y, lo más importante, teníamos un plan. Era la hora.

Lydia ya había aprobado una excursión para nosotros tres: una caminata y luego un pícnic en el límite más lejano de un rancho vecino, en una arboleda de abedules donde había una «mesa» hecha con parte del tronco de un árbol gigante, en posición horizontal sobre dos piedras, con cuatro rocas más a modo de asientos. Era un lugar al que el reverendo Rick nos había llevado antes. Lydia le dijo a Jane que su castigo por fumar marihuana no había sido anulado, pero que le daría un fin de semana de descanso para celebrar el fin de sus exámenes y el avance que había hecho en sus sesiones individuales.

—Lo que sea que nos permita salir por esa puerta —me había susurrado Jane esa mañana hacia Lifegate Christian—. La ley de Lydia no me afectará mucho más tiempo.

Mientras esperábamos fuera del baño de mujeres de Perkins a que Erin terminara, yo, por puro capricho, miré en la guía telefónica que colgaba de un cable junto al teléfono de pago. Buscaba a Mona, pero sin esperar encontrar nada, hasta que lo hice. Había una Mona Harris en la lista, que vivía en Willow Way. Creí que había dicho que vivía en la residencia de la universidad, pero ¿quién lo sabía con certeza? A lo mejor se había mudado. Arranqué la hoja con su número de la guía telefónica. No hizo mucho ruido, el papel era muy delgado y en el pasillo también estaba la entrada a la cocina, así que el personal no dejaba de pasar rápido con bandejas cargadas de hidratos de carbono, platos sucios y servilletas apiladas. Nadie lo notó. Doblé la hoja en un rectángulo diminuto y la guardé cuidadosamente dentro de la cintura de mi falda.

Cuando Erin salió del baño, nos comportamos de modo extraño. Mantuvo la puerta abierta para mí, pero mirando hacia el restaurante, evitando mi cara, y yo la miré y asentí al entrar al baño. No habíamos hablado sobre lo que había ocurrido entre nosotras. Ni una sola palabra de parte de ninguna de las dos. No habíamos hablado mucho sobre nada los últimos días. Ambas habíamos estado ocupadas estudiando y yo había estado trabajando en mi presentación; pero nuestro silencio no se debía a nuestros horarios. Era algo acordado, la vía fácil.

Cuando estuve en el baño, me enjaboné y me lavé las manos dos veces para quitar de mis dedos la tinta barata de la guía telefónica. Noté que me temblaban mientras lo hacía y no me sorprendió. Había vibrado de energía toda la semana.

De regreso a la mesa, pasé de nuevo junto al teléfono pago y pensé en el reverendo Rick, lejos en su compromiso por «Libre del peso». Había pensado mucho en la llamada que él recibiría en algún momento del sábado por la noche, donde fuera que estuviera, Cleveland, Atlanta o Tallahassee. Imaginé ese momento de muchas maneras diferentes. A veces, estaba frente a un gran grupo de fans elegantes y sonrientes de Exodus International, en una iglesia o en un salón alquilado. Allí estaba con su traje elegante, el que llevaba puesto cuando había venido a Gates of Praise y había hablado con nuestra congregación, el traje que lo hacía parecer incluso más joven de lo que era, no mayor, como un niño disfrazado. En aquella versión, lo interrumpían mientras hablaba de aquel modo genuino típico del reverendo Rick acerca de salir de la oscuridad del pecado y caminar hacia la luz de Cristo; una mujer a un lado del salón se le acercaría, o un hombre con zapatos que hacían *clic clac* le susurraría algo detrás de su mano o le entregaría una nota que Rick leería rápido antes de disculparse explicando que había una llamada urgente que necesitaba atender. Su conversación con Lydia, con la policía o con quien fuera que estuviera al otro lado, sería observada por los miembros de la iglesia que lo habían invitado a hablar, por algunos de sus compañeros exgays aprobados por Exodus, todos con expresiones preocupadas, intercambiando miradas y luego analizando las respuestas de Rick en la conversación, y esperando a oír de él, después de que hubiera colgado el teléfono, la historia completa de lo que acababa de salir mal en Promesa.

También lo imaginaba solo en su habitación de hotel cuando llegaba la llamada. A veces ni siquiera era un hotel, sino un motel sórdido entre una parada de camiones y un restaurante veinticuatro horas, algo sacado de las películas policíacas malas que había visto, un lugar con traficantes de drogas y prostitutas escondidos en su interior, con el típico cartel de neón titilando en las cortinas sucias de la ventana, todo en mal estado, una mancha de humedad en el techo, óxido en los accesorios del baño; la alfombra sería algo que no querrías pisar descalzo. En esa versión, el teléfono que sonaba era de aquel color claro espeluznante de algunos teléfonos, no beis pero tampoco siena, y tenía un timbre diminuto y chillón, demasiado fuerte para el cuarto, algo imposible de ignorar. Sabía que no era probable que se hospedara en un lugar así. Aquello no era una operación encubierta. En «Libre del peso» había colaboradores con mucho dinero, pero igualmente ponía a Rick en ese espacio, en mi imaginación.

Lo imaginaba con mayor frecuencia en un hotel insulso cerca del aeropuerto, uno con un vestíbulo pequeño, barra de desayuno, periódicos gratis y quizás un refrigerio cuando hiciera la entrada. Tendría la televisión encendida pero con el volumen bajo, tal vez sintonizando algo sorprendente, MTV o HBO, y habría una botella de agua abierta en la mesita de noche. A lo mejor ya estaría en calzoncillos blancos y llevaba la camiseta puesta cuando el teléfono, esta vez negro y más moderno, con una luz roja para los mensajes, sonara con un ruido electrónico silencioso, no exigente. Estaría planchando la camisa para el día siguiente y se tomaría su tiempo, la colgaría de nuevo en la percha antes de acercarse a atender el teléfono y decir «hola». Tomaría asiento al borde de la cama mientras le contaban los hechos: Jane Fonda, Adam Águila Roja y Cameron Post no habían regresado a Promesa de su caminata para ocuparse de la cena. Poco después de las seis, Lydia March y un ranchero vecino habrían llevado un todoterreno hasta el lugar donde los tres habían ido de pícnic. El ranchero aparcaría a un kilómetro y medio del destino, el camino sería demasiado empinado y estaría lleno de obstáculos para avanzar en coche, así que caminarían. Los discípulos no estarían en la zona y no habría rastro de ellos. Ya habrían avisado a la policía para las siete de la tarde y llamarían al servicio forestal. También avisarían a las familias de los discípulos, quienes aún no habían aparecido.

No imaginaba el final de la conversación de Rick y tampoco llenaba sus respuestas ante lo que le contaban. Pero sí imaginaba su rostro apuesto pasando de la sorpresa al miedo y a la preocupación, y esa parte, en especial en la versión donde estaba solo en su habitación, me hacía sentir pena por él y por lo que nuestra huida le causaría, por lo que significaría para Rick. Pero no lo suficiente como para no hacerlo.

* * *

El viernes tuve mi última sesión individual con Lydia. Tuvo lugar en la misma sala de reuniones minúscula fuera de la oficina de Rick donde, en agosto, me habían presentado por primera vez mi iceberg. La gardenia apestosa en la ventana había sido reemplazada por un helecho difícil de manejar. Pero la sala no había cambiado nada.

Habíamos concluido mis sesiones anteriores hablando de mi *adicción al voyerismo de actos pecaminosos a través de mi obsesión con películas*

EMILY M. DANFORTH

alquiladas, otro *mecanismo de defensa* que había desarrollado para que me ayudara, sin éxito, *a ignorar el trauma de la muerte de mis padres y la culpa que sentía sobre ello.* Lo retomamos allí. Intenté ser el libro abierto que había sido durante semanas, pero tenía la extraña necesidad de contarle a Lydia lo mío con Erin Vikinga, lo que habíamos hecho, lo que Erin me había hecho. Aparté esa confesión y le conté a Lydia lo que ella quería saber, cosas sobre todo el sexo que había visto en las películas para mayores de diecisiete, cómo las miraba una y otra vez, perdiéndome en aquellas imágenes y sonidos, cuadro tras cuadro, el modo en que había aprendido sobre los *actos homosexuales perversos* por mi propia cuenta en la tranquilidad de mi habitación. Pero la necesidad de compartir la experiencia con Erin regresó: *Díselo, díselo, díselo.* Sabía que no podía decir nada, que, si lo hacía, Lydia nunca me permitiría ir a la caminata al día siguiente, de ninguna manera, y luego nuestra huida se pospondría durante mucho tiempo, quizá tanto que nunca podríamos encontrar el momento ideal para hacerlo de nuevo. Pero saber las consecuencias no detenía mi deseo de decirlo. Quería sentarme allí, tranquila, y decir:

«Sabes qué, de hecho ocurrió algo hace poco que creo que debería mencionar. Erin Vikinga, mi compañera de cuarto, me despertó de un increíble sueño sexual que estaba teniendo con Bethany Kimbles-Erickson para poder meterse en mi cama y terminar el trabajo. Te diré algo: sabía lo que hacía. Muy profesional; muy oportuna».

Por supuesto que no lo hice. Continuamos con la sesión como siempre, pero en cierto punto —y no puedo precisar qué línea de cuestionamiento llevó a esto, exactamente— Lydia dijo:

—A medida que avancemos, necesitarás esforzarte más por reconocer y desvelar el papel que tus padres cumplieron en formar tu actual identidad pecaminosa. Has progresado en explorar el modo en que su muerte contribuyó a tu confusión sobre el género y la sexualidad apropiada y divina, pero eso simplemente no es suficiente. Tus problemas de género comenzaron mucho antes que eso, en manos de tus padres, y enfocarte en tus comportamientos pecaminosos más recientes es solo parte de un cuadro complicado.

No había terminado, lo sabía, pero respondí:

—Mis decisiones son mías, no de mis padres.

Una sutil expresión de sorpresa apareció en su rostro, pero no durante demasiado tiempo.

—Sí, y me alegra que lo reconozcas —afirmó—. Pero las condiciones bajo las que tomaste esas decisiones, el trato y las expectativas que te dieron durante la infancia bajo su cuidado, contribuyeron en gran medida a las razones por las que ahora tomas las decisiones que tomas. —Hizo una pausa, juntó las puntas de los dedos sobre la mesa y dijo—: Ya habías comenzado a desviarte del camino mientras tus padres vivían. No puedes avanzar sin reconocerlo.

—Lo he reconocido —dije, imitando su postura con las manos, haciéndolo con deliberación para que supiera que la imitaba—. Besé a Irene Klauson el día *anterior* a la muerte de mis padres. Quise besarla de nuevo durante todo el día *de* su accidente y lo hice, esa noche. ¿Crees que no sé la clase de decisiones que tomaba antes de que murieran? —Ya habíamos hablado de todos estos temas, pero nunca los había expresado de esta manera, exponiendo la secuencia de acontecimientos que me hacía morir de vergüenza cuando pensaba en ella.

Lydia me sonrió, una sonrisa real, no con su sonrisa reprobadora que era más bien una mueca, supongo. Fue una sonrisa de verdad, genuina, y luego dijo:

—Creo que permites que la culpa que sientes por sus muertes mantenga tus recuerdos de ellos sumergidos en una especie de cubierta protectora. Te has convencido tanto de que Dios te castigaba por tus pecados con Irene, que estás ciega para ver cualquier otra posibilidad, y debido a eso, tus padres ya no son personas para ti; simplemente son muñecos manipulados por Dios para ejecutar su gran plan de enseñarte una lección. —Hizo una pausa, se aseguró de que estuviera mirando todos los ángulos de su rostro, sus ojos ocultos debajo de aquellas cejas severas. Esperó hasta que lo hiciera y luego añadió—: Necesitas dejar de pensar en ti misma como alguien tan importante, Cameron Post. Has pecado, continúas pecando, tienes el pecado en tu corazón, al igual que todos los hijos de Dios; no eres mejor o peor. Tus padres no murieron por tus pecados. No necesitaban hacerlo: Jesucristo ya lo hizo. Si no puedes aceptar esto y recordarlos por quienes eran y no por quienes has hecho que fueran, entonces, no sanarás.

—Lo intento —dije.

—Lo sé, pero debes esforzarte más. Ahora es tiempo de esforzarse más. —Miró su reloj—. Terminamos por hoy —anunció—. ¿Cómo te sientes?

—Lista para seguir adelante —respondí. Era una respuesta honesta. Lydia no pidió explicaciones. Solo dijo:

—Bien. Es prometedor. Espero que tus acciones me convenzan de ello.

* * *

Aquella noche, Adam, Jane y yo empacamos nuestro almuerzo para la «caminata» autorizada del día siguiente. No teníamos mucho que decir sabiendo lo que sabíamos de nuestros planes, de lo que intentaríamos lograr. Además, estábamos en la cocina, así que cualquiera podía entrar de un momento a otro. Steve lo hizo, de hecho, dos veces; la primera se llevó una bolsa de zanahorias baby y luego regresó en busca de mantequilla de cacahuete.

—Estaba pensando que tal vez podría ir con vosotros mañana —dijo Steve, sumergiendo una zanahoria y masticando unos trozos gruesos mientras hablaba—. ¿Cuán lejos queda esa roca a la que pensáis ir?

—Está lejos —respondió Jane, con absoluta calma, cerrando la bolsa hermética para bocadillos—. Llevará toda la mañana y saldremos temprano si vienes.

Esperaba parecer tan tranquila como ella, pero me preocupaba que mi rubor característico apareciera. Adam estaba de espaldas a Steve, pero nos miraba nervioso y con los ojos abiertos de par en par a Jane y a mí.

—Sí, no sé —dijo Steve—. Oí que Lydia tal vez nos llevará a algunos a Bozeman para pasar la tarde. ¿Creéis que regresaréis a tiempo para eso?

—Imposible —respondió Adam—. Ni de cerca.

—Me lo imaginaba. —Steve cerró el bote de mantequilla de cacahuete—. De todos modos, regresaréis allí en verano, ¿verdad?

—Claro —aseguró Jane—. Rick siempre lleva grupos allí.

—Entonces creo que esperaré e iré más adelante —concluyó, y tomó un manojo de uvas de un racimo que yo estaba lavando antes de marcharse.

Nadie dijo nada hasta que estuvimos seguros de que Steve se había alejado por el pasillo.

—Podría cambiar de opinión con facilidad —comentó Adam—. Y aparecer fuera listo para partir.

—No lo hará —afirmó Jane.

—Podría —insistió Adam—. No lo sabes. Y, si lo hace, estamos jodidos.

Negué con la cabeza y dije:

—Yo digo que, si lo hace, no le digamos lo que haremos, solo debemos continuar con el plan. No sabe dónde está la roca. No sabrá que no nos dirigimos allí.

—Creo que lo descubrirá cuando nunca lleguemos a la roca con forma de mesa —respondió Adam, poniendo los ojos en blanco. Pero Jane sonreía.

—Lo hará, pero no hasta que ya hayamos cubierto mucho terreno; luego le diremos lo que planeamos y, si quiere regresar, tendrá que hacerlo solo y nosotros nos marcharemos en la dirección opuesta.

—No será tan fácil decirle «¡Sorpresa! Nos fugamos» cuando estemos de pie en medio del bosque.

—Supongo que lo descubriremos si ocurre —concluyó Jane—. De todos modos, no vendrá.

—Podría —insistió Adam.

Jane alzó las manos en el aire.

—Cualquier cosa *podría* suceder —replicó—. Él *podría* venir. Lydia *podría* decidir que no tenemos permiso para ir. Tú *podrías* romperte una pierna al salir por la puerta.

—Eso no te detendría —comenté. Y aquello hizo reír a Adam y a Jane también.

426 EMILY M. DANFORTH

—Tenemos un buen plan —afirmó ella—. Ahora solo debemos llevarlo a cabo.

Después de eso, regresamos a nuestras habitaciones y nos dimos las buenas noches. Intentamos actuar normal. Erin leía, así que yo también fingí hacerlo. Algunas veces había pensado en dejarle una nota, pero había decidido no escribirle nada. Ninguno de los tres dejaría ninguna prueba que explicara lo que habíamos hecho. Después de un rato Erin apagó su luz, así que yo hice lo mismo con la mía. Dormí bien, de hecho. Y tampoco me llevó tanto tiempo conciliar el sueño. No sé qué significaba eso.

* * *

Steve ni siquiera estaba en el comedor cuando desayunamos a la mañana siguiente. Comimos huevos y lavamos nuestros platos. Recogimos el almuerzo y nuestras mochilas. Era un día fresco, pero soleado y luminoso y un buen día para un paseo. Cada paso del plan encajó en su lugar, como un rollo en una cámara: *clic, clic, clic, clic, clic*. Y luego estábamos en el sendero, ya en camino.

Capítulo veintiuno

El lago Quake tiene aproximadamente diez kilómetros de longitud. Dobla y gira en afloramientos de piedra y bosque, amplio en algunos sectores, azul y lleno de olas; en otros es angosto y oscuro, siempre bajo las sombras. No seguíamos el camino principal, la 287, que sube y rodea al lago antes de sumergirse entre los árboles y luego sale de nuevo sobre las colinas con vistas al agua, con barandillas falibles a un lado y al otro, cuando las colinas se vuelven empinadas y los giros, angostos y bruscos. Sin embargo, podíamos ver parte de aquel camino con barandillas mientras avanzábamos a través del crecimiento espeso de los árboles camino a la orilla. No veíamos el otro lado del cañón muy bien; estaba a la distancia, cruzando el agua, pero los postes que reflejaban la luz en la barandilla brillaban como lamparitas de vez en cuando, dependiendo del ángulo en que estuviéramos situados y de la posición del sol.

—¿Crees que aquí estamos cerca del lugar donde ocurrió? —preguntó Jane detrás de mi hombro. Ella estaba sin aliento. Su pierna ortopédica había estado molestándola durante los últimos kilómetros (hasta ahora habíamos hecho veintidós kilómetros y medio), pero continuó avanzando, sin quejarse mucho, y nos permitía detenernos con frecuencia a descansar.

—No lo sé —respondí—. Parece el lugar adecuado cuando miramos el mapa. Sin importar lo lejos que estemos del sitio preciso, igualmente es más cerca de lo que jamás había estado.

—Pero has esperado una eternidad —insistió Jane—. Debería ser el lugar correcto.

—¿Quieres parar y mirar de nuevo? —preguntó Adam detrás de ella.

—No, no pasa nada —dije, para convencerme tanto a mí misma como a ellos dos.

Continuamos avanzando; la pendiente era empinada en algunas partes, y el suelo era resbaladizo y estaba cubierto con una capa gruesa de agujas de pino. Más de una vez perdí el equilibrio y mis pies se deslizaron sobre las agujas hasta que una roca, un helecho o mi mano sobre un tronco detenían el movimiento. En parte debido a la pierna de Jane, y en parte debido al terreno, habíamos hecho la mayor porción de la caminata (después de entrar en el área del cañón) en zigzags amplios, eligiendo las rutas con menos obstáculos hacia el lago, incluso cuando no eran directas. Ahora que por fin veíamos el agua, solo quería bajar lo más rápido posible, lo cual significaba mirar el suelo y elegir dónde pisar en vez de centrar la atención en el lago.

Pero en un momento dado, Adam preguntó:

—¿Esos árboles están en el agua de verdad o es una ilusión óptica?

Los tres nos detuvimos y miramos hacia el lago. Había unos árboles, más que nada troncos, con solo unas pocas ramas en algunos de ellos, sobresaliendo del agua; una arboleda pequeña que había quedado de antes del terremoto y la inundación.

—Parecen fantasmas de árboles —comentó Jane.

—Son sus esqueletos —dije—. Son los restos de los árboles.

—Es espeluznante —comentó Adam. Jane asintió y agregó:

—Lo es.

—Había una foto de algo parecido en un artículo sobre mis padres —dije. La foto en la que pensaba era más que nada la barandilla rota, aplastada, doblada y colgando sobre el lago, el metal parecía prácticamente derretido; pero parte del lago estaba en la zona delantera de aquella foto y había árboles extraños allí.

—Entonces este es el lugar —afirmó Jane.

—No lo sé —dije—. Supongo que podría haber muchos árboles así dado que el lago entero solía ser un bosque.

—Creo que es el correcto —añadió Adam—, creo que este es el lugar.

Al menos eso parecía: estábamos tan hondo dentro del cañón, que prácticamente era de noche. El sol oculto solo era una sugerencia de luz más allá de aquellos muros altos, iluminando el cielo lejano sobre nosotros, pero cada vez menos el suelo que nos rodeaba. Era la clase de lugar donde sentiría la tentación de confundir el aliento del viento ondeando entre los árboles con un susurro fantasmal en una película de miedo tonta que, de algún modo, no era tonta en absoluto.

Cuanto más nos acercábamos, más extraños parecían aquellos esqueletos de árboles: estaban allí, pasando el centro de aquella sección del lago, muchos de ellos retorcidos o plegados, su madera desteñida y marchita, pero en todos esos años desde el terremoto, desde que el agua había llegado y los había rodeado y empapado sus raíces más allá de su capacidad de crecer, no habían caído. Aún se alzaban fuera del agua, como bastones deformes abandonados por una raza de gigantes. O, peor, como los huesos de aquellos gigantes, puestos allí por gigantes incluso más colosales.

—¿Cómo se llama el gigante invisible? —pregunté por encima del hombro. Ahora no estábamos lejos en absoluto y quería llenar el silencio, hablar para apartar mi nerviosismo.

—¿El GGB? —sugirió Jane—. Creo que no era invisible.

—No, le preguntaba a Adam —dije y me giré para mirarlo—. ¿Quién es el gigante lakota, el que se supone que fue visible para los hombres hace miles de años, pero que ahora no lo es y que vive en una montaña rodeada de agua?

—Yata —respondió Adam.

Tropecé porque no estaba mirando dónde pisaba. Caí hacia adelante, pero Jane de algún modo me agarró la mochila y me atrapó. Nos detuvimos de nuevo para que pudiera recuperar el equilibrio.

—¿Quién de nosotros tiene una pierna de juguete? —preguntó ella, sonriendo.

—Gracias por usar tus reflejos felinos —respondí, acomodando la mochila y volviendo a ubicar las correas en su lugar.

—¿Por qué preguntaste sobre Yata? —dijo Adam.

Señalé el lago con el mentón.

—Es que esos árboles me han hecho pensar en bastones para gigantes —expliqué.

—Guay —dijo Jane, y luego sacó una foto instantánea. De hecho, me alegré de que hubiera traído su cámara; era tranquilizante verla con ella, con ese objeto que siempre la acompañaba. Continuamos.

El lago no tenía una gran orilla, al menos no en el sector al que habíamos descendido: solo eran rocas caídas y una tira delgada de guijarros grises y blancos pulidos donde el agua y la tierra se encontraban. Me detuve unos metros antes de esa línea y permanecí inmóvil, en silencio. Jane y Adam se detuvieron a mi lado. Me miraron, miraron el horizonte; miraban hacia atrás, quizás esperando a que extrajera algún recuerdo de mi mochila, que les permitiera participar en alguna clase importante de ceremonia funeraria que creían que había preparado. Continué mirando el agua; ellos continuaron mirándome.

—Es bonito, pero es... —comenzó a decir Jane sin concluir la oración.

—Es espeluznante, ¿verdad? —concluí.

—Algo así —respondió ella. Me tomó la mano—. Creo que son los árboles.

—Es más que los árboles —dijo Adam—. Hay toda clase de energía poderosa aquí. Es perturbador o algo así.

—Como asuntos inconclusos —añadió Jane, apretándome los dedos.

Observé los esqueletos de los árboles, maravillándome ante la fuerza y la profundidad que debían tener sus raíces para haberlos mantenido en pie dentro del lago durante tantos años. Sentía que todos esperaban algo de mí, incluso yo misma.

—Aún no sé lo que haré, ¿vale? Dadme unos minutos.

—Ahora disponemos de una cantidad infinita de minutos —afirmó Jane—. Siéntete libre de usarlos como te plazca.

Adam alzó las cejas, pero controló su expresión sorprendida, supongo que por mi bien.

—¿Creéis que ya estarán buscándonos? —preguntó en voz baja. Jane negó con la cabeza.

—No, de verdad que no lo creo. Pero aun si lo estuvieran haciendo, no comenzarían por aquí. Abarcarían la zona cerca del lugar donde supuestamente estamos de pícnic, y eso implica aproximadamente cincuenta kilómetros de Bosque Nacional de Gallatin desde donde estamos ahora. —Tomó una foto y luego se sentó en una gran roca negra con motas plateadas para desabrocharse la pierna.

Adam paseó por la orilla buscando rocas pulidas para lanzar sobre la superficie del lago, lo supe por el modo en que seleccionaba las que levantaba del suelo: rocas planas, del tamaño de su palma. Con las manos llenas, llevó el brazo hacia atrás para lanzar una sobre la superficie lisa y, cuando debería haberla soltado, se detuvo con el brazo paralizado en aquella posición. Me miró.

—¿Está bien que lance esto? No quiero trivializar la situación ni nada parecido.

—No, está bien —afirmé, observando la roca en su mano, preguntándome si debería haber dicho que no... esperando, casi asustada, a oír el rebote de la piedra sobre la superficie del lago.

Así que extendió de nuevo el brazo hacia atrás, y esta vez, después de mantenerlo un segundo allí, dejó caer todas las piedras, con una secuencia rápida de *clics* y *clacs*.

—Lo haré después —dijo él—. No parece el momento adecuado para lanzar rocas. —Tomó asiento en el suelo junto a Jane, ambos esperando a que yo hiciera lo que fuera que había venido a hacer, pero intentando actuar como si no estuvieran aguardando.

En ese instante, decidí que necesitaba entrar en el lago. No había estado segura antes de ese momento. Cada vez que había pensado en visitar este lugar, que había soñado despierta sobre él, solo me había visto en la orilla. Y en aquellos sueños era una orilla borrosa, la versión desdibujada en la que lo principal era que había hecho el viaje y lo que hiciera al llegar era a la vez obvio y no tan importante como el hecho de haber llegado allí. Pero ahora, mientras permitía que el lago cubriera de agua la punta de mi calzado mientras una audiencia de dos personas se ponía de pie detrás de mí, incluso en aquella naturaleza vasta, sabía que necesitaba estar en el agua, en sus profundidades.

—Entraré —dije. Me quité la mochila moviendo los hombros, la dejé caer cerca de Jane, luego bajé la cremallera de la sudadera, la lancé al suelo, me pasé la camiseta de manga larga sobre la cabeza y también la dejé en el suelo, solo para que todos estuviéramos seguros de que estaba hablando en serio, de que no cambiaría de opinión. Permanecí de pie con mi sujetador y con los vaqueros puestos, el aire contra mi piel frío y agradable.

—Estará helada —comentó Jane y luego hurgó en su mochila—. Pero he traído una toalla, como medida de precaución. —La extrajo y me la entregó—. ¿Te pondrás el traje de baño?

—No lo he traído —respondí—. No sé por qué; habrían cabido los dos.

Sin querer parecer sospechosos cuando nos habíamos desviado de nuestra caminata permitida, cada uno había traído una mochila tamaño escolar con pertenencias y provisiones. También pensamos que sería mejor si, cuando inspeccionaran nuestros cuartos aunque no fuera de inmediato, pareciera que todo estaba básicamente allí. Pero ¿quién habría notado la ausencia de mis trajes de baño? ¿O por qué no traje uno solo? Solo uno. Había pensado en llevarlos conmigo —ambos estaban en la esquina superior derecha del cajón de mi cómoda— mientras empacaba el viernes después de mi sesión individual, mientras Erin Vikinga estaba en servicio evangélico y nuestro cuarto estaba vacío. Había mirado durante un momento dubitativo mi viejo traje de baño del equipo de natación y el rojo de socorrista y luego los había dejado. Parecía una decisión muy estúpida ahora que estaba frente a Jane sin ellos. Eran livianos, flexibles y sin duda los querría de nuevo en algún momento: como ahora mismo. Tuve aquella sensación retorcida en el estómago que se siente al reconocer una decisión estúpida que has tomado sobre algo importante, aunque quizá sea solo la primera de muchas, muchas decisiones estúpidas que has tomado sobre aquel asunto importante, y tal vez sea solo el primer indicio de que todo se desmoronará bajo el peso de aquellas decisiones tontas cuando se hayan acumulado.

—Qué estupidez —dije.

Jane agarró mi mochila.

—No lo necesitas —respondió. Extrajo las velas que me había pedido—. No pienses demasiado sobre ello. —Buscó en el compartimento de su pierna un mechero.

—Gracias por esto, chicos —dije, el aire frío ahora hacía que mis palabras sonaran temblorosas—. Por haberme traído hasta aquí.

—Haremos una fogata —respondió Adam—. Para cuando salgas. —Por un instante, colocó su mano sobre mi hombro desnudo y luego caminó hacia el bosque para reunir ramas. Jane acomodaba la comida robada, ambos ocupados con sus pequeñas tareas.

—Supongo que me lo quitaré todo —le dije a Jane, pisando con un pie el talón del calzado del otro pie para quitarlo, del modo exacto en que Ruth me había repetido varias veces que *arruinaría* mis zapatos.

Jane asintió mirándome los pies cubiertos con calcetines de algodón que solían ser blancos pero ahora estaban sucios. Continué desvistiéndome, me desabroché los vaqueros, los bajé y me los quité; de algún modo estaba libre de mi vergüenza habitual por el peso de la tarea en desarrollo.

Jane accionó el mechero y prendió una vela.

—Tiene sentido. De todos modos, deberás secar la ropa interior cuando salgas, y eso podría llevar un rato. No querrás irritarte. —Acomodó la vela sobre el suelo rocoso hasta que permaneció quieta y luego la encendió—. *Irritar* es una palabra fantástica.

—¿Me das una? —pregunté, señalando con la cabeza las velas y observando cómo sus llamas anaranjadas rebotaban y centelleaban, pero permanecían encendidas. Me recordaron a una escena en una de mis películas favoritas de *Karate Kid*, la segunda probablemente, cuando el señor Miyagi lleva a Daniel San a su hogar en Okinawa, y los aldeanos hacen una ceremonia sagrada en la que envían lámparas de papel a la deriva sobre el agua en un puerto pesquero, sus luces diminutas y movedizas reflejadas en la superficie: la escena es hermosa incluso cuando una canción de Peter Cetera suena de fondo.

—¿La llevarás contigo? Porque tengo una linterna si prefieres —dijo, buscando en el bolsillo delantero de su mochila.

—No, quiero la vela —respondí—. Aunque por supuesto que se apagará.

—Es probable —dijo ella, pero encendió la tercera vela y me la entregó de todos modos.

Me quité la ropa interior antes de aceptar la vela; me temblaba todo el cuerpo por el frío, incluso cuando los dedos sujetaron la cera suave. Me acerqué la vela, la sostuve frente a mi pecho, como una corista en Nochebuena. La llama diminuta proporcionaba una fuente pequeña de calor y la quería junto a mi piel.

Jane no fingió no mirarme, desnuda y pálida en la oscuridad de aquel cañón, temblando, con el rostro iluminado por la llama titilante de mi vela, con más miedo a estropear las cosas del que jamás había sentido en mi vida. Quería a Jane por ese gesto. Me miró a los ojos y dijo:

—Puedes hacerlo. Estaremos aquí, esperándote.

—¿Qué era lo que iba a hacer?

—Ya lo sabes —dijo ella—. Solo crees que no, pero lo sabes. Para eso has venido hasta aquí.

Asentí, pero no confiaba en mi conocimiento como al parecer Jane lo hacía.

Sin embargo, sabía muy bien que no debía probar el agua fría solo con los dedos, después con el pie entero y luego adaptarme muy despacio, centímetro a centímetro. No habría adaptación alguna a aquel lago esa noche: como mucho, habría tolerancia. Entré, un pie después del otro, y continué caminando; el lecho del lago era rocoso en algunas partes, blando y espeso en otras. Era tal vez como caminar sobre carbón, si es que los carbones y la ceniza se hacían más espesos con cada paso, quemando un poco más el largo de la pierna con cada pisada. Después de dar diez pasos largos, el agua ya me llegaba a la cadera, el frío extraía todo el aire de mi cuerpo. Me concentré en la llama de la vela, conté hasta tres inhalando y después de nuevo al exhalar. Y otra vez. Y otra vez. La sangre me latía en los oídos, y sentía un dolor en la sien similar al que experimentaba al comer helado muy rápido. Si quería llegar al bosque de esqueletos, tendría que nadar.

Sostuve la vela en la mano derecha, extendida sobre mi cuerpo, lejos de la superficie. Doblé las rodillas y me desplacé sobre la espalda, para no salpicar más de lo necesario. Permití que el agua iluminada me acunara hasta que comencé a flotar de espaldas, con el rostro hacia el cielo, los pies hacia la orilla donde Jane y Adam estaban armando la fogata, y la vela aún encendida en mi mano. La cera me cayó sobre el pulgar y la muñeca cuando la aproximé a mí. Se endureció prácticamente de inmediato. Coloqué la base de la vela sobre mi ombligo y la sostuve allí con ambas manos como si fuera algo sólido, arraigado: el mástil de un navío, un asta. Mis latidos resonaron en mi estómago y la vela se movía con mis temblores; mi respiración era entrecortada, pero continuó encendida.

Mi cuerpo quería tensarse, así planeaba mantenerme con vida: me hacía saber lo grave que era el frío del agua, que debía salir de allí, al negarse a permitir que me acostumbrara a él. Los músculos del cuello se tensionaron como cables que estuvieran sosteniendo algo pesado, un piano o un tractor. No podía relajar la mandíbula. Los pies, fuera del agua a excepción de los talones, estaban en garra y extendidos en posiciones extrañas, como los pies de las personas muy ancianas que había visto cuando cantaba villancicos con Firepower en el geriátrico. Me concentré en la llama de la vela e intenté relajar los músculos, permitir que el agua me controlara, ser mi dueña en ese momento.

Cuando controlé la respiración, aparté la mano derecha de la vela y la introduje en el agua. Comencé a avanzar, con los dedos retorcidos hacia los árboles retorcidos y el acantilado curvo y la calle donde mis padres habían caído detrás de esos árboles. Probablemente no tardé más de un minuto y medio en llegar a la arboleda, pero cuando lo hice, me dolían el hombro y el brazo. Sujeté la vela de nuevo con ambas manos y me centré en respirar. Desde alguna parte más allá del cañón, de las cimas de las montañas que se alzaban a lo lejos, sobrevino el viento, y alcé el cuello para verlo avanzar entre los pinos y por las colinas, sobre el agua hacia mí. El viento hizo que los esqueletos de los árboles crujieran con fuerza. El viento también sopló sobre la llama de mi vela o pareció hacerlo: se extinguió por completo, la mecha negra desnuda, pero luego la llama apareció de nuevo. Y permaneció encendida.

Mi dolor de cabeza hacía que todo doliera, incluso mis dientes. Abrí los ojos, moví el cuerpo, bajé las caderas, hice todo lo necesario para arruinar mi posición de flote y permití que las piernas primero y luego el torso, después la cara, se deslizaran debajo de la superficie, una capa delgada de agua sobre mi piel, en todas partes menos en mis manos, que permanecieron arriba aferrando la vela. Aún escuchaba el crujir de los árboles, pero me gustaba la capa de amortiguación que el agua colocaba sobre el ruido. Me obligué a recordar a mis padres, primero a mamá, después a papá, no juntos, sino por separado, sus rostros, sus cuerpos, el modo en que entraban en una habitación, en que sujetaban un periódico, en que removían su café. Era difícil, pero lo hice lo mejor posible, alzando la cabeza y apuntando los labios hacia arriba para respirar cuando lo necesitaba, antes de sumergirme de nuevo, de regreso con mis padres. Mi madre pensando en cómo acomodar algo en el museo. Mi padre usando el pañuelo azul que guardaba en el bolsillo trasero para secarse la frente. Mi madre enseñándome cómo sujetar un cuchillo para cortar verduras. Mi padre conduciendo como siempre lo hizo, con una sola mano apoyada sobre el volante.

Sentía que estaba estropeándolo todo, esto que había esperado para hacer, y ahora allí estaba y no sabía qué hacer, cómo hacerlo, qué sentir. Ninguna de mis estrategias funcionaba: ni citar películas, ni hacer bromas. Debía ser ahora. Quería que lo fuera. Alcé la cabeza fuera del agua.

«Mamá, papá», dije; la voz sonaba extraña, como si perteneciera al lago y no a mí. O quizás fuera lo que decía con ella. No había dicho así «mamá y papá», para dirigirme a ellos, durante una eternidad. Era vergonzoso hablar con ellos, aunque estuviera sola, sin nadie que me escuchara salvo ellos dos, pero decidí que estaba bien sentir vergüenza, que quizás incluso era lo correcto, así que continué. «Recuerdo muchas estupideces que vi en películas, pero no cosas sobre vosotros que creo que debería recordar».

Pensé un poco más antes de proseguir.

«Solía querer venir aquí a deciros cuánto lo sentía». Respiré y luego lo dije. «No por haber besado a Irene, sino por haber sentido alivio de que no fuerais a descubrirlo, de que no fuerais a descubrirme, porque moristeis. No tiene sentido, lo sé, porque cuando mueres lo sabes todo de todos modos, ¿no? Pero igual».

De pronto, en la ladera de una de las montañas, había cuatro rectángulos amarillos perfectos: ventanas de una cabaña que ni siquiera había distinguido en la oscuridad de los árboles hasta que encendieron la luz. Imaginé a las personas detrás de ellas, mirando hacia afuera, desde la montaña hacia el lago, preguntándose qué sería mi vela encendida, ¿o parecería que eran dos por el reflejo de la llama en el lago vista desde tan lejos? Por algún motivo, de verdad quería que hubiera alguien detrás de las ventanas.

Continué hablando.

«No creo que yo haya causado el accidente; ya no, así que he venido aquí para eso. Lo que creo que desearía ahora es haber descubierto que vosotros erais personas y no solo mis padres antes de morir. Haberlo sabido de verdad y no como dijo Lydia, para poder culparos por ser como soy. Pero si bien sé que me hubiera gustado conoceros como esas personas, no lo hice y no estoy segura de que vosotros me conocierais tampoco, es decir, no más allá de mi papel de hija. Quizá, mientras estabais vivos ni siquiera me había convertido en mí misma aún. Quizás aún no lo he hecho. No sé cómo sabes con certeza que por fin lo has logrado». Incliné la vela un poco y permití que la cera derretida cayera alrededor de la mecha y como una cascada sobre mis nudillos, el rastro al principio era traslúcido, y luego se endureció en un río blanco sobre mi piel. Mucha cera me cayó por la mano, hasta el borde, y dentro del lago, y una vez allí se convirtió en puntos diminutos, mágicos y flotantes, versiones de cera del papel sobrante de un agujero hecho con punzón en una hoja.

Observé uno de los puntos flotando más allá del resplandor de la vela y luego continué hablando.

«No sé si me hubierais enviado a Promesa o a un lugar semejante, o si lo hubierais querido aunque no lo hicierais. Pero no estabais presentes y Ruth sí, y no puedo creerle cuando dice que es lo que vosotros hubierais querido para mí. Aunque fuera verdad, no me parece que sea algo que deba creer toda mi vida. ¿Tiene sentido? ¿Que podría haber sido verdad si me conocierais ahora, pero como no tuvisteis la oportunidad, puedo borrar lo que sea que fuera cierto? Espero que tenga sentido de algún modo. La cuestión es que, prácticamente todo lo que ha ocurrido desde que moristeis me ha convencido de que tuve suerte de teneros como padres, aun sea durante doce años, e incluso sin haber sido consciente de ello cuando estabais vivos. Y creo que quería venir aquí y decir que ahora lo sé y que os quiero, aunque probablemente sea un poco tarde para decir todo eso o no sea suficiente. Pero es algo que he podido descubrir». Permití que mi cuerpo girara un poco en el agua, en círculos, no rápido ni lento, solo en movimiento, una mano conduciéndome. «No sé qué ocurrirá después de que llegue a la orilla», dije. «Tal vez vosotros lo sepáis... No sé cómo funcionan las cosas donde estáis, qué podéis ver. Me gusta pensar que podéis verlo todo y que lo que sea que venga no podrá hacerme caer. Al menos no demasiado». Dejé de hablar. No tenía nada más que decir, nada más que expresar en palabras. Pero continué girando. Por fin llegué a ese punto al que parecía que todo en mi vida hasta ahora había estado ligado en cierto modo, incluso cosas que no deberían haberlo estado, y quería empaparme en él. Así que lo hice. Continué girando hasta marearme. Probablemente estaba mareada por otros motivos también. Estaba helada. Luego terminé.

No sabía cómo concluir, cómo sentir que había finalizado, así que hice el único gran gesto que se me ocurrió, un truco de película, y apagué la vela. Y aunque en cierto modo fue algo predecible, igual sentí que era lo correcto y que era un acto de cierre. Y luego nadé hacia la orilla. Nadé de un modo que creí que mi cuerpo no me lo permitiría, fuerte y rápido, con los músculos tensos y reticentes, pero los obligué a funcionar de todos modos. Mantuve la vela en la mano derecha. Golpeaba el agua con cada brazada, pero no la soltaba y no reducía la velocidad. Nadé hasta llegar lo más cerca posible de la orilla antes de que mis rodillas rozaran el fondo y me obligaran a detenerme.

Adam entró en el agua, mojándose los zapatos, y me agarró por el codo, ayudándome a ponerme de pie rápido y con precisión, como si lo hubiera hecho muchas veces antes. Jane vino detrás de él, con los brazos extendidos y la toalla de playa a rayas entre ellos. La envolvió alrededor de mi cuerpo. Luego, uno a cada lado, me acompañaron hasta la orilla, que era negra e infinita. Pero había un fuego esperando. Y había una comida sencilla sobre una manta. Y había un mundo entero más allá de esa orilla, más allá del bosque, más allá de las montañas, más allá, más allá, más allá, no debajo de la superficie, sino más allá, esperando.

Agradecimientos

Serán terriblemente largos: por favor, disculpadme. De algún modo, mi maravillosa agente (antes de ser mi agente), Jessica Regel, llegó a creer en este libro mientras yo la conducía de Lincoln a Omaha en un día húmedo y sofocante; el aire acondicionado funcionaba sin mucho efecto y yo hacía un trabajo muy torpe resumiéndole el mundo de Cameron Post. Aunque la gasolina estaba a punto de agotarse, y nos perdimos un poco por mi culpa tratando de conseguir más, el apoyo de Jessica comenzó en aquel viaje breve, y su guía y dedicación hacia el libro me han ayudado inconmensurablemente, a mí y al libro, desde entonces. Estoy del mismo modo en deuda con mi editora, Alessandra Balzer, por su gran entusiasmo y amabilidad, y no solo por saber, en cada paso, qué era lo mejor para la novela, sino también por haberme ayudado a ver el porqué. Gracias también a la fantástica Sara Sargent: de hecho, hay un vagón entero en mi tren amoroso reservado para todo el equipo de Balzer & Bray.

Siempre estaré agradecida por los profesores y mentores que me han ofrecido su perspectiva, su paciencia y su tiempo: Eric Brogger, Julia Markus y Paul Zimmerman de la Universidad Hofstra. Gracias, Paul, por tu ánimo temprano, tu apoyo constante tantos años más tarde y por tu ingenio a lo largo del camino. Gracias también a Gina Crance Gutmann, que hizo que una montañesa se sintiera de inmediato bienvenida en la salvaje Long Island: sin tu apoyo nunca habría sobrevivido al primer año, a la capacitación para RA y al roble venenoso.

Aunque aún no la he nombrado, encontré la voz de Cameron durante un taller de ficción en el programa MFA de Montana, y Danzy fue quien me alentó por primera vez a continuar con esta historia, que originalmente iba a ser un cuento. En Mossoula, también tuve el privilegio de estudiar con Jill Bergman (y con todas esas «mujeres escritoras»): Judy Blunt; Casey Charles; Deirdre McNamer; Brady Udall, que fue una consejera fantástica; y Debra Magpie Earling, que siempre ha sido muy generosa conmigo. Más recientemente, en la licenciatura de escritura creativa en la Universidad de Nebraska, Lincoln, tuve el honor de trabajar con y aprender de Amelia M. L. Montes; Gwendolyn Foster; Jonis Agee; Barbara DiBernard, que me enseñó mucho sobre la enseñanza y que es, sin duda, una de las personas más geniales que he conocido en la vida; Judith Slater, que apoyó esta novela desde el principio y que es infinitamente tranquila y sabia; Gerald Saphiro, que tiene un cronómetro cómico perfecto, sabe algo sobre falafel e hizo que quisiera ir a UNL en primer lugar; y el brillante, sin necesidad de esforzarse, Timothy Schaffert, que siempre tiene las mejores respuestas incluso para mis preguntas más tontas (de las que ha habido muchas) y cuyo catálogo de referencias de la cultura pop de 1970 nunca deja de deleitarme.

Muchas gracias a mis amigos talentosos y graciosos, muchos de ellos escritores, todos inspiradores: Rose Bunch, que una vez colocó una pegatina de un dinosaurio brillante en uno de los borradores de mi historia y fue probablemente el mejor comentario positivo de todos; Kelly Grey Carlisle, que permitió que usara los ratos de antes y después de nuestras clases de natación para hablar sin parar del libro y que es experta en dar charlas motivacionales; Carrie Shipers, que leyó y editó algunos de los primeros borradores y dijo cosas muy inteligentes e hizo preguntas muy inteligentes, y que semanas y meses después recordó la clase de detalles que hacen que me enorgullezca de tenerla como lectora; Mike Kelly, que es mi espíritu afín en relación con la música de los años noventa, y que leyó la primera mitad del libro cuando era todo lo que había escrito y preguntó dónde estaba el resto; Adam Parkening, quien me cuenta todo lo que necesito saber sobre películas que probablemente nunca veré; Rebecca Rotert, que es mi razón favorita para visitar Omaha y que necesita terminar de una vez por todas su novela (*cof cof*); Marcus Tegtmeier, artista y diseñador web extraordinario; y Ben Chevrette, absurdamente elegante y encantador y una de las dos mejores cosas que me sucedieron en la universidad y que siempre, siempre, será mi gay favorito.

Amor y agradecimiento a mi familia, los Danforth, los Loendorf, los Finneman y los Edsell. Gracias en especial a mi hermano William y a mi hermana Rachel: aquel experimento tortuoso relacionado con *Thriller* probablemente me hizo más bien que mal al final. (Probablemente, aunque aún es demasiado pronto para decirlo con seguridad). También estoy profundamente agradecida con mis padres, por haberme criado para que sintiera curiosidad hacia el mundo y a todo lo que hay en él, y por su amor y apoyo mientras construía mi camino.

Por último, y más importante, todo mi amor y agradecimiento para Erika: por innumerables razones. Sé que le dices a la gente que no tuviste nada que ver con la escritura de esta novela y, si bien eso es técnicamente cierto, has tenido absolutamente todo que ver con que yo haya sido capaz de escribirla.

* * *

En memoria de Catherine Havilland Anne Elizabeth Mary Victoria Bailey Woods, quien no solo tenía el mejor nombre y el más largo que cualquier otra de mis amigas, sino que también era la amiga más real y honesta de todas, y aquella con la imaginación más poderosa.

Ecosistema digital

Floqq
Complementa tu lectura con un curso o webinar y sigue aprendiendo.
Floqq.com

Redes sociales
Sigue toda nuestra actividad. Facebook, Twitter, YouTube, Instagram.

Amabook
Accede a la compra de todas nuestras novedades en diferentes formatos: papel, digital, audiolibro y/o suscripción.
www.amabook.com

EDICIONES URANO